Christine Feehan vit dans la belle région montagneuse de Lake County, en Californie. Elle adore la randonnée, le camping, le rafting et la vie en plein air, pratique également les arts martiaux depuis plusieurs années. Mère de onze enfants, ce sont ses filles qui relisent ses manuscrits et l'aident à les corriger. Pour en savoir plus, n'hésitez pas à consulter son site web : www.christinefeehan.com

De la même autrice :

GhostWalkers :
1. *Jeux d'ombres*
2. *Jeux d'esprit*
3. *Jeux nocturnes*
4. *Jeux interdits*

Léopards :
1. *Rio*
2. *Jake*
3. *Conner*
4. *Drake*
5. *Remy*

Chez d'autres éditeurs :

Le royaume des Carpates :
1. *Le prince de l'ombre*
2. *Sombres désirs*
3. *Désirs dorés*
4. *Désirs magiques*
5. *Désirs suprêmes*

Sœurs de cœur :
1. *Rikki*
2. *Judith*
3. *Airiana*

CE LIVRE EST ÉGALEMENT DISPONIBLE AU FORMAT NUMÉRIQUE

www.milady.fr

Christine Feehan

Drake

Léopards – 4

Traduit de l'anglais (États-Unis) par Hélène Assens

Milady

Milady est un label des éditions Bragelonne

Titre original : *Savage Nature*

ISBN : 978-2-8112-3085-2

Bragelonne – Milady
60-62, rue d'Hauteville – 75010 Paris

E-mail : info@milady.fr
Site Internet : www.milady.fr

À ma mère, Nancy King,
qui me manque chaque jour qui passe.

Chapitre premier

Le marécage avait quatre saisons distinctes et des humeurs qui lui étaient propres aussi. Cette nuit-là, il avait revêtu un manteau violet, tout en nuances, des volutes sombres qui emplissaient le ciel nocturne et des lavandes plus clairs qui se glissaient à travers les cyprès. La lune éclairait les voiles de mousse qui pendaient jusqu'à la surface de l'eau, les faisant paraître d'un bleu pâle argenté. Le cramoisi et le bleu formaient la couleur violette, ce qui était évident dans les éclaboussures de rouge sombre qui disparaissaient à travers les arbres pour ruisseler dans l'eau tapissée de lentilles en dessous.

Saria Boudreaux sourit alors qu'elle quittait avec précaution son hydroglisseur pour monter sur l'affût qu'elle avait installé, le construisant jour après jour, un peu à la fois, afin de ne pas déranger la faune tout autour. Elle avait grandi à la lisière du marécage et il n'existait aucun autre endroit où elle était plus heureuse. L'affût était placé près du nid d'une chouette et elle espérait prendre des clichés de nuit, des images convoitées qui pourraient lui rapporter un bon paquet d'argent. De plus en plus, ses photos lui permettaient de ne plus dépendre du magasin familial et d'accéder à une indépendance qu'elle n'avait pas crue possible.

Aller à l'école s'était révélé plutôt compliqué – elle y avait été malheureuse – jusqu'à ce qu'elle découvre l'univers de la photographie. Elle avait passé la plus grande partie de son enfance à jouer librement dans les marécages, à pêcher, à s'occuper des casiers à crabes, même à aider son père à chasser les alligators quand ses frères étaient absents – ce qui avait été le cas la plupart du temps. Elle n'avait pas eu l'habitude de l'autorité sous quelque forme que ce soit, et l'école avait été trop structurée, avait eu trop de règles. Elle n'avait pas pu respirer entourée de tant de monde. Elle avait failli fuir dans son cher marécage pour échapper aux règles quand un enseignant lui avait gentiment mis un appareil photo entre les mains et lui avait suggéré d'en prendre des photos.

Il y avait un peu de lune cette nuit-là, et elle n'aurait donc pas besoin de l'éclairage tamisé qu'elle avait utilisé les nuits précédentes pour dévoiler l'activité du nid. Les petits émirent des sons enthousiastes lorsqu'un adulte approcha, et, alors qu'il descendait, Saria déclencha l'ouverture de l'obturateur de son appareil photo. Aussitôt il y eut un jaillissement de lumière, qui ressemblait beaucoup à un éclair, lorsque le flash électronique se mit en marche. Habitués aux éclairs, les oiseaux n'avaient jamais semblé être dérangés par ce flamboiement occasionnel.

Du coin de l'œil, elle vit des serres et un bec qui se dessinaient sur le ciel nocturne alors que la chouette se posait dans le nid, et son cœur chanta. La nuit, la musique du marécage était différente. Le mugissement des alligators ébranlait littéralement le sol. Des mouvements l'entouraient de toutes parts, dans les airs, sous ses pieds, dans l'eau et à travers les arbres. Ce rythme naturel changeait même entre le jour et la nuit. Parfois, ces dernières semaines, elle se disait qu'elle passait peut-être trop de temps dans le marécage. Sa vision nocturne semblait s'être grandement améliorée, de sorte que, même sans le flash de son appareil photo, elle distinguait souvent les chouettes adultes qui revenaient avec leur prise.

Une lueur dansante attira son regard. Un braconnier ou quelqu'un qui s'adonnait à la pêche de nuit près du marais de Fenton. La société d'exploitation forestière Fenton possédait des milliers d'hectares de marécage qu'elle avait cédés à bail à la plupart des familles qu'elle connaissait. Sept de celles qui habitaient dans le coin louaient chacune plusieurs milliers d'hectares pour chasser, poser des pièges et pêcher, tirant une subsistance presque uniquement du marécage. Certains hommes, comme ses frères, travaillaient aussi sur le Mississippi pour ramener de l'argent, mais leur vie tournait autour du marécage.

Le marais de Fenton était considéré par sa communauté comme un domaine presque sacré auquel elle s'interdisait d'accéder. Elle se renfrogna à l'idée que des braconniers s'y soient introduits. Jake Fenton, le propriétaire originel, avait été très respecté par ceux qui vivaient dans le marécage. Il n'était pas facile de gagner leur confiance et leur respect, pourtant toutes les familles avaient aimé le vieil homme et l'avaient souvent invité chez elles. Il avait fini par faire partie du mobilier. Plus d'une fois, plusieurs des chasseurs d'alligators avaient accepté de l'emmener avec eux, un énorme privilège étant donné qu'il s'agissait d'un travail dangereux et qu'un blanc-bec n'était jamais le bienvenu. Il leur avait concédé des baux généreux et aucun d'eux ne mettrait en péril son gagne-pain en mordant la main qui le nourrissait. Fenton était mort, mais tout le monde savait que son marais renfermait du pétrole et que son arrière-petit-fils, Jake Bannaconni, l'exploiterait un jour. Par respect pour Jake Fenton, ils s'en tenaient à l'écart.

La chouette adulte prit de nouveau son envol en un bruissement qui attira un instant son attention, mais elle se retint de tenter de prendre d'autres clichés. Les lumières dans le marécage la mettaient mal à l'aise et elle ne voulait pas que le flash de son appareil photo trahisse sa présence. Elle changea de position pour éviter que sa hanche s'ankylose, tendant presque inconsciemment la main vers son matériel. Elle avait prévu de passer la nuit là et de rentrer chez elle à la lumière du petit matin, mais son malaise se mua soudain en une peur violente, et il n'existait pas grand-chose dont Saria avait peur.

Elle avait commencé à descendre de son affût quand elle entendit un hurlement strident. Humain. Masculin, horrible, discordant et… terrifié. Le marécage s'anima en un instant : les oiseaux protestèrent, les grenouilles et les insectes se turent, cet univers normalement rythmique se désagrégeant en chaos. Le hurlement, une note criarde emplie d'une atroce souffrance, s'arrêta net.

Des frissons lui descendirent le long de la colonne vertébrale alors qu'elle se glissait en silence dans son bateau. Un alligator avait-il réussi à tuer la personne qui le chassait ? Alors qu'elle poussait son embarcation dans le tapis de lentilles d'eau, un rugissement hurlant de rage pure déchira le marécage. Des crachements et des grognements gutturaux résonnèrent à travers la cyprière. Le monde autour d'elle se figea tandis que chaque créature s'immobilisait. Même les alligators ne firent plus aucun bruit. Les poils de ses bras et de sa nuque se hérissèrent. Elle eut la chair de poule. Le souffle soudain court.

Un léopard. Elle connaissait les mythes et les légendes sur les léopards qui hantaient le marécage. Les Cajuns qui disaient avoir vu l'une de ces créatures insaisissables parlaient de « félins fantômes ». Une poignée de naturalistes affirmaient qu'ils n'existaient pas. D'autres prétendaient que c'étaient des panthères de Floride originaires des Everglades, en quête de nouveaux territoires. Elle connaissait la vérité, et ils se trompaient tous.

Saria demeura parfaitement immobile, assise dans son bateau, le corps tremblant, cherchant à tâtons le couteau rassurant à sa ceinture. Elle portait ce couteau depuis ses dix ans, quand elle avait découvert la vérité. Avec des gestes circonspects et délibérés, elle sortit son pistolet de la caisse près d'elle et s'assura qu'il était prêt à l'emploi. Elle avait commencé à s'entraîner à dix ans et était une tireuse redoutable – ce qui l'avait rendue inestimable quand elle chassait avec son père. Elle pouvait atteindre la zone de la taille d'une pièce de vingt-cinq cents à l'arrière du cou d'un alligator pour le tuer à coup sûr.

Elle humecta ses lèvres soudain sèches et attendit là dans le noir, le cœur battant, espérant que les arbres et les systèmes racinaires la cachaient. La légère brise emportait son odeur loin du marais de Fenton. Les rugissements s'éteignirent dans la nuit, et le silence s'étira pendant ce qui lui sembla être des heures. Elle savait que le grand prédateur était encore dans les parages – la nuit était bien trop calme.

Pendant des années, elle avait tenté de se persuader qu'elle avait fait des cauchemars, et peut-être qu'elle s'était vraiment convaincue que c'était vrai jusqu'à ce qu'elle entende ce son – ce rugissement. Et à présent c'était un appel râpeux, suivi d'une toux rauque, qui parvenait à ses oreilles. Elle ferma les yeux et appuya du bout des doigts sur ses tempes, se mordant la lèvre inférieure avec force. Ces sons étaient caractéristiques. Elle pouvait se raconter les histoires qu'elle voulait, aucune explication ne tiendrait quant à ces sons. Une fois qu'on les avait entendus, on ne les oubliait jamais. Et elle les avait entendus quand elle était enfant.

Remy, son frère aîné, avait seize ans quand elle était née et était déjà considéré comme un homme. Le temps qu'elle se mette à marcher, il avait déjà un emploi sur le fleuve, comme Mahieu. Les garçons allaient à l'école et travaillaient ensuite durant de longues heures pendant que sa mère dépérissait peu à peu d'une maladie débilitante et que son père sombrait de plus en plus dans l'alcoolisme. Lorsqu'elle avait atteint l'âge de dix ans, sa mère n'était plus depuis longtemps et son père parlait rarement. Remy, Mahieu et Dash servaient tous les trois dans les forces armées à l'étranger et Gage venait juste de s'engager. Lojos, à dix-huit ans, dirigeait le magasin et le bar presque à lui tout seul et n'avait en général que le temps d'attraper quelque chose à manger avant de filer au travail.

Saria était responsable de la maison et des lignes de pêche, et avait commencé à crapahuter dans le bayou sans surveillance à partir de cette époque. Les garçons étaient rentrés pour une miniréunion de famille avant de se disperser de nouveau pour reprendre le service. Ils avaient à peine conscience de son existence, mangeant les repas qu'elle leur préparait, mais sans vraiment prêter attention au fait qu'elle les avait cuisinés. Elle avait eu désespérément besoin d'attention et s'était sentie mise à l'écart – pas en colère exactement, mais plutôt triste de ne pas avoir vraiment sa place auprès d'eux.

La nuit avait été chaude et humide et elle n'avait pas réussi à trouver le sommeil. Elle avait été si contrariée de la façon dont sa famille la traitait – comme si elle n'existait pas, qu'elle n'était pas digne d'attention. Elle faisait la cuisine, le ménage et prenait soin de leur père, mais, comme ce dernier, ses frères devaient lui en avoir voulu pour la lente déchéance de leur mère, qui s'était abîmée dans la dépression puis la mort. Saria n'avait pas connu la femme pleine de vie qu'ils se rappelaient tous ; elle avait été trop petite quand sa mère était morte. À dix ans, elle avait été jalouse des rapports qu'ils entretenaient entre eux alors qu'elle avait l'impression de ne pas vraiment avoir sa place. Elle s'était levée et avait ouvert sa fenêtre pour laisser entrer les bruits réconfortants du marécage – un monde sur lequel elle pouvait toujours compter, qu'elle aimait. Le marécage l'appelait.

Saria n'avait pas entendu ses frères quitter la maison ; ils se déplaçaient tous dans un silence à faire froid dans le dos – ce qui avait été le cas la majeure partie de leur vie –, mais lorsque, pleine de ressentiment et blessée, elle était sortie par la fenêtre pour trouver du réconfort dans le marécage comme elle l'avait fait des centaines de nuits auparavant, elle les avait aperçus qui se glissaient entre les arbres. Elle les avait suivis, restant loin derrière eux pour qu'ils ne l'entendent pas. Elle s'était sentie si audacieuse et un peu supérieure. Elle se débrouillait déjà remarquablement bien dans le marécage et elle avait été fière d'être capable de les filer à leur insu.

La nuit s'était transformée en un cauchemar surréaliste. Ses frères s'étaient dévêtus. Elle s'était assise dans un arbre, les mains sur les yeux et se demandant ce qu'ils manigançaient. Qui enlèverait ses vêtements dans un marécage ? Lorsqu'elle avait jeté un coup d'œil à travers ses doigts, ils se métamorphosaient déjà. Leurs muscles s'étaient tordus de façon monstrueuse, même si elle avait reconnu plus tard qu'ils avaient tous été rapides et s'étaient changés avec fluidité. De la fourrure avait recouvert leurs corps et ils avaient été d'un réalisme effrayant en tant que léopards. Ça avait juste été… horrible à filer les jetons.

Ils avaient émis les mêmes sons que ceux qu'elle avait entendus cette nuit. Un soufflement. Une toux rauque, râpeuse. Ils s'étaient étirés, dressés sur leurs pattes arrière, avaient labouré les arbres de leurs griffes. Les deux plus petits s'étaient mis en colère et s'étaient jetés dans une bataille acharnée, se flanquant de grands coups de griffe. Le plus grand avait rugi de fureur et les avait tous deux frappés avec assez de force pour les envoyer rouler, mettant fin au combat. Le son de ce rugissement féroce l'avait ébranlée jusqu'au tréfonds d'elle-même. Son sang s'était glacé dans ses veines, et elle avait couru jusqu'à la maison et s'était cachée sous ses couvertures, le cœur battant la chamade, craignant d'avoir perdu la tête.

Les léopards étaient les plus insaisissables de tous les grands félins et les vrais métamorphes l'étaient encore plus, dissimulant leur nature aux membres de leur propre famille qui ne pouvaient pas se transformer – comme elle. Elle avait tenté d'en découvrir plus sur eux, mais n'avait trouvé que des références obscures à la bibliothèque. Elle s'était persuadée d'avoir inventé toute cette histoire, mais il y avait eu d'autres signes qu'elle n'avait pas pu rejeter en bloc, dès lors qu'elle les avait vus.

Son père radotait souvent lorsqu'il était imbibé d'alcool, et elle l'avait écouté attentivement quand il faisait d'étranges allusions à des métamorphes. Ils ne pouvaient assurément pas vraiment exister, mais son père avait parfois déclaré à brûle-pourpoint qu'il devait aller courir librement comme il était dans sa nature. Il allait se coucher en trébuchant puis, le lendemain matin, des griffures étaient apparues sur le côté de la maison, ou même dans sa chambre. Il était en train de poncer le bois et de reboucher les trous quand elle se réveillait. Si elle posait des questions au sujet de ces marques, il refusait de lui répondre.

Assise dans le marécage avec la nuit pour seule protection, elle se rappela qu'un léopard était un prédateur rusé et qu'une fois qu'il se serait mis en chasse il la trouverait. Elle ne pouvait qu'espérer qu'il n'avait pas remarqué les premiers flashs de son appareil photo et n'était pas venu voir de quoi il retournait. Il lui sembla qu'il s'était écoulé des heures avant que le marécage commence à reprendre son rythme naturel, avec le bourdonnement des insectes et les mouvements rassurants si ce n'était réconfortants des créatures qui se remettaient à vivre leur vie.

Elle demeura parfaitement immobile, tandis que la terrible tension qui l'avait étreinte se dissipait. Le félin fantôme était parti. Elle en était certaine. Elle quitta immédiatement le couvert des cyprès et se dirigea vers le marais de Fenton. Elle avait la bouche sèche, le cœur tambourinant de terreur à l'idée de ce qu'elle pourrait y découvrir, mais c'était plus fort qu'elle.

Le corps était à moitié immergé, juste au bord du marais. Elle ne reconnut pas l'homme. Il semblait avoir entre trente et quarante ans, désormais inanimé et ensanglanté. Il avait été poignardé dans le ventre, mais était mort d'une morsure suffocante à la gorge. Elle distinguait clairement les plaies pénétrantes et les griffures allongées sur son corps. Du sang ruisselait dans l'eau tout autour de lui, attirant les insectes et l'intérêt des alligators.

Elle appuya les doigts sur ses yeux un instant, dégoûtée de ne pas savoir quoi faire. Elle ne pouvait pas aller trouver la police. Remy était enquêteur criminel. La police, c'était lui. Et pouvait-elle livrer ses propres frères ? La croirait-on seulement ? Cet homme avait peut-être fait quelque chose de terrible et n'avait pas laissé le choix à l'un de ses frères.

Saria rentra chez elle en prenant son temps, et l'effroi la submergea alors qu'elle attachait son bateau et posait le pied sur le ponton. Elle resta là un moment, à observer sa maison. Le bar était plongé dans l'obscurité, tout comme la maison et le magasin, mais elle savait grâce à l'étrange radar qui ne semblait jamais lui faire défaut qu'elle n'était pas seule. Elle fit le tour du bâtiment, bien décidée à éviter ses frères. Lorsqu'elle tendit la main vers la porte de derrière, celle-ci s'ouvrit brusquement vers l'intérieur et son frère aîné apparut dans l'embrasure, la dominant de toute sa hauteur, un homme séduisant aux cheveux sombres et aux yeux verts sérieux et vigilants. Interloquée, elle recula avant d'avoir pu s'en empêcher. Elle savait qu'il discernerait la peur qui dansait dans ses yeux avant qu'elle ait pu la dissimuler.

Remy plissa les yeux, inspira, comme s'il aspirait sa peur dans ses poumons. Il ravala ce qu'il s'apprêtait à dire, son impatience laissant place à l'inquiétude.

— Tu es blessée ?

Il tendit la main pour lui prendre le bras, l'attirer dans la maison.

Saria recula hors d'atteinte, le cœur battant. Remy fronça les sourcils et éleva la voix.

— Mahieu, Dash, amenez-vous ici.

Il ne quitta pas son visage du regard. Il ne cligna même pas des paupières.

— Où étais-tu, *ma chère** ?

Son ton exigeait une réponse.

Il avait l'air si costaud. Elle déglutit, refusant de se laisser intimider.

— Pourquoi ça t'intéresserait soudain ? Tu n'as jamais voulu le savoir avant.

Elle esquissa un petit haussement d'épaules désinvolte.

Il n'y eut aucun bruit de pas – ses frères se déplaçaient en silence –, mais Mahieu et Dash se tinrent tous deux derrière Remy, épaule contre épaule. Elle les vit faire glisser leur regard sur elle, remarquant chaque détail de son visage, pâle à coup sûr.

— Tu étais avec quelqu'un cette nuit, Saria ? demanda Remy, la voix douce – trop douce.

Il tendit la main et, avec la même douceur, lui saisit le bras quand elle bougea comme si elle allait s'enfuir.

La douceur qui imprégnait sa voix lui donna envie de pleurer, mais elle savait que Remy pouvait passer de la douceur à la violence en un instant. Elle l'avait vu plus d'une fois s'occuper de suspects. Presque tous se faisaient avoir par son numéro du gentil flic. Elle aurait aimé qu'il soit vraiment aussi gentil et attentionné avec elle, mais, jusqu'à récemment, aucun de ses frères n'avait fait attention à elle.

Elle lui lança un regard noir.

— Ça n'te regarde pas, Remy. Tu n't'es jamais soucié de ce que j'faisais quand j'étais petite et ce n'est pas la

* Tous les mots en italique suivis d'un astérisque sont en français dans le texte original. (*NdT*).

peine de commencer à faire semblant de t'y intéresser maintenant.

Il parut abasourdi. Elle le vit sur son visage juste avant qu'il se mette en mode Remy, totalement inexpressif. Son regard se fit terne et dur, et le cœur de Saria s'emballa encore un peu plus.

— Il faut être gonflé pour oser me balancer un truc pareil. On t'a pratiquement élevée. Bien sûr qu'on s'inquiète quand tu restes dehors la moitié de la nuit.

— Vous m'avez « élevée » ? (Elle secoua la tête.) Personne n'm'a élevée, Remy. Pas plus vous que papa. J'suis un peu trop grande pour que vous décidiez soudain de commencer à vous demander ce que j'fabrique. Et j'te signale juste au passage, puisque tu en sais tant sur moi, que j'vais dans le marécage presque toutes les nuits. Et ce depuis que j'suis gamine. Comment as-tu pu n'pas t'en rendre compte avec toute ta sollicitude ?

Dash scruta son visage.

— Tu te frottes à quelque chose, là-bas dans le bayou, Saria, ou à quelqu'un ?

Son cœur bondit. Était-ce du sarcasme ? Ses propos étaient-ils à double sens ? Elle recula encore d'un pas.

— Si j'avais un problème avec quelqu'un, j'm'en occuperais moi-même, Dash. Pourquoi vous intéressez-vous tous soudain à ma vie ?

Remy se frotta l'arête du nez.

— Nous sommes une *famille, ma chère**. Si tu as des ennuis…

— J'n'en ai pas, l'interrompit-elle. Qu'est-ce que ça veut dire, Remy ? Vraiment ? Parce qu'aucun de vous n's'est jamais soucié de savoir où j'avais été ou si j'étais capable de me débrouiller. J'suis seule au bar plusieurs jours d'affilée. Aucun de vous n's'est jamais soucié de savoir si c'était dangereux ou pas, même quand j'étais mineure.

Ses trois frères échangèrent de longs regards penauds. Remy haussa les épaules.

— Peut-être pas, Saria, mais on l'aurait dû. J'avais seize ans quand tu es née, j'me sentais pousser des ailes, *ma chère**, j'vivais à cent à l'heure. Tu étais un bout de chou. Alors peut-être que je n't'ai pas accordé l'attention que tu méritais, mais tu n'en es pas moins ma sœur. Rien n'est plus important que la *famille**.

— Pendant que vous étiez tous partis à vous sentir pousser des ailes, j'm'occupais de notre ivrogne de *père** tous les soirs. J'payais les factures. Faisais tourner la boutique. J'm'assurais qu'il mangeait et avait des vêtements propres. J'passais les commandes pour le magasin. J'pêchais. Vous savez, des trucs de grandes personnes. J'veillais à ce que tout soit en ordre pour que vous puissiez tous prendre du bon temps.

— On aurait dû davantage t'aider avec *père**, reconnut Remy.

Saria cligna des paupières pour retenir les larmes qui lui montaient aux yeux sans crier gare. Remy pouvait être si gentil quand il le voulait, mais elle se méfiait de ses raisons. Pourquoi à présent ? Elle se hasarda à jeter un rapide coup d'œil aux visages de ses frères. Ils l'observaient tous intensément. Ils étaient parfaitement immobiles. Leurs yeux avaient presque viré à l'ambre, avec les pupilles entièrement dilatées. Elle dut mobiliser jusqu'à ses dernières onces de courage pour ne pas se retourner et partir en courant.

— Maintenant j'suis une adulte, Remy. C'est un peu tard pour commencer à mettre ton nez dans ma vie.

J'suis fatiguée et j'veux aller dormir. J'vous verrai demain matin.

Pas si elle pouvait l'éviter.

Remy s'écarta. Elle remarqua qu'ils inspirèrent tous à son passage, tentant de discerner les odeurs qu'elle portait. Elle sentait le marécage, mais n'avait pas touché le cadavre, s'était simplement approchée juste assez pour l'éclairer de sa lampe et le voir.

— Dors bien, Saria, dit Remy.

Elle ferma un instant les yeux, un simple geste qui la fit de nouveau paniquer.

Six mois plus tard

Le vent gémit doucement, un son morne, sinistre. Un serpent glissa des branches basses d'un tupélo aquatique et tomba dans l'eau avec un « floc », puis s'éloigna à la nage, guère plus qu'une ride sur l'eau sombre. Dans le ciel, des nuages noirs, lourds de pluie, bouillonnaient dans la chaleur du soir.

Saria sortit de la pirogue et posa le pied sur le ponton branlant, s'arrêtant pour inspirer profondément pendant qu'elle jetait un coup d'œil prudent autour d'elle, scrutant la berge et la cyprière qu'elle devait traverser. Des années plus tôt, l'un des fermiers s'était lancé dans la production de sapins de Noël ; son entreprise n'avait jamais pris, contrairement aux sapins. La ville, si petite soit-elle, s'était étendue jusqu'aux bords de la sapinière, et les différentes variétés de cèdres, de pins et d'épicéas étaient magnifiques, mais avaient grandi, faisant l'effet d'une forêt derrière la cyprière qui bordait l'eau.

De la mousse pendait en de longues toiles argentées, se balançant doucement aux branches tordues des cyprès qui se dressaient le long de la rivière. La cyprière était assez vaste, et, avec la brume grise qui se répandait comme un voile fin, les conifères qui bordaient l'eau paraissaient sinistres et fantomatiques. Derrière s'élevait, menaçante, la sapinière plus épaisse, une forêt sombre et silencieuse. Des doigts glacés lui glissèrent le long de la colonne vertébrale alors qu'elle était plantée là sur les planches, à bonne distance de la civilisation.

La nuit tombait souvent vite sur la rivière, et elle avait attendu que ses frères soient partis, vérifiant les lignes de pêche et les casiers à crabes avant de se mettre en route vers le continent. Tout du long, elle avait eu l'impression d'être suivie. Elle était restée près des berges autant que possible. Quelqu'un – *quelque chose* – aurait pu avancer aussi vite qu'elle et certainement l'avoir dépassée à présent. Ses frères avaient pris le *bass boat* et l'hydroglisseur, lui laissant la vieille pirogue, ce qui ne lui posait aucun problème en règle générale, mais quelque chose d'invisible dans la nuit lui fit regretter de ne pas avoir un engin plus rapide.

Ces derniers temps, elle était agitée et ne se sentait pas bien, mal dans sa peau comme si elle était à l'étroit dans son propre corps. Elle était prise de démangeaisons par vagues et avait la sensation que quelque chose bougeait sous son épiderme. Elle avait l'impression que son crâne était trop gros, et sa mâchoire et sa bouche l'élançaient. Rien n'allait, ce qui avait peut-être alimenté sa peur grandissante d'être épiée.

Saria soupira, humecta ses lèvres sèches et s'obligea à faire le premier pas vers la sapinière. Elle pourrait la contourner, mais ça prendrait un temps qu'elle n'avait pas. Ses frères finiraient par rentrer et ils seraient en colère s'ils découvraient qu'elle était encore partie en vadrouille seule. Ils avaient été aussi à cran qu'elle, et à sa grande consternation ils s'étaient mis à vérifier constamment ce qu'elle faisait. Ces deux dernières semaines, ils l'avaient surveillée d'encore plus près, au point qu'elle avait eu l'impression d'être prisonnière dans sa propre maison.

Elle commença à marcher, touchant le couteau fixé à sa ceinture pour se rassurer. Si quelqu'un – ou quelque chose – la filait vraiment, elle était prête. Elle marcha en silence, longeant l'étroit chemin à travers les arbres, en direction de la vieille église.

Derrière elle et un peu sur sa gauche une brindille se brisa, un bruit amplifié dans le silence de la sapinière. Son cœur commença à battre la chamade. La brume s'épaississait à chaque instant, étendant peu à peu un voile sur les nuages sombres et le croissant de lune. Dans le brouillard, l'astre se peignait d'un étrange rouge de mauvais augure. Elle accéléra le pas, se dépêchant de traverser les différentes variétés d'arbres.

Saria émergea de la forêt de sapins de Noël directement sur un trottoir qui traversait la petite ville en longeant le Mississippi. Une grande digue protégeait celle-ci des inondations. La majeure partie des terres avait été surélevée pour cette raison aussi. Elle suivit d'un bon pas la promenade. Le vent faisait clapoter des vagues contre la digue et les jetées. Elle lança un autre regard prudent autour d'elle mais ne ralentit pas. L'église était juste devant et elle éprouvait un besoin pressant d'y entrer.

Malgré la nuit, l'air était très chaud et chargé d'humidité, sentant la pluie. De la sueur lui dégoulina entre les seins, mais elle ignorait si c'était en raison de la chaleur oppressante ou de la peur à l'état pur. Elle poussa un soupir de soulagement lorsqu'elle atteignit les marches de l'église. À dessein, elle s'arrêta là, couvrant ses cheveux du foulard en dentelle qui avait appartenu à sa mère. Elle en profita pour se retourner et embrasser la rue du regard. Des becs de gaz désuets l'éclairaient, émettant un étrange halo jaune dans la brume. Elle sentit le poids d'yeux qui l'observaient, mais ne vit personne lui porter un intérêt excessif.

Elle tourna le dos à la rue et gravit les marches jusqu'à la porte de l'église. Juste entre ses omoplates, elle éprouva une démangeaison et ses cheveux se dressèrent sur sa tête. Elle ouvrit la porte et se glissa à l'intérieur, le cœur battant. L'église était mal éclairée. Des ombres s'accrochaient aux murs et formaient des vallées sombres entre les bancs vides. Elle plongea les doigts dans l'eau bénite et fit le signe de la croix en s'avançant avec lenteur vers le confessionnal. Les statues baissaient sur elle des yeux vides accusateurs. Elle était venue plusieurs fois depuis qu'elle avait découvert le premier corps, mais n'avait pas pu se résoudre à se confesser, pas même au père Gallagher, pas même à présent qu'il y en avait eu deux de plus.

Elle se sentait coupable, aucun doute là-dessus, même si elle avait tenté de chercher de l'aide, ce qui n'avait fait que la mettre en danger. Désormais, le curé était son seul espoir – si elle pouvait cette fois-ci rassembler le courage de lui demander de l'aide. Elle attendit son tour, referma la porte du confessionnal et s'agenouilla sur le petit banc rembourré. Elle baissa la tête.

L'obscurité et l'écran du confessionnal sombre empêchèrent le père Gallagher d'identifier la paroissienne qui venait juste d'entrer dans le petit box. Il savait que c'était une femme à son léger parfum de lavande et de miel sauvage. Une senteur extrêmement subtile, mais, dans la chaleur suffocante du confessionnal, ces effluves changeaient agréablement de celui de la sueur, qui lui soulevait parfois un peu le cœur.

— Mon père, chuchota la voix.

Il se rapprocha, alarmé par ses accents désespérés. Au fil des ans, il avait appris à reconnaître la peur véritable.

— C'est Saria, poursuivit la voix.

Il connaissait Saria depuis qu'elle était toute petite. Vive d'esprit. Intelligente. Pas sujette aux idées folles. À sa connaissance, elle avait toujours été une enfant joyeuse, qui travaillait dur. Peut-être trop dur. Elle venait d'une grande famille, comme nombre des Cajuns qui fréquentaient son église, mais cela faisait des années qu'elle avait cessé d'assister à la messe et de se confesser. Environ six mois plus tôt, elle avait recommencé à le faire – mais pas à assister à l'office –, venant religieusement chaque semaine, mais sans rien confesser d'important qui aurait pu la pousser à retrouver soudain le chemin de l'église. Ses chuchotements lui laissaient penser qu'il existait peut-être une autre raison pour son retour au confessionnal.

— Est-ce que tout va bien, Saria ?

— Je dois vous faire passer une lettre. Elle n'peut pas être postée dans la paroisse, mon père. J'ai essayé et la lettre a été interceptée. J'ai été menacée. Pouvez-vous la faire partir autrement ?

Le cœur du père Gallagher bondit. Saria devait avoir des ennuis pour lui demander un tel service, et il savait d'expérience que ceux qui vivaient dans le bayou ainsi qu'en aval et en amont du fleuve étaient issus de grandes familles qui travaillaient dur et réglaient souvent leurs problèmes entre elles. Elle devait être désespérée pour faire appel à lui.

— Saria, êtes-vous allée trouver la police ?

— Je n'peux pas, mon père. Et vous non plus. J'vous en prie, mon père, faites-le juste pour moi et oubliez tout. N'en parlez à personne. Vous n'pouvez vous fier à personne.

— Remy est policier, n'est-ce pas ? demanda-t-il, sachant que son frère aîné était entré dans les forces de l'ordre des années plus tôt.

Il ne comprenait pas ses réticences, mais il avait une boule dans le creux du ventre. Sa remarque rencontra le silence. Il soupira.

— Donnez-moi la lettre.

— Vous devez me donner votre parole d'homme de Dieu, mon père.

Il fronça les sourcils. Saria n'était pas non plus du genre théâtral. Cette étrange conversation ne correspondait pas du tout à sa nature enjouée. Elle craignait très peu de choses. Elle avait cinq frères très costauds qui écorcheraient vif tous ceux qui tenteraient de lui faire du mal. C'étaient des garçons grands, forts et rudes qui étaient devenus des hommes redoutables. Il n'imaginait pas pourquoi elle n'allait pas trouver Remy. C'était le chef de famille depuis la mort de son père quelques années plus tôt.

— Devrais-je m'inquiéter pour vous, Saria ? murmura-t-il, baissant encore plus la voix et collant l'oreille à l'écran.

La situation lui aurait semblé surréaliste et théâtrale s'il s'était agi de quelqu'un d'autre, mais il pouvait croire Saria.

— Il se passe un truc moche dans le bayou, mon père, mais je n'peux pas appeler la police. On a besoin de quelqu'un d'autre. Si vous pouvez poster cette lettre sans que personne ici n'soit au courant, cette personne interviendra. S'il vous plaît, mon père, faites juste ça pour moi.

— Je vous promets de ne rien dire à personne *sauf*, insista-t-il, si je pense que c'est nécessaire pour vous sauver la vie.

Un autre petit silence lui répondit. puis il y eut un bruissement de papier.

— J'comprends. J'vous en prie, soyez prudent, mon père, chuchota Saria avant de glisser l'enveloppe plate par l'ouverture. Personne n'doit vous voir avec. Pas dans cette paroisse. Pas entre ces murs. Vous devez l'emmener loin d'ici pour la poster.

Le père Gallagher prit l'enveloppe et remarqua qu'elle était scellée.

— Récitez trois Je vous salue Marie et un Notre Père, chuchota-t-il, lui rappelant de sauver les apparences de la confession si elle ne comptait pas avouer de péchés.

Il attendit, mais elle garda le silence et il la bénit, fourrant l'enveloppe dans ses robes.

Saria se signa et quitta le confessionnal, remonta jusqu'au banc de la première rangée et s'agenouilla devant l'autel. Plusieurs personnes se trouvaient dans l'église et, du coin de l'œil, elle regarda lentement autour d'elle, tentant de voir si on aurait pu la suivre. Personne ne lui parut suspect, ce qui ne signifiait rien. La plupart des gens qu'elle connaissait fréquentaient l'église et pouvaient feindre, comme elle l'avait fait, d'avoir une raison valable d'être là.

Non loin d'elle, les jumeaux Lanoux allumaient des cierges. Dion et Robert avaient perdu leur grand-mère récemment, et leur présence dans l'église n'avait rien de surprenant. Les deux hommes étaient trapus, avec des muscles saillants et d'épaisses boucles sombres. Séduisants, ils avaient la réputation d'être des hommes à femmes dans la communauté. Elle avait découvert qu'ils étaient tous deux des gentlemen derrière des abords mal dégrossis et elle les aimait beaucoup.

Armand Mercier était assis à côté de sa sœur, Charisse, et avait du mal à tenir en place pendant que celle-ci priait pieusement sur le banc de l'avant-dernière rangée. Charisse avait la tête baissée, les yeux fermés, et remuait les lèvres, pourtant par deux fois, lorsque Armand poussa un lourd soupir et glissa le doigt derrière le col de sa chemise, elle lui lança un regard noir. Il jeta un coup d'œil à Saria et détourna rapidement les yeux, ce qui ne lui ressemblait pas. C'était probablement le plus grand dragueur présent dans l'église. Elle le trouvait égoïste, mais charmant, et il protégeait assurément sa sœur, dont Saria était assez proche. Les frères de Saria lui offraient souvent une bière quand il venait à leur bar, ayant pitié de lui parce qu'il devait s'occuper de sa mère tyrannique et de sa sœur extrêmement timide.

Elle connaissait bien les deux femmes d'un certain âge dans le fond, tout comme l'homme âgé, Amos Jeanmard, assis dans le coin, sa canne près de lui. Elle était allée à l'école avec sa fille, Danae, et connaissait son fils, Elie, qui avait quelques années de plus qu'elle. Elle les connaissait tous, tout comme ils la connaissaient. Ils avaient toujours été voisins et amis – appartenant tous à l'une ou l'autre des sept familles qui résidaient au bord du marécage. Elle était allée chez eux, avait assisté à des mariages et à des funérailles avec eux. Ils maintenaient à flot le magasin d'appâts et l'épicerie de sa famille. Beaucoup étaient clients de la petite épicerie et du bar des Boudreaux.

À présent, ils la terrifiaient. Elle s'était même mise à avoir peur de sa propre famille.

Elle fit le signe de la croix et sortit de l'église, tenant à être partie avant que le père Gallagher ait fini d'écouter les confessions. Elle doutait de pouvoir lui faire face sans se trahir. Le stress la gagnait et elle commençait à avoir le ventre qui gargouillait. Elle sautilla au bas des marches et reprit le chemin du ponton où elle avait laissé sa pirogue.

La nuit lui sembla plus noire, les ombres plus longues, s'étirant vers elle alors qu'elle pressait le pas en direction de la sapinière par laquelle passait le chemin le plus court jusqu'au ponton. D'un bon pas, elle suivit l'étroit sentier qui traversait le bois épais. Elle sentit ses cheveux se dresser sur sa tête, ses bras se couvrir de chair de poule et elle frissonna, jurant tout bas alors qu'elle hésitait, faisant presque demi-tour vers les lumières de la ville adoucies par le brouillard. Comme à ce signal, la pluie commença à tomber, une averse torrentielle de gouttes chaudes qui la trempèrent en un instant. Le déluge la poussa dans la sapinière, dont les hautes frondaisons pourraient un peu la protéger de l'assaut. Elle se dépêcha le long du chemin, la tête haute, cherchant du regard ce qui aurait pu déclencher son radar.

Une grande ombre se déplaça dans les arbres. Son cœur bondit, puis se mit à battre la chamade. Quelque chose semblait se mouvoir, appuyer contre sa chair de l'intérieur, et sa peau la démangeait quand ça se retirait. Elle avait l'impression que son épiderme était sur le point de craquer et sa mâchoire l'élançait. Elle s'aperçut que ses mains lui faisaient mal. Elle baissa les yeux et vit qu'elle avait replié les doigts avec force, ses ongles pointus s'enfonçant dans ses paumes. Derrière elle, lui barrant le chemin vers la ville, elle entendit souffler doucement et son sang se figea dans ses veines. Son pouls s'emballa, tambourinant dans son crâne. Sa respiration sortait en halètements rauques.

Elle esquissa un pas circonspect vers le ponton, sortit le couteau de sa ceinture. Le manche lui parut massif contre sa paume, et elle referma étroitement les doigts autour comme sur un talisman. Ses propres frères ne la tueraient pas, si ? Elle eut la bouche sèche.

Elle tenta de tendre l'oreille tout en se dépêchant, mais son propre cœur et ses halètements lui emplissaient les oreilles en un tonnerre rugissant, noyant tout le reste. Les voiles de mousse espagnole se balançaient, créant une présence sinistre, fantomatique dans tous les arbres. Les branches, tordues et noueuses, se tendaient dans le noir comme des mains de goule. Elle n'avait jamais eu peur dans les bosquets qui bordaient la rivière. Elle n'avait jamais craint les alligators ni le marécage même la nuit. Elle était prudente, comme le lui avait appris son père, pourtant la terreur l'étreignait à présent.

Elle se garda bien de courir, sachant qu'elle réveillerait ainsi les instincts du léopard, mais elle ne put s'empêcher de presser le pas, marchant aussi vite qu'elle le pouvait dans la pluie torrentielle sans véritablement courir. Elle entendit un sifflement, comme un train de marchandises lancé à toute vitesse. Quelque chose la percuta par-derrière, lui rentrant dans le dos avec une telle violence qu'elle eut l'impression que ses os se brisaient en mille morceaux. Un poids lourd la fit basculer et elle heurta lourdement le sol, les mains clouées sous elle, tenant toujours fermement le couteau, qui ne lui était plus d'aucune utilité. Elle sentit un souffle chaud sur sa nuque et se tendit, prête à se battre. La chose était bien trop lourde pour qu'elle puisse se relever. Elle était incapable de remonter les genoux sous elle, et, à la seconde où elle commença à se débattre, la chose lui planta les crocs dans l'épaule.

Saria ouvrit la bouche pour hurler, mais de la boue s'y engouffra. Des larmes lui brûlèrent les yeux alors qu'elle attendait que la chose la tue. Des griffes lui agrippèrent les hanches sans ménagement, l'avertissant de ne pas bouger. Elle se figea sous le poids conséquent de la bête. L'espace d'un instant, ni l'une ni l'autre ne firent aucun mouvement. Puis, très lentement, elle tourna la tête. Le léopard se déplaça pour qu'ils soient mufle contre nez. Elle plongea le regard dans des prunelles jaune-vert. Les yeux grands ouverts et qui ne cillaient pas, le monstre soutint son regard. Elle y lut de l'intelligence, et une mise en garde. Son souffle était chaud contre sa peau.

Elle frémit lorsque sa grosse tête se rapprocha de la sienne. La créature ouvrit grand la gueule et Saria ferma les yeux, certaine que ces effroyables crocs se refermeraient sur son visage. Une langue rugueuse le lui lécha une fois, essuyant ses ruisseaux de larmes. Elle inspira puis sentit son dos la brûler, sa chemise se déchirer. Elle hurla encore, luttant pour se débarrasser du monstre. Il lui planta les griffes dans la chair et y creusa quatre profonds sillons des omoplates à la taille.

Tout au fond d'elle, quelque chose de sauvage leva la tête, comme sortant du sommeil. L'adrénaline afflua en elle, coulant comme de la drogue dans ses veines, et des forces et de l'énergie se déversèrent en elle, lui donnant une force phénoménale. Elle poussa et replia suffisamment les jambes sous elle pour créer un interstice, juste assez grand pour pouvoir rouler sur elle-même.

En même temps, elle leva son couteau, qui fendit l'air en direction de la jugulaire du léopard.

La patte avant du félin vola vers sa main armée, l'animal la clouant au sol de son corps lourd alors que son énorme patte se métamorphosait, et à sa grande horreur des doigts se refermèrent sur son poignet, lui enfonçant violemment la main dans la boue. Cette main humaine, qui sortait du corps d'un léopard, la terrifia. C'était monstrueux, anormal et loin d'être aussi romantique que se l'était imaginé une gamine. Au plus profond de son propre corps, quelque chose bougea, repoussant la peur pour attiser une colère vive et brûlante.

Ils fixèrent le regard l'un sur l'autre, la rage couvant tout au fond d'elle. Elle sentait quelque chose en elle, quelque chose de vivant et qui respirait, et qui était furieux que le léopard ait osé la toucher. Sa peau la démangeait et sa mâchoire l'élançait. Tout son corps était douloureux, probablement à cause du méchant coup qu'elle avait reçu quand le félin l'avait jetée à terre.

— Vas-y, cracha-t-elle, s'efforçant de ne pas sangloter et tremblant sous l'effet d'un mélange de peur et de colère. Fais-le, vas-y.

Il la maintint au sol de ses lourdes pattes, respirant de nouveau contre son cou. Elle ferma les yeux et attendit la morsure fatale. Contrairement à la plupart des grands félins, les léopards préféraient mordre leur proie à la gorge jusqu'à ce que celle-ci meure étouffée. Avec lenteur, avec réticence presque, le grand léopard s'écarta. Elle le regarda à la dérobée et le vit reculer avec régularité, une patte silencieuse à la fois. Tout du long, il ne quitta pas son visage de ses yeux jaune-vert.

Elle n'osa pas bouger, craignant de s'attirer l'agressivité de l'animal. Longtemps après qu'il eut disparu dans le brouillard, elle resta au sol, tremblante, le visage baigné de larmes. S'asseoir fut douloureux, car elle avait le dos en feu. La pluie apaisa ses zébrures enflammées. La marque de morsure sur son épaule suintait. Il existait un sérieux risque d'infection dans le marécage. Elle ne pouvait pas aller voir un médecin, et si elle allait trouver la *traiteuse*[*], que dirait-elle ? Qu'un léopard l'avait attaquée dans la cyprière juste à l'extérieur de la ville ? La femme la ferait interner.

Elle resta assise sous la pluie, tendant l'oreille. Déjà les bruits habituels de la nuit reprenaient et, au plus profond de son corps, ce qui s'était réveillé se calma. Durant plusieurs longues minutes, elle resta assise dans la boue avec la pluie qui ruisselait sur elle, à pleurer. Son estomac se souleva soudain et elle roula péniblement sur elle-même pour se mettre à quatre pattes et vomir à n'en plus finir.

Elle était une Boudreaux et avait appris dès la naissance à ne pas se fier aux étrangers. Sa famille était enveloppée d'une atmosphère de secret et Saria vivait à l'écart du monde. Elle pouvait quitter la rivière… mais elle ne connaissait pas d'autre mode de vie. Où irait-elle ? Vers qui pourrait-elle se tourner ? Elle leva lentement la tête et regarda autour d'elle.

Elle était chez elle ici, avec la nature sauvage, la rivière, les bayous et les lacs, les marécages et le marais. Elle ne pouvait pas respirer en ville. Elle essuya de la manche la boue qui lui maculait le visage. Un mouvement qui lui envoya une onde de feu dans le dos et des petites flammes sur l'épaule. Elle eut un haut-le-cœur. Étouffant un petit sanglot, elle se releva en s'aidant d'une main tremblante. L'épuisement la submergea. Elle rejoignit le ponton en trébuchant. Chaque pas était douloureux et elle craint que le léopard lui ait cassé quelque chose dans le dos.

Elle eut du mal à grimper dans la pirogue, respirant profondément durant de longues minutes alors qu'elle tendait la main vers sa perche pour s'éloigner de la rive. À chaque mouvement, elle avait les muscles dorsaux en feu. Elle se retourna vers la cyprière alors qu'elle poussait l'embarcation à fond plat loin du ponton. Son cœur bondit. Des yeux rouges la regardaient fixement à travers la brume. Il l'épiait encore. Elle soutint son regard alors qu'elle poussait la pirogue dans le courant et se laissait emporter en aval. Les yeux rouges disparurent soudain et elle aperçut le grand félin qui courait, faisant de longues foulées bondissantes, zigzaguant à travers les arbres en se dirigeant vers le marécage.

Tentant d'arriver à la maison avant elle ? Un de ses frères lui ferait-il du mal ? L'un d'eux pouvait-il être un tueur en série ? Elle avait trouvé un second corps trois mois plus tôt, et à présent un troisième. Elle avait tenté de poster sa lettre elle-même, mais l'avait retrouvée clouée au fond de sa pirogue avec l'un de ses couteaux de pêche, ce qui avait manqué de la faire mourir de peur. Ses frères étaient des durs, tous capables de tuer si nécessaire. Mais gratuitement ? L'un d'entre eux ? Elle secoua la tête, refusant d'y croire. Mais la preuve… Peut-être que si elle le leur disait quand ils seraient tous ensemble, qu'elle leur balançait juste qu'elle avait trouvé des corps, il lui serait possible de le savoir à leurs réactions.

Saria fut incapable de réfléchir pendant le reste du trajet. L'usage de rames ou d'une perche nécessitait des muscles dorsaux, et son corps protestait à chaque mouvement. Elle ne chercha même pas à voir si le léopard avait coupé à travers le marécage et était arrivé à la maison avant elle. Plusieurs bateaux étaient amarrés au ponton et de la musique retentissait sur la rivière. Deux hommes se tenaient debout à l'extérieur du bar, mais aucun ne tourna les yeux de son côté alors qu'elle attachait sa pirogue.

Le bar était ouvert, ce qui signifiait qu'au moins l'un de ses frères était rentré. Elle aurait aimé jeter un coup d'œil à l'intérieur pour savoir lequel, parce qu'elle pourrait ainsi l'écarter en tant que suspect, mais elle n'osa pas courir le risque qu'on la voie.

La maison était nichée derrière le bar au milieu des arbres, avec la rivière qui coulait d'un côté et entourée d'arbres des trois autres. D'habitude les arbres la réconfortaient, elle y grimpait souvent enfant pour contempler le monde d'en haut. À présent, elle en scrutait frénétiquement les branches à la recherche de signes d'un grand félin alors qu'elle contournait le bar pour rejoindre l'arrière de la maison, espérant éviter ses frères si d'autres étaient rentrés.

Toutes les lumières étaient éteintes et elle s'arrêta sur les marches de derrière, l'oreille tendue. Son ouïe lui semblait plus fine par moments, comme si elle était contrôlée par un interrupteur, de même que sa vision nocturne. Là tout de suite, elle n'entendait que sa respiration rauque. Elle se glissa furtivement dans la maison plongée dans le noir, ne se souciant pas d'allumer, s'efforçant de ne faire aucun bruit alors qu'elle traversait les pièces exiguës jusqu'à sa salle de bains.

Saria ôta sa veste déchirée et en examina les lacérations avant de faire glisser sa chemise d'un haussement d'épaules. L'étoffe était imbibée de sang. Elle en souleva les lambeaux, observant les longues déchirures qui ne pouvaient qu'être l'œuvre des griffes d'un grand félin. La vue de tout ce sang et de ces lacérations lui donna la nausée. Elle roula la chemise en boule, la jeta dans le lavabo et tourna le dos au miroir en pied. Le verre était fêlé par endroits, mais, en regardant par-dessus son épaule, elle vit les sillons qui lui zébraient la peau. Ils étaient rouges et ne lui disaient rien qui vaille – assurément une infection en puissance.

Quand elle toucha les perforations sur son épaule, elle éclata en sanglots. Elle se tint sous la douche, tremblante, l'eau chaude ruisselant sur elle, lavant le sang tandis que son dos et son épaule la piquaient affreusement. Ses jambes se dérobèrent sous elle, et elle s'écroula sur le fond de la cabine de douche et se mit à pleurer, laissant l'eau emporter ses larmes.

Elle remonta les genoux contre sa poitrine et les serra fort contre elle, ne prêtant pas attention à son dos qui la brûlait. Pourquoi le léopard ne l'avait-il pas tuée ? À l'évidence, il savait qu'elle avait trouvé les cadavres. Elle respira profondément pour ne pas vomir. Elle n'avait aucune idée de ce qu'elle devait faire à part se frotter le corps pour en éliminer toutes les odeurs, puis se débarrasser de ses vêtements. Les léopards avaient un odorat développé, et elle ne voulait pas qu'on lui pose des questions.

S'obligeant à se relever, elle saisit à contrecœur le gel douche et en versa dans son dos, utilisant une brosse à récurer pour le faire pénétrer dans ses plaies. Elle dut s'arrêter plusieurs fois et respirer profondément pour ne pas s'évanouir. C'était plus douloureux que tout ce qu'elle avait pu imaginer. Elle se rinça, puis répéta le processus avec la morsure sur son épaule. Elle se tapota le corps pour se sécher, puis fouilla dans l'armoire à pharmacie jusqu'à ce qu'elle trouve de l'iode.

Elle ravala un hurlement en sentant la brûlure de l'iode qui coulait dans les sillons dans son dos et les perforations sur son épaule. Elle se coinça la tête entre les genoux, respirant profondément alors que les ténèbres grignotaient son champ de vision. De la bile lui monta dans la gorge et elle se battit de toutes ses forces pour ne pas vomir.

— *Fils de pute*[*] !

Elle cracha ces mots entre ses dents, luttant pour ne pas tomber face contre terre alors que le monde autour d'elle s'assombrissait et que des points blancs flottaient devant ses yeux.

Cela prit plusieurs minutes pour que les choses reviennent à la normale et elle fut de nouveau capable de se redresser sans avoir les jambes en coton, même si son dos protesta en la brûlant méchamment. Elle parvint à surmonter la douleur en respirant et banda soigneusement les perforations sur son épaule. Elle ne pouvait rien faire pour son dos et savait que tout ce qu'elle porterait serait foutu, alors elle enfila une vieille chemise et un jogging tout doux.

Elle ne pouvait pas juste aller se coucher et se cacher sous les couvertures, elle devait se débarrasser de ses vêtements en lambeaux. Elle ramassa la veste et la fourra dans le lavabo avec la chemise. Ses frères les sentiraient si elle ne s'occupait pas du sang avant de les jeter. La seule chose qui lui vint à l'esprit, ce fut de verser de l'eau de Javel dessus, ce qu'elle fit. Elle les laissa tremper pendant qu'elle allait chercher de l'eau et de l'aspirine.

Le temps qu'elle revienne, les effluves d'eau de Javel et de sang saturaient la salle de bains. Ça n'allait pas fonctionner. Certes l'eau de Javel masquerait l'odeur qui imprégnait ses habits, mais ses frères auraient des soupçons. Elle rinça la chemise et la veste, et nettoya le lavabo. Elle porterait les vêtements dans le marécage, où elle les brûlerait.

Saria tenta d'apaiser son esprit en ébullition assez longtemps pour examiner la situation en détail alors qu'elle sortait furtivement par l'arrière de la maison et disparaissait dans l'épais bosquet en direction du marécage. Pourquoi le léopard ne l'avait-il pas tuée ? Le métamorphe savait qu'elle avait trouvé les corps. N'aurait-ce pas été plus simple de juste la tuer – à moins que le tueur soit l'un de ses frères et qu'il n'ait pas pu se résoudre à éliminer un membre de sa famille.

— Saria ! où peux-tu bien te cacher, *ma chère** ?

Son cœur bondit en entendant la voix de Remy qui l'appelait depuis la galerie de derrière. Ces derniers temps, il vérifiait plusieurs fois par nuit qu'elle était bien dans sa chambre.

Jurant tout bas, elle creusa un trou en hâte et y fourra ses vêtements en lambeaux. Elle devait répondre. Il avait sûrement vu sa pirogue amarrée au ponton et allait se lancer à sa recherche.

— J'reviens tout de suite, cria-t-elle alors qu'elle enterrait les preuves. J'prenais juste un peu l'air.

— Dépêche-toi, Saria, tu n'devrais pas sortir seule la nuit dans le marécage.

Il avait toujours la voix douce. C'était Remy, mais derrière tout ce doux velours noir se cachait le fer. Elle savait qu'il viendrait la chercher si elle ne rentrait pas.

Elle s'épousseta les mains et se releva.

— J'arrive. N't'inquiète pas. J'suis fatiguée ce soir.

Lorsqu'elle entendit des voix à l'avant de la maison, elle s'empressa de rentrer et ne manqua pas de claquer la porte de sa chambre. Elle s'allongea sur le ventre et demeura éveillée la plus grande partie de la nuit, à guetter les bruits que faisaient ses frères, mais, lorsque leurs voix s'éteignirent, seuls restèrent les sons réconfortants du marécage.

Chapitre 2

Le soleil tombait du ciel telle une boule de feu en fusion, déversant des flammes rouge et orange dans les eaux sombres du Mississippi. L'air était lourd, presque oppressant d'humidité, exactement comme il l'aimait. Drake Donovan sortit de la péniche avec une grâce désinvolte, adressa un signe de la main aux hommes à bord et s'arrêta un moment sur la jetée en bois pour admirer le fleuve houleux. Avec la nuit qui tombait, les ombres en creusaient joliment les rides, donnant à l'eau un air mystérieux et attirant. L'attraction des cachettes secrètes du fleuve était forte.

Des bosquets de tupélos aquatiques et de cyprès ornaient le bord de l'eau. Il avait vu beaucoup de bras et d'îles dans ce genre lorsqu'ils s'étaient rapprochés des berges. De grands hérons majestueux marchaient dans les eaux peu profondes des bayous, des canaux et des marécages, silhouettes gracieuses qui attiraient le regard sur la beauté de la nature environnante.

Il écouta les bruits nocturnes qui parvenaient jusqu'à lui alors qu'il observait la première chauve-souris, qui plongeait et tournoyait dans l'air au-dessus de lui, attrapant les insectes attirés par la gigantesque étendue d'eau. Non loin de la berge, un petit renard s'élança vers une souris, qui détala dans les feuilles. Une chouette se tenait parfaitement immobile dans le crépuscule, attendant que le soleil sombre dans le fleuve, laissant la nuit recouvrir les marécages et les bayous.

La bête sauvage en lui réagit, se levant d'un grand bond, réclamant la liberté. Cela faisait si longtemps. Trop longtemps. Son épaisse barbe naissante composée de poils qui s'enfonçaient profondément dans ses tissus fournissait des informations tactiles à ses terminaisons nerveuses. Ce système de guidage se branchait toujours sur les courants d'air et lui permettait de lire les objets, et cette fois-ci, de façon inattendue, lorsqu'il rassembla des informations, son félin réagit avec agressivité, lui flanquant de grands coups de griffe et grondant en montrant les dents.

Drake leva le nez au vent, attirant la nuit tout au fond de ses poumons, l'attirant… *elle*. Son cœur manqua un battement, puis se mit à battre la chamade. Toutes les terminaisons nerveuses de son corps s'animèrent. Le désir lui assena un mauvais coup bas, une frappe retorse et inattendue qui le stupéfia. Son parfum était séduisant, captivant, mettant en branle un processus profondément primitif auquel il lui était impossible de se soustraire.

L'animal en lui bondit avec force, défiant l'homme. De la fourrure se répandit au-dessus de sa peau en une vague d'exigences, laissant derrière elle une démangeaison terrible. Sa mâchoire l'élança et il sentit la pression de canines qui cherchaient à sortir dans sa bouche. Il tenta de respirer, essayant d'apaiser la bête redoutable sur le point d'émerger. Ses muscles ondulèrent, se tordirent avant qu'il parvienne à se contrôler. Il avait déjà senti le besoin fébrile de son félin avant, mais pas de cette façon ; ça n'avait pas été aussi dangereux – le léopard capricieux luttant si fort pour émerger que Drake ne distinguait plus l'homme de la bête.

Un brouillard rouge envahit son esprit, des instincts primitifs étouffant l'homme civilisé en lui. Drake avait toujours eu une force prodigieuse, maîtrisant son côté animal avec plus de discipline que la plupart des siens, mais cette fois la lutte pour la suprématie ressemblait plus à un combat à mort. Ses os lui faisaient mal et sa jambe gauche l'élançait atrocement. Étrangement, ce fut la souffrance qui lui permit de tenir bon. Il était à découvert, un danger pour tout mâle – humain ou léopard – à proximité. Il garda le visage dans l'ombre et se contenta d'inspirer et d'expirer, comptant sur le mécanisme tout simple d'un réflexe automatique pour maintenir l'animal sauvage dans sa cage.

— Juste pour l'instant, chuchota-t-il – une promesse qu'il comptait tenir coûte que coûte.

Son léopard était resté en cage bien assez longtemps.

— Attends encore un peu.

La bête se retira en grondant férocement, obéissant à contrecœur ; plus, Drake en était persuadé, parce que le séduisant parfum avait été emporté par la brise nocturne que parce que l'homme en lui était plus fort. Il voulait suivre ce parfum – avait besoin de le suivre –, mais il était aussi insaisissable que l'étaient les femmes de son peuple. La fragrance sexy s'était envolée et il se retrouvait avec un désir qui l'étreignait et une érection douloureuse alors que le parfum laissait place aux effluves normaux de la berge du fleuve.

— Monsieur Donovan ? Drake Donovan ?

Il ferma un instant les yeux, savourant cette voix féminine mélodieuse. Elle avait les inflexions sensuelles du pays cajun. Il tourna la tête avec lenteur, persuadé qu'aucune femme ne pouvait arriver à la hauteur d'une telle voix. Il ignorait ce à quoi il s'était attendu, mais certainement pas à sa réaction en la voyant. Ce même coup bas retors à l'entrejambe, le même assaut de ses sens à vif qu'il avait vécu un peu plus tôt se rejoua encore plus violemment.

Elle se tenait à plusieurs pas de lui, mais il remarqua aussitôt tout sur elle. Ses sens étaient affinés par son léopard, il n'en doutait pas, mais cette fois sa réaction était entièrement celle de l'homme. Elle portait un jean délavé et déchiré, et un tee-shirt court qui épousait amoureusement ses formes généreuses. Elle avait un visage jeune, mais ses yeux étaient âgés. Elle avait les cheveux épais, blond foncé, mais libéralement parsemés de mèches argentées, dorées et platine. Ses magnifiques yeux chocolat foncé rehaussés de mouchetures dorées ne semblaient pas à leur place à côté de sa tignasse éclaircie par le soleil et coupée à la diable, ce qui ne serait jamais allé à aucune autre, mais ne faisait que la mettre en valeur.

Drake pouvait à peine respirer ; il savait qu'il la dévisageait, mais ne pouvait pas s'en empêcher. Elle se tenait là, se contentant de le regarder d'un air intrigué, attendant sa réponse. Elle avait de longs cils et une minuscule cicatrice sur le menton, ainsi que des fossettes attendrissantes. Sa bouche était un fantasme incarné, des lèvres pleines pareilles à un arc fascinant, des dents petites et blanches, même si ses canines étaient plus pointues que la normale. Il fut assailli par l'étrange envie de l'attirer dans ses bras et de la goûter.

Elle le considéra avec un mélange de réticence et de méfiance.

— J'suis Saria Boudreaux, votre guide. Vous êtes Drake Donovan, si je n'me trompe ? (Elle inclina la tête sur un côté, l'examinant avec inquiétude.) Si vous vous sentez mal après votre voyage, n'vous en faites pas, on peut attendre avant de vous faire remonter en bateau. Peut-être manger un bout ?

Il sentit son accent se lover au creux de son ventre, faisant palpiter son entrejambe.

— Je vais bien, mademoiselle Boudreaux. Je vais descendre à *L'Auberge Lafont*, comme vous me l'avez conseillé. Vous avez dit que la maison d'hôtes était proche des canaux et des marais que je visiterais ?

Il s'était assuré que la maison d'hôtes qu'elle lui avait recommandée n'était pas très fréquentée tout en étant à proximité des bayous où on trouvait des bosquets, des marais et des marécages. Il avait réservé toutes les chambres au cas où il aurait besoin de son équipe, ainsi que pour garantir leur intimité.

Elle hocha la tête.

— Appelez-moi Saria, ce sera plus facile puisqu'on va passer une semaine ensemble. C'est votre sac ?

Elle indiqua son petit sac marin d'un signe de tête.

Qu'il soit damné si elle le portait pour lui. Il se baissa et le souleva lui-même, envoyant une prière silencieuse pour que son sexe extrêmement gonflé lui permette de marcher.

— Ce sera Drake alors. Merci de m'avoir accueilli aussi tard.

Aucune femme n'avait jamais, au grand jamais, provoqué une telle réaction en lui. Il devait s'agir du désir farouche de son félin.

Elle haussa les épaules et se détourna, longeant la promenade en bois vers le bosquet de cyprès qui plongeaient de longues barbes chatoyantes de mousse dans l'eau. Elle ne faisait aucun bruit en marchant, et le balancement gracieux et silencieux de ses hanches était si séduisant que son souffle se coinça dans sa gorge. Il n'était pas le genre d'homme à être sujet à des images érotiques choquantes à la vue d'une femme qui marchait, mais chaque cellule de son corps se mit aux aguets et il fut pris de la folle envie de lui sauter dessus, de la clouer sous lui et de la dévorer. Il secoua la tête pour tenter de chasser la folie qui s'était emparée de son esprit.

Ce devait être son léopard ; c'était la seule explication sensée. Cela faisait trop longtemps qu'il avait été blessé et que son félin n'avait pas pu émerger. Récemment, l'homme pour lequel il avait choisi de travailler, enfin, d'accord – Drake grimaça carrément avant de le reconnaître –, son *ami*, Jake Bannaconni, lui avait organisé une opération, et des os de son peuple avaient été greffés à sa mauvaise jambe dans l'espoir qu'il puisse se transformer de nouveau un jour. Il n'était pas entièrement rétabli, et, quand il était fatigué, il lui arrivait encore de boiter, mais son félin s'agitait davantage chaque jour, impatient de mettre à l'épreuve les nouveaux os de sa jambe.

Le léopard se battait de plus en plus contre lui pour émerger. Il avait demandé à dessein à leur guide de leur trouver une maison d'hôtes dans un lieu isolé dans l'idée qu'il pourrait tenter de redonner sa liberté à sa partie animale – c'était ça ou sombrer dans la folie. Il repoussa la voix de son chirurgien, qui lui recommandait de se ménager. Il l'avait tellement fait qu'il perdait carrément la tête, et sa pauvre et très charmante guide qui ne se doutait de rien courait le risque de se faire férocement attaquer.

Il était homme à tout remarquer machinalement, et il lui était impossible de ne pas regarder marcher Saria. Il se sentait si vieux alors qu'elle avait l'air fraîche, innocente et largement trop bien pour lui, à un point tel que ça n'en était pas amusant – mais, n'empêche, elle ne portait pas d'alliance, et ce qu'il y avait de sauvage en lui se retira encore plus. Il respirait normalement à présent, des années de discipline l'aidant à reprendre le dessus. La petite brise caressa les pointes fines et clairsemées des cheveux de la jeune femme, décolorés par le soleil, et son cœur fit un bond.

Saria tourna la tête pour lui jeter un coup d'œil par-dessus son épaule, les sourcils légèrement froncés, le jaugeant du regard. Elle ralentit.

— Vous allez bien ?

Il la regarda droit dans les yeux, d'une façon qui fichait d'habitude une trouille bleue aux gens.

— Pourquoi n'irais-je pas bien ?

Il avait été plus bourru qu'il ne l'avait voulu, mais elle avait l'air si jeune et innocente, et ses tentatives pour contrôler les images du corps nu de la jeune femme qui se trémoussait sous le sien n'étaient pas vraiment couronnées de succès – il avait l'impression d'être un vieux libidineux.

— Votre jambe, j'vois que vous boitez.

Voilà qu'il était de retour, ce petit accent qui s'infiltrait sous sa peau et faisait violemment tressaillir sa queue. Et il ne boitait pas. Impossible. Il ne détourna pas les yeux, la dévisageant d'un regard inexpressif.

— Je ne boite pas.

Il marchait avec aisance à présent, d'un pas assuré, et, nom d'un chien ! il était passé d'un vieux libidineux à un vieux décrépit aux yeux de sa guide. Face à la femme la plus sexy en vie, il avait manifestement jeté aux oubliettes affabilité et pouvoir.

Elle arqua légèrement les sourcils. Une fossette se fondit dans sa bouche pleine et appétissante. Elle lui adressa un demi-sourire.

— J'suis heureuse qu'on ait clarifié ce point parce que la maison d'hôtes n'est pas la porte à côté. On peut couper en passant par la ville et une sorte de forêt de sapins de Noël et longer une cyprière. Ça nous fera gagner quelques pas.

Il lui décocha un grand sourire pâle, refusant de reconnaître quoi que ce soit.

— Plus vite on se mettra en route, mieux ce sera.

Le soleil couchant déversa une pluie de lumière rougeoyante juste avant de sombrer entièrement dans le fleuve, baignant la jeune femme de flammes rouge et orange. Sa crinière soyeuse l'attirait, une attraction à laquelle il lui était impossible de résister. Il tendit la main et lui coinça une mèche rebelle derrière l'oreille, le cœur battant. Il sentit un afflux de chaleur s'engouffrer dans ses veines. Le sang rugissait à ses oreilles, tonnait dans sa tête.

Elle était puissante, aucun doute là-dessus. Elle se figea lorsqu'il la toucha, mais n'écarta pas sa main d'une tape comme elle en aurait eu parfaitement le droit. Ses yeux devinrent limpides et elle les cligna, les plongeant dans les siens. Elle avait l'air indomptée, inaccessible, et tout ce qu'il y avait de viril en lui était prêt à relever ce défi. Il sentit sa réaction courir comme une onde à travers ses muscles saillants, sentit la force et la puissance de son propre corps. En sa présence, il avait pleinement conscience de son propre pouvoir.

Il était capable de franchir d'un bond d'énormes distances avec une agilité absolue. Il pouvait retomber avec grâce sous ses deux formes – de félin ou d'homme. Il pouvait courir furtivement comme de l'eau sur le sol, si silencieux que même les feuilles n'osaient pas bouger. À l'instar de son félin, la puissance absolue de ses muscles lui permettait de se mouvoir rapidement pour prendre le contrôle de ses proies. Ces mêmes muscles lui permettaient de se déplacer comme dans un ralenti, de demeurer parfaitement immobile jusqu'à se fondre dans son environnement.

Il incarnait le pouvoir, et, en cet instant, il savait qu'elle en avait parfaitement conscience. Les mouchetures dorées dans ses yeux grossirent jusqu'à entourer le chocolat plus sombre. Elle ne détourna pas le regard. Ne cilla pas. Son corps se mit à tourner à plein régime, son membre devant dur et gonflé, et il se sentit soudain agressif. Cette femme suscitait la même réaction chez l'homme que celle qu'avait induite l'insaisissable femelle de son peuple chez son léopard. Il devrait réviser l'opinion qu'il s'était faite d'elle. Saria Boudreaux était plus que la jeune femme qu'il avait d'abord cru qu'elle était – bien plus – et il comptait découvrir chacun de ses secrets.

Saria frissonna alors qu'elle plongeait le regard dans les yeux incroyablement perçants de Drake Donovan. Son regard franc et insistant était perturbant. Elle avait l'impression qu'il pouvait voir en elle jusque dans ses pensées les plus intimes. Elle rougit à cette idée, heureuse que la nuit tombe vite. Drake Donovan était un homme singulier. Il s'était tenu si parfaitement immobile que, alors même qu'il s'était dessiné sur le fleuve, c'était à peine si elle avait réussi à le voir – et elle avait une vision nocturne remarquablement bonne. Il semblait avoir le chic pour disparaître dans son environnement.

Qu'il puisse se fondre si facilement dans ce qui l'entourait n'avait aucun sens. C'était un homme impressionnant voire imposant. Il avait de larges épaules, un torse puissant et musclé. De tous les hommes qu'elle ait jamais rencontrés, il était celui qui avait les bras les plus forts. Des muscles saillants se mouvaient en de séduisantes ondulations à chacun de ses pas. Il avait une épaisse tignasse blonde et un visage aux lignes marquées. À l'instant où elle avait posé les yeux sur lui, son cœur s'était mis à battre trop vite et un million de papillons s'étaient envolés dans son ventre. Encore à présent, elle se sentait nerveuse.

Elle avait l'habitude d'être entourée d'hommes, et même d'être seule avec eux. Elle tenait parfois le bar seule, et jamais avant elle ne s'était sentie aussi femme. Elle pouvait à peine respirer. La chaleur de la soirée lui semblait un peu plus lourde. De la sueur ruisselait dans la vallée entre ses seins, et elle dut lutter pour conserver une respiration régulière. Chaque souffle qu'elle prenait introduisait son odeur sauvage et singulière plus profondément en elle. De toute sa vie elle n'avait jamais eu une conscience aussi absolue, aussi aiguë d'un homme.

Il était si silencieux quand il marchait qu'elle ne pouvait s'empêcher de temps à autre de lui jeter un coup d'œil par-dessus l'épaule pour s'assurer qu'il la suivait. Il était le genre d'homme qu'elle évitait à tout prix d'habitude. Elle avait vu d'autres femmes autour d'elle succomber à de l'attirance physique, ou même à un amour sincère, et toutes avaient fini de la même façon, des paillassons pour des maris exigeants et accaparants. Aucun risque qu'elle suive le même chemin.

Il était largement trop bien pour elle et elle n'était pas stupide au point de prétendre le contraire. Il émanait de lui un raffinement durement gagné, et il avait une autorité qui lui semblait aussi naturelle que respirer. L'attirance physique s'étiolait rapidement lorsque le quotidien s'invitait, et alors qu'en serait-il d'elle ? Donovan était le genre d'homme à régner sur tout et tout le monde dans son domaine avec une main de fer.

Il portait son jean bas sur les hanches et ses cuisses formaient deux puissantes colonnes jumelles. Elle ne put s'empêcher de jeter deux ou trois coups d'œil furtifs à son impressionnant entrejambe. Drake Donovan avait beau être un plaisir pour les yeux, elle devait vite se ressaisir. Il mangerait une femme vivante.

Elle se creusa quelque peu désespérément la tête à la recherche de quelque chose à lui dire, se sentant mal à l'aise.

— Êtes-vous déjà venu ici ?

Elle était guide professionnel, pour l'amour du ciel ! pourtant elle n'était même pas capable de lui faire la conversation.

— Non.

Elle jura tout bas. Une semaine avec lui. Toute une semaine. Il payait bien, mais elle ne se maîtrisait plus en sa présence, et en outre il était évident qu'il ne souhaitait même pas échanger des banalités polies avec elle. Elle se mordit fort la lèvre inférieure et accéléra le pas. Un autre rapide coup d'œil par-dessus son épaule lui apprit qu'il n'avait aucun mal à la suivre.

— Vous semblez un peu jeune pour être guide dans les marécages, dit Drake.

Saria ravala la première riposte qui lui vint à l'esprit. Génial. Son premier vrai beau gosse et il la trouvait trop jeune. Elle continua à lui tourner le dos, s'efforçant de ne pas raidir les épaules. Pourquoi se soucier de ce qu'il pensait ? Ce n'était pas parce qu'il était le mec le plus canon de la planète que ça voulait dire quoi que ce soit. Elle avait beau ne rien vouloir avoir affaire avec lui, il aurait pu au moins la considérer comme une femme et pas comme une gamine.

— J'ai grandi ici. Quand on n'a pas l'habitude du marécage, ça peut être très dangereux. (Elle ne put rien contre la pointe de sarcasme qui se glissa dans sa voix.) Il n'y a pas de points de repère là-bas. Si vous préférez un autre guide, d'autres sont disponibles. Vous n'aurez aucun problème à me trouver un remplaçant avec le prix que vous êtes prêt à payer.

Comme si elle pouvait se permettre de perdre cet argent. La fierté était un vilain défaut, se rappela-t-elle, mais elle ne mendierait pas pour garder cette mission.

— Quand nous avons demandé quelqu'un qui connaissait le marécage, les plantes et les animaux sauvages de la région, vous nous avez été chaudement recommandée par plusieurs personnes, dit Drake. Et vous avez bien stipulé pouvoir vous rendre disponible plus longtemps si nécessaire.

Elle ne put s'empêcher de lui lancer un autre petit regard en coin. *Mon Dieu**, il était trop beau. Elle pourrait passer beaucoup de temps avec lui – il était vraiment agréable à regarder. Et au moins il lui parlait à présent.

— Oui, si vous me prévenez quelques jours plus tôt, j'pourrai m'organiser.

Peut-être pas. Chaque fois qu'elle le regardait, elle perdait l'esprit. Ses yeux avaient quelque chose de fascinant, d'un vert doré et profond, bordés de cils incroyablement longs. Il avait une barbe naissante qui lui donnait un air encore plus rude.

Elle traversa la petite ville, veillant à ne pas trop s'approcher de l'église de peur de tomber sur le curé. Elle n'était pas retournée se confesser depuis qu'elle lui avait remis la lettre, et à présent elle préférait ne pas le croiser par hasard. Les longues zébrures dans son dos et la marque de morsure sur son épaule avaient un peu cicatrisé, mais elles continuaient à la faire suffisamment souffrir, sans parler de ses cauchemars, pour qu'elle soit convaincue de s'occuper de ses affaires. Elle ne voulait pas que le père Gallagher lui pose des questions. Elle avait réussi à éviter ses frères et à présent, en acceptant ce boulot, elle resterait dans le marécage pendant au moins une semaine.

— Vous êtes mariée ?

La voix de Drake était désinvolte.

Elle sentit son cœur bondir.

— Non.

— C'est ce que je pensais. Aucun homme sain d'esprit ne laisserait quelqu'un comme vous emmener des inconnus seule dans le marécage.

Elle toucha le couteau à sa ceinture.

— J'sais me débrouiller.

Pourquoi m'a-t-il demandé ça ? Elle avait vu la façon qu'il avait de faire glisser son regard sur elle, remarquant absolument tout. Impossible que son absence d'alliance lui ait échappé. N'empêche, peut-être que certaines femmes ne la portaient pas. Elle cessa de retenir son souffle. Peut-être que, malgré son visage inexpressif, elle le laissait un peu moins indifférent qu'il voulait le faire croire.

— Et vous ?

Elle n'arrivait pas à se l'imaginer marié, qu'une femme puisse retenir son intérêt bien longtemps.

Le silence s'étira entre eux jusqu'à ce qu'elle s'arrête et le regarde. Il lui décocha un petit sourire qui n'atteignit pas vraiment ses yeux.

— Je doute de pouvoir trouver une femme qui me supporterait.

Elle arqua vivement les sourcils.

— Vous êtes si difficile à vivre que ça ?

— Je suppose que je pourrais l'être, oui, reconnut-il. Sa voix baissa d'une octave – devint douce, séduisante, une intimité dont elle n'avait absolument pas l'habitude.

— Vous vivrez avec moi toute la prochaine semaine. Vous me direz.

Elle eut la bouche sèche. Son cœur bondit, et une chaleur moite s'accumula en elle. Il plongea le regard dans le sien et elle éprouva aussitôt l'impression de sombrer en lui. C'était bizarre, mais elle était incapable de détourner les yeux, comme s'il était parvenu à la captiver par quelque procédé primitif. Son regard fixe était à la fois charismatique et alarmant. Son cœur commença à tambouriner, un avertissement bien réel. Tout ce qu'elle avait de féminin en elle réagissait à sa présence tout en la poussant à fuir.

Elle se perdait dans son regard, et vit donc le changement brutal qui s'y produisit. Le vert moucheté d'or vira soudain à l'or antique. Ses pupilles rondes se dilatèrent, triplant de volume. Il s'était déplacé, non ? Elle ne pensait pas avoir cligné des yeux, mais son corps était proche du sien, presque protecteur, la mettant à l'abri d'une menace qu'il avait perçue sans même tourner la tête. Des doigts glacés lui glissèrent lentement dans le dos. Son radar s'affola, et cette fois la menace ne provenait pas de l'homme en face d'elle. Peut-être n'avait-ce jamais été le cas, et qu'elle avait été induite en erreur par son magnétisme avide. Quelles qu'en soient les raisons, elle avait mal interprété ses signaux d'alarme.

— Un homme se tient derrière dans les ténèbres à l'entrée des arbres. Il vous observe.

Il avait beaucoup baissé le ton, et sa voix était presque inaudible. Si elle n'avait pas eu une aussi bonne ouïe, son chuchotement lui aurait échappé.

— Vous le connaissez ? Regardez par-dessus mon épaule gauche.

Il se rapprocha encore d'un pas, inclinant la tête vers elle comme pour l'embrasser.

Son souffle se coinça dans sa gorge. Tout en elle se figea. Elle posa la main à plat sur son torse, juste au-dessus de son cœur qui battait vigoureusement, ne sachant pas si c'était pour le repousser ou pour se tenir alors qu'elle levait la tête.

Elle darda un regard furtif vers la ligne des arbres et sa gorge se noua presque. Des yeux rouges flamboyants lui rendirent son regard. Il y avait quelque chose là-bas – *quelqu'un*. Qui savait qu'elle coupait par la sapinière chaque fois qu'elle venait en ville. Savait-il qu'elle était allée chercher un client ? Elle n'aurait su dire qui c'était, juste que des yeux humains ne reflétaient pas la lumière ainsi. Celui qui se trouvait dans la forêt de sapins de Noël était probablement son agresseur.

— On n'a pas besoin de couper par le bois pour rejoindre le ponton. Cette route le contourne puis repart vers les canaux. C'est un peu plus long, mais…

— Je pense qu'une promenade dans le bois est une excellente idée, l'interrompit Drake.

Elle secoua la tête.

— J'ignore si vous avez lu ce qui se raconte au sujet des félins fantômes que les gens croient avoir aperçus dans les marécages, mais parfois ces choses-là sont plus réelles qu'on n'le voudrait. J'me sentirais juste plus en sécurité si on restait en ville.

— Regardez-moi.

Il s'était exprimé à voix basse et elle crut presque entendre un ronronnement tant elle était douce et séduisante, mais il lui avait incontestablement donné un ordre.

Elle éprouva une démangeaison sous sa peau. Si elle avait été un chat, elle aurait juré qu'il ne l'avait pas caressée dans le sens du poil, mais, avant d'avoir pu s'en empêcher, elle leva vivement les yeux vers les siens. Aussitôt elle se retrouva happée par son regard concentré, plein d'autorité. Il avait des yeux superbes, tout à la fois effrayants et sexy.

— Vous ne risquez rien avec moi.

Il s'était exprimé d'un ton qui était juste trop intime, trop assuré – si assuré que, lorsqu'elle plongea le regard dans le sien, elle le crut malgré son cerveau qui lui disait d'être logique. Ces propos n'étaient-ils pas stupides alors qu'elle savait pertinemment qu'un léopard traquait et tuait les gens ? Drake Donovan était peut-être un homme puissant dans son monde – et à l'évidence tout chez lui criait qu'il savait se défendre –, mais pas contre des machines à tuer comme l'étaient les métamorphes. Intelligents et rusés, ils s'appuyaient à la fois sur l'homme et la bête pour abattre leurs proies.

Elle déglutit péniblement, incapable d'échapper à ses yeux perçants. Il les avait verrouillés sur elle et il n'était pas question de fuir. Il lui vint soudain à l'esprit qu'il était en train de lui dire quelque chose de totalement différent de ce qu'elle avait pensé. Elle fronça les sourcils, mais déjà il la tournait avec douceur mais fermeté dans la direction du bois. À contrecœur, elle avança de quelques pas, déconcertée par Drake, déconcertée par la réaction qu'il suscitait en elle.

Elle grimaça. Drake Donovan la déstabilisait. Elle scruta les ombres profondes. Rien ne bougea. Aucun œil ne lui rendit son regard. Celui qui s'était tapi là s'était déplacé. N'empêche, elle n'était pas tranquille, ce qui n'était pas bon signe. Avec la plus grande désinvolture, elle baissa la main jusqu'au couteau à sa ceinture, libérant dans un claquement le cran d'arrêt du pouce.

— Tout va bien, dit doucement Drake. Un homme à dix heures et deux autres dans notre sillage derrière nous.

Elle se renfrogna encore. La guide, c'était elle. C'était son boulot de le protéger dans le marécage. C'étaient ses terres natales à elle et elle aurait dû repérer ces présences bien avant que Drake les remarque. Il perturbait son radar. Elle avait la désagréable impression qu'il sonnait l'alarme tandis qu'elle était aveuglée par sa présence. Alors pourquoi se sentirait-elle en sécurité avec lui ?

Elle darda son regard du côté qu'il lui avait indiqué. Marchant sur le chemin qui rejoignait le leur se trouvait Amos Jeanmard. Elle jeta un coup d'œil derrière elle et identifia les jumeaux Lanoux, Robert et Dion, qu'on voyait rarement l'un sans l'autre. Ils étaient allés à l'école avec son frère, Mahieu, et passaient souvent au bar tard le soir pour lui dire bonjour. Elle soupçonnait que Robert flirtait avec elle pour s'amuser, alors que Dion était on ne pouvait plus sérieux. À en juger par la tête qu'il faisait, il n'était pas content de la voir avec Drake.

Elle venait d'une communauté dont les membres vivaient en bons termes mais étaient très attachés à leur vie privée. Des années plus tôt, les adultes avaient tenté de faire remarquer à son père qu'elle était une petite sauvageonne, et, quand il n'avait rien répondu, ils avaient tous semblé se mettre en tête qu'ils devaient garder un œil sur elle, de loin bien sûr.

— Ce sont des voisins, annonça-t-elle, se détendant un peu.

Si un tueur était tapi dans le bois, il ne se montrerait pas avec tant de personnes rassemblées. Dès qu'elle aurait installé son client dans la maison d'hôtes, elle retournerait chez elle prendre quelques armes supplémentaires. Elle ne mettrait personne en danger, mais elle devait gagner sa vie.

Donovan la payait bien trop grassement et elle avait besoin de cet argent. Elle refusait de dépendre financièrement de ses frères. Ils s'imagineraient avoir des droits sur elle, et, à présent qu'elle était adulte, elle n'était pas près de leur laisser avoir leur mot à dire quant à la façon dont elle menait sa vie. Elle décocha un sourire aux frères Lanoux. Ils avaient manifestement pressé le pas pour les rattraper.

À côté d'elle, Drake eut une réaction si subtile qu'elle ne parvint pas à mettre le doigt dessus, mais l'atmosphère se fit tendue et il parut immédiatement dangereux, à des lieues de l'homme facile à vivre qu'il avait d'abord semblé être. Il posa le regard sur les deux hommes et ne l'en détourna plus. Elle perçut véritablement la différence, le sentit se ramasser sur lui, prêt à bondir, et soudain elle ne fut plus si sûre que quiconque fût en sécurité avec ce Donovan. La menace brillait dans ses yeux et, avec une grande douceur mais fermement, il la souleva par la taille et la reposa derrière lui, faisant face aux deux frères seul.

Dion et Robert étaient à l'identique, se séparant pour approcher Drake des deux côtés, ressemblant plus à des guerriers professionnels qu'aux hommes aimables qu'elle connaissait. La situation lui échappait à vitesse grand V et la tension qui saturait l'air était à couper au couteau.

— Ce sont mes voisins, répéta-t-elle. Mes *amis.*

Elle referma les doigts autour des biceps de Drake comme si cela pouvait le retenir. Il avait le corps chaud… non, brûlant. Elle sentit ses muscles onduler sous sa peau et une chaleur palpita en réponse entre ses cuisses.

Drake hésita, puis, à son grand soulagement, elle le vit lui décocher un sourire rapide. Son regard était toujours aussi concentré et elle remarqua qu'il lui faisait encore un bouclier de son corps, mais une partie de la tension qu'elle percevait en lui s'apaisa. *Non, pas la sienne*, se corrigea-t-elle – la tension émanait des frères Lanoux, tandis que Drake était ramassé, prêt à parer à toute attaque le cas échéant.

— Dion (Saria s'adressa à lui avec plus de chaleur que d'habitude), comment vas-tu ? Qu'est-ce qui t'amène en ville ?

— J'pourrais te poser la même question, *ma chère*[*], répliqua Dion en s'arrêtant juste à quelques pas d'eux, faisant glisser son regard sur Donovan et le jaugeant.

Il fallait croire que ce qu'il vit n'était pas pour lui plaire, car son regard n'avait rien d'amical.

— J'ai décroché une mission de guide.

Elle adjura mentalement Dion de comprendre que c'était lucratif et qu'il était hors de question que ce boulot lui file sous le nez à cause de lui.

— Drake, j'vous présente Dion Lanoux et son frère, Robert. Ce sont de proches voisins. Dion, Robert, j'vous présente Drake Donovan. J'vais lui faire visiter le marécage et le bayou.

— Vraiment ? (Robert arqua vivement un sourcil.) Pourquoi ?

— Robert ! (Saria était consternée) occupe-toi de tes affaires.

— Vous permettez, Donovan, mais j'dois parler avec Saria un instant, dit Dion d'un ton doucereux en lui tendant la main.

Elle sentit un afflux soudain de pouvoir courir sous la peau de Drake. Elle leva aussitôt les yeux vers son visage. Il regardait Dion, pas Robert, et son expression avait quelque chose de particulièrement redoutable.

— Saria (sa voix était très douce), si vous avez peur d'eux, vous n'avez pas à les suivre.

Il savait. Elle s'était crue si prudente et si maligne. Elle avait dissimulé sa terreur à ses propres frères, à ses voisins, pourtant ce parfait inconnu, quelques minutes seulement après l'avoir rencontrée, savait. Elle s'obligea à sourire, quelque peu impressionnée qu'il soit à l'évidence disposé à affronter les deux frères pour elle.

— Non, même s'ils ont manifestement oublié leurs manières, ce sont des amis.

Peut-être que, si elle le répétait suffisamment, les deux camps cesseraient de se donner des airs et se comporteraient de manière civilisée.

Sans prendre la main de Dion, elle voulut contourner Drake, mais il se déplaça légèrement, lui barrant la route. L'effleurant à peine, il fit courir ses doigts sur son bras jusqu'à son poignet, où il les posa avec une infinie douceur.

— Vous en êtes bien certaine, Saria ? Je vous assure, il est inutile de me protéger.

Il lui adressa un faible sourire.

Le cœur de Saria s'arrêta presque, puis commença à cogner contre sa poitrine. Il était si beau. Et la façon dont il l'avait touchée, une caresse aussi légère que celle d'une plume, elle l'avait senti jusqu'au plus profond d'elle-même. Une chaleur s'engouffra dans ses veines et elle déglutit péniblement, tentant de ne pas céder à cette attirance physique à l'état pur.

— N'en soyez pas si sûr, assena Dion, fusillant du regard les doigts de Drake, qui formaient un bracelet lâche autour du poignet de Saria.

Elle suivit des yeux son regard irrité et dut lutter pour ne pas rougir alors qu'elle s'écartait et contournait Drake d'un pas ferme.

— Tu aurais pu te servir du téléphone, Dion, dit-elle, s'il était si important de me joindre.

Elle le dépassa, mais s'arrêta à un endroit d'où elle pouvait garder un œil sur Drake et Robert. Si les jumeaux avaient comploté quelque attaque sournoise contre son client, elle leur ferait savoir une bonne fois pour toutes qu'elle était parfaitement capable de prendre soin de ceux qu'elle avait sous sa responsabilité.

— Tes frères savent-ils ce que tu fais ? cracha Dion entre ses dents. Cet homme est dangereux, Saria. Tu es complètement dépassée par la situation.

Elle se tapota la cuisse des doigts, pleinement consciente de l'intérêt que Drake lui portait. Elle prenait soin de ne pas le regarder.

— Ce n'sont pas tes affaires, Dion, pas plus que celles de mes frères. J'suis une guide agréée. Au cas où tu n'l'aurais pas remarqué, c'est comme ça que j'gagne ma vie depuis quelques années.

Dion secoua la tête, se rapprochant d'elle et baissant la voix d'une octave.

— Pas avec cet homme. S'il veut un guide, j'jouerai les guides pour toi. Tu n'as aucune idée de ce à quoi tu as affaire.

— Alors dis-moi, le défia-t-elle. Il n's'est pas écrasé devant vous, apeuré, quand toi et ton frère avez essayé de vous mettre à deux contre lui. (La rage la consumait.) Si tu sais un truc sur cet homme, dis-le-moi maintenant.

— J'ai fréquenté ce genre d'homme, Saria. Pas toi. Il se tient trop immobile. Il n'a même pas cillé quand on s'est approchés de lui et crois-moi, *ma chère**, les hommes normaux nous craignent.

Elle le croyait. Robert et Dion étaient solidement bâtis et capables de se battre férocement. Les autres les laissaient tranquilles, conscients que, s'ils en affrontaient un, ils devraient affronter l'autre.

Elle haussa une épaule.

— Dans ce cas, j'suppose que j'serai en sécurité dans le marécage avec lui.

Drake avait entendu assez facilement leur conversation chuchotée, tout comme son léopard. Son félin était déjà bien trop près d'émerger et de nouveau il se retrouva à devoir lutter pour garder le contrôle de l'animal. Saria était entourée de léopards, et, s'il l'avait ignoré avant, ce n'était certainement plus le cas à présent : il ne voulait voir aucun mâle, sous quelque forme que ce soit, près d'elle.

Les frères Lanoux, ainsi que l'homme qui était resté dans les ténèbres, qui qu'il soit – et Drake ne pourrait pas le savoir tant qu'il ne se serait pas rendu là où il s'était tapi pour flairer sa cachette – étaient certainement des léopards. L'homme d'un âge avancé – également un voisin, d'après ce qu'avait dit Saria – qui les observait avec intérêt depuis le chemin était aussi un léopard. Il était tombé dans un vrai repère de métamorphes où non pas une mais plusieurs familles s'étaient groupées pour former une vague coalition. Il avait ignoré qu'il en existait une en dehors de la forêt tropicale.

Il huma l'odeur de mâles dans la force de l'âge, furieux qu'un autre mâle ait pénétré sur leur territoire.

Un étranger, peut-être un léopard solitaire. Drake n'avait pas peur d'eux – lui et son léopard se battaient depuis qu'il était enfant –, mais il ne s'était pas transformé depuis un moment. Le chirurgien avait insisté pour qu'il se ménage et laisse sa jambe guérir complètement avant de tenter de se métamorphoser de nouveau. Ce qui importait peu pour son félin.

Son animal voyait rouge, se jetant contre lui, mais Drake était un alpha depuis de nombreuses années, dirigeant des équipes de léopards mâles dans la forêt tropicale, où leurs natures primitives prenaient souvent le dessus sur leur côté humain civilisé. Force, patience et discipline étaient nécessaires pour les contrôler – et il en avait à revendre. Sa priorité absolue, c'était d'éloigner Saria des mâles. S'il l'avait bien cernée – et il était très fort pour cerner les gens –, elle était des plus indépendante.

Sans se soucier des autres, pas plus que de l'homme plus âgé qui s'approchait dans son dos, il lui décocha un petit sourire malicieux.

— Si votre homme ne voit pas d'un bon œil que vous me fassiez visiter les environs, mademoiselle Boudreaux, vous pourriez peut-être me recommander un autre guide ?

Saria, se tourna, le rouge lui remontant le long du cou. Ce qu'il trouva charmant, séduisant même, et il se sentit un peu coupable de l'avoir manipulée alors que son visage s'empourprait.

Elle avait les yeux brillants, plus ambre que marron.

— M. Lanoux n'est pas mon homme. J'suis votre guide, monsieur Donovan, et je n'laisserai pas ce boulot me filer sous le nez.

Elle poussa Dion et s'avança vers lui à longues enjambées, les épaules raides d'indignation. Elle bouscula carrément Robert en le dépassant, son épaule heurtant la sienne. C'était un petit bout de femme, mais elle était solide, et elle surprit, choqua même le mâle. Elle l'avait ébranlé, constata Drake avec satisfaction. Son grand sourire s'élargit et il laissa l'admiration pétiller un instant dans ses yeux. Il adorait son accent et avait remarqué qu'il était plus fort quand elle était en colère, un truc qu'il ferait bien de ne pas oublier.

Saria ramassa son sac et s'en servit pour lui indiquer le chemin qui s'enfonçait dans le bois. En même temps, elle fusilla les frères du regard.

— J'suis parfaitement capable de veiller sur nous dans le marécage.

— Tes frères…, commença Dion.

— S'occupent de leurs propres affaires, et vous feriez bien d'en faire autant, répliqua-t-elle d'un ton brusque. Bonsoir, monsieur Jeanmard, lança-t-elle à l'homme âgé alors qu'elle continuait à marcher sur le chemin qui serpentait à travers les arbres.

Elle était magnifique. Drake se surprit à sourire alors même qu'il avait la confirmation que le nouveau venu était bien un léopard. Il suivit Saria, résistant à l'envie de son félin de rugir de triomphe au nez des autres mâles. *Parfois, mon ami, se servir de sa cervelle vaut bien mieux que jouer des muscles*, lui dit-il pour l'apaiser. *Nous y sommes presque. Ça ne va plus tarder.* Le marécage exerçait une attraction sur ce qu'il y avait de sauvage imprimé dans ses os.

— C'était quoi ça, là-bas ? demanda-t-il, sachant qu'elle se poserait des questions s'il n'en faisait rien. Ils sont contrariés parce que c'est vous qui avez décroché ce boulot et pas eux ?

— J'emmène des clients dans le marécage tout le temps, dit-elle. J'ignore quelle mouche les a piqués.

On n'a aucun lien de parenté et on n'sort pas ensemble, alors n'vous en faites pas pour ça.

Drake jeta un coup d'œil sur sa droite sans tourner la tête. Dion Lanoux marchait à leur rythme à plusieurs mètres de là, zigzaguant à travers les bosquets d'arbres les plus épais. Sur sa gauche, Robert Lanoux faisait la même chose. Il ne faisait aucun doute que leurs félins avaient senti le sien. Cette enquête promettait d'être très intéressante. Avant tout, il devait déterminer quelle taille faisait le clan, combien il avait de membres et si l'un d'eux était devenu un tueur en série. Il observa du coin de l'œil la femme qui le précédait à travers le bosquet. Elle marchait avec assurance, mais était nerveuse. Par deux fois, elle effleura de la main le manche de son couteau et elle darda plusieurs regards furtifs vers les arbres qui les entouraient.

— Je ne veux pas vous causer d'ennuis, dit-il.

Elle lui décocha un rapide coup d'œil par-dessus son épaule. Ouais. Elle savait que les frères Lanoux étaient dans le bois et marchaient à côté d'eux, et elle n'aimait pas du tout ça. Elle devait forcément être la femelle qui avait fait réagir son félin. C'était logique. La femme le faisait réagir, lui. Les hommes étaient sur les nerfs parce qu'un étranger se trouvait dans les parages. Ce qui aurait pu être naturel, mais sans qu'ils aillent jusqu'à le défier – sauf si une femelle était proche de l'émergence.

Le Han Vol Dan, la période au cours de laquelle le léopard d'une métamorphe et celle-ci étaient toutes deux prêtes à s'accoupler, représentait les quelques jours les plus dangereux pour tous les métamorphes. Les félins mâles devenaient nerveux et agités, combatifs et difficiles à contrôler. Drake observa attentivement Saria. Il ne distinguait encore aucun signe d'un félin, rien qui trahirait qu'une femelle léopard se cachait sous toute cette superbe peau.

Il mit bien quelques minutes à prendre conscience que tout en lui, chaque cellule, chaque muscle, tout son être était tourné vers elle. Saria Boudreaux lui appartenait et il devrait la voler juste sous le nez de tous les mâles de ce qui pourrait bien être un clan considérable. Et il devrait le faire au beau milieu d'une enquête pour meurtre. Pas une mince affaire, mais il avait incontestablement hâte.

— Quoi ?

Saria lui jeta un autre regard par-dessus son épaule.

Il souriait de toutes ses dents ; c'était plus fort que lui. C'était sacrément bon d'être en vie.

— Rien. Je savoure juste la soirée… et la compagnie. Vous vivez dans un endroit superbe, Saria.

Elle lui adressa un faible sourire ravi.

— N'est-ce pas ? Peu de gens l'apprécient.

Il la suivit avec contentement, et, avec le danger qui rôdait tout près et la nuit qui tombait, il se sentait parfaitement dans son élément.

Chapitre 3

Saria et Drake se firent suivre jusque dans le marécage, et leurs poursuivants ne s'en cachaient pas. Le félin de Drake, toujours redoutable, s'étira avec langueur, toutes griffes dehors, prêt à se battre – impatient même. L'espace de quelques instants, Drake dut rester parfaitement immobile pendant qu'il menait une bataille interne pour la domination. Son félin s'agita en percevant l'odeur des mâles qui longeaient les rives près de lui au pas de course. De légèrement irrité, le léopard se transforma en une bête furieuse en une affaire de minutes.

Drake leva le visage vers le ciel. Les nuages roulaient au-dessus de lui, un mélange turbulent de chaleur et d'humidité menaçant d'éclater. Le temps, orageux et incertain, reflétait son humeur. Il ne pouvait pas laisser émerger son léopard, pas sur le bateau avec Saria qui flirtait avec le danger. Pas avec des léopards mâles qui rôdaient le long des berges, cherchant à se battre contre lui. Il réprima le besoin de se métamorphoser, mobilisant toute la discipline et la maîtrise qu'il avait acquises au fil des années pour brider son félin hargneux.

La douleur dans sa mâchoire s'atténua, mais ses os l'élançaient, surtout sa jambe blessée. Il déplaça son poids de façon à ne pas trop en faire peser dessus pendant qu'il prenait plusieurs inspirations profondes pour chasser sa folle envie de se transformer. Il repoussa encore plus le léopard. Ses jointures étaient en feu et le bout de ses doigts l'élançait. Un grondement faible lui échappa et il sentit Saria se raidir avant de lui jeter un regard. Il feignit d'être perdu dans la contemplation de ce qui l'entourait.

Le bateau glissait sur le doux tapis de lentilles d'eau, l'emportant plus profondément dans le marécage brumeux. Les feuilles avaient commencé à tomber, faisant ployer les branches vers les eaux sombres, comme de gros doigts décharnés prêts à entraîner les imprudents dans les canaux et les bayous infestés d'alligators. Ils dépassèrent des prairies alors que la lune se levait, répandant une lueur argentée sur les eaux sombres. Des cyprès et des saules se courbaient au-dessus des berges. Des tupélos aquatiques s'élevaient à travers l'enchevêtrement de plantes rampantes et de végétation qui recouvrait le sol marécageux. Des aigrettes, semblables à des bâtons sur le ciel sombre, lissaient leur plumage blanc.

D'imposants nuages orageux promettaient plus de pluie encore, rendant le ciel toujours plus gris. Il se servit de sa vision de félin pour percer le voile de l'obscurité, discernant un ragondin qui les regardait passer. Une loutre était assise sur un tronc, mais son attention était focalisée sur le bosquet de cyprès au bord du marécage. Drake ne fut pas surpris quand un gros chevreuil quitta la berge d'un bond et courut se mettre à l'abri, effarouché, à coup sûr, par les léopards qui suivaient la course du bateau de Saria.

Drake chercha des points de repère, mais n'en vit aucun.

— Vous semblez savoir où vous allez, pourtant il n'y a pas grand-chose pour indiquer quelle direction prendre.

— N'songez pas à revenir ici sans guide, l'avertit-elle. Je n'vous dis pas ça juste pour pouvoir travailler.

La plupart de ces terres sont louées et ceux qui les occupent n'hésiteront pas à tirer pour les protéger. Ils gagnent leur vie par ici en posant des pièges, en chassant et en pêchant. C'est une vie dure mais gratifiante, et on a des braconniers et une poignée d'autres qui ont affaire ici et qui n'souhaitent pas que quiconque mette le nez dans leurs affaires. Le genre de truc qui menace notre mode de vie.

— Je comprends, dit-il pour l'apaiser.

Il voyait que son inquiétude était sincère – et en temps normal elle aurait été justifiée. Mais il était un léopard et capable de trouver son chemin n'importe où – même dans le marécage de Saria. Il avait suprêmement confiance en lui.

Comme si elle lisait dans ses pensées, elle poursuivit ses mises en garde :

— Les terres sont en grande partie spongieuses, un faux pas et on passe à travers.

Il aperçut un grand félin qui se déplaçait à vive allure à travers les arbres près de la rive et dissimula un sourire. Les léopards savaient instinctivement où poser leurs pattes. Ils savaient nager et maîtrisaient également la locomotion à travers les arbres. Il pouvait évoluer dans le marécage tout aussi bien que n'importe quel autochtone.

Le paysage était magnifique. Les arbres, à moitié submergés, s'élevaient nus, tordus, anguleux et noueux, leurs branches, drapées de grands linceuls de mousse, tendues vers le ciel et vers l'extérieur. Il ne quitta pas le léopard des yeux. Les métamorphes pouvaient maintenir leur vitesse tout en se déplaçant durant des périodes bien plus longues qu'un grand félin, mais bon, pas pendant des kilomètres et des kilomètres, pas sous cette forme. Sans surprise, le félin s'arrêta en glissant et un autre qui attendait s'élança à sa place. Ils s'étaient passé le mot et le clan faisait appel à ses défenseurs.

Il se détourna pour cacher son grand sourire. Ils auraient juste dû demander à Saria où elle l'emmenait et se seraient ainsi épargné à tous bien du mal. Cela dit, ils les auraient suivis pour s'assurer que la femelle ne risquait rien. C'est ce qu'il aurait fait. Quoi qu'il en soit, il aurait de la compagnie cette nuit-là. Ils savaient exactement ce qu'il était, car ils devaient avoir senti le léopard en lui, et le fait qu'il n'était pas intimidé ne devait pas être pour leur plaire, pas alors qu'une femelle était en jeu.

Il jeta un coup d'œil à sa montre. Il aurait une liaison satellite avec Jake Bannaconni bientôt. Il s'en était fallu de peu pour qu'il la rate, ayant sauté dans la dernière péniche, mais il avait fait un saut chez le chirurgien pour le voir une dernière fois. Il se transformerait à la première occasion. Son léopard s'était montré suffisamment patient. Ils dépérissaient tous deux à force de ne plus pouvoir être en accord avec leur nature sauvage.

De la brume se forma, progressant peu à peu à travers les arbres à l'allure de bonhommes allumettes et s'épaississant en un lourd voile gris. Les sons changeaient au fur et à mesure qu'ils s'enfonçaient dans le marécage. Il aperçut du coin de l'œil un camp de chasseurs, une petite cabane douillette qui servait pour les parties de pêche et durant la pose des pièges. Elle incarnait un mode de vie qui disparaissait, des hommes qui vivaient de la nature, indépendants et d'une fierté farouche. Des familles encore étroitement unies, des gens qui travaillaient dur et s'entraidaient pour survivre.

Il détourna les yeux de la cabane pour regarder le visage de Saria, qui se tenait debout, la main légèrement posée sur la barre. Ses cheveux volaient autour de son visage, et, bien qu'elle soit légèrement posée sur la barre. Ses cheveux volaient autour de son visage, et, bien qu'elle soit simplement vêtue d'un jean et ait le visage dépourvu de tout maquillage, elle avait pourtant quelque chose d'élégant et de royal. Elle incarnait l'esprit de la nature pour lui. Forte et pourtant fragile. Indépendante et malgré tout vulnérable. Insaisissable et si attirante. Elle avait les lèvres légèrement entrouvertes, les yeux brillants. Le vent donnait des couleurs à ses joues. Elle lui jeta un coup d'œil et s'esclaffa, visiblement heureuse de voguer. Son rire fut emporté par le vent, devenant pour lui une partie du chant du marécage.

Son corps réagit immédiatement, se durcissant à l'extérieur, fondant comme de la guimauve à l'intérieur. Il n'avait jamais véritablement connu le besoin avant – et cette sensation figurait assurément parmi tout ce qu'il ressentait. Elle l'émouvait par la tranquillité qui émanait d'elle. Sa simplicité et sa complexité. Son rire était de la magie à l'état pur, le faisant tomber sous son charme.

— Vous venez d'une grande famille ?

Il avait entendu la remarque sur ses frères, au pluriel, et elle en avait donc plus d'un.

— Oui et non.

Elle esquissa un haussement d'épaules désinvolte, peut-être trop. Il se mit immédiatement aux aguets. Elle avait croisé son regard et l'avait aussitôt détourné. Elle regardait fixement l'eau. Elle n'avait pas changé de position, mais il la sentit se retirer en elle. Parler de sa famille ne l'emballait pas. Était-ce la réticence naturelle de leur espèce, ou quelque chose de plus sinistre ?

— J'ai cinq frères, mais j'ai huit ans de moins que le plus jeune. Ma mère est morte deux ans après ma naissance, et, avant que j'aie vraiment eu l'occasion de les connaître, mes frères travaillaient tous loin de la maison. Ils envoyaient de l'argent, bien sûr, mais j'n'ai pas vraiment été élevée avec eux, alors d'une certaine façon j'suis fille unique.

— Vous avez dû vous sentir seule.

Elle fronça les sourcils, secouant la tête.

— Parfois, quand ils étaient à la maison et discutaient ensemble, sans vraiment remarquer que j'étais là, j'me sentais mise à l'écart, mais, pour l'essentiel, j'ai eu une enfance géniale. (Elle lui décocha un grand sourire.) J'faisais juste tout ce que j'voulais.

Il tomba à moitié amoureux d'elle à cause de ce grand sourire de pure camaraderie, comme si elle s'attendait à ce qu'il comprenne pleinement son mode de vie. Il ne put s'empêcher de lui sourire en retour. Elle était belle, lui laissant entrevoir qui elle était et ce dont elle avait besoin. Il rangea ces informations quelque part dans son âme, là où il ne les perdrait jamais. Alors qu'il avait traversé la vie ces deux dernières années en ayant le sentiment d'être mort à l'intérieur, elle l'avait tout bonnement ressuscité.

Il la vit tourner vivement la tête et se raidir, observant le marécage sur leur gauche. Il regarda soigneusement sur la droite au cas où elle lui jetterait un coup d'œil. Ouais. Il savait. Ils étaient deux à courir ensemble. Ils étaient assurément plus nombreux, et, en cas d'assaut groupé, ce qui se révélait probable, il y aurait des blessés.

Drake risqua un rapide regard vers son visage. Elle avait blêmi. Sa bouche formait une ligne déterminée et elle avait redressé les épaules. Il suivit son regard jusqu'à la caisse devant elle. Il parierait sa chemise qu'elle contenait des pistolets. Ainsi sa petite guide était prête à le défendre. Une chaleur l'envahit.

— Accrochez-vous.

La voix de la jeune femme était sombre.

Il ne se le fit pas répéter et s'agrippa fermement. Le bateau vira brusquement, glissant à travers l'épais tapis de lentilles d'eau pour rejoindre un autre canal. Des roseaux divisaient l'étroit couloir d'eau qui les emportait loin du marécage où les grands félins, dans une course de relais, les avaient suivis. Un rugissement de rage envoya une volée d'oiseaux poussant des cris stridents dans les airs : un léopard mâle qui laissait libre cours à sa colère.

Il croisa le regard de Saria.

— C'était quoi, bordel !?

Assurément, cette question devait être posée.

— Il y a des trucs moches dans le marécage, expliqua-t-elle. N'vous inquiétez pas. J'le connais comme ma poche.

— C'est ce que je vois. Je ne suis pas inquiet, Saria. Je suis parfaitement capable de me défendre – ainsi que vous – si besoin, lui assura-t-il. Et je vous ai embauchée comme guide, pas pour que vous vous mettiez en danger. Si on devait avoir des ennuis ici, je veux que vous partiez en courant.

Elle émit une sorte de son qui se termina en une quinte de toux. Il était bien certain qu'elle avait grommelé les mots « mais bien sûr », puis adroitement maquillé son étourderie.

— Bon, *mon cher**, dit-elle pour l'apaiser. Les affaires n'tourneraient pas très bien si j'abandonnais mes clients dans le marécage pour qu'ils se fassent manger par les alligators, pas vrai ?

À l'entendre, il n'était pas une lumière.

— Je vois très bien, dit-il, incapable de se retenir de rire.

Elle rit avec lui.

— J'suis heureuse qu'on se comprenne. Les trois derniers que j'ai laissés pour servir d'appâts à alligators m'ont dénoncée au Bureau des meilleures affaires. Une chose insignifiante comme la perte d'une jambe ou d'un bras, rien de grave, vous voyez ?

— Imaginez un peu, vous dénoncer pour une broutille pareille !

Le bateau fit une nouvelle embardée et ils glissèrent à travers un mince passage dans les herbes qui les ramena dans le chenal principal. Sans transition, l'eau vira au bleu sombre brillant. Ils se trouvaient dans un lac immense, et celui-ci était magnifique la nuit.

Elle indiqua une petite crique accueillante.

— Vous voyez cette petite plage là-bas ? Les gens viennent y nager tout le temps. L'un des plus gros alligators que j'aie jamais vu vient tout le temps prendre un bain de soleil là. Son territoire se trouve juste sur la gauche. Ils sont fous d'amener leurs gamins ici.

— A-t-on jamais essayé de l'attraper ?

— « L'attraper » ? répéta-t-elle. On n'déplace pas les alligators, Drake. On gagne notre vie sur leur dos, mais, ouais, on a tous essayé de lui faire la peau. Il est malin. Il mord à l'hameçon, le tord, vole l'appât et nous fait tous passer pour des imbéciles.

Sa voix était empreinte de respect.

Un gris bleuté s'installa autour du tronc des arbres qui bordaient le rivage, une couleur sourde, tel un manteau de mystère. Il était difficile à quoi que ce soit de pénétrer bien loin derrière cet épais voile. Il étudia la végétation alors que le bateau contournait une avancée du terrain et que les bosquets de cyprès laissaient place aux chênes et aux pins. Les arbres abritaient un long manoir au style d'inspiration victorienne. Bleu pâle rehaussé de blanc, la bâtisse se fondait dans le brouillard gris-bleu qui affluait du bayou. La galerie qui faisait tout le tour du rez-de-chaussée était accueillante et les balcons de l'étage spacieux, invitant les clients à s'y asseoir pour admirer l'eau qui coulait sur les pierres. Des hamacs étaient suspendus dans les arbres à quelques pas du bord de l'eau dans la fraîcheur de leur ombrage. Il entendait le coassement des grenouilles-taureaux et le chant des grillons, telle une invitation.

Saria se tourna vers lui, rayonnante.

— N'est-ce pas un joyau ? Mlle Pauline Lafont dirige l'établissement désormais. Ça a d'abord été la maison de sa grand-mère. Sa mère l'a transformée en maison d'hôtes et Mlle Pauline a procédé à de nombreux travaux d'aménagement.

— Elle correspond parfaitement à la description que vous m'en avez donnée, convint Drake.

Surtout, la maison était isolée. La bâtisse avait une élégance surannée, qui appartenait à une époque depuis longtemps révolue. Calme, cachée, un joyau accueillant, exactement comme l'avait promis Saria lorsqu'il avait pris contact avec elle par le biais de son annonce de guide.

— C'est parfait, ajouta-t-il avec satisfaction.

Il n'avait pas encore dit à la jeune femme qu'il avait loué toute la maison d'hôtes pour deux semaines dans l'intention d'y faire venir son équipe à la seconde où il découvrirait quoi que ce soit. Et il savait qu'il y parviendrait. Il était tombé sur un clan de métamorphes juste là, au beau milieu du marécage de Louisiane. Ils étaient tout aussi insaisissables et secrets que les métamorphes des forêts tropicales à travers le monde… mais tout s'expliquait à présent.

Drake attendit patiemment alors qu'il faisait la connaissance de la maîtresse des lieux, dont la famille était propriétaire du magnifique manoir de style victorien depuis cent ans. Pauline Lafont était une petite femme au sourire facile, avec des rides d'expression autour des yeux. Elle lui plut immédiatement.

— Souhaitez-vous que j'vous fasse faire le tour du propriétaire ? lui proposa-t-elle gracieusement.

— J'adorerais, m'dame, dit-il en toute sincérité. La maison est incroyable.

Il était essentiel qu'il connaisse l'agencement du manoir. Chaque coin et recoin, chaque cachette, où Pauline Lafont dormait et vivait quand elle ne s'occupait pas de ses clients.

— J'vais vous laisser entre les mains de Mlle Pauline, dit Saria. Mais j'reviendrai vous chercher à l'aube.

L'idée de ne plus l'avoir sous les yeux ne lui plaisait pas. Si le chef du clan de léopards savait que celui de la jeune femme était proche de l'émergence, il pourrait s'opposer à ce qu'elle s'approche de lui.

— Ne pouvez-vous pas juste rester ici pour que l'on puisse décoller de bonne heure ? Ce serait peut-être plus facile. Quoi qu'il en soit, je voudrais me rendre dans le marécage la nuit.

— J'ai déjà convenu avec Mlle Pauline de rester, reconnut Saria, mais j'ai besoin de prendre quelques affaires chez moi. J'serai là avant le lever du jour si je n'réussis pas à revenir ce soir.

Il ne pouvait pas la kidnapper, même si ce n'était pas l'envie qui lui en manquait. Alors il plongea le regard dans le sien, conscient que ses yeux n'étaient plus que ceux d'un félin, hypnotiques, la retenant par la seule force de la volonté. Elle devait avoir lu le désir en lui, son désir pressant ; il était incapable de le réprimer, même quand il se disait qu'elle avait besoin – méritait même – d'être courtisée. Mais un léopard mâle faisait consciencieusement la cour à sa femelle. Des bandes de couleur s'élargirent et la température monta entre eux.

Pauline se racla la gorge. Saria cligna rapidement des yeux et les détourna. Ses joues étaient empourprées.

— Mademoiselle Pauline, dit-elle, ne se risquant pas à tourner de nouveau les yeux vers Drake, j'serai de retour aussi vite que possible.

Elle se détourna d'eux, gardant la tête baissée pour éviter de regarder Drake.

— Saria, dit-il doucement, incapable de la laisser partir ainsi.

Elle s'arrêta, mais ne tourna pas la tête.

— Soyez prudente. Et revenez auprès de moi.

Il prononça ces mots à dessein, recourant à un ronronnement de velours mêlé à un ordre de fer.

— Oui.

La voix de la jeune femme avait été à peine plus forte qu'un chuchotement. Un doux son qui vibra à travers son corps. Il replia les doigts avec force contre ses paumes alors qu'elle s'éloignait, Pauline dans son sillage. Son léopard était proche – trop proche. Il sentait ses griffes pareilles à des stylets lui percer les paumes. Il respira profondément, chassant l'animal.

Pauline raccompagna Saria à la porte et s'y attarda un instant pour la regarder courir d'un pas léger jusqu'au ponton.

— Elle en a dans la tête, celle-là, annonça-t-elle, manifestement consciente de son intérêt. Et c'est une chic fille.

Pauline Lafont, décida-t-il, était une incorrigible romantique, et, à la seconde où il avait montré l'intérêt que lui inspirait Saria, elle avait commencé à tirer des plans sur la comète. Au moins, il avait quelqu'un de son côté.

— Très compétente dans le marécage, dit Drake. Elle m'a surpris. Elle a reçu une très bonne éducation, pourtant elle a choisi de rester ici. J'aurais cru que la plupart des jeunes gens chercheraient du travail ailleurs.

Saria ne s'était pas retournée pour le regarder. Il le savait, parce qu'il l'avait observée jusqu'à ce qu'elle rejoigne le bateau. Elle n'avait même pas jeté un coup d'œil par-dessus son épaule.

Pauline hocha la tête.

— En règle générale, c'est vrai, même si la plupart d'entre nous reviennent en prenant de l'âge. Cet endroit a quelque chose qui nous pousse à rentrer. Saria fait partie de l'une des sept familles les plus anciennes du coin. Leurs membres ne quittent presque jamais le marécage même quand ils travaillent ailleurs. Remy, son frère aîné, est enquêteur dans la police à La Nouvelle-Orléans. Tous ses frères ont servi dans l'armée et la plupart travaillent sur le fleuve, mais ils reviennent toujours chez eux. (Elle le regarda droit dans les yeux, lui communiquant cette information comme une mise en garde.) Elle a *cinq* frères.

— On trouve de grandes familles par ici, fit-il remarquer, faisant preuve d'assurance. Est-ce inhabituel que les enfants reviennent dans le marécage après être partis étudier ? demanda-t-il alors qu'il la suivait, mémorisant l'agencement de la vaste demeure.

— J'crois que la plupart des jeunes gens pensent qu'un avenir meilleur les attend. Assurément, ils veulent autre chose, dit Pauline. La vie dans le marécage peut être difficile. Ils décrochent tous des diplômes et partent, comme j'l'ai dit.

— À l'exception des familles comme celle de Saria ?

Il avait veillé à ne laisser transparaître dans sa voix qu'un intérêt désinvolte.

Pauline fronça un peu les sourcils alors qu'elle réfléchissait à sa question.

— Les sept familles qui vivent tout près les unes des autres semblent toujours revenir, reconnut-elle. Si loin que j'me rappelle, c'est ce qu'ont toujours fait leurs membres : partir étudier et revenir. Les enfants reprennent le commerce de leurs parents et adoptent leur mode de vie dans le marécage. Ma sœur, Iris, a épousé un Mercier et ses enfants, Armand et Charisse, sont tous deux allés à l'université et sont revenus. J'n'ai jamais eu d'enfants et mon neveu et ma nièce me sont très chers… tout comme Saria. Charisse est extrêmement talentueuse. (Une pointe de fierté s'insinua dans sa voix.) Son frère et elle possèdent une parfumerie à La Nouvelle-Orléans, mais Charisse crée elle-même les parfums et les envoie aux quatre coins du monde. La boutique fait un tabac grâce à ses talents. Pourtant, ils vivent dans la maison familiale des Mercier et non pas en ville.

— Non pas à La Nouvelle-Orléans ?

Pauline opina.

— Remy, le frère de Saria, est enquêteur au sein de la police et il vit toujours dans leur maison familiale. Ils m'ont tous tellement surprise. Charisse en particulier avait l'habitude de dire qu'elle avait hâte de partir d'ici pour habiter en ville. Les familles sont très proches, mais, comme j'l'ai dit, c'est un mode de vie difficile.

— J'imagine, dit Drake, infusant de l'admiration dans sa voix.

Il avait grandi dans la forêt tropicale et comprenait le besoin de vivre en pleine nature. Le marécage de Louisiane était ce qui s'en approchait le plus pour les léopards du coin.

— Sept familles ? Appartenez-vous à l'une d'elles ?

Elle n'était pas un léopard. Il l'aurait su. À son âge, son félin aurait déjà émergé, mais c'était une façon de continuer à la faire parler.

Pauline ouvrit la porte de la salle à manger, aux sols luisants et à la table polie.

— Oh ! non, mais j'les connais assurément toutes depuis des années. Elles sont très unies. Elles prennent part aux différentes réunions, mais la plupart du temps elles n'se mêlent pas aux autres. Elles sont plutôt solitaires.

Ça se tenait. En règle générale, les léopards, les animaux comme les métamorphes, étaient insaisissables et très secrets. Sept familles, cela représentait un grand clan pour une zone aussi petite.

— Quelles sont ces sept familles ? (Sa voix était empreinte de curiosité, une tentative délibérée de la pousser à en dire plus.) Les noms sont si fascinants ici.

— Voyons voir. Boudreaux, bien sûr. Lanoux, Jeanmard, Mercier, Mouton, Tregre et la famille Pinet. J'crois qu'elles remontent toutes aux premiers pionniers.

Drake encaissa ce coup de poing dans le ventre et respira profondément sans en rien laisser paraître. *« Tregre » ?* Il connaissait ce nom. Il connaissait une femme de son propre clan qui avait épousé un homme portant ce nom de famille. Elle était revenue veuve, avec son fils, Joshua. Ce même Joshua qui travaillait à présent au ranch Bannaconni en tant que garde du corps de la femme de Jake, Emma.

Joshua n'avait jamais évoqué à aucun d'eux un lien de parenté avec une famille de Louisiane. Savait-il seulement que son père était originaire des marécages de cet État ? Joshua faisait partie de l'équipe que Jake lui enverrait en renfort. Pouvait-on lui faire confiance s'il devait punir sa propre famille ?

Pourquoi Elaina était-elle revenue ? Il se souvenait bien d'elle. Elle était partie étudier aux États-Unis, s'était mariée, puis, quelques années plus tard, alors que Joshua avait quatre ou cinq ans, elle était rentrée dans sa famille dans la forêt tropicale de Bornéo. Pas un mot n'avait été dit au sujet du père de Joshua. Elaina ne s'était jamais remariée. Démêler l'écheveau se révélait plus compliqué à chaque instant.

Drake gravit l'escalier jusqu'à sa chambre après avoir souhaité une bonne nuit à son hôtesse et lui avoir assuré qu'il n'aurait pas besoin de manger avant le lendemain matin de bonne heure. La première chose qu'il fit, ce fut de contacter Jake Bannaconni avec son téléphone satellite.

— C'est clairement du lourd, Jake, annonça-t-il sans préambule. J'ignore encore quelle taille il fait, mais il y a un clan de métamorphes ici.

Un petit silence lui répondit alors que Jake Bannaconni digérait cette information.

— Tu es en sécurité ?

— Pour l'instant. Je m'attends à une visite cette nuit. Ils savent que je suis ici et que je suis un léopard. Ils ne voudront pas que je farfouille sur leur territoire et, si la raison de ma présence venait à être ébruitée, je suis certain qu'aucun d'eux ne m'accueillera à bras ouverts.

— Tu as découvert qui m'a écrit la lettre ? s'enquit Jake.

— Pas encore mais, vu la façon dont chaque mot a été soigneusement choisi, tout en laissant pourtant entendre que son auteur connaît l'existence des métamorphes, ce dernier doit appartenir à l'une des sept familles. J'ai rencontré mon guide et mon hôtesse, mais elles ne semblent pas soupçonner l'existence des métamorphes, même si je ne peux l'affirmer avec certitude pour aucune d'elles. Ton arrière-grand-père devait être au courant. Il leur a loué ses terres.

— Jake Fenton était un homme qui cachait son jeu, dit Jake. Il pesait ses paroles avec moi, mais il m'a laissé ces terres et m'est avis qu'il comptait sur moi pour protéger ces gens.

— Pas si l'un d'eux est devenu un tueur, Jake, l'avertit Drake. Que sais-tu sur Jake Fenton ? Qui était-il ?

— C'était le grand-père de ma mère. Une fois, je lui ai demandé de but en blanc s'il pouvait se transformer et il a dit que non. Il a reconnu que sa famille avait délibérément cherché des femmes portant les gènes des métamorphes afin d'engendrer un enfant qui pourrait se transformer. Ils espéraient mettre au monde un enfant capable de trouver du pétrole.

— Comme toi.

— Comme moi, mais ils ignoraient ce qu'ils avaient entre les mains. Mon arrière-grand-père se doutait que j'étais un métamorphe, dit Jake, mais je ne l'ai jamais admis devant lui. C'est lui qui m'a suggéré d'aller à Bornéo et de chercher mon peuple pour apprendre à mieux le connaître.

— T'a-t-il déjà suggéré de venir en Louisiane ? ou a-t-il évoqué cette région au cours d'une conversation sur les métamorphes ? demanda Drake avec insistance.

Un petit silence s'installa pendant que Jake faisait remonter à sa mémoire les souvenirs de ses discussions avec son arrière-grand-père. Elles avaient été rares et espacées, et Jake avait été jeune et sur ses gardes.

— Je ne me rappelle pas qu'il ait jamais mentionné les métamorphes en lien avec la Louisiane. Il savait qu'il y avait du pétrole là-bas. S'il a racheté les sociétés d'exploitation forestière, ce n'était pas pour le bois, mais le pétrole, expliqua-t-il. Je n'ai pas passé beaucoup de temps à explorer la région. En toute franchise, ce n'était pas sur ma liste avant deux ans. J'ai reconduit les baux. Fenton semblait avoir été ami avec sept ou huit familles là-bas et les a autorisées à jouir des terres pour chasser, pêcher et poser des pièges.

— Tu pourrais me communiquer les noms des familles ? demanda Drake. Je pourrai comparer leurs noms avec ceux que je soupçonne d'être des métamorphes. Je parierais ma chemise que chacune de celles qui a loué des terres à ton arrière-grand-père est une famille de métamorphes. Il semblerait bel et bien y avoir un clan ici. Tôt ou tard, son chef va devoir se montrer. D'abord il va envoyer ses soldats. Quand il aura révélé son identité, je pourrai découvrir d'où vient ce clan.

— Ça ne me dit rien qui vaille, Drake.

— J'ai vu pire. Que sais-tu de la famille de Joshua ?

Un petit silence suivit. Il avait réussi à laisser sans voix l'imperturbable Jake Bannaconni.

— Tu répondais de lui. Je n'ai pas cherché plus loin.

Sa voix était prudente.

— Il a pour patronyme Tregre, le nom de l'une des familles que je suspecte de te louer des terres. Sa mère l'a ramené dans sa propre famille dans la forêt tropicale, alors il pourrait ne même pas connaître celle de Louisiane, mais c'est préoccupant.

— Tu veux que je l'interroge ?

— Non. J'ai connu Joshua la plus grande partie de sa vie. Il ne nous trahirait pas. Sa loyauté n'est pas la question, mais, cela dit, il vaudrait peut-être mieux qu'il ne vienne pas ici. Je ne voudrais pas le mettre dans une position où il devrait choisir entre sa famille et son équipe.

Jake jura tout bas.

— C'est l'un de nos meilleurs éléments. Je veux t'envoyer les gars en renfort. Et, bordel ! Joshua fait partie de la famille. De *notre* famille.

— Je te le répète, je ne doute pas de lui. Je ne veux pas que tu croies qu'il ne donnerait pas sa vie pour protéger Emma, les enfants ou toi en l'occurrence. C'est un chic type. Je veux juste en apprendre un peu plus sur la famille de son père avant de le placer dans une position inconfortable. On devrait prévenir Rio et lui demander de faire quelques petites recherches pour nous.

Rio Santana était le chef d'une équipe de métamorphes à Bornéo qui voyageait à travers le monde partout où on avait besoin d'elle. Drake avait une confiance totale en lui.

— Peut-être qu'on devrait battre en retraite, se regrouper et revenir en force, suggéra Jake.

Drake se racla la gorge.

— Je gère, Jake. C'est inutile, sauf si l'un des léopards du coin tue des innocents.

— Qu'est-ce que tu ne me dis pas, Drake ?

Drake jura tout bas. Impossible de cacher quoi que ce soit à Jake. Il était d'une perspicacité sans faille.

— Il y a une femelle qui approche du Han Vol Dan. Dès que j'ai humé son odeur, mon félin est devenu fou.

— Et ? insista Jake.

— Moi aussi.

Il n'y avait rien à ajouter. Ça résumait bien les choses. Une mise en garde. Un défi.

Jake garda le silence. Drake refusa de se laisser manipuler. Il resta parfaitement immobile, le regard perdu au-dessus de la surface de l'eau. L'obscurité était tombée depuis longtemps. Des grenouilles-taureaux lançaient des coassements ou y répondaient. Des grillons stridulaient avec insistance. La chaleur dans ses veines crépitait avec le même pouvoir que les éclairs qui zébraient les nuages noirs qui roulaient dans le ciel.

— Drake, si tu es mort, ça te fera une belle jambe.

— Ce n'est pas moi qui mourrai.

— Si ces gens sont sa famille et tentent de la protéger, elle ne sera pas ravie que tu les tues, avança Jake.

Drake se surprit à sourire, et une partie de la tension qui lui nouait le ventre s'apaisa. Il avait quitté la forêt tropicale de Bornéo pour apprendre à Jake le mode de vie des métamorphes – et l'aider à rester calme et maître de lui. Garder le contrôle d'un léopard mâle nécessitait une sacrée dose de discipline et de pouvoir, et Drake était réputé pour son sang-froid, son aptitude à diriger des équipes de métamorphes dans des situations tendues ; pourtant, son propre élève le mettait en garde à présent.

— Je suppose que non, reconnut Drake. Je t'appellerai quand j'aurai investigué sur les corps.

— Les gars sont prêts, Drake. Fais appel à eux si besoin. Et dis-moi si je peux envoyer Joshua. En attendant, je vais contacter Rio.

— Embrasse Emma pour moi.

Drake raccrocha alors qu'il examinait le terrain sous le balcon. Il devait savoir comment les métamorphes s'y prendraient pour l'attaquer et il devait s'y préparer. Il ne disposait pas de beaucoup de temps pour effectuer une reconnaissance. Il s'était écoulé une heure depuis que Saria l'avait quitté pour rentrer chez elle. Il ne l'avait laissée partir qu'à contrecœur, mais il n'avait trouvé aucune raison à lui donner pour la retenir, et c'était juste aussi bien qu'elle ne soit pas au milieu du combat qui lui pendait au nez. Il ne voulait pas qu'elle ait peur de lui.

Il prit une inspiration et bondit par-dessus le balcon jusqu'au sol en contrebas. Il retomba accroupi, ses jambes faisant office de suspension et absorbant le choc. C'était la première fois qu'il éprouvait véritablement sa jambe pour voir si elle serait à la hauteur des besoins rigoureux d'un métamorphe. En matière de test, ce saut en était un bon, vu qu'il s'était élancé du premier étage. Il était retombé un peu plus violemment qu'à son habitude, ce qui ne le surprit pas étant donné qu'il manquait de pratique, mais ce n'était pas le cas des instincts sauvages qui affluèrent en lui comme un raz-de-marée.

Sous sa peau, de la fourrure ondulait et le démangeait. Sa mâchoire l'élançait tant son besoin de se métamorphoser était pressant. Il ne parviendrait pas à attendre. Son félin en avait besoin – et lui aussi. L'exultation le submergea. Il ne voulait pas être prudent ou patient. Il voulait la liberté absolue que lui procurait son léopard. Non, il avait *besoin* de la liberté de laisser libre cours à sa vraie nature, cette nature sauvage, primitive qui était plus instinct que raison. Il avait été contraint de la réprimer pendant trop longtemps et tout son corps le faisait souffrir tant l'urgence était forte. Ses os lui faisaient mal. Ses muscles l'élançaient.

Il fit glisser sa chemise par-dessus sa tête et se pencha précipitamment pour enlever ses chaussures. Déjà ses jointures se pliaient et le bout de ses doigts le brûlait alors que le squelette conçu pour un maximum de souplesse qui demeurait à l'état latent le long de son ossature humaine s'étirait par avance. Il arracha ses chaussures à coups de griffe et se redressa pour déchirer son jean, s'en délestant d'une secousse alors qu'une chaleur l'envahissait. Ses os craquèrent. Ses muscles se tordirent. Cette expérience douloureuse, déchirante lui sembla merveilleuse, un soulagement, un irrésistible premier goût de liberté.

La douleur lui transperça la jambe, lui coupant le souffle, mais même cette sensation était bienvenue alors qu'il sentait l'os bouger, se reformer, pour enfin se conformer aux exigences de son léopard. Son cœur eut un soubresaut, et tout au fond de lui il sentit des griffes jaillir, sa nature sauvage bondir au premier plan. Il s'élança vers elle, épousant cette partie de lui, heureux d'être seul, sans jeunes mâles à mettre au pas. Cette première émergence après si longtemps méritait d'être fougueuse, incontrôlable, une métamorphose rude, farouche – violente même – de pure sottise.

Il tomba au sol à quatre pattes, se laissant emporter par la douleur et la beauté de la transformation. Des muscles longs et épais coururent tout le long de son ossature, son visage s'allongea, sa gueule se remplit de crocs. Des muscles et des tendons puissants se formèrent autour des os en une structure lâche et incroyablement flexible, lui donnant sa grâce féline ondoyante. Du feu lui transperça la jambe, remonta jusqu'à sa hanche et descendit jusqu'à sa patte, des flammes lui léchant les os alors qu'ils protestaient contre cette métamorphose à hauts cris, mais il se réjouit d'en être capable, quel qu'en soit le prix. Sa fourrure devint sombre et humide alors que son corps tremblait, tentant de venir à bout du dernier os.

Enfin il fut entièrement formé, un grand léopard puissamment musclé, et il se secoua, percevant individuellement chacun de ses muscles, savourant l'instant alors qu'il digérait peu à peu le fait qu'après avoir été incapable de se transformer – après avoir cru que cela ne se reproduirait plus jamais – pendant plus de deux ans, il l'avait fait. Il était grand pour un léopard, même si la plupart des métamorphes l'étaient bien plus que leurs *alter ego* exclusivement animaux. Il pesait près de cent kilos de muscles. Aussi, même pour son espèce, il était grand.

Chaque léopard avait un pelage tacheté unique, une magnifique fourrure dorée généreusement parsemée de rosettes sombres de sorte que, lorsqu'il demeurait immobile, ce motif créait une illusion optique de points mouvants. Épais mais lâche, son pelage constituait une bonne protection lors d'un combat féroce. Drake était un combattant habile et brutal, très expérimenté, et portait des cicatrices qui le prouvaient. Il était anormalement fort dans un monde de métamorphes dotés d'une force prodigieuse.

Au plus profond de lui, là où il vivait vraiment, au cœur même de son être, couvait un feu que les autres apercevaient à travers ses yeux verts flamboyants. Son intelligence pénétrante y brillait toujours, révélant son esprit rusé et perspicace. Son léopard voulait courir, chasser, trouver sa compagne. Un besoin farouche qui le secoua alors que l'animal gambadait librement à présent, les odeurs de ses rivaux occupant ses pensées tandis que la rage noire d'un mâle dans la fleur de l'âge qui cherchait sa compagne bouillonnait dans son cœur.

Drake laissa le léopard courir un court moment, se dégourdir les pattes, ressentir la liberté absolue de sa forme animale, mais il l'empêcha d'aller où bon lui semblait, refusant de l'autoriser à s'élancer sur la piste de Saria. Avant toute chose, il devait délimiter son territoire, le marquer consciencieusement et fréquemment, s'approprier les terres autour de la maison d'hôtes pour asseoir sa légitimité dans l'éventualité où un mâle le défierait. Ce qui se produirait. Ils enverraient leur plus féroce combattant. Il devrait se battre et veiller à ne pas tuer son adversaire dans le feu de l'action – juste au cas où celui-ci aurait un lien de parenté avec Saria. Son léopard le comprenait et entreprit immédiatement de marquer chaque centimètre carré de terre qu'ils traversèrent.

Il prit son temps malgré la sensation d'urgence qu'il ressentait, mais il était déterminé à s'approprier autant de territoire que possible tout en étant consciencieux. Il griffa les arbres, y laissant son odeur, roula sur lui-même en décrivant un cercle de plus en plus grand, couvrant toutes les terres qui entouraient la maison d'hôtes jusqu'au bord de l'eau. Il n'aperçut aucun signe d'un autre léopard, comme il s'y était attendu. Chaque famille devait avoir revendiqué les terres qu'elle louait si elle était restée fidèle à la façon de faire des métamorphes. Leurs territoires se touchaient certainement et elles devaient même en partager un coin ou deux, mais chacune d'elles évitait sans doute de s'y rencontrer.

Il étendit son domaine au marécage tout proche, attentif au terrain. Son léopard conserva en mémoire chaque senteur, la forme de chaque branche. Il grimpa aux arbres et laissa son odeur le long des grosses branches tordues, éprouvant la solidité de chacune et les possibilités de cachettes qu'elles offraient. Il était venu trouver un tueur et à présent tout avait changé. Il était là pour revendiquer une compagne. Faire la cour à une femelle léopard était risqué dans le meilleur des cas. Comme son félin, son *alter ego* humain pouvait avoir mauvais caractère et être follement séduisant. Si on y ajoutait un tueur et tout un clan de léopards mâles, ça promettait de ne pas être triste – comme si son félin avait besoin de ça !

Le léopard s'enfonça de plus en plus loin dans le marécage, en explorant l'intérieur et marquant un territoire de plus en plus vaste. Il savait que, lorsque la première vague de défenseurs arriverait, ce qu'il avait fait les jetterait dans une colère noire. Ces métamorphes avaient beau ne pas être nés dans la forêt tropicale, leurs règles et leurs instincts devaient se ressembler voire être identiques.

Il retourna vers la maison d'hôtes en contournant son nouveau territoire, en mémorisant chaque centimètre carré, imprimant la carte du marécage dans son esprit. Le radar de son léopard l'informait de l'endroit où se trouvait chaque créature bien avant qu'il croise son chemin. Les instincts de son animal le guidaient à travers le sol traître, lui trouvant facilement de la terre ferme où reprendre appui. Son objectif ultime était de revendiquer le marais de Fenton. Aucun autre léopard n'aurait dû poser le pied sur ces terres, mais, à en croire la mystérieuse lettre, c'était là que les victimes étaient tuées.

Il revint à la maison d'hôtes et bondit dans les arbres, utilisant les branches comme une route arboricole reliant un arbre à l'autre jusqu'à ce qu'il parvienne à la demeure à un étage. Son balcon n'était accessible qu'au prix d'un saut difficile, mais il l'effectua – ce qui signifiait que d'autres léopards pouvaient en faire autant. N'ayant aucune envie de reprendre sa forme humaine, Drake arpenta le balcon pendant plusieurs minutes avant de sauter sur le toit. Encore une fois, ce ne fut pas une mince affaire, mais il devait savoir comment les autres léopards s'y prendraient pour l'attaquer.

Une fois convaincu d'avoir fait tout ce qui était en son pouvoir en tant que léopard, il regagna sa chambre à pas feutrés pour se transformer à l'abri des regards. Une douleur fulgurante remonta le long de sa mauvaise jambe, lui coupant le souffle alors que ses os se reformaient dans un craquement atroce. Il resta étendu sur le parquet de bois dur pendant plusieurs longues minutes, luttant pour respirer, un fin voile de transpiration lui recouvrant le corps. Lorsque la douleur s'atténua un peu, il se redressa et éprouva sa mauvaise jambe pour voir si elle était capable de supporter son poids. Il devait être en forme s'il espérait pouvoir se battre, et on ne devait pas le voir boiter. Le fait que Saria l'avait remarqué l'ennuyait. Il avait été si sûr de marcher sans ménager sa jambe blessée. Si elle s'en était aperçue malgré sa vigilance, un léopard attentif identifierait ce point faible.

Drake laissa l'eau froide laver la chaleur primitive de sa peau. Il devait utiliser son cerveau à présent, réfléchir au plan d'attaque que ses adversaires choisiraient vraisemblablement d'adopter et s'y préparer. Il importait avant tout qu'il établisse immédiatement sa domination pour faire réagir leur chef. Saria avait tout compliqué comme jamais. Une femelle en proie au Han Vol Dan devait être protégée à n'importe quel prix, tandis que tous les mâles dans les parages seraient à cran, de mauvaise humeur et parfois sujets à des crises de possession, l'état le plus dangereux dans lequel pouvait se retrouver un léopard.

Il traversa la pièce spacieuse nu, se séchant avec une serviette, et en profita pour éprouver sa jambe. La douleur fulgurante s'était muée en un élancement sourd. Sa jambe tiendrait le coup. Par précaution, il disposa des armes à travers la pièce et sur le balcon. Il glissa un couteau sous l'avant-toit. Il était un homme prudent et il connaissait les léopards et leur caractère. Mieux valait être prêt à tout.

Il enfila un pantalon ample, muni d'un cordon à la ceinture, qu'il pourrait facilement enlever, et sortit pieds nus sur le balcon. Plaçant une chaise près du mur, mais loin de la balustrade, il s'y assit et attendit patiemment la compagnie qu'il ne doutait pas de voir arriver.

Chapitre 4

Drake avait appris depuis déjà de nombreuses années à profiter des temps morts pour dormir. Au beau milieu des pires batailles, lorsqu'il y avait une accalmie, il réussissait souvent à piquer un somme. Il laissait ses yeux se fermer, mais son félin se tenait aux aguets. Son léopard le préviendrait quand l'ennemi arriverait.

Il rêva d'elle. Saria. Sa peau douce. Ses rondeurs. La soie de ses cheveux. La forme et la sensation de sa bouche parfaite. Il rêva qu'il la possédait, une union sauvage et primitive qui le laissa insatiable d'elle. Fou d'elle. Accro à elle. Il passa la main sur ses jambes sveltes et sentit la chaleur de l'intérieur de ses cuisses. Il avait besoin de la goûter, de trouver son parfum sauvage et exotique, et de la dévorer. Il voulait connaître chaque centimètre carré de son corps, chaque zone érotique qui la ferait gémir et se tortiller sous lui, les moindres endroits qui la feraient ronronner et frissonner.

La douce jonction de son cou à ses épaules l'invitait à la revendiquer, à la marquer. À lui apposer son empreinte personnelle. Le besoin de faire savoir aux autres qu'elle était prise était une exigence vibrante, pressante, qui ne lui laisserait jamais aucun répit tant qu'il ne serait pas parvenu à la faire sienne. Il entendit le grognement sourd de mise en garde, un grondement insistant qui se fit plus fort, éloignant les autres mâles de son espèce de ce qui lui appartenait.

Drake ouvrit brusquement les yeux, les idées aussitôt claires. La musique de la nuit saturait chacun de ses sens. Il s'étira avec langueur, un mouvement félin ondoyant, une ondulation de pouvoir à l'état brut. Cela faisait longtemps et il accueillit la bataille imminente, impatient même. L'appel de la nature le submergea, une possession, le besoin pressant de défendre ce qui lui appartenait.

Les léopards étaient là, rôdant en silence dans le brouillard, espérant surprendre leur ennemi. Il savait qu'ils n'avaient pas l'habitude de devoir défendre leur clan ou leurs femelles. Ils avaient régné sur ce territoire pendant longtemps sans rencontrer de rivaux, les étrangers ignorant leur existence. Il était un métamorphe qui avait combattu aux quatre coins du monde. Il se battait quand c'était nécessaire – et parfois quand ça ne l'était pas. Il était habile, brutal et très rapide.

Le territoire qu'il s'était approprié avait été neutre – et là était leur erreur. Cette faille lui avait permis de le revendiquer en toute légitimité, de sorte qu'il était dans son bon droit en le défendant. En vertu de leur loi, ils ne pouvaient pas lui tomber dessus en masse ; ils enverraient un combattant le défier. Il attendit, bandant les muscles, éprouvant sa jambe, se préparant.

Son léopard patienta à la façon des leurs, ramassé sur lui-même en silence. Il aurait un instant de faiblesse lorsqu'il retomberait sur sa mauvaise patte, mais il avait mis sa blessure à l'épreuve et savait qu'elle résisterait à un combat, d'autant plus qu'il serait bref. Il avait l'intention de dominer vite, de prendre le contrôle pour que son adversaire n'ait d'autre choix que de se soumettre ou mourir. Il espérait qu'il opterait pour la soumission.

Il n'était pas tout à fait certain que dans son état actuel, avec une femelle – *sa* femelle – si proche du Han Vol Dan, il soit capable de maîtriser son léopard si jamais l'autre refusait de se soumettre.

Un mugissement secoua la nuit, le son portant par-delà le lac et dans le marécage. Les insectes se turent. Les alligators et les grenouilles cessèrent de s'appeler, conscients qu'un prédateur rôdait dans les ténèbres. Drake attendait ce défi féroce. Il se concentra immédiatement sur la position exacte du léopard, sa vision se décomposant déjà en vagues de chaleur alors qu'il ôtait son pantalon ample, posait une main sur la balustrade et bondissait dans les airs.

Son corps se tordit, une métamorphose maîtrisée dont peu étaient capables. Rapide et brusque, Drake se jeta dans son autre forme, l'épousant, se tendant vers elle, se transformant dans les airs, si bien qu'il était entièrement léopard quand il retomba sur le dos du mâle qui l'avait défié. Une sensation de déchirement lui fouetta le sang et il se sentit pleinement vivant. La nuit étouffante, saturée d'humidité, imprégna son âme, la chaleur l'envahissant et le remplissant du plaisir du combat.

Il tomba du ciel nocturne, guerrier vengeur, s'écrasant sur le grand léopard qui prenait la pose sur la pelouse onduleuse qui conduisait au rivage du lac. Il percuta son ennemi avec force, lui arrachant un grognement alors que ses poumons se vidaient et que ses pattes se dérobaient sous lui. Impitoyable, Drake lui planta les crocs dans la nuque et les griffes profondément dans les flancs, se cramponnant à lui alors qu'ils roulaient à n'en plus finir vers le lac.

Des grognements féroces remplirent la nuit alors que d'autres léopards les regardaient, incapables d'aider leur champion déchu. C'étaient les règles qui maintenaient les sociétés debout, et, même si la leur était primitive, ils obéissaient aux lois de leur espèce et le nouveau venu avait parfaitement le droit de défendre son territoire. Des yeux rouges et de redoutables crocs brillaient tandis que les léopards formaient un cercle à bonne distance des combattants.

L'adversaire de Drake se contorsionna désespérément, tirant parti de sa colonne vertébrale flexible pour se plier presque en deux, cherchant frénétiquement à se soustraire aux crocs meurtriers et aux griffes qui lui labouraient le ventre et les flancs, creusant de longs et profonds sillons qui lui laisseraient des cicatrices s'ils ne le tuaient pas. Les crocs étaient impitoyables, et, à chacun de ses mouvements, ils s'enfonçaient davantage en guise de mise en garde. Il était évident qu'il devait se soumettre ou mourir. Il n'avait aucune chance de déloger l'énorme bête de son dos.

Il se soumit, de la haine dans les yeux, mais sans autre choix viable il se figea, accordant la victoire à l'étranger, tout en sachant qu'elle ne durerait qu'un temps. Le léopard solitaire l'avait pris par surprise, mais les autres seraient mieux préparés. Tremblant, il resta immobile et attendit alors que le nouveau venu le tenait à sa merci.

Drake s'écarta en le mettant en garde d'un grognement menaçant et d'un coup de patte sur son museau ensanglanté. Son rival était étendu dans l'herbe, tremblant, le corps lacéré et en sang. Il roula sur lui-même et se mit sur ses pattes avec précaution, remuant la queue, les yeux sur Drake, son regard doré mauvais. La satisfaction y brilla une brève seconde.

Drake bondit sur le côté et le second léopard à l'avoir attaqué le rata de quelques petits centimètres. Drake fit volte-face dans les airs, retomba et poussa avec force sur ses pattes, percutant au flanc son nouvel agresseur, lui faisant perdre l'équilibre. Il sauta, tentant une prise rapide sur la nuque, rata son coup et plongea les crocs dans l'oreille et le crâne de son nouveau rival. Cette seconde attaque rendait son propre léopard furieux, et le dissuader de donner la mort s'avérait plus difficile.

La soif de sang l'envahit. La rage. Un besoin violent de chasser les mâles de son territoire ou de les tuer pour qu'ils ne s'approchent pas de sa femelle. Son adversaire avait un museau plus foncé et une raie sombre sur le milieu du dos. Plusieurs cicatrices indiquaient qu'il avait connu des batailles, et le léopard de Drake se jeta contre lui avec acharnement, le retournant de sorte qu'ils se lacéraient les chairs à grands coups de griffe meurtriers, grondant et grognant tout en boxant, debout sur leurs pattes arrière.

Drake s'élança avec violence, tailladant le ventre exposé, et, lorsque son adversaire se ramassa sur lui-même pour se protéger, rapide comme l'éclair, il lui planta les crocs dans le cou. Les grondements et les grognements de ceux qui regardaient ne furent plus qu'un bruit de fond. Sa lutte à présent consistait à garder le contrôle de son léopard. Il remarqua à peine les griffes qui lui déchiraient les chairs ou les crocs qui s'enfonçaient dans son épaule alors que son adversaire tentait désespérément de se dégager.

Il grogna et le secoua, du sang tachant son museau et la fourrure de l'autre alors qu'il lui attrapait la gorge plus fermement.

— Soumets-toi, Dion, cria une voix. Sers-toi de ta cervelle. Il va devoir lutter contre son léopard pour se retenir de te tuer. Tu n'lui facilites pas la tâche. Bordel ! soumets-toi.

Comme venant de très loin, Drake entendit la voix humaine qui perçait sa furie aveugle, son besoin impérieux de tuer. Il la reconnut vaguement. Le félin sous lui tremblait de rage, le griffa encore, et Drake sentit ses côtes le brûler. Il poussa un grondement guttural, luttant pour conserver un semblant d'humanité alors que son léopard ne demandait qu'à tuer. C'était son droit. Son adversaire se trouvait sur son territoire. Il refusait de se soumettre. La fureur le submergea. Il enfonça les crocs plus profondément. Utilisant sa force prodigieuse, il maintint son adversaire immobile par une prise suffocante.

— Dion ! (la voix s'éleva, autoritaire et trahissant la peur), soumets-toi immédiatement !

Le léopard sous lui devint soudain mou, vidé de toute rage de se battre, les flancs se soulevant et s'abaissant, la gueule ouverte, les yeux vitreux.

— Laisse-le partir.

La voix avait des accents implorants.

Drake s'efforça de s'apaiser, luttant pour maîtriser son léopard. Ce combat n'avait eu aucun rapport avec le territoire, pas avec ce léopard-là. C'était la femelle si proche du Han Vol Dan qui l'avait poussé à l'attaquer si férocement. Son adversaire avait voulu sa mort et son léopard le savait. Le besoin de tuer était une entité bel et bien vivante, et Drake dut mobiliser toute la discipline dont il était capable pour retenir son léopard. La raison sembla lui demeurer inaccessible durant plusieurs précieux instants – des instants pendant lesquels l'autre félin fut privé d'air.

— Robert, non !

Une seconde voix retentit, cassante. Insistante. Pleine d'autorité.

— Si tu appuies sur cette détente, j'n'aurai d'autre choix que de te tuer. Éloigne-toi. Il reprend le contrôle.

— Ce sera trop tard.

— C'est la décision de Dion.

La voix était empreinte d'autorité. De chagrin. La perte d'un mâle dans la fleur de l'âge représentait un coup pour n'importe quel clan. Drake empoigna de nouveau son léopard avec fermeté et l'obligea à reculer. Le félin s'exécuta à contrecœur, grognant et grondant à chaque pas, labourant Drake de ses griffes, faisant volte-face vers les autres léopards du clan, les défiant en rugissant, à deux doigts de sombrer dans une folie meurtrière. Du sang lui enduisait les côtés et lui dégoulinait sur les flancs, collant les poils de son épaisse fourrure, mais il gronda en montrant les dents et posa chaque patte avec précaution, scrutant ses ennemis, les mettant au défi de bouger.

Deux hommes avaient repris forme humaine. Drake, à travers le brouillard rouge de la folie, reconnut Robert Lanoux et l'homme plus âgé, Amos Jeanmard. Au signal de Jeanmard, les autres léopards se fondirent dans les ténèbres à contrecœur. Leur retraite aida son léopard à se calmer un peu plus, même s'il fit les cent pas et se coucha, se releva et recommença à arpenter l'herbe, jamais loin de son adversaire terrassé.

— On doit prendre soin des nôtres, dit Jeanmard. Tu as le contrôle ?

C'était une bonne question. Drake n'en était pas sûr. Il s'opposa plus fort à son léopard, se battant à présent pour la suprématie. Son félin se tourna brusquement vers Robert, qui avait fait un pas vers son frère à terre. Drake l'obligea à reculer jusqu'à ce qu'à contrecœur son léopard cède, un lent centimètre à la fois. Il réussit à se maîtriser suffisamment pour tourner la tête de son léopard vers le chef du clan de Louisiane et la hocher.

Jeanmard lui adressa un petit signe cérémonieux, inclinant la tête plus qu'autre chose.

— *Merci** de la part de mon clan au tien. Rejoins ton frère maintenant, Robert, tu peux panser ses blessures sans danger.

Sans hésiter, Robert se précipita au côté de son frère.

Le léopard de Drake, qui grondait en montrant les dents, recula encore, laissant le vieil homme s'approcher lui aussi du félin terrassé. Les deux humains s'accroupirent près de la bête sanglante et gravement amochée, s'exposant à une attaque du léopard furieux de Drake. Ce dernier exerça davantage de contrôle, reculant peu à peu tout en scrutant attentivement les ténèbres, loin d'être aussi confiant que les deux hommes. Leurs amis ne devaient pas être loin, autrement ils ne risqueraient pas leur vie si facilement.

Robert avait un pistolet, une violation de leur code. S'il avait été dans la forêt tropicale, apporter une arme humaine à un combat de léopards légitime aurait eu de lourdes conséquences. Drake n'avait aucun moyen de savoir ce que Jeanmard ferait à l'homme. C'était une tache qui salissait le clan entier, et Jeanmard en particulier. On attendait d'un chef qu'il fasse marcher ses léopards au pas, et Robert lui avait fait perdre la face. Si un membre de l'équipe de Drake avait fait une chose pareille, les représailles ne se seraient pas fait attendre, et auraient été violentes et publiques. Lorsqu'on avait affaire à des mâles alpha de premier ordre, il était parfois nécessaire de se montrer absolument impitoyable. Quoi qu'il en soit, Robert Lanoux ne se battait pas dans les règles ni avec honneur, ce que Drake conserverait dans un coin de sa mémoire.

Drake, sans jamais cesser de gronder en montrant les dents, recula, tourné vers le bosquet de cyprès au bord de l'eau où il savait que d'autres léopards mâles s'étaient retirés afin de respecter son territoire tout en protégeant leur chef. Il vit les vêtements qu'il avait abandonnés lors de sa course précédente, déchirés en petites bandes. Ils avaient mis en lambeaux sa chemise et son jean, et ses chaussures n'avaient pas connu un meilleur sort.

Dans un accès de rage, le léopard donna un coup de son énorme patte dans les habits déchiquetés, faisant voler des lambeaux de tissu dans les airs avant de se ressaisir et de bondir sur la branche de l'arbre le plus près du manoir. Il regagna son balcon et entra à pas feutrés dans sa chambre avant de s'aplatir contre terre et de sortir furtivement par la porte-fenêtre ouverte, les yeux et les oreilles aux aguets, guettant le moindre danger.

Les léopards se transformèrent en hommes et surgirent précipitamment des arbres pour aider Jeanmard et Lanoux à porter le félin terrassé. Dion fut soulevé et conduit en vitesse jusqu'à un bateau qui attendait. Drake resta longtemps immobile après que les bruits du bateau qui s'éloignait se turent. Il guettait le murmure de la fourrure contre les arbres, qui lui apprendrait qu'on le traquait. Les grillons reprirent leur symphonie. Les grenouilles leur chœur, s'appelant et se répondant. Il entendit la glissade d'un alligator qui entrait dans l'eau.

La douleur le frappa alors, et il n'attendit pas, n'hésita pas, se transformant avant d'avoir pu trop penser au coût de ces combats pour son corps humain. Il se retrouva au sol, réprimant un gémissement. Il avait le ventre et les côtes en feu. Sa mauvaise jambe protestait à hauts cris et il avait le corps marqué de morsures et de griffures. Il était étendu là, le regard fixé sur le ciel nocturne, quand les nuages éclatèrent et que des trombes d'eau tombèrent sur lui, le lavant d'une partie de sa sauvagerie.

Il avait le cœur qui battait trop vite, et l'adrénaline affluait dans son organisme comme un bolide. Il respira profondément pour s'éclaircir les idées, pour dépasser son besoin de violence. Un léopard constituait une machine à tuer parfaite et, combinant la ruse et le tempérament d'un léopard à l'intelligence d'un humain, son espèce était, au mieux, extrêmement dangereuse. Il était tout juste parvenu à contenir son animal sauvage, mais il n'avait pas tué – du moins il ne le pensait pas.

Avec un grognement, il roula sur le côté et se mit à quatre pattes, s'efforçant de ne pas prêter attention à sa jambe qui protestait. Son estomac se souleva. Il réussit à se lever, faible et pris de vertige. Il avait perdu plus de sang qu'il l'avait cru. Chancelant, il retourna dans la chambre, laissant des empreintes de pied sanglantes sur le sol en mosaïque que la pluie laverait. Le parquet de bois dur à l'intérieur n'avait pas cette chance ; les traces persistèrent alors qu'il marchait vers la salle de bains.

L'eau chaude le piqua, mais lui fit du bien alors qu'elle coulait sur lui. Il se tenait sur des jambes tremblantes tandis que l'eau lavait ce qui restait en lui de sauvage. Il envoya une petite prière pour qu'il n'ait pas tué Dion. Les lois de son monde étaient claires et il avait été dans son bon droit, mais intellectuellement il savait que Dion n'avait fait qu'essayer de protéger son monde d'un léopard solitaire – comme lui-même aurait pu le faire.

Même s'il pourrait le regretter si Dion ne s'en sortait pas, ce dernier connaissait les règles du combat et avait choisi de ne pas se soumettre jusqu'à ce qu'il soit presque trop tard. Ils savaient tous à quel point il était alors difficile de contrôler son léopard. Si on y ajoutait une femelle proche de l'émergence, on ne pouvait guère le blâmer.

Malgré toutes ses blessures, Drake se réjouit de constater que son corps avait tenu le coup ; il s'était transformé dans les airs et avait été sacrément rapide avec ça. Ses performances lui mirent du baume au cœur alors qu'il venait d'éprouver sa jambe pour la première fois. Il était resté en forme, faisant du sport avec acharnement après qu'on y avait mis des plaques et des broches et qu'il n'avait plus pu se transformer. Il avait été déterminé à rester apte au combat, même s'il n'avait pas cru avoir un jour la chance de rendre sa liberté à son léopard. Jake et son chirurgien avaient réalisé un miracle. Il avait remporté le premier combat presque avant qu'il ait commencé, essentiellement grâce au facteur surprise.

Drake passa soigneusement en revue chaque aspect de sa technique de combat. Il avait été rapide, mais pas assez. Il avait besoin de plus de temps pour laisser courir son léopard, pour de nouveau sentir la force et la puissance de son corps. Il avait l'avantage de l'expérience par rapport aux membres du clan de Louisiane, mais celui-ci avait l'avantage du nombre, et, s'il avait dû tous les affronter, même un à la fois, il aurait été en difficulté. Dion lui avait assené de profondes entailles et il avait perdu du sang. Ce qui équivalait à être faible.

Se séchant avec précaution avec une serviette, il examina chacune de ses blessures. Les félins pouvaient y laisser du venin et elles ne tardaient alors pas à s'infecter. D'où la brûlure haïe de l'iode. Il en versa généreusement sur ses plaies, se mettant à transpirer. Jurant à chaque point de suture, il recousit les trois pires entailles, referma les autres avec des sutures cutanées adhésives avant de toutes les enduire d'un onguent antibactérien et de les couvrir d'une gaze. Tout bien considéré, il n'était pas en trop mauvaise forme. Il ne doutait pas de sentir chaque ecchymose au matin, mais, là tout de suite, seul dormir importait.

Il frotta le sol pour en faire disparaître toute trace de sang, verrouilla soigneusement sa chambre et s'allongea avec précaution sur le lit. Le sourire aux lèvres, les doigts joints derrière la tête, il sombra quelque part entre la veille et le sommeil. Aussitôt Saria fut là, un sourire relevant les coins de ses douces lèvres, les yeux brillant d'espièglerie. Il tendit les mains vers elle, voulant l'attirer sur le lit avec lui. Le cœur battant et la saveur du désir dans sa bouche, il gémit tant il la désirait.

Un unique son s'échappa. Perça les brumes de son sommeil. Ce n'était pas elle qui lui répondait en gémissant, pas même un geignement de désir, mais le murmure d'un mouvement. Il ouvrit brusquement les yeux et demeura silencieux, avec sa saveur dans la bouche et son félin qui rugissait. Quelque chose bougeait dehors sur la pelouse. Il se leva doucement, conscient que tous les léopards entendaient aussi bien que lui. Avec mille précautions, il marcha à pas feutrés jusqu'à la porte-fenêtre de son balcon et l'ouvrit juste assez pour s'y glisser.

Sous lui, le jardin était essentiellement tout en ombres mais, grâce à sa vision nocturne, il distingua aisément Pauline Lafont qui s'y déplaçait en robe de chambre. Elle tenait un fusil de chasse dans une main et un grand sac-poubelle dans l'autre. Elle ramassait méticuleusement chaque lambeau des vêtements déchirés de Drake, ainsi que de ses chaussures et de ses chaussettes. Elle prenait son temps, s'assurant d'enlever jusqu'au moindre fil.

Il resta immobile, conscient qu'elle ne pouvait pas le voir. Elle n'était pas un léopard, il le savait, il aurait senti son animal. Elle n'avait pas été avare d'informations sur les sept familles qui louaient les terres dans le marécage et il n'avait reniflé aucun mensonge, mais visiblement elle était au courant pour les combats de léopards. Elle devait avoir entendu l'épouvantable vacarme. Les léopards fous de rage n'étaient pas du genre silencieux. Elle avait un fusil de chasse pour se protéger, mais ne paraissait pas excessivement effrayée. Une femme seule au milieu de nulle part, loin des secours, avec des léopards qui se battaient sur la pelouse devant sa maison, aurait dû être terrifiée. Pourtant Pauline Lafont marchait lentement dans son jardin, faisant méticuleusement disparaître toute trace des combats.

Elle devait être au courant pour les métamorphes. Sa famille vivait dans la région depuis un siècle et côtoyait manifestement les familles de ces derniers, qui s'étaient mélangées. Elle avait dit que sa sœur s'était mariée dans l'une d'elles : les Mercier. Était-il possible que son beau-frère ou un de ses neveux ait été présent et qu'elle se débarrasse des preuves pour le couvrir ? Ça se tenait. La famille était la famille, et il ne doutait pas qu'ils se protégeaient les uns les autres depuis des siècles… exactement comme le faisaient les clans dans la forêt tropicale.

Pauline braqua le faisceau de sa torche électrique au pied des arbres où les combats avaient eu lieu. Deux alligators, certainement attirés par l'odeur du sang, glissèrent de nouveau dans l'eau lorsque la lumière tomba sur eux. Elle examina les éclaboussures de sang avant de remonter vers le manoir pour aller chercher un long tuyau d'arrosage. Encore une fois, elle prit son temps, le fusil de chasse au poing alors qu'elle aspergeait les zones où les léopards s'étaient battus. Elle travailla très consciencieusement, visiblement déterminée à faire disparaître jusqu'à la plus petite trace.

Elle enroula méthodiquement le tuyau, ramassa le sac-poubelle qui contenait les vêtements de Drake avant d'embrasser la pelouse une dernière fois du regard, de hocher la tête d'un air satisfait et de regagner l'intérieur du manoir. Drake faillit se retourner pour rentrer dans sa chambre, mais aperçut un mouvement du coin de l'œil. Quelqu'un d'autre avait observé Pauline. La silhouette indistincte se trouvait dans les arbres et le vent soufflait dans la direction opposée à la sienne, ne lui permettant pas de discerner son odeur. Son félin ne sonna pas non plus l'alarme, mais il ne faisait aucun doute que quelque chose – quelqu'un – était juché dans l'arbre juste au bord de l'eau, celui qui était le plus proche du ponton.

Drake étira doucement ses muscles, sans forcer. Chaque blessure le tirait, lui rappelant que les points de suture ne lui seraient pas d'une grande utilité s'il devait encore se transformer. Il garda le regard rivé sur la branche qui avait imperceptiblement bougé. Tout était redevenu tranquille. Un alligator vagit quelque part de l'autre côté du lac. Les roseaux miroitaient comme une vague. Les feuilles dans l'arbre en faisaient autant. Qui que ce fût, il se déplaça avec le vent, descendant peu à peu de l'arbre jusqu'au sol.

Accroupie tout près du sol, tenant un fusil dans une main et une petite valise dans l'autre, la silhouette indistincte était plus petite qu'il s'y était attendu. Il glissa la main sous la balustrade du balcon pour prendre le pistolet qu'il y avait fixé avec du ruban adhésif un peu plus tôt. Il aurait parié qu'il était un meilleur tueur, mais bon, l'arrogance pouvait coûter la vie. Robert Lanoux était-il revenu terminer le boulot ? Mais Robert était un homme costaud qui avait des muscles à revendre, et la silhouette accroupie près de l'arbre paraissait trop petite. Il libéra doucement le cran de sûreté et attendit.

Saria Boudreaux piqua un sprint vers les arbres les plus proches de la maison d'hôtes, restant près du sol et à distance des rayons du croissant de lune. Même dans la pluie, il la reconnut aussitôt sans mal. Son cœur fit un bond alors qu'elle se fondait dans les ombres plus sombres, scrutant le manoir et le bosquet de cyprès.

Par précaution, il enfila son pantalon en coton doux fermé par un cordon à la taille et un tee-shirt ample qu'il prit dans son sac. Saria s'était dirigée vers les arbres les plus proches de sa chambre. Il n'avait aucune idée de ce qu'elle avait en tête, mais il ne voulait pas qu'elle voie les traces d'un combat de léopards.

Elle mit quelques minutes avant de courir à toute vitesse vers l'arbre qui se dressait juste sur le côté de son balcon, celui qu'il avait marqué et dont la branche pendait assez bas pour qu'il puisse l'atteindre sans difficulté en sautant. Elle se servit d'une bandoulière qu'elle passa à son cou et sur son épaule pour libérer ses mains de la valise et du fusil, puis se hissa dans l'arbre en vitesse. C'était une grimpeuse experte et silencieuse, se déplaçant avec agilité de branche en branche, s'élevant jusqu'à l'étage de la maison d'hôtes.

Il attendit, le cœur dans la gorge, terrifié à l'idée qu'elle tombe alors qu'elle avançait rapidement le long de la haute branche. Lorsqu'elle plaça les pieds sous elle, il eut soudain la bouche sèche et le cœur battant. Il n'osa pas l'appeler, de crainte de la surprendre et qu'elle perde l'équilibre. Elle s'accroupit très bas et sauta vers son balcon. Il s'élança vers elle aussi. Elle s'agrippa à la balustrade en même temps qu'il lui attrapait les deux poignets.

Elle leva les yeux vers lui, abasourdie, et les écarquilla. Il vit que les mouchetures dorées dans ses iris sombres s'étaient dilatées, en éclipsant presque tout le chocolat. Son léopard était près d'émerger et son propre léopard huma encore son odeur, ce délicieux et séduisant parfum qui lui avait presque fait perdre la tête.

Il la hissa facilement sur le balcon.

— Bonsoir. C'est gentil de passer me voir, l'accueillit-il, la posant sur ses pieds.

— Vous étiez censé dormir, l'accusa-t-elle d'un ton qui semblait contrarié.

— Vous comptiez vous glisser dans le lit avec moi ou me tirer dessus ? demanda-t-il.

Elle émit un petit reniflement.

— Vous tirer dessus pourrait bien être la meilleure solution. J'pencherai de c'côté.

Il tendit la main, lui enveloppa la gorge de la paume, et lui releva le menton.

— Pour votre gouverne, Saria, vous feriez peut-être bien de vous rappeler que je flaire les mensonges.

Elle cligna des yeux. Fronça les sourcils.

— Personne n'peut faire ça.

— N'en soyez pas si sûre.

À chacune de ses inspirations, c'était Saria qu'il aspirait dans ses poumons. Elle était enivrante, tout juste prête à être cueillie, une femme si séduisante qu'il était impossible de lui résister, et qui n'avait pourtant aucunement conscience de son charme.

Elle scruta son visage, ignorant si elle devait le croire. Elle finit par capituler, préférant ne pas prendre de risques.

— J'suis venue vous protéger. Il se passe des trucs étranges dans le coin et tout le monde est un peu à cran. J'ai pensé préférable de veiller sur vous. Vous me payez assez pour me faire vivre pendant deux ou trois mois, voire plus si j'fais attention, tandis que j'essaierai de vendre mes photographies. Je n'vous laisserai pas me filer sous le nez à cause d'un félin fantôme.

Il la lâcha lentement et recula, craignant sinon de la traîner sans ménagement dans sa chambre pour la jeter au beau milieu du lit. Il avait suffisamment rêvé de le faire de cette façon. La pluie avait plaqué son tee-shirt contre sa peau, et ses tétons pareils à deux cailloux durs attiraient son attention. Son léopard montra les dents en grondant lorsqu'il se détourna d'elle. Il dut respirer profondément pour tenir l'animal à distance.

— Mon chou, je n'ai pas besoin qu'on me protège. Vous trouvez que je ressemble à un citadin ?

Il était à la fois ravi et offensé. Il aimait l'idée qu'elle attende toute la nuit sur son balcon pour s'assurer qu'il était en sécurité, mais il était consterné par le fait qu'elle puisse le croire incapable de se défendre. Elle était visiblement rentrée chez elle pour aller chercher d'autres armes.

— J'n'ai pas voulu vous blesser, dit-elle. Il y a eu…

Elle laissa les mots mourir sur ses lèvres.

Il se retourna vivement vers elle, la compréhension se faisant jour en lui.

— Vous avez envoyé la lettre à Jake.

Elle se figea. Excessivement. Il la vit resserrer les mains sur son fusil. Elle blêmit. Il huma la peur. Elle humecta soudain ses lèvres sèches de la pointe de sa langue.

— Qui est Jake ?

— Je vous l'ai dit, Saria. Je flaire les mensonges. Vous avez demandé au père Gallagher de remettre une lettre à un prêtre dans le Texas avec pour instructions de la donner à Jake Bannaconni. Pourquoi ne pas l'avoir simplement postée ? Et pourquoi ne pas l'avoir signée ?

— J'n'aurais pas dû envoyer cette lettre, dit-elle. J'ai été idiote. Si vous avez fait tout ce chemin à cause de cette lettre, je n'peux que vous présenter mes excuses et vous rendre votre argent.

— Vous me dites que vous n'avez pas trouvé de corps qui avaient l'air d'avoir été tués par un léopard ? Un léopard et un homme ?

Elle secoua la tête, mais refusa de répondre tout haut. Elle évita son regard. Drake lui prit son arme des mains et la posa avec précaution contre le mur à l'intérieur, juste de l'autre côté de la porte-fenêtre, hors de son atteinte.

— Ma chérie, ne me mentez pas. Pourquoi n'avez-vous pas simplement envoyé la lettre directement à Jake ?

Elle serra les lèvres avec nervosité et darda un coup d'œil vers l'arbre comme si elle pensait pouvoir se jeter du balcon.

Par précaution, Drake referma les doigts autour de son poignet avec douceur.

— Vous avez peur de moi ? Ou de quelqu'un par ici ?

Il n'avait pas envie de l'interroger, mais de la prendre dans ses bras pour la réconforter.

Au contact de ses doigts, elle se figea, une bête sauvage acculée cherchant un moyen de s'échapper. Elle était à la fois très vulnérable et dangereuse. Son félin était proche. Drake le savait à l'éclat de sa peau, à l'or qui envahissait ses yeux et à l'odeur sauvage qu'elle exhalait. Son propre léopard rongeait son frein tandis qu'il était lui-même dur comme la roche. Le félin de Saria la protégerait de tout danger. Et, en toute franchise, elle pouvait facilement sauter du balcon et retomber sans se faire de mal, qu'elle le sache ou non. Il devait se montrer prudent. Une femelle léopard était capricieuse dans le meilleur des cas, et, proche du Han Vol Dan, elle pouvait être de mauvaise humeur et incroyablement à cran, prête à s'accoupler à un moment telle une chatte séduisante, et au suivant sortir les griffes en crachant.

— Saria, insista-t-il doucement, vous aviez besoin d'aide. Je suis ici pour vous aider. Ne m'en empêchez pas.

Il ne pensait pas qu'elle répondrait. Elle ne le regardait pas, les yeux tournés vers la nuit. Des trombes d'eau leur tombaient dessus, mais ni l'un ni l'autre ne firent mine de rentrer dans la chambre.

Elle soupira et haussa les épaules.

— J'vous conduirai au marais de Fenton. C'est là que j'ai vu les corps, mais, à l'heure qu'il est, les alligators s'en sont occupés. Vous n'trouverez rien qui puisse vous aider d'une façon ou d'une autre.

Ces mots, une concession, s'étaient déversés à toute vitesse de sa bouche.

— Je travaille pour Jake, Saria. Si vous en savez assez pour l'avoir contacté, vous savez à quoi on a affaire ici.

Il allait devoir tourner autour du pot, tâter le terrain pour voir ce qu'elle savait vraiment sans qu'elle prenne ses jambes à son cou.

Elle releva soudain la tête et le regarda droit dans les yeux. Une lueur dorée y flamboyait dans la nuit. Son léopard s'élança vers elle, ayant désespérément besoin d'elle. Il dut respirer profondément pour ne pas se métamorphoser, le regard toujours plongé dans le sien. Elle était si proche, si parfaitement immobile. Si terriblement dangereuse et elle ne le savait même pas.

— Vous en êtes un ?

Sa voix était presque un ronronnement.

— Un métamorphe ?

Il garda sa voix douce et resta parfaitement immobile. Rien n'était plus dangereux qu'une femelle léopard proche de l'émergence, mais pas encore prête à s'accoupler.

— Oui. (Il attendit un battement de cœur. Deux.) Tout comme vous.

Elle fronça les sourcils, secoua la tête et recula, loin de lui. Il ne lui lâcha pas le poignet, mais avança avec elle.

— Vous l'ignoriez ? Votre famille vous en aura certainement parlé ? Si vous avez hésité à aller à la police, n'est-ce pas parce que vous aviez compris que celui qui a tué ces hommes pourrait être quelqu'un que vous connaissez ?

— Non, nia-t-elle. Je n'suis pas une métamorphe.

Elle paraissait désorientée. Effrayée même.

Ce serait bien plus compliqué qu'il l'avait d'abord imaginé. Elle semblait en savoir peu sur les métamorphes. Il avait vu qu'elle avait été sincèrement choquée quand il lui avait dit qu'elle était un léopard et son déni avait été tout aussi sincère. Cette idée l'effrayait. Il était en terrain inconnu. Il pouvait gérer des mâles alpha dans la force de l'âge, mais une femme au bord du Han Vol Dan, c'était une tout autre histoire.

— Venez à l'intérieur, Saria, et séchez-vous. Il est tard et on doit se lever tôt, l'amadoua-t-il. Que vous soyez au moins à l'aise pendant qu'on parle. J'ai un tee-shirt sec et vous pourrez vous glisser sous les couvertures. Je resterai à l'autre bout de la pièce si ça peut vous aider à vous sentir mieux.

— Vous pourriez me rendre mon fusil.

— Je pense qu'on sera mieux avec juste le couteau que vous portez.

Elle parvint à esquisser un petit sourire, haussa une épaule en un léger mouvement féminin à la vue duquel il se raidit à la limite du point de rupture, puis entra dans la pièce. Aussitôt, son odeur envahit les lieux, le parfum séduisant de nature sauvage, de pluie, de tentatrice, exclusivement Saria. Il l'aspira profondément dans ses poumons, luttant pour garder la tête sur les épaules. Elle ne lui faisait pas vraiment confiance, mais elle avait de l'assurance, il devait le reconnaître.

Saria avait peur, mais pas pour elle. Son sang-froid même l'ébranla. Elle était incontestablement un léopard, entrant dans l'antre d'un ennemi potentiel sans ciller. Elle ferait une mère féroce, qui protégerait leurs enfants, se tiendrait à son côté dans tous les moments difficiles. Elle avait peur pour sa famille – ça ne pouvait être que ça. Et il ne l'aima que plus pour sa loyauté. Il la désirait plus que jamais.

Il lui ouvrit la porte de la salle de bains et s'effaça pour la laisser entrer, heureux d'avoir fait disparaître toute trace de sang du carrelage.

— Les serviettes sont sur l'étagère, là. Je vais aller vous chercher un tee-shirt. Jetez vos vêtements sur la tringle du rideau de douche et ils seront secs au matin.

Elle hocha la tête, se séchant déjà les cheveux avec une serviette. Drake fouilla dans son sac à la recherche d'un autre tee-shirt propre. Il s'obligea à ne pas regarder lorsqu'elle tendit la main par la porte pour le prendre. À l'idée qu'elle se déshabille avec juste une mince porte entre eux, son désir monta en flèche.

Il fit les cent pas devant la porte-fenêtre, humant les effluves frais de la pluie. Il avait besoin de se calmer. Déjà sa température corporelle avait grimpé de plusieurs degrés, et, s'il comptait convaincre cette femme qu'il était digne de confiance, il devrait se comporter comme un gentleman – non, un saint.

Elle sortit vêtue seulement de son tee-shirt. Il lui arrivait juste au-dessus du genou, était bien trop large pour elle, mais elle réussissait à avoir l'air sexy dedans. Elle avait les cheveux ébouriffés, comme si on venait juste de lui faire l'amour. Il lui décocha un faible sourire lorsqu'elle arqua un sourcil en le regardant.

— Vous êtes sacrément belle, dit-il. Ce n'est peut-être pas une très bonne idée.

— Vous pouvez toujours me donner le fusil, souligna-t-elle.

— Glissez-vous sous les couvertures. Vous avez toujours votre couteau.

Elle n'avait pas tenté de lui cacher l'arme. Elle la tenait dans sa main droite, mais quelque chose lui disait qu'elle la maniait tout aussi expertement des deux mains – et il en pinçait tellement pour elle que même cette idée l'excita. Il resta de l'autre côté de la pièce, faisant tourner une chaise du gros orteil pour se mettre à califourchon dessus, dans l'embrasure de la porte-fenêtre ouverte, afin de pouvoir échapper à sa présence enivrante si son félin devenait trop difficile.

Saria s'assit sur le lit, tirant l'édredon sur ses jambes. Ils se dévisagèrent. Il distinguait dans ses yeux le feu qui répondait au sien, ce qui ne lui facilita pas les choses. Elle déplaçait sa main distraitement d'avant en arrière, caressant l'édredon, et à cette vision il dut réprimer un gémissement. Elle était naturellement sensuelle : la façon dont elle bougeait, le feu dans ses yeux, ses lèvres entrouvertes. Il irradiait d'elle tant de sex-appeal qu'il était à deux doigts de ressortir sous la pluie. Quelque chose lui disait qu'il trouverait les gouttes sensuelles.

— Parlez-moi des corps.

Elle secoua la tête avec lenteur.

— Parlez-moi plutôt des métamorphes.

— Je ne jouerai pas à ce petit jeu du chat et de la souris avec vous, Saria, dit Drake. Vous avez envoyé une lettre dans laquelle vous demandiez de l'aide, et Jake m'a dépêché sur place.

— J'n'aurais pas dû envoyer cette lettre. J'me suis trompée.

— Merde ! (Il bondit sur ses pieds, aussi agité que son léopard.) Maintenant vous me mentez éhontément. Que faites-vous dans mon lit, bordel ! si vous comptez me mentir ?

Avant qu'elle ait pu répondre, il poursuivit :

— Il n'y a pas d'erreur qui tienne. Crachez juste le morceau et cessez de tourner autour du pot. J'ai compris que votre famille était impliquée et que vous ne voulez pas qu'un de vos frères se fasse descendre. Il y a de grandes chances que ce ne soit pas l'un d'eux. Vous auriez senti son odeur sur les corps. Vous reconnaîtriez celle-ci n'importe où.

Elle referma le poing sur l'édredon.

— Qu'allez-vous faire si un métamorphe tue vraiment des gens ?

— J'enquêterai avec mon équipe. Si un métamorphe s'est mis à tuer, nous n'avons pas le choix. C'est la peine de mort. C'est une réalité difficile, Saria, mais on ne peut pas laisser un tueur en série en liberté. Sans parler des victimes et de leur famille, on ne peut pas être découverts.

Il n'allait assurément pas lui mentir alors qu'il exigeait d'elle la vérité. Il avait les yeux qui jetaient des étincelles et il se détourna, recommençant à faire les cent pas, s'efforçant d'apaiser son félin alors que des ondes de chaleur traversaient son champ de vision et que son léopard poussait pour émerger.

Le niveau de détresse de Saria devait affecter son propre léopard. L'animal devait chercher avec acharnement à la protéger alors qu'elle était bouleversée. Elle n'avait pas la moindre idée de la raison pour laquelle ses hormones la jetaient dans un tel état de désir nerveux pas plus que de pourquoi son corps la brûlait. Il avait envie de la réconforter, de la serrer dans ses bras, mais il n'osa pas s'approcher d'elle.

— J'ignore quoi faire. Je n'vous connais pas et vous me demandez de mettre la vie de mes frères entre vos mains.

Il lui fit face, grand et le dos droit, les yeux d'un or antique, les yeux d'un félin. Il ne tenta pas de le lui cacher.

— Ma chérie, quoi qu'il arrive, je suis ici maintenant, que vous m'aidiez ou non. Je ne peux pas laisser un métamorphe continuer à tuer des gens. Pas plus que vous, je n'en doute pas. Ne préféreriez-vous pas largement participer aux investigations et me donner un coup de main plutôt que de ne pas vous en mêler et ignorer ce qui se passe ?

Elle prit une inspiration et hocha la tête.

— Si. N'oubliez juste pas que ces personnes font partie de ma communauté.

— Et n'oubliez pas que, si vous êtes avec moi, vous êtes sous ma protection. Je soupçonne qu'il est arrivé quelque chose qui vous a fichu une trouille bleue. Racontez-moi.

Elle détourna le regard.

— J'ai essayé de poster la lettre à notre bureau de poste local. Il est minuscule et tout le monde s'y retrouve pour bavarder et se raconter les derniers potins. Le nom de Jake Bannaconni n'passe pas vraiment inaperçu. Il est écrit dans toutes les petites feuilles de chou écornées, sans compter qu'il fait la une des journaux. Il est possible que quelqu'un ait vu son nom sur l'enveloppe. Quoi qu'il en soit, le lendemain, j'ai retrouvé ma lettre clouée au fond de ma pirogue avec un de mes couteaux de pêche. J'suis la seule à l'utiliser, aucun de mes frères n'la prend jamais. Celui qui l'a mise là m'a clairement avertie de laisser tomber. Et même si ce n'était pas l'un de mes frères qui avait fait ça, j'ai eu peur pour eux.

Drake enfonça la main dans ses cheveux, ayant besoin d'évacuer la rage qui était soudain montée en lui. On l'avait menacée. Il scruta son visage. Et ce n'était pas tout. Elle ne lui avait pas raconté toute l'histoire. Il inspira pour apaiser la tension qui s'accumulait dans la pièce.

— Dites-moi le reste, Saria. N'oubliez rien. J'ai besoin de tout savoir.

Elle se mordit la lèvre inférieure, posant brusquement le regard sur son visage avant de le détourner peu à peu.

— Il m'a attaquée. Le soir où j'ai donné la lettre au père Gallagher, alors que j'regagnais ma pirogue, il m'a attaquée au milieu des arbres.

Le cœur de Drake cessa presque de battre, puis commença à tambouriner comme un fou. Il l'entendit rugir dans sa tête et, l'espace d'un instant, des bandes jaune et rouge occupèrent son champ de vision.

— Comment ?

Il eut le plus grand mal à prononcer ce mot. Son léopard était si proche que sa voix était plus un grognement animal qu'humain.

Elle fouilla son visage des yeux. Avec lenteur, elle commença à lui tourner le dos et remonta son tee-shirt.

Frappé d'une horreur absolue, Drake regarda fixement les quatre longs sillons qui creusaient le dos de la jeune femme. L'espace d'un instant il fut paralysé, incapable de bouger ou de parler. Son félin devint fou, rugissant si fort qu'il étouffa tous les autres bruits. Qu'un léopard maltraite ainsi une femelle était inadmissible. Qu'on commette une telle atrocité contre Saria ne saurait être toléré.

Il traversa la pièce avec raideur, la dominant de toute sa taille. Il avait mal aux doigts, ses jointures se courbaient. Il se mit à transpirer alors qu'il luttait contre la métamorphose. De la fourrure lui glissa sur la peau en une vague, puis se retira. Son léopard grogna et cracha, tempêtant contre lui, révolté par cette injustice. Sa soif de violence était aiguë et puissante.

Chapitre 5

Saria perçut aussitôt le danger. Sur le mur, elle vit l'ombre d'un homme qui se dressait au-dessus d'elle, même si elle ne l'entendit pas. Une ombre immense et effrayante, une grande silhouette masculine large d'épaules à côté de laquelle elle paraissait minuscule. Il avait l'odeur des grands espaces, de la nature sauvage, d'un *léopard*. Elle avait déjà senti cette odeur-là auparavant. Chaque cellule de son corps se figea. La panique l'envahit. Elle resserra les doigts autour du manche de son couteau.

Où avait-elle eu la tête ? Se mettre dans une telle position ? Elle savait que Drake était un léopard, son instinct l'avait prévenue, mais elle s'était véritablement sentie poussée vers lui. Le tueur en lui aurait dû lui inspirer de la répulsion, au lieu de quoi elle était si profondément tombée sous son charme qu'elle pouvait à peine respirer. Elle fut bien en peine de retenir le frisson qui lui descendait le long de la colonne vertébrale, pas plus qu'elle ne put arrêter la douleur entre ses cuisses. Elle était tellement à cran, à l'étroit dans son propre corps, les seins douloureux, si sensibles qu'elle aurait juré qu'un courant électrique courait entre ses tétons dressés, son vagin… et lui.

Elle jeta un coup d'œil par-dessus son épaule. Drake faisait glisser son regard sur elle, la marquant, les paupières lourdes, canon, si sensuel qu'elle fut incapable de détourner les yeux. Il avait l'air affamé, un prédateur concentré sur sa proie, et elle sentit son corps se réveiller après avoir été plongé dans un long sommeil. Elle le désirait. Oh, bon Dieu ! elle le désirait de chaque cellule de son corps. L'alchimie entre eux était intense, à l'instar d'un fort courant électrique. Les ondes de choc se succédaient dans son corps, se logeant dans chaque terminaison nerveuse jusqu'à ce que le désir lui coure partout sur la peau.

Au côté de Drake Donovan, elle avait pleinement conscience d'être une femme. Et pleinement conscience qu'il était un homme. Toute cette alchimie avait étouffé son bon sens et elle était venue tout droit dans son antre. Elle sentait la chaleur qui irradiait de lui, lui communiquant un désir effréné auquel elle ne pouvait pas résister, quand bien même il la terrifiait. Elle aurait dû se tenir prête à fuir, au lieu de quoi elle retenait son souffle, attendant qu'il la touche. Elle brûlait de sentir sa main sur elle.

— Il vous a mordue ?

Sa voix était un murmure de velours qui lui glissa sur la peau comme des doigts caressants. Son souffle était chaud contre son cou. Une chaleur virile l'enveloppa. Elle ferma les yeux et demeura immobile. Elle avait la bouche si sèche qu'elle était presque incapable de dire un mot.

— Oui.

Elle avait le cœur qui cognait contre sa poitrine, le sang qui affluait, chaud, dans ses veines. De la sueur dégoulina dans la vallée entre ses seins. Elle humecta son boxer de coton.

Des doigts, il effleura l'un des longs sillons sur sa peau, le plus léger des frôlements, mais il la brûla comme un fer rouge jusqu'à l'os. Lui coupant le souffle.

— Où ?

Il avait la bouche contre la plaie à vif, l'effleurant des lèvres, le truc le plus sensuel qu'elle avait jamais connu. La foudre lui tomba dessus. Il déposa des baisers tout du long de la longue entaille, le tee-shirt relevé dans son poing. De l'électricité courait à travers chaque fibre de son corps comme s'il avait les lèvres reliées à ses nerfs. Elle sentait les jointures de ses doigts qui lui remontaient le long du dos avec le tee-shirt. Rien ne l'avait préparée à la façon dont son corps s'animait à son contact. Son esprit, son corps, chaque partie d'elle réagissaient à sa présence.

C'était à la fois effrayant et grisant d'avoir l'impression qu'une partie d'elle lui échappait pour s'unir à une partie de lui. Elle aurait dû l'arrêter, ça n'était pas vraiment décent, mais elle était déjà ensorcelée par sa bouche. Ses lèvres, douces et murmurantes contre sa peau, étaient froides et fermes, mais en même temps laissaient dans leur sillage de petites flammes brûlantes.

Elle entendit qu'il avait le souffle coupé quand il remonta son tee-shirt assez haut pour révéler la morsure sur son épaule. Il frôla sa peau des lèvres, la goûtant, la marquant de la façon la plus exquise. Une caresse toujours aussi légère que celle d'une plume, pourtant elle avait l'impression que ses effleurements la pénétraient jusqu'à l'os.

— Il t'a marquée exprès. Il a été maladroit et a très mal agi, dit-il. Qui était-ce ?

Cette fois, sa voix de velours avait des accents tendus, envoyant un frisson de peur le long de sa colonne vertébrale.

— Je n'comprends pas ce que ça signifie, reconnut-elle, détestant avoir la voix qui tremblait.

Il frôla de la bouche chacune des perforations sur son épaule, puis lâcha brusquement son tee-shirt et se redressa, reculant loin d'elle. Le silence s'étira jusqu'à se muer en hurlement. À contrecœur, Saria se retourna pour lui faire face, se sentant très seule et perdue.

Drake se tenait dans l'embrasure de la porte-fenêtre, la pluie tombant en trombes d'eau argentée derrière lui profilant sa silhouette. Elle s'efforça de ne pas le dévisager, mais ne réussit pas à arracher son regard de lui. Elle le trouvait physiquement beau. La largeur de ses épaules, l'épaisseur de son torse, ses muscles saillants, si bien dessinés qu'ils semblaient onduler à chaque mouvement. Sa voix sensuelle et son regard envoûtant l'hypnotisaient. L'intense désir sexuel gravé sur chaque trait de son visage lui donnait envie de tout lui offrir.

Son pouls battait dans sa tête – et palpitait entre ses cuisses. Elle avait chaud et se sentait en manque d'affection et agitée. Elle ignorait si elle voulait lui sauter dessus ou le griffer. Tout ce qu'elle savait, c'était qu'elle débordait de désir pour lui. L'autre léopard – celui qui d'après lui l'avait marquée – n'avait pas laissé un tel désir dans son sillage, mais Drake avec ses doux baisers lui avait communiqué une violente souffrance qu'elle craignait de ne jamais réussir à apaiser.

— Qu'est-ce qui m'arrive ?

C'était effrayant d'avoir l'impression de ne plus rien maîtriser. Saria avait toujours dirigé sa vie et à présent elle avait peur de ne plus avoir le moindre contrôle sur son propre corps.

Drake se frotta le visage de la main.

— Ça s'appelle le Han Vol Dan. Lorsqu'une femelle léopard a ses premières chaleurs en même temps que son humaine, elle émerge pour la première fois. Les deux ne font plus qu'une. Tu es à la fois un léopard et une humaine.

— Ses « chaleurs » ?

Saria ne put pas contrôler la violente rougeur qui se propagea silencieusement de son cou jusqu'à son visage. Elle avait effectivement l'impression d'être en chaleur. Elle le désirait – *brûlait* de le sentir en elle. En avait... *besoin*. Drake risquait grandement de se faire sauter dessus s'il restait là, l'image même d'un dieu du sexe.

— Comme un animal ? Tu dis que j'ai une femelle léopard qui vit à l'intérieur de moi et qui veut...

— Un compagnon, termina-t-il à sa place.

Elle aurait voulu le contredire, mais elle avait l'impression d'être une sauvageonne, complètement désinhibée. Elle recherchait le contact physique. Avait chaud. Elle se sentait à l'étroit dans son corps et ses seins étaient douloureux. Elle détestait la sensation de ses vêtements contre son épiderme et était à deux doigts de faire glisser le tee-shirt par-dessus sa tête pour l'éloigner de sa peau. Elle éprouvait une terrible envie de ramper jusqu'à Drake et de lui arracher son pantalon. Elle replia les doigts dans l'édredon, s'y agrippant avec force pour rester là où elle était. Elle savait qu'elle se tortillait, mais était incapable de rester immobile, pas avec le feu qui grandissait entre ses cuisses. Sa respiration sortait en halètements rauques. Elle ignorait si elle devait pleurer – ou l'implorer.

— J'n'arrive pas à réfléchir, chuchota-t-elle d'un air désespéré. Mon sang rugit dans ma tête.

Les accents implorants de sa voix n'avaient pas été intentionnels, mais elle les entendit et vit l'effet qu'ils eurent sur lui.

Drake parut ébranlé. Saria eut le regard attiré par l'épais renflement sur le devant de son pantalon de coton.

Elle eut la bouche sèche et se déplaça avant d'avoir pu se raviser, sortant sensuellement de sous le mince édredon.

Il leva la main, la paume tournée vers elle, et recula dans la pluie froide.

— Mon chou, tu dois t'arrêter immédiatement. Je te désire plus que tu ne peux l'imaginer et je ne suis pas un saint. Nous allons devoir chevaucher cette vague ensemble.

C'était *exactement* ce qu'elle avait en tête. Elle s'humecta les lèvres, des images où elle faisait glisser en bas de ses hanches tout ce coton doux lui venant à l'esprit. Elle doutait que ses jambes tremblantes puissent la supporter et elle se laissa tomber au sol, creusant le dos en un long et voluptueux étirement.

Drake grogna, un son rauque, sexy, à la note désespérée qui envoya des doigts de désir remonter le long de ses cuisses. Sa température corporelle grimpa en flèche jusqu'à ce qu'elle ait l'impression qu'un incendie se déchaînait dans son entrejambe. Elle ne pouvait cesser de bouger, le corps ondulant érotiquement alors qu'elle le traquait en silence, à l'instar du léopard qu'il avait dit qu'elle était.

— Bordel ! Saria, tu me détesteras au matin. Concentre-toi sur ta respiration, ça va passer. Tu dois prendre son contrôle. Si tu me touches, je ne pourrai plus m'arrêter. Tu n'imagines pas ce qui arrive à un mâle quand sa femme est proche du Han Vol Dan. Je marche sur des charbons ardents, mon chou. Essaie pour moi. Saria, s'il te plaît, ma chérie, essaie juste pour moi.

Les accents implorants de sa voix étaient un aphrodisiaque tout en posant un interdit. Elle adorait l'idée qu'il avait le corps contracté par le désir à cause d'elle et qu'il ne se contrôlait pas plus qu'elle. Ses yeux avaient viré à l'or, cet or chatoyant et précieux auquel elle ne pouvait résister, mais il l'avait appelée « sa femme ». Elle était *sienne.* Elle voulait être sienne. Elle voulait qu'il la morde à l'épaule et la revendique, lui et pas un horrible salopard qui n'en avait rien à faire de ses sentiments. Drake tremblait alors qu'il luttait pour se retenir – pour elle. Elle pouvait voir sa sollicitude. Rares étaient ceux à avoir jamais semblé se soucier sincèrement d'elle.

Elle prit une profonde inspiration, la tête basse alors qu'elle ondulait des hanches, son désir si terrible qu'elle sentit des larmes lui rouler sur le visage, mais elle parvint à rester à sa place, à quelques dizaines de centimètres seulement de lui. Elle humait son odeur sauvage à chaque inspiration. Elle avait son goût dans la bouche, une saveur forte et sauvage à laquelle elle commençait à devenir accro.

— J'veux que tu me revendiques. (Sa voix était chargée d'une séduction à l'état pur, une supplication rauque et désespérée qui sortit davantage comme un ronronnement dévergondé.) Comme il l'a fait. Marque-moi comme il l'a fait. Je n'veux pas de son odeur sur moi. J'veux la tienne…

Elle leva les yeux vers les siens. Sa vision lui parut étrange, striée de couleurs.

— J'veux la tienne *en moi.*

— Mon chou, tu veux ma mort, chuchota Drake.

Ses yeux étaient entièrement d'or tandis qu'il l'observait avec une sombre intention sexuelle, les paupières lourdes. La sensualité était gravée sur ses traits marqués, sur sa bouche. Le corps de Saria s'avança imperceptiblement vers lui de son propre accord, et il laissa tomber sa main pour caresser distraitement le renflement dur de son pantalon. À la vision qu'il offrait, érotique et ténébreuse, une nouvelle onde de feu frappa la jeune femme.

Elle s'obligea à s'arrêter encore, aspirant l'air dans ses poumons en un halètement rauque.

— J'essaierai si tu promets de le faire… de me marquer.

Il laissa échapper un son, mi-grognement, mi-gémissement.

— Ton léopard va bientôt se calmer. Si tu veux encore que je le fasse quand il se sera retiré, je le ferai. Mais il doit s'agir de ta décision, à un moment où tu ne seras pas en pleine crise de possession. Tu dois me désirer *moi*, pas juste n'importe quel mâle parce que ton léopard est incontrôlable.

Elle savoura les accents enroués de sa voix. Il souffrait autant qu'elle. Elle voyait son désir qui couvait dans ses yeux, tout aussi profond que le sien. Des larmes lui nouèrent la gorge. Elle devait trouver la force de résister à l'envie de le supplier désespérément de la prendre. C'était humiliant de voir qu'il la repoussait alors qu'elle l'aguichait sans vergogne, mais le désir la consumait et palpitait en elle tant et si bien qu'elle ne pouvait plus tenir en place.

— Parle-moi. Tout ce qui te vient à l'esprit. Parle-moi des léopards.

N'importe quoi, du moment que ça l'aidait à penser à autre chose qu'au désir qui l'étreignait.

— Nous sommes une espèce d'un autre d'âge, dit-il. (Il avait la voix légèrement enrouée, mais il fit un effort pour apaiser la jeune femme.) Nous formons de petites communautés aux quatre coins du monde, essentiellement dans les forêts tropicales. J'ai été stupéfait d'apprendre que vous aviez un clan ici. Je pense que Fenton a loué les terres de sa société aux familles qui le composent pour leur offrir un endroit où courir librement et vivre sans avoir peur d'être découvertes.

Elle passa la main sur son corps qui lui causait mille tourments, s'efforçant de se concentrer sur ses mots alors qu'elle se consumait jusqu'au plus profond d'elle. Elle s'assit sur les talons, épousant ses seins douloureux des mains, appuyant fort des doigts sur ses tétons qui la brûlaient.

Drake jura. De petites perles de sueur étaient visibles sur son front.

— Bordel ! Saria, mets-y un peu du tien.

Il esquissa un pas vers elle et elle l'adjura mentalement de continuer, de prendre la décision à sa place. Elle le lorgna avec avidité. Il avait un visage aux lignes sensuelles, des yeux dorés mi-clos où brillait un désir brut, à l'état pur. Elle l'avait poussé dans ses derniers retranchements. Si elle le touchait, sa maîtrise volerait en éclats et il la prendrait exactement comme elle brûlait qu'il le fasse, là sur le sol, sauvagement et sans aucune inhibition, son corps venant frapper contre le sien, soulageant sa terrible douleur. Il esquissa un autre pas vers elle avec un gémissement de désespoir.

Un son qui résonna avec force dans son esprit. Drake Donovan était un homme d'honneur. Il tentait de la sauver d'elle-même. Que lui faisait-elle, bon sang !? Choquée, elle porta la main à sa bouche et leva l'autre pour l'arrêter. Il avait tout tenté mis à part lui verser de l'eau froide dessus.

— J'peux y arriver, Drake. (La détermination s'insinua dans sa voix.) Laisse-moi juste un instant. Dis-moi comment la contrôler.

Il inspira profondément et fit monter et descendre ses mains sur les puissantes colonnes de ses cuisses comme si sa peau le démangeait, ou qu'il se sentait à l'étroit dans son corps – tout comme elle.

— Elle est toi, ma chérie, expliqua-t-il. Tu ressens vos désirs à toutes les deux. Que je sois dans la même pièce que toi n'aide pas. Si nous sommes des compagnons, comme on le croit mon félin et moi, nous avons été ensemble dans au moins une vie antérieure et connaissons intimement nos corps respectifs. On est déjà accros l'un à l'autre. Tu luttes contre tout ça.

Elle déglutit péniblement.

— Sors de la pièce. Juste un instant. Laisse-moi quelques minutes.

Elle savait qu'il accepterait, même si elle ignorait pourquoi elle lui faisait à ce point confiance. Ou comment elle pouvait se comporter d'une façon aussi terriblement dévergondée et continuer à le regarder dans les yeux. Elle n'avait pas honte de le désirer – elle avait juste honte de son comportement. S'il devait agir comme un homme d'honneur, alors elle en ferait autant.

Drake la considéra longuement, le regard brûlant, trahissant qu'il était au bord du gouffre, avant de s'éloigner d'elle. La tension qui l'habitait était tangible, comme c'était le cas pour elle, un désir atroce, à donner la chair de poule, qui prenait aux tripes, qui s'imposait à la conscience de chacun d'eux.

— Tu n'me pousseras pas à être la cause de son déshonneur, cracha-t-elle à l'entité qui vivait en elle. J'ai besoin de temps pour m'habituer à toi. Laisse-moi respirer un peu.

Elle inspira un grand coup et adjura mentalement sa femelle léopard de se retirer.

Sa peau la démangeait et sa mâchoire l'élançait, mais le terrible incendie se calma un peu à présent que Drake n'était plus aussi proche. Elle ferma les yeux et laissa le désir la submerger, acceptant cet appétit terrible, presque violent, qui la traversait comme un bolide. Son sang s'embrasa et elle se contenta de continuer à respirer pour tenter de s'apaiser.

Elle eut besoin de prendre quelques profondes respirations pendant encore quelques minutes avant d'oser regarder autour d'elle. Lentement sa vision redevint claire. Elle tremblait de manière incontrôlée. Jamais elle ne parviendrait à se mettre debout, mais, heureusement, elle recouvrait peu à peu la raison.

Reconnaissante, Saria rampa jusqu'au lit et se hissa de façon à avoir le ventre appuyé contre le rebord, se pencha et posa le visage contre l'édredon frais. Elle pleura durant quelques minutes, incapable de s'arrêter. Rien ne l'avait préparée à un désir aussi violent. Que se serait-il passé si elle avait été avec un autre mâle que Drake et que sa femelle léopard avait été autant en demande ? Elle ne pouvait pas juste blâmer son léopard. À la seconde où elle avait posé les yeux sur Drake Donovan, elle l'avait désiré. Ç'avait été plus fort qu'elle – peut-être parce qu'il avait été un séduisant inconnu enveloppé d'une aura de pouvoir indéfinissable. Peut-être parce qu'elle était juste une fille de la campagne mal dégrossie qui n'avait aucune expérience de ce genre d'homme, mais, quelle qu'en soit la raison, il lui embrasait le sang et faisait battre son cœur. Ce qui n'avait pas dû arranger le désir qui l'étreignait.

Drake se tenait devant la porte-fenêtre, observant la jeune femme alors qu'elle était penchée sur le lit et pleurait. Le tee-shirt remontait sur la courbe de ses fesses, révélant son petit sous-vêtement rayé de rose. L'étoffe épousait merveilleusement ses formes, dévoilant le dessous soyeux de fesses à la rondeur parfaite. Sa queue, qui vibrait déjà d'un désir pressant, suinta, intensément tendue. Chacune de ses terminaisons nerveuses semblait se rejoindre dans son entrejambe.

Elle était tout ce qu'il n'avait jamais osé rêver. Il voulait une femme courageuse. Passionnée. Qui préférait passer du temps dehors et n'avait pas peur d'être sa compagne. Il voulait beaucoup de culot et un peu de férocité. Saria incarnait tout cela. Il savait que sa place était auprès de lui, mais elle était jeune et inexpérimentée. L'idée d'être une métamorphe était nouvelle pour elle et l'intensité des chaleurs de leur espèce devait être effrayante.

— Saria ?

Drake avait veillé à prendre une voix douce, tentant – sans grand succès – de n'y laisser transparaître aucun désir ni passion. Son envie d'elle ne diminua pas pour autant, et il savait que ça n'arriverait jamais, même si elle le repoussait.

Saria se retourna lentement, glissant au sol pour s'asseoir, les genoux relevés et adossée au lit. Elle lui adressa un sourire timide et son cœur fit un bond. Il savait le courage qu'avait dû lui demander ce petit sourire.

Elle ne se déroba pas, mais le regarda droit dans les yeux.

— J'pense que tu n'risques plus rien maintenant. Je n'vais pas te sauter dessus.

Il s'esclaffa doucement, un rire empreint d'autodérision.

— Je ne suis pas certain que ce soit une bonne nouvelle. Je ne pense pas avoir jamais plus désiré quelque chose dans ma vie que toi. Ça ne va pas changer. (Il voulait qu'elle perçoive la sincérité qui imprégnait ses mots.) Je crains que nous n'ayons un petit problème là, ma chérie.

Il sortit une bouteille d'eau de son sac, l'ouvrit et la lui tendit.

Saria la prit et tapota le sol près d'elle.

Drake hésita, effrayé à l'idée de ce qui pourrait advenir s'il était aussi près d'elle, mais elle soutint son regard et il ne put résister à la confiance qu'elle lui accordait. Il se laissa tomber par terre à côté d'elle et remonta les genoux. Ils avaient les hanches et les épaules qui se touchaient. Une cuisse douce frotta contre la sienne lorsqu'elle bougea un peu, buvant longuement avant de lui rendre la bouteille.

— Ça va se reproduire ?

— Oui. Et, la prochaine fois, ça se terminera tout autrement.

Il plaça la bouche sur le goulot de la bouteille, là où s'était trouvée la sienne. Il sentit la saveur de tout le désir qu'elle avait réprimé – à moins qu'il s'agisse du sien.

— Combien de fois as-tu vécu ça avec une femme ?

Il la considéra, les sourcils froncés.

— J'ai vu une femme traverser le Han Vol Dan et, bien sûr, mon léopard n'est pas resté indifférent ; ça met les mâles à cran, mais ce n'était pas ma femme. Je n'ai pas eu à lutter comme ça pour me maîtriser. Ça… dépasse l'imagination.

— Tu veux que ça se reproduise… avec moi ?

Il secoua la tête tant sa question était absurde, faisant glisser avec possessivité son regard sur son visage.

— Je te considère comme mienne. Bien sûr que je veux que ça se reproduise, et, si on est ensemble, Saria, c'est inévitable. Tu dois te faire à cette idée, et je suis sérieux. La prochaine fois que tu seras dans cet état, je serai en toi. Dès lors que je t'aurai prise, je ne céderai pas ma place, alors aie conscience de ce qui t'attend avant de prendre une décision.

Elle tendit la main vers la bouteille d'eau, but une autre petite gorgée et se lécha les lèvres. Elle croisa une fois encore son regard de ses yeux sombres.

— Embrasse-moi.

Il scruta son visage.

— Tu aimes jouer avec le feu ?

— Je n'comprends pas. C'est un baiser.

Il lui prit la main et lui referma la paume sur le gros renflement sur le devant de son fin pantalon de coton. Ils sentirent tous deux une chaleur se propager en eux. Un courant électrique les traversa.

— Ce n'est pas juste un baiser, Saria. N'essaie pas de te voiler la face.

— J'dois savoir.

Il arqua un sourcil.

— Tu n'as aucun instinct de conservation. Si j'étais un autre genre d'homme…

— Ce qui n'est pas le cas, souligna-t-elle.

Son ton assuré l'ébranla. Il jura et avala une autre gorgée pour calmer ses ardeurs. Elle n'avait pas écarté sa main, et, qu'il soit damné, il n'avait pas envie qu'elle le fasse.

Il referma les doigts sur sa nuque et lui leva le visage vers lui alors qu'il baissait la bouche vers la sienne. Il s'efforça d'être doux, mais il n'était pas d'humeur à la douceur, il se sentait brutal et désespéré alors qu'elle avait la saveur du paradis.

— Ouvre la bouche.

Un grognement plus qu'autre chose.

Elle obéit, les lèvres tremblantes, et il fit glisser sa langue contre la sienne, attirant son goût sucré profondément en lui. La pièce tournoya jusqu'à disparaître alors qu'il en prenait plein les papilles. C'était tout juste s'il ne la dévorait pas. La bouche de la jeune femme semblait être directement reliée à chacune de ses terminaisons nerveuses. Son membre durcit de façon incroyable, provoquant une douleur qu'il craignit de ne jamais voir partir. Saria se fondit en lui de sorte qu'il respirait pour elle, et ils échangèrent quelque chose d'impalpable tandis qu'ils se dévoraient.

Il s'écarta le premier de crainte de raviver le feu qui couvait en eux. Ils se dévisagèrent un long moment, les yeux dans les yeux, la respiration rauque et haletante, avec cet étrange courant électrique qui crépitait entre eux.

— Ça répond à ta question ?

Dans le cas contraire, Drake doutait qu'ils puissent jamais se toucher de nouveau. Sa bouche contre la sienne, c'était comme allumer un bâton de dynamite.

Elle opina, effleurant ses lèvres avec des doigts tremblants.

— J'n'ai jamais aimé embrasser, expliqua-t-elle en serrant les lèvres comme pour prolonger son baiser. Ce n'était assurément pas ma réaction normale.

— Dieu soit loué ! dit Drake, sincère.

À la pensée de Saria embrassant un autre homme de cette façon, il avait envie de commettre un meurtre.

— J'devais savoir. (Elle avait l'air un peu hébétée. Elle leva vers lui un regard plein d'attente.) Alors, c'est d'accord.

Elle avait des cils incroyablement longs. Il se pencha et lui frôla le coin de l'œil de la bouche.

— Pour ?

— Fais-le. J'veux que tu fasses ce que tu as dit que m'avait fait le léopard. Je n'veux pas de lui. Si j'vais vraiment me transformer en une femelle léopard complètement indomptable, c'est toi que j'veux. (Elle le regarda droit dans les yeux.) J'suis celle qui choisit. J'veux que ce soit toi, pas un autre mâle avec qui je n'veux pas être.

Sa queue tressaillit sous la chaleur de sa paume. Lui enserrant le poignet des doigts, il éloigna doucement sa main avant de perdre la raison. Il avait la bouche sèche et son cœur battait trop fort, trop vite, trop bruyamment.

— Ma chérie, tu ne sais pas ce que tu dis. Si je te marque et que ton léopard m'accepte, nous nous engageons pour la vie. Je ne te laisserai jamais partir. On se mariera, on aura des enfants et on fera tous ces trucs que tu n'es pas si sûre de vouloir faire. Je ne suis pas le genre d'homme avec qui tu pourrais avoir une amourette. Tu dois être certaine de savoir dans quoi tu t'engages.

— J'essaie de comprendre, dit Saria en lui reprenant la bouteille d'eau.

Elle l'inclina et en fit descendre le contenu dans sa gorge.

— Tu m'as dit que ça allait se reproduire, c'est ça ?

Il se pencha pour lécher une goutte d'eau qui s'attardait au bord de sa lèvre inférieure avant d'avoir pu se retenir. Ils se dévisagèrent. Il eut un peu l'impression de tomber dans cette sombre étendue couleur chocolat alors qu'il parvenait tout juste à opiner.

— Alors c'est toi que j'veux. Quoi qu'il advienne, tu es un homme d'honneur et ça me va.

Elle ne savait pas ce qu'elle lui donnait. Elle était trop jeune et ignorait tout des lois de leur peuple.

— Dès lors qu'on aura consommé notre relation, si un homme te touche, l'un des nôtres, un léopard, cela veut dire qu'il me défie à me battre jusqu'à la mort pour toi, Saria. Comprends bien ça. Je suis un léopard, né et élevé dans les forêts tropicales, et même en tant qu'homme la loi de ce monde est gravée dans mes os. J'obéis à cette loi. Je me battrai pour toi jusqu'à mon dernier souffle.

Elle déglutit péniblement, mais ne détourna pas le regard.

— Comme moi pour toi.

— Pourquoi ? Pourquoi te lier à un inconnu ?

— À qui d'autre ? Au mâle qui m'a attaquée ?

— Il n'y a pas que lui.

— Mes frères… ça serait « beurk ! »

Il secoua la tête, conscient de se tirer une balle dans le pied, mais elle éveillait son instinct protecteur et quoi qu'il en soit, lorsqu'elle aurait sa marque, elle serait sienne. Peu importait que leur relation soit consommée ou non. Il pouvait attendre qu'elle soit prête à partager sa vie, mais il voulait qu'elle vienne à lui en ayant conscience des possibilités qui s'offraient à elle.

Il se mit debout et se pencha pour l'aider à se lever.

— Fenton a loué ses terres à sept familles. Je parie qu'elles sont toutes faites de léopards. Il doit y avoir des mâles libres en leur sein.

Elle était intelligente. Elle savait exactement à quelles familles il faisait allusion. Elle connaissait toutes celles qui vivaient dans le marécage et devait avoir remarqué qu'elles se serraient les coudes.

— Oui, j'connais tous les hommes libres.

— Ils voudront tous avoir une chance de voir si ton léopard les acceptera.

— Je n'veux pas d'eux. (Elle se tenait près de lui et le regarda droit dans les yeux.) Mais je n'veux pas que tu te sentes obligé de le faire. Ma place ne s'trouve auprès d'aucun d'eux. Nous avons grandi ensemble. Si j'étais attirée par l'un d'eux, ne l'sentirais-je pas déjà ?

— Tu crois que tu pourrais tomber amoureuse d'un homme comme moi ? Les léopards mâles ont mauvais caractère et sont autoritaires, arrogants et jaloux comme des tigres.

Un sourire joua aux coins de sa bouche. Il lut de l'inquiétude dans ses yeux, mais elle refusa de revenir sur sa décision.

— J'm'en suis bien rendu compte.

Il sentit un sourire se dessiner lentement quelque part non loin de son cœur.

— Tu en es sûre, parce que tu ne pourras pas revenir en arrière. Ils sentiront mon odeur sur toi.

— Tu n'as pas senti la sienne, souligna-t-elle.

— Il ne savait pas ce qu'il faisait. Aucun léopard qui se respecte ne t'aurait lacéré la peau comme ça. Il était si occupé à essayer de te revendiquer qu'il a omis de t'injecter son odeur. Ton léopard ne devait pas avoir été près de la surface, sinon le sien aurait réagi.

— Je n'comprends pas, dit-elle, mais ça n'a pas d'importance.

Elle glissa ses bras sveltes autour de son cou et s'appuya contre lui, le visage levé vers son visage.

Il sentit sa poitrine moelleuse contre son large torse et un petit grognement lui échappa alors qu'il baissait la tête. Il s'empara de ses lèvres avec plus de passion cette fois, laissant une partie de son désir se répandre en elle, s'offrant le luxe de se nourrir de sa douceur, de prendre le contrôle de sa bouche. Il l'attira pleinement dans ses bras, l'y maintenant grâce à ses muscles saillants tandis que son baiser se faisait agressif et exigeant.

Une partie de lui s'attendait encore à de la résistance, mais elle se fondit en lui, malléable, toute en peau douce et chaude. Elle s'ouvrit simplement à lui et il se déversa en elle. Qu'elle puisse ou non tomber amoureuse de lui, il savait que lui le pourrait. L'étrange lien qui existait entre eux ne tenait pas uniquement aux chaleurs de son léopard.

— Monte sur le lit, mon chou. Allonge-toi sur le ventre.

Elle frissonna, les yeux écarquillés. C'était une grande marque de confiance. Elle serait complètement vulnérable, mais, comprit-il, elle l'avait été autant que pouvait l'être une femme avec lui un peu plus tôt et il l'avait protégée. Elle le considéra longuement avant de s'exécuter. Il remarqua qu'elle prenait soin de tirer le tee-shirt sur ses cuisses. Sa chevelure soyeuse se répandit sur l'oreiller, les pointes irrégulières la faisant ressembler à une princesse elfe.

Drake la rejoignit sur le lit à quatre pattes, s'étendit près d'elle, la tête appuyée sur une main pendant qu'il la massait de l'autre pour la détendre.

— J'ai besoin que tu me dises tout ce dont tu te souviens concernant les corps, murmura-t-il, la voix basse, presque envoûtante.

Les longs cils de la jeune femme se mirent à trembler. Elle était tendue, s'attendant à ce qu'il lui fasse du mal à l'instar de l'autre mâle, mais il se contenta de masser ses épaules nouées en attendant sa réponse.

— Je n'connaissais aucun d'eux. J'ai trouvé le premier il y a quelques mois. J'étais allée dans le marécage pour photographier une famille de chouettes, la mère qui nourrissait ses petits, et j'ai vu des lumières dans le marais de Fenton. Personne n'va là-bas. C'est une sorte de règle tacite. On a tous tenu la promesse qu'on a faite à Jake Fenton et on surveille ces terres pour lui.

— Il y a du pétrole inexploité là-bas, dit Drake, surtout pour voir sa réaction.

— C'est ce qu'on s'est tous dit. Ce n'est pas notre mode de vie. Et je n'pense pas que le corps qui a été jeté juste en dehors du marais ait aucun rapport avec le pétrole non plus. Il y avait deux bateaux. J'ai pensé au trafic de drogues ou d'armes, tu vois. Le marécage est isolé et, quand on sait y retrouver son chemin, on peut facilement échapper aux forces de l'ordre. On peut rejoindre le lac, la rivière ou le golfe.

Il roula sur le ventre, posant le torse sur elle, lui pétrissant les muscles des deux mains, soulevé sur les coudes. Il attendit que sa tension diminue sous ses doigts. Il voulait qu'elle soit détendue et n'ait pas peur.

— Alors tu vois des lumières au milieu de la nuit, tu penses à de la contrebande de drogues, peut-être d'armes, et tu sautes dans ton petit bateau pour te diriger de ce côté *seule*. C'est bien ça, pas vrai ? Tu t'es dit que c'était une bonne idée ?

Elle émit un reniflement tout sauf élégant, mi-rire, mi-raillerie.

— J'ai attendu qu'ils partent, Drake. J'n'allais pas juste me jeter dans la gueule du loup. Je n'pensais pas découvrir un cadavre.

Ses doigts se firent plus doux, caressants. Non, elle ne s'était pas attendue à découvrir un corps, mais elle l'avait hissé hors de l'eau au milieu de la nuit pour l'examiner alors qu'il y avait des alligators dans les parages. Il soupira. Elle lui attirerait assurément des ennuis.

— Je n'le connaissais pas. Il avait l'air d'avoir la quarantaine. Il était en forme, et il avait un tatouage sur le dos de la main. J'en ai fait un croquis. On l'a poignardé dans le ventre, mais ce n'est pas ce qui l'a tué. Un léopard l'a mordu à la gorge et l'a étouffé. C'était une morsure mortelle.

Il saisit le bord du tee-shirt et le retroussa peu à peu sur ses fesses rondes et fermes et son fascinant boxer rayé de rose. Plus haut encore, sur sa taille et l'étendue de son dos, jusqu'à ce que le vêtement soit ramené sur son cou, dévoilant toute sa peau douce.

Saria déglutit péniblement et fit mine de tourner la tête pour le regarder, mais il passa la main avec douceur sur ses cheveux, l'en empêchant.

— Et, comme il a été à la fois poignardé et mordu, tu as eu peur que ce soit l'un de tes frères, avança-t-il.

Il commença à tracer distraitement des cercles sur son dos, entre ses omoplates, caressant parfois les longs sillons presque cicatrisés.

Elle mit plusieurs instants à se détendre de nouveau.

— J'ai vécu ici toute ma vie. Si j'n'avais pas surpris mes frères en train de se transformer, je n'pense pas que j'aurais jamais découvert l'existence des léopards. Ça semble tellement tiré par les cheveux. Même maintenant j'ai du mal à croire véritablement à toute cette histoire et regarde ce qui m'est arrivé.

— Alors tu n'en as parlé à personne.

— Non. J'sais que j'ai eu tort, mais Remy est enquêteur criminel. Et si ç'avait été lui ? Et peut-être qu'il n'a pas eu le choix.

Il souffla de l'air chaud sur sa peau et frôla des lèvres la méchante morsure que le léopard y avait laissée.

— Et le deuxième corps ?

Il déposa de petits baisers tour à tour sur chacune des perforations.

— Celui-ci m'a filé la frousse. C'était environ trois mois après le premier et c'était un peu différent. Juste un bateau, et il y avait des bouteilles de bière à proximité. J'ai pensé qu'ils étaient peut-être venus là ensemble, le tueur et la victime, des amis… et qu'ils s'étaient disputés. Pour le premier homme, j'étais certaine que c'était en lien avec une activité criminelle, mais pour le deuxième ça n'ressemblait pas à ça, même s'il a été poignardé dans le ventre et étouffé par la morsure d'un léopard.

Drake sentit le tremblement qui la parcourut.

— On va tirer ça au clair, murmura-t-il, déposant un baiser à la douce jonction de son cou et son épaule. Que s'est-il passé alors ?

Elle frissonna et il perçut le courant électrique qui jaillit soudain entre eux.

— J'ai écrit une lettre à Jake Bannaconni. J'ai essayé de la formuler de telle façon que, si jamais il avait connaissance des métamorphes ou en était un lui-même, il comprendrait ce qui se passait et viendrait au marais de Fenton pour enquêter en personne. J'ai porté la lettre au bureau de poste et l'ai mise dans la pile de courrier en partance. Deux jours plus tard, la lettre était clouée avec l'un de mes couteaux de pêche au fond de ma pirogue.

— Un avertissement.

— Pour sûr, c'est comme ça que j'l'ai pris. J'm'en suis voulu de n'pas avoir été plus prudente avec la lettre. N'importe qui pourrait l'avoir vue.

Il prit son temps pour explorer sa douce étendue de peau, traçant un chemin de baisers sur son épaule, la titillant des dents, la raclant avec d'avant en arrière pour lui envoyer des frissons le long de la colonne vertébrale avant de la mordiller doucement.

— Et le troisième corps ?

— J'n'ai pas pu m'empêcher de surveiller le marais de Fenton, et, trois mois exactement après le deuxième meurtre, j'y ai découvert le troisième corps. Cette fois, il était complètement immergé, attaché à un poids. Pas un ami, mais quelqu'un que j'avais déjà vu, peut-être dans le Vieux Carré. J'n'ai pas réussi à retrouver d'où j'le connaissais, mais son visage m'était familier. J'savais que je n'pouvais pas juste rien faire, alors j'ai porté une lettre au curé et lui ai demandé de la faire parvenir à Bannaconni.

— Ainsi les corps sont apparus tous les trois mois environ. Pourrait-il y en avoir d'autres ?

— Bien sûr. Ça n'est pas l'eau qui manque là-bas, et les alligators ont tendance à manger tout ce qu'ils trouvent, surtout si c'est de la viande en putréfaction.

Il goûta sa peau douce, faisant glisser sa langue sur son épaule, suivie de ses lèvres. Il changea de position, gardant les mains sur son épaule alors qu'il se transformait partiellement, laissant son léopard émerger. Il savait qu'elle sentirait la caresse soudaine d'une épaisse fourrure contre sa peau, l'haleine plus chaude du félin, mais il enfonçait déjà les crocs profondément dans les traces de la morsure du léopard mâle. Il sentit sa femelle monter sous la peau de la jeune femme.

Saria cria, rejetant la tête en arrière, et se tortilla sous lui, mais il lui enserrait les cuisses des jambes, la maintenant en place. Elle haletait, abasourdie, le corps brûlant sous ses doigts. Son mâle s'élança vers la femelle. À la seconde où il perçut l'acceptation de celle-ci, il reprit forme humaine, léchant les perforations de son épaule, qu'il couvrit ensuite de baisers. Respirant profondément, il colla le front contre sa nuque.

— C'est fait, ma chérie. Ta femelle acceptera mon mâle.

Elle ne pouvait que sentir son désir pressant. Il était étroitement collé à elle, mais il resta parfaitement immobile, respirant profondément pour calmer le désir qui l'avait submergé en un éclair, un désir bien trop bestial. Il attendit les larmes, les récriminations qui, sans aucun doute, suivraient. Il refusa de s'écarter, la tenant tout contre lui, s'efforçant de la réconforter alors qu'il savait qu'il devait lui avoir fait une peur bleue.

Elle était étendue sous lui, le souffle fort, tentant d'immobiliser ses hanches alors qu'elle se cambrait contre lui, la respiration haletante.

— Pourquoi était-ce si érotique ?

Il ferma les yeux et murmura une prière de remerciement silencieuse. Il se décolla d'elle avec mille précautions tout en la faisant rouler contre son flanc, car il voulait voir son visage. Elle leva des yeux immenses, écarquillés, vers lui. Ses prunelles étaient presque entièrement dorées et elle semblait un peu hébétée. Elle avait la bouche entrouverte et haletait doucement. On aurait dit qu'on venait juste de lui faire l'amour.

— Je n'comprends pas ce que tu me fais.

— Quoi que ce soit, Saria, murmura-t-il, se penchant pour lui effleurer la bouche d'un doux baiser, je te suis reconnaissant. Je ne voulais pas te faire de mal.

— J'l'ai sentie. Elle a bondi vers toi.

Sa voix avait des accents émerveillés.

Drake écarta de son visage les boucles soyeuses qui lui retombaient sur le front.

— Tu es vraiment belle, est-ce que tu le sais ?

— Non, c'est faux. J'ai une bouche trop large et mes yeux sont trop grands pour mon visage. Mais, merci ; en fait tu me fais me sentir belle et j'n'ai jamais ressenti ça avant.

Son cœur fit encore un bond étrange. Elle était si franche avec lui. Le léopard en lui appréciait le fait qu'elle ne lui mentait pas sur ce qu'elle ressentait. Elle avait beau avoir du mal à comprendre, elle ne se cachait pas de l'attirance intense, presque violente, qu'ils éprouvaient l'un pour l'autre. Il avait vu d'autres léopards ressentir une attirance physique intense et il n'avait pas manqué de percevoir la réaction de son léopard face à des femmes dans les affres du Han Vol Dan, mais même lui n'avait pas été préparé aux appétits bestiaux qui semblaient les consumer tous les deux.

— Tu es incroyable parce que tu n'es pas en train de me fuir aussi vite que tes jambes peuvent te porter. Je ne t'en blâmerais pas si tu le faisais.

Elle lui décocha un sourire et s'assit.

— À mon avis, quoi qu'il m'arrive, j'l'emporterais avec moi. Je n'peux pas vraiment me fuir moi-même, si ? D'une certaine façon, j'suis un peu désolée pour toi. Tu es en quelque sorte coincé avec moi, c'est bien ça ?

Il joignit les doigts derrière la tête. Elle n'imaginait pas – encore – à quoi ou à qui elle s'était liée, mais il comptait s'assurer qu'elle ne regrette pas sa décision. Il lui sourit.

— Je ne pense pas que tu aies à t'inquiéter pour moi, ma chérie. Je suis un grand garçon.

— Les autres léopards mâles pourront-ils sentir ton odeur sur moi ?

— Oui. Y compris tes frères.

Elle grimaça.

— Aïe ! ils vont vouloir me toucher deux mots… ainsi qu'à toi.

Elle lui adressa un sourire timide.

— Ils pourront me dire tout ce qu'ils voudront, mais ils ont intérêt à faire très attention à ce qu'ils te diront à toi.

Son léopard poussa un grondement sourd et mauvais. Il savait que ses yeux n'étaient plus que ceux d'un félin. La possessivité imprégnait sa voix.

Elle se pencha et lui effleura le front d'un baiser.

— J'te verrai demain matin. J'ai besoin de réfléchir un peu à tout ça.

Elle sourit, secoua la tête et sortit de sa chambre sans rien ajouter.

Chapitre 6

Drake savait qu'il aurait dû se comporter autrement avec Saria. Il ne voyait pas du tout ce qu'il aurait pu faire dans ces circonstances, alors qu'il se maîtrisait à peine, mais, tandis qu'il se douchait, il se botta les fesses mentalement. Elle était probablement en train de pleurer dans sa chambre, terrifiée à l'idée de sortir et de lui faire face. Il avait voyagé à travers le monde ; elle vivait dans les marécages de Louisiane. Il avait une bonne dizaine d'années de plus qu'elle ; elle était jeune et inexpérimentée. Il avait grandi en connaissant le mode de vie des léopards ; elle ne soupçonnait pas les instincts intenses ou les lois strictes de leur monde.

Il jura et rejeta la tête en arrière, laissant l'eau le laver de ses péchés. Qu'est-ce qui lui avait pris, bordel !? Il avait profité d'elle. Il n'avait pas pu lui résister alors qu'il savait qu'il lui appartenait. Quant à elle, elle avait ignoré qu'il était son compagnon ; elle l'avait considéré comme un moindre mal. Elle avait grandi avec les hommes de la région, les autres familles de léopards, et elle avait cru n'avoir jamais le choix qu'entre ces hommes-là. Il ne lui avait pas parlé de tous les clans dans les différentes forêts tropicales. À l'évidence, même s'il l'avait mise en garde, elle n'avait pas eu conscience de s'engager à vie, pourtant il l'avait quand même marquée.

Il devait se ressaisir. Elle était trop jeune, innocente et inexpérimentée pour un homme comme lui, pourtant il savait jusqu'au tréfonds de son être qu'elle était sa compagne. Il coupa l'eau et se sécha avec une serviette. Il était prêt aux larmes et aux regards récriminateurs. Peut-être tenterait-elle de prendre la tangente. Il réfléchit. Et si elle était déjà partie ? Et si elle s'était enfuie au petit matin ? Si elle était rentrée chez elle auprès de ses cinq frères, il allait passer un mauvais quart d'heure. Ils sentiraient son odeur partout sur elle et se lanceraient à la recherche d'un léopard solitaire, déterminés à faire couler le sang.

Il s'habilla en vitesse et suivit d'un pas pressé le couloir qui conduisait à la chambre où il savait que Saria avait dormi. Il entendit couler la douche. Une partie de la tension qui lui nouait le ventre s'apaisa et il resta un moment debout à respirer profondément dans la vaste bibliothèque circulaire en haut de l'escalier avant de descendre dans la salle de séjour. Si Saria n'avait pas fui loin de lui, il avait une chance de la courtiser, de lui montrer qu'elle n'avait pas commis une erreur en le choisissant.

En attendant, il allait devoir marcher sur des œufs avec son hôtesse. Elle avait entendu les combats de la nuit, cela ne faisait aucun doute. Elle en avait aussi fait disparaître toute trace. Le soupçonnait-elle ? Il l'aurait sentie si elle avait été assez proche pour l'identifier avant ou après ses métamorphoses. Elle portait un parfum caractéristique, un mélange de plusieurs senteurs, principalement de lavande. Il le trouvait original et agréable, et non pas suave et écœurant comme tant d'autres.

Pour l'heure, les arômes du café et du petit déjeuner flottaient à travers la demeure, le guidant directement jusqu'à la grande salle à manger. Plusieurs chauffe-plats en argent étaient disposés au milieu de la table richement ornée et trois couverts avaient été dressés.

Pauline Lafont leva les yeux alors qu'elle était en train de verser du jus d'orange fraîchement pressé dans des verres à vin. Elle sourit lorsqu'il entra.

— Bonjour, mademoiselle Lafont, la salua Drake. Un sacré vacarme cette nuit. Je dois avouer que je me serais presque cru en Afrique.

Son hôtesse fronça les sourcils.

— J'aurais dû vous prévenir que les alligators font pas mal de boucan certaines nuits. J'n'ai pas remarqué qu'ils aient été plus bruyants que d'habitude, mais j'prends un petit quelque chose pour dormir.

Drake arqua les sourcils en entendant ce mensonge éhonté, mais continua à jouer le citadin qui n'avait pas vraiment l'habitude des bruits caractéristiques d'un environnement aussi champêtre.

— Vraiment ? Vous n'avez pas entendu cet horrible combat de félins cette nuit ?

La femme âgée secoua la tête.

— Nous n'avons pas une grande population de félins ici. Les alligators y veillent.

Elle lui fit signe de s'asseoir et lui tourna le dos, l'empêchant de voir son expression, mais il était un léopard et capable de flairer un mensonge – et elle mentait. Ils avaient une population de grands félins et elle le savait. Elle les couvrait assurément. Sa sœur avait épousé un Mercier, l'une des familles qu'il soupçonnait d'être des léopards. Elle avait indéniablement un lien avec eux et elle les protégeait.

— C'était quelque chose d'énorme, insista-t-il, tirant une chaise à haut dossier.

Saria entra dans la pièce d'un pas sautillant, les cheveux encore humides après sa douche, ses yeux sombres pétillants, la peau rayonnante, un rayon de soleil à ses yeux. Son jean délavé, doux et élimé, épousait ses formes. Elle portait des chaussures de randonnée et un mince tee-shirt qui lui moulait la poitrine et lui affinait la taille. L'espace d'un instant, il fut incapable d'arracher son regard d'elle. Elle était si sacrément sexy, et impossible d'oublier la vision qu'elle lui avait offerte lorsqu'elle avait rampé sur le sol vers lui, les yeux rivés avec avidité sur sa queue. Il manqua de grogner tout haut et sentit son corps s'éveiller à ce souvenir. Il n'avait guère fermé l'œil de la nuit, étendu sur son lit, dur comme la pierre. Aucune douche froide ni quelque soulagement que ce soit n'y avaient rien changé. Saria, maudit soit-elle, avait l'air d'avoir bien dormi et était fraîche comme une rose.

Il examina son visage, cherchant des traces de larmes ou de culpabilité. Elle lui décocha un sourire radieux, exactement comme s'il ne s'était absolument rien passé entre eux. En fait, c'était comme si elle le connaissait à peine plus qu'un simple client. Ce qui porta un petit coup à son ego, il devait le reconnaître. Il aurait presque préféré qu'elle pleure toutes les larmes de son corps plutôt que de faire mine qu'il ne s'était rien passé entre eux.

Ce ne fut qu'en prenant conscience que Pauline le scrutait avec un grand sourire entendu qu'il s'arracha à son état presque hypnotique. Il glissa un sourire contrit à son hôtesse et tira une chaise pour Saria.

— Bonjour, la salua-t-il, réprimant l'envie de la secouer un peu en embrassant sa bouche parfaite.

Il avait passé quelques heures en enfer à penser à cette bouche.

— C'est une magnifique matinée, dit-elle, s'affalant sur la chaise, ayant apparemment oublié les événements de la nuit. Mademoiselle Pauline, le petit déjeuner sent si bon. J'ai écourté ma douche parce que mon ventre n'arrêtait pas de gronder.

Elle envoya un baiser à leur hôtesse.

Drake s'installa sur une chaise en face de la jeune femme. Elle avait raison mais, par esprit de contradiction, il voulait avoir son attention. Il eut une envie folle de bondir par-dessus la table pour l'embrasser juste parce que Pauline avait eu droit à des bisous, même si c'étaient des bisous aériens, mais lui rien.

Il s'obligea à être tout aussi désinvolte. Si Saria pouvait se comporter comme s'ils étaient un client et son guide, alors lui aussi.

— Tout cela m'a effectivement l'air délicieux, mademoiselle Lafont. Je ne pensais pas que vous vous lèveriez si tôt pour nous préparer quelque chose à manger.

— Je n'pouvais pas vous laisser partir le ventre vide, répondit son hôtesse. Et j'vous en prie, appelez-moi Pauline. Tout le monde m'appelle comme ça.

Il reporta son attention sur la nourriture abondante disposée sur la table, déterminé à se montrer aussi blasé que Saria. Avec précaution, il souleva chaque couvercle pour jeter un coup d'œil sur les plats maintenus au chaud.

— C'est du filet de truite pané et sauté, des œufs pochés et de la sauce hollandaise, expliqua Pauline, une pointe de fierté dans la voix.

Saria s'empressa d'en déposer sur son assiette.

— Et personne n'les prépare exactement comme Mlle Pauline, Drake. Tu devrais y goûter. Ça fait des années que j'essaie de cuisiner ce plat. J'y suis presque, moi aussi, mais ça n'est pas encore tout à fait ça. J'ai encore besoin d'un peu de temps pour trouver le bon assaisonnement.

Il se servit généreusement, ignorant la façon traînante et sexy dont elle prononçait son nom.

— Je vois que je vais prendre du poids pendant mon séjour, dit-il. J'adore manger.

Pauline se fendit d'un large sourire.

— J'adore cuisiner. Goûtez un peu à mes beignets de riz créoles.

Elle ôta le couvercle d'un autre chauffe-plat.

Saria et Drake en prirent tous les deux.

— Tu devrais goûter un *couche-couche**, ajouta Saria. C'est de la bouillie de farine de maïs frite à la cajun, c'est absolument délicieux.

Pauline leur versa à tous deux du café et posa une grande assiette de beignets chauds à leur portée.

— La crème est faite maison, dit-elle. Vous feriez bien d'en ajouter à votre café.

Il lui adressa un grand sourire.

— Je suppose que vous voulez dire que le café est fort.

Saria opina.

— Le café au lait est meilleur avec des beignets de toute façon.

Elle but une petite gorgée du riche breuvage aromatique, puis avala une bouchée du beignet chaud.

Il lui jeta un coup d'œil et son cœur s'arrêta presque. Elle avait des yeux chocolat rieurs, et leurs mouchetures dorées brillaient de malice. L'arc tentant de sa bouche s'ornait d'une trace blanche de sucre glace, et il faillit se pencher au-dessus de la table pour le lécher. Il la trouvait si belle, si pleine de vie, si terriblement sexy qu'il pouvait à peine respirer tant il la désirait.

— Tu commences ton petit déjeuner par le dessert.

Il tenta de prendre un ton sévère, mais c'était impossible alors qu'elle y prenait un tel plaisir. Elle attaquait son repas avec détermination, sans craindre de perdre la ligne.

— Ce n'est qu'une question de calories, mon ami, dit-elle. Mange.

Il se pencha bel et bien par-dessus la table alors, incapable de se retenir, et essuya le sucre en poudre sur sa bouche du bout des doigts, les y attardant un peu, hypnotisé par la douceur de sa lèvre inférieure pulpeuse. Il vit ses yeux s'assombrir, y flamboyer le désir un instant, juste assez pour le satisfaire.

Pauline se racla la gorge, lui rappelant qu'il n'était pas seul avec Saria. Leur hôtesse réussit à ne pas lui adresser un sourire narquois. Drake lui coupa habilement l'herbe sous le pied avant qu'elle ait pu changer de sujet.

— J'étais juste en train de parler à Pauline des bruits horribles que j'ai entendus cette nuit. Un gros animal se battait contre un autre ou le tuait. J'aurais dit des grands félins.

Saria ne leva pas les yeux, jouant avec sa serviette.

— Ce serait étrange, Drake. Nous n'avons plus de grands félins dans le marécage. Le dernier a été abattu en 1966, n'est-ce pas, mademoiselle Pauline ? J'me rappelle *mon père** qui nous disait à quel point c'était triste.

— Il existe des légendes, fit remarquer Pauline. Le mari de ma sœur et le père de ce dernier étaient sortis pêcher quand il était petit et ils affirment avoir vu une panthère, mais, dans ce cas, c'était un fantôme, parce qu'elle n'a laissé aucune trace.

— Tu dois t'accoutumer aux bruits du marécage, ajouta Saria. J'y travaille souvent la nuit et ça peut être un peu effrayant.

Il releva brusquement la tête.

— Que fais-tu donc dans le marécage la nuit ? (Il chercha le soutien de Pauline du regard.) Elle ne devrait pas faire ça, si ?

— Non, renchérit Pauline d'un ton sévère. À quelle heure es-tu rentrée cette nuit ? J'n'ai rien entendu.

— Probablement ce que vous prenez pour dormir, souligna Drake avec obligeance.

Il se resservit de la truite et des œufs. Cette femme mentait comme un arracheur de dents, mais il appréciait l'habileté avec laquelle elle le faisait, et il n'y avait aucune raison de se priver d'un bon repas.

Saria se pencha vers Drake en riant.

— Ça n'a rien à voir avec ce qu'elle prend pour dormir, mon homme. J'suis une ninja. Personne n'm'entend jamais sauf si j'le veux bien. J'ai regardé beaucoup de films d'arts martiaux, alors, en cas de problème, mets-toi juste derrière moi et tu ne risqueras rien dans ce marécage à faire froid dans le dos.

— Je n'y manquerai pas, convint-il. Tu rattrapes les balles avec tes dents ?

Il aimait qu'elle l'appelle « mon homme » plutôt que « mon ami ». C'était probablement juste sa façon de parler, mais il n'était pas en position de pinailler. C'était assez pathétique de chercher le plus petit signe montrant qu'elle était tout aussi hypnotisée par lui que lui par elle, mais il fallait croire qu'il était bien plus gravement atteint qu'il l'avait pensé.

— Je n'maîtrise pas encore cette technique, reconnut Saria en s'esclaffant, se tournant vers Pauline. J'étais dans le marécage cette nuit, à essayer encore de prendre des photos. J'ai un acheteur intéressé par des clichés de la faune hivernale. L'ambiance du marécage est tellement différente la nuit. J'suis restée assise dans un affût pendant des heures et ai pris froid, mais la plupart des clichés n'ont pas été à mon goût.

— Tu as passé la nuit dans le marécage ? s'enquit Drake. Seule ?

Saria haussa les épaules.

— J'vais souvent dans le marécage la nuit.

— Où sont tes frères ? demanda Pauline. J'parie qu'ils n'étaient pas à la maison.

Saria éclata de rire.

— Ça n'aurait rien changé s'ils avaient été là. J'fais ce que j'veux. Remy travaille sur une grosse affaire. J'crois que Mahieu est amoureux de votre nièce, Charisse – il la courtise depuis quelque temps – et les autres sont partis donner un coup de main sur le fleuve.

Pauline parut ravie.

— J'serais heureuse de les voir ensemble, même si Charisse semble un peu frivole pour un homme comme Mahieu. J'l'adore et elle est très intelligente, mais elle est un peu… (elle laissa les mots mourir sur ses lèvres, puis s'esclaffa) fofolle.

— Autoritaire, dit Saria en même temps, s'esclaffant elle aussi. N'vous en faites pas, mademoiselle Pauline, Mahieu est autoritaire lui aussi. Ils pourraient aller super bien ensemble. En plus Charisse est un génie, non ? Personne n'fait de parfum, pile le bon mariage, comme elle.

Le visage de Pauline s'épanouit en un large sourire.

— Elle a effectivement un don, n'est-ce pas ?

L'art des mariages de parfums n'intéressait pas du tout Drake, contrairement au goût de Saria pour les balades solitaires dans le marécage, qui était pour lui du plus grand intérêt.

— Comme ça tes frères t'ont juste laissée seule ? Et tu es allée dans le marécage pour prendre des photos.

Drake n'arrivait pas à se faire à l'idée qu'elle avait cinq frères et qu'aucun d'eux ne veillait sur elle.

— Eh bien, Lojos était peut-être dans les parages, mais je n'l'ai pas vu, dit Saria, que la question laissait manifestement indifférente. Et il ne s'agit pas de simples photos.

Drake fut pris d'une envie irrépressible de tendre les bras par-dessus la table pour la secouer. Elle ne comprenait pas le danger qu'elle courait avec un léopard tueur dans les parages. Celui-ci devait probablement surveiller ses moindres faits et gestes.

— Tu t'es mise en danger pour des *photos* ?

Les marques dans le dos de la jeune femme signifiaient qu'un léopard mâle cherchait déjà à la revendiquer – un mâle qui n'intéressait pas celle-ci. Elle n'était pas le genre de femme à faire marcher un homme et elle était incontestablement attirée par lui. Ce n'était pas juste dans sa tête. Ses frères auraient dû la protéger. Ils devaient savoir qu'elle était proche du Han Vol Dan, pourtant aucun d'eux ne veillait sur elle et ils la laissaient juste se balader seule la nuit là où n'importe quoi pourrait lui arriver. Il commençait à se faire une très mauvaise opinion d'eux.

— J'ai assisté à cette conférence un jour, une femme qui photographie les marécages et est payée pour ça. J'lui ai montré certaines de mes photos et elle m'a indiqué deux adresses, des endroits où les vendre.

Saria releva le menton et lui adressa un regard qui disait en gros qu'il pouvait aller se faire voir si ça ne lui plaisait pas.

Il observa son menton têtu. Ouais. Ce menton allait être un problème dans les années à venir. Elle n'avait qu'à le relever juste de cette façon et il sentait son cœur fondre. Cette femme obtiendrait tout ce qu'elle voudrait de lui s'il était jamais assez stupide pour lui confier à quel point elle l'affectait. Il allait devoir se donner beaucoup de mal pour trouver un équilibre entre la nature sauvage de la jeune femme et son besoin de la protéger.

Sans plus lui prêter attention, Saria se pencha vers Pauline.

— Quand j'ai appelé, on m'a dit qu'ils paieraient pour mes photos. J'me suis fait une jolie somme. Ces photographies constituent un enjeu énorme et j'veux qu'elles soient parfaites. L'un de mes clients veut un reportage photographique du marécage à travers les saisons et, si mon travail réussit à le séduire, ça représentera beaucoup d'argent pour moi. J'n'aurai plus à chasser les alligators.

Drake grogna et posa la tête sur la table. Qu'elle chasse les alligators dépassait l'imagination. Qu'est-ce qui clochait chez les hommes de sa famille, bordel !?

— J'peux voir les photos que tu as prises cette nuit ? demanda Pauline.

Leur hôtesse savait y faire, décida Drake. Il se redressa et piqua sa fourchette dans un autre beignet de riz, l'air désinvolte, ne laissant pas deviner qu'il envisageait de secouer Saria et d'accuser leur hôtesse d'être une fieffée menteuse. Pauline n'avait pas perdu une seconde : elle voulait savoir si Saria avait été en train de prendre des photos dans le marécage pendant que les léopards se battaient. Il parierait tout ce qu'il possédait qu'elle insisterait pour voir les photos et qu'elle prendrait soin d'examiner l'heure inscrite sur les clichés.

Saria sembla ravie.

— Vraiment ? Mes frères n'veulent jamais les voir. J'attends des heures pour prendre la bonne photo et, quand j'réussis, j'suis trop contente, mais c'est un peu la douche froide car personne ne veut les voir. Si vous êtes sérieuse, j'vous les montrerai à notre retour ce soir.

— J'adorerais y jeter un coup d'œil, moi aussi, dit Drake. Comme tu as grandi au bord du marécage, tu as probablement vu des choses particulièrement rares que personne d'autre n'a jamais eu le privilège de voir. (Il se pencha vers elle.) Tu es une femme fascinante, Saria. Comment t'es-tu mise à la photo ?

Sa voix était empreinte d'une admiration fervente qui poussa Saria à rougir et Pauline à lui lancer de nouveau un regard ouvertement intrigué, mais cela le laissa de marbre. Tout ce qui concernait Saria le fascinait et il voulait en savoir plus. La vérité, c'était qu'elle lui inspirait un fort sentiment de possessivité et qu'il ne voyait pas vraiment l'intérêt de le cacher, pas alors qu'elle réussissait à jouer ainsi les blasées.

Saria lui décocha un autre sourire malicieux.

— J'n'étais pas exactement le genre de gamine qui aimait l'école. J'n'avais pas l'habitude qu'on me dise quoi faire et, les jours où il faisait beau, j'voulais être dans le marécage, pas dans une classe mal aérée. Le seul truc qui m'a fait y rester, c'est la photo.

— Tu étais une petite sauvageonne, Saria, confirma Pauline. Personne n'savait quoi faire de toi. Ton *père** n's'est plus occupé de rien après la mort de ta *mère**. Nous désespérions tous que tu retrouves jamais la raison.

Saria s'esclaffa.

— Vous savez ce qu'elle entend par là, n'est-ce pas, Drake ? Toute jeune fille cajun digne de ce nom devrait se marier et avoir des bébés. Plein de bébés. Et elle devrait cuisiner, faire le ménage et les trente-six volontés de son homme.

— Que veux-tu d'autre, Saria ? s'enquit Pauline, sincèrement déconcertée. Se marier est une bonne chose. Ton *père** aurait assurément dû faire entrer un peu de bon sens dans ta petite tête.

— C'est trop tard maintenant, dit Saria avec un sourire contraint. Il n'a rien trouvé à y redire avant de mourir et ça n'est certainement pas maintenant que ça va changer.

Drake lui jeta un coup d'œil. Elle avait les yeux baissés, voilés de ses cils. Elle s'était exprimée d'une voix relativement égale, mais elle et son père n'avaient assurément pas été dans les meilleurs termes.

— Il aurait dû te corriger de temps à autre, déclara Pauline.

Saria esquissa un petit sourire narquois, retrouvant aussitôt sa bonne humeur.

— Je n'lui aurais plus rien cuisiné s'il avait fait ça et il aimait bien manger de temps à autre.

— Elle tenait le bar à treize ans, expliqua Pauline en reniflant. Et dirigeait le magasin familial. Ce n'est pas normal.

— C'est ce que vous m'avez tous dit… y compris *mon père**. (Le rire de Saria jaillit.) Non que ça ait servi à grand-chose. Même le père Gallagher était contrarié au sujet du bar.

— « Treize ans ». (Drake était choqué.) Comment est-ce possible ? Il doit y avoir un âge légal pour servir de l'alcool.

— Bien évidemment, dit Pauline, mais le bar se situe au beau milieu du marécage. Pas de touristes ni de police.

— Je croyais que tu avais des frères.

Drake était outré pour Saria. Il était incapable d'imaginer une jeune fille entourée d'hommes ivres. Ses frères qui brillaient par leur absence auraient des comptes à lui rendre. Il pourrait bien se charger de leur donner une leçon lui-même.

Saria haussa les épaules.

— Ils n'étaient pas là la plupart du temps. Et les habitués du bar m'ont vu grandir. Ils ont veillé sur moi.

Pauline renifla d'un air théâtral.

— Personne n'a veillé sur toi. Quand quelque chose n'te plaisait pas, tu disparaissais juste dans le marécage et personne n'pouvait plus t'en déloger.

Drake arqua les sourcils. Les accents se faisaient plus prononcés à mesure que les femmes s'animaient.

— Tu étais vraiment une sauvageonne.

— J'n'aimais pas qu'on me dise quoi faire.

Saria l'énonça comme une affirmation, pas le moins du monde désolée.

— Oh ! elle travaillait, pour ça oui, dit Pauline. C'était elle qui faisait la cuisine et le ménage dans cette maison. C'était un bout de chou qui arrivait à peine au niveau de la cuisinière.

— J'utilisais un tabouret, expliqua Saria.

Pauline renifla encore.

— Et c'est elle qui pêchait et posait les pièges aussi.

— À vous entendre, c'était atroce, Pauline. J'adorais absolument ma vie. C'était ma maison et mon marécage, mon monde. Et ça l'est toujours.

— Vous voyez ? lança Pauline à Drake. Elle a toujours été comme ça. Peu importait ce qu'on pouvait lui dire, elle faisait ce qu'elle voulait. Nous sommes allées ensemble pour essayer de parler à son *père**, mais il a refusé de nous écouter. Nous a dit de nous mêler de nos affaires.

Saria lui envoya un baiser.

— J'ai apprécié.

— C'est pour cette raison que chacune des femmes qui ont tenté d'intervenir en ta faveur s'est retrouvée avec un bébé alligator ? demanda Pauline. Elle s'est glissée chez elles et leur a laissé à toutes un cadeau… un cadeau très pointu. J'en ai reçu un aussi.

Saria rejeta la tête en arrière et éclata de rire. Drake eut la vision soudaine d'une enfant précoce et malicieuse à la chevelure brillante de la couleur de l'or blanc entièrement livrée à elle-même. Il la trouvait plus fascinante que jamais. Sa Saria devait avoir eu un sacré cran pour avoir tenu tête à toute une communauté à un aussi jeune âge.

— Tu t'es vraiment introduite dans la maison…

— *Huit* maisons, souligna Pauline. Toutes en une nuit et elle n's'est pas fait prendre.

Drake secoua la tête, incapable de se retenir de rire.

— Tu t'es introduite dans huit maisons pour y laisser chaque fois un bébé alligator ?

Pauline hocha la tête et se mit à rire à ce souvenir.

— Elle est très inventive, celle-là. Elle a noué un nœud autour du cou des alligators avec un petit mot sur une feuille qu'elle a enroulée, comme un rouleau de parchemin, et en a laissé un dans chaque salle de bains, que ce soit dans la baignoire ou la douche. Toutes des femmes qui fréquentaient l'église, très convenables.

— Je parie que c'est passé comme une lettre à la poste.

— Notez bien, ajouta Pauline, qu'il s'agissait de femmes de la ville. Elles vivaient près du fleuve, mais n'étaient pas comme nous autres dans le marécage. Vous imaginez le tapage qu'elles ont fait en découvrant des alligators dans leur jolie salle de bains ? J'crois que tout le monde les a entendues crier en aval et en amont du Mississippi.

Saria éclata de nouveau de rire et Pauline, secouant la tête, se joignit à elle.

— Que disait le mot ? demanda Drake.

— Attendez, j'ai encore le mien.

Pauline sauta au bas de sa chaise si vite que celle-ci vacilla un instant.

Drake remit la chaise d'aplomb alors que Pauline quittait la pièce pour aller chercher le mot.

— Rappelle-moi de ne pas te contrarier, chuchota Drake. Tu ne jures que par la vengeance.

— Une bonne chose à savoir sur moi, dit Saria. J'n'aime pas qu'on me pousse à faire quoi que ce soit, même *ma famille**. J'ai dû être adulte et personne n'allait venir chez moi me dire ce que je pouvais ou n'pouvais pas faire.

— Nous tentions de te donner une enfance, souligna Pauline, flanquant le mot sur la table devant Drake.

— J'sais ça maintenant, mademoiselle Pauline, dit Saria. C'est pour ça que j'ai dit que j'avais apprécié votre intervention. Plus tard, quand ma colère est retombée, j'ai pris conscience que vous aviez agi parce que vous vous inquiétiez toutes pour moi. J'ai laissé un petit quelque chose pour m'excuser dans chaque maison quelques semaines plus tard.

Drake baissa les yeux sur le mot, s'attendant à un griffonnage puéril, furieux. Il fut stupéfait de découvrir que celui-ci était calligraphié. Il releva les yeux et croisa le regard de Pauline.

— Vous comprenez pourquoi j'l'ai gardé ? Ce mot est une véritable œuvre d'art. Elle nous a toutes donné un bébé qui avait besoin qu'on s'occupe de lui parce que nous avions trop de temps libre sur les bras et qu'elle n'avait que faire de notre sollicitude. Elle a écrit de combler notre solitude avec ce nouveau bébé. (Pauline se versa une autre tasse de café et prit un beignet.) Bien sûr, c'était un bébé alligator, mais c'est si intelligent d'y avoir pensé.

— Et qu'as-tu fait pour t'excuser ? demanda Drake, plus fasciné que jamais.

À l'évidence, il avait beaucoup à apprendre sur Saria et il voulait tout savoir.

— J'leur ai préparé un pain cajun rare, une recette qui est dans *ma famille** depuis des années. J'ai enveloppé chaque miche dans un magnifique papier de soie que ma mère avait conservé au cas où une occasion importante se présenterait, et j'me suis glissée chez elles et l'ai laissé sur leurs tables. Ç'a été beaucoup plus facile que de mettre les alligators dans leurs salles de bains.

Le visage de Pauline s'épanouit en un large sourire. Ça sautait aux yeux qu'elles avaient beaucoup d'affection l'une pour l'autre. Drake comprenait pourquoi. Pauline n'avait pas d'enfants et Saria pas de parents. Quoi de plus naturel qu'elles se rapprochent.

— Il faut garder en tête que j'avais du temps à revendre pour faire ce que j'voulais, alors les activités qui m'intéressaient, comme la cuisine, l'art et la photographie, j'y consacrais pas mal de temps. Les trucs que j'n'aimais pas…

Elle laissa les mots mourir sur ses lèvres avec un haussement d'épaules contrit.

— Saria a chassé les alligators seule pendant la saison. La plupart des hommes n's'y risqueraient pas, ajouta Pauline d'un air entendu.

Drake savait que leur hôtesse lui tendait un piège. Elle avait lancé ça pour voir comment il réagirait. Il réprima sa première réaction explosive et but une petite gorgée de café pour se calmer.

— Pourquoi ? Tu es suicidaire ?

Saria haussa les épaules.

— Quand j'étais toute petite, j'y allais avec *mon père**. On fait tous ça quand on a besoin d'argent. On a droit à un certain nombre de vignettes et on vous paie les bêtes selon leur taille. Un alligator n'offre pas une cible très grande – elle est à peu près de la taille d'une pièce de vingt-cinq cents –, mais il se trouve que j'suis une bonne tireuse. En général l'alligator roule sur lui-même et se débat, et il faut avoir de bons réflexes. *Mon père** m'a emmenée quand mes frères étaient à l'armée ou travaillaient sur le fleuve. Quand il est tombé malade et n'pouvait plus sortir, il n'y a eu personne d'autre. (Elle haussa les épaules.) J'ai installé une poulie pour m'aider à ramener les alligators après les avoir tués.

Drake ferma un instant les yeux et inspira. Saria décrivait avec objectivité son enfance. Pour elle, c'était un mode de vie, rien de mal. Elle avait fait ce qui devait être fait et n'avait pas perdu de temps à regretter que les choses ne soient pas autrement. Plus encore, elle était fière de ce qu'elle avait accompli et – au même titre que n'importe qui d'autre – il n'avait qu'à aller se faire voir si ça ne lui plaisait pas.

Saria prenait la vie à bras-le-corps et refusait de se laisser intimider. Plus il en savait sur elle, plus il trouvait son courage à la fois séduisant et terrifiant. Une femme comme elle soutiendrait son homme, se battrait pour ses enfants et pour leur relation, quelles que soient les difficultés.

— Bien sûr que tu as installé une poulie, dit-il en prenant une autre bouchée de truite – il devait reconnaître que ce plat était incroyable. Je ne serais pas surpris si tu marchais sur l'eau, mademoiselle Boudreaux.

Pauline éclata de rire.

— Vous n'êtes pas le premier à dire ça. Les garçons Lanoux la trouvent intimidante. J'discutais avec eux au bureau de poste et ils ont dit que, la courtiser, c'était comme attraper un alligator par la queue. (Elle posa le menton dans sa main.) Et n'as-tu pas fui Elie, le garçon d'Amos Jeanmard ? Il ressemblait à un homme brisé quand il est parti pour l'armée.

— J'avais quinze ans, mademoiselle Pauline, dit Saria en roulant des yeux. Je n'lui ai pas vraiment brisé le cœur. J'l'ai frappé sur la tête avec un pot de fleurs et lui ai dit que, s'il essayait encore de glisser la main sous mon tee-shirt, j'lui tirerais dessus avec mon fusil. C'était un vrai mufle. Il n'arrêtait pas de peloter la pauvre Charisse aussi.

Pauline parut offusquée.

— Tu aurais dû en parler à tes frères.

Saria grimaça.

— Vraiment ? Parce qu'ils étaient si souvent là et se souciaient tant de moi ? Ils envoyaient de l'argent à la maison et considéraient que ça suffisait. Ce n'étaient pas eux qui allaient s'occuper de *père**, pas plus que personne d'autre. (Elle adressa un sourire malicieux à Pauline.) À cette époque, j'avais cessé de nourrir mes ressentiments et mes rêves puérils d'avoir cinq frères qui m'adoraient et compris qu'il valait bien mieux qu'ils n'fassent pas attention à moi. Sinon ils auraient essayé de me mener à la baguette. (Elle grimaça.) Un peu comme ils le font maintenant.

Pauline hocha la tête.

— C'est vrai, *ma chère**, ton *père** était un méchant ivrogne.

Drake réprima un grognement. Si son père était un ivrogne si méchant que ça, pourquoi tout le monde estimait-il normal que Saria s'occupe seule de lui ? Qu'est-ce qui ne tournait pas rond chez ces gens-là, bordel !?

Saria croisa son regard.

— Il n'a jamais posé la main sur moi.

Son ton était teinté d'une légère touche d'ironie. Elle ne mentait pas vraiment, mais ne disait assurément pas toute la vérité.

Pauline la regarda soudain avec intérêt.

— Il te fouettait, mon enfant ?

— Uniquement quand il réussissait à m'attraper, ce qui n'arrivait pas souvent, et alors j'disparaissais pendant des jours. Il n'mangeait pas grand-chose. Il a vite appris à n'plus me menacer de sa baguette, colère noire ou non.

Saria sourit de toutes ses dents à Pauline, sans se soucier du fait que son père l'avait frappée à coups de baguette.

— C'est un peu tard maintenant pour lui poser cette question, dit Drake, sans s'excuser pour la colère et l'accusation qui transparaissaient dans sa voix. Où étaient donc toutes les grenouilles de bénitier à ce moment-là ?

Qu'ils soient tous maudits, laisser une enfant seule avec un ivrogne dans le marécage !

Saria se pencha au-dessus de la table et posa la main sur la sienne.

— N'sois pas fâché. Je n'le suis pas. J'ai eu une enfance super. *Père** m'aimait. Il s'est noyé dans le chagrin après la mort de *ma mère**. J'n'ai pas vraiment été une enfant facile à élever.

Non, dut reconnaître Drake, elle n'avait probablement pas été facile à élever, pas avec son besoin d'indépendance et sa volonté de fer. Saria Boudreaux était unique en son genre. Elle n'avait pas songé à se plaindre auprès de qui que ce soit de son père ou de sa charge de travail. La loyauté constituait une grande partie de son caractère, même envers ses frères absents. Elle n'avait pas dénoncé Elie Jeanmard alors qu'elle aurait pu lui causer de graves ennuis. Si son père avait tenu à elle comme elle l'affirmait et qu'il avait été un léopard, comme il devait l'avoir été, Elie aurait été battu presque à mort pour l'avoir touchée sans son consentement.

— Tu aurais dû être protégée.

N'importe quel clan de léopards savait que leurs femmes étaient de la plus haute importance.

— Mon père m'a appris à me débrouiller seule, dit Saria, et j'lui en suis reconnaissante.

— J'ai entendu qu'Elie et sa sœur, Danae, sont rentrés chez eux pour les vacances, dit Pauline. Ma sœur m'a dit qu'ils étaient venus au bureau de poste pendant son service. Iris dit qu'Elie est très séduisant et que Danae est belle, bien sûr. (Elle se pencha vers eux et baissa la voix, comme si elle leur révélait un grand secret.) Danae fréquente un garçon à la fac et Amos et Elie n'sont pas contents du tout. Ils pensent que c'est sérieux.

— Pauvre Danae, compatit Saria. J'préfère de beaucoup *mon père** au sien.

— Saria !

Pauline avait craché son nom.

Saria se contenta de pouffer alors qu'elle tendait la main vers un autre beignet.

— Vous avez un faible pour cet homme, l'accusa-t-elle. J'ai eu vent d'une rumeur comme quoi Amos serait passé pour le dîner, mais j'n'y ai pas cru jusqu'à maintenant. Racontez-moi tout, mademoiselle Pauline.

Deux touches jumelles de couleur illuminèrent les joues de Pauline. Elle s'éventa.

— Amos Jeanmard était le plus beau gosse du lycée. Enfin… lui et Buford Tregre. Iris était folle amoureuse de Buford. Nous avions prévu de nous marier, mais leurs familles s'y sont opposées – vigoureusement. (Elle haussa les épaules.) Buford a jeté Iris et elle a été anéantie. Elle est restée enfermée dans sa chambre pendant des jours à pleurer, puis Bartheleme Mercier a commencé à passer. Bartheleme a défié son *père** et a épousé Iris, mais Amos n'a pas pu aller à l'encontre de sa famille. C'était une grande famille, très pieuse, elle était tout pour lui.

Elle avait l'air si triste que Drake eut envie de la réconforter. Son amour pour Amos Jeanmard ne s'était manifestement jamais émoussé.

Pauline parvint à esquisser un sourire contrit.

— C'est très Roméo et Juliette tout ça. Je n'me suis jamais mariée. Amos si, et il a eu deux enfants. Il est resté fidèle à sa femme, mais il me rendait souvent visite et nous nous asseyions sur la galerie et discutions. Nous n'osions pas entrer dans la maison. Après la mort de sa femme, il a recommencé à me courtiser. J'apprécie ses visites, mais nous avons tous deux nos habitudes. Il adore le marécage et j'adore ma maison ici. (Elle haussa les épaules.) J'suis trop vieille pour changer mes habitudes maintenant. Nous sommes passés à côté d'une vie ensemble, mais j'n'ai aucun regret.

— J'me suis toujours demandé pourquoi vous n'vous étiez jamais mariée, dit Saria.

— J'l'ai aimé. J'l'aime encore, dit Pauline simplement. Il n'y a pas eu d'autre homme pour moi.

Elle n'était pas un léopard, mais avait été la femme qu'Amos avait aimée. Pouvait-elle avoir été un félin dans une autre incarnation ? C'était possible. S'il s'agissait bien de vieilles familles dont l'ascendance remontait à plusieurs centaines d'années, elles avaient pu se marier à l'extérieur, à l'instar manifestement de Bartheleme Mercier – se marier avec de simples humains. Quoi de plus logique en l'absence d'un vaste pool génétique disponible.

Drake soupira. Le monde était vaste et il restait peu de métamorphes. Trouver son compagnon était difficile dans le meilleur des cas. Pauline était peut-être la compagne véritable d'Amos Jeanmard, mais son âme ne se trouvait actuellement pas dans le corps d'une métamorphe tandis qu'Amos avait choisi de faire passer son espèce avant ses propres besoins. Drake ignorait si c'était bien ou non. Et pour ce qui était de la femme de Jeanmard ? Les léopards flairaient les mensonges. Elle avait très bien pu avoir une existence très malheureuse, sachant qu'il ne l'aimait pas vraiment.

Il regarda Saria, assise en face de lui. Il lisait dans ses yeux la compassion qu'elle avait pour Pauline. Il avait envie de la prendre dans ses bras et de la serrer fort.

— C'est bien de songer à vieillir au côté de quelqu'un, souligna Saria. Il serait peut-être heureux de s'asseoir sur votre galerie avec vous. Il pourrait continuer à aller dans le marécage à sa guise. Vous pourriez en discuter avec lui avant de vous décider.

Pauline s'obligea à rire et regarda Drake.

— De la bouche de la fille qui n'veut pas entendre parler de mariage ni d'enfants.

Drake croisa le regard de Saria. Elle ferait sacrément bien de se faire à l'idée du mariage et des enfants parce que, comme il l'en avait avertie, une fois qu'il l'aurait revendiquée il n'y aurait plus de retour en arrière possible. Que s'imaginait-elle ? Que lorsque sa femelle léopard serait prête ils feraient l'amour comme des fous puis qu'il partirait juste comme ça ? Il réprima un grognement. C'était probablement ce qu'elle pensait. Bordel ! il aurait dû être plus précis.

Saria plongea le regard dans le sien et haussa les épaules.

— D'après mon expérience, Pauline – et j'ai bien cinq frères –, les hommes ont tendance à être très autoritaires. Une poignée de mes amies sont mariées et, croyez-moi, celles qui restent à la maison se font assurément mener à la baguette.

Pauline lança les mains en l'air et fulmina en français cajun pendant quelques minutes. Saria resta de marbre. Elle fit la grimace à leur hôtesse.

— Vous venez juste de dire que vous étiez trop vieille pour changer vos habitudes, ce qui signifie que vous avez peur qu'il tente de vous régenter. (Elle fusilla Drake du regard.) Les hommes sont arrogants et autoritaires, et ils s'imaginent avoir toujours raison.

Drake lui décocha un petit sourire impénitent, plus loup que léopard.

— Les hommes de ta vie étaient peut-être dépourvus de toute finesse.

— Tu vois ? (Saria recula comme s'il avait empiété sur son espace.) C'est de l'arrogance. Et j'constate que tu n'nies pas être autoritaire et arrogant.

— Bien sûr que non. Je n'ai pas pour habitude de mentir. J'ai confiance en mes aptitudes sinon je ferais un chef sacrément mauvais, non ?

— De quoi êtes-vous le chef exactement ? s'enquit Pauline.

Il devait le lui concéder. Cette femme n'avait pas simplement l'esprit pénétrant, mais extrêmement vif.

— Je dirige une équipe sur le terrain. Elle me rejoindra dans deux ou trois jours. Il y a quelques semaines, un bateau a heurté un puits de pétrole abandonné, en faisant sauter le couvercle. Je représente la société de Jake Bannaconni. Il veut connaître les dommages exacts causés à l'environnement et le meilleur moyen d'y remédier. Cette région est particulièrement chère aux yeux de M. Bannaconni et il veut qu'elle reste aussi vierge que possible. Lorsque j'aurai déterminé l'ampleur de la pollution, je pourrai élaborer un plan et mon équipe me rejoindra pour m'assister. M. Bannaconni mettra en œuvre le plan dès que nous aurons terminé notre étude.

— J'ai connu son arrière-grand-père, dit Pauline. Un homme bon.

— Je n'ai jamais eu ce privilège, mais M. Bannaconni en dit le plus grand bien. (Il se leva à la suite de Saria.) Merci pour ce merveilleux petit déjeuner, Pauline. C'était délicieux. Saria, lorsque nous traverserons le marécage, tu voudras bien m'indiquer la propriété des Tregre ?

Aussitôt le silence se fit comme s'il avait lâché une bombe. Les deux femmes échangèrent des regards gênés.

— Pourquoi ? demandèrent-elles en même temps.

Drake haussa les épaules avec désinvolture, mais son radar lui hurlait une mise en garde.

— Un ami à moi a de la famille dans la région qui porte ce nom. Il n'en a aucun souvenir, mais il s'est dit que je pourrais croiser quelqu'un ayant ce patronyme.

— Tu ferais bien de renoncer à cette idée, dit Saria. Nous n'voulons pas poser le pied sur leurs terres.

Il arqua un sourcil.

— Je croyais que vous vous entendiez tous bien avec vos voisins.

— Nous nous entendons bien avec eux, confirma Pauline, parce que nous leur foutons la paix.

Drake haussa les épaules.

— Aucun problème. Je lui ai juste dit que je garderais l'œil ouvert. Je vais juste aller chercher mon sac, Saria, avec mon matériel d'analyses. Je reviens tout de suite.

— J'vais charger le bateau, dit-elle. J'prends de quoi manger, de l'eau et des outils juste au cas où. Rejoins-moi là-bas dans dix minutes.

Elle attrapa un dernier beignet et sortit de la pièce d'un pas nonchalant.

Drake la regarda partir.

— Elle est sacrément belle.

— Et n'oubliez jamais qu'elle a cinq frères, l'avertit Pauline.

— Je le garderai en tête, dit-il avec un large sourire, s'apprêtant à quitter la pièce avant de se retourner. Encore une chose, Pauline, et c'est un peu embarrassant. Cette nuit, j'étais sur mon balcon quand il s'est mis à tomber des trombes. Je me suis juste dévêtu et ai laissé mes vêtements et mes chaussures sur la balustrade. Je n'ai pas voulu mouiller le parquet et je me suis dit que je les retrouverais au matin, mais ils avaient disparu. J'ai regardé sur la pelouse, mais ne les ai vus nulle part.

Pauline lui adressa un sourire qui n'atteignit pas vraiment ses yeux.

— Ces satanés ratons laveurs sont capables d'emporter n'importe quoi. J'aurais dû vous prévenir de n'rien laisser dehors.

Chapitre 7

Sortir de la maison d'hôtes, c'était comme sortir dans un autre monde. Tout était gris et sinistre. Les sons étaient assourdis par l'épais brouillard fantomatique qui flottait au-dessus de l'eau et serpentait entre les arbres. Drake descendit jusqu'au bateau et y installa ses affaires. Saria était à la barre, l'air compétente et ravissante en jean avec un ample sweat-shirt qui couvrait ses bras fins. Elle lui fit signe de s'asseoir et les conduisit sur l'eau.

Drake attendit que Saria manœuvre à travers la petite portion de lac et prenne de nouveau le canal pour rejoindre le marécage. Des cyprès se dressaient comme s'ils montaient la garde de chaque côté de l'eau envahie de lentilles d'eau. Le brouillard du petit matin paraissait particulièrement dense au-dessus de la surface et il ne dit rien afin de ne pas la distraire alors qu'elle dirigeait le bateau à travers un labyrinthe de canaux et de bayous, zigzaguant sur les herbes hautes jusqu'à ce qu'elle adopte une allure régulière.

— Avant d'aller au marais de Fenton, j'aimerais voir une partie du marécage qui est loué aux sept familles. Ça m'aidera à me faire une meilleure idée de chacune d'elles.

Saria lui jeta un coup d'œil.

— Comment ? Un marécage est un marécage.

Il secoua la tête.

— Chaque léopard est différent et son territoire m'en apprendra beaucoup sur lui.

Elle haussa les épaules.

— Aucun problème, mais tôt ou tard on va nous apercevoir et il pourrait y avoir du grabuge.

— Alors on va finir par nous voir.

— Très probablement.

— Dans ce cas, arrête le bateau.

Il prononça ces mots comme un ordre.

Elle fronça les sourcils mais obéit, ralentissant puis immobilisant l'embarcation. Le bateau flottait sur l'eau avec le moteur qui tournait au ralenti tandis qu'ils se faisaient face. Il replia le doigt pour lui faire signe d'approcher. Sa perplexité s'accentua, mais elle s'avança jusqu'à lui, s'adaptant facilement au mouvement de l'eau qui les balançait doucement d'avant en arrière.

Drake referma les doigts sur le devant de son sweat-shirt et tira, l'obligeant à se pencher vers lui. Elle posa la main sur son épaule pour garder l'équilibre. Il ne renonça pas, exerçant une pression régulière jusqu'à ce que son visage ne soit plus qu'à un souffle du sien.

— Tu ne m'as pas embrassé ce matin.

Il chuchota ces mots contre ses lèvres, et, avant qu'elle ait pu répondre, s'empara de sa bouche.

Lorsqu'il la toucha, le monde s'évanouit, il n'existait plus qu'eux deux. Pour un homme qui avait l'habitude de toujours tout contrôler, c'était un peu terrifiant de disparaître dans sa bouche chaude, sa saveur exotique, de se perdre si totalement en une femme. Il avait commencé dans l'idée de lui voler un baiser matinal pour réaffirmer sa revendication sur elle, peut-être d'ébranler juste un peu son calme, mais leur baiser se mua en tout autre chose.

La lumière du soleil explosa derrière ses yeux. Il se fondit en elle. Flotta avec elle à travers le ciel. Il oublia où ils étaient. Seules existaient Saria, sa peau douce et sa bouche chaude. Il l'embrassa sans relâche. Ils échangèrent leurs souffles légers. Qui se transformèrent en halètements rauques. Ils volaient. S'élevaient à toute vitesse. Il la serra plus étroitement dans ses bras, la plaçant de façon qu'elle vienne se lover dans le berceau de ses hanches. Le mouvement fit tanguer le bateau, leur faisant perdre l'équilibre à tous les deux. L'air contrit, il releva la tête, stupéfait de s'être autant perdu dans le havre de sa douce bouche.

Saria appuya le front contre le sien, les deux mains sur ses épaules.

— Ainsi c'est bien réel.

Elle avait les yeux écarquillés sous l'effet d'une sorte de stupéfaction hébétée qu'il trouva touchante.

— On ne peut plus réel, convint-il. Et je ne veux pas que tu l'oublies.

— Ça fait un peu peur, avoua-t-elle.

Il lui encadra le visage des mains.

— Je sais, Saria. Je sais que c'est beaucoup te demander que de me faire confiance là-dessus, mais on va traverser ça. Je ne te décevrai pas.

Elle scruta son visage un long moment. Autour d'eux, l'eau clapotait doucement contre le bateau et un grand oiseau prit son envol, le bruit de ses ailes étonnamment fort alors que la créature s'élevait dans les airs. Il lisait l'appréhension sur son visage – mais aussi la résolution. Sa femme ne fuirait pas, ne ferait pas comme les oiseaux qui s'envolaient autour d'eux ; elle tiendrait bon quand bien même elle était effrayée. Chaque nouvelle démonstration de son courage assujettissait un peu plus son cœur.

Drake glissa la main dans son abondante chevelure soyeuse, la rassemblant dans son poing.

— Ils ne renonceront pas facilement à toi, Saria. Tu dois le savoir. C'est une petite communauté. Chaque femelle est précieuse. Amos Jeanmard a sacrifié son propre bonheur pour son peuple. Je crois qu'il est le chef, mais il ne le rassemble pas autour de lui comme autrefois. Tôt ou tard un léopard plus jeune lui disputera sa position. Si cela se produit avant que ta femelle léopard émerge, celui-ci pourrait potentiellement changer les règles nous concernant. Quoi qu'il en soit, Jeanmard s'attendra à ce que tu restes avec ton clan et t'accouples avec un des mâles ici pour préserver la lignée des métamorphes. Si un plus jeune mâle le défiait, cela pourrait pousser les autres à te reprendre.

— Et tu les repousseras tous.

— J'ai une expérience qu'ils n'ont pas. Et mon équipe va nous rejoindre. Tous mes hommes sont aguerris au combat.

— Ce sont mes amis et ma famille, souligna Saria.

Il effleura doucement ses lèvres des siennes.

— Je suis un chef, Saria. On ne sacrifie jamais les nôtres en vain. Je ferai de mon mieux pour éviter que la situation nous échappe, mais ils ne t'arracheront pas à moi.

Elle lécha sa lèvre inférieure, trahissant sa nervosité.

— J'n'ai jamais… (Elle s'interrompit.) Tu pourrais être très déçu.

Le cœur de Drake manqua un battement.

— Jamais ?

Elle secoua la tête.

— Du fait d'avoir grandi ici, j'considère un peu tout le monde comme des frères. Je n'ressens rien d'autre que de l'affection pour eux. Pas de… feu. (Elle le regarda droit dans les yeux.) Comme avec toi.

Il voulait l'envelopper dans ses bras et la réconforter. Elle luttait pour accepter sa femelle léopard, l'alchimie entre eux et sa loyauté envers son clan. Elle ne voyait pas ce dernier comme étant sien pour l'instant, mais il savait que ça la tracassait énormément. Il était virtuellement un étranger pour elle, un étranger avec qui elle avait une alchimie incroyable, à qui elle faisait instinctivement confiance, mais sa présence dans sa vie n'avait pas de sens si elle y réfléchissait un peu trop. Elle avait accepté le fait qu'ils coucheraient ensemble, mais elle ne s'autorisait pas à penser plus loin.

— Je ne serai pas déçu, Saria. Beaucoup d'hommes ont l'envie égoïste de savoir que leur femme n'appartient qu'à eux. Je ne suis pas différent.

Elle fronça les sourcils.

— Et si j'avais eu de l'expérience ?

— J'en aurais récolté les fruits. Dans chaque cas, je suis gagnant.

Il effleura encore sa bouche. Il adorait la sensation de ses lèvres douces et pleines.

— Je n'pense pas qu'il y aura grand-chose à récolter. Même si j'crois que ma femelle léopard est une petite dévergondée.

Il éclata de rire.

— Elle n'aura aucun problème, mais peut-être qu'on prendra un peu plus le temps, comme ça, la prochaine fois qu'elle tentera d'émerger, elle ne te choquera pas autant.

— Parce qu'on peut aller moins vite ? Chaque fois que tu me touches, j'ai l'impression de m'embraser.

Elle était d'une franchise étonnante. Il la trouvait parfaite. Elle n'était pas timide ou vieux jeu, et aborderait la sexualité et la passion comme elle abordait tout le reste.

Elle éclata de rire, resserrant les doigts sur ses épaules.

— Tu me regardes comme si j'étais extraordinaire. Tu n'as aucune idée de qui je suis.

Il lui décocha immédiatement un large sourire. Elle ne le connaissait pas non plus.

— N'est-ce pas ça le plus sympa ? Apprendre à nous découvrir ? Je sais déjà que je devrai regarder avant d'entrer dans une douche ou une baignoire au cas où tu m'aurais laissé un cadeau.

— Tu apprends vite, dit-elle avant de retourner à l'avant du bateau.

Il ne put s'empêcher d'admirer la façon dont elle bougeait dans son jean ajusté. Elle était très souple. Son léopard s'était tenu proche d'elle la majeure partie de sa vie, sans qu'elle en ait eu conscience peut-être, mais elle avait une trop bonne coordination de mouvements, des réflexes trop rapides. Elle n'avait juré que par les grands espaces naturels et la liberté du marécage quand la plupart des femmes auraient rejeté cet environnement humide et extrêmement dangereux. Elle avait grandi loin de la terre ferme, apprenant à éviter les dangers.

Les oiseaux étaient partout, de grandes aigrettes marchaient gracieusement le long des eaux les moins profondes. D'autres oiseaux plus petits voletaient de branche en branche. Chacun d'eux appelait, chantait ou rouspétait tout en cherchant de la nourriture dans la froide brume grise. Le soleil avait commencé à se lever, baignant tout le marécage de tons d'or et de rouge assourdis par le brouillard dense.

— Cette zone marque le début des terres louées par les Tregre, lui cria Saria. Ils ont près de quatre mille hectares et tu peux voir que ceux-ci sont particulièrement sauvages. On trouve probablement ici la végétation la plus touffue du marécage. Cette partie n'a jamais été déboisée. La végétation est d'origine.

— Parle-moi des Tregre.

Elle lui lança un rapide coup d'œil, puis reporta son attention sur la navigation.

— C'est l'une des plus vieilles familles. Le grand-père, Buford Tregre, était un homme cruel et féroce. Il buvait beaucoup et battait méchamment ses trois fils et sa femme. Le bruit a couru qu'il maltraitait aussi ses belles-filles, mais ça a été étouffé assez vite. Il est mort il y a deux ans environ, mais pas avant d'avoir fait beaucoup de mal à sa famille. Il y a une fille d'à peu près mon âge, mais elle n'quitte jamais la propriété. Deux de ses fils habitent encore là, mais leurs femmes sont parties depuis longtemps. Le grand-père n'les a pas laissées emmener leurs enfants. Alors la fille et au moins deux garçons vivent ici, mais on n'les voit pas souvent, plus depuis la mort du vieil homme. Un des frères a été tué. Là encore, le bruit court qu'il est mort en fuyant avec sa femme et son fils, et que le vieil homme l'a assassiné.

Drake avait parfaitement conscience de la dépravation dans laquelle pouvait sombrer un métamorphe s'il ne contrôlait pas fermement son animal. La colère et le désir sexuel pouvaient facilement dominer sa vie. Il semblait que le chef du clan avait laissé la famille Tregre vivre en dehors des clous. Si le grand-père avait été dépravé, ses rejetons pouvaient assurément devenir des tueurs. La mère de Joshua Tregre avait ramené le garçon dans la forêt tropicale et n'avait jamais avoué aux siens la raison de son retour. Il soupçonnait que c'était le père de Joshua qui avait perdu la vie en aidant sa famille à échapper au vieil homme.

Drake observa les plantes rampantes sauvages entrelacées et les épais fourrés entre les arbres. Deux hommes – des frères –, battus par leur père qui avait fait fuir leurs femmes, vivaient là avec deux fils et une fille. Ils étaient virtuellement isolés dans cette jungle de plantes et d'arbres enchevêtrés. À moins qu'une plainte soit déposée, personne ne s'aventurerait dans ce marécage pour aller voir cette famille.

Le clan était bien plus grand qu'il l'avait d'abord imaginé. Les Cajuns ne juraient que par la famille, et les métamorphes qui s'étaient installés dans cette région des siècles plus tôt avaient embrassé cette philosophie et ce mode de vie. Il allait assurément avoir besoin de son équipe et il n'allait pas tarder à devoir les faire venir. Dès que la nouvelle lui parviendrait qu'il avait revendiqué Saria, le clan de Louisiane prendrait les armes. Si ses membres étaient aussi indisciplinés et incontrôlables qu'ils le semblaient, il y aurait plus de grabuge qu'il l'avait d'abord envisagé.

— Rapproche-moi.

Elle balaya les alentours d'un regard lent et circonspect.

— On n'peut pas poser le pied sur leurs terres. Ils pourraient décider de nous tirer dessus, l'avertit-elle.

Mais elle manœuvra pour amener le bateau aussi près qu'elle le put sans s'accrocher dans l'enchevêtrement de racines noueuses.

Drake utilisa de puissantes jumelles pour examiner les terres. Plusieurs panneaux menaçants dissuadaient d'y pénétrer. Chacun annonçait clairement que tout intrus serait abattu. Voilà qui réglait la question des visiteurs humains. Il scruta les arbres. De longues griffures étaient visibles sur la plupart. Il inspira et sentit l'odeur âcre des marques laissées par le léopard mâle, éloignant les autres de son territoire. Des tas de feuilles avaient été formés tous les quelques pas. Ce léopard n'avait pas chômé, déterminé à s'assurer qu'aucun autre mâle ne s'introduirait sur ses terres.

— Qui loue les terres qui bordent celles de la famille Tregre ?

— Celles des Mercier, et un minuscule coin des terres qu'on loue s'avance contre les leurs. Remy a interdit à tous mes frères de s'en approcher… et surtout à moi.

— Tu l'as écouté ?

— Tout le monde écoute Remy. Il te ressemble beaucoup : la voix douce, mais on voit le fer dessous.

Elle haussa les épaules, manœuvrant pour contourner un coude avant de se rapprocher de nouveau des cyprès avec leurs racines noueuses qui dépassaient au-dessus de la surface de l'eau.

— Tu es allée dans ce coin.

Drake l'énonça comme un fait. Les yeux mi-clos, il observa son visage de profil. Ouais, elle s'était assurément rendue dans ce coin où les deux propriétés se rejoignaient. Elle allait l'entraîner dans une terrible dance.

Saria s'esclaffa.

— Bien sûr que j'y suis allée, mais j'ai bien écouté mon frère.

L'espace d'un instant, ses yeux pétillèrent de malice.

— Et ? insista-t-il.

Elle le regarda de derrière ses longs cils.

— J'suis devenue amie avec Evangeline, la fille, et on se retrouve parfois pour passer un moment ensemble.

Il ferma un bref instant les yeux, s'efforçant de ne pas imaginer ce qui se serait passé si elle avait été surprise par le grand-père de son amie.

— Ici, sur ces terres ?

— J'te l'ai dit, elle n'les quitte pas… jamais.

— Pas même pour sa scolarité.

— Elle suit des cours par correspondance. J'lui apporte des livres parfois.

— Et tes frères ne sont pas au courant.

— Bien sûr que non. Remy serait vraiment furieux. Evangeline est différente et est très seule. Je n'vois pas le mal qu'il y a à garder notre amitié secrète.

— Si le vieil homme est mort depuis quelques années, pourquoi doit-elle continuer à cacher qu'elle te connaît ?

Saria haussa les épaules.

— Ça pourrait n'pas plaire à son père et à son oncle, c'est tout. On n'a pas voulu prendre le risque qu'ils nous interdisent d'être amies.

Il réprima un grognement. Le fort esprit d'indépendance de Saria devait avoir rendu son père fou. Elle n'en faisait qu'à sa tête et peu de choses semblaient la décourager – pas même le danger.

Elle lui indiqua une rive particulièrement boueuse.

— Tu vois, là, les traces de glissements dans la boue ? C'est une glissoire d'alligator. Ils ont des territoires, eux aussi. Ils peuvent devenir très gros et ils sont dangereux, Drake. Si tu veux traîner dans le marécage ou le bayou, tu dois en connaître les prédateurs.

Il tourna brusquement les yeux vers elle. Elle lui faisait comprendre qu'elle était capable de se débrouiller – ce qui était probablement vrai la plupart du temps.

— Parfois les prédateurs sont assis à côté de nous pendant des années, ma chérie, et on ne les voit pas.

Elle chercha son regard, le croisa et le soutint avant de détourner les yeux.

— Amos Jeanmard loue ces terres, dit-elle. Il adore les oiseaux et m'autorise à prendre des photos ici quand j'veux.

Drake comprenait qu'elle en ait envie. Jeanmard possédait un petit bout de paradis. Des oiseaux de toutes les couleurs voletaient à travers les arbres. D'autres tournoyaient au-dessus d'eux en une grande volée colorée. Il reconnut des faucons, des grues et à peu près toutes les autres espèces d'oiseaux.

— J'étais ici cette première nuit. J'avais installé un affût pour effectuer une série photographique sur les chouettes, dit Saria, indiquant l'autre côté de l'eau du menton. La pointe du marais de Fenton est là-bas.

Le brouillard mettait du temps à se dissiper malgré les feux du soleil orange qui tapait sur eux. Il distinguait à peine la courbe des terres auxquelles elle faisait allusion.

— J'voyais juste les lumières de deux bateaux. Quelqu'un a hurlé. C'était à vous glacer le sang.

Il soupira.

— Au moins, tu as eu la présence d'esprit d'avoir peur, même si ça ne t'a pas empêchée de chercher à en savoir plus.

Elle haussa les épaules, n'ayant que faire de son opinion. Il reporta son attention vers la propriété de Jeanmard. Il aperçut les tas de feuilles révélateurs et les longues griffures. Ces dernières étaient assez hautes et profondes, mais moins nombreuses, comme si le léopard qui vivait là avait moins à prouver. Il examina un moment les profonds sillons. Sur trois des arbres, un second léopard avait profondément griffé le tronc par-dessus les marques de Jeanmard. Un défi alors.

Drake n'était pas surpris. D'après le peu qu'il avait pu constater pendant les combats de la nuit et ce que lui avait dit Saria, il voyait que le clan avait désespérément besoin d'un nouveau chef. Jeanmard avait tout donné pour celui-ci et voulait se retirer. Il voulait s'asseoir sur la galerie de devant avec la femme qu'il aimait depuis des années et en finir avec ses obligations envers les métamorphes.

— Qu'y a-t-il ? s'enquit Saria.

Il devrait se rappeler qu'elle avait l'esprit vif et était observatrice. Il lui tendit les jumelles.

— Jette un coup d'œil aux griffures sur ces arbres.

— Ma maison en avait, ainsi que les arbres de notre propriété. *Mon père** ponçait les murs pour les faire disparaître. Qu'est-ce que c'est ?

Saria lui rendit les jumelles.

— Un léopard mâle marque son territoire. En tant qu'humains, on peut s'y introduire sans que ce soit considéré comme un défi, mais, si je me transformais en léopard et y pénétrais, il aurait le droit de m'attaquer. Tu as remarqué la deuxième série de griffures ?

Elle le regarda, les sourcils froncés, et lui reprit les jumelles pour examiner les profonds sillons sur les troncs.

— Elles sont un peu différentes, pas tout à fait aussi hautes.

— Exactement.

Il ne put s'empêcher d'éprouver une pointe d'admiration et de fierté. Peu de personnes auraient remarqué la deuxième série de griffures même si on les leur avait montrées. Les années que Saria avait passées dans le marécage avaient affiné son sens de l'observation.

— Qu'est-ce que ça signifie ?

— Chaque clan a un chef. Je crois que ça fait un moment que Jeanmard est le chef de ce clan et depuis le décès de sa femme il y a quelques années il a envie de se retirer. Je pense qu'il a un challenger.

Saria s'assit dans le bateau et scruta son visage.

— Tu penses qu'il y a un problème ici, pas vrai ?

— Oui. Je pense que le clan a besoin d'un chef fort et que personne ne s'est proposé pour prendre la relève. Celui qui brigue cette position maintenant est timide. Ses griffures ne sont pas aussi profondes qu'elles le devraient, pas plus qu'elles ne recouvrent entièrement celles de Jeanmard.

— Tu as grandi en ayant toujours su tout ça, pas vrai ?

Il acquiesça d'un signe de tête.

— J'en ai assez vu ici, allons-y. J'aimerais jeter un coup d'œil à deux ou trois autres propriétés. Je pourrais reconnaître les marques et te dire qui dispute le pouvoir à Jeanmard. Si on sait qui c'est, tu pourras me brosser son portrait.

Elle fronça les sourcils.

— En quoi ça va nous aider à attraper celui qui tue des gens ?

— On aura besoin de la coopération du clan. Et on ne pourra l'obtenir qu'en passant par son chef.

— Et si… ?

Se détournant, elle s'interrompit et se mordit méchamment la lèvre inférieure.

— Pourquoi persistes-tu à croire que le tueur pourrait être un de tes frères ? lui demanda Drake. Qu'est-ce que tu ne me dis pas, Saria ?

Le bateau voguait le long de la rive, lui offrant une superbe vue des plantes et des oiseaux. Le soleil dissipait peu à peu le brouillard, de sorte que le voile gris se levait, révélant la vraie beauté de cette région sauvage. Pour un homme qui avait besoin de grands espaces naturels presque au même titre qu'il avait besoin d'air pour respirer, le marécage était de toute magnificence.

— J'ai reconnu les bouteilles près des deux derniers corps, avoua Saria à contrecœur alors qu'elle mettait les gaz pour les emmener à leur prochaine destination. On fait notre propre alcool et on utilise des bouteilles très caractéristiques. C'étaient les nôtres.

— Mais vous avez un bar que fréquentent tous vos voisins, non ? Les sept familles qui louent des terres à Jake Bannaconni y viennent-elles toutes ?

— Oui, même la famille Tregre. Je n'peux pas me rapprocher davantage des terres des Lanoux. Leur propriété est en forme de V. Elle jouxte la nôtre.

Le léopard de Drake rugit de protestation. Il sentit une chaleur exploser en lui. Sa mâchoire l'élança et il dut se détourner de Saria. Cette information le perturbait. Ça n'aurait pas dû, mais songer que Robert et Dion Lanoux avaient grandi à côté de Saria mit son léopard en rage. Il sentit des griffes le labourer et un besoin terrible d'éliminer ses ennemis. Il respira profondément pour lutter contre son envie de se mettre en chasse et s'obligea à examiner les arbres.

Saria ralentit le bateau jusqu'à ce qu'il avance presque au pas pour lui permettre de distinguer les griffures sur les troncs. Il dirigea les puissantes jumelles sur l'un des cyprès les plus hauts au bord du marais. Il vit aussitôt que deux traces de griffures distinctes en recouvraient une autre plus ancienne – probablement celle des jumeaux – et que l'une était celle du challenger de Jeanmard.

Il sentit ses cheveux se dresser sur sa tête. Le vent soufflait dans la direction opposée aux terres, emportant toute odeur avec lui, mais il savait qu'on les observait. Plus d'une fois on avait braqué sur lui une carabine de chasse. C'était l'impression qu'il avait à présent, ce picotement au milieu du dos. Il garda les jumelles rivées sur les arbres.

— Emmène-nous loin d'ici, Saria, ordonna-t-il.

Elle frémit, comme si un frisson était descendu le long de sa colonne vertébrale. Elle accéléra et le bateau contourna un coude et vogua au centre du chenal.

— On nous épiait.

— Je n'ai vu personne, mais je l'ai bien senti, dit Drake.

— Je n'veux plus faire ça, Drake. J'crois que j't'ai mis dans une situation impossible.

— C'est presque l'heure du déjeuner, Saria. Trouvons un endroit où manger et nous détendre.

Il ne voulait pas qu'elle choisisse ce moment pour lui faire faux bond. Qu'elle ait plus peur pour lui que pour elle lui sembla intéressant.

— J'ai appelé Charisse hier soir pour lui demander si on pouvait pique-niquer sur sa propriété. Elle a plus de terre ferme que n'importe qui et j'connais deux ou trois endroits sympa à la fois isolés et magnifiques, convint-elle. Ils ont aménagé une zone spécialement pour les pique-niques, dans l'idée qu'ils pourraient accueillir des touristes un jour pour visiter les jardins, même s'ils ne le font pas encore.

Le paysage changea, les arbres, les arbrisseaux et les herbes laissant place à des champs entiers de fleurs colorées et de plantes exotiques. Drake se leva pour profiter d'une meilleure vue. Des hectares de fleurs se disputaient l'espace. Le vent doux les agitait, créant d'envoûtantes vagues de couleurs, des violets et des bleus laissant place à des jaunes, orange et rouges éblouissants.

— Les jardins Mercier, dit Saria, apportant une réponse concise à sa question implicite. Leurs fleurs durent plus longtemps que la plupart de leurs homologues sauvages. J'crois qu'ils font des feux comme dans les vignobles. (Elle pouffa en disant ça, plaisantant à moitié.) Ils ont toutes les sortes de fleurs imaginables, tant originaires de Louisiane qu'exotiques.

— Je n'en ai jamais vu autant. Leur affaire, ça doit être du lourd.

Saria hocha la tête avec une pointe de fierté.

— Charisse est vraiment un génie et a un incroyable sens olfactif. Quand un client entre dans sa boutique, elle peut lui créer un parfum si prodigieux que nul ne peut rivaliser avec elle. Elle s'est vraiment fait un nom et j'suis heureuse pour elle. En toute franchise, elle n'est pas très douée pour tout ce qui est relationnel, mais son frère, Armand, la complète à ce niveau. Tout le monde l'adore. En général, il gère la boutique, prend les commandes et les envoie tandis qu'elle conçoit les parfums et dirige le laboratoire. Bien sûr, ils ont des jardiniers pour les plantes. Ils forment une super équipe, même si Charisse s'occupe de la serre et des hybrides qu'elle fait pousser pour leurs senteurs.

— Avec un commerce aussi important, ils doivent bien gagner leur vie.

— Ils livrent aux quatre coins du monde, lui confirma Saria. Et Charisse est généreuse avec la communauté. Elle a donné de l'argent à l'école, aidant à la maintenir à flot pour que les enfants n'aient pas à faire de longs trajets alors que l'État ferme les plus petits établissements.

Elle dirigea le bateau jusqu'à un petit appontement, l'attachant à la structure en bois. Drake n'était pas sûr que celui-ci supporte son poids, mais Saria sauta dessus,

portant un grand panier à pique-nique richement orné et une épaisse couverture.

Il la suivit, conscient du bois qui ployait de façon inquiétante sous lui alors qu'il s'empressait de la rattraper. Le sol était spongieux, la terre d'une riche couleur foncée.

— Ils doivent avoir des hectares de fleurs.

— Ils cultivent toutes sortes de plantes. Beaucoup sont originaires de Louisiane, comme l'orchidée rose à barbe, la rudbeckie, le chèvrefeuille et la sauge bleue. D'autres, comme la lavande et le pavot, n'sont pas indigènes et leur culture est soigneusement encadrée, et bien sûr il y a toutes sortes de plantes et d'herbes, trop pour toutes les nommer. Charisse a demandé aux jardiniers de me faire visiter une fois. Les écoliers viennent une fois par an pour voir les jardins et découvrir comment le parfum est extrait des plantes et fabriqué. C'est très intéressant.

Drake était plus intéressé par les arbres qui s'élevaient des marais en contrebas et les traces de griffures sur leurs troncs. Saria savait où elle allait et suivit un étroit sentier jusqu'à un endroit plat au-dessus du niveau de l'eau où elle étendit la couverture avant de lui faire signe de s'asseoir.

— Tu n'avais pas à me fournir le déjeuner, Saria.

Saria s'esclaffa alors qu'elle ouvrait le panier.

— Non, j'n'ai pas préparé le déjeuner, même si Mlle Pauline est une romantique incorrigible et aurait voulu que j'te fasse croire le contraire. Elle est certaine que l'accès au cœur d'un homme passe par le ventre. Elle a préparé tout ça et aurait voulu que j'm'en attribue le mérite.

— Elle aurait dû se douter, dit Drake, que tu ne t'en serais jamais attribué le mérite si tu ne l'avais pas fait.

— Pas même pour t'impressionner ? le taquina-t-elle.

— Tu sais que tu n'as pas besoin de m'impressionner. Je l'ai été dès la première fois où tu t'es mise à parler.

Elle arqua les sourcils.

— « Parler » ? Pas par mon physique ?

— Ce ne sont pas les belles femmes qui manquent, Saria, et tu en es certainement une, mais ton courage et ta sincérité sont inestimables. Ainsi que ta loyauté.

— J'n'ai pas l'impression d'être très loyale à t'emmener dans le marais, rétorqua-t-elle tout bas en lui tendant une bouteille d'eau froide.

— Qu'étais-tu censée faire, Saria, le laisser continuer à tuer ? Tôt ou tard il aurait tué quelqu'un que tu connais. Quelqu'un que tu aimes.

— Et si c'était l'un de mes frères ?

Sa main tremblait alors qu'elle lui passait un sandwich.

— Je pense qu'on peut affirmer sans risque que, si ça avait été l'un de d'eux, tes autres frères l'auraient su et l'auraient arrêté. On a tendance à jouer les justiciers entre nous.

— Si le léopard mâle qui m'a marquée n'l'a pas fait correctement, c'est peut-être parce que c'était un avertissement, et pas son léopard qui tentait de se faire accepter par le mien, souligna-t-elle.

Il prit le sandwich en la remerciant d'un signe de tête et glissa le bras autour d'elle.

— Saria, ton léopard n'a pas accepté le sien. Ta femelle n'est pas montée à la surface à la recherche d'un compagnon potentiel. Elle n'a pas voulu de lui. Et ce léopard mâle n'a probablement rien à voir avec la lettre. Tu as pensé que c'était un avertissement, mais alors il se serait contenté de te griffer le dos. Il a dû faire ça parce que son léopard était furieux, mais il t'a mordu l'épaule dans l'espoir que ta femelle prenne le contrôle sur toi.

— Il y a plein de trucs qui m'échappent dans cette histoire de léopards, dit-elle, cherchant du réconfort en se laissant un peu aller contre lui.

— Laisse-toi le temps. On ne fait que commencer. Ton léopard se retire et reste caché pendant de longues périodes. Tu es proche de l'émergence, mais tu n'y es pas encore, et, crois-moi, si un léopard mâle devait lui mettre la pression, ta femelle se défendrait comme une lionne.

— Qu'allons-nous faire après ?

— Je veux voir le marais où tu as trouvé les corps, puis je crois que je vais devoir rendre une petite visite à tes frères.

Elle devint raide comme un piquet.

— Je n'pense pas que ce soit une bonne idée.

— Je ne vais pas agir dans leurs dos, Saria. Je dois leur parler de nous.

— J'suis adulte. Ce que j'fais n'les regarde pas.

Elle releva le menton.

Drake se pencha vers elle, lui effleurant le menton d'un baiser léger.

— Ce n'est pas ce qu'ils penseront. Je ne respecterais jamais un homme qui essaierait de voler ma sœur plutôt que de la courtiser en bonne et due forme au vu et au su de la famille. (Il l'attira plus près, sous la protection de son épaule.) De quoi as-tu peur, Saria ? S'ils avaient des objections, reculerais-tu ?

— Non. Non, bien sûr que non. Qu'est-ce qui te fait penser ça ? Je n'pense juste pas que ce soit une bonne idée de parler à mes frères. Ils ont un comportement bizarre ces derniers temps. Vraiment bizarre.

Une raison de plus qui la poussait à craindre que le tueur soit l'un d'eux. Drake savait qu'elle ne l'exprimerait pas de nouveau à voix haute, mais elle était assurément inquiète.

— Bizarre comment ?

— Ils n'm'ont jamais accordé la moindre attention enfant. Enfin, Remy essayait parfois de me dire quoi faire, mais il était toujours pressé et il partait après m'avoir donné un ordre ridicule. Ils vivaient leur vie, et soudain ils sont tous de retour et j'les sens qui m'espionnent. Ils veulent que j'reste à la maison la nuit. Remy m'a demandé de n'pas sortir dans le marécage la nuit et il a vérifié plus d'une fois que j'l'avais bien écouté.

Il dut dissimuler son sourire en entendant sa voix écœurée.

— Imagine un peu. Ton grand frère qui se soucie de toi, murmura-t-il.

Elle le fusilla du regard un moment avant de se mettre à glousser.

— J'suppose que ça peut paraître idiot. J'n'ai pas eu l'impression qu'aucun d'eux n'se soit rendu compte que j'avais grandi, et soudain ils s'en sont aperçus et veulent que j'me remette à porter des couches-culottes. J'me passerais *volontiers* de leur attention. (Elle mordit dans son sandwich et se mit à mâcher, perdue dans ses pensées.) C'est étrange quand on y pense. J'ai passé une bonne partie de mon enfance à essayer d'obtenir leur attention et, maintenant que j'l'ai, j'le vis super mal.

Il frotta son épaule de la sienne, un petit geste d'affection félin.

— Je ne pense pas que tu aies jamais recherché une figure d'autorité. Tu voulais juste être l'une des leurs.

Elle se frotta le menton contre le genou.

— J'ai été contente que tu me dises pour mon léopard parce que, toutes ces années, j'ai eu l'impression de n'pas être à ma place auprès de mes frères. Ça me fait peur, mais au moins j'ai bien une famille.

Il caressa ses cheveux soyeux, attardant les doigts sur sa nuque.

— Bien sûr que tu as ta place auprès d'eux, que tu aies ou non un léopard. Tu n'en aurais pas moins tous ses instincts. J'ai été blessé il y a quelque temps et je ne pouvais pas me transformer, ce que je faisais depuis que j'étais gamin. Pour la première fois, j'ai touché du doigt ce que ça faisait pour quelqu'un de notre sang de ressentir toutes les pulsions d'un léopard sans être capable de leur donner libre cours.

Elle but une gorgée de son eau. Fasciné, il observa le mouvement de sa gorge. Le soleil baignait sa peau douce d'une lumière dorée. Il devenait rapidement accro au drapé de ses longs cils et à son visage expressif. Il savait qu'elle l'intriguait, qu'il n'était pas juste poussé vers elle par l'alchimie de leurs léopards. Son absence de duplicité lui plaisait. Le fait qu'il apercevait parfois la femme sensuelle et sexy cachée derrière son visage innocent ne faisait qu'ajouter à son attrait.

— Qu'entends-tu par là ?

Elle s'essuya la bouche du dos de la main et tourna la tête pour le regarder droit dans les yeux.

Son cœur se serra à la vue de ses immenses yeux sombres pareils à deux puits profonds dans lesquels il risquait de sombrer. Drake aurait ri si on lui avait dit ne serait-ce que quelques jours plus tôt la vitesse et la force avec lesquelles il tomberait amoureux d'une femme, mais à présent… Il était si profondément tombé sous son charme qu'il savait qu'il ne pouvait plus en réchapper. Il voulait se perdre en elle à jamais.

— Les léopards ont mauvais caractère ; ils sont cruels, rusés et passionnés. Qu'on enferme toutes ces émotions intenses dans un corps sans exutoire et on pourrait obtenir une personne très perturbée.

Il referma les doigts sur sa nuque avec une certaine possessivité.

Elle ne s'écarta pas, mais se pelotonna un peu plus contre lui, sa cuisse glissant contre la sienne lorsqu'elle tendit la main vers la célèbre tarte au citron briochée de Pauline. Elle était dans une boîte isotherme pour la garder aussi froide que possible.

— Il m'arrive parfois d'avoir mauvais caractère, reconnut Saria en extirpant précautionneusement une tartelette de la boîte. Surtout quand on essaie de me dire quoi faire.

Il éclata de rire. Il n'avait jamais vu personne savourer la nourriture comme elle semblait le faire – elle semblait jouir de la vie plus que tous ceux qu'il avait jamais fréquentés. Elle vivait juste chaque instant dans l'instant.

— C'est vrai, dit-elle en lui tendant la tartelette au citron. Tu dois goûter ça. Personne n'fait une tarte au citron briochée comme Pauline. Elle est incroyable. Quand j'étais petite, j'allais chez elle presque chaque jour et elle m'apprenait à cuisiner. Elle n'se mettait jamais en colère contre moi, ni n's'impatientait, et rendait ses leçons amusantes. Si j'adore cuisiner, c'est grâce à elle.

Drake ne manqua pas de remarquer l'affection qui transparaissait dans sa voix. Pauline Lafont occupait une place à part dans la vie de Saria, qu'elle le sache ou non. Il ne prit pas la tartelette qu'elle tenait, mais se pencha pour en croquer un morceau. Il plongea le regard dans le sien. Ses yeux s'assombrirent et les mouchetures dorées de ses iris flamboyèrent. Elle entrouvrit les lèvres en une invitation, même si elle semblait ne pas en avoir conscience. Le citron acidulé lui explosa dans la bouche et il ne put s'empêcher d'avoir l'air abasourdi.

— C'est un pur délice.

Elle se servit d'un doigt pour essuyer le citron sur sa lèvre supérieure. Il ouvrit la bouche et attira son doigt à l'intérieur. Ses yeux s'agrandirent encore, assombris par le désir – son désir pour lui. C'était Saria, pas sa femelle léopard, et c'était Saria qu'il voulait. Il prit son temps, savourant la saveur citronnée sur sa peau douce.

— Je vais t'épouser pour ta cuisine.

Elle n'avait jamais paru plus choquée. Elle s'écarta, les sourcils légèrement froncés.

— Waouh ! doucement, mon homme. On n'parle pas de mariage à la légère, même pour plaisanter.

Il lui prit la tartelette au citron.

— Qui a dit que je plaisantais ? Si tu es capable de préparer ce dessert, tu peux me croire, mon chou, je mourrais en homme heureux.

Elle cilla. Il résista à l'envie de l'embrasser pour chasser cette expression de profonde perplexité de son visage.

— Tu devrais peut-être juste épouser Pauline.

Il s'esclaffa.

— T'épouser me procurerait certains avantages.

Saria prit sa tartelette dans la boîte et y planta les dents d'un air pensif. Tout en savourant leur dessert, ils regardèrent tous deux les aigrettes marcher dans le marais sur leurs longues pattes pareilles à des baguettes. L'eau clapotait doucement en un rythme apaisant et un petit vent bruissait dans les feuilles des arbres. Drake se sentait en paix. Il attendit que Saria termine sa tartelette et boive encore un peu avant de l'attirer à lui ; elle se pelotonna contre lui, la tête sur ses genoux.

La brise formait une vague à travers les champs de fleurs, une débauche de couleurs qui chatoyaient au soleil du début d'après-midi. Ils restèrent assis en silence durant un long moment, avec le soleil qui dardait ses rayons sur eux et le vent qui caressait leurs visages.

Saria ouvrit soudain les yeux et le surprit en train de l'observer. Elle leva la main pour suivre du bout des doigts la ligne de sa puissante mâchoire.

— J'ai réfléchi à ces avantages, dit-elle. Tu pourrais croire qu'ils valent le coup, mais j'te rendrais fou. Ou tu m'rendrais folle. Le mariage m'a tout l'air de donner aux hommes l'autorisation de mener les femmes à la baguette.

Il s'empara de ses doigts et les porta à sa bouche pour en mordiller les extrémités.

— Tu as une vision très déformée des relations, Saria. Je ne conteste pas que certains hommes mènent leur femme à la baguette, mais d'autres recherchent une partenaire. Si tu me plais telle que tu es, avec ton indépendance et tes opinions, pourquoi voudrais-je te changer ?

— C'est ce que j'me suis toujours demandé... Pourquoi les hommes voudraient changer les femmes.

— Ce n'est pas mon cas, affirma-t-il avec force, lui mordillant les doigts.

— Alors j'me suis trompée ce matin quand j'ai cru que tu étais contrarié parce que j'étais allée dans le marécage toute seule ? Tu n't'es pas dit que j'aurais dû demander la permission à mes frères ?

Sa voix contenait une note de défi.

— Je n'ai jamais pensé que tu avais besoin de la permission de qui que ce soit, ma chérie, mais il y a un tueur qui rôde dans les parages et tu le sais. Le fait que la lettre a disparu du bureau de poste et a fini clouée à ton bateau est une preuve indéniable que le tueur sait que tu as découvert les corps. Et pour couronner le tout un léopard mâle t'a attaquée. Ce n'est qu'une question de bon sens d'en déduire que tu es en danger et ne devrais pas te balader seule dans le marécage… surtout si personne ne sait où tu es.

Elle garda le silence quelques instants. Il enroula les doigts autour de ses mèches soyeuses. Elles étaient épaisses, comme pour la plupart des léopards, et elle avait les cheveux assez courts et une coupe plutôt déstructurée. Il trouvait que ça lui allait bien.

— J'l'ai bien pris en considération, reconnut-elle. En temps normal, j'aurais peut-être cessé d'aller dans le marécage même si, pour être honnête, je n'sais pas combien de temps j'aurais pu tenir.

Il comprenait. Son léopard avait véritablement besoin du marécage.

— Mais on m'offre le genre d'opportunité qu'on n'rencontre qu'une fois dans sa vie avec mes photographies. Si j'la laisse passer, j'devrais recommencer à chasser les alligators, et, tu peux me croire, c'est un travail éreintant. J'ai besoin de gagner ma vie. Je n'veux pas que mes frères pensent qu'ils doivent m'aider financièrement. J'ai reçu une avance pour ce travail, plus que je n'me suis jamais fait en un an, et, si j'en viens à bout, j'toucherai encore le triple. J'n'ai pas vraiment le choix.

Il ne discuterait pas avec elle. Bien sûr qu'elle avait le choix, mais elle se construisait une carrière. La photographie n'était pas juste un gagne-pain, sa nature la poussait à s'y adonner. Elle avait accepté de l'argent et s'était engagée. Elle n'était pas du genre à revenir sur un engagement – l'un des traits qu'il trouvait les plus séduisants chez elle. Non, il n'aurait pas tenté de lui interdire de se rendre dans le marécage, mais il l'aurait assurément protégée.

Le vent changea légèrement de direction, portant juste la trace d'une odeur. Avec mille précautions, il la prit par les épaules et l'aida à se redresser. Il se tourna, se plaçant fermement entre Saria et un danger certain. Il sentait les effluves mêlés de fureur de son léopard, qui montait à la surface.

Chapitre 8

L'homme qui se dirigeait à grandes enjambées vers Drake et Saria était vêtu d'un jean et d'un tee-shirt léger, parvenant à avoir l'air séduisant et décontracté comme seul quelqu'un ayant de l'argent en était capable. Des lunettes sombres dissimulaient ses yeux, mais Drake lisait la fureur dans son odeur, les mouvements de son corps et ses poings étroitement serrés contre ses cuisses. Il était armé – le pistolet était glissé dans un étui fixé à sa jambe, mais Drake distingua les effluves de l'huile qui avait récemment servi à le nettoyer.

Drake se leva dans un mouvement plein d'aisance et tendit la main à Saria dans son dos. Il la souleva aisément et conserva sa main dans la sienne, la maintenant légèrement derrière lui. Les vagues de colère qui émanaient de l'inconnu qui approchait étaient personnelles, plutôt que dirigées contre eux pour s'être introduits sur sa propriété.

— Armand Mercier, chuchota Saria.

Le visage d'Armand s'assombrit. Il l'avait visiblement entendue. Si Drake voyait clairement en lui, son léopard était proche, luttant pour prendre le contrôle.

— Qu'est-ce que tu fous, Saria ? demanda Armand, s'avançant jusqu'à eux, pénétrant dans l'espace personnel de Drake en s'attendant manifestement à ce qu'il recule.

Un geste exercé, une intimidation qui avait bien fonctionné pour lui par le passé.

Drake tint bon, restant pratiquement nez à nez avec l'homme.

— Saria me guide à travers le marécage. Je suis Drake Donovan, le représentant de M. Bannaconni.

Il avait glissé de l'autorité dans sa voix. Armand avait été avec les autres cette nuit-là, mais ne s'était pas battu contre lui. Il vit sa stupéfaction quand il comprit qu'il était lié à Jake Bannaconni, l'homme qui possédait les propriétés qu'ils louaient tous.

— Ça ne vous donne pas le droit…

— J'en déduis que vous n'êtes pas au fait du bail que votre père a signé ? l'interrompit Drake. Reculez, Mercier. Je n'aime pas qu'on me marche sur les pieds.

Lorsque l'autre homme hésita, Drake avança sur lui.

— Maintenant.

Il avait gardé la voix basse, douce même, mais le fer y était bien présent – ainsi qu'une mise en garde.

Armand le regarda droit dans les yeux, mais le félin de Drake bondissait déjà pour affronter la menace. Il ne cilla pas ; son regard celui d'un prédateur, les yeux presque entièrement dorés plutôt que de leur vert habituel. Armand céda du terrain à contrecœur.

— J'ignore ce qui a pu vous pousser à réagir avec une telle colère et une telle impolitesse même si vous pensiez qu'on s'était introduits sur vos terres par inadvertance mais, maintenant que vous savez que j'ai tous les droits d'être ici, nous pourrions peut-être recommencer sur de nouvelles bases.

— J'ignore quels droits vous pouvez bien avoir, répliqua Armand d'un ton brusque.

Derrière lui, Saria bougea, mais ne réagit pas. Drake appréciait le fait qu'elle gardait le silence, attendant, comme lui, de voir ce que voulait Armand. Un faux pas et à coup sûr l'homme deviendrait violent. Drake voulait faire descendre la tension. Il devait trouver un moyen d'amener le clan à accepter sans effusion de sang qu'il avait revendiqué Saria.

Armand posa son regard furieux sur la jeune femme.

— Oh que oui ! j'suis en colère. Je n'veux pas que cette petite pute se serve de mes terres comme de son bordel personnel. Tu couches avec tous tes clients, Saria, ou juste avec les riches ?

Drake le frappa du revers de la main. Fort. Le coup ébranla Armand et fit glisser ses lunettes sur le côté. Dire qu'il avait voulu faire baisser la tension ! De la fourrure ondula sous sa peau et sa mâchoire l'élança alors que sa bouche se remplissait de crocs. Il lutta contre la métamorphose, respirant profondément pour garder son léopard furieux à distance. Celui qui avait la tête la plus froide devait l'emporter, et, là tout de suite, l'homme voulait réduire Armand en une bouillie sanguinolente, mais le léopard voulait le tuer.

Armand arracha ses lunettes de son visage et déchira son tee-shirt, comme pour l'enlever.

Drake se rapprocha de lui.

— Fais ça, et je serai incapable de contrôler mon léopard. Il te déchiquettera. Tu as vu ce dont il est capable. Tu es en colère, mais pas parce que Saria est une pute. Tu as essayé d'imposer ton léopard au sien et elle n'a pas apprécié. Tu es le pire des hommes, Mercier, à t'imaginer avoir des droits sur les gens sans tenir compte de leurs sentiments. Saria est trop bien pour des ordures dans ton genre.

La fureur d'Armand éclata en un grondement menaçant, nourri par le désir féroce de son félin.

— *Armand !*

La voix féminine claqua comme un fouet.

Armand se figea. Il dut fournir un effort énorme, mais il baissa la tête, respirant profondément pour se calmer avant de se détourner de Drake et Saria pour faire face à la nouvelle venue. Charisse Mercier était d'une beauté à couper le souffle. Elle le savait et marchait comme si tous les regards étaient tournés vers elle, ondulant doucement des hanches, ses longs cheveux foncés flottant dans son dos. Elle portait une longue jupe crayon, un chemisier de soie et une veste ajustée qui mettait en valeur sa silhouette et soulignait sa taille fine. Ses bottes à la mode ne semblaient guère à leur place aux abords du marécage.

— Saria, *ma chère**, quel plaisir de te voir, la salua-t-elle, une affection sincère imprégnant sa voix. Armand, j'ai autorisé Saria à pique-niquer ici.

Elle sourit à Drake et lui tendit la main.

— J'suis Charisse Mercier et voici mon frère, Armand.

Drake lui serra la main. Elle tremblait, mais tentait de le cacher. Il ne flaira aucun mensonge, elle était sincèrement heureuse de voir Saria, mais elle tremblait de peur pour son frère. Les nouvelles voyageaient vite dans les clans, et l'intrus avait terrassé deux de leurs meilleurs combattants. Elle ne voulait pas qu'il attaque son frère.

— Drake Donovan.

Il se présenta et se déplaça discrètement. Saria, louée soit-elle, comprit le message et s'avança à côté de lui, embrassant Charisse sur les deux joues.

— Merci de nous avoir autorisés à utiliser tes terres, Charisse. C'est vraiment magnifique ici.

— *Bien, merci**. J'trouve aussi, répondit Charisse avec décontraction.

Elle posa la main sur le bras de son frère et leva les yeux vers lui.

— J'suis désolée, Armand, j'aurais dû te prévenir que Saria serait là aujourd'hui.

Il s'écarta brusquement, et à voir Charisse on aurait dit qu'il l'avait frappée. Elle se détourna d'eux, mais Drake aperçut l'éclat des larmes dans ses yeux. Armand adressa un regard menaçant à Drake, regarda Saria et cracha par terre avant de se retourner. À dessein, il marcha sur ses lunettes de soleil, les écrasant avant de s'éloigner.

Le souffle coupé, Charisse tomba à genoux, rassemblant les morceaux des lunettes cassées dans ses mains. Les sourcils froncés, Drake regarda Saria. Elle haussa les épaules, lui expliquant du regard que Charisse était différente et que personne ne pouvait prévoir son comportement étrange. Elle rejoignit la jeune femme et enroula un bras autour d'elle pour la réconforter.

Drake rangea les vestiges de leur pique-nique dans le panier et plia la couverture, s'efforçant de comprendre ce qui venait juste de se passer. Charisse semblait être sous le contrôle de son frère, pourtant elle avait empêché son léopard d'attaquer. Comment ? Si elle n'était pas la dominante de leur fratrie, comment avait-elle réussi à empêcher un léopard mâle en furie de commettre une tentative de meurtre ? Armand avait joué les jaloux, pourtant, si son léopard avait été également épris de celui de Saria, personne, pas même sa sœur, n'aurait pu l'arrêter. Il avait davantage ressemblé à un enfant maussade qu'à un amoureux jaloux.

Encore une fois, les larmes de Charisse semblaient sincères, presque enfantines, alors qu'à peine quelques instants plus tôt elle avait été une femme pleine d'assurance et maîtresse d'elle-même. La situation avait quelque chose qui le mettait mal à l'aise. Son félin avait tous les sens aux aguets, analysant la situation, tout aussi tendu que lui. Il balaya soigneusement les environs du regard tandis qu'il rangeait les affaires du pique-nique dans le bateau. Les deux jeunes femmes se parlaient tout bas, Saria tenant Charisse comme s'il s'était agi d'une enfant, lui tapotant le dos et lui caressant les cheveux.

Drake inspira, changea de position et autorisa son félin à monter près de la surface pour traiter les informations. Armand n'était pas allé loin. Il était dans les arbres, les observait, et à présent il n'était plus seul. Robert Lanoux était avec lui. Ils étaient traqués. Charisse constituait-elle une distraction ? Le savait-elle ? Un troisième homme prenait place de l'autre côté des arbres.

— Saria, on doit y aller.

Il avait gardé la voix basse, mais l'ordre porta.

Elle tourna la tête et le vit ramasser son fusil et en vérifier les chambres. Elle n'hésita pas, le rejoignant en courant.

— Il est chargé. (Elle fit démarrer le moteur.) Armand ?

— Et Robert Lanoux. Un troisième homme. Je crois que c'est mon premier adversaire.

Charisse, qui paraissait déconcertée, courut jusqu'à l'appontement et agita la main, soufflant des baisers vers Saria. Elle semblait n'avoir nullement conscience qu'il y avait un problème.

— Ton « premier adversaire » ?

Il garda le regard rivé sur l'île et la crosse du fusil étroitement collée à son épaule, le doigt sur la détente. Il avait Armand en point de mire et le salopard serait mort au premier faux pas.

— Ils sont venus me trouver cette nuit. J'ai reconnu son odeur. (Il ne détourna jamais les yeux de sa cible, faisant savoir à Armand qu'il mourrait s'il bougeait.) Emmène-nous loin d'ici, Saria

— Charisse nous a-t-elle tendu un piège ?

Ouais, c'était sa femme, l'esprit vif, mais sa voix était blessée, ce qui lui serra le cœur.

— Je l'ignore, mon chou, peut-être. À moins qu'ils se soient servis d'elle.

Elle les ramena rapidement dans le chenal, contournant le coude à toute vitesse pour les éloigner des splendides mais traîtresses terres des Mercier. Drake glissa de nouveau le fusil dans son étui fait sur commande et s'affala. Il devait faire venir son équipe. La situation partait à vau-l'eau à vitesse grand V et il n'avait pas encore mis le pied dans le marais de Fenton.

— Conduis-moi au marais maintenant, dit-il. J'ai besoin d'y jeter un coup d'œil avant qu'ils passent de nouveau à l'attaque.

— J'crois qu'on devrait aller trouver mes frères, dit Saria. Qu'on soit ensemble pourrait bien n'pas être à leur goût, mais ils n'permettront pas qu'on te fasse du mal.

Normalement, la loyauté de ses frères devrait d'abord être envers elle, mais après certaines choses qu'il avait entendues il doutait que ce soit le cas, et quant à savoir s'il prendrait le risque d'être avec Saria quand le clan passerait à l'attaque contre lui ? Il devait choisir son propre champ de bataille. Les locaux auraient l'avantage dans le marécage. Ils y avaient grandi et le connaissaient dans les moindres recoins.

— C'est ma faute ? demanda Saria. Parce que j't'ai choisi et pas eux ?

Elle tourna la tête pour le regarder dans les yeux.

— Dis-moi la vérité.

— J'ignore de quoi il retourne, Saria. Et, en matière de métamorphes, le fond du problème est toujours de savoir si ton léopard acceptera le compagnon que tu as choisi. Les femelles léopards peuvent être extrêmement difficiles.

— Elle m'a tout l'air d'être une vraie dévergondée, marmonna Saria. Elle se serait jetée sur toi si elle l'avait pu.

— Ne m'en parle pas. (Il lui décocha un petit sourire contrit, espérant apaiser la tension.) Je devais avoir perdu la tête à essayer de jouer les galants.

— C'est quelque chose qui me plaît chez toi. Bien sûr, sur le moment, ce trait n'a pas vraiment été à mon goût.

Son sourire laissa entrevoir ses petites dents blanches, mais n'atteignit pas ses yeux. Elle jeta un coup d'œil à la terre autour d'eux avant de reposer le regard sur lui.

— Pour nous suivre, ils devront prendre un bateau jusqu'au marais ou alors ils en auront pour des heures. On les entendra venir s'ils sont en bateau.

Drake fut heureux qu'elle n'évoque pas de nouveau ses frères. Il ne voulait pas la blesser avec ses inquiétudes, mais il avait assez de problèmes comme ça sans y ajouter sa famille. Il se contenta d'opiner. Il était armé de pistolets et de couteaux. Son léopard était près de la surface et sa femme avait un fusil et au moins un couteau. Il n'était pas entièrement sûr qu'elle tirerait sur l'un de ses amis s'ils devaient en arriver là, mais, si on les attaquait, elle ne paniquerait pas.

— Tu crois vraiment que c'est Armand qui m'a lacéré le dos et mordue ?

— Oui.

Saria secoua la tête.

— Moi pas. J'le connais. J'aurais reconnu son odeur.

C'était vrai. Mais son propre léopard avait réagi avec une haine farouche et constante, comme s'il avait reconnu son odeur. Au même titre que Saria était certaine qu'Armand n'était pas son agresseur, Drake était certain qu'il l'était. Mais pourquoi ? Sa revendication n'avait pas été couronnée de succès. Armand n'était pas un jeune adolescent, il avait assurément vécu et il se tenait avec une grande assurance. Il devait savoir comment revendiquer une femelle léopard. Qu'est-ce qui clochait dans ce clan, bordel !?

Drake se frotta la mâchoire, regrettant de ne pas avoir demandé à Jake d'envoyer son équipe. Il ne doutait pas de pouvoir protéger Saria, même s'ils lui tombaient dessus en groupe, mais il devrait en tuer certains, et il n'était pas sûr qu'elle le lui pardonne. Bordel, ils étaient coincés de quelque côté qu'il se tourne !

— Drake.

La voix de Saria était douce mais impérieuse.

Il leva le regard vers elle, croisant ses immenses yeux sombres. Elle paraissait si jeune, si innocente, largement trop bien pour lui, à tel point qu'il eut envie de grogner. Elle était debout, effleurant la barre d'une main, le vent ébouriffant son épaisse chevelure de la couleur de l'or blanc, croisant son regard sans sourciller. Il fut frappé par la joie qui l'envahit, une émotion qu'il n'avait jamais connue que sous sa forme de léopard, alors qu'il courait librement dans la forêt tropicale. À présent, tandis qu'il la regardait, il sut que son monde tournait autour d'une femme.

— Mis à part le facteur léopard et le fait que j't'ai choisi, j'veux que tu saches que, si tu devais courir le moindre danger, j'te défendrais. J'ai accepté ton argent, ce qui te place, comme n'importe quel autre client, sous ma protection. Ce n'sont pas des paroles en l'air, et tous ceux qui me connaissent savent que j'serais prête à donner ma vie pour protéger mes clients de tous les dangers du marécage – ce qui inclut les humains et les métamorphes. C'est juste une raison parmi d'autres. J't'ai bel et bien choisi. Que mon léopard t'ait accepté ou non, ou qu'il s'agisse de quelque chose de permanent ou pas, j'ai voulu que tu sois l'homme qui m'accompagne pendant l'émergence de mon léopard. C'est un choix qui m'appartient et à personne d'autre, homme ou femme, membre de mon clan ou non. J'te soutiendrai. J'te donne ma parole.

Bon Dieu ! il ne pouvait pas la regarder, pas alors qu'il avait une boule dans la gorge et le cœur qui enflait. Sacrée femme ! Elle s'était insinuée si loin, si profondément en lui qu'il était resté bloqué à son « qu'il s'agisse de quelque chose de permanent ou pas ». Il avait envie de l'allonger là, dans le bateau, et de s'assurer qu'elle ne songerait jamais à se tourner vers un autre homme pour assouvir ses désirs.

Il éprouvait aussi le besoin de la réconforter. Elle se tenait là, fendant l'eau à toute vitesse, ses jambes amortissant les violents coups de remous contre la coque, se mouvant avec aisance, familiarité, l'expression déterminée, mais avec de la peur et de la confusion dans les yeux – de la souffrance même. Son léopard bondit pour la protéger, s'élançant vers elle, exactement comme en avait envie l'homme.

— Ça pourrait vite devenir moche, ma chérie, l'avertit-il.

Elle opina.

— J'sais. J'me suis juste dit qu'il était important que tu saches que je n'fuirais pas… ni n'te trahirais.

— Tu n'avais pas besoin de me le dire.

Il n'était toujours pas convaincu qu'elle soit capable d'appuyer sur la détente face à un ami ou à un voisin, mais c'était à lui de lui éviter d'avoir à faire un tel choix.

— Mais j'apprécie, Saria. Espérons juste que personne ne joue les imbéciles.

— La pointe du marais de Fenton se dessine sur notre gauche, dit-elle, ralentissant à peine le bateau. De l'autre côté du prochain coude se niche un petit ponton délabré. Il est presque entièrement pourri, mais on peut s'y amarrer et mettre pied à terre de cette façon. C'est un peu dangereux, mais on est au point le plus éloigné auquel les autres peuvent accéder par la terre. J'pense que tu peux faire un tour dans le marais et qu'on sera partis avant qu'ils arrivent, à moins qu'ils nous suivent en bateau.

— Ça marche, dit Drake. Finissons-en. Conduis-moi aux endroits où tu as trouvé les corps. Cependant, je vais devoir marquer ce territoire en vitesse d'abord. Reste dans le bateau et garde ce fusil à portée de main.

Elle fronça les sourcils.

— « Marquer ce territoire » ?

— S'ils m'attaquent sous leur forme de léopard et qu'ils se trouvent sur mon territoire, la loi les oblige à m'affronter un à la fois.

— C'est risqué, Drake, et tu le sais.

Elle savait que, s'ils s'y étaient mis à trois pour le traquer, c'était logique qu'ils en fassent autant en tant que léopards. Bien sûr, il y avait pensé, mais il avait raison, et, si les choses devaient mal tourner, Jake et son équipe auraient la loi de leur côté. Il ne discuta pas, et se contenta de descendre du bateau. Il avait de l'eau jusqu'aux genoux. C'était une sensation sinistre de patauger à travers de lourds roseaux en sachant qu'un alligator pouvait être dans les parages.

Saria était debout dans le bateau, le fusil à la main, le regard rivé sur l'eau. Elle était parfaitement immobile ; seuls ses yeux se déplaçaient nerveusement, quadrillant la zone autour de lui. Il lui adressa un salut lorsqu'il gagna la terre ferme. Le sol semblait spongieux sous ses pieds et son léopard essaya de lancer la métamorphose, tentant de le protéger. Il respira profondément pour la maintenir à distance. La douleur lui irradia la jambe alors qu'il pressait le pas, lui rappelant ses blessures de la nuit.

Il rejoignit l'abri relatif du premier bosquet en terre ferme, conscient que Saria pouvait encore le voir, mais son léopard avait hâte de goûter à la liberté. L'animal manifestait une certaine urgence et au fil des années Drake avait appris à se fier aux instincts de celui-ci. Il jeta ses vêtements sur le côté, sans se soucier que Saria aperçoive toutes les cicatrices et les plaies qui lui marquaient le corps. La métamorphose avait déjà commencé, et son léopard s'élançait pour embrasser la transformation.

Le pouvoir afflua en lui. Ses muscles puissants s'allongèrent et son léopard se mit à courir, griffant les arbres et formant des tas de feuilles dans une course contre la montre pour revendiquer autant de territoire que possible afin de garder les autres mâles à distance. Cela prit plus de temps qu'il l'aurait voulu, son félin se délectant de sa liberté et des terres sauvages qui s'étendaient devant lui.

Il obligea son léopard à prendre conscience que leur compagne était vulnérable, sachant que c'était le meilleur moyen de lui faire entendre raison. Lorsque celui-ci accepta de faire demi-tour, Drake traita les informations que le félin avait rassemblées sur le marais. C'était un endroit splendide, qui semblait avoir été relativement préservé tant de la présence des humains que de celle des léopards, ce qui lui parut étrange. Si un léopard tuait dans ce marais, il aurait marqué son territoire. Mais les alentours étaient dépourvus de toute trace olfactive, n'avaient pas été marqués, et aucun arbre n'avait été touché avant que Drake le griffe.

Quel léopard ferait ça ? Ce clan était déroutant. Les léopards avaient une nature caractéristique qu'on retrouvait à travers le monde. Leurs instincts étaient enracinés. Peu importait de quelle région ils étaient originaires, qu'ils soient métamorphe ou animaux, la plupart de leurs instincts étaient les mêmes. En général, les métamorphes s'unissaient pour la vie, contrairement à leurs frères animaux, mais leur nature différait très peu. Les clans, les régions où vivaient en harmonie les métamorphes avaient des règles spécifiques qui étaient appliquées pour le bien de tous. Ils obéissaient à des règles strictes pour empêcher les mâles dominants agressifs de faire du mal aux autres. Sans ces règles, aucun clan ne survivrait. Celui-ci était-il au bord du chaos ?

Il retourna à l'arbre où il avait laissé ses vêtements et découvrit Saria qui s'y était installée et l'attendait, le fusil sur les genoux.

— Attends, lui cria-t-elle. N'te transforme pas encore. J'peux descendre sans risque ?

Drake leva la tête et son léopard la dévisagea, retroussant les babines, plissant le museau et grimaçant la gueule ouverte, ce qui indiquait qu'il trouvait la femelle de Saria très attirante et proche de ses chaleurs. Il n'y avait que Saria pour oser s'asseoir sur la fourche d'un arbre avec un fusil sur les genoux et demander ensuite avec désinvolture si elle pouvait descendre sans risque. Le léopard opina.

Elle n'hésita pas, se laissant glisser au bas de l'arbre avec insouciance, même s'il remarqua qu'elle fit face au félin tout du long et ne lâcha pas un instant son fusil. Il aurait pu lui dire que son léopard serait sur elle en une seconde, bien trop vite pour qu'elle puisse se protéger si elle avait été une ennemie, mais il ne put s'empêcher d'admirer la façon qu'elle avait de prendre la vie à bras-le-corps. Elle était un léopard et avait choisi de ne pas en avoir peur mais de saisir l'occasion d'examiner un congénère de près.

L'ampleur de la confiance qu'elle lui accordait fut une leçon d'humilité pour lui. Il n'avait rien fait pour la mériter. Les instincts de la jeune femme devaient venir d'une vie ensemble dont aucun d'eux ne se souvenait complètement, contrairement à leurs félins. Quoi qu'il en soit, il n'était pas près de la décevoir. Il prit fermement le contrôle de son animal, qui manqua de la renverser en se frottant contre sa peau. Il se servit de sa grosse tête pour la marquer, frottant ses glandes odorantes contre elle.

Elle plongea les doigts dans son épaisse fourrure, une expression de joie pure sur le visage. Drake voyait qu'elle ignorait que le léopard mâle voulait que son homologue femelle ait tout le corps imprégné de son odeur pour éloigner tous ses rivaux potentiels. Il attendit patiemment, même s'il avait conscience de chaque minute qui s'égrenait, laissant Saria caresser son léopard tout son soûl.

— Tu peux te transformer alors que j'te touche l'épaule ? J'veux voir la métamorphose de près et la sentir.

Elle regarda le léopard droit dans les yeux, sans craindre son regard perçant et intelligent.

Il serait nu comme un ver quand il émergerait, mais si c'était ce que souhaitait sa femme, il se plierait à ses désirs. Il était costaud, avec un torse épais et les muscles lourds et saillants de son espèce. Ses cuisses étaient deux colonnes jumelles de muscles, et il avait la taille fine et les hanches étroites. Même pour un métamorphe, il avait une queue impressionnante, et, alors qu'il se transformait, une transition rapide comme toujours, la vision du regard de la jeune femme qui se posa sur son entrejambe y provoqua un afflux de sang chaud. Elle leva lentement le regard sur son visage.

— Aucun doute à avoir, ma chérie, mon corps t'appartient assurément, dit-il en attrapant son jean.

Il l'enfila avec précaution sur son érection plutôt douloureuse, s'adjurant intérieurement de se détendre. Elle n'avait pas pris ses jambes à son cou, même si pour la première fois elle avait l'air un peu secouée.

— Tu passes super vite du léopard à l'humain.

— Je n'ai pas le choix. Je dirige une équipe qui sauve des otages et protège des personnes dans des situations dangereuses. On doit posséder certaines aptitudes pour être capables de le faire sans se faire tuer.

Elle embrassa du regard les blessures qui marquaient son corps, les vieilles cicatrices et les plaies à vif plus récentes que lui avaient values ses combats contre les léopards. Elle devait avoir vu l'horrible cicatrice qui courait sur sa jambe – à moins qu'elle ait de nouveau posé le regard sur son entrejambe. L'afflux qui se produisit aussitôt à cet endroit était chaud et pressant. Elle s'humecta les lèvres et sa queue tressaillit, appuyant contre l'étoffe de son jean.

— Et si je n'pouvais pas… C'est vrai, quoi, Drake, tu es plus gros que je l'pensais.

— Tu as grandi avec des hommes.

— Mes *frères*. Je n'les ai pas regardés. J'te l'ai dit, ils étaient rarement là et, quand ils étaient présents, j'allais immanquablement dans le marécage.

Il enfila sa chemise et tendit la main vers elle, saisissant son tee-shirt et l'attirant jusqu'à ce qu'elle soit étroitement collée contre lui. Il déplaça sa main sur sa nuque.

— Ce ne sera pas un problème. Tu as été faite pour moi, Saria. Et je m'assurerai que tu es prête. Continue à me faire confiance, ma chérie. Je t'ai promis que je t'aiderais à traverser ça.

De son regard sombre, elle fouilla son visage avec un mélange d'appréhension, de confusion et de grande cogitation. C'était sa Saria, refusant de battre en retraite. Il l'embrassa. Passionnément. Profondément. Une chaleur se répandit comme un brasier à travers son organisme. La place de la jeune femme se trouvait juste là, contre son corps, sa bouche sur la sienne. Il aurait pu rester là pour toujours. Il glissa la main dans son dos, jusqu'à ses fesses, la plaquant étroitement contre lui. Il l'embrassa jusqu'à ce qu'aucun d'eux ne puisse plus respirer. Lorsqu'il releva la tête, elle avait ce regard hébété de désir dont il s'était mis à se délecter.

— On doit en finir avec ça, murmura-t-il contre ses lèvres.

— En finir avec quoi ?

Il s'esclaffa doucement et l'embrassa encore.

— Conduis-moi à l'endroit où tu as trouvé les corps, ma chérie. On ne va pas tarder à avoir de la compagnie et je préférerais qu'on soit à la maison d'hôtes.

— Oh ! ouais.

Saria battit des cils.

Il l'embrassa parce qu'il le devait. Il pouvait vivre de ses baisers. Il avait embrassé d'autres femmes, mais il n'y avait pas eu de… feux d'artifice. D'envolée. De désir qui lui rampait à travers le corps en se mêlant à ce qu'il craignait être en train de devenir rapidement de l'amour. Pouvait-ce vraiment arriver si vite ? Sombrer dans ses yeux ? Devenir accro à sa saveur ? La désirer jusqu'à être rongé par la douleur qui l'agrippait ? Il avait vu une poignée de ses amis succomber et il avait cru qu'ils avaient un peu perdu la tête. Avait-ce été comme ça ?

À un moment il l'avait considérée comme étant celle que son léopard avait choisie, mais au suivant son léopard n'avait plus eu tant d'importance que ça parce qu'elle avait été celle qu'il avait choisie lui. C'était à peine s'il pouvait la quitter des yeux. Il adorait son petit menton têtu. Ses immenses yeux sombres constellés de magnifiques mouchetures dorées et ses longs cils fournis. Sa bouche, si douce, si sexy, si parfaite. Son petit nez droit. Sa façon terre à terre de prendre la vie à bras-le-corps.

— Tu vas devoir me lâcher si tu veux que j'te montre les endroits où j'ai trouvé les corps, souligna Saria.

Elle resta immobile, les bras autour de son cou, le visage levé vers le sien, le corps tout contre le sien. Drake sentait sa douce poitrine contre les lourds muscles de son torse. Saria avait quelque chose de si apaisant, comme la forêt tropicale qu'il aimait. La rivière qui coulait, le vent qui soufflait dans les arbres. L'air qu'il respirait. Elle était tout cela réuni en une femme. Il perdait peut-être la tête, ses pensées si poétiques qu'il eut envie de se moquer de lui-même. Qu'y avait-il avec cette femme ?

— Drake ?

Les cils de la jeune femme voilèrent nonchalamment ses yeux si terriblement sombres.

— Oui, mon chou ?

— Embrasse-moi encore.

— Dans ce cas, nous pourrions ne plus partir d'ici.

— Est-ce important ?

Ses cils battirent contre ses joues. Ses lèvres s'entrouvrirent en une invitation, son visage levé vers le sien.

Il entendit le grognement sourd qu'il laissa échapper. Ce n'était pas le léopard dévergondé de la jeune femme, c'était Saria qui se tortillait nerveusement contre lui, un éveil innocent alors qu'elle se donnait à lui. Impossible de résister et il n'essaya pas. Il baissa la tête et s'empara de sa douce et incroyable bouche. Glissa la main sous son tee-shirt, cherchant sa peau chaude des doigts. Celle-ci était veloutée, douce comme un pétale de rose, accompagnée d'un léger parfum de pêches.

Il caressa son ventre plat du bout des doigts, s'imprégnant des sensations qu'elle lui procurait, les gravant dans sa mémoire. La langue de Saria dansait et se battait en duel avec la sienne, frappant et caressant, l'ensorcelant toujours plus. Il referma la main sur un sein, accueillant son faible poids dans sa paume. Les rondeurs d'une femme avaient toujours quelque chose d'exquis, mais avec Saria, découvrit-il, c'était différent. À la seconde où il s'empara de son sein, il fut frappé par la foudre, une onde électrique chauffée à blanc qui s'engouffra tout droit dans sa queue. Il se sentit plein, prêt à exploser, pourtant en même temps il eut l'impression que son cœur allait sauter hors de sa poitrine. Le mélange d'un désir aussi intense et d'un amour aussi tendre était à la fois stupéfiant et grisant, un aphrodisiaque auquel il ne s'était pas attendu. Il ne s'était pas non plus attendu à avoir des sentiments si vite, mais cela faisait bien longtemps qu'il avait appris que les voyages étaient pleins d'imprévus, et, quant à celui-ci, il l'était pour à cent pour cent.

— Tu es un vrai miracle, Saria, murmura-t-il en faisant courir sa bouche sur son visage.

Il lui embrassa les yeux, le nez, les coins de la bouche et son charmant menton têtu.

— Je n'suis que moi, Drake, dit-elle, une note perplexe dans la voix.

Il lui sourit.

— Et c'est ça, ma chérie, qui est un miracle.

Il lui couvrit la gorge de baisers, lui mordillant la peau en descendant jusqu'à sa poitrine alors qu'il empoignait son tee-shirt. Il referma la bouche sur un sein, le suçant avec force à travers la fine dentelle de son soutien-gorge. Elle cria et se cambra, se collant plus étroitement contre lui. Il leva la main pour masser sans ménagement le doux globe.

Un oiseau poussa un cri éclatant, un autre lui répondit. Le léopard de Drake bondit et la femelle de Saria en fit autant. Drake sentit carrément la fourrure affluer sous la peau de la jeune femme, sa chaleur brûlante, et il huma son odeur sauvage, exotique. Il lécha délicatement son téton encore une fois avant de relever la tête à contrecœur.

— Bordel ! ma chérie, le temps nous manque.

Elle poussa un petit cri de surprise, comme si elle revenait de loin. Il lui baissa son tee-shirt et s'assura qu'elle était bien campée sur ses jambes, puis releva la tête pour renifler l'air.

— Ils arrivent sous leur forme humaine et non pas de léopard. Ça n'augure rien de bon, Saria. Retourne dans le bateau.

Elle chercha son fusil des yeux autour d'elle. Elle l'avait posé contre le tronc d'un arbre sans s'en rendre compte. Elle secoua la tête.

— Sérieux, Drake, je n'sais plus ce que j'fais quand tu m'embrasses.

Drake passa le bras autour d'elle et l'attira sous son épaule, la serrant contre lui quelques instants.

— J'aurais dû me douter qu'ils se lanceraient à nos trousses aussi vite qu'ils le pouvaient. Ils ne veulent pas que les autres membres du clan apprennent ce qu'ils ont en tête. Charisse va-t-elle dénoncer son frère ?

— Tu l'as vue. Aucune chance. Il la protège tout le temps.

Il opina.

— Je suis armé, ma chérie. Je vais rester ici. Prends le bateau et fonce…

Elle secoua la tête.

— C'est hors de question, alors arrête-toi tout de suite. On n'se sépare pas, même si j'apprécie le geste. Inutile de discuter, Drake. Je n'changerai pas d'avis.

Il la crut sur parole.

— Ils vont utiliser des balles. On a besoin d'un endroit où nous replier. Je ne suis pas prêt à prendre le risque d'aller sur l'eau en étant dans le bateau avec toi.

— Moi non plus.

Elle lui décocha un sourire contrit alors qu'elle lui faisait aussitôt signe de la suivre. Elle avançait avec assurance à travers la végétation enchevêtrée.

— J'suppose qu'ils vont te tirer dessus à vue en croisant les doigts pour que je n'sois pas dans la ligne de mire, sauf s'ils n'veulent pas de témoin.

Il y avait pensé. Il était aussi un peu inquiet à l'idée de ce que trois hommes déchaînés, remplis de désir et contrôlés par leurs léopards, feraient à Saria s'ils la trouvaient seule. Il était certain qu'Armand l'avait attaquée une fois. Où était le chef, bordel !?

— Je pourrais être amené à les tuer. (Il l'énonça sans mettre de gants, sans s'excuser.) Ils nous traquent et je ne peux pas prendre de risques avec ta vie.

— J'ai parfaitement conscience de la position dans laquelle ils nous mettent.

Elle lui lança un regard chargé d'émotion par-dessus son épaule. Elle continua à avancer, zigzaguant à travers les roseaux les plus lourds et les broussailles.

— N'pose pas le pied ici, pas même sur le bord. La croûte est fine et tu passerais à travers.

Il ne prit pas la peine de tenter de cacher leurs traces. Ces hommes avaient grandi dans le marécage et étaient des chasseurs. Ils étaient aussi des léopards, avec tous les instincts et les avantages de leurs félins. Il marcha exactement dans les pas de Saria tandis qu'elle longeait une étroite bande de terre à peine assez épaisse pour supporter leur poids. Les roseaux commencèrent à s'éclaircir, remplacés par des broussailles. Plutôt que les cyprès avec leur système racinaire noueux et angulaire, des arbres à feuilles persistantes et des pins apparurent, le bois se faisant plus épais à mesure qu'ils s'y enfonçaient.

— Tu es déjà venue ici… souvent. Je croyais que personne ne s'y rendait.

Elle lui décocha un petit sourire, sans ralentir le pas.

— C'était le seul endroit où personne n'songeait à venir me chercher. J'viens ici depuis que j'suis gamine. C'est mon refuge privé. Personne d'autre n'vient ici, alors j'ai trouvé un endroit de l'autre côté où tirer mon bateau sur la rive et le cacher.

— Tu nous fais passer par tous les pièges que tu connais, c'est ça ?

Le terrain était redevenu humide et meuble. Il contournait les zones qu'elle évitait. Son léopard bougeait à l'intérieur de lui tandis qu'il s'écartait des endroits qui ressemblaient à des sables mouvants. Les cyprès drapés de mousse espagnole étaient de retour, poussant dans le sol mince. Autour d'eux, des palmiers nains, des iris et des spartines maritimes disputaient l'espace à des plantes rampantes enchevêtrées.

Des tortues marines se reposaient sur des troncs d'arbres couchés et il y en avait une sur la rive. Les oiseaux étaient partout. Saria ne craignait pas de les déranger. Le bourdonnement des insectes était constant, se muant en une sorte de musique à ses oreilles. Il constatait qu'il s'habituait aux bruits du marécage. Il connaissait la forêt tropicale comme elle connaissait son environnement et il la suivit sans se poser de questions.

Elle lui tira soudain sur le bras pour qu'il ne marche pas près d'un arbre qui dissimulait un mocassin d'eau.

— J'aurais dû le voir, reconnut-il.

— Tu me matais les fesses, l'accusa-t-elle.

— Totalement vrai.

Et, bordel ! ça l'était. Il s'était dit qu'il avait un peu de temps sur les bras pendant qu'il la suivait.

— La vue est impressionnante, ajouta-t-il.

Elle secoua la tête en pouffant un peu et accéléra le pas, s'engouffrant dans une pinède qui céda la place à des roseaux. Il s'arrêta net. À perte de vue, des grands hérons et des aigrettes blanches comme neige. Ils marchaient avec grâce dans l'eau peu profonde, y plongeant le bec, pêchant.

— Je n'ai jamais rien vu de pareil.

Elle sembla ravie.

— J'savais que ça te plairait. Tu devrais les voir quand ils s'envolent.

— Tu as photographié ça ?

— Oui, mais, ce qui rapporte, c'est quand ils sont en train de prendre leur envol, avec les ailes déployées, frôlant à peine l'eau.

— Tu es vraiment très douée, pas vrai ?

— Ouais. Et j'vais me faire un nom au *National Geographic*. J'voudrais avoir mon propre livre un jour.

Elle recommença à marcher vite.

— Que dirais-tu de photographier les forêts tropicales du monde ?

Le sol redevint ferme et les cyprès laissèrent place à un sous-bois broussailleux. Saria baissa la tête pour passer sous une branche basse. Des éclats de bois leur volèrent dessus et une détonation résonna à travers le marécage. L'air grogna sous l'effet de la migration soudaine des oiseaux qui s'envolaient, effrayés. Un alligator se glissa dans l'eau avec un « plouf » sinistre. Drake tira Saria au sol, couvrant son corps du sien.

Ils demeurèrent parfaitement immobiles un moment, le cœur cognant contre leurs côtes et Drake jurant en silence.

— Ils n'auraient pas dû être capables de nous suivre si vite, chuchota-t-elle.

— Ils utilisent à la fois leurs formes humaine et animale, ce qui va à l'encontre de toutes nos lois. (Sa voix était sévère.) Éloigne-toi un peu de moi, Saria. Tourne-toi vers ton léopard. Il montera à la surface pour te protéger. N'en aie pas peur. Ses sens seront plus fins que les tiens.

— Qu'est-ce que tu vas faire ? s'enquit-elle.

Pour la première fois, il perçut de la peur dans sa voix, ce qui lui fendit le cœur. Maudits soient-ils tous, ils mourraient ce jour-là pour ça.

— Tu n'veux pas qu'elle soit blessée, sors seul, le défia Armand.

Saria lui attrapa le bras.

— N'y songe même pas. Ils savent que je n'me tairais jamais s'ils te tuaient.

— Ils vont tenter le coup avec moi. Commence à t'éloigner en restant près du sol et, dès que tu auras rejoint ce buisson plus épais, fuis sur ta droite. Tu seras plus à couvert, sauf s'ils perdent la tête et mitraillent toute la zone. Laisse-moi une minute avant de décider de tirer sur qui que ce soit. Je vais me transformer et leur faire la peau.

— Ils te tueront, Drake, et tu le sais. C'est ce qu'ils veulent. Ils peuvent expliquer la mort d'un léopard, mais pas d'un être humain. Ils te poussent à te transformer.

Son léopard rugit de fureur, déterminé à faire disparaître la menace qui pesait sur sa compagne, ne se souciant guère de vies humaines. Les trois hommes avaient osé ouvrir le feu près de Saria… ils méritaient de mourir. Il sentit l'élancement familier dans ses os, ses muscles qui se tordaient.

— Non.

Saria se retourna sous lui, sur le dos, refermant les deux bras autour de lui et s'agrippant étroitement, comme si elle pouvait retenir la fourrure qui lui ondulait sous la peau et les crocs qui lui emplissaient la bouche. Sa chemise se déchira sous la pression des muscles qui se dessinaient sur son corps. Elle refusa de le lâcher, même quand un souffle chaud lui caressa la gorge. Elle ferma les yeux, refusant de regarder son visage qui se métamorphosait, mais pas une fois elle ne le lâcha.

À un moment, il douta de pouvoir arrêter son léopard. Des griffes pointues comme un stylet lui jaillirent des doigts et il ne put que les enfouir dans la terre meuble de part et d'autre de la tête de la jeune femme pendant qu'il respirait profondément pour soumettre son félin.

Elle lui encadra le visage des mains. Elle avait les yeux noyés de larmes quand elle les ouvrit. Il savait qu'elle les plongeait dans des prunelles qui étaient entièrement félines.

— S'il te plaît, Drake, chuchota-t-elle, n'fais pas ce qu'ils attendent de toi. Reste avec moi. On peut les affronter.

Il n'avait pas le choix. Pas si elle se mettait à pleurer. Le véritable couteau qu'on plantait dans le cœur d'un homme, c'étaient les larmes de sa femme. Il baissa la tête et les essuya doucement d'un baiser.

— Allons-y alors. Sors d'ici à quatre pattes, reste près du sol et n'agite pas les buissons.

Comme ils étaient allongés sur le sol humide, ils étaient trempés tous les deux, et elle frissonna un peu alors qu'elle l'étreignait encore plus étroitement.

Derrière eux il y eut une explosion de sons, un immense rugissement sauvage et le hurlement de terreur strident d'un homme.

Chapitre 9

Allongée sous Drake dans plusieurs centimètres d'eau et de boue, Saria se figea, levant vers lui des yeux terrifiés. Les bruits qui leur parvenaient des bosquets qui les entouraient étaient effrayants. On aurait dit qu'un millier de léopards se disputaient une proie. Les oiseaux s'envolèrent encore, leurs cris se mêlant aux grognements et aux grondements féroces qui se faisaient de plus en plus forts. Des branches se brisèrent et les broussailles tremblèrent quand des corps lourds tombèrent dedans.

Drake roula à côté de Saria et lui tendit la main pour l'aider à se relever. Elle empoigna plus fermement son fusil, lui emboîtant le pas alors qu'il ouvrait la marche, revenant sur leurs pas vers le bruit de la bataille. Il ouvrit sa chemise, anticipant sa métamorphose. Trempés et maculés de boue, ils traversèrent les broussailles en courant, chassant des toiles d'araignées alors qu'ils longeaient un étroit sentier, évitant les dolines et les sables mouvants, jusqu'à ce qu'ils parviennent au bosquet d'arbres à feuilles persistantes.

Cinq hommes, tous lourdement armés, entouraient trois léopards : deux dorés et un troisième, énorme et noir. Drake sortit son pistolet, mais Saria le lui baissa.

— N'tire pas. C'est Elie Jeanmard et quatre de mes frères, chuchota-t-elle, la voix tremblant un peu. Le léopard noir est mon frère aîné, Remy. J'l'ai vu une fois comme ça.

Drake se balança sur ses talons. Il s'était attendu à devoir affronter ses frères, mais pas tous ensemble.

Des vêtements jonchaient le sol, déchirés ou en lambeaux. À leur odeur, Drake devina que les deux léopards dorés devaient être Armand et Robert. Ils s'étaient dévêtus rapidement pour éviter d'être attaqués sous leur forme humaine par le féroce léopard noir. Remy avait surgi des arbres, les obligeant à se dépêcher, leur laissant peu de temps pour se transformer avant d'attaquer Armand et de le faire basculer en arrière dans l'eau sombre pleine de roseaux. Il avait fait volte-face dans les airs, tailladé le museau de Robert alors qu'il retombait sur le sol, puis s'était violemment jeté sur lui, lui cassant les côtes alors qu'ils s'écroulaient ensemble à n'en plus finir, se déchiquetant à coups de griffe.

Une pluie de fourrure se mit à tomber et du sang éclaboussa les roseaux. Les deux léopards dorés avaient beau s'être relevés en vitesse, mus par un pur instinct de survie, le léopard noir les jeta de nouveau à terre avec des mouvements rapides, faisant volte-face dans les airs en se tordant sa colonne vertébrale extrêmement flexible, et lacéra sauvagement le ventre et les flancs des deux félins.

Ces derniers n'avaient aucune chance de monter une stratégie de défense contre lui. Remy les attaquait avec une telle férocité que Drake soupçonna son léopard d'être aveuglé par sa soif de sang. S'il n'était pas prudent, il allait les tuer tous les deux. Les blessures qu'avaient déjà reçues les deux félins dorés mettraient longtemps à guérir – et Remy était loin d'en avoir fini.

Un léopard noir était rare dans la nature et encore plus rare parmi les métamorphes. Chez ces derniers, en règle générale, ils étaient plus grands et plus forts, et, dans ce cas, plus rapide. Remy était vif comme l'éclair, punissant les deux autres léopards, refusant d'accepter le moindre signe de soumission, les obligeant à se relever pour se protéger même quand il était évident qu'ils ne demandaient qu'une trêve.

Plus d'une fois chacun des deux félins indiqua sa soumission au mâle furieux, mais il ne voulut jamais rien entendre, s'éloignant, faisant les cent pas, envoyant des feuilles et de la terre vers ses deux adversaires au sol d'un grand coup de patte furieux avant de leur sauter dessus sans relâche, les lacérant impitoyablement.

Personne ne fit mine d'aider les deux infortunés. Drake savait qu'il ne s'agissait pas juste d'un châtiment. Remy Boudreaux était furieux. Drake le comprenait, même s'il était le seul. Personnellement, il aurait tué les deux salopards. Ils avaient osé tirer sur Saria Boudreaux. Remy et ses frères s'étaient lancés à leur poursuite et avaient entendu le coup de feu qu'Armand avait tiré sur eux.

Le frère aîné de Saria était un sacré combattant, l'un des meilleurs qu'il ait jamais vus, et pour être aussi expérimenté il devait avoir voyagé loin du bayou de Louisiane. Drake n'aurait pas été surpris d'apprendre qu'il avait fait partie de ses propres équipes dans la forêt tropicale. Remy Boudreaux devrait être le chef du clan, pas Amos Jeanmard, décida-t-il. Il inspirait la bonne dose de terreur dans le cœur de l'assistance. Impossible de savoir s'il s'arrêterait avant qu'il soit trop tard, mais les autres ne semblaient pas particulièrement inquiets.

Drake observa Elie Jeanmard, qui regardait le combat de fauves avec nonchalance. Son odeur informait Drake qu'il avait été son premier adversaire de la nuit et le troisième homme qui s'était lancé à leur poursuite depuis les terres des Mercier. Il observait ce méchant passage à tabac avec une expression sévère, mais ne leva pas le petit doigt pour l'arrêter. Il était le fils d'Amos Jeanmard, et, si Drake avait raison et que Jeanmard était le chef du clan de Louisiane, Elie n'avait aucune envie de lui succéder. C'était compréhensible. Elie avait vu son père s'acquitter de ses obligations envers le clan, mais il avait été malheureux, et selon toute probabilité sa mère aussi. N'empêche, quand il avait compris qu'Armand et Robert traquaient Drake et Saria, il n'avait pas fermé les yeux et avait prévenu les frères de la jeune femme.

— Oh, oh ! chuchota Saria, tu ferais peut-être bien de te mettre derrière moi plutôt que devant.

Elle s'apprêta à se glisser devant lui pour le protéger.

Drake lui saisit le bras d'une poigne de fer, la maintenant en place. Il la cachait en partie du champ de bataille de son corps. Chacun son tour, ses frères arrachèrent leur regard de Remy et des léopards sanglants pour le poser sur lui. Il perçut la tension dans leurs yeux, qui s'étira comme un mince fil métallique jusqu'à ce que même le léopard noir s'en rende compte et tourne lentement la tête. Des yeux rouges se fixèrent sur Drake. Le léopard noir se colla au sol dans la démarche semblable à un ralenti de son espèce.

— Je ne serai pas une proie facile comme ces deux-là, dit Drake, ôtant calmement sa chemise. (Il fit rouler ses épaules pour détendre ses muscles tandis qu'il faisait voler ses chaussures.) Ce ne serait pas un combat équitable, Boudreaux. Tu es fatigué et je suis encore frais. Je pourrais te botter les fesses sans ça, mais, si tu insistes pour te ridiculiser devant ces deux fumiers, je suis ton homme.

Il garda la voix basse, amusée, un peu railleuse, et elle porta jusqu'au léopard noir. L'animal gronda d'un air menaçant, les oreilles aplaties, montrant les dents en grimaçant. Toujours en proie à une rage meurtrière, cette fois il avait une cible – un étranger qui avait osé revendiquer sa sœur. Drake savait qu'il ne devrait pas attiser la fureur du frère de Saria, mais bordel ! il était fatigué de la politique à vau-l'eau de ce clan à la frappe-d'abord-et-pose-des-questions-ensuite. Ses membres avaient besoin qu'on leur donne une leçon.

Il s'accrochait encore suffisamment à son intellect pour savoir qu'il était lui-même en partie sous l'emprise de son léopard, furieux que Saria ait été attaquée, mais il en avait assez. Il ne demandait qu'à donner libre cours à la nature sauvage de son animal. Il baissa les mains sur son jean, qu'il déboutonna rapidement.

— Qu'est-ce que tu fais ? demanda Saria, le retenant d'une main sur son poignet. Tu as perdu la tête ? C'est mon *frère*.

Il était trop tard pour qu'elle puisse arrêter quoi que ce soit. Ses autres frères faisaient voler leurs chemises et leurs chaussures. Il ne serait pas question d'un duel avec Remy. Saria était leur sœur, et, en ce qui les concernait, elle avait été volée – kidnappée –, forcée à prendre pour compagnon un homme qu'ils ne connaissaient pas. Ils sentaient son odeur partout sur elle, ce qui les rendait fous. Remy continua à avancer de cette démarche lente et furtive qui précédait une attaque toutes griffes dehors.

La détonation satura l'air. Au même instant, une arme automatique lâcha une pluie de balles à moins d'un mètre des frères de Saria, faisant voler de la terre et des brindilles. D'autres balles tombèrent devant le léopard noir. Elie fit volte-face, son fusil à l'épaule, mais ne découvrit aucune cible. Tout le monde se figea.

— Pas un geste. Le prochain qui bouge est mort.

Drake reconnut la voix de Joshua Tregre. Elle était sinistre et personne, certainement pas Drake, n'eut la bêtise de bouger.

— Drake, mets-toi à l'abri, lui ordonna Joshua. Les autres, restez exactement où vous êtes et ne commettez pas l'erreur de croire qu'on ne vous tuera pas. Vous n'êtes rien pour nous. Putains de salopards, vous en prendre à un des vôtres !

Il cracha ces mots, dégoûté.

Deux des frères de Saria tressaillirent et leur visage s'assombrit. L'un d'eux jeta un coup d'œil au pistolet qu'il avait posé près de sa chemise.

— N'y songe pas, l'avertit Drake. Un pas et tu es mort. Ils ne ratent pas leur cible.

Le léopard noir se tordit, sa fourrure ondula, ses articulations et ses os craquèrent alors que l'homme émergeait de la bête. Le souffle coupé, Saria enfouit le visage dans le dos de Drake pour ne pas voir son frère aîné nu.

Remy était couvert de sang et de griffures, mais il se redressa sans grimacer, balayant les arbres qui les entouraient de son regard bleu glacier.

— N'bougez pas. Aucun de vous, ordonna-t-il à ses frères avant de jeter un coup d'œil à Drake. J'vois que tes gars nous ont rejoints.

Qu'il ait dominé la rage meurtrière de son léopard et s'exprime d'un ton neutre, désinvolte même, en disait long sur la force de Remy. Il attirait aussi l'attention sur lui. Ça ne fonctionnerait pas. L'équipe de Drake était trop bien entraînée. Chacun de ses hommes avait une cible, ou, dans le cas présent, plusieurs, car les frères de Remy se tenaient trop proches les uns des autres.

Drake lui adressa un bref signe de tête.

— Je dirige deux ou trois équipes dans la forêt tropicale.

Drake croyait deviner que Remy n'était pas un simple enfant du pays. Il avait roulé sa bosse. Un léopard recherchait les grands espaces. Si Remy avait voyagé, il devait avoir rencontré d'autres clans et au moins une poignée des hommes qui œuvraient pour libérer les otages.

— Mahieu, lance-moi mon jean avant que Saria nous fasse une crise cardiaque.

Le frère de Saria était aussi costaud que Drake, avec les mêmes muscles lourds, mais il avait les cheveux très foncés et il les portait longs, détachés et en bataille. Ses yeux étaient d'un bleu de cobalt saisissant. Il avait le visage carré, fort, aux traits profondément marqués. Une cicatrice sur le côté de son cou indiquait qu'un couteau avait manqué de lui ôter la vie à un moment.

— Et dépêche-toi, ajouta Saria. Je n'souhaite absolument pas voir Remy dans toute sa gloire. Je n'm'en remettrais pas.

Sa voix tremblait un peu, mais elle ne s'effondrerait pas, même dans cette situation tendue.

— Laissez-le faire, dit Drake à son équipe.

Ses hommes étaient cachés dans les broussailles, impossibles à discerner, même si les frères Boudreaux devaient avoir senti leurs odeurs à présent.

Mahieu, avec des mouvements prudents, ramassa le jean de son frère et le lui lança.

Remy le rattrapa d'une main et l'enfila sur ses hanches.

— Remy, les gars ont besoin de soins médicaux, souligna Elie Jeanmard, des accents inquiets dans la voix. Il est peut-être déjà trop tard.

— Comme c'est dommage, répliqua Remy d'un ton brusque. Ça m'est un peu égal qu'ils survivent ou non.

Il regarda Drake. Son regard bleu perçant ne cilla jamais.

— J'veux voir ma sœur. J'dois savoir qu'elle va bien. Saria, avance-toi un peu pour qu'on te voie. N'aie pas peur. Si cet homme t'a prise en otage…

Drake ne lâcha pas le bras de Saria.

— Un peu tard pour jouer les grands frères pleins de sollicitude. Où étais-tu donc quand elle s'est fait attaquer ?

Saria poussa un petit cri. Les deux léopards aux corps déchiquetés et sanglants, les flancs se soulevant et s'abaissant, la langue pendante, tressaillirent tous deux et commencèrent à se traîner dans les broussailles. Remy fit volte-face pour les fusiller du regard et tous deux se figèrent. Il se retourna lentement pour considérer Drake avec une expression perplexe, les sourcils froncés.

— De quoi tu parles, bordel !?

— Pour être plus précis, il y a quelques semaines, un membre de ton clan a décidé d'imposer son léopard à Saria. Il ne me semble pas qu'elle ait été protégée. Que ce soit par le clan ou sa famille.

— Tu n'y vas pas de main morte.

Rémy l'énonça comme un fait.

— Tu ferais bien de t'en souvenir la prochaine fois que tu me provoques en duel.

Un sourire se dessina un instant sur les lèvres de Remy.

— Tu es aussi un sacré dur à cuire.

— Et c'est peu de le dire, convint Drake sans une once de remords. Tu n'as pas pris soin d'elle.

Il cracha presque cette accusation.

Saria redressa les épaules.

— J'suis juste là, leur dit-elle à tous les deux. Et je n'suis pas un otage. J'suis avec lui de mon plein gré.

— Tu vas bien, Saria ? demanda Remy. Viens ici, *ma chère*[*].

Avant qu'elle ait pu lui obéir, Drake s'avança juste devant elle, faisant écran de son corps entre elle et ses frères.

— Je ne crois pas. Tu ne poseras pas la main sur elle.

Remy le transperça de son regard pénétrant ; ses iris avaient presque entièrement disparu. Son léopard était encore proche – et toujours furieux.

— Ils ont osé faire feu sur ma sœur, cracha-t-il. J'm'en fous un peu de savoir s'ils sont morts ou vivants tous les deux. Je n'pense pas que ce soit trop demander de l'examiner pour m'assurer qu'elle n'a rien. Saria, amène tes fesses ici avant que j'passe sur le corps de Roméo. (Il baissa le ton, sa voix une gaine de velours autour d'un poignard de fer.) Et n'te cache pas derrière tes pistolets. Choisis, homme ou léopard, le défia-t-il.

Ses frères s'agitèrent, comme pour protester.

Armand et Robert, au prix d'un immense effort, reprirent forme humaine, gémissant, pleurant, s'efforçant d'empêcher leur sang de former une flaque sur le sol autour d'eux.

Une lueur ambrée flamboya dans les yeux de Drake. Il sentit une chaleur soudaine l'envahir et l'appel sauvage de son léopard qui bondissait pour relever ce défi manifeste.

— On a tiré pour l'effrayer, clarifia Armand d'une voix faible et apaisante. J'ai pris soin de n'pas la toucher.

Il avait repris forme humaine pour qu'on puisse panser ses blessures.

— Ta gueule ! lui lança Remy, la voix froide comme de la glace. J'pourrais encore te tuer.

Et ce n'étaient pas des paroles en l'air, comme le montrait clairement le fait qu'il se mette soudain à faire les cent pas en dépit des armes à feu braquées sur lui. Il fusilla Drake du regard.

— Maintenant, laisse ma sœur s'approcher.

La situation devint encore plus tendue, glissant vers une conflagration explosive alors que les deux mâles bondissaient et rugissaient pour prendre la suprématie, poussant leurs doubles humains. Drake tenta d'apaiser sa rage en respirant. En règle générale, il était le léopard calme, à la tête froide. Son assurance et sa force de volonté, qui lui permettaient de contrôler son animal, lui avaient valu d'être choisi comme chef d'équipe, pourtant à présent il tremblait sous la violence de sa soif de violence.

— Qu'est-ce qui n'va pas ? chuchota Saria. Tu crois que mon frère me ferait du mal ?

Alors ? C'était une bonne question. Qu'est-ce qui clochait chez lui, bordel !? Remy avait peut-être des raisons de croire qu'il avait pris Saria contre sa volonté, mais lui n'en avait aucune de croire qu'il ferait du mal à sa sœur. Alors, qu'est-ce qui pouvait bien faire réagir son léopard ?

Drake se frotta l'arête du nez, scrutant l'autre homme. Il avait l'impression de ne pas avoir été caressé dans le sens du poil. Chacune de ses cellules était sur le qui-vive et prête au combat. Son léopard était dans une colère noire.

— Drake ?

La voix de Saria tremblait.

Elle était empreinte d'une note de peur qui calma l'homme. Son léopard continua à le griffer pour qu'il le libère, mais Drake se tourna immédiatement vers la jeune femme. Elle avait le visage blême, les yeux immenses. Elle s'efforçait d'être courageuse mais, avec ses frères qui étaient à deux doigts de craquer et Drake qui ne faisait rien pour arranger une situation chaotique, elle était effrayée. À sa décharge, elle avait tenu parole et l'avait soutenu, sans jamais se séparer de son fusil, et elle n'avait pas non plus couru dans les bras de ses frères, mais elle voulait les rassurer. Quelle sœur ne le voudrait pas ?

— Tu crois que Remy pourrait me faire du mal ?

Elle posa le regard tour à tour sur Armand et Robert qui gisaient dans des mares de sang et sur son frère.

— Non. Il donnerait sa vie pour toi, dit Drake, s'obligeant à s'écarter.

C'était l'heure de vérité. Si ses frères la persuadaient qu'elle avait agi de manière précipitée, il était perdu.

Remy tendit la main à sa sœur, repliant le doigt. Drake se rapprocha un peu, de façon à être mieux à même de la protéger si nécessaire, mais il ne tenta pas de l'empêcher de rejoindre son frère aîné.

— Laissez-moi aider les deux qui sont à terre, cria Elie en avançant prudemment vers les deux métamorphes terrassés.

— Vas-y, dit Drake, faisant signe à son équipe de permettre à Jeanmard de leur prodiguer des soins médicaux.

Gênée, Saria leva la main pour essuyer la boue qui lui maculait le visage. Drake lui saisit le poignet et la lui baissa avec douceur.

— Tu es très belle, Saria, et tu n'as rien fait de mal. Tu as protégé ton client, et, s'ils ne voient pas ton courage et que tu as eu raison d'agir comme tu l'as fait, qu'ils aillent se faire foutre.

Elle cligna des yeux, ravala ce qu'elle s'était apprêtée à dire et opina. Puis elle traversa le sol meuble jusqu'à son frère. Remy posa les deux mains sur ses épaules et l'examina soigneusement pour s'assurer qu'elle n'était pas blessée.

— J'vais bien, Remy, j'suis juste un peu effrayée. Personne n'm'a jamais tiré dessus avant.

Elle paraissait quelque peu stupéfaite à l'idée que ses frères se soient lancés à son secours.

Remy passa le bras autour d'elle et l'attira tout contre lui d'un geste farouche.

— Tu nous as filé une sacrée trouille, *ma chère**. Quand Elie nous a contactés pour nous prévenir qu'Armand et Robert te pourchassaient dans le marécage armés de pistolets…

Il s'interrompit, posant son regard bleu acéré sur Armand d'un air menaçant.

Saria leva les yeux vers son frère.

— J'suis désolée. J'n'imaginais pas qu'ils réagiraient comme ça. Qu'est-ce qui cloche chez tout le monde ?

Remy inspira profondément, absorbant les odeurs mêlées de sa sœur et de Drake dans ses poumons. Il posa son regard perçant sur Drake.

— J'crois, *ma sœur**, que cet homme qui a son odeur partout sur toi est ce qui cloche.

En percevant son ton accusateur, Saria s'empourpra.

— Cet homme t'a-t-il forcée à l'accepter ? demanda Remy.

À cette question, les autres frères de Saria se rapprochèrent, formant un cercle plus compact. Aussitôt un mur de balles éclaboussa leurs pieds d'eau. Le souffle coupé, Saria fit volte-face vers les tireurs. Drake secoua la tête, levant la main pour faire cesser le feu. Il tint bon. Il avait déjà enlevé sa chemise et ses chaussures, mais son jean allait poser un problème. N'empêche… Il attendit, tout comme eux tous. Tous les hommes présents regardaient

Saria et non pas lui, et il ne l'en aurait pas blâmée si elle avait craqué sous la pression.

Elle releva le menton, regarda Remy droit dans les yeux et secoua la tête.

— J'lui ai demandé de me marquer. Quelqu'un d'autre m'a attaquée, m'a lacéré le dos et m'a mordue. Il m'a fait une peur bleue et un mal de chien. J'lui ai demandé de me dire ce qu'était le Han Vol Dan, de me parler des métamorphes, parce que personne d'autre n'l'avait fait.

Cette fois son accusation était parfaitement claire, dirigée directement contre ses frères.

Les deux plus jeunes se regardèrent, puis baissèrent les yeux.

— A-t-il exercé une forme de contrainte sur toi, Saria ? (Remy ne releva pas ses paroles lourdes de sous-entendus.) Une femelle léopard sur le point d'émerger peut se montrer très lascive. Ce qu'il n'devait pas manquer de savoir.

— C'est moi qui l'ai contraint, si tu veux savoir la vérité, Remy. Il a été un gentleman tout du long, même si j'ai tout fait pour le séduire. C'est ce que tu voulais savoir ?

À présent, une pointe de défi et des larmes transparaissaient dans sa voix.

— Saria, dit doucement Drake, tu n'as pas à en dire plus. Viens ici, ma chérie.

Remy garda le bras autour de sa sœur quand elle se tourna vers Drake.

— Il aurait dû venir nous trouver.

— C'est arrivé trop vite, Remy. J'ignorais ce qui m'arrivait. Ensuite, j'lui ai demandé de n'pas aller vous voir.

— Peu importe, il aurait dû le faire.

Cette fois ses yeux bleu glacier transpercèrent Drake.

Ce dernier haussa les épaules.

— Si tu insinues que j'ai eu peur de vous, tu te trompes. Je comptais venir ce soir. J'avais des affaires importantes qui ne pouvaient pas attendre et Saria était en sécurité avec moi.

— Elle était tellement en sécurité qu'on lui a tiré dessus, bordel !

— Je les aurais tués avant qu'ils touchent à un seul de ses cheveux.

Il s'exprima d'un ton neutre empreint d'une assurance absolue.

Remy le scruta.

— D'où es-tu ?

— Je suis originaire des forêts tropicales de Bornéo. Je travaille pour Jake Bannaconni. (Drake jeta un coup d'œil aux corps déchiquetés et sanglants des deux hommes étendus sur le sol.) Je n'ai jamais vu un clan pareil. Personne de ma connaissance ne ferait de mal à une femelle et, s'il existait un tel mâle, on le tuerait et on le brûlerait, avant d'enfouir profondément ses restes.

Il imprégna sa voix de dégoût pour tout ce maudit clan.

Remy ne broncha pas.

— On va s'occuper de ce problème. (Il leva le menton de Saria pour plonger le regard dans le sien.) Tu sais ce que ça implique d'avoir été revendiquée ? Il te l'a expliqué ? Tu n'as pas à l'accepter, Saria, même si ton léopard l'a fait.

— J'en suis consciente. J'l'ai choisi. J'le choisis encore.

Remy soupira.

— S'il est ton choix, Saria, alors nous te soutiendrons. En attendant, j'dois savoir qui t'a attaquée.

— J'l'ignore. J'l'ignore vraiment. J'n'ai pas senti son odeur. J'sais juste que c'était un léopard. J'ai eu tellement peur.

— Tu aurais dû venir me trouver.

Elle déglutit péniblement, baissa la tête et opina.

— J'sais, mais j'n'ai pas pu, Remy, pas sur le moment. J'avais mes raisons.

Il arqua un sourcil.

— Tu vas éclairer notre lanterne ?

Elle baissa la voix.

— À la maison. Quand on sera seuls, Remy.

Il scruta son visage, les dents serrées. Il esquissa un petit hochement de tête.

— Tu rentres à la maison alors.

— On doit en finir ici, puis on viendra directement, lui assura-t-elle.

— Finir quoi ? demanda Remy.

Il plissa ses yeux d'un bleu glacier profond qui semblaient pouvoir percer tous les mensonges.

— Jake m'a confié une mission, répondit Drake, sortant Saria d'affaire.

Elle n'avait pas voulu répondre devant les autres membres du clan, mais ne voulait pas mentir. Il avait réglé la question à sa place.

Remy lui adressa un regard agacé.

— Fais venir ton équipe. Personne n'va t'attaquer.

À l'entendre, Drake était un petit garçon et sa maman ourse était dans les bois, prête à le protéger si besoin.

Drake le considéra avec froideur.

— Tu n'as pas à m'apprécier, Boudreaux, pas plus que je n'ai à le faire. Tu as permis qu'une telle chose arrive et tu peux me mettre tout ça sur le dos si tu n'es pas capable d'en assumer la responsabilité, mais ne crois pas une seconde que tes tactiques d'intimidation vont fonctionner avec moi. Je ne suis pas une gamine qui rêve de se faire aimer de ses frères.

Le souffle coupé, Saria se retourna vivement pour faire face à Drake.

— Tu fais quoi, là ? Tu le provoques ?

Peut-être, en effet. Il ne parvenait pas à calmer son léopard. L'animal le lacérait de ses griffes, cherchant à sauter sur le frère de Saria. Remy semblait avoir le même problème, et, à en juger par la tension qui émanait de ses autres frères... ils luttaient aussi pour garder le contrôle.

Drake fronça les sourcils et secoua la tête, tentant d'en chasser le brouillard rouge. Il jeta un coup d'œil aux deux léopards à terre, le corps déchiqueté d'une façon inimaginable, et Elie qui essayait de les aider, accroupi près d'eux. Il avait l'impression d'avoir l'esprit lourd, engourdi, épais et dense, comme si le brouillard rouge s'était introduit dans son cerveau, l'empêchant d'avoir les idées claires. L'espace d'un bref instant, il croisa le regard d'Armand.

Armand Mercier et Robert Lanoux gisaient dans des flaques de sang, le corps lacéré, les côtes cassées, luttant tous deux pour pouvoir respirer. Les frères Boudreaux leur lançaient des regards meurtriers, toujours pas satisfaits du châtiment que leur avait infligé Remy, et cependant un truc clochait. Une alarme stridente hurla dans la tête de Drake, mais il ne parvenait toujours pas à mettre le doigt sur ce qui n'allait pas.

— Il y a un problème ici, dit-il tout haut à Remy.

L'homme était enquêteur criminel, de toute évidence un chef. Assurément, il le sentait aussi.

Remy ouvrit la bouche, la referma et regarda autour de lui. Ouais. Il le sentait aussi. Il fit signe à ses frères de se rhabiller. Drake envoya le signal à Joshua pour que son équipe le rejoigne, mais il était mal à l'aise.

Joshua Tregre sortit des broussailles, son arme automatique prête, même s'il avait l'air détendu. Il contourna les frères pour se rapprocher de Drake sur un côté, se tenant à près de six mètres de distance. Ses cheveux en bataille, décolorés par le soleil, lui donnaient plus l'air d'un surfeur que d'un léopard, jusqu'à ce qu'on plonge le regard dans ses yeux bleu-vert perçants. Ils recélaient une mer démontée plutôt que calme, contrairement à ce que pouvaient laisser croire les rides d'expression autour de ses yeux. Il avait le torse large et le haut du corps musclé caractéristiques des siens. L'arme qu'il tenait avec une telle aisance semblait faire partie de lui.

Un deuxième homme émergea sur la droite de Remy, à moins de dix mètres des léopards terrassés. Drake lui fit un petit salut. Jerico Masters lui adressa un signe de tête. Il était chargé de la sécurité au ranch Bannaconni en l'absence de Drake, ce qui représentait une bonne partie du temps. C'était un homme calme, aux cheveux foncés et aux yeux verts attentifs. Drake s'inquiéta un peu en le voyant là. En l'absence de Jerico, qui veillait sur Jake, sa femme, Emma, et leurs enfants ?

Le dernier homme surprit Drake. Evan Mitchelson était un homme très calme, grand et musclé, un ancien boxeur professionnel qui souffrait d'un grave défaut d'élocution. Il parlait rarement, mais utilisait la langue des signes. Il ne se transformait jamais devant les autres et Drake s'était souvent demandé s'il en était capable. Il tenait un pistolet comme s'il était né avec.

— Content de vous voir, les gars, dit Drake doucement. On a un petit problème ici. Je dois savoir si vos léopards ont un comportement un peu étrange. S'ils voient rouge.

S'ils luttent pour avoir la suprématie, s'ils vous poussent à chercher la bagarre ou à faire feu.

Remy lui adressa un regard stupéfait. Il regarda les trois nouveaux venus. Joshua opina.

— Pratiquement à la seconde où on a posé le pied dans le marais. On s'est tous étonnés d'être aussi à cran. On a mis ça sur le fait que tu étais en danger. On a juste marché à pas redoublés jusqu'ici.

Evan signa frénétiquement. Il laissait rarement sa liberté à son léopard car celui-ci était un tueur, très difficile à contrôler dans le meilleur des cas, et là tout de suite Evan luttait juste pour survivre. Il voulait quitter le marais.

Jerico confirma à son tour d'un signe de tête.

— Comment avez-vous su où me chercher ?

— On a suivi ton odeur… enfin… (Joshua prit une expression coupable) son odeur à elle. Son léopard émet une dose massive de phéromones.

Saria roula des yeux.

— Génial. On sent mon odeur aux quatre coins du marécage. Exactement ce que j'voulais savoir.

Elle se rapprocha un peu de Drake, comme pour qu'il la protège. Il comprit que ce mouvement subtil était inconscient.

— Désolé, m'dame, s'excusa Joshua. Votre léopard est particulièrement séduisant.

Celui de Drake le griffa si fort que ses muscles se tordirent et sa mâchoire l'élança. Il sentit la métamorphose le submerger presque trop vite pour qu'il en prenne conscience. Sa vision se divisa en bandes et il jeta un coup d'œil vers les deux blessés. Armand croisa son regard. L'homme le soutint avec désespoir et autre chose – un truc indéfinissable. Cette expression étrange calma

Drake comme rien d'autre n'en aurait été capable. C'était comme si les deux métamorphes terrassés savaient un truc que les autres ignoraient et attendaient qu'une catastrophe leur tombe dessus.

Il risqua un regard vers Remy et découvrit qu'il luttait aussi.

— Je crois que c'est le marais.

Il parla assez fort pour que sa voix porte jusqu'aux métamorphes blessés, les observant du coin de l'œil. Tous deux parurent mal à l'aise, mais ils souffraient autant qu'eux tous.

Remy fronça les sourcils, mais fit signe à ses frères de maîtriser leurs léopards.

— Nous ferions peut-être bien de tous quitter les lieux immédiatement.

Drake lança un regard à Saria.

— Et toi, ma chérie ? Elle est calme ou elle t'en fait voir de toutes les couleurs ?

— Elle est extrêmement calme. En fait, si vous n'aviez pas tous parlé de phéromones, j'pourrais même ignorer qu'elle existe.

Elle détourna les yeux, et pour la première fois il sut qu'elle lui avait menti. Son léopard était touché, mais elle n'avait pas voulu le reconnaître.

— Remy, je veux que mes hommes partent d'ici. Evan est en grande difficulté avec son léopard.

— J'ai du mal aussi, avoua Lojos.

— Pareil ici, Remy, dit Gage. Si je n'me transforme pas bientôt, il va me déchiqueter de l'intérieur.

Remy regarda ses deux autres frères. Mahieu et Dash opinèrent tous deux.

— Elie, mes frères vont t'aider à déplacer ces deux-là. Si tu as des antalgiques, tu peux leur en donner. (Il fusilla du regard les deux métamorphes blessés.) On va vous transporter hors d'ici, mais on rencontre tous des difficultés avec nos léopards. Fermez votre gueule et restez comme ça. Vous n'avez pas intérêt à nous donner une raison de vous tuer, parce qu'il est encore temps de jeter vos pauvres carcasses dans le marécage.

Dash, Gage et Lojos allèrent aussitôt aider Elie à relever les blessés. Moult jurons étouffés jaillirent, mais aucun des métamorphes punis ne fut assez bête pour protester. Ils commencèrent à marcher vers le ponton où les frères Boudreaux avaient laissé leur offshore, progressant prudemment pour éviter les nombreux dangers.

Remy et Mahieu restèrent en arrière. Ils attendirent que les autres aient disparu dans les broussailles avant de se rapprocher de Drake et de son équipe.

— Patron, tu as besoin de nous ici ? signa Evan.

Drake secoua la tête.

— Je vous retrouverai tous à la maison d'hôtes.

Joshua lança un regard dur du côté de Remy et Mahieu, mais suivit Jerico et Evan dans la direction qu'avaient prise les autres.

— J'suis Remy Boudreaux, le frère aîné de Saria. Voici Mahieu, annonça Remy en tendant la main.

Drake la serra.

— Drake Donovan. Jake Bannaconni m'a envoyé pour m'occuper de certaines affaires pour lui. J'ai embauché Saria pour me guider à travers le marécage et la situation nous a rapidement échappé.

Remy hocha lentement la tête.

— J'peux comprendre ça, et si tu es celui qu'elle a choisi nous te soutiendrons. On a besoin de sang neuf ici.

Notre clan a périclité. La plupart d'entre nous n'ont pas de choix.

— Vous pourriez envisager de vous rendre dans la forêt tropicale pour voir si vous n'y trouveriez pas une compagne, dit Drake. Même si je suis presque sûr que tu l'as déjà fait.

Remy haussa les épaules.

— J'ai essayé. J'y enverrai mes frères dès que les choses se calmeront ici. Nous n'pensions pas que Saria avait un léopard.

Drake ouvrit la bouche pour lui lancer une réponse bien sentie. En ce qui le concernait, ce n'était pas une raison de négliger leur petite sœur, mais il n'avait pas tous les éléments en main et, en toute franchise, il ne pouvait pas affirmer que ce n'était pas son léopard qui attisait sa colère contre les frères de Saria.

— J'en ai bien un, dit subitement Saria, les yeux brillants.

Drake eut envie de sourire. Il glissa le bras autour de ses épaules et l'attira contre lui.

— Oui, tu en as un.

— J'ai un peu de mal à la contrôler ici, ajouta-t-elle, évitant encore son regard.

— Tu es déjà venue ici, dit Drake. Qu'est-ce qui a changé ?

Les sourcils froncés, Saria regarda autour d'elle.

— J'l'ignore. C'est magnifique, mais ça l'a toujours été. Plus de fleurs et de plantes que dans mes souvenirs, mais ça change tout le temps en fonction du temps et des tempêtes. Tu vois toute l'eau qu'il y a. Parfois elle emporte la première couche de terre et d'autres fois elle dépose de la terre riche ici. Ce marais est resté très sauvage. De toute la région, ces terres sont celles qui offrent la plus grande diversité en termes d'espèces et même de terrain. Elles sont entièrement constituées de zones marécageuses mais, même si on les appelle le marais de Fenton, c'est une propriété immense. Le sol devient plus ferme à mesure que l'on s'enfonce dans les terres.

— Tu vas nous expliquer ce qui se passe, Saria ? Rien n'va plus au clan. Si Elie n'nous avait pas prévenus, j'serais en prison à l'heure qu'il est pour le meurtre de ces deux-là, dit Remy.

— Je crois que personne ne s'attendait à me voir, dit Drake. Saria avait besoin d'aide et je suis venu. Nos léopards se sont indéniablement reconnus. Quand l'autre l'a attaquée, sa femelle léopard s'est cachée.

Les yeux de Remy devinrent aussi froids que de la glace.

— Qui était-ce ? Saria, et n'me dis pas que tu n'l'as pas reconnu. Tu as forcément senti son odeur. Et quand il t'a marquée…

À ces mots, Drake sentit la colère l'envahir. Il retourna Saria et souleva le bord de son tee-shirt, dévoilant les longues marques sur son dos, encore rouges même si elles avaient cicatrisé.

Remy et Mahieu grondèrent tous deux d'un air menaçant presque simultanément, leurs léopards réagissant à la vue des blessures de la jeune femme. Peu importait que les sillons soient presque guéris et datent déjà de quelque temps.

Remy se rapprocha, inhalant profondément dans l'espoir de discerner une odeur. Saria secoua la tête et baissa brusquement son tee-shirt, fusillant Drake du regard.

— Je n'sais pas qui c'était. J'ignore pourquoi j'n'ai pas senti son odeur, Remy. Peut-être que j'étais trop effrayée.

J'ai cru qu'il allait me tuer. Aucun léopard ne m'a jamais attaquée avant. J'n'en avais jamais approché un de si près.

— Tu aurais dû venir me trouver immédiatement.

— Pour te dire qu'un léopard m'avait attaquée ? Les seuls léopards que j'connaissais, c'étaient mes cinq frères.

Elle énonça ces mots en le regardant droit dans les yeux.

— Tu savais ? demanda Remy.

Elle acquiesça.

— J'vous ai tous vus quand j'étais gamine. À l'époque, *père** était encore vivant et j'l'ai observé de près après ça. J'vous ai tous observés. C'était grisant et effrayant. Il y avait parfois des griffures dans la maison et j'ai vu tous les indices. J'suis une bonne traqueuse.

Remy secoua la tête, visiblement stupéfait par les révélations de sa petite sœur.

— Si tu étais venue nous trouver, on t'en aurait parlé.

Elle serra les lèvres un moment, mais Drake vit qu'elle était bouleversée, même si elle le dissimula vite d'un haussement d'épaules désinvolte.

— J'me suis dit que vous n'passiez peut-être pas beaucoup de temps avec moi parce que j'n'étais pas l'une des vôtres.

Elle tenta de masquer la souffrance qui se cachait derrière sa réponse simple et sincère, mais Drake la sentit – tout comme son léopard. Le grand félin se jeta avec une telle force contre Drake qu'il se déplaça physiquement, ses muscles ondulant et se tordant. Il dut respirer profondément pour garder son animal à distance. Evan avait dit qu'il exerçait un contrôle absolu sur son léopard, le laissant rarement libre, et seulement quand ils étaient complètement seuls car son animal était si violent.

Drake commençait à penser que son félin suivait le même chemin – du moins en présence de la famille de Saria.

Remy recula, entraînant Mahieu avec lui.

— Tu as des problèmes avec ton léopard d'habitude ? demanda-t-il à voix basse.

Si Remy avait pris un ton narquois, Drake était sûr que rien n'aurait pu arrêter son léopard, mais il discerna une note d'inquiétude dans la voix du frère de Saria, qui balaya de nouveau l'espace autour d'eux d'un œil scrutateur et prudent.

— Non. Jamais. Mon léopard est toujours calme, sinon je n'aurais jamais pu prendre la tête de mes équipes en situation de combats.

Remy opina.

— Il y a un truc qui cloche. J'le sens encore et ce n'est pas le léopard de Saria, dit-il. Je n'pense pas que ce soit très prudent de rester ici pour aucun de vous.

— C'est important, sinon je ne la retiendrais pas ici, dit Drake. Je parviendrais peut-être à rentrer seul si tu…

— Il n'en est pas question. (Saria releva son menton têtu, des mouchetures d'or se rassemblant dans ses grands yeux sombres en guise d'avertissement.) J'suis ton guide et j'reste avec toi. J'sais tirer. Finissons-en avant d'aller chez moi.

Drake glissa un sourire contrit à Remy.

— C'est dur de discuter avec elle.

— Elle a toujours été comme ça. J'vous attends à la maison. (Remy gratifia sa sœur d'un regard sévère.) Et disposés à parler, Saria. J'veux savoir tout ce qui se passe, tu m'entends ?

— J't'entends, dit Saria, avant de grommeler tout bas. J'crois que le monde entier t'a entendu.

— Tu as dit quoi ? répliqua son frère d'un ton brusque.

Drake vit la lueur amusée dans ses yeux qui démentait son ton.

— Compte sur nous.

Drake fit glisser la paume de sa main sur le bras de Saria jusqu'à sa main, entrelaçant ses doigts aux siens. Il la tira légèrement. Il voulait quitter le marais de Fenton aussi vite que possible.

Saria leva les yeux vers Remy, encore un peu choquée que ses frères soient venus la sauver.

— *Bien, merci**, je n'me doutais pas que vous viendriez.

Mahieu s'approcha pour la serrer dans ses bras.

— Bien sûr qu'on est venus pour toi, Saria.

— Ne m'fais pas pleurer, Mahieu. J'l'ignorais.

— Nous formons une *famille**. (Il baissa la tête vers elle.) *J't'aime beaucoup, ma sœur**. Comment as-tu pu l'ignorer ? Si tu as des ennuis, Saria, on vient tous.

Chapitre 10

Drake adressa un signe de tête aux deux frères de Saria alors qu'il l'entraînait de nouveau sur l'étroit sentier qui s'éloignait de l'eau, mais il s'éloigna avec précaution, ne les perdant pas de vue jusqu'à ce que du feuillage les sépare. Saria leva la main vers ses frères en un geste bref, mais ne dit rien de plus, puis elle et Drake permutèrent leurs positions et elle passa devant.

Drake fronça les sourcils. Son léopard faisait encore les cent pas, luttant de temps en temps contre lui pour sortir.

— Tu es sûre que ta femelle ne te donne pas du fil à retordre ?

Il l'observa de près, fouillant ses yeux sombres pour s'assurer qu'elle ne rencontrait pas de difficultés.

Saria secoua la tête, le regardant droit dans les yeux.

— Elle est plus tranquille maintenant.

Drake balaya les environs du regard. Il trouvait que le marais de Fenton avait l'odeur de la mort.

— Ne tardons pas. Je veux en avoir fini avant la tombée de la nuit.

En vérité, il voulait éloigner Saria de cet endroit, même s'il devait reconnaître que le marais était magnifique. Tandis qu'il pénétrait plus avant dans les terres préservées de Fenton à la suite de la jeune femme, Drake comprenait pourquoi elles offraient un habitat à une faune et une flore aussi diversifiées.

Certaines fleurs, qui poussaient au milieu des verts plus sombres des plantes, aux grandes tiges étrangement rayées de verts clair et foncé, ressemblaient à des lis dorés avec des éclaboussures foncées dans leurs doux pétales coniques. Disséminée au milieu des plus grandes d'entre elles se cachait une autre espèce qu'il ne reconnut pas, chaque fleur s'arrêtant à peu près au milieu de la tige rayée de l'étrange lis. Des plantes grimpantes s'enroulaient aux branches des arbres avec lesquelles elles se confondaient et de plus petites fleurs aux couleurs vives en faisaient autant au sol.

De la mousse formait de longs voiles suspendus aux branches, et toutes les sortes de plantes imaginables semblaient se disputer l'espace dans les épaisses broussailles. Tandis qu'ils s'y enfonçaient plus profondément, loin du bord de l'eau, le feuillage se faisait encore plus dense, ressemblant à une jungle sombre. Des champignons et des moisissures s'y développaient en abondance. Là, les fleurs formaient d'épais tapis qui recouvraient le sol sous les arbres.

— C'est comme une forêt tropicale ici. La terre doit être incroyable.

Elle lui adressa un sourire par-dessus son épaule, captivant aussitôt son attention.

— J'ai photographié chaque centimètre de ces terres. J'progresse peu à peu vers le sud. Je n'trouve nulle part les noms de certaines de ces plantes et de ces fleurs. Comme j'l'ai dit, personne n'vient ici, personne n'est venu depuis des années. J'espère dénicher quelque chose d'important pour le *National Geographic* ou un autre magazine scientifique.

— Et donner ton nom à une plante ?

Il la regarda le balancement tranquille et sexy de ses hanches tandis qu'elle marchait. Elle avait les épaules droites et ce léger déhanchement soulignait sa taille fine. Elle n'avait pas le corps mince des mannequins, mais était pourvue de rondeurs aux endroits où un homme comme lui les appréciait le plus.

— Non, c'est plus le style de Charisse. J'veux juste qu'on remarque mes photographies, et un truc comme ça me rendrait célèbre. J'pourrais vraiment gagner ma vie comme ça.

Elle lui décocha un autre regard par-dessus son épaule et il oublia tout de ce qui l'entourait. C'était un endroit magnifique, mais rien n'y était aussi beau qu'elle à ses yeux.

— Arrête ça. (Elle pouffa.) Parfois je n'sais pas quoi faire de toi.

— Je peux te donner des conseils, lui dit-il.

Le sol redevenait spongieux sous ses pieds, ce qui indiquait qu'ils approchaient de l'eau de l'autre côté de la langue de terre. Saria pouffa encore, mais ne répondit pas.

Drake garda le silence un moment, tentant de trouver un moyen subtil d'aborder la question de ses frères. Il prit une voix très douce.

— Tu sais qu'on va devoir dire à tes frères que quelqu'un tue en utilisant à la fois une morsure suffocante et un couteau, dit Drake, regrettant de devoir lui rappeler la raison de leur présence dans le marais.

L'espace de quelques instants, ils avaient été de nouveau seuls tous les deux, mais elle devait se faire à l'idée qu'ils allaient devoir révéler cette information à sa famille. Il voulait qu'ils soient sur la même longueur d'onde tous les deux. Ils avaient besoin d'alliés pour découvrir ce qui se tramait au sein du clan. Personne ne lui parlerait, pas plus qu'à son équipe ni même probablement à Saria. Ils avaient besoin de ses frères.

— J'ai trouvé ces corps il y a un moment et il n'restera aucune preuve, souligna Saria.

— Nous n'avons pas le choix, Saria. Ils savent qu'il y a un problème.

Saria avait les yeux rivés sur le sentier. Il se faisait plus étroit, le terrain autour plus dangereux, mais la jeune femme savait exactement où elle allait.

— Ça n'va pas être facile, avança-t-elle. Remy est enquêteur criminel, et que j'ai eu peur d'eux n'va pas lui plaire.

— Saria, murmura Drake.

Il l'arrêta en lui saisissant le poignet avec douceur, l'obligeant à se retourner vers lui.

— Ce qui a motivé tes peurs est réel. Voler à ton secours une fois n'efface pas des années de négligence. Tu avais une bonne raison de les soupçonner.

— Peut-être, Drake, et peut-être que c'était l'orgueil. Ils semblaient si proches les uns des autres tandis que j'étais si seule et n'avais pas ma place auprès d'eux. Peut-être que d'une certaine façon j'ai voulu les punir.

Drake se pencha vers elle et effleura le haut de son visage maculé de terre d'un baiser.

— C'est toujours facile de se critiquer rétrospectivement alors qu'on détient de nouvelles informations, mais sur le moment, ma chérie, tu as fait de ton mieux. Tu as essayé de les protéger.

Elle redressa les épaules et opina.

— Merci de n'pas avoir envenimé les choses tout à l'heure avec mes frères. J'sais que tu étais en colère.

Il arqua un sourcil.

Elle sourit et haussa les épaules.

— Tes yeux commencent à flamboyer. C'est vrai, Drake. Ils deviennent dorés, puis chatoient. J'crois que de temps à autre j'serais tentée de te mettre en colère juste pour pouvoir admirer tout ce feu chatoyant.

Il lui empoigna les cheveux et baissa sa bouche sur la sienne. Lorsqu'il releva la tête, il avait les yeux exactement comme elle les avait décrits. Saria s'esclaffa et il sentit la tension qui lui nouait le ventre se dissiper. Elle était de nouveau elle-même, avec de l'assurance à revendre. Elle avait été bouleversée un moment, mais elle avait tenu parole et l'avait soutenu.

— Ce n'était pas tant que j'étais en colère, mais que mon léopard était incontrôlable.

— Vous étiez tous incontrôlables. J'ai cru que mes frères allaient te faire la peau. Et Remy a failli tuer Armand et Robert. La tension a été palpable à un moment. (Elle émit un petit reniflement.) J'suis la seule à avoir gardé une once de bon sens.

» J'te fais prendre le chemin le plus sûr en évitant le marais autant que possible. C'est plus long, mais moins dangereux même si on repasse dans les roseaux, alors ouvre l'œil si on entre dans l'eau. Qu'espères-tu voir ? demanda-t-elle. Les corps ont disparu depuis longtemps.

— Mon léopard sera capable de sentir leur odeur. Je veux savoir s'il y en a eu d'autres. Il est possible que ton tueur se serve de l'île comme charnier depuis un moment.

— J'ignore pourquoi, mais j'pense toujours que la première fois était différente des suivantes. Il y avait deux bateaux et j'les soupçonne de s'être adonnés à quelque activité illicite.

— Deux tueurs différents ?

Elle fronça les sourcils, secouant la tête tandis qu'elle se frayait un passage à travers les roseaux.

— Non. Plus comme si cette fois-là ce n'était pas prévu alors que les autres si.

Il remarqua qu'elle tenait son fusil avec précaution et était sur le qui-vive, cherchant des alligators du regard. À un moment elle s'arrêta, avant de contourner un endroit à une distance respectueuse.

Ils marchèrent encore pendant près de deux kilomètres. Son léopard commença à se calmer et il respira mieux. Le terrible besoin de laisser exploser sa rage s'estompa peu à peu, emportant avec lui la tension qui lui nouait le corps, lui permettant de baisser suffisamment la garde pour apprécier ce qui l'entourait.

La végétation s'émaillait de moins de fleurs enchevêtrées au milieu des bosquets serrés d'arbustes et se composait de davantage d'arbres et d'épaisses broussailles plus espacés. Partout des traces de la présence de petits animaux étaient visibles. Les oiseaux s'étaient réinstallés dans les branches et, lorsqu'ils approchèrent des limites extérieures de la propriété aux bords arrondis, il vit des aigrettes et des hérons qui pataugeaient dans les eaux peu profondes envahies de roseaux.

Saria les conduisit jusqu'à une crique abritée où le sol était ferme, avec des arbres qui bordaient l'eau, de sorte que cette partie du marais et les roseaux qui s'y avançaient étaient à l'ombre.

Elle écarta les bras et tourna sur elle-même.

— C'est ici que j'ai trouvé le deuxième corps. Il était à moitié dans l'eau, là-bas.

Elle indiqua un long sentier situé à une certaine distance où les broussailles qui jouxtaient la limite des roseaux et des eaux plus profondes étaient aplaties – à l'évidence une glissoire d'alligator.

— Et là.

Elle montra un endroit situé à bonne distance de la glissoire où on aurait pu décider de pique-niquer, à l'abri des alligators.

— Le sol était jonché de bouteilles de notre bar.

Il lui prit la main et la guida à l'intérieur des terres, loin des alligators et des cadavres. Le sol était ferme et les arbres avaient des branches épaisses. Si besoin, elle pourrait facilement y grimper, même s'il n'y avait aucune trace de la présence d'alligators aussi loin de l'eau.

— Je vais me transformer et aller faire un tour aux alentours, Saria. Je pourrais en avoir pour un moment.

— J'veux prendre quelques clichés de toi. Ça n'te dérange pas ? Sous ta forme de léopard.

— Tu sais que ce n'est pas une bonne idée. (Drake détestait lui refuser quoi que ce soit.) Même pour ton usage personnel, ça n'est vraiment pas la chose à faire.

— Comment pourrait-on faire la différence entre un métamorphe et un léopard ?

Il lui tendit sa chemise, l'ayant fait glisser de ses épaules avec aisance.

— On verrait que les photos ont été prises ici dans le marais, ma chérie. Comment expliquerais-tu la présence d'un léopard dans le marais de Fenton ?

Saria parut captivée par les muscles de son torse. Elle les dévora du regard tout en pliant sa chemise. Drake fit voler ses chaussures et baissa les mains sur sa braguette. Le regard de la jeune femme suivit ses mouvements alors qu'il écartait l'étoffe de son jean pour l'enlever. Il aimait qu'elle soit fascinée. Il fallait qu'elle s'habitue à le voir nu, ce qui ne semblait d'ailleurs pas la déranger, même si elle paraissait un peu intimidée.

— Ton frère Remy est un dur à cuire.

Il tenta de détourner son attention.

Elle cligna des yeux, s'efforçant de se concentrer sur son visage.

— Ils le sont tous.

— Ce clan a besoin d'un chef fort. Et il a foutu une raclée à des membres proches de leur chef attitré. Il est capable de tous les battre en un clin d'œil.

— Mes frères ne se mêlent pas aux autres.

— Mahieu ne voit-il pas Charisse ?

Il lui tendit son jean, tentant désespérément de penser à autre chose qu'à une partie de jambes en l'air. Soudain des images de sexe envahirent totalement ses pensées, et, étant un homme, il était physiquement incapable de le cacher. Elle était déjà assez intimidée à l'idée de faire l'amour avec lui.

— Eh bien, on n'sait jamais avec mes frères. Lojos et Gage n'arrêtent pas de le chambrer à ce sujet, pour le taquiner, tu sais. Mahieu n'dit pas grand-chose, mais il va dans des clubs de jazz avec elle.

Elle ne tenta pas d'arracher son regard à son corps. Mais écarquilla les yeux et arqua les sourcils.

— Je n'sais pas, Drake, tu es juste un peu plus gros que ce que j'pensais.

Cette femme ferait rougir le diable. Au lieu de s'écarter de lui, elle se rapprocha et tendit une main hésitante vers lui, comme si elle craignait qu'il la repousse d'une tape. Il se figea. Tout comme son léopard. Tous deux retinrent leur souffle. Elle leva soudain le regard sur son visage, le plongea dans le sien, puis le baissa de nouveau sur son épaisse érection. Timidement, elle lui effleura la queue en un doux frôlement de la pulpe des doigts uniquement, comme si elle craignait qu'il lui brûle la peau – alors qu'en fait c'était la sienne qui le brûlait.

Il eut le souffle coupé. Du sang chaud afflua dans ses veines, alimentant ses appétits charnels, qui se firent pressants. Toutes ses terminaisons nerveuses semblèrent se concentrer dans son entrejambe. Elle le caressa sur toute la longueur de son sexe, puis le prit dans sa main, glissant jusqu'à ses bourses, sur lesquelles elle referma les doigts. Un grognement sourd lui échappa, sa gorge se nouant de sorte qu'il émit un son étranglé.

— Si chaud, murmura-t-elle comme si elle se parlait à elle-même. Vivant.

— Parfaitement vivant, reconnut-il, les dents serrées.

Il ne voulait pas qu'elle arrête, mais c'était de la torture, purement et simplement.

Saria leva les yeux vers le visage de Drake. Le désir lui creusait profondément les traits. Ses prunelles avaient viré à l'or flamboyant – comme le soleil éclatant. Elle s'humecta les lèvres. Tout chez lui était beau à ses yeux. Elle adorait l'idée qu'il ait le corps si chaud et dur juste pour elle. Prendre le contrôle avait quelque chose de puissant et de libérateur. Elle jouait sur son corps avec ses doigts comme s'il s'agissait d'un instrument de musique, glissant, caressant et massant tandis qu'elle gravait les sensations qu'il lui procurait dans sa mémoire. Une unique goutte de son essence perla de son gland lisse et velouté.

Saria baissa les yeux sur cette goutte et s'humecta une seconde fois les lèvres. Elle saliva. Tout au fond d'elle, elle sentit son léopard s'éveiller, puis s'étirer avec un intérêt langoureux. La femelle lascive l'avait rendue folle un peu plus tôt dans le marais – ce qu'elle n'avait pas voulu avouer à Drake devant ses frères, mais à présent elle ne souhaitait pas ressentir la réaction de son félin. Elle voulait que cette exploration ne soit qu'à elle. Lorsqu'elle leva les yeux, le visage de Drake lui sembla avoir été ciselé dans la pierre. Il avait les yeux mi-clos, les paupières lourdes, avec sur les traits une expression de pouvoir et de passion à l'état pur. Ses yeux étaient devenus entièrement dorés de désir débridé – pour elle. Elle se délecta de la vision qu'il offrait, le cœur battant d'audace.

— Drake (elle baissa le regard sur son érection), montre-moi.

Il ne posa pas de questions ni ne protesta. Il lui prit la main et la referma autour de lui comme un poing. Il lui montra comment le branler. Elle avait l'impression qu'il était du fer dans du velours, un mélange fascinant. Elle voulait passer du temps à tout apprendre de son corps, ce qui le faisait soupirer de plaisir et ce qui le mettait à genoux. Ce qui allumait cette lueur passionnée et sexy dans ses yeux dorés.

Elle avait lu des choses sur la sexualité et avait assurément eu des fantasmes, mais elle n'avait jamais envisagé de sortir avec aucun des hommes avec lesquels elle avait grandi. Celui-ci, avec son corps dur comme de la pierre, une chaleur flamboyante dans les yeux et une nature passionnée, incarnait tout ce qu'elle avait imaginé. Elle brûlait de désir, la peau si sensible que son mince tee-shirt la blessait. Elle avait soif de lui, ne demandant qu'à découvrir sa saveur et les sensations qu'il lui procurerait. Elle voulait le revendiquer.

Elle n'avait jamais pensé être jalouse mais, à l'idée qu'une autre femme le touche, elle avait envie de la labourer mortellement de ses griffes. Elle voulait être celle qui le comblait, celle qu'il voulait avec la même intensité qu'elle le voulait. Son désir venait par vagues, un afflux brûlant dans ses veines qui faisait palpiter le centre de sa féminité. Le besoin profond et pressant qu'elle ressentait n'était pas entièrement le fait de sa femelle léopard, même si elle comprenait désormais bien mieux celle-ci.

Drake Donovan était l'homme le plus sexy qu'elle ait jamais rencontré et l'alchimie entre eux était inimaginable. Aucune chance de résister à la terrible urgence qui l'étreignait. Sans réfléchir, elle baissa la tête pour goûter la goutte satinée, enroulant la langue autour de son large gland. Il tressaillit dans son poing, gonfla encore. Un grondement retentit dans sa poitrine et elle le lécha à petits coups de langue délicats, souriant lorsqu'elle fut récompensée par des palpitations brûlantes.

— Je ne suis pas un maudit saint, Saria, cracha-t-il, la voix presque démoniaque.

Elle leva les yeux vers lui, un frisson lui glissant dans le dos aux accents désespérés de sa voix. Un désir sombre flamboyait dans ses yeux, ne faisant qu'intensifier son envie vorace de le goûter. Il lui déplaça la main jusqu'à la base de son épaisse érection, lui repliant les doigts tout autour. Elle laissa la main qu'il avait plongée dans ses cheveux la guider, et s'agenouilla dans l'herbe drue. Elle était incapable d'arracher son regard fasciné de son sexe à la taille impressionnante dans son poing.

— Prends-moi dans ta bouche, doucement, lui indiqua-t-il. Exactement comme ça. Doucement maintenant, accoutume-toi à ma taille et à tes sensations.

Il rejeta la tête en arrière et grogna quand elle lui obéit.

— Sers-toi de la langue, mon chou.

Elle se retira et le lécha, à la manière d'un chat lapant un bol de crème. Lorsqu'il palpita contre sa langue, elle referma sa bouche sur lui. Tout ce fer velouté. Il avait une saveur sauvage, sexy, entièrement virile. Il avança brusquement les hanches et elle cligna des yeux, les levant vers lui et découvrant que l'or incroyable de son regard jetait des étincelles ardentes.

Il avança de nouveau les hanches en un rythme lent, désespéré, qu'elle adopta aussitôt. Elle l'attira plus profondément et se retira en faisant glisser sa bouche contre lui. Il laissa échapper un souffle rauque en réponse. Elle entendit son propre gémissement lorsqu'il emplit de nouveau sa bouche, sentant un pouvoir l'envahir, une passion ténébreuse qui attisait le désir qui la submergeait. C'était ainsi qu'elle le voulait, grognant, à un doigt de perdre le contrôle, tandis qu'elle le rendait fou avec sa bouche inexpérimentée.

— Saria.

Il prononça son nom. Rien d'autre, un unique mot, mais il avait la voix rauque et impérieuse, lui demandant grâce, lui ordonnant de continuer.

Il était épais, lui étirant les lèvres, lui remplissant la bouche, brûlant et palpitant de vie. Il avait une saveur si virile, si passionnément ténébreuse, sexy et délicieuse. Elle lécha sous le rebord de son large gland sensible, savourant cette sensation et sa réaction. Il grogna quand elle le prit plus profondément. Il lui empoigna soudain les cheveux, la maintenant immobile pendant qu'il avançait les hanches en une série d'assauts modérés.

— Détends-toi, ma chérie. Détends-toi et respire. Prends ton souffle et retiens-le alors que je glisse un peu plus loin. Je ne laisserai rien t'arriver.

Elle s'exécuta, prenant son souffle, le sentant pénétrer plus profondément jusqu'à ce qu'elle craigne de s'étrangler, mais il n'alla pas plus loin, et, lorsqu'elle perçut son cœur qui battait dans sa bouche, des palpitations parcoururent son intimité. Un éclair chauffé à blanc la transperça, comme si chacune de ses terminaisons nerveuses se concentrait dans sa bouche.

— Aplatis la langue.

Il finissait à peine de prononcer ces mots qu'elle s'exécutait, frottant la zone douce sous son large gland alors qu'il se retirait en grognant Il lui immobilisa la tête tout en glissant de nouveau en elle. Encore une fois elle dut lutter contre ses propres réflexes pour ne pas paniquer, mais il fit attention. Il bougea en rythme, l'attirant plus près de lui, la laissant reprendre son souffle avant de lui baisser la tête tout en donnant un coup de reins.

— Suce plus fort, ma chérie. Ouais. Comme ça. C'est tellement bon, putain ! Plus fort, ma chérie, suce-moi plus fort. J'en ai besoin.

Elle écouta les instructions qu'il lui donnait d'une voix rauque, les suivant consciencieusement, se donnant à lui, ne souhaitant que son plaisir, chérissant ses grognements et ses coups de reins désespérés. Elle enfonça les doigts dans sa hanche, le tenant plus près, se servant de la langue et de la chaleur de sa bouche pour l'amener un peu plus vers la jouissance. Elle le sentit grossir, perçut le feu qui émanait de lui. La vie palpitait en lui, ainsi qu'une passion si érotique qu'elle n'aurait pas pu s'arrêter même si elle l'avait voulu.

Il lui baissa encore un peu plus la tête alors qu'elle reprenait son souffle par à-coups, puis elle sentit sa délivrance brûlante se déverser en elle. Il poussa un long gémissement sourd, un son aussi excitant que le membre dur qui tressaillait dans la chaleur de sa bouche. Il lui planta les ongles dans la tête et dans l'épaule, le souffle rauque.

— Sers-toi de la langue, mon chou, lui intima-t-il. C'est vraiment trop bon.

Elle le lécha, un doux baume qui les apaisa tous les deux. Elle respirait presque aussi fort que lui. Elle avait mal partout, presque à deux doigts d'arracher ses vêtements et de s'empaler sur cette épaisse lance de fer recouverte de velours.

Drake la souleva, la serrant tout contre lui.

— C'était incroyable, Saria.

— J'suis sûre que j'vais m'améliorer, dit-elle, le regard soudain inquiet.

— Tu risquerais de me tuer alors. (Il lui effleura la tempe d'un baiser.) On finira ça à la maison d'hôtes dans une pièce confortable avec un lit. Ta première fois se doit d'être spéciale, ma chérie.

Elle n'était pas certaine de pouvoir attendre que toutes les conditions soient réunies, mais il avait raison. Le marécage n'était pas vraiment un endroit où tenter de faire l'amour. Elle opina, toujours submergée par son propre désir. Elle avait besoin de mettre de la distance entre eux pour pouvoir respirer un peu.

Drake vit que Saria luttait et il se maudit de l'avoir laissée lui donner du plaisir alors qu'il ne pouvait pas lui faire l'amour. Il comprit qu'elle voulait être seule et il détesta devoir accéder à son désir, la laisser après qu'elle venait de le combler au plus haut point.

— Ça va aller ?

— J'vis pratiquement dans le marécage, dit-elle, observant le bord des arbres. J'pourrai prendre des photos pendant que tu fais ce que font les léopards.

Mal à l'aise, il se transforma, restant près d'elle quelques instants pour frotter sa fourrure partout contre elle, tentant à sa façon de la rassurer avant de prendre le large. Il fouilla toute la zone, quadrillant le terrain sauvage, recourant à tous les moyens possibles pour déceler des indices d'un léopard tuant une proie. Il n'avait jamais été aussi frustré – ni alarmé – de toute sa vie. Il sentit l'odeur du sang et de la mort en de nombreux endroits, six pour être exact, et il découvrit d'autres bouteilles vides du bar des Boudreaux, mais il ne trouva aucune trace d'un léopard. Pas la moindre piste. Pas de marquage odorant. Pas de poil.

Son léopard était parfois très calme, puis soudain devenait si agité que Drake craignait de ne pas parvenir à le contrôler. Ces changements d'humeur subits ne semblaient répondre à aucune logique tandis qu'il se frayait un chemin à travers plusieurs hectares. Saria se trouvait au centre du cercle de plus en plus large qu'il décrivait dans sa chasse aux indices et il s'assura de pouvoir sentir son odeur en permanence.

Il savait que Saria ne pouvait pas avoir imaginé une morsure de léopard. Celle-ci était assez caractéristique. Elle s'était rongé les sangs pour écrire sa lettre à Jake, alors il devait y avoir du vrai dans ce qu'elle avait vu. Les léopards laissaient une piste. Ils marquaient tout. Où ils avaient été. Les territoires qu'ils traversaient. C'était leur comportement naturel, et, alors même qu'il était extrêmement fort et maître de lui-même, il doutait de pouvoir empêcher son propre félin de marquer son territoire. Surtout après une mise à mort.

Il revint sur ses pas, conscient que le temps filait. Il préférait ne pas être surpris par la nuit dans le marais. Le clan de léopards était dans une telle pagaille qu'il était impossible de savoir ce qu'ils pourraient faire ensuite. Avant toute chose, il devait veiller sur Saria. Il devait rentrer à la maison d'hôtes, se doucher, réunir son équipe et aller trouver les frères de la jeune femme. Rien dans ces terres ne laissait supposer la présence d'un léopard, mais il ne faisait aucun doute pour lui que le marais de Fenton était un terrain d'abattage.

Il rejoignit Saria alors que le soleil descendait sur l'horizon. Des couches de rouge cramoisi, d'orange brûlé et d'or antique emplirent le ciel, transformant les eaux autour de la pointe du marais de Fenton en une explosion de couleurs. Un alligator, si immobile qu'on aurait pu le confondre avec un tronc d'arbre, était allongé sur la berge, juste au-dessus d'un champ de roseaux. Une légère brise provoqua des rides à la surface de l'eau, qui vinrent clapoter au pied de l'animal. Celui était très gros, près de cinq mètres au moins voire plus, une créature préhistorique majestueuse qui datait d'une autre ère.

Des chauves-souris tournoyaient et piquaient au-dessus de l'eau, se régalant d'insectes, petits corps sombres sur le ciel multicolore. Les oiseaux qui marchaient comme des bonhommes allumettes dans les roseaux ressemblaient désormais à des figurines en carton contre les couleurs éclatantes du soleil couchant. Les troncs d'arbres qui se reflétaient dans l'eau transformaient celle-ci en peinture, tout en or et rouge miroitants.

Le marécage était à couper le souffle. Saria s'accroupit, l'œil collé à son appareil photo, capturant la beauté du soir naissant en une image figée. Ses vêtements étaient maculés de terre et elle avait les cheveux en bataille, mais elle était à sa place au beau milieu de toute cette beauté. Elle le laissait sans voix. Il distinguait les contours de sa poitrine qui poussait contre son tee-shirt en une douce courbe tentante, et ceux de son étroite cage thoracique et de sa taille, soulignée par le vêtement rentré dans son jean. Lorsqu'elle changea de position, il admira la rondeur de ses fesses et de ses hanches.

Saria se déplaçait avec assurance malgré le jour qui déclinait. Elle n'avait pas peur, même si elle avait parfaitement conscience des dangers du marécage. Elle prit rapidement plusieurs photos et il attendit patiemment pour ne pas la déranger. Elle était un léopard. Elle devait savoir qu'il était là.

Lorsqu'elle se redressa lentement, s'étirant pour détendre ses muscles raides, il se transforma, émergeant nu, et se dirigea vers ses vêtements. Elle se retourna pour le regarder, portant de nouveau l'appareil photo à son œil et le photographiant tandis qu'il enfilait son jean.

— Tu n'as pas osé ?

— Juste ton visage. (Elle gloussa.) Tu avais une expression si abasourdie, j'n'ai pas pu résister. Tu n'es pas le seul pervers ici, tu sais.

Elle aimait le reluquer et ne s'en cachait pas, ce qu'il adorait. Qu'il vienne tout juste de la rencontrer lui faisait bizarre. Il avait l'impression que ça faisait une éternité, comme s'il la connaissait depuis toujours, et pourtant chaque nouvelle rencontre était parfaite et neuve. Il s'était souvent imaginé que tomber amoureux était un processus lent. L'apprentissage de l'autre, l'incroyable alchimie associée à cette première montée du désir, puis le calme d'un développement lent et intériorisé, prévisible et régulier. Ce qu'il vivait avec Saria était tout ça et complètement autre. Il sombrait comme une pierre qu'on aurait jetée dans ses yeux sombres insondables et qui continuait à tomber.

Il savait qu'il ne pourrait plus vivre sans elle, alors même qu'à peine quelques jours plus tôt il ignorait qu'elle existait. Il avait été à moitié vivant, arpentant le monde sans voir ou apprécier sa beauté. Saria lui avait offert cette vision. Son rire était comme de la musique portée par le vent, insaisissable, pourtant elle lui avait fait ce cadeau aussi. La confiance qu'il lisait dans ses yeux quand elle le regardait était une leçon d'humilité pour lui. La façon qu'elle avait de se donner librement à lui, sans inhibitions, lui demandant de l'instruire juste pour qu'elle puisse lui procurer du plaisir, était un présent inestimable.

— Rentrons, Saria. On va se débarbouiller, rassembler mon équipe et aller voir tes frères.

Elle cligna des yeux, les détourna et passa un temps excessivement long à ranger son appareil photo pendant qu'il s'habillait.

Drake s'approcha dans son dos et glissa les bras autour de sa taille, posant le menton sur son épaule.

— Parle-moi, ma chérie. Si tu es inquiète, dis-le-moi. Je ne veux pas que tu t'inquiètes inutilement. On trouvera une solution.

Elle s'adossa à lui, emboîtant son corps dans le sien comme pour se rassurer.

— Tu t'attends à rencontrer des ennuis avec mes frères ? C'est pour cette raison que tu amènes ton équipe ?

— C'est ce que tu t'es dit ?

Il lui mordilla le cou, parvenant à la zone délicieuse où celui-ci et son épaule se rejoignaient. Il sut qu'il l'avait trouvée à la façon dont sa respiration changea. Il l'embrassa à cet endroit plusieurs fois.

— Je veux que tes frères apprennent à connaître mes hommes en tant qu'êtres humains. On a besoin d'alliés au sein du clan. On ne peut pas être constamment en guerre et tes frères sont une force avec laquelle il faut compter. Remy est fort et intelligent, un chef-né. Le clan l'écoutera.

Elle se retourna dans ses bras, joignant les mains derrière son cou.

— *Merci*[*]. Je n'veux pas que tu te battes avec mes frères.

— Je doute qu'on en arrive là. Sauf, bien sûr (il lui mordit doucement l'épaule et remonta le long de sa gorge en lui mordillant la peau jusqu'au coin de la bouche), s'ils tentent de nous séparer.

— J'crois qu'ils sont contents d'être débarrassés de moi, du moins jusqu'à ce que ma petite dévergondée émerge.

Il s'écarta pour la regarder.

— Saria, tu ne crois pas qu'on va avoir une aventure d'un soir, si ?

Elle fronça les sourcils.

— J'espérais qu'on s'exercerait un peu avant qu'elle émerge, reconnut-elle, le rouge lui montant aux joues. J'sais que j'peux te procurer du plaisir si seulement tu m'en laisses l'occasion.

Il lui encadra le visage des mains.

— Mon chou, tu te trompes sur toute la ligne. Une revendication ne dure pas juste une nuit. Ce n'est pas juste mon léopard qui revendique le tien. Nous formons un couple uni. On reste ensemble.

Elle parut interloquée.

— Les léopards n'restent pas avec le même partenaire toute leur vie. Enfin, j'sais que tu as mentionné ça une fois, mais j'ai cru que tu…

— Les métamorphes, si. Nous, si. Saria et Drake. On s'unit pour la vie. (Il baissa les yeux sur ses sourcils froncés. Son menton têtu.) Es-tu en train de dire que tu comptais juste coucher avec moi avant de m'envoyer paître ?

Il ne put s'empêcher de se sentir quelque peu offensé. Il avait de l'expérience. Quelques années de plus qu'elle.

Était cultivé. Et elle comptait se servir de lui avant de le rembarrer. Bordel !

— On s'unit *pour la vie*, Saria.

Elle laissa retomber les bras et recula.

— J'n'avais pas compris ça.

— À l'évidence. (Il prit une voix plus douce. Il l'avait peut-être effrayée.) Tu croyais que j'allais profiter de ton léopard ?

Elle leva vivement les yeux vers les siens.

— Drake, j'l'ignorais. J'suis désolée, j'dois juste me faire à l'idée. J'pensais que tu serais avec moi, puis que tu devrais partir. Tu n'habites pas ici. J'suppose que ça allait juste de soi que tu partes… après.

Il réprima sa colère. Pour quel genre d'homme le prenait-elle ? D'un autre côté, certains signes lui avaient laissé entendre que c'était ce qu'elle croyait, et ce n'était pas totalement absurde. Il n'y avait pas prêté attention parce qu'il avait voulu qu'elle éprouve des sentiments aussi profonds que ceux qu'il ressentait déjà pour elle.

— Écoute, Saria, je sais que j'ai été égoïste tout à l'heure. J'aurais dû nous arrêter et attendre qu'on soit dans une chambre avec un lit pour que je puisse te faire l'amour comme il se doit. Je ne vais pas me trouver des excuses, mais je ne serai pas un amant égoïste. Ton plaisir passera en premier et je ferai en sorte que tu apprécies nos ébats. Et bien plus que ça.

Saria parut plus déconcertée que jamais.

— Tu n'me connais même pas, Drake, pas vraiment. Je n'suis pas une fille de la ville et je n'veux pas l'être non plus. J'suis chez moi ici et ça me convient très bien. Si j'mène une vie simple ce n'est pas sans raison. J'ai eu le choix. C'est mon choix.

— Je sais ça, mon chou. Je vois qui tu es. Je te vois tout entière. Bien sûr que je sais que tu as le choix. Je veux être l'un de tes choix.

Elle se mordit la lèvre inférieure.

— Je n'suis pas comme tout le monde, Drake. C'est juste comme ça. Parfois je n'peux pas respirer quand j'suis loin d'ici. J'fais ce que j'veux. J'n'aime pas faire de mal et j'sais que si on était ensemble tu finirais par essayer de me dire quoi faire et j'sais que je n'le ferais jamais. (Elle secoua la tête.) Je n'veux pas me retrouver avec des enfants, un mari malheureux et un divorce.

— La femelle léopard ne se soumet pas au mâle, Saria, dit Drake. Elle est farouche et a mauvais caractère, et il doit se mettre à son diapason pour espérer s'accoupler avec elle. Je ne t'ai pas choisie dans l'idée que tu te comporterais comme une soumise avec moi. Suis-je un mâle dominant ? Oui. Et c'est une certitude, mais je veux une femme qui se tienne à mon côté, qui en ait dans la tête, qui me contredise si elle estime avoir raison. C'est toi que je veux. À toi de décider si tu veux de moi tel que je suis. (Il lui fit les gros yeux.) Mais tu ne te serviras pas de moi pour assouvir tes désirs si c'est pour me jeter après.

Il vit un sourire s'insinuer peu à peu dans ses yeux.

— C'est un marché difficile que tu me proposes. J'avais hâte de me servir de toi pour assouvir mes désirs. Tu es très appétissant.

Il lui lança son regard le plus noir, sans céder à son envie de rire à l'absurdité de la situation.

— N'oublie juste pas que, la prochaine fois que tu voudras coucher avec moi, tu auras intérêt à en avoir vraiment envie.

Elle roula des yeux, son ultimatum la laissant de marbre.

— On ferait mieux de partir d'ici. Tu n'veux pas traîner dans le marécage la nuit. Pas même avec moi.

Drake dissimula un sourire. Ouais. Il aimait son caractère têtu et le défi qu'elle ne cesserait jamais de représenter. Elle aimait la vie avec passion, laquelle se répandrait dans la chambre à coucher. Il la suivit à travers le marécage tandis qu'ils revenaient sur leurs pas, veillant à poser le pied sur la terre ferme.

À mi-chemin du bateau, il sentit son léopard se réveiller en grondant, montrant les dents. La bête le lacéra de ses griffes, réclamant avec urgence à être laissée libre. Son amusement déclina, remplacé par de la colère. Laquelle se mua un peu plus en rage à chacun de ses pas alors qu'ils se frayaient en hâte un passage à travers le marécage sur lequel la nuit tombait rapidement. Pour qui se prenait Saria à le traiter ainsi, bordel !? Se servir de lui et le jeter comme une vieille peau ? Elle avait besoin de tout régenter. Ce qu'il lui fallait, c'était un homme, un vrai, qui lui apprenne un peu les choses. Son léopard rugit, luttant pour se libérer, pour…

Drake s'arrêta net. Qu'est-ce qui lui était passé par la tête, bordel !? Saria était jeune et inexpérimentée. Et effrayée. Il ne pouvait pas l'en blâmer. Elle ne faisait qu'essayer de démêler une situation nouvelle pour elle. Il ne ferait jamais de mal à une femme ni même ne l'envisagerait. Il regarda autour d'eux. Ça faisait déjà un moment qu'il luttait intérieurement tandis qu'ils regagnaient l'endroit où elle avait amarré leur bateau, presque comme s'il avait perdu la notion du temps. Son léopard se calma, le laissant respirer un peu alors qu'il suivait Saria dans l'embarcation.

Que se passait-il, merde !? Il devait parler à son équipe. Aux frères de Saria. Enquêter sérieusement sur le marais de Fenton pour comprendre ce qui clochait dans cet endroit. Il avait le sentiment qu'il était… maléfique.

La maison des Boudreaux était plutôt petite, mais très bien construite. Mahieu les escorta à l'intérieur et l'équipe de Drake se déploya aussitôt près des fenêtres. Remy n'alluma pas les lumières, à part quelques bougies, et ils s'assirent pour discuter de la situation. Drake percevait la nervosité de Saria. Ils s'étaient douchés – chacun dans leur chambre – et elle avait gardé le silence depuis qu'ils avaient quitté le marécage. Il ne pouvait pas la blâmer, il était assez silencieux lui aussi, à se demander ce qui s'était passé exactement entre eux. Elle s'installa tout près de lui sur le canapé, ce dont il lui fut reconnaissant. Elle se glissa sous son épaule, la cuisse contre la sienne, ce qui sembla lui redonner confiance pour qu'elle puisse se lancer dans son récit.

Remy et les autres l'écoutèrent patiemment sans l'interrompre une seule fois. Lorsqu'elle eut terminé, un silence de mort lui répondit. Drake balaya la pièce du regard. Les frères de Saria avaient l'air abasourdis. Son équipe avait été mieux préparée. Jake l'avait briefée avant qu'elle vienne l'épauler.

— Tu as cru que l'un de nous avait fait ça. (Remy l'énonça comme une affirmation.) Était devenu un tueur en série ?

Saria glissa sa main dans celle de Drake, enlaçant étroitement ses doigts aux siens.

— J'ignorais qu'il y avait d'autres métamorphes, Remy. J'n'ai voulu trahir aucun de vous mais, quand j'ai découvert le deuxième corps, j'ai su que je n'pouvais juste pas laisser les meurtres se poursuivre.

— Alors tu as essayé de poster une lettre, mais tu l'as retrouvée le lendemain clouée à la pirogue. Aucun de nous n'l'utilise, juste toi, alors tu as su que cet avertissement t'était adressé, tandis que chacun de nous avait accès à ton embarcation.

La voix de Remy était plus pensive que critique.

Drake resta silencieux, se déplaçant sur le canapé usé pour faire glisser Saria un peu plus près de lui, cherchant à la réconforter. Ses hommes ne prononcèrent pas un mot ; déployés près des fenêtres ouvertes, ils recouraient à leurs sens de léopard pour s'assurer de l'absence de toute oreille indiscrète.

Saria hocha la tête.

— J'ai eu très peur.

— Pour l'amour de Dieu ! Saria, dit soudain Remy d'un ton brusque, j'suis enquêteur criminel, putain ! Tu n'as pas pu croire que c'était moi.

— Je n'voulais pas croire que ça puisse être aucun de vous. J'étais effrayée, Remy.

Elle avait la voix qui tremblait.

Drake se racla la gorge pour chasser le grondement menaçant qui lui avait échappé. Au moins son léopard s'était calmé, le laissant respirer. Ce son retentit dans le silence de la pièce, attirant aussitôt l'attention sur lui. Les cinq frères de Saria le dévisagèrent.

— Tu étais au courant ? demanda Remy.

Drake acquiesça.

— Jake a reçu sa lettre. Elle n'était pas signée et avait été formulée avec le plus grand soin. Elle insinuait que quelqu'un se servait du marais de Fenton pour laisser un grand félin tuer des humains en poignardant d'abord la victime puis en laissant l'animal terminer le boulot au moyen d'une morsure suffocante. Naturellement, il a été intrigué et il m'a demandé d'aller enquêter. À ce moment-là, bien sûr, j'ignorais que Saria avait envoyé la lettre. J'ai cherché un guide pour m'accompagner dans le marécage et elle m'a été fortement recommandée.

Remy opina.

— Pas étonnant. Elle est considérée comme étant l'une des meilleures guides de la région. Malgré nos léopards, on a du mal à la trouver si elle n'veut pas l'être.

Saria sourit et Remy lui lança un regard noir.

— Ce n'était pas un compliment.

Drake porta la main de la jeune femme à sa bouche et lui effleura le dos des doigts d'un baiser. Tant qu'il n'était pas celui qui tentait de la trouver, il lui semblait que Remy lui avait fait un beau compliment. Elle lui décocha un rapide sourire.

— Qu'as-tu découvert là-bas ? s'enquit Remy.

— Aucun corps mais, à en croire les effluves de grandes mares de sang qui ont imbibé le sol, un certain nombre de mâles y ont trouvé la mort.

Remy appuya deux doigts sur ses yeux. Il regarda sa sœur.

— Où sont-elles, Saria ? demanda-t-il.

Saria cligna des yeux. Serra les lèvres.

— Quoi ?

— Les photos. Tu as photographié les cadavres et leurs blessures. J'sais que tu les as pris en photo, alors arrête tes conneries et laisse-moi les voir, dit Remy d'un ton brusque.

Bien sûr qu'elle les avait photographiés ! Drake aurait dû y penser. C'était exactement ce qu'aurait fait Saria. Elle avait sûrement mitraillé toute la scène et la zone autour. Elle devait avoir fait exactement ce qu'avait dit son frère. Le visage, les blessures, tout. Elle était photographe et sacrément douée avec ça. Elle devait avoir eu besoin de preuves à montrer à Jake Bannaconni. Et elle avait probablement assez vu de scènes de crime pour savoir comment les photographier.

— Donne-les-lui, Saria, dit Drake. C'est Remy l'enquêteur.

Elle se mordit la lèvre inférieure.

— Remy, sur deux des scènes, il y avait des bouteilles de notre bar. Celles que nous sommes les seuls à utiliser. Et Drake a découvert d'autres charniers. Il n'y avait pas de corps, mais il a trouvé un endroit où quelqu'un a perdu beaucoup de sang et où les mêmes bouteilles étaient présentes.

— Tu as cherché d'autres corps ? demanda Remy.

Drake opina.

— J'ai voulu confirmer les dires de Saria. Il ne restait plus rien des corps. Les alligators y ont veillé, mais mon léopard a découvert plusieurs autres zones de mise à mort.

Un bref silence suivit. Les frères échangèrent de longs regards. Remy soupira.

— Tu as discerné l'odeur d'un léopard, une odeur assez forte pour que tu puisses la reconnaître si jamais tu tombais de nouveau dessus ?

Drake secoua la tête.

— Rien. Pas une marque de griffure. Aucun tas de feuilles. Par de marquage odorant et rien à proximité des endroits où les victimes ont été tuées. Juste du sang et la mort. Pas de léopard.

— C'est une bonne chose, non, Remy ? s'enquit Lojos, le benjamin des frères. Il n's'agit pas d'un métamorphe.

— Aurais-tu pu te tromper pour la morsure, Saria ? demanda Remy. Peut-être que le marais de Fenton est un charnier, mais qu'aucun léopard n'est impliqué.

Saria fit la grimace.

— Tu crois que je n'sais pas reconnaître une morsure de léopard quand j'en vois une ?

Elle sauta sur ses pieds et quitta précipitamment la pièce pour aller en chercher la preuve.

Remy posa les yeux sur son plus jeune frère, Lojos, qui suivit sa sœur en silence. Drake prit conscience que Remy était mal à l'aise et s'inquiétait pour la sécurité de Saria même dans leur maison, avec tous ses frères et l'équipe de Drake pour la protéger.

— Qu'est-ce que tu ne nous dis pas ? demanda Drake.

Remy soupira et jeta un coup d'œil à Mahieu, qui haussa les épaules.

— Les corps dans le marais de Fenton n'sont pas les seuls. On a connaissance de cinq femmes qui ont été assassinées d'une façon similaire à ce que décrit Saria. Toutes poignardées avec une étrange marque de morsure à la gorge – une morsure de léopard. Le premier meurtre remonte à plusieurs années. On pense qu'il y en a eu d'autres. C'est facile de disparaître à La Nouvelle-Orléans. Ça fait des années qu'on a des meurtres qui n'sont pas résolus et des gens qui disparaissent, mais les corps qu'on a découverts étaient très caractéristiques.

— Tu veux dire que ces meurtres ont lieu depuis des années… qu'ils sont reliés ?

— C'est ce qu'on pense. Et si un tueur en série sévit et que personne n'l'a approché avant maintenant, alors Saria est en danger. Elle passe son temps seule dans le marécage. Tout le monde la connaît et sait qu'elle mitraille tout avec son appareil photo. Si elle a trouvé son charnier actuel et qu'elle a envoyé une lettre qu'il a réussi à intercepter, il l'a à l'œil.

Chacun des muscles du corps de Drake se raidit. L'idée que Saria puisse être en danger était plus que perturbante ; tout ce qu'il avait de viril en lui – à la fois chez le léopard et l'humain – protestait.

— Tu surveilles de près toutes les femelles de ton clan pour les protéger, devina-t-il avec perspicacité.

Remy opina.

— La morsure de léopard me préoccupe. J'doute qu'elle soit réelle, mais supposons que quelqu'un connaît notre existence et tente de nous faire porter le chapeau… pour nous mettre sous les projecteurs. Au fil des années, nous nous sommes mariés au sein de familles incapables de se transformer. Il est peut-être question d'une personne née avec les traits d'un léopard sans avoir la capacité de se métamorphoser.

Drake hocha la tête.

— Notre espèce est capable de la plus grande cruauté. Sans la possibilité de se transformer et de laisser son léopard courir librement, oui, ça pourrait facilement arriver.

— Le fait que Saria soit si proche du Han Vol Dan complique les choses, ajouta Mahieu. Tous les mâles dans un rayon de près de deux cents kilomètres sont fous. Armand et Robert ont tous deux perdu la tête.

— C'est bien plus compliqué qu'une femelle proche de l'émergence, démentit Drake. Ce clan va mal et je crois que vous le savez tous. Vous avez besoin d'un chef fort pour que les léopards se tiennent tranquilles, surtout à proximité d'une ville. Ce dont manque ce clan. Vous n'étiez pas là cette nuit quand ils ont envoyé un combattant me défier. Robert Lanoux a enfreint l'une des règles les plus importantes de tout clan et n'a pas été puni.

— Il a été puni aujourd'hui, dit Remy d'un air sévère.

— Oui, mais tu n'es pas le chef du clan, c'est Jeanmard. Ou il l'était. Tu sais que la situation ne fera que s'envenimer si rien n'est fait.

— Tu préconises que l'un de nous devienne le chef de ce clan ?

Remy avait l'air incrédule.

— Pas l'un de vous. Toi, dit Drake. Parce que, sinon, vous allez vous retrouver avec des meurtres plein les bras. Si tu crois que l'attaque contre Saria est un événement isolé, tu te trompes lourdement. J'ai déjà eu affaire à ce genre de situation. Les léopards ont des pulsions intenses. Ils doivent leur donner libre cours pour ne pas devenir des léopards solitaires. Vous savez tous ça.

— J'ai un tueur en série à attraper. Remettre ce clan sur pied est un boulot à plein-temps.

Drake opina.

— Vous allez devoir envoyer vos mâles chercher des femelles loin d'ici pour éviter que vos lignées dégénèrent. C'est ce qui est le plus dangereux. Ce ne sont pas les problèmes qui manquent ici, Remy, et quelqu'un devra les régler.

— Patron, intervint Joshua, on a de la compagnie et elle n'a pas l'air avenante.

Chapitre 11

Drake sauta sur ses pieds, un bond qui lui fit traverser la pièce jusqu'au couloir où avait disparu Saria. Il retomba à moitié accroupi. La bouche dessinée en lignes sévères, le visage un masque funèbre, il tourna des yeux qui flamboyaient déjà vers Remy.

— Où est Saria ?

Son ton était clairement impérieux, sa voix un grognement.

Joshua et Evan changèrent immédiatement de position, se déplaçant furtivement pour couvrir leur chef alors que Jerico restait près des fenêtres, son arme bien calée dans ses bras.

Mahieu et Gage soufflèrent les bougies, plongeant la pièce dans les ténèbres, mais, grâce à leur vision de léopard, ils y voyaient parfaitement.

— La chambre noire se trouve dans une petite cabane derrière la maison, dit Remy. Lojos l'a accompagnée.

L'inquiétude transparaissait dans sa voix.

— Remy Boudreaux ! appela la voix d'Amos Jeanmard dehors. Nous avons Saria. Elle fait partie de ce clan et il a été décidé qu'elle n'était pas autorisée à le quitter. Nous avons besoin d'elle ici. Il est de son devoir de s'unir à l'un de nos mâles. Nous laisserons le choix à son léopard. En tant que chef de ce clan, j'exige que toi et ta famille obtempériez dans l'intérêt de celui-ci.

Un rugissement de fureur échappa à Drake. Il commença à arracher sa chemise alors que ses griffes se formaient, laissant de fines traces de sang sur son torse.

— Tu ferais mieux de choisir ton camp, Boudreaux, cracha-t-il. Ta sœur ou ce clan minable.

Jerico ouvrit la porte d'un coup sec alors que Drake faisait voler ses chaussures et commençait à enlever son jean.

— Je te dispute la place de chef, lança Drake d'une voix rageuse, comme en a le droit tout léopard.

Il se transforma en courant, bondissant depuis le salon directement à travers la porte et retombant à six mètres d'Amos Jeanmard.

Le chef du clan de Louisiane arracha en hâte ses vêtements, reculant en trébuchant loin de l'intrus qui crachait et grondait en montrant les dents. Il ne pouvait pas refuser le défi – aucun chef ne le pouvait –, mais il était évident qu'il ne s'était pas attendu à être défié aussi vite.

La vision de Drake se décomposait en bandes de chaleur. Il localisa Saria, qui avait l'air débraillée. Un bleu se formait sur sa joue, elle avait les cheveux en bataille et la bouche figée en lignes sévères. Elle se tenait tout près d'un grand inconnu, un homme qu'il n'avait jamais vu – ni senti – avant, mais il inspira profondément, conscient qu'il n'oublierait jamais son odeur à présent. L'homme était si immobile qu'il aurait pu avoir été gravé dans de la pierre, et sur son visage se lisait une étrange expression, presque désespérée. À quelques mètres d'eux, Drake vit Lojos au sol, inerte.

L'odeur de sang lui parvint et il grimaça, faisant les cent pas sans bruit, rugissant son défi. Les autres membres du clan reculèrent loin de lui chaque fois qu'il s'approcha d'eux. Deux fois il s'élança sur Amos, s'arrêtant à quelques centimètres seulement de lui alors qu'il s'était enfin dévêtu, son corps se tordant et craquant pendant qu'il se métamorphosait.

Des odeurs se mêlèrent : la peur, la sueur, les effluves du marécage, la senteur de Saria. Le léopard de Drake les huma toutes, ce qui ne fit qu'amplifier le besoin sauvage qui montait en lui. Aussi vieux que le monde, l'instinct de protéger sa compagne et de chasser tous ses rivaux haïs le submergea. Il n'y aurait pas de retour en arrière possible ni de remords si l'un de ces derniers mourait.

À la seconde où Amos fut entièrement léopard, montrant les dents, ses vieux yeux sages rouges de rage, Drake fit volte-face et lacéra sa tête grimaçante. Comment osait-il tenter de le séparer de la compagne qu'il s'était choisie ? Comment ce vieux léopard osait-il lui arracher Saria de force, laissant un mâle poser la main sur elle, la maltraiter ? Drake fit suivre cette première tape humiliante d'une série de puissants coups de griffe, faisant reculer le vieux léopard et couler le sang sur sa tête alors qu'il lui arrachait des poils et creusait de profonds sillons dans sa chair.

Le vieux léopard se dressa sur ses puissantes pattes arrière, chargeant dans un effort pour obtenir la suprématie. Drake se jeta à sa rencontre avec violence, le percutant plus bas. Un craquement audible retentit alors que des côtes se brisaient. Amos tomba sur le flanc et Drake fut sur lui, refermant la gueule sur sa gorge vulnérable. Il y planta profondément les crocs et la satisfaction monta en lui. Il poussa un grondement menaçant. Dans les yeux du vieux léopard flamboya une haine dorée, le vieux guerrier refusant un instant d'abandonner le pouvoir. Presque aussitôt, son humain reprit le contrôle. La gueule pleine de sang et de l'excitation de la victoire, Drake vit les yeux dorés virer à un vert grisâtre humain alors que le léopard se soumettait.

Un silence sinistre tomba sur le marécage, comme si même les insectes étaient abasourdis par ce brusque changement de chef. Un rugissement de protestation s'éleva. Derrière lui, un coup de feu retentit ; Drake lâcha Jeanmard et fit volte-face pour affronter cette nouvelle menace.

Joshua se tenait là, la mine sévère, le regard terne et froid.

— Si tu veux être le chef, défie-le à la façon de notre peuple, sinon je te bute sur-le-champ.

Sa voix était chargée de dégoût. Il braquait son arme sur un homme armé qui avait manifestement voulu lui tirer dessus.

Drake inspira et attira l'odeur de son ennemi tout au fond de ses poumons. C'était presque la même que celle de l'homme qui avait frappé Saria. Drake accueillit favorablement ce combat, rugissant son défi, indiquant qu'il était prêt à affronter toute menace. Il fit les cent pas, balayant le sol d'une grosse patte pour ramasser de la terre et des feuilles et les envoyer voler dans la direction de son ennemi.

— Gaston Mouton (Remy s'exprimait tout bas, mais sa voix porta aisément), tu ferais mieux de te transformer maintenant avant que je te bute moi-même.

Il appartenait donc à l'une des familles sur lesquelles Drake n'avait pas encore entendu grand-chose. Il chargea avant de repartir en arrière, projetant davantage de terre vers l'homme, grognant son dégoût. Gaston Mouton tendit lentement son arme à Robert Lanoux. Celui-ci était couvert de bandages et se tenait le côté droit.

Il grimaça quand il tendit la main vers le pistolet. Gaston déboutonna sa chemise d'une main tout en observant son adversaire. Lorsque les pans de celle-ci s'ouvrirent, son torse apparut. C'était un homme costaud avec les muscles lourds et saillants de son espèce. Pas une once de gras. Des tablettes de chocolat. Des hanches étroites et des cuisses épaisses et musclées. Un mâle dans la fleur de l'âge – qui pensait à coup sûr s'unir à Saria.

Drake vit rouge alors que Gaston se transformait, à peine un poil plus long que l'avait été Remy. Il était bien plus sûr de lui que s'y était attendu Drake pour quelqu'un qui avait envisagé de recourir à une arme. Gaston et Drake firent les cent pas, grondant et crachant, chacun jaugeant son ennemi.

Tout à coup, les deux léopards bondirent, se jetant l'un sur l'autre, et leurs corps se heurtèrent violemment quand ils se rencontrèrent dans les airs, chacun visant la tête et le cou de l'autre dans une tentative d'infliger rapidement le plus de mal possible. Le sang jaillit, coula sur le pelage des deux félins, le rendant poisseux. Ils se séparèrent et se percutèrent de nouveau, un ballet féroce de griffes, de crocs et de pouvoir absolu.

La nuit résonna de rugissements de rage alors que les léopards se séparaient, les flancs se soulevant et s'abaissant, dégoulinants de sang, un combat brutal et primitif où aucun mâle ne cédait d'un iota. Ils se ruèrent encore l'un sur l'autre, bondissant vers le ciel, se percutant en tentant d'atteindre un organe vital. Gaston retomba, lacérant des griffes le ventre de Drake, tentant de l'étriper. Grâce à sa colonne vertébrale flexible, Drake se tordit pour retomber à quatre pattes, se précipitant pour tirer parti de ce mouvement inconfortable. Gaston roula sur lui-même, se releva à toute allure et fit volte-face.

Drake ne voulait pas tuer le salopard, et le savoir ne fit qu'attiser sa colère. Il partageait la fureur de son léopard à plusieurs titres, et le fait qu'on avait frappé Saria n'était pas l'un des moindres. Il réfléchissait déjà comme un chef, tentant de faire ce qui était le mieux pour son clan. Il ne voulait pas être chef, il voulait juste Saria.

Son adversaire était rapide et redoutable, et il dut mobiliser tout son talent pour ne pas se faire tuer tout en bridant son léopard, attendant son heure. Il avait la jambe en feu, mais le fer était bien là, le muscle et la puissance. Il ne doutait pas une seconde de gagner, mais il était moins sûr de parvenir à s'empêcher d'infliger des blessures irrémédiables à l'autre homme.

Les deux léopards s'élevèrent encore dans les airs, se rejoignirent et s'écrasèrent au sol, enlacés en une étreinte mortelle de griffes et de crocs, se lacérant et se mordant l'un l'autre. Saisissant l'occasion, Drake se tordit et planta les crocs dans la gorge vulnérable de son rival. Il sentit un cœur qui battait la chamade, la saveur du sang chaud, l'excitation de la mise à mort et le triomphe de la victoire, tout à la fois.

Ils se regardèrent dans le blanc des yeux. Il ne lut aucune peur dans ceux de Gaston et, d'une certaine façon, Drake l'admira. C'était un homme qu'il aurait aimé avoir dans son équipe, pourtant il pourrait ne pas avoir d'autre choix que de le tuer.

— Soumets-toi, Gaston, ordonna Remy. Tu es stupide ?

Alors que le corps du métamorphe s'immobilisait sous sa gueule et que la tension du léopard de Drake s'apaisait un peu, ce dernier entendit quelqu'un lui crier une mise en garde juste avant qu'on le frappe par-derrière, lui faisant perdre l'équilibre sans aucun espoir de faire volte-face et de se défendre. Il tomba violemment, ébranlé par la férocité du coup, le ventre secoué et meurtri. Comme de très loin, il entendit Saria hurler et un homme grogner comme s'il souffrait. Rien ne comptait à part rouler sur lui-même, se remettre sur ses pattes et trouver son agresseur.

— Bordel ! Drake, arrête de brider ton léopard. Tue-les tous les deux. Ils ne se battent pas à la loyale et peuvent aller en enfer, tous autant qu'ils sont, cria Joshua. Si tu ne règles pas son compte à celui-là, je jure que je vais tous les buter.

La fureur de Joshua était teintée d'un profond dégoût. Ils obéissaient à des règles, des règles fermes et inflexibles qui leur permettaient de survivre dans les forêts du monde. Sans elles, les léopards seraient des machines à tuer incontrôlables. L'ordre devait régner, et le clan de Louisiane ne semblait posséder aucun sens de la loyauté ou de l'équité.

Les paroles de Joshua parvinrent aux oreilles du clan et les sourires d'espoir se muèrent en froncements de sourcils soucieux. Si Drake s'était retenu contre l'un de leurs meilleurs combattants, de quoi était-il réellement capable ?

— Quiconque fait un geste vers Drake et tente de lui faire un mauvais coup, dit Remy, aura affaire à moi.

À un certain niveau, tout ce qui se déroulait autour de Drake lui parvenait, mais il se trouvait dans une autre réalité, une réalité d'un autre âge quand la principale règle de la jungle était de tuer ou d'être tué. Le sang grondait à ses oreilles, rugissant comme une gigantesque cascade qui inondait des générations de civilisation. Il bondit haut dans le ciel, prenant appui sur ses puissantes pattes arrière, rencontrant son adversaire dans les airs. Celui-ci rata sa gorge et referma la gueule sur de la peau lâche recouverte de fourrure tandis que le léopard de Drake lui plantait brutalement les crocs dans le museau et mordait en secouant la tête.

Il renversa son adversaire sur le dos, lui arrachant de larges bandes de peau sur le ventre. Le léopard se tordit presque de douleur, jouant désespérément des griffes. Drake lui lâcha le museau pour se jeter sur sa gorge vulnérable. Une attaque maîtrisée, brutale et précise. Il avait une force énorme, alimentée par la rage et le besoin de dominer. En cet instant, il était presque entièrement léopard, une machine à tuer primitive et parfaite.

Il perdit la notion du temps, secouant son ennemi, le punissant à coups de griffe et de croc, flirtant toujours plus avec la mise à mort. L'autre léopard n'avait aucune chance de se remettre sur ses pattes, juste de retarder l'inévitable à coups de griffe et de croc de plus en plus faibles – et désespérés. Le félin de Drake ne sentit aucune de ses morsures et griffures, n'éprouvant que le besoin de vaincre son ennemi.

— Drake, lui cria Jerico., ça suffit. Arrête.

Il entendit cette voix, étouffée et distante, incapable d'en discerner clairement les paroles. Le son pénétra le brouillard rouge de son esprit mais lui demeura incompréhensible. Nul ne l'approcha tandis qu'il rugissait son défi et tombait sans relâche sur le léopard au sol.

— Drake, s'il te plaît.

C'était Saria. Elle ne criait pas.

L'homme à côté d'elle lui toucha le bras. Le léopard de Drake le vit. Il lâcha aussitôt son ennemi et fit volte-face pour affronter cette nouvelle menace, des grondements gutturaux s'échappant de sa poitrine. Il braqua le regard sur l'agresseur de Saria. Son léopard chargea, s'arrêtant à quelques pas de l'homme, qui ne bougea pas un muscle tandis que de la sueur lui dégoulinait sur le visage. Le félin balaya la terre de son énorme patte avant de se retourner pour saisir de nouveau sa proie en une morsure suffocante.

— Drake, reviens vers moi, dit doucement Saria.

Drake tenta de respirer pour chasser sa rage. Il obligea son léopard à s'éloigner du corps. Ce qui nécessita beaucoup de force. Par deux fois son félin échappa à son contrôle pour se précipiter sur son adversaire terrassé et le lacérer de ses griffes avant qu'il parvienne à pousser la bête à l'intérieur de lui et à dépenser toute l'énergie qu'il avait réprimée en faisant les cent pas, filant une frousse de tous les diables au reste du clan.

Le combat avait été rapide et brutal, conçu pour intimider, ce qui avait été le cas. Les hommes reculaient chaque fois que le léopard s'approchait d'eux, les défiant en rugissant. Remy posa un genou à terre le premier. Ses frères suivirent. Un à un les autres membres du clan firent lentement de même, jusqu'à ce qu'il ne reste plus à terre que les trois léopards qui s'étaient déjà soumis et l'homme qui se tenait avec Saria. Lorsque Drake s'approcha, l'odeur de la peur virant à la terreur imprégna la cour.

— Qu'est-ce qui n'tourne pas rond chez toi, Jules ? demanda Remy à l'homme qui tenait Saria.

Jules se racla la gorge.

— Je n'peux pas bouger. Dis-lui que je n'peux pas bouger.

Il baissa les yeux entre ses jambes.

Drake distingua aisément la lame affûtée d'un couteau qui s'enfonçait en travers des testicules de l'homme. Saria tenait le couteau d'une main ferme. Elle croisa son regard, lui adressa un large sourire et haussa les épaules. Du sang dégoulinait sur l'intérieur de la cuisse de Jules.

— Il m'a grave fait chier.

Drake inspira profondément, calmant son léopard pour pouvoir se transformer. Sa métamorphose lui fit un mal de chien, un feu vif et brûlant s'engouffrant dans tout son corps, mais il n'y prêta pas attention et attrapa son jean quand Evan le lui lança. Il obligea ses muscles fatigués à travailler alors qu'il n'avait qu'une envie : s'écrouler au sol comme les autres félins. Il ne montrerait aucune faiblesse à ces métamorphes qui n'en méritaient pas le nom, pas alors qu'ils l'avaient presque obligé à tuer quelqu'un. Il n'était pas entièrement sûr de ne pas l'avoir fait.

— C'est ce que je vois, ma chérie, parvint-il à articuler, la respiration un peu rauque. Tiens bon encore une minute pour moi.

Il prit plusieurs inspirations apaisantes et traversa ce qui lui sembla être un terrain de foot, même si ce ne fut l'affaire que de quelques pas. Sans prévenir, il écrasa son poing sur la mâchoire de Jules, l'envoyant reculer en trébuchant loin de la lame de Saria.

Drake tendit la main pour attirer la jeune femme près de lui.

— Je suppose que j'aurais dû attendre une ou deux minutes pour voir si tu avais vraiment besoin qu'on te sauve.

Elle sourit de plus belle.

— C'est très gentil à toi d'être devenu le chef du clan juste pour moi. Je n'sais pas trop ce que tu comptes faire maintenant, mais, quoi qu'il en soit, j'apprécie le geste.

Il soupira et jeta un coup d'œil à ses frères. Ils avaient tous le sourire jusqu'aux oreilles, même Lojos. Il leur fit les gros yeux du mieux qu'il put.

— Prodiguez des soins médicaux à ces trois-là. Je veux que la nouvelle parvienne à toutes les familles, à ceux qui n'étaient pas présents. Ils ont vingt-quatre heures pour me prêter allégeance ou partir. (Il leva la tête et balaya l'assistance d'un regard d'acier.) Les choses vont changer ici, que ça vous plaise ou non. Vous vivrez selon les règles du clan ou partirez. À ce stade, peu m'importe vraiment qui reste ou qui part mais, si vous restez, vous commencerez à vous comporter avec honneur. Je vais nettoyer ce clan et vous n'aimerez pas la façon dont je vais m'y prendre si vous ne jouez pas le jeu.

Sans attendre de réactions, craignant que ses jambes en coton le lâchent, il enroula le bras autour des épaules de Saria. Elle sembla sentir à quel point il était faible en réalité, car elle glissa le bras autour de sa taille et marcha avec lui jusqu'à la maison. Jerico et Evan leur emboîtèrent le pas, avançant à reculons, faisant face aux membres du clan tout en protégeant Drake et Saria.

Remy se releva avec lenteur, considérant les autres les sourcils froncés.

— Qu'est-ce qui a bien pu vous passer par la tête, bordel !? Si vous aviez tué cet homme, j'vous aurais arrêtés, léopards ou non. Imbéciles.

— Peut-être que, leur problème, c'est un mauvais sang, railla Joshua.

Il se tenait dans les ténèbres, son arme prête, le regard dur.

— Je n'ai pas vu grand-chose à sauver ici, Remy. Des lâches. Des putains de lâches.

Il posa le regard sur les deux hommes d'un âge avancé dans le fond, qui tenaient tous deux un fusil de chasse.

Les deux hommes se regardèrent. L'un demanda :

— Qui es-tu ?

— Mon nom est Tregre. Joshua Tregre. Je crois que vous êtes mes oncles. (Joshua cracha par terre.) Même si ça me laisse un sale arrière-goût dans la bouche de le reconnaître.

Le plus âgé des deux hommes eut le souffle coupé.

— Tu es le garçon de Renard.

Les deux hommes échangèrent un autre regard. Le plus âgé bouscula Elie Jeanmard pour s'avancer devant Joshua, visiblement guère intimidé. Il avait le visage ridé et fatigué, des yeux autrefois bleus qui avaient viré au gris. Il scruta Joshua sous toutes les coutures, presque avec méfiance, avant de relâcher le souffle qu'il retenait et de hocher la tête comme pour l'approuver.

— Tu ressembles à ton père.

— Tu crois que je ne me souviens pas de toi, oncle Beau ? (Sa voix était chargée d'amertume.) Pas une fois maman n'a parlé de cette nuit et elle n'a eu que du bien à dire de toi et Gilbert, mais je me rappelle. Mon léopard se rappelle. Tu nous as trahis et le monstre que j'ai eu pour grand-père a tué son propre fils. Je l'ai vu et, chaque nuit quand je me couche, je le vois encore. Alors ne t'imagine pas une seconde que j'ai oublié parce que j'étais petit.

— Les léopards n'oublient pas, mon garçon, répondit Beau d'un ton las. Aucun de nous n'a oublié cette nuit. Le vieux diable nous a pris nos femmes. Il les aurait tuées, elles aussi. Gilbert et moi n'avions jamais imaginé qu'il puisse tuer Renard. Ta mère était en danger, mais pas toi ou Renard, du moins c'est ce qu'on a cru, et on s'est juste dit que Renard reviendrait. Il a refusé de laisser sa femme te ramener. Il lui a dit de fuir avec toi pendant qu'il affrontait le vieux. Ç'a été pire après ça pour chacun de nous. Ma femme s'est suicidée et celle de Gilbert s'est enfuie.

— Pourquoi n'avez-vous pas juste tué ce salopard ?

Beau secoua la tête.

— Tu n'sais pas ce que c'est que de vivre avec un monstre.

Joshua secoua la tête.

— Vos fils ?

Beau indiqua d'un geste deux hommes adultes qui se relevaient juste après avoir prêté allégeance à leur nouveau chef.

— Et votre fille ? L'un de vous a une fille. Il y a eu des rumeurs.

— Des rumeurs que le vieux n'a jamais pu prouver. On lui a dit qu'elle était mort-née.

— Quel gâchis ! cacher votre fille, vivre comme des rats. Vous devez rencontrer un homme qui s'appelle Jake Bannaconni.

Sa voix était chargée d'amertume.

— Joshua.

La voix calme de Drake perça la colère et le dégoût. Joshua inspira un grand coup et se tourna vers l'homme qui l'avait toujours apaisé quand il se laissait envahir par la rage. Tournant le dos à ses oncles, il se dirigea vers la maison à grandes enjambées, les épaules raides d'indignation.

Drake le regarda venir, jaugeant son humeur.

— Je suis désolé, Joshua, de t'avoir mis dans une situation aussi pénible. J'ai reconnu ton nom de famille, mais n'ai pas enquêté. J'aurais dû te demander ton avis avant de te mettre…

— Je ne t'aurais jamais laissé venir ici sans renforts. À la seconde où Jake m'a dit où tu étais allé, je faisais déjà mes valises. (Joshua le regarda droit dans les yeux.) Et tant que tu resteras ici je resterai aussi. Personne n'a levé le petit doigt pour aider ma mère, certainement pas cette famille. (Il détailla Drake et se fendit soudain d'un grand sourire.) Je crois que tu ferais mieux de retourner à l'intérieur avant de te ridiculiser, patron.

Drake, un peu chancelant, lui rendit son sourire. Joshua Tregre avait toujours constitué un mystère à ses yeux. D'un côté il était discret, mais de l'autre assuré. Joshua avait peu d'arrogance en lui et, contrairement à certains léopards, il était rarement pris dans une altercation. Mais il avait quelque chose de particulièrement redoutable. Un homme qu'il était bon d'avoir de son côté, et Drake s'était toujours dit qu'il ferait un ennemi implacable, impitoyable et acharné. Ils travaillaient ensemble depuis des années et pas une fois Joshua ne lui avait parlé de son passé – pas plus qu'aux autres membres de l'équipe.

Drake trébucha et, à sa propre stupéfaction, manqua de s'affaler. Joshua le rattrapa alors que Remy refermait la porte sur l'assistance.

— Installe ce fils de pute têtu sur le canapé, ordonna Remy. Notre chef intrépide a laissé du sang partout sur le sol.

— Je ne suis pas votre maudit chef, démentit Drake, grognant quand Joshua l'aida à s'allonger sur le canapé. Je pense que ta sœur est casse-pieds, là tout de suite.

— Hé ! protesta Saria, ce n'est pas ma faute si tu te prends pour un chevalier blanc.

— Pour ton information, dit Lojos avec obligeance, tenant une poche de glace contre l'arrière de sa tête, tout le monde pense que Saria est casse-pieds. Et pour ton information encore, ce pauvre Jules n'a pas frappé ma sœur. Il ne lèverait jamais la main sur une fille, et encore moins sur Saria. Gaston et Jules n'feraient jamais de mal à une femme.

— Personne ici n'oserait frapper ma sœur, dit Remy. L'un d'entre nous le tuerait. Son corps serait enfoui si profondément dans le marécage que personne n'le trouverait jamais.

Remy avait la voix tendue, et Drake tourna la tête pour observer ses traits figés. Ouais, il voulait bien croire que les frères étaient capables de se débarrasser de quiconque ferait du mal à leur sœur, et Remy le lui faisait savoir.

— Alors qu'est-il arrivé à ta figure, Saria ? demanda Drake, même s'il n'y voyait presque plus rien.

Les plaies qu'il avait sur la sienne saignaient abondamment et le sang lui brûlait les yeux.

Elle s'agenouilla près du canapé, lui tendit un linge froid pour son torse et entreprit de s'occuper de son visage.

— Ils ont frappé Lojos alors qu'on s'apprêtait à entrer…

— Ouais, intervint Lojos. Me frapper n'a posé aucun problème à Jules et Gaston. (Il fusilla ses frères du regard.) À l'évidence, qu'ils me frappent moi n'vous a posé aucun problème non plus.

Remy feignit l'indifférence.

— Notre nouveau chef glorifié s'est occupé de ça.

Drake baissa brusquement le poignet de Saria, écartant le linge pour pouvoir adresser à Remy son regard le plus noir, le plus intimidant.

— Ferme-la, espèce de crétin cajun ! Je ne suis pas votre chef.

Saria pouffa.

— Peut-être que tu as vraiment besoin de moi, finalement. Tu te mets assurément dans de beaux draps. N't'en fais pas, j'vais m'occuper de toi.

Joshua et Jerico ricanèrent. Evan se retourna vivement vers la fenêtre, mais pas avant que Drake aperçoive son grand sourire.

— J'espère que vous vous amusez tous bien, dit-il d'un ton brusque, reposant la tête et fermant les yeux, non pas tant pour les congédier que parce qu'il le devait. Dis-moi ce qui est arrivé à ton visage, ma chérie.

Saria n'était pas du genre tendre. Elle lava le sang de ses profondes lacérations puis, avant qu'il sache ce qui lui arrivait, l'inonda de désinfectant. Il manqua de tomber du canapé en hurlant. Saria roula des yeux et appuya sur son torse pour qu'il se rallonge.

— On n'fait que commencer, souligna-t-elle. T'es un vrai bébé, pas vrai ?

— Tu n'es certainement pas le genre de femme à être aux petits soins pour son homme, pas vrai ?

Son ton était profondément caustique.

— Tu veux dire à le materner ? répliqua-t-elle aussi sec.

Un de ses frères ricana. La discussion n'aboutirait à rien. Pourquoi l'avait-il crue jeune, gentille et innocente ? Il avait bien peur que la situation lui échappe. Drake Donovan, l'homme aux instincts infaillibles qu'ils disaient ? Il lui saisit de nouveau le poignet. Cette fois elle lui frottait le torse comme une forcenée. Il croisa son regard et il se sentit tomber comme une masse. D'immenses yeux sombres plongèrent dans les siens. Toutes ces mouchetures dorées l'intriguèrent, tout ce chocolat foncé l'allécha.

— Tu es une femme très effrayante, Saria Boudreaux. (Il toucha délicatement le bleu qu'elle avait au visage.) Comment t'es-tu fait ça ?

Elle roula des yeux.

— Tu n'te laisses pas facilement distraire et n'renonces jamais quand tu veux quelque chose, pas vrai ?

— Tu ferais peut-être bien de t'en souvenir à l'avenir.

Elle soupira.

— J'me suis cogné le visage sur le côté de la cabane. Jules est fort et j'savais qu'il paniquerait si j'étais blessée. J'n'arrivais pas à lui échapper, alors j'me suis jetée brusquement vers la cabane. Je n'm'attendais pas à la heurter aussi violemment, mais ça a marché. Il m'a lâchée pour me rattraper par la taille pour pas que j'tombe. Il était super inquiet, à tel point qu'il n's'est aperçu que j'avais réussi à sortir mon couteau et à le placer là où ça comptait que quand j'lui ai dit un truc.

— Pauvre gars, marmonna Gage. Il aurait dû s'attendre à ce que tu lui fasses ce genre de coup. Il me déçoit un peu.

— Jette un œil à ma tête avant d'être désolé pour cet imbécile, suggéra Lojos, indigné. Il a failli me tuer.

— C'est une bosse, corrigea Mahieu, qui examina malgré tout une nouvelle fois la tête de son frère.

— Verse un peu du désinfectant de Saria dessus, suggéra Drake. Ça le remettra d'aplomb.

— Va te faire foutre ! grogna Lojos.

— Ce désinfectant est très bien, dit Saria. Quoi qu'il en soit, j'dois jeter un coup d'œil à ton dos, Drake. Roule sur le ventre.

Il grogna.

— Je ne veux pas bouger.

— Tu aurais dû y penser avant de te battre.

Drake ouvrit un œil et la regarda. Ses yeux s'étaient embués alors qu'elle examinait ses blessures. Son cœur commença à battre.

— Mon chou, dit-il doucement, ne se souciant pas que ses frères – ou n'importe qui d'autre – l'entendent. Tu ne peux pas pleurer. Pas maintenant. Tu me briserais le cœur.

— Tu as fait ça à cause de moi.

— Je l'ai fait pour moi, rectifia-t-il. Mon léopard et moi ne faisons qu'un. Ces putains d'imbéciles s'imaginent pouvoir intimider le monde. Ils ont poussé et j'ai poussé plus fort. C'est tout. Ça se reproduira. (Il scruta son visage, qu'elle détournait légèrement.) Je t'ai fait peur ?

Saria secoua la tête, mais elle ne voulait pas lui mentir. Elle releva le menton et le regarda droit dans les yeux.

— Peut-être. Un peu. J'n'avais rien vu de pareil avant.

Il lui recouvrit la nuque de la paume de la main.

— J'ai fait attention pour l'essentiel. Je n'ai pas voulu blesser sérieusement qui que ce soit, plus leur donner une leçon. (Il appuya le front contre le sien.) Je ne suis pas un homme violent.

Joshua, Jerico et Evan s'étouffèrent de façon théâtrale et commencèrent à tousser.

Remy ricana.

— Et si tu gobes ça, Saria, j'peux te vendre une doline en guise de terres arables.

— Vous ne m'aidez pas, se plaignit Drake.

— N'fais pas attention à eux. C'est ce que j'fais toujours, lui conseilla Saria.

Elle déglutit, se pencha davantage et lui effleura les lèvres des siennes. Le plus léger des baisers, mais il sentit son corps tressaillir – et, bordel ! ça faisait un mal de chien.

Il aurait juré entendre un ricanement mais, quand il balaya la pièce d'un regard noir, tout le monde regardait ailleurs. Il roula sur le ventre avec mille précautions, la respiration sifflante, le corps en feu.

— Putains de crétins ! j'aurais dû leur foutre une bien plus grosse raclée.

— Oh ! j'crois qu'ils ont reçu le message, dit Remy. Quand tu auras fini de t'affairer auprès de cet homme, Saria, tu pourras me dire où se trouvent les photos. Cette fois, j'irai moi-même les chercher.

— J'les ai mises dans le tiroir du haut à gauche dans un coffre et ai caché les négatifs à un autre endroit, juste au cas où il arriverait quelque chose.

— Comme quelqu'un qui te tuerait ? demanda Remy.

— Ouais. Un truc dans le genre, reconnut Saria en haussant les épaules.

Il jura tout bas, un truc au sujet des femmes têtues qui avaient besoin qu'un homme les prenne en main, alors qu'il sortait avec raideur. Drake tourna la tête et décocha un regard à Joshua, qui s'élança aussitôt dans son sillage. Drake ne prendrait pas le risque qu'un membre du clan – ou un tueur – tente une autre attaque furtive, pas alors qu'il avait besoin de temps pour se rétablir.

Gage et Mahieu échangèrent un long regard.

— Personne n'essaierait de tomber sur Remy, dit Gage. Il a une réputation par ici.

— Peut-être, mais une balle n'a que faire des réputations et j'ai vu plusieurs de vos voisins qui ne se seraient pas fait beaucoup prier pour appuyer sur la détente.

Drake ne prit pas la peine de relever la tête. Son ventre le brûlait à chaque mouvement. Il se faisait trop vieux pour affronter trois ou quatre challengers. C'étaient les mâles stupides envahis par l'instinct de leur léopard qui faisaient ce genre de chose – ou les types assez fous pour être assoiffés de pouvoir –, ce qui n'était certainement pas son cas.

Il ne put s'empêcher de sourire quand il entendit la voix de Remy.

— Qu'est-ce que tu fous à me coller aux basques ? Tu crois que j'ai besoin d'une maudite baby-sitter ?

Remy revint avec raideur dans la maison, Joshua sur les talons. Joshua ne lui avait pas répondu, et ne le ferait pas, Drake le savait. Il avait reçu l'ordre de veiller sur Remy et n'était pas près d'être intimidé par le Cajun qui grondait contre lui. Joshua se contenta d'adresser à l'enquêteur criminel outré un regard calme qui se passait de commentaires. Celui-ci le dépassa et se posta à côté de la fenêtre qui donnait sur le marécage.

— Tes hommes sont carrément hostiles.

Drake ricana. Remy avait les photos et il devait les voir. Serrant les dents, il se releva. Les lacérations sur ses côtes et son ventre le brûlèrent atrocement, mais il avait reçu des blessures bien pires. Pas d'os cassé cette fois, juste des entailles et des déchirures bénignes qui guériraient vite. Son sang de léopard y veillerait.

— Et pas les tiens ? demanda Jerico, se retournant pour faire face à l'enquêteur. Je n'ai jamais vu de clan comme celui-ci, dans aucun de mes voyages. Drake aurait pu tuer ces trois hommes et peut-être qu'il aurait dû. Dans la forêt tropicale, quand des hommes agissent sans honneur, il y a des conséquences.

Joshua se raidit.

— Ce clan n'a plus d'honneur depuis longtemps.

Les frères Boudreaux se hérissèrent, se mettant debout.

Drake posa les pieds par terre, réclamant le silence de la main alors qu'il attendait que la pièce cesse de tourner.

— Un clan a besoin d'un chef fort pour contrôler les léopards, nous le savons tous. Et il se passe autre chose ici. J'ignore quoi, mais je compte bien en avoir le cœur net.

Nous l'avons tous senti là-bas dans le marais de Fenton. On ne va pas se monter les uns contre les autres. Les seules personnes sur lesquelles on peut compter pour l'instant sont celles qui se trouvent dans cette pièce.

— Malheureusement je n'peux qu'être d'accord, dit Remy à ses frères. Même si j'confierais ma vie à Gaston et Jules. Là tout de suite, cependant, je n'm'y risquerais pas.

Il tendit les photos à Drake.

Saria avait soigneusement catalogué chaque corps, leurs blessures et les lieux où elle les avait découverts. La blessure par arme blanche était la même chaque fois, une perforation rectiligne du ventre que les victimes n'avaient jamais vue venir. Le couteau ne les avait pas tuées. Elles avaient été conscientes pour voir leur agresseur se transformer et probablement les regarder dans le blanc des yeux alors qu'il leur administrait une morsure suffocante. Elles devaient avoir été terrifiées.

Drake leva les yeux vers Remy et lut la même compréhension dans les siens. Celui qui tuait ces hommes l'avait fait délibérément et avec cruauté, éprouvant le besoin de voir la vie quitter leur corps. Un tueur en série, alors. Un métamorphe qui aimait tuer pour le plaisir.

— La scène de crime pourrait presque laisser penser que deux personnes sont venues là ensemble, ont bu deux ou trois bières, puis l'une a tué l'autre. (Les sourcils froncés, Remy examina l'une des photos.) Tu as dit n'pas avoir trouvé la trace d'un autre mâle ? Léopard ou humain ?

— J'ai discerné l'odeur de Saria, mais rien d'autre, confirma Drake. Le sol dégageait une forte odeur de sang à plusieurs autres endroits. Je ne pense pas que Saria ait découvert tous les corps. Si je devais deviner, je dirais qu'ils sont au nombre de six.

Remy secoua la tête, faisant claquer ses dents comme s'il avait envie de mordre un truc avec force.

— Ça n'a aucun sens. Les blessures sont presque exactement identiques chaque fois. Le coup de couteau est très précis. Il permet au tueur de neutraliser rapidement sa victime tout en la maintenant en vie afin de passer autant de temps qu'il le souhaite à la terroriser.

— C'est l'œuvre d'un léopard… d'un métamorphe, dit Drake d'une voix accablée.

Remy se frotta le visage de la main, comme pour en enlever un truc épais et gras.

— J'étais si sûr que c'était quelqu'un qui n'pouvait pas se transformer et qui tentait de nous faire porter le chapeau.

— Tu ne voulais pas qu'il s'agisse d'un ami ou d'un voisin.

Remy secoua la tête.

— Non, c'est vrai, même si j'me suis renseigné sur tout le monde. Mes frères en premier. (Il glissa un petit sourire à Saria.) Tu peux arrêter de te sentir coupable d'avoir pensé que ça ait pu être l'un de nous. J'l'avoue, j'n'y croyais pas, mais j'ai quand même vérifié.

— Super, frérot, dit Lojos. Tu n'm'en as pas parlé.

— Ça n'm'a pas paru nécessaire. J'suis enquêteur, Lojos, et j'prends mon travail au sérieux. Le premier truc que j'ai fait, c'est blanchir ma famille avant de passer à une liste de suspects. Parce que j'croyais que les femmes étaient tuées par quelqu'un ayant du sang de métamorphe sans pouvoir se transformer, la liste était longue. Cette nouvelle information la raccourcit.

— Sans trop réfléchir, Remy, dit Drake, qui serait ton premier suspect ?

Remy fit glisser l'espace d'une seconde seulement son regard sur Joshua, puis secoua la tête.

— Tu sais que ce n'est pas comme ça que ça marche.

— Bien sûr que si, dit Joshua. Mon grand-père était un monstre. Pourquoi votre chef ne l'a pas supprimé, je n'en ai pas la moindre idée, mais il battait constamment ma grand-mère avant de s'attaquer à ses fils. Tu sais pourquoi ma mère est partie, pas vrai ?

Il mit Remy au défi d'énoncer ces raisons à voix haute.

Remy fronça les sourcils et secoua la tête.

— J'suis parti pendant des années. Comme la plupart d'entre nous. On n'a commencé à entendre des rumeurs au sujet d'une fille que récemment, et Saria l'a rencontrée dans le marécage une fois ou deux. Elle s'appelle Evangeline. On pensait que sa mère était morte en couches, pas qu'elle s'était suicidée. Personne n'va sur les terres des Tregre. Elles bordent celles des Mercier et même Charisse et Armand n'y vont pas.

— Et personne n'a eu l'idée d'en avoir le cœur net ? Des enseignants ? Personne ? demanda Joshua.

— Le cœur net sur quoi ? dit Remy d'un ton brusque. Les garçons allaient à l'école et personne n'a pensé qu'ils avaient d'autres enfants. Ils restaient entre eux et avaient la réputation d'effrayer les intrus. Ils avaient le droit de vivre comme ils l'entendaient.

— Pas comme ça, cracha Joshua. Il a maltraité ces femmes.

— Et ces hommes, dit Remy. Oui, on aurait dû l'arrêter, mais personne n'a été au courant avant sa mort. Le décès de ton père a été déclaré comme un accident de chasse. Ici, dans le marécage, des accidents se produisent tout le temps. Personne n'aimait le vieil homme et on s'inventait des histoires à son sujet, mais il sortait rarement du marécage et ses fils jamais. Tout ce qu'a jamais dit *père**, c'est de n'pas nous approcher d'eux. Mercier a dit la même chose à ses enfants.

— Alors, quand Saria est rentrée chez vous en disant qu'il y avait une fille, une jeune femme dont personne ne savait rien, tu ne t'es pas dit que ça valait le coup de creuser la question ? demanda Joshua.

Remy ne détourna pas le regard.

— J'suis bien allé la voir. Elle a vingt ans et elle m'a dit qu'elle avait fait l'école à la maison et que ses frères, son père et son oncle avaient veillé sur elle. Oui, il lui arrive de se sentir seule, mais elle a dit qu'elle était amie avec Charisse et qu'on la faisait de plus en plus sortir du marécage. Ça la rend nerveuse mais, après avoir rencontré Saria, elle pense que ça va aller. Qu'aurais-je pu faire de plus ? Elle affirme que personne n'a jamais levé la main sur elle. Elle a vu le vieux Buford une ou deux fois, mais il n'l'a jamais vue. On lui a inculqué de n'pas se montrer.

— Et tu l'as crue ? demanda Drake tout bas quand Joshua poussa un grognement railleur. Le vieux Tregre était un léopard. Comment auraient-ils bien pu masquer son odeur… ?

Il laissa les mots mourir sur ses lèvres, croisant le regard de Remy.

— Comment auraient-ils bien pu masquer cette odeur ? répéta Remy d'un air pensif. C'est une sacrément bonne question.

— Les frères Tregre pourraient-ils avoir découvert un moyen de dissimuler à tous l'odeur d'un léopard ? et son ADN ? Il devait assurément y avoir de la salive dans les morsures des victimes que tu as trouvées, quelque chose sur les corps caractéristique d'une attaque de félin, dit Drake.

Remy secoua la tête.

— C'est pour ça que j'ai cru que c'étaient des attaques mises en scène. Comment un léopard pouvait-il administrer une morsure suffocante sans laisser ni salive ni odeur derrière lui ?

— Personne n'le pourrait, si ? demanda Lojos. On a un odorat extrêmement fin.

— J'crois que c'est exactement ce qui a été fait, dit Remy, mais comment c'est possible, j'n'en ai aucune idée.

Saria frissonna et se glissa sur le canapé près de Drake.

— Alors il est possible que ce n'soit pas Armand qui m'a attaquée finalement. Ça pourrait avoir été n'importe qui… Le tueur. C'est peut-être pour ça que mon léopard n'l'a pas accepté. Comme il n'avait pas d'odeur ni d'autre marque distinctive, il a été désorienté.

Drake passa un bras autour d'elle, s'efforçant avec détermination de ne pas grimacer à ce mouvement.

— Peut-être que notre prochaine visite devrait être les terres des Tregre.

— J't'emmènerai, dit Remy. On pourra y aller demain. Mes frères viendront ainsi que ton équipe, juste pour nous assurer d'avoir assez d'hommes pour ratisser consciencieusement les lieux.

— J'l'emmènerai. (Saria plongea les yeux dans ceux de son frère.) Il m'a embauchée et j'fais mon boulot.

— Je n'veux pas que tu sois mêlée à ça, grogna Remy.

— Elle y est déjà mêlée, Remy, dit Drake.

La lassitude l'envahit. Tout ce qu'il voulait, c'était rentrer à la maison d'hôtes et s'effondrer dans un lit.

— Le tueur sait qu'elle a été sur son charnier et la moitié des hommes ici ont perdu tout bon sens, poursuivit Drake. Autant qu'elle reste là où je peux garder un œil sur elle.

— J'n'ai pas besoin qu'on me protège, protesta Saria.

Drake s'esclaffa doucement et effleura d'un baiser son épaisse tignasse décolorée par le soleil.

— Tu ne peux pas avoir le beurre et l'argent du beurre, ma chérie. Soit tu me conduis au marécage des Tregre, soit tu restes à la maison.

— Bien sûr que j'viens, dit Saria.

— J'garde ces photos, Saria, dit Remy. Tes clichés des scènes de crime sont très réussis. J'vais envoyer chercher les bouteilles pour lancer une recherche d'empreintes, au cas où il en resterait.

— Deux des trois corps étaient dans le marais, inaccessibles à pied, mais il y a des étendues de terre ferme, dit Saria. J'pense que c'est là qu'est allé le tueur avec sa victime, ils ont bu une bière, puis l'un a tué l'autre et déplacé le corps dans le marais.

Drake secoua la tête.

— Le léopard a traîné sa victime dans le marais. Il y avait une traînée de sang qui partait de l'un des endroits et allait jusqu'à celui où Saria a trouvé l'un des corps. Je rentre à la maison d'hôtes. Occupons-nous-en demain.

Remy hocha la tête.

— N't'avise pas de prendre part à un autre combat ou j'devrai t'arrêter.

Drake entendit la petite pointe d'humour qui transparaissait dans sa voix.

— Tu peux toujours essayer.

Chapitre 12

Drake rejoignit l'entrée de la maison d'hôtes, son équipe se déployant, infatigable, derrière lui. Joshua fit le tour de l'auberge pendant qu'Evan passait devant et que Jerico fermait la marche. Pour être franc, c'était agaçant. Il savait maintenant ce que ressentaient Jake et Emma Bannaconni quand ils quittaient leur maison entourés de gardes du corps, mais bordel ! c'était lui le garde du corps. Il prenait la tête de ses propres équipes pour sauver les otages, tant pour Bannaconni que dans la forêt tropicale. Il fusilla Evan du regard. Il était certain que ce dernier dissimula un grand sourire, ce qui n'arrangea rien.

Quand il jura entre ses dents, Saria le regarda soudain avec inquiétude.

— Tu vas bien ? (L'anxiété transparaissait dans sa voix.) J'pourrais demander à l'un de tes hommes de m'aider à te faire monter à l'étage.

Génial ! elle pensait qu'il était sur le point de s'écrouler. Réprimant un grognement, qui oscillait entre l'agacement et l'amusement, Drake déposa un baiser sur le sommet de sa tête.

— Je n'aime juste pas notre escorte. Ces imbéciles s'imaginent qu'ils doivent me protéger.

Elle toussa. Il scruta avec méfiance son visage, qu'elle détourna.

— On pourrait croire que ma propre femme compatirait un peu à ma situation. Mes hommes ne vont jamais me lâcher avec ça.

Pauline Lafont se tenait devant la porte, les mains sur les hanches, une expression sévère sur le visage alors qu'il s'approchait en clopinant.

— J'ai entendu dire que vous vous étiez jeté au secours de Saria et vous étiez fourré dans de mauvais draps, dit-elle en guise de bienvenue.

Drake soupira.

— Les nouvelles vont vite par ici.

Pauline s'effaça pour le laisser entrer. Evan, déjà à l'intérieur, était posté à droite de la vaste salle de séjour, le pistolet prêt, même s'il le tenait mollement entre ses mains. Il croisa le regard de Drake par-dessus la tête de Pauline et le darda rapidement sur sa gauche, vers l'angle qui n'était pas dans le champ de vision de Drake. Il signa discrètement de la main. Pauline n'était pas seule. Drake s'obligea à se redresser et passa devant Saria, la poussant derrière lui du bras, tout en faisant signe à Jerico d'un geste furtif de la main.

Saria ne protesta pas ni n'en fit tout un plat. Un truc qu'il adorait chez elle. Elle lui accordait une confiance qu'il n'était pas certain de mériter encore, mais il était déterminé à ne pas le lui faire regretter.

— Il est incontestablement un héros dans l'âme, mademoiselle Pauline, commenta Saria comme si Drake ne venait pas juste de signaler un danger possible.

Elle avait capté le message, il le savait, et n'avait pas perdu une seconde. Son cœur se gonfla de fierté. Plus il passait de temps auprès d'elle, plus il savait avec certitude qu'elle était la femme de sa vie. Elle le soutiendrait, quel que soit le danger ou la mauvaise passe.

Saria Boudreaux était le genre de femme qu'un homme gardait à jamais.

Il dépassa Pauline, faisant déjà volte-face pour affronter celui qui se cachait derrière l'angle. Une odeur de sang et de sueur le frappa aussitôt, lui permettant de l'identifier. Amos Jeanmard était étendu sur le canapé, une poche de glace appuyée sur une joue, le torse couvert de bandages. Il ne prit pas la peine d'essayer de se lever, n'ayant manifestement pas manqué de remarquer l'arme d'Evan. Le canon était baissé, mais malgré tout braqué dans sa direction.

Joshua entra par la cuisine, son arme prête, le regard rivé sur Jeanmard. Il donna le feu vert à Drake.

— Jeanmard, salua Drake.

— J'panse mes blessures et laisse ma femme me dorloter, dit Jeanmard. Quand tu frappes, tu n'y vas pas de main morte.

Drake poussa Saria du coude.

— Tu entends ça ? Sa femme le dorlote. Elle ne le traite pas de gros bébé, chuchota-t-il excessivement fort.

Jeanmard ricana.

— Tu n'auras pas ma compassion. J'ai essayé de te tirer de là, mais tu t'es jeté sur moi en mode Rambo. Maintenant tu es coincé avec elle. (Il sourit de toutes ses dents, content de lui-même.) Moi ? J'me retire et j'vais me balancer avec ma femme sur la galerie de devant.

Pauline poussa Drake pour s'enfoncer dans un fauteuil en face d'Amos.

— J'ai dressé la table après avoir pris soin d'Amos, alors j'vous invite à vous restaurer. J'suis sûre que vous êtes tous affamés.

Joshua hocha la tête.

— Merci, m'dame.

— Ne t'imagine pas une seconde que je gobe tes conneries, Jeanmard, dit Drake, le dominant de toute sa hauteur, les mains sur les hanches. Tu savais exactement comment je réagirais. Tu m'as manipulé. Toi et Remy.

Jeanmard se fendit d'un large sourire.

— Pas Remy. J'savais que Remy ou toi me tomberiez dessus. Je n'm'attendais pas à une attaque aussi violente et pensais pouvoir me donner un peu en spectacle avant de passer les rênes. Au lieu de quoi, j'crois que tu m'as cassé toutes les côtes.

Drake lança un coup d'œil à Jerico, puis à Joshua. Tous deux secouèrent la tête. Aucun ennemi ne se trouvait dans la maison ou le jardin. Jeanmard était seul. Drake signa, faisant savoir à ses hommes qu'ils pouvaient se retirer et manger. Ils lui décochèrent un petit sourire railleur, conscients qu'il s'était fourré dans de beaux draps, là dans le marécage de Louisiane – pour une femme. Il n'avait pas fini d'en entendre parler.

— Assieds-toi avant de t'écrouler, lui suggéra Jeanmard. Pas la peine de jouer les durs avec moi. J'ai senti tes coups et j'suis déjà bien assez impressionné.

Drake aurait pu le croire s'il n'avait pas discerné le rire qui transparaissait dans sa voix et n'avait pas su qu'il s'était fait mener en bateau. Le vieil homme avait cherché une porte de sortie et Drake lui en avait apporté une sur un plateau.

— J'aurais pu te tuer, souligna-t-il, s'enfonçant dans l'un des fauteuils confortables de Pauline.

Il eut un peu l'impression d'être au paradis.

— J'vais te chercher à manger, proposa Saria.

Il lui saisit la main et déposa un baiser sur la jointure de ses doigts. Elle en valait la peine, même s'il n'aurait pas refusé un peu de compassion. Il sentit le regard scrutateur de Jeanmard et laissa la main de la jeune femme lui échapper.

— Tu as quelques problèmes ici, Jeanmard.

Son aîné émit un petit rire moqueur.

— À vrai dire, il y a beaucoup de problèmes, mais ce sont les tiens désormais, pas les miens. Les côtes cassées en valaient la peine. Et appelle-moi Amos.

Drake jeta un coup d'œil vers Pauline. Elle n'avait pas soufflé mot, mais elle savait manifestement que lui et Jeanmard s'étaient battus.

— Elle sait tout, dit Jeanmard. Je n'lui ai jamais menti, pas une fois au cours de toutes les années où elle m'a attendu. (Un amour sincère transparaissait dans sa voix.) J'savais qu'elle était ma compagne – mon léopard l'a reconnue –, mais elle n'avait pas de léopard et j'craignais que notre clan finisse par disparaître. C'était une erreur. *Mon* erreur. J'ai voulu garder tous les métamorphes ici au lieu de les envoyer dans le monde comme j'l'aurais dû. (Il grogna quand il bougea pour tenter de trouver une position un peu plus confortable.) J'ai accompli mon devoir et j'n'ai jamais trompé Adrienne. J'n'avais que ma loyauté à lui donner. C'était une femme bien et une bonne mère. J'l'ai aimée à ma façon, mais elle méritait plus. (Il regarda Pauline.) Tu méritais plus.

Drake ressentit le chagrin du vieil homme. Le regard qu'échangèrent son hôtesse et le vieux léopard était si intime qu'il dut détourner les yeux. Aimer ainsi et se sacrifier pourtant dans l'intérêt de l'espèce, quel gâchis !

— Tous les choix que j'ai faits dans ma vie, dit Pauline doucement, j'les ai faits en sachant ce que j'faisais.

Sa voix était ferme. Elle se leva.

— J'vais te préparer une assiette si tu penses pouvoir manger maintenant, Amos.

Saria était comme Pauline Lafont – une femme qui soutiendrait son homme malgré ses erreurs. Drake attendit que Pauline ait disparu dans la salle à manger.

— On se sent tout petit à côté de cette femme. Elle est magnifique.

Amos s'obligea à se mettre en position assise, le visage soudain blême. Il serra les dents pour ne pas gémir et Drake n'ajouta pas à son outrage en lui offrant son aide. Amos eut le souffle court pendant quelques instants, puis esquissa un petit sourire contrit.

— Oui, c'est vrai. Saria lui ressemble un peu.

— C'est justement ce que j'étais en train de me dire.

— J'espère que tu la traiteras mieux que j'ai traité Pauline.

Drake étendit les jambes. La mauvaise était une énorme boule de souffrance, et il ne serait pas étonné de découvrir qu'il avait la peau marbrée de noir et de bleu de la cuisse à la cheville. Ses os mêmes l'élançaient.

— Je crois que je suis trop vieux pour ces satanés combats.

— J'sais que j'le suis. (Amos jeta un coup d'œil vers la salle à manger et baissa la voix.) Parle-moi du jeune Tregre. Comment est-il ?

— C'est un homme bien. Solide comme un roc. Je mets ma vie entre ses mains quotidiennement et je sais qu'il sera là pour moi quoi qu'il advienne. C'est le genre d'homme qu'il est, répondit Drake sans hésiter. Alors éclaire ma lanterne : que s'est-il donc passé dans cette famille et pourquoi n'es-tu pas intervenu ?

Amos soupira.

— J'suis allé à l'école avec Buford Tregre. C'était une petite brute à l'époque. Méchant comme un serpent. Toutes les filles avaient peur de lui. Même les enseignants se méfiaient de lui. Son père avait l'alcool mauvais et personne n'a jamais vu sa mère. Ils faisaient partie du clan – on savait qu'ils étaient des léopards –, mais ils restaient entre eux. Ils tiraient leur subsistance essentiellement de la terre, chassant et pêchant. Il a flirté avec Iris Lafont, la sœur de Pauline, lui a promis le mariage, mais à la fin il l'a larguée pour épouser une métamorphe, mais il l'a gardée attachée à lui en n'cessant pas de lui mentir, lui racontant qu'il quitterait sa femme pour elle. C'était un fils de pute qui n'valait rien et traitait les femmes comme de la merde. Quant à son épouse, dès lors qu'elle a posé le pied sur les terres des Tregre, plus personne n'l'a jamais revue.

— Et personne n'est passé la voir ? Je croyais que les familles ici étaient proches.

— Personne n'est proche de la famille Tregre. Personne.

— Et ses fils ? insista Drake.

Quelqu'un tuait dans les marécages et il fallait que ça cesse. Il ne faisait aucun doute que cette personne était un métamorphe. Il ne s'était pas encore renseigné sur Amos Jeanmard et son fils. Il ne révélerait aucune information à cet homme, et, tant qu'il séjournerait dans la maison d'hôtes avec Saria, soit elle serait avec lui dans sa chambre, soit l'un de ses hommes serait posté devant sa porte et un autre à l'extérieur de la demeure.

Amos fronça les sourcils.

— Je n'sais pas quoi penser de ces garçons. (Il se frotta le menton et son froncement de sourcils se mua en grimace.) Comme leur père, on n'les voyait pas souvent. Comme j'l'ai dit, Buford avait l'alcool mauvais et gouvernait avec ses poings. Je n'pense pas qu'ils aient vraiment eu d'enfance et ils n'sont pas beaucoup allés à l'école. Ils étaient proches tous les trois, cela dit. Tu t'en prenais à un Tregre, tu avais affaire à eux tous. Renard était l'aîné et il a le plus morflé. Il s'occupait de sa mère et de ses deux frères. Quand il est parti quelque temps, tout le monde a été stupéfait. J'crois que c'est là que le vieil homme a encore plus mal tourné.

— Mais il est revenu avec une femme. Une métamorphe, insista Drake quand son interlocuteur garda le silence.

Amos haussa les épaules.

— Oui, il a ramené une superbe femme et j'ai su que j'm'étais planté sur toute la ligne. J'avais renoncé à une vie avec Pauline et condamné notre clan à l'extinction. J'suis né et ai été élevé dans le marécage. J'y ai travaillé presque toute ma vie. N'l'ai jamais quitté, n'y ai jamais songé. J'pensais qu'il n'existait rien d'autre jusqu'à ce que Renard la ramène avec lui.

— Les autres frères se sont mariés en dehors de notre peuple ; ils n'ont pas épousé des métamorphes, n'est-ce pas ? supposa Drake.

— Buford méprisait tous ceux qui n'étaient pas des métamorphes. Il s'est même mis à détester sa femme et ses enfants – à part Renard –, ses deux autres fils parce qu'ils n'avaient pas épousé des métamorphes et sa femme parce qu'elle n'était pas sa compagne véritable.

— Tu savais tout ça et tu n'es pas intervenu ?

— J'n'en savais rien jusqu'à ce que Renard vienne me trouver et m'apprenne que lui et ses frères prenaient le large. Il a dit que son père était fou. Qu'il était sûr que le vieux avait tué sa mère et qu'il avait attaqué sa femme une nuit pendant qu'il travaillait dans le marécage. Les autres femmes avaient avoué à leurs maris que Buford leur faisait subir la même chose et les avait menacées de les tuer si elles parlaient.

— Mon Dieu ! Qu'as-tu fait, bordel ! quand la situation a échappé à tout contrôle et que Renard est mort ?

Drake fut incapable de ne pas prendre un ton accusateur. Il avait envie de lui sauter dessus. La femme et le fils de Renard avaient réussi à s'échapper, mais pas ses frères et leurs épouses.

— Il n'a pas rien fait, dit Pauline, tendant son assiette à Amos et posant son verre sur la table basse. Il s'est retrouvé avec presque tous les os du corps brisés et a passé trois mois dans le coma.

Drake cessa de retenir son souffle. Le bourbier qui se cachait dans ce marécage ne semblait jamais finir. Plus on lui donnait d'explications, plus il avait de questions.

— Et Tregre n'a pas été arrêté ?

— À l'époque, son frère était le chef de la police. (Amos soupira.) Tu remues la merde, Donovan. C'était il y a très longtemps. J'me suis introduit sur leur propriété. Ils ont dit que j'l'avais attaqué. Une enquête a eu lieu et Buford a été entièrement disculpé. On a même insinué que j'aurais pu avoir tué Renard. Au final, ils n'sont pas allés aussi loin, mais j'n'ai pas eu d'autre choix que de laisser tomber. Zut, je n'me suis pas rappelé grand-chose pendant les mois qui ont suivi. J'ai fait de la rééducation et mon léopard a mis beaucoup de temps avant d'émerger de nouveau. J'ai dit au clan qu'il était interdit de s'introduire sur les terres des Tregre et c'en est resté là.

Saria se glissa dans le fauteuil à côté de Drake et lui tendit une assiette. Son ventre gronda, lui rappelant qu'il n'avait rien avalé depuis un bon moment. Il avait l'esprit embrumé alors qu'il s'efforçait d'assimiler tout ce qu'Amos lui avait dit tout en continuant à lire entre les lignes. Il ne faisait aucun doute que les fils de Buford pouvaient être aussi cruels et dépravés que leur père.

Buford Tregre avait assurément eu le potentiel pour être un tueur en série. La haine semblait avoir été ce à quoi il avait excellé. Et les oncles de Joshua avaient eu des fils à leur tour, tous deux assez âgés pour constituer aussi des suspects. Il secoua la tête. Tout était compliqué et il n'était vraiment pas dans son assiette.

Saria sentait divinement bon, un parfum qu'il avait fini par associer exclusivement à elle. Elle s'était visiblement douchée, ce qui expliquait pourquoi Pauline avait réussi à apporter à manger à Amos en premier. Cela ne le dérangeait pas de ne pas avoir été servi aussitôt, Saria devait être épuisée. Elle avait été maculée de terre, et probablement de sang et de sueur à cause de lui. Tout occupé à réfléchir aux ennuis qu'il s'était attirés, il l'avait laissée prendre soin de lui plutôt que le contraire.

— Tu vas bien ? lui demanda-t-il.

Elle lui décocha un sourire éblouissant.

— Je n'me suis pas fait passer à tabac. J'vais bien. Et Mlle Pauline s'est surpassée. La nourriture est divine.

La tension qui lui nouait si étroitement le ventre se dissipa. La façon qu'elle avait de savourer son repas avait quelque chose de si incroyable. C'était peut-être un tout – la manière qu'elle avait de savourer la vie. Lorsqu'elle mangeait, elle ne le faisait pas à moitié, se délectant de chaque bouchée. Si elle devait se protéger, elle le faisait avec la même intensité avec laquelle elle faisait tout le reste. À son côté il se sentait vivant – et heureux.

Il s'autorisa à lui sourire comme un idiot.

— C'est une bonne cuisinière, reconnut-il, observant d'un œil admiratif la jeune femme qui se jetait sur son assiette.

Elle lui coula un regard, les sourcils froncés.

— Mange. Qu'est-ce que tu fais ?

— J'aime te regarder manger.

Amos éclata de rire.

— Tu es foutu, Donovan. Quand un homme affamé passe plus de temps à regarder sa femme qu'à manger, il a des ennuis.

Pauline joignit son rire au sien.

— Mangez, Drake. Lorsque Amos m'a raconté ce qui s'était passé, j'ai su que vous auriez besoin d'avaler quelque chose pour reprendre des forces. Vous aurez tout le loisir de regarder Saria plus tard.

À côté de lui, Saria remua un peu, mal à l'aise. Il savait qu'elle n'était pas encore convaincue qu'ils passeraient leur vie ensemble. Elle était prête à caresser cette idée, mais avait aussi été farouchement opposée au mariage et avait manifestement des projets d'avenir qui n'incluaient pas un homme sur du long terme – et il était du sacrément long terme.

— Remy a déjà sorti son fusil de chasse ? s'enquit Amos.

— Pas encore, mais j'aimerais qu'il le fasse, dit Drake.

Saria s'étrangla. Il lui tapota obligeamment le dos.

— Il y a un problème, Saria ?

Elle le fusilla du regard et but une petite gorgée d'eau.

— Tu n'te sentiras pas aussi imbu de toi-même si Remy se pointe avec un fusil de chasse. Il n'plaisantera pas.

— Je ne demande que ça. Je pourrais ne pas avoir d'autre moyen d'arriver à faire de toi une femme honorable. (Il leva les yeux vers Pauline.) Elle traîne les pieds.

— Tu hésites, Saria ? s'enquit Pauline.

Saria mâcha pensivement, prenant son temps pour répondre. Elle ne songea pas à mentir, ni même à éluder la question.

— J'veux être avec lui, c'est juste toute cette histoire de long terme, vous voyez ? J'ignore si j'peux vraiment vivre avec quelqu'un tout le temps. J'ai l'habitude de faire mes trucs.

— Mais tu veux vraiment être avec lui, insista Pauline. Personne n'te force ni n'te contraint en aucune façon ?

Elle ne regarda pas Drake, mais il avait la sensation désagréable que, si Saria répondait par l'affirmative, elle sortirait un fusil et l'abattrait sur-le-champ. Il finissait par croire que les femmes de Louisiane étaient plutôt du genre dangereux.

Saria esquissa une petite moue et il se baissa pour lui effleurer les lèvres d'un baiser. Il n'aurait pas pu s'en empêcher même si Pauline lui avait braqué un fusil en plein sur le cœur. Il l'embrassa encore quand elle écarquilla les yeux.

— Tu ne devrais pas me tenter, souligna-t-il.

— C'est ce qu'on appelle de la contrainte ? demanda Saria, portant les doigts à ses lèvres comme pour retenir un baiser.

Pauline soupira.

— Épouse-le juste histoire de mettre un terme à vos souffrances à tous les deux, conseilla-t-elle.

Saria pouffa.

— J'vois que j'constitue une minorité ici.

Satisfait, Drake se concentra sur son dîner. Il était tard. Il était fatigué et avait le corps endolori, mais Saria était assise près de lui et la pièce était confortable. Ses hommes n'étaient pas loin et se chargeraient de monter la garde pour qu'il puisse se reposer.

— Mademoiselle Pauline, dit-il, je dois reconnaître que vous êtes une cuisinière remarquable.

— Merci, Drake. J'aime voir les gens manger.

— Je compte beaucoup manger et je peux vous assurer que mes gars auront constamment faim.

Elle rit, hochant la tête comme si elle était contente.

— On va monter. Je crois que je vais me faire couler un bain chaud pour soulager mes muscles endoloris, annonça Drake. Je vous verrai à la première heure demain matin.

Pauline opina et Amos leva la main. Drake s'obligea à se lever. Sa mauvaise jambe ne voulait pas travailler, le brûlant jusqu'aux fesses. Il resta debout quelques instants, laissant la douleur le submerger, l'acceptant, avant de faire un premier pas. Il avait l'habitude de se battre, et des conséquences quand son léopard faisait une rencontre brutale avec un autre mâle, mais celles-ci le surprenaient toujours, cette vague de douleur qui grondait dans chacun de ses muscles.

Saria porta leurs assiettes dans la cuisine, lui laissant juste quelques minutes avec Joshua. L'homme attendait près de l'escalier.

— Je n'ai pas eu l'occasion de te dire, on a deux hommes qui sont dans le marécage. Jake a demandé des renforts, et, dès qu'ils ont appris que tu pourrais avoir des ennuis, ils ont accouru. Conner Vega et sa femme sont avec Jake pour assurer la sécurité là-bas. Elijah passe la nuit dehors dans un affût. On s'est dit que, si Saria a vu des lumières près du marais de Fenton plus d'une fois, il est possible que celui qui s'en sert comme d'un charnier continue.

— Comment avez-vous amené deux hommes dans le marécage sans guide ? Au fait, comment vous m'avez trouvé ?

— On a suivi l'odeur de ta femme. Elle émet des phéromones sacrément puissantes. Son léopard est proche.

Drake cessa de retenir son souffle. Un autre problème. Il ne faisait aucun doute que le Han Vol Dan était imminent. Saria était vierge et aurait besoin d'être initiée à la sexualité avant que son léopard prenne le contrôle et leur fasse une crise. Il devait l'éloigner de tous les autres mâles avant que le félin de la jeune femme décide de faire une nouvelle apparition. Il ne pouvait pas courir le risque de tuer un ami.

— Qui est avec Elijah ?

— Un nouveau gamin du nom de Jeremiah Wheating. Je ne sais pas grand-chose sur lui, mais il écoute, et Elijah et Conner répondent de lui.

— Elijah a mauvaise réputation. Il pourrait se faire tuer ici.

— Ça tombe bien, dit Joshua en haussant les épaules. Ça pourrait nous aider, selon ce qui se passe ici. J'ai organisé des tours de garde. On a tous besoin de sommeil, alors on aura un seul homme de garde. Avec un peu de chance, tu pourras convaincre Saria de dormir dans ta chambre, ou tu dors dans la sienne.

Drake hocha la tête et la regarda s'avancer vers lui. Il adorait sa façon de se déplacer, semblant glisser sur le sol, toute en courbes douces et grâce fluide. Elle avait une peau extraordinaire – superbe. Il ne put s'empêcher de passer la pulpe du doigt sur la rondeur de sa joue juste pour sentir à quel point elle était douce.

— Viens, montons.

Elle ne rougit même pas, mais lui prit la main et l'accompagna. Sa sincérité était une leçon d'humilité. Elle ne se souciait pas de ce que pensaient les autres – pas même ses frères. Elle avait fait son choix, et, même si elle avait du mal avec l'idée de permanence, cela ne l'empêchait pas de lui donner tout ce qu'elle avait.

Il referma les doigts sur les siens et porta sa main à sa poitrine tandis qu'ils gravissaient les marches.

— Je veux que tu restes avec moi cette nuit, Saria.

Elle en eut le souffle coupé. Elle lui glissa un regard en coin sous ses longs cils. Elle darda sa petite langue pour lécher sa lèvre inférieure pulpeuse. Sa queue tressaillit. Il tenta d'empêcher ses pensées de vagabonder de ce côté. Elle ne protesta pas, mais il la rendait nerveuse.

— J'sais que j'ai été très entreprenante aujourd'hui dans le marécage, dit-elle. J'ai apprécié moi aussi, mais je n'suis pas…

— Ma chérie, regarde-moi. Je suis aussi amoché qu'on peut l'être sans avoir d'os cassés. Je peux t'assurer que tu vas dormir sans problème. (Il hésita, souhaitant être entièrement honnête.) Quant au réveil, il pourrait en être autrement.

— Si j'vais dans ta chambre, il va se passer quelque chose et tu le sais, répliqua-t-elle. J'pourrais même être celle qui commence. J'rêve de toi.

— Tu crois que j'ai peur ? (Il lui fit un clin d'œil en ouvrant la porte de sa chambre.) Tu peux me sauter dessus quand tu veux. Et un homme aime savoir que sa femme rêve de lui.

— Et si j'n'étais pas à la hauteur de tes attentes. Les hommes en ont. N'me dis pas le contraire. J'imagine que tu dois avoir pas mal d'expérience et j'suis assez intimidée à l'idée de devoir essayer de n'pas te décevoir.

Son accent s'était fait plus prononcé – et plus sensuel.

Drake l'entraîna dans sa chambre, referma la porte du pied et enveloppa la jeune femme dans ses bras, sans tenir compte des protestations de son corps. Il baissa la bouche vers elle. Il la savoura pendant plusieurs longues minutes, lui montrant exactement ce qu'il pensait de ce genre de bêtises. Lorsqu'il releva la tête, ils avaient tous deux la respiration rauque.

— Si je ne fais pas les choses bien la première fois, Saria, je promets de passer des heures, des mois, des années à m'exercer jusqu'à y arriver. Tu n'auras pas à te plaindre et alors, crois-moi, je ne me plaindrai pas non plus. Un homme aime savoir que sa femme est comblée. Quoi qu'il en soit, j'ai remarqué que tu avais tendance à suivre admirablement bien les instructions quand tu le veux bien.

Saria éclata de rire.

— Alors d'accord. Si tu en es sûr. Prends ton bain et j'vais aller chercher quelques affaires. On sortira demain ?

Il opina.

— Je souhaite prendre mes marques et discuter encore un peu avec Remy ainsi qu'avec certains autres membres du clan. Mais… (il déposa un autre baiser sur sa bouche) pas aussi tôt cette fois.

— J'suppose que tu as grandement besoin de faire la grasse mat'.

— Je ne comptais pas dormir, lui avoua-t-il.

Saria secoua la tête et le quitta. La baignoire était large et profonde. Il nota dans un coin de sa tête qu'elle était assez grande pour deux. Ce qu'il aimait avec la maison d'hôtes de Pauline, c'était qu'elle avait de l'eau chaude à revendre, et il se glissa avec reconnaissance dans la baignoire profonde. Ses lacérations le piquèrent, mais l'eau était apaisante et il ferma les yeux et laissa son esprit vagabonder.

Il était épuisé. Cela faisait longtemps qu'il n'avait pas eu à se battre contre des léopards, et, en matière d'essai pour savoir si sa jambe tiendrait ou non, cela avait été un baptême du feu. Il gloussa dans sa barbe. Son médecin avait été très précis. Il pouvait se transformer… mais devait prendre son temps. Y aller petit à petit. Éprouver sa jambe. S'assurer qu'elle tenait le coup avant de l'utiliser vigoureusement. Quelque chose lui disait qu'il n'avait pas vraiment suivi ces recommandations. Ouais. Il allait bien. Son léopard allait bien. Le monde tournait de nouveau rond – enfin, presque. Quand il songeait qu'un tueur en série fou rôdait dans le marécage et qu'il devait s'occuper de tout un clan qui était parti à vau-l'eau… peut-être que tout n'allait pas si bien. Mais pour l'heure, pour cette nuit, sachant que Saria serait étendue auprès de lui, il s'efforcerait de rester calme et ne bouderait pas son plaisir.

— Tu comptes rester dans ton bain toute la nuit ?

La voix mélodieuse de Saria l'arracha à sa douce rêverie. Il s'était assoupi, flottant dans une eau chaude qui était devenue tiède. Il plongea la tête sous l'eau pour se rincer les cheveux et refit surface, la cherchant du regard. Elle se tenait dans l'embrasure de la porte, vêtue d'un débardeur court et d'un petit boxer qui épousait amoureusement ses hanches et ses fesses.

— Tu vas dormir dans cette tenue ?

Elle tira sur le bas de son débardeur, qui ne couvrait pas entièrement son ventre.

— Et alors ?

— Je vais juste devoir te l'enlever dans une heure ou deux.

— Tu veux que je dorme avec toi *nue* ?

Il se leva, lui-même nu comme un ver, laissant l'eau lui ruisseler sur le corps.

— Oui. Je veux sentir ta peau contre la mienne.

Saria ne détourna pas les yeux. Elle saisit une serviette et, au lieu de la lui donner, lorsqu'il sortit de la baignoire elle commença à le sécher, la main douce tandis qu'elle passait délicatement l'étoffe moelleuse sur les lacérations qui lui marquaient le torse et le ventre. Quand elle s'attarda, il feignit de ne pas le remarquer, attendant patiemment alors qu'elle s'appropriait son corps à sa façon.

Elle semblait fascinée et absolument pas timide. Nerveuse, oui, mais pas timide. Elle fit glisser la serviette sur son dos et sur ses fesses, y essuyant les gouttes d'eau tandis qu'elle descendait sur ses jambes.

— Tu es vraiment très beau, dit-elle. Très symétrique.

Il fut frappé par le ton de sa voix. Il était factuel, observateur, presque scientifique. Il se surprit à sourire.

— « Symétrique » ?

Elle lui toucha les muscles.

— Chaque côté est d'une incroyable perfection alors que le corps humain n'est pas du tout comme ça.

— Tu sais que je suis bien réel, hein ?

Il s'efforça de ne pas rire.

— Ce serait un plaisir de te photographier, Drake.

— Ça n'est pas près d'arriver, Saria.

Il baissa les yeux sur le visage qu'elle levait vers lui et éclata de rire. Lui prenant la serviette des mains, il la lança sur le côté, l'enveloppa dans ses bras et la fit reculer dans la chambre.

— Tu auras beau faire la moue, être toute mignonne, la femme la plus sexy sur la terre, la réponse est non.

— Dis-toi que tu devrais le faire pour l'art. Pour la science.

Il la souleva aisément et la jeta sur le lit.

— C'est un non catégorique.

Il plongea la pièce dans l'obscurité.

— On verra. Tu dois ouvrir la porte-fenêtre.

— Tu as trop chaud ? Et la réponse sera toujours non.

— J'dois dormir avec les fenêtres ou la porte ouvertes sinon j'n'arrive pas à respirer.

Il se plia à ses désirs. La brise nocturne se glissa à l'intérieur et Saria lui sourit. Il ne put s'empêcher de l'admirer avec le clair de lune qui se répandait dans la chambre. Elle avait les cheveux ébouriffés, la peau qui luisait comme de la porcelaine, et son corps doux et rond était sacrément attirant.

Elle tapota le lit près d'elle.

— Viens t'allonger.

— Tu n'as pas caché un appareil photo quelque part, si ?

Il y avait de la méfiance dans sa voix.

— Peut-être, le taquina-t-elle.

— Je vais devoir te fouiller.

Elle l'examinait aussi consciencieusement qu'il la dévorait des yeux. Il aimait sentir son regard sur lui. Il avait beau être épuisé et tout endolori, auprès d'elle il se sentait plus vivant et euphorique qu'il ne l'avait jamais été de sa vie.

Il s'approcha lentement du lit, observant ses yeux, la chaleur qui y flamboya. Ils s'assombrirent, mais les mouchetures ambrées brillèrent de plus belle, devenant comme de minuscules morceaux d'or, à présent en fusion, se répandant à travers le chocolat noir. Son membre se contracta et il s'agenouilla au-dessus d'elle, lui saisissant les chevilles pour l'allonger avec lui.

Elle s'humecta les lèvres, mais n'arracha jamais son regard sombre au sien. Il fit remonter sa paume sur la courbe de sa jambe, en suivant les contours. Elle baissa ses longs cils avant de les relever, le regardant de ses yeux mi-clos. Il passa les mains le long de ses cuisses et sur ses hanches, glissant les doigts dans son mince boxer avant de le faire descendre lentement sur son corps, sans jamais cesser de soutenir son regard. L'or se répandit à travers ses iris jusqu'à former des cercles parfaits de couleur. Il y lut de la peur, mais le désir l'emportait.

Il s'allongea près d'elle, une main à plat sur son ventre, sentant ses muscles se contracter sous sa paume. Elle trembla, les yeux écarquillés, mais ne tenta pas de s'écarter. Chaque cellule de son corps la désirait. Il lui effleura la tempe d'un baiser, descendit jusqu'au coin de l'œil et sur la joue. Il entendit son souffle se faire un peu rauque et dessina des cercles indolents sur sa peau nue juste en dessous de ses seins tandis qu'il retroussait légèrement son haut.

Il s'aperçut qu'il tremblait lui aussi. Il avait besoin d'elle. Elle l'avait ramené à la vie alors qu'il y avait renoncé depuis longtemps. Il exerçait un emploi où l'espérance de vie n'était tout simplement pas bien longue. Les poussées d'adrénaline l'avaient porté, mais à présent – à présent il y avait du soleil et du rire. Toute cette peau dorée et sa sincérité. Du désir comme il n'en avait jamais connu auparavant.

Drake lui saisit l'arrière de la tête, l'immobilisant pendant qu'il s'emparait de sa bouche, lui volant un soupir enroué. L'embrasser était enivrant. Il avait l'étrange sensation de voler alors qu'il n'était pas quelqu'un d'imaginatif. Une fois que ça avait commencé, il n'y avait plus aucun moyen d'arrêter le processus. Il glissa la langue entre ses lèvres, ne demandant qu'à tomber encore plus sous son charme.

La bouche de la jeune femme était du velours doux et chaud tandis qu'elle enroulait timidement la langue à la sienne. Elle leva les mains sur ses épaules lorsqu'il se déplaça juste un peu pour s'étendre en partie sur elle.

Les pointes de ses seins frôlèrent son torse nu à travers la fine étoffe de son débardeur. Il le lui arracha d'un mouvement rapide et lui couvrit de nouveau la bouche de la sienne, avalant son petit cri de stupéfaction.

Le désir qui brûlait en lui, le feu presque désespéré qui faisait rage dans ses veines le laissaient quelque peu abasourdi. Il voulait prendre son temps et faire attention à elle. Il ne pouvait même pas blâmer son léopard et le désir primitif de celui-ci de la dévorer tout entière. Le désir sexuel se mêlait à un amour presque écrasant, et il avait les mains qui tremblaient alors qu'il leur faisait épouser ses seins gonflés.

Il traça un chemin de baisers sur son cou, mordillant doucement sa peau parfumée tandis qu'il suivait la ligne de sa gorge jusqu'au renflement de sa poitrine. L'espace d'une seconde seulement, il la regarda, ne perdant pas une miette de son expression désorientée, presque hébétée, de son petit gémissement de plaisir et de ses yeux mi-clos.

— Tu es belle, chuchota-t-il. Si belle que tu me brises le cœur.

La respiration de la jeune femme était devenue agitée, sa poitrine se soulevait et s'abaissait, si alléchante avec ses tétons durs qui se dressaient vers lui en une invitation. Il baissa la tête et les lécha délicatement. Elle tressaillit de tout son corps. Elle avait des mamelons sensibles, et il sentit son corps frissonner de plaisir sous sa main. Il referma la bouche autour de son téton droit et le suça. Elle cambra le dos, le poussant plus profondément dans la chaleur de sa bouche. Un faible cri lui échappa alors qu'elle soulevait brusquement les hanches. Elle plongea les deux mains dans ses cheveux, mais ne le repoussa pas. Ses cris étaient pareils à de la musique, une magnifique mélodie qui le propulsa dans une spirale de désir enfiévré.

Il fit jouer sa langue sur son mamelon, le caressant et le frappant, avant de l'aspirer encore avec force, jusqu'à ce qu'elle se tortille sous lui.

— Drake ?

Le désir qui imprégnait sa voix était teinté d'une légère note de peur.

— Tout va bien, ma chérie. Je suis là, chuchota-t-il. Tu vas adorer.

Il était sincère. Il ne permettrait pas que quoi que ce soit – et encore moins lui – lui fasse jamais le moindre mal.

Elle déglutit, se laissant retomber sur l'oreiller, hochant la tête, ouvrant grand ses yeux noyés d'or.

Soutenant son regard, il reporta son attention sur son sein gauche, tirant doucement sur son téton, observant la chaleur qui flamboya dans ses yeux avant de baisser la bouche et de le lécher. Submergé par le désir, il le suça comme un homme affamé – et ce jusqu'à ce qu'elle se tortille plus encore et gémisse presque sans interruption, lui empoignant les cheveux à pleines mains.

Il lui caressa le ventre des doigts, la hanche et les passa brièvement sur son mont de Vénus pour sentir sa chaleur moite et accueillante. Elle jeta la tête d'un côté et de l'autre et souleva les hanches contre sa paume, la respiration haletante. Il glissa un doigt dans tout ce miel chaud, cette douceur qu'il brûlait de goûter.

— Oh, bon Dieu ! chuchota-t-elle, ses yeux devenant entièrement dorés et sauvages.

Il baissa la tête et lui lécha la poitrine, l'observant attentivement tandis qu'il ajoutait un second doigt dans son intimité étroite, l'écartant aussi délicatement que possible.

— Drake. (Elle cria son nom, le regard stupéfait par les sensations qui l'envahissaient.) J'veux…

Elle ne put pas articuler le reste.

— Détends-toi, l'apaisa-t-il. Je ne veux pas que tu aies mal. On doit prendre notre temps cette fois. Tu en as besoin, fais-moi confiance, Saria. La lenteur, c'est bien.

Il la caressa encore et, comme s'il avait enflammé une torche, un incendie instantané le transperça comme un bolide. Il grogna. Il n'était pas sûr de pouvoir prendre son temps, pas avec un tel désir qui lui étreignait le ventre.

— J'ai besoin de te goûter, Saria.

Sa voix était presque un grognement. Le désir altérait sa présence d'esprit. Il devait la posséder tout de suite, marquer de son odeur chaque centimètre de son corps. Il n'avait jamais eu une érection aussi rigide de sa vie. Il descendit le long de son corps en y déposant des baisers jusqu'à venir s'agenouiller entre ses jambes. Elle le regarda avec des yeux d'or sombre, immenses et rendus vitreux par la passion et le désir.

Il prit une inspiration et baissa les siens, laissant son regard glisser lentement sur elle.

— Mienne.

Il expira en prononçant ce mot et glissa les bras sous ses genoux, l'attirant plus près de lui alors qu'il baissait la tête.

Elle avait une odeur sauvage et sa propre nature primitive bondit pour relever le défi. Saria était totalement indomptée, elle n'en faisait qu'à sa tête et l'assumait pleinement. Il entendit la respiration de la jeune femme se coincer dans sa gorge et resserra son étreinte sur ses hanches en une mise en garde. Il avait accepté d'être à sa merci ; il voulait la même chose de sa part. Elle était toute à lui et il comptait se faire plaisir. Il enfouit le visage contre l'intérieur de ses cuisses et se délecta de son odeur. En partie félin, il avait besoin de frotter sa peau contre la sienne, de la mordiller et de la goûter, d'utiliser chacun de ses sens tactiles pour la revendiquer.

Il donna un grand coup de langue sur toute cette chaleur et elle se cambra dans ses bras.

— Chutt, tout va bien, chuchota-t-il. Détends-toi pour moi.

Il croisa son regard et y lut de la confiance. Elle déglutit péniblement mais opina.

Il remonta de nouveau sur l'intérieur de ses cuisses en les couvrant de baisers, lui mordillant la peau des dents, la laissant s'habituer à le sentir entre ses jambes. Avec la plus grande lenteur, la plus grande tendresse, il passa la langue sur son intimité brûlante, un artiste peignant les vagues calmes d'un océan qui léchaient le rivage. Il prit son temps, savourant les tremblements qui la parcouraient. La température de la jeune femme s'éleva et sa chaleur irradia directement de sa peau à la sienne.

Chapitre 13

Saria savait que le désir la submergeait. Elle avait l'impression qu'il la consumait. Regarder Drake, son visage dont chaque trait était empreint d'une sensualité à l'état pur, la ligne de sa bouche, ses yeux où couvait un appétit sombre. Ceux-ci étaient entièrement félins, braqués sur elle comme si elle était une proie, ne voyant qu'elle tandis qu'il lui agrippait étroitement les hanches des mains.

La peur glissa le long de sa colonne vertébrale, et pourtant l'excitation montait en elle comme une fontaine. Il avait l'air on ne peut plus viril, un dur à cuire aux innombrables cicatrices à deux doigts de perdre le contrôle, et savoir que c'était à cause d'elle – pour elle – était grisant. Elle voulait qu'il la regarde de cette façon : entièrement léopard, affamé, un homme qui brûlait de posséder son corps, en avait *besoin*. De son corps à elle. De sa peau à elle. D'elle.

Le regard de Drake accrocha le sien. Féroce. Intense. Son cœur cogna si fort qu'elle craignit qu'il s'échappe de sa poitrine. Il s'humecta les lèvres. Elle sentit son cœur bondir. Ses yeux mi-clos étaient d'un or sombre, brillant d'un désir brutal.

— Offre-toi à moi. (Il avait la voix non pas rauque, mais étrangement tendre, en décalage total avec sa sensualité à l'état brut.) Complètement à moi. Personne n'aura jamais plus besoin de toi.

Une alarme sonna dans un coin de sa tête, mais il était déjà trop tard. Elle avait besoin de lui – besoin de ça. Elle était incapable d'empêcher son corps de bouger d'une manière suggestive, engageante, ni de retenir le doux gémissement qui lui échappa quand elle opina. Elle était incapable de parler, incapable de formuler le moindre mot cohérent.

Il resserra les mains sur ses hanches. Les jambes repliées sur ses avant-bras, elle s'offrait entièrement à lui. Il continua à observer son visage alors même qu'il baissait lentement la tête vers son intimité brûlante. Elle sentit des larmes lui piquer les yeux. Comment pourrait-elle jamais survivre ? Elle avait le corps en feu, était si tendue qu'elle voulait le supplier d'arrêter, de faire quelque chose – n'importe quoi.

Elle sentit sa langue la lécher, une sensation râpeuse qui envoya un million de courants électriques lui courir à travers le corps. Il grogna et se déplaça juste un peu, pénétrant plus profondément en elle. Elle s'entendit crier, un son étranglé perdu au milieu de ses propres halètements rauques. Elle s'agrippa à l'édredon des deux poings, tentant de se raccrocher à quelque chose de solide, de s'ancrer alors qu'il commençait à la manger – à la dévorer de caresses. Il prenait son temps, léchant, suçant, traçant des cercles et des lettres de la langue jusqu'à ce qu'elle prenne conscience qu'il écrivait son nom en elle.

Le doux raclement de ses dents, ses coups de langue tour à tour brutaux et délicats firent jaillir des flammes à travers son corps. Un incendie qui ne fit que bondir toujours plus haut, échappant à tout contrôle, se propageant toujours plus sans aucun répit. Elle jeta violemment la tête de tous côtés, et, s'il ne l'avait pas tenue par les hanches d'une poigne implacable, elle aurait pu tomber hors du lit. Il n'interrompit pas sa lente et sensuelle torture, pas plus que ses grands coups du plat de la langue. Elle entendit son propre cri perçant alors qu'elle l'implorait... De faire quoi, elle n'en était pas sûre. Puis la jouissance éclata en elle, envoyant des ondes de plaisir lui déferler à travers le corps.

Il se dressa au-dessus d'elle, lui écartant davantage les cuisses, s'aidant des bras pour se placer à son entrée. Elle sentit sa lourde érection appuyer contre son intimité et elle frissonna de désir. Il la pénétra doucement, d'à peine deux ou trois centimètres, mais il était bien monté et une brûlure intense la transperça immédiatement quand il l'étira. Elle se raidit et le retint par les épaules, y plantant profondément les ongles.

— Détends-toi. Il faut juste que tu te détendes. Tu es prête pour moi, ma chérie. J'irai doucement.

Elle déglutit péniblement. C'était ce qu'elle voulait, qu'il soit enfoui loin en elle, qu'il la remplisse, mais tout allait peut-être trop vite. Elle se sentait prise au piège sous lui, sans plus aucun contrôle, tandis qu'un incendie commençait à se propager et à faire rage en elle, brûlant et puissant. Plus que de Drake, c'était d'elle-même qu'elle avait peur, du lien fort qu'elle avait avec lui. Elle n'avait jamais rêvé qu'un homme suscite en elle une réaction physique aussi forte. Elle se figea lorsqu'il la pénétra plus profondément, l'étirant un peu plus encore.

C'était... trop bon... effrayant... bouleversant... et, oh! tellement juste. Des langues de feu se propagèrent de son entrejambe à son ventre, et même jusqu'à sa poitrine tandis qu'il l'envahissait, glissant toujours plus loin jusqu'à ce qu'il se heurte à une résistance. Le souffle coupé, elle souleva les hanches, cherchant à apaiser la sensation de brûlure qu'elle ressentait, en voulant plus.

— Doucement, mon chou, ça pourrait faire mal un moment. Laisse-moi faire. Reste juste détendue.

Il avait la voix rauque, crispée ; il se contrôlait à peine.

Saria plongea le regard dans le sien. Son corps n'était plus à elle, mais appartenait uniquement à Drake. Un tel désir la consumait qu'elle ne put que hocher la tête, l'implorant des yeux de la remplir. Oh, bon Dieu ! il était si épais, si dur, comme une lance d'acier brûlant. Elle percevait son pouls le long des veines épaisses. Que son corps puisse accueillir en lui davantage encore de sa longue érection lui semblait impossible. Il se tenait parfaitement immobile, appuyant contre sa barrière, de sorte que son pouls battait aussi à l'intérieur d'elle.

Le monde sembla se figer pendant qu'elle se noyait dans ces sensations. La chaleur. Le feu. Son désir désespéré. Elle voulait s'enfoncer sur lui, mais en même temps elle aurait aimé se jeter hors du lit. Parce que, dès lors qu'il l'aurait prise, elle ne cesserait jamais de le désirer. Il serait une soif qui ne serait jamais étanchée. Déjà son corps la trahissait, donnant à Drake tout ce qu'il voulait, exigeant qu'il en fasse autant pour elle.

Elle émit un unique son. De protestation ? D'assentiment ? Elle l'ignorait. Son cœur bégaya quand elle vit flamboyer de la tendresse dans l'or de ses yeux – une émotion proche de l'amour alors même que le désir à l'état pur lui soulevait les coins de la bouche. L'expression de son visage était terriblement excitante, ne faisant qu'ajouter au tourbillon grisant qui menaçait déjà de l'emporter.

Il ouvrit les mains et elle glissa instinctivement les doigts entre les siens. Il lui plaqua les mains contre le matelas, s'avançant brusquement au-dessus d'elle.

Une douleur fulgurante la transperça, mais il se figea de nouveau et elle resta étendue là, le cœur battant et les doigts étroitement enlacés aux siens, la respiration profonde et tremblante.

— Tu es si étroite, Saria. Si étroite, bordel !

Sa voix avait des accents discordants.

Et Saria l'adora, adora y entendre les accents de son désir désespéré pour elle. Elle lisait un appétit ténébreux dans ses yeux, une résolution implacable qu'elle trouvait grisante. Elle n'en avait pas eu assez et elle bougea, tâtonnant un peu, soulevant les hanches contre lui. La respiration de Drake siffla et elle vit une lueur dangereuse briller dans ses yeux.

— J'veux te sentir en moi, Drake. Sentir chacun de tes centimètres en moi, chuchota-t-elle.

À cette demande érotique, Drake sentit une boule de feu lui transpercer le corps en un éclair. Il s'enfouit un peu plus profondément en elle et la constriction brûlante de son fourreau attisa l'incendie qui faisait rage en lui. Il pouvait carrément compter les battements de cœur de la jeune femme à travers les parois serrées de son conduit de velours. Il prit une inspiration, intimant à son corps de se modérer, d'être doux. Il la pénétra un peu plus et sentit ses muscles l'étreindre en se contractant autour de lui.

— Mon chou, arrête, tu ne peux pas faire ça.

Saria avait les yeux vitreux et sexy tandis qu'elle gigotait sous lui, soulevant brusquement les hanches, tentant de le forcer à la pénétrer plus profondément. Il se pencha pour lui embrasser l'épaule, la mordant pour qu'elle se tienne tranquille. Il sentait s'éveiller le léopard de la jeune femme, et le sien bondissait pour venir à sa rencontre.

— Repousse-la, Saria. Tu n'es pas prête pour ce genre de rapports brutaux, l'implora-t-il.

Elle croisa son regard et prit une inspiration, resserrant les doigts autour des siens. Il donna un coup de reins, s'enfouissant profondément en elle. Elle se tortilla sous lui, soulevant les hanches pour venir à la rencontre de son assaut brutal. Une chaleur moite l'enveloppa et les muscles de la jeune femme se contractèrent autour de lui. Il se retira et s'enfouit encore plus loin en elle, observant son visage en quête de signes de malaise. Sa chaleur brûlante le consumait et bientôt il ne serait plus capable de se retenir. Il n'avait jamais perdu le contrôle avec une femme avant, mais il sentait qu'il lui échappait rapidement.

Que ce soit en raison de la proximité de son léopard ou de sa sensualité naturelle, elle était incapable – ou refusait – de l'écouter, se contractant en rythme autour de lui jusqu'à ce qu'il craigne que le plaisir lui fasse perdre la raison. Il entendit son propre grognement, sa capitulation devant l'inévitable alors qu'il la prenait dans ses bras, les coups caressants de sa queue arrachant à la jeune femme un cri aux accents désespérés.

Il se retira lentement en préparation de ce qui allait venir, attendit un battement de cœur puis la pénétra violemment, profondément, instaurant un rythme féroce, presque brutal à ses coups de reins. Il entendait son sang rugir dans ses oreilles. Les gémissements et les supplications de la jeune femme ne firent qu'intensifier le désir frénétique qui le poussait à aller et venir en elle sans relâche, une férocité grandissante palpitant dans chaque cellule de son corps, sa queue une lance d'acier avec laquelle il l'empalait sans discontinuer.

Elle rejeta la tête contre l'oreiller et ses halètements se firent suppliants. Le corps de la jeune femme se contractait de plus en plus étroitement autour de lui, et une chaleur brûlante et oppressante lui envoya des pointes de plaisir à travers tout le corps alors que la tension montait et qu'il la propulsait toujours plus haut. Elle souleva les hanches à la rencontre de ses assauts tout en luttant et en se tortillant pour tenter de se dégager de sous son corps, la tension qui lui coupait le souffle trop rapide, trop intense.

Il sentait son corps palpiter autour de lui, se contractant jusqu'à ce qu'il ait l'impression qu'un étau brûlant le comprimait, aspirant son essence. Il lui tira brusquement les jambes sur ses épaules, conscient de ne plus pouvoir se retenir, déterminé à ce qu'elle s'envole avec lui. Il la pénétra avec force, encore et encore, des coups de reins longs, profonds et brutaux, la propulsant dans une frénésie de désir. Il percevait aux parois tendues de son fourreau que les sensations de la jeune femme gagnaient en intensité, voyait la violence de son désir qui transparaissait dans son regard enfiévré.

— Quand je te le dirai, mon chou, laisse-toi aller. Ne lutte pas. Laisse-toi aller, mais attends, ma chérie, ça vaudra le coup. Attends.

Il lui lécha l'épaule sur toute la longueur d'un seul trait en une caresse légère tandis qu'il lui assenait des coups de reins sans discontinuer, la remplissant et l'étirant, créant une friction contre ses terminaisons nerveuses sensibles.

Il attendit de sentir que les flammes déchaînées menacent de la consumer avant de lui tirer brusquement les jambes plus haut, se plaçant de façon à exercer une pression sur la zone la plus érotique, la plus sensible de son corps.

— Maintenant, mon chou. Laisse-toi aller maintenant.

Il lança son ordre à travers ses dents, et sentit aussitôt sa réaction.

Elle n'hésita pas et se laissa aller, le regard plongé dans le sien. La peur et la confiance se mêlaient dans les profondeurs de ses yeux immenses. Le corps de Saria se contracta autour de lui comme un étau oppressant. Il appuya encore une fois sur sa zone la plus sensible et elle eut le souffle coupé, son regard virant au doré étincelant tandis que son corps explosait en puissantes vagues qui provoquèrent sa propre libération. Ses cris firent écho à son propre hurlement rauque et il s'effondra sur elle alors que sa queue tressaillait et palpitait dans son fourreau d'une chaleur torride.

Il lutta pour parvenir de nouveau à respirer, les cheveux humides et le corps recouvert d'un fin voile de sueur. Le clair de lune se répandait sur le visage de la jeune femme à travers la porte-fenêtre ouverte. Elle avait les cheveux humides elle aussi et paraissait hébétée, un peu effrayée même. Il garda les doigts étroitement enlacés aux siens, laissant son corps redescendre lentement de hauteurs si incroyables. Les muscles de la jeune femme continuaient à les secouer tous les deux, de petites répliques qui lui envoyaient encore un courant électrique à travers le corps. Sa poitrine moelleuse lui procurait une sensation délicieuse dans le torse alors que leurs corps étaient toujours étroitement imbriqués.

Enfouissant le visage dans son cou, il y traça un chemin de baisers en remontant jusqu'à sa bouche, la soulageant d'une partie de son poids, même s'il garda les hanches collées contre le berceau formé par les siennes. L'embrasser constituait un passe-temps éternel. Il était facile de se perdre dans le velours chaud de sa bouche, dans la saveur à l'érotisme sombre et séduisant qui la caractérisait. Il se souleva sur les coudes et lui encadra le visage des mains, l'embrassant sans discontinuer. Il adorait l'embrasser. Elle s'offrait à lui, comme elle l'avait fait quand il lui avait fait l'amour. Entièrement. Sans rien retenir.

— Je ne peux pas vivre sans toi, Saria, reconnut-il doucement, fouillant ses yeux dans l'espoir d'y lire qu'elle ressentait la même chose. Je suis resté bien trop longtemps seul. Personne n'aura jamais besoin de toi ni ne te désirera comme moi. Ne me fuis pas.

Elle s'humecta les lèvres.

— J'ai peur.

Il sentit son cœur chavirer à cet aveu

— Je sais, mon chou. Je te promets que je ne veux pas contrôler ta vie. Je veux en faire partie. Dis oui. Je ne veux pas te faire l'amour une fois ou deux pour que tu disparaisses ensuite de ma vie.

— C'est un engagement important. Je n'suis pas facile, Drake. Rien chez moi n'est facile. Demande à mes frères. Demande à Pauline. J'ignore si c'est mon léopard mais, depuis que j'suis petite, j'n'en fais qu'à ma tête et je n'sais pas faire autrement.

— T'est-il venu à l'esprit que ton indépendance est l'une des choses qui m'attirent le plus en toi ? Je ne veux pas te changer. J'aime que tu sois un peu sauvage, ma chérie.

— Je n'veux pas que tu me dises qu'on a fait une terrible erreur dans quelques semaines, Drake. J'crois que, si tu es aussi fou de moi, c'est à cause de nos léopards à tous les deux. Ta place est au côté d'une femme comme Charisse ou Danae. Tu m'as dit toi-même que tous les léopards à des kilomètres à la ronde seraient fous de moi. Regarde ce qui s'est passé l'autre soir.

Il l'embrassa sur le bout du nez.

— C'est ce que tu penses ? Que je ne sais pas faire la différence entre une femme qui me plaît et une qui plaît à mon léopard ? On est des métamorphes, Saria, pas des entités séparées. Je suis mon léopard, tout comme tu es le tien. On ne forme qu'un tous les deux et on t'a tous deux choisie. Ton félin ne te laisserait jamais choisir quelqu'un d'incompatible. Les compagnons peuvent se retrouver lors de nombreuses incarnations. Tu es celle que je veux. Juste comme tu es.

Elle cligna des yeux, mais soutint son regard.

— J'sais que j'veux être avec toi, Drake. J'n'ai pas peur de m'engager, juste de moi. J'sais comment j'suis. Je n'veux pas te décevoir. Et si tu voulais vivre ailleurs et que j't'accompagnais et n'pouvais pas rester ? Ça pourrait arriver. Quand j'étais à l'école, je n'pouvais pas respirer.

— Alors on rentrerait.

— Mais tu m'en voudrais.

Il gloussa doucement et se pencha pour l'embrasser encore. Il s'appliqua, jusqu'à presque perdre le fil de leur conversation.

— Petite idiote ! cela m'est bien égal où on vit. Sans parler qu'il va falloir remettre de l'ordre dans ce clan. Et tu me coûterais probablement des milliers de dollars en notes de téléphone pour appeler Pauline.

Un sourire se dessina lentement au coin de ses lèvres et lui réchauffa les yeux. Elle leva la tête pour s'emparer de sa bouche, son baiser loin d'être aussi hésitant cette fois.

— Alors la réponse est oui.

Il l'énonça comme un fait.

— Oui.

— Tu es catholique ? On se marie à l'église ?

Elle le considéra une nouvelle fois en clignant des yeux. Il éclata presque de rire en voyant l'horreur qui se répandait sur son visage.

— Amour. Engagement. Mariage. Bébés. C'est ce qu'impliquait ce oui, Saria. Tu as accepté et je sais que tu n'es pas le genre de femme à revenir sur ses promesses.

— M'engager. J'ai accepté de m'engager. J'pensais avoir trouvé un moyen de t'aimer jusqu'à ce que tu mentionnes cette histoire de bébés. Je n'saurais pas quoi faire d'un bébé. Pff, Donovan, tu n'veux pas grand-chose, hein ?

— Non, juste tout.

Elle secoua la tête, mais ses yeux lui disaient qu'elle lui appartenait déjà. Il l'embrassa encore avant qu'elle puisse exprimer d'autres protestations. Cette fois, lorsqu'il releva la tête, il rit doucement.

— Très bien, on va mettre cette histoire de bébés de côté un moment, mais pas trop longtemps. Mlle Pauline veut des petits-enfants.

— C'est vraiment un coup bas.

— Parce que tu ferais n'importe quoi pour Pauline, dit-il.

Drake se retira avec précaution et roula sur le côté, cessant de peser sur elle. Saria fouilla son visage du regard.

— C'est dur de renoncer à ce contact physique avec toi. J'me sens un peu vide. (Elle lui prit la main et la posa sur sa poitrine.) Tu sens mon cœur battre ? J'te promets qu'il y a un bruit de friture dans ma tête à la place de mon cerveau. J'crois que tu as réussi à court-circuiter un truc.

Il enroula le bras autour de sa taille et l'attira tout contre lui, n'ayant pas non plus envie de renoncer à ce contact physique.

— Je crois que c'est le seul moyen qui me permettra de te garder, Saria. Que tu sois un peu hébétée après l'amour. Quand tu redescendras de ton petit nuage, fais-le-moi savoir et on remettra ça. Comme ça, tu ne verras pas le mariage et les bébés qui te pendent au nez.

Saria bâilla.

— J't'ai à l'œil.

— Tu essaies de t'endormir. Pas encore, mon chou. Laisse-moi te faire couler un bain en vitesse. Tu seras tout endolorie demain sinon et j'ai d'autres projets à ton réveil.

Il déposa un baiser sur sa tempe et glissa hors du lit.

Saria tenta sans grand enthousiasme de le retenir par la main, puis se tourna pour se pelotonner sous l'édredon. Drake éclata de rire et gagna la salle de bains à pas feutrés, pieds nus. La baignoire aux pieds en forme de griffes était désuète, profonde et accueillante. Le bain qu'il y avait pris lui avait permis de soulager ses ecchymoses et ses douleurs, et il comptait bien en faire profiter Saria également. Il voulait que sa première fois ne soit que plaisir. Lorsque la baignoire fut presque pleine, il retourna dans la chambre la chercher.

Elle était couchée sur le côté, le visage en partie recouvert par son épaisse chevelure en bataille. Les mèches inégales sur le dessus étaient un peu hérissées et il se surprit à sourire pendant qu'il la contemplait. Ses cils formaient comme deux épais croissants sur ses joues et elle respirait doucement, attirant son attention sur ses lèvres pleines. Elle paraissait jeune dans son sommeil, douce et belle, largement trop bien pour lui. Son cœur fit cet étrange petit bond grâce auquel il avait su, dès leur première rencontre, qu'il avait des ennuis.

Comment sa vie s'était-elle retrouvée aussi étroitement liée celle de Saria si vite ? Comment tombait-on amoureux d'une femme et qu'on ne pouvait plus vivre sans elle en l'espace de quelques jours ? Pour lui, ils passeraient le restant de leur vie ensemble – c'était une certitude. Il savait que Saria était faite pour lui et que, quoi qu'il arrive à l'avenir, ce serait elle qu'il voudrait toujours.

Il la souleva dans ses bras, sans se soucier de ses protestations endormies. Elle n'avait peut-être pas besoin qu'un homme la protège ou prenne soin d'elle, mais elle en avait un qui ne demandait qu'à le faire – non, en avait besoin. Il gloussa doucement quand elle se mit à gigoter et il la tint délicatement contre son torse alors qu'il la portait dans la salle de bains. Il savoura la sensation de son poids dans ses bras, tout en douces rondeurs et peau satinée. Il ne put s'empêcher d'embrasser la bouche qu'elle tournait vers lui durant un long moment de complaisance languide avant de tracer un chemin de baisers jusqu'à la pointe de son sein gauche.

Elle ne tressaillit pas et ne s'écarta pas comme il s'y était à moitié attendu. Elle devait être un peu endolorie. Du sang et du sperme lui maculaient les cuisses, preuves de sa première fois, et elle avait été incroyablement étroite. Il était un homme costaud et il avait senti son corps s'étirer.

— Je suis désolé si je t'ai fait mal, Saria. J'ai essayé d'être doux.

Il avait été à deux doigts de perdre le contrôle, une première stupéfiante pour lui.

— Gros bêta, tu n'm'as pas fait mal. (Elle braqua les yeux sur l'eau fumante.) Tu n'comptes pas me jeter là-dedans, si ?

— Pas cette fois, reconnut-il, lui abaissant les pieds en premier jusqu'à ce qu'elle se tienne debout. Ça va te faire du bien, ma chérie.

— Tout comme dormir. Et, pendant que j'suis assise là, tu peux me distraire. Hors de question que tu dormes pendant que j'prends un bain. (Saria s'immergea dans l'eau chaude et soupira de plaisir.) Tu as raison, ça fait effectivement du bien. Tu es vraiment incroyable, tu sais.

— Si seulement, ma chérie, mais, la triste vérité, c'est que je suis égoïste. Je veux te réveiller demain matin ou peut-être dans une heure ou deux. (Drake éclata de rire et lui poussa les jambes.) Je viens avec toi.

Elle appuya la tête contre la porcelaine.

— J'vais probablement me noyer, ou on va inonder le sol, mais ça me va. C'est très relaxant. J'pourrais peut-être m'endormir ici même.

Il plaça les pieds de Saria sur ses genoux et commença à la masser avec lenteur sous l'eau.

— Vas-y, Saria. Je te porterai au lit.

— Dis-moi où tu as grandi, l'encouragea-t-elle, ouvrant les yeux pour le regarder à travers ses longs cils. M'est avis que tu as dû être un enfant intéressant.

— Je viens d'un clan de la forêt tropicale de Bornéo. Là-bas, on peut dire que tout le monde s'occupe des enfants. On est livrés à nous-mêmes, sans se douter une seconde qu'on est en train d'acquérir des compétences qui nous seront bien utiles plus tard dans la vie. La survie, la chasse, en gros tous les trucs que vous apprenez ici.

— L'école ? s'enquit-elle.

— Obligatoire. On a des enseignants dans nos villages, puis plus tard on doit aller dans des écoles à l'extérieur. On nous encourage à nous rendre dans d'autres clans pour trouver notre compagnon véritable. Ce qui maintient notre clan fort, tout comme les autres.

Elle fronça les sourcils, se redressant un peu. Ses seins flottaient de façon alléchante et Drake caressa un renflement crémeux jusqu'à sa pointe plus sombre. Son téton durcit sous ses doigts.

— C'est ce qu'on aurait dû faire ? Que tous les enfants une fois grands partent en quête d'autres clans ?

— Bien sûr. Sinon, les lignées s'affaiblissent ou alors les métamorphes se marient en dehors du clan et engendrent des enfants dotés de léopards incapables de se métamorphoser.

Drake savait qu'il s'exprimait d'un ton distrait, mais elle avait des seins magnifiques. Il se pencha, prenant le poids léger de l'un d'eux dans sa paume, un sentiment agréable de joie exquise l'envahissant. C'était ainsi que les choses devaient être. Il savait que son terrible désir pour elle s'éveillerait, un appétit pressant, presque violent, mais pour l'heure il goûtait ce contentement détendu – confortable, dans l'ordre des choses.

Elle fit courir ses doigts dans ses cheveux.

— J'adore la façon dont tu me regardes, Drake.

— Bien, parce que j'adore te regarder.

— J'me sens belle dans tes yeux.

— Tu es belle.

Elle laissa échapper un petit ricanement.

— Ma bouche et mes yeux sont trop grands pour mon visage. Et j'suis plutôt… (elle baissa le regard sur son corps et fit la grimace) ronde.

Il glissa les pouces sur ses tétons, lui envoyant un frisson à travers le corps.

— Tu es tellement sensible… et j'adore tes rondeurs.

Elle remua les orteils.

— J'ai plutôt aimé ce massage des pieds que tu m'as fait. Si l'envie te prend encore de me sauter dessus, j'dormirai cette fois.

— À l'évidence, je vais devoir m'améliorer.

Il reprit son pied entre ses mains. Elle avait l'air épuisée – heureuse, mais épuisée.

— Je n'crois pas que ce soit une bonne idée. Tu nous tuerais tous les deux.

Elle ferma les yeux, un petit sourire lui étirant la bouche.

Il ne voulait pas qu'elle s'endorme dans la baignoire, mais l'eau était encore chaude et il souhaitait qu'elle y reste quelques minutes de plus.

— Tu voudrais bien me parler un peu de certaines familles ? Les métamorphes, ceux qui font partie du clan. J'ai besoin de savoir comment ils sont.

Elle ouvrit juste assez les yeux pour lui jeter un regard rapide.

— Comme qui ? J'ignorais même qu'il en existait d'autres à part mes frères. Je n'savais même pas que la famille Lafont avait du sang de métamorphe. En matière de secrets, ils ont tous été doués pour les garder.

— Il y a une famille qui loue des terres à Jake et dont personne n'a parlé, dit Drake. Tu peux y remédier un peu ? Il s'agit des Pinet. Personne n'en a fait la moindre mention, ce qui me fait me poser des questions. J'ai besoin d'une liste complète de suspects.

Saria ricana.

— Tu peux les rayer de ta liste. Ils forment une grande famille, très soudée et boute-en-train. Des gens bien. M. Pinet était là quand tu as affronté Amos pour devenir le chef.

— Je ne l'ai pas affronté pour devenir le chef, mais pour toi.

Elle haussa les épaules, un petit sourire suffisant sur les lèvres.

— Peu importe. M. Pinet était là, mais pas ses enfants. Les trois fils aînés, Charles, Leon et Philippe, servent dans l'armée, alors ils n'sont même pas dans le coin en ce moment et ils n'sont juste pas comme ça. M. et Mme Pinet ont une fille, Sabine, qui est partie à l'université cette année. Et les deux benjamins sont encore au lycée.

— Je vois.

La fatigue le gagnait rapidement. Drake prit son autre pied.

— Tu connais la plupart de ces gens. Qui soupçonnerais-tu ? Et qui penses-tu que soupçonne Remy ? Parce que j'ai le sentiment qu'il ne m'a pas tout dit.

— Tu as probablement raison pour Remy. Il cache bien son jeu. (Saria bâilla et se couvrit la bouche.) J'dois aller me coucher, Drake.

Il lui prit la main pour regarder ses ongles, vierges de toute couleur. Elle n'avait probablement jamais fait de manucure de sa vie. Il passa les doigts sur les siens.

— D'accord, ma chérie, allons te mettre au lit. Mais réfléchis-y au moins. Celui qui fait ça n'a pas commencé du jour au lendemain. Il était peut-être cruel envers les animaux. Une petite brute de cour de récréation.

Il se leva, laissant l'eau tomber en cascade de son corps, tirant sur sa main pour qu'elle se mette debout elle aussi. Il libéra la bonde pour laisser la baignoire se vider et souleva la jeune femme pour la poser sur le tapis de bain.

Saria tendit le bras vers une serviette, mais il la lui prit des mains.

— À mon tour.

Il essuya chaque centimètre de son corps aussi délicatement qu'il le put, puis se sécha, avant de la soulever dans ses bras.

— J'pourrais m'y habituer.

— Tu vas t'habituer à beaucoup de choses, lui prédit-il.

Saria esquissa un sourire somnolent.

— Tu es si sûr de toi.

— Je sais quand j'assure.

Elle éclata de rire, un doux son musical, et il sentit son membre tressaillir. Il tira l'édredon et la déposa au milieu du lit. Avant qu'elle ait pu se sauver, il s'allongea près d'elle. La pluie s'était mise à tomber, créant sur le balcon un rythme intime qui leur parvenait par la porte-fenêtre ouverte.

— Tu n'aimes pas le bruit de la pluie ? demanda-t-elle.

— Si.

Mais c'était son rire qu'il adorait. Il passa le bras autour de sa taille et l'attira tout contre lui.

— Où est ton couteau ?

— Mon « couteau » ?

Elle répéta ce mot d'un ton excessivement innocent.

Il lui mordit doucement l'épaule.

— Je sais qu'il est là quelque part. Tu dors avec, bordel !

Saria éclata d'un rire espiègle. Il se glissa en lui et s'enroula autour de son cœur.

— Ça te fait peur ?

— Zut ! ouais, dit-il. Une de ces nuits, tu vas être furieuse contre moi et...

— Attends !

Saria voulut s'asseoir, puis y renonça quand il refusa de bouger le bras. Il la cloua au matelas d'une jambe passée sur sa cuisse.

— Qu'y a-t-il ?

— Un jour, Lojos et Gage sont rentrés à la maison très en colère, il y a environ deux ans. Ils étaient allés poser des pièges et je n'les avais jamais vus d'humeur aussi massacrante. Ce n'est pas leur genre, tu sais ? Ils rient beaucoup et plaisantent comme le font souvent les hommes, mais Gage a carrément donné un coup de poing dans le mur dehors et Lojos était comme un ours qui a une dent douloureuse. D'abord j'ai cru qu'ils s'étaient mêlés à une bagarre, puis j'les ai entendus parler avec Dash. Quelqu'un avait fait le tour de leurs pièges et torturé les animaux. La plupart avaient été encore en vie, et les garçons les ont tués pour mettre un terme à leurs souffrances.

— C'étaient des pièges à quoi ?

— Tu sais que les ragondins n'sont pas originaires de Louisiane. Ils sont arrivés ici d'Amérique du Sud dans des fermes à fourrure et ont été relâchés. Nul n'sait si c'était un accident ou délibéré, mais ils ont un effet nuisible sur nos zones humides. Une énorme étude a été conduite pour mettre en place un plan visant à en contrôler la population et on y participe. Mais on n'torture pas les animaux, Drake. Il y a une saison de chasse, exactement comme pour les alligators. On veut que le marécage prospère. Entre les marées noires, les ouragans et tous les autres trucs contre lesquels on doit lutter, on se conforme presque tous à la réglementation. Et on n'connaît personne qui torturerait un animal pour le plaisir.

— Vous avez découvert qui c'était ?

Elle fronça les sourcils.

— C'est ce qui est bizarre. On n'a trouvé aucune piste.

— Et aucune odeur, supposa-t-il.

— À ce moment-là, ils me cachaient être des métamorphes, alors, s'il n'y avait pas d'odeur, ils n'en ont rien dit, mais ils n'ont plus voulu que j'aille dans le marécage seule.

Drake écouta attentivement sa voix, là dans le noir, avec la pluie en fond sonore. Sa peine transparaissait quand elle parlait de ses frères. Les garçons avaient été proches, mais c'était comme s'ils ne l'avaient pas vraiment remarquée jusqu'à ce qu'elle grandisse. Le jour où ils avaient voulu exercer leur autorité sur elle, elle avait pris sa vie en mains et avait mal vécu leur ingérence.

Il frotta son menton sur le dessus de sa tête.

— Ils l'auraient dit à Remy s'il y avait eu des indices laissant penser que l'auteur était à la fois léopard et humain ?

— Bien sûr. On considère tous Remy comme le chef de famille, et il leur aurait foutu une raclée s'ils lui avaient caché un truc pareil.

— Il n'a pas essayé de te frapper, se sentit obligé de souligner Drake.

— Remy n'lèverait jamais la main sur moi. Pas plus qu'aucun de mes frères. (Elle garda le silence un moment, puis se tourna à moitié vers lui pour le regarder, les yeux écarquillés.) J'avais oublié mais, maintenant que tu abordes le sujet, j'me souviens que Remy a pris la baguette des mains de *père** et l'a cassée en deux. J'm'étais attiré des ennuis parce que j'm'étais fait la malle la nuit.

Elle parlait si rarement de son enfance qu'il eut envie d'en entendre davantage.

— Pourquoi t'étais-tu fait la malle ?

Un demi-sourire se dessina sur sa bouche.

— J'en voulais à *mon père** d'avoir autant bu. Il en avait foutu partout sur le sol et même sur le canapé. Pauline m'avait fait une housse trop jolie. Notre canapé était vieux et tout déglingué et il a détruit la housse. J'savais que je n'réussirais jamais à faire disparaître les taches, alors j'lui ai renversé un seau d'eau dessus là où il était, étendu au beau milieu de tout son vomi, et j'suis partie comme une furie. Il était trop ivre pour m'attraper cette nuit-là, mais je suis rentrée deux nuits plus tard et il a entrepris de me flanquer une raclée.

— Tu avais quel âge ?

— Autour de neuf ans. (Elle se retourna, blottie contre son oreiller.) J'n'y ai plus repensé pendant des années. Remy était rentré à la maison, et il est sorti comme un fou de sa chambre et a arraché la baguette des mains de *mon père** ; lui a dit que s'il levait encore la main sur moi comme ça il se prendrait la raclée de sa vie. C'est drôle que je n'm'en sois pas souvenue avant. C'est probablement de là que j'ai toujours su que Remy n'me frapperait jamais sous le coup de la colère. Il était furieux contre *mon père**.

— Je l'aurais été aussi.

Elle s'esclaffa.

— Tu dis ça maintenant. Tu n'as pas vécu avec moi. Pauline dit que j'pousserais un saint à bout. Si j'me souviens bien, tu as dit n'pas être un saint.

— C'est bien ce que j'ai dit, en effet. (Il écarta les doigts sur son ventre un peu rond. Elle était si douce et il adorait ça.) Je ne suis assurément pas un saint, quand bien même je souhaiterais en être un pour toi.

— J'suis plutôt contente que tu n'en sois pas un. J'n'aurais jamais été à la hauteur.

Une bourrasque soudaine envoya un barrage de pluie dans la pièce, faisant voler les rideaux. Saria poussa un petit cri strident et tira l'édredon sur sa tête alors que les gouttes d'eau ruisselaient sur eux. Drake bondit hors du lit en riant et saisit les battants de la porte-fenêtre pour la refermer.

— Mlle Pauline va me tuer, gémit Saria, la voix étouffée. Elle adore ces rideaux.

Drake ferma le premier battant, puis s'arrêta, scrutant le lointain du regard, au-dessus de l'eau. La pluie tombait en rideaux argentés, mitraillant la surface du lac. Quelque chose bougea juste à l'intérieur de la ligne d'arbres, là où les hamacs étaient suspendus aux branches.

— Qu'y a-t-il ?

Saria lui glissa un coup d'œil furtif de dessous l'édredon.

Quand elle fit mine de se redresser, il leva la main comme il l'aurait fait avec un membre de son équipe. Il ne lui vint pas à l'esprit qu'elle puisse ne pas lui obéir. Saria était intelligente et avait conscience des risques associés à ce qu'il avait fait : défier le chef du clan. Déjà ils avaient été pris en chasse tous les deux. Armand et Robert avaient juré n'avoir fait que tenter de l'effrayer, mais Robert s'y était pris à deux fois avec une arme.

Drake ne bougea pas, demeurant parfaitement immobile, laissant son léopard s'approcher de la surface, améliorant ainsi sa vision nocturne. Il lui était difficile de voir à travers l'épais feuillage en raison de la pluie drue. L'eau derrière les arbres lui avait permis d'apercevoir une ombre qu'il n'avait pas pu identifier et qui s'était fondue dans l'obscurité plus sombre du bosquet.

Ils avaient un seul garde, car les autres avaient besoin de sommeil, et Pauline Lafont possédait une très grande propriété. Il se maudit en silence d'avoir provoqué les mâles du clan. Il aurait dû traquer le tueur avant de s'occuper de tout le reste.

Une biche sortit prudemment des arbres sur le bord de la pelouse onduleuse. Drake demeura parfaitement immobile. Il observa l'animal qui s'avançait avec précaution, presque délicatement, sur la vaste étendue herbeuse. La biche balaya les alentours d'un regard méfiant et marcha jusqu'à une rangée d'arbrisseaux qui protégeaient des roses. Tous les trois pas, elle s'arrêtait et attendait. Par deux fois, elle regarda vers les arbres où Drake avait cru voir bouger une ombre.

Drake suivit le regard de l'animal. Les arbres étaient rapprochés, et certains des troncs étaient assez épais. La pluie tambourinait sur les feuilles, transformant la nuit en un épais voile gris. De temps à autre, une bourrasque soufflait droit vers le manoir. Il inspira, tentant de discerner une odeur insaisissable. Rien. La biche continua à s'avancer vers les roses, méfiante mais déterminée.

Les broussailles près des arbres bougèrent et un chien maigre en émergea, rampant presque sur le ventre, à l'opposé de la biche, en direction d'une poubelle. Drake poussa un soupir de soulagement et ferma les deux battants, puis, par précaution, enclencha le verrou de sol.

— Rien ? s'enquit Saria.

— Rien, ma chérie. Tu peux ranger ton couteau. (Il monta à quatre pattes sur le lit et l'attira de nouveau tout contre lui.) Tu n'en auras pas besoin.

— Dommage.

Elle lui effleura la bouche de la sienne et ferma les yeux.

Drake resta éveillé un long moment, la serrant tout contre lui, s'émerveillant qu'une peau de femme puisse être aussi douce tout en cachant un courage à toute épreuve. Bon Dieu ! il était vraiment accro. Il ne savait pas comment c'était arrivé, mais chaque instant passé en sa compagnie le rendait plus dépendant encore. Il sombra dans le sommeil, humant le parfum des cheveux de Saria.

Drake ouvrit brusquement les yeux et resta étendu dans l'aube qui pointait, écoutant la pluie, à l'affût d'un bruit qui aurait pu le réveiller. Il avait été épuisé et il savait qu'il avait dormi à poings fermés. Il effleura son léopard. L'animal s'était réveillé avec lui, mais s'assoupissait de nouveau, comme si lui aussi n'avait pas la moindre idée de ce qui l'avait réveillé.

Saria était pelotonnée sur le côté près de lui, chaude et douce, immobile, parfaitement calme. Ce qui le surprit. Il avait pensé qu'elle aurait du mal à dormir près de quelqu'un, étant donné que cela lui avait toujours été impossible, mais ils avaient tous deux facilement trouvé le sommeil.

Il souleva le coin de l'oreiller, où était cachée la main de la jeune femme. Il ne fut pas du tout surpris de découvrir son couteau à quelques centimètres de ses doigts. Il l'éloigna un peu plus, ne souhaitant prendre aucun risque quand il la réveillerait. Le sourire aux lèvres, il lui couvrit le sein de la main, passant et repassant le pouce sur son téton. Il avait l'impression de caresser un pétale de rose, doux, velouté et si chaud.

— Retourne-toi, mon chou, lui chuchota-t-il à l'oreille, prenant le temps de lui tirer sur le lobe des dents.

Saria murmura d'une voix ensommeillée, mais se tourna docilement vers lui pour qu'il puisse enfouir le visage dans sa poitrine chaude. Elle poussa un soupir endormi et posa la main sur ses cheveux, le caressant doucement. Il lécha ses tétons un moment avant d'en attirer un dans la chaleur de sa bouche. Elle émit un petit son approbateur et lui appuya sur la tête.

— Mmm, agréable façon de se réveiller.

Il prit son temps, prodiguant son attention à chaque centimètre carré de son corps, apprenant chacune des zones sensibles qui la poussaient à se tortiller contre lui. Il suivit toutes ses envies, l'aimant avec la bouche et les mains, apprenant à connaître son corps aussi intimement qu'il connaissait sa force de caractère.

Un coup à la porte le poussa à relever la tête, sur le qui-vive, et Saria tira l'édredon sur elle. Elle s'humecta les lèvres, avec dans les yeux un mélange de déception, d'amusement et d'inquiétude.

— Je n'suis plus capable de réfléchir, tu as détruit mon cerveau.

— Bien, chuchota-t-il sans manifester le moindre repentir, se penchant pour l'embrasser encore.

Les coups reprirent, cette fois plus impérieux.

Saria gloussa doucement.

— Les enfants appellent.

Il grogna un juron à son oreille, puis lui en mordit le lobe, lui arrachant un petit cri strident.

— Qu'y a-t-il ? cria-t-il, la voix bourrue.

— Désolé de te déranger, patron, mais tu dois voir ça… maintenant, cria la voix de Joshua.

Chapitre 14

Joshua Tregre. Saria avait mis un point d'honneur à l'observer, à la recherche de signes de dépravation et de cruauté, quand elle avait entendu son nom de famille. Celui-ci était entaché d'une terrible flétrissure dans le marécage, pourtant Joshua semblait être un homme bien. Assurément, Drake et les autres lui faisaient confiance.

— Juste une minute, dit Drake, glissant hors du lit.

— J'viens avec toi, l'informa Saria, sautant hors du lit tout aussi vite. Accorde-moi une minute.

Elle courut dans la salle de bains, attrapant au passage son jean et un haut. Il ferait mieux de ne pas la laisser derrière.

Elle aperçut son reflet dans le miroir alors qu'elle procédait à sa routine matinale et enfilait rapidement ses vêtements. Elle fut un peu surprise de constater qu'elle n'avait pas changé. Elle se sentait différente. Elle se sentait… belle. Aimée. Faisant partie de quelqu'un d'autre.

— Allons-y, annonça Drake.

Elle sourit à son reflet. Il s'était exprimé avec autorité. Comme quelqu'un qui s'attendait à être immédiatement obéi – ce qui était probablement le cas – quand c'était important. Mais il ne la menait pas du tout à la baguette, contrairement à ce qu'aurait pu laisser croire le ton qu'il prenait en situation de crise. Elle se fiait à son jugement, et c'était d'autant plus facile de suivre ses ordres en cas de danger. Elle aimait aussi le fait qu'il l'attende.

Elle courut le rejoindre, et éclata de rire en le voyant enfiler sa chemise.

— J'suis bien plus rapide que toi et c'est moi la fille.

Il lui sourit de toutes ses dents, ce grand sourire effronté et arrogant qui la faisait fondre, et il lui prit la main avant d'ouvrir la porte. Joshua avait la mine sévère et le sourire de Drake s'effaça.

— Qu'y a-t-il ?

Joshua secoua la tête.

— Désolé, patron. On a eu de la visite. Il y a deux heures environ. La mise à mort est encore fraîche sur la pelouse. Une biche et un petit chien. Notre visiteur les a mis en pièces. Il ne cherchait pas de nourriture, juste le plaisir de déchiqueter un truc.

— Un léopard ?

— Tous deux portaient des morsures fatales classiques. (Il jeta un coup d'œil gêné vers Saria.) Et il a aussi utilisé un couteau. Il a dû s'introduire à l'intérieur quand on était dans l'autre partie du manoir et les tuer en partant. J'avais remarqué la biche un peu plus tôt qui mâchouillait des roses.

— Tu veux dire qu'il était dans le manoir ? demanda Drake.

De nouveau, Joshua coula un rapide regard vers Saria avant de le reposer sur Drake. Elle sentit les muscles de son ventre se nouer.

— Dans sa chambre, Drake.

Drake passa devant, indiquant à Saria de rester derrière lui. Joshua ferma la marche. Elle prit conscience du silence. Aucun des deux hommes ne faisait le moindre bruit. Elle entendait sa propre respiration, mais pas leurs pas. La pluie sur le toit conférait quelque chose de sinistre à leur marche dans le couloir sombre jusqu'à sa chambre.

Drake poussa la porte et se tint juste à l'intérieur, embrassant les dégâts du regard. Saria jeta un coup d'œil par-dessous son bras et eut le souffle coupé. Elle glissa la main dans celle de Drake, le cœur battant. Quelqu'un – quelque chose – avait déchiré en menus morceaux chacun de ses vêtements. Les couvertures et le matelas étaient en lambeaux. Elle entendait son cœur cogner contre ses côtes, son sang rugir à ses oreilles.

— Il me déteste. Personne n'm'a jamais détestée, chuchota-t-elle.

Drake passa le bras autour d'elle et l'attira dans la chaleur de son corps. Elle n'avait pas eu conscience jusqu'à cet instant qu'elle frissonnait.

— Il est cinglé, Saria.

— Il fait une fixation sur elle, dit Joshua.

Saria ravala sa protestation. Ç'aurait été idiot de le nier de toute façon. La preuve était juste sous ses yeux. Il ne faisait aucun doute que la personne qui tuait ses victimes avant de se débarrasser de leurs corps était la même que celle qui avait déchiré en mille morceaux chacune de ses possessions présentes dans la pièce.

— Ça fait froid dans le dos de penser que quelqu'un m'épie. Il doit savoir quelle chambre est la mienne.

— C'est un léopard, dit Drake. Il peut te retrouver à ton odeur.

Elle porta les doigts à ses lèvres tremblantes, s'adjurant de ne pas flageoler devant Drake ou Joshua.

— Tu l'as vu ? demanda Drake à Joshua.

— J'ai vu par où il était parti dans le marécage, mais je n'ai pas pu le suivre. Il a laissé une piste sur un peu plus d'un kilomètre, avant de disparaître. Aucune trace odorante. Aucune, Drake. Et il n'y a rien dans la chambre. Son odeur devrait être partout. La porte était fermée et il est resté là quelques minutes, suffisamment pour que la pièce empeste son odeur. On croirait un satané fantôme.

— Il s'est approché d'elle de trop près, Joshua, dit Drake.

Elle surprit le regard que les deux hommes échangèrent. Drake était en colère. De l'extérieur il semblait calme, mais Joshua rougit et hocha la tête comme s'il était coupable.

— Il n'est pas mon garde du corps, Drake, dit-elle. Rien que cette idée m'horripile. J'suis ici chez moi et j'suis capable de me protéger, même contre ce tueur. (Elle dut lutter pour empêcher sa voix de trahir ses émotions.) J'ai peut-être peur, mais j'peux gérer.

— Personne ne dit le contraire, répondit Drake. Il s'est trop approché. Il s'est introduit dans une demeure où on dormait et on ne l'a pas entendu.

Saria se sentit blêmir. Si le tueur était entré dans la maison d'hôtes alors qu'ils étaient tous endormis, ils avaient tous été vulnérables.

— Pauline, chuchota-t-elle.

Arrachant sa main à celle de Drake, elle se retourna et partit en courant, submergée par une vague de peur qui menaçait de l'étouffer. À mesure que celle-ci montait en elle, son léopard en faisait autant ; elle sentait la puissance et l'énergie de son félin qui lui conférait de la force.

Sa mère biologique était partie bien avant qu'elle ait eu l'occasion de la connaître et son père l'avait suivie, lentement mais sûrement. Il lui avait appris à se débrouiller dans le marécage et dans la vie, mais c'était auprès de Pauline qu'elle avait couru toute sa vie. Pauline l'avait consolée quand elle pleurait, lui avait expliqué les mystères de la vie, avait pansé chacune de ses égratignures et lui avait appris à cuisiner, à coudre et à faire face aux aléas de l'existence. Pauline avait été sa mère de substitution et elle lui vouait un amour féroce et protecteur.

Derrière elle, elle avait vaguement conscience de Drake qui s'élançait à sa suite dans le long couloir, criant son nom, lui disant de s'arrêter, d'attendre, mais ce n'était pas possible. Elle avait le cœur qui cognait contre ses côtes et un étrange rugissement dans la tête. Ses poumons la brûlaient alors qu'elle empoignait la rampe et sautait par-dessus jusqu'au rez-de-chaussée. Elle retomba sur ses pieds, accroupie, et reprit sa course à travers le vestibule jusqu'à la salle de séjour et dans le couloir qui conduisait à l'arrière de la maison où se trouvait le petit appartement de Pauline, qui occupait toute l'aile sud du manoir.

Drake lui tomba dessus avant qu'elle parvienne à la porte, refermant les bras autour de sa taille, les lui clouant pour qu'elle ne puisse pas lutter.

— Ne bouge pas, cracha-t-il à son oreille. Laisse-moi regarder en premier.

Elle secoua la tête sans un mot. Pauline était sa mère, qu'elles aient un lien de parenté ou non. Elle avait toujours éprouvé cette peur terrible de la perdre à jamais, mais pas ainsi. Drake adressa un signe à Joshua et se posta d'un côté de la porte. Jerico les avait rejoints et Evan faisait apparemment le tour par l'extérieur. C'était trop tard. Elle aurait dû penser à protéger Pauline avant tout.

Drake se tenait à droite de la porte et frappa.

— Mademoiselle Pauline ? Amos ? Tout va bien ?

L'espace d'un instant affreusement angoissant, ses questions ne rencontrèrent que le silence. Saria fourra son poing dans sa bouche. Elle eut soudain les jambes en coton. Quelque chose bougea derrière la porte close. Un doux bruissement, des pas, et Pauline ouvrit, clignant des yeux ensommeillés. Personne n'avait pensé à allumer la lumière, mais Saria aperçut la lueur féline dans ses yeux. Elle n'avait peut-être pas de léopard, mais elle avait du sang de félin dans les veines et possédait une excellente vision nocturne.

Saria se jeta dans ses bras et, à sa grande horreur, commença à pleurer presque hystériquement. Le soulagement de la voir vivante était si accablant après avoir eu si peur de ce qu'elle pourrait trouver qu'elle ne put retenir ses larmes, même en sachant qu'elle se ridiculisait devant les hommes de Drake.

Elle manqua de renverser Pauline, mais cette dernière referma les bras autour d'elle avec fermeté et la serra tout contre elle, murmurant des paroles apaisantes alors qu'elle regardait Drake par-dessus l'épaule de la jeune femme, espérant une explication.

Jerico et Joshua s'éclipsèrent immédiatement, laissant un peu d'intimité à Saria. Elle s'en aperçut, mais était trop éperdue pour les remercier de leur courtoisie.

— Saria, ma chérie, dis-moi ce qui n'va pas, l'amadoua Pauline.

— J'suis désolée, j'n'arrive pas à m'arrêter, reconnut Saria. Frappez-moi ou faites quelque chose.

— Qu'as-tu fait ? demanda Amos, fusillant Drake du regard.

— Pas lui, s'empressa d'expliquer Saria en hoquetant. Le tueur.

— « Le tueur » ? répéta Pauline, jetant un coup d'œil à Amos, perplexe. Saria, tu racontes n'importe quoi. Venez dans le salon.

Elle recula pour les laisser entrer dans son aile privée. Ils se retrouvèrent dans un petit salon.

— Drake, versez-lui un petit verre de cognac.

— J'ai horreur du cognac, marmonna Saria en reniflant.

— Oui, j'sais, l'apaisa Pauline, mais ça va te faire du bien. Amos, cesse de faire les gros yeux à ce jeune homme et apporte cet édredon. J'crois que Saria est en état de choc.

Saria s'accrocha à Pauline.

— Vous savez que, si j'suis allée à l'école, c'est uniquement parce que c'était ce que vous vouliez. Vous le savez, pas vrai ? J'ai fait tout ce que vous me demandiez. J'n'écoutais ni *mon père**, ni les dames de l'église ni mes frères, juste vous. Vous le savez, pas vrai ?

— Bien sûr que j'le sais.

— Vous êtes *ma mère**, vous l'avez toujours été.

Saria resserra son étreinte autour du cou de Pauline et enfouit le visage dans son épaule.

— Bien sûr que j'le suis, lui assura Pauline. Tu es ma fille. Mon enfant.

— J'ai cru que j'vous avais perdue. Je n'le supporterai pas, mademoiselle Pauline. J'ai besoin de vous.

— Tu n'me perdras pas. Amos et moi, nous nous sommes toujours aimés, Saria, mais tu es ma fille. Quoi qu'il…

Saria secoua la tête, consciente que Pauline ne la comprenait pas, ne savait pas qu'elle avait frôlé la mort. Celle-ci lui détacha les bras de son cou et la guida jusqu'à un petit canapé très ornementé. Elle s'y enfonça, entraînant Saria avec elle.

— Vous n'comprenez pas, tenta de lui expliquer Saria. Il était là, dans le manoir. J'ai cru qu'il vous avait tués, vous et Amos. Personne n'l'a entendu. Il entre et sort sans un bruit et n'laisse rien de lui sur son passage. Aucune trace.

Pauline fronça les sourcils alors que Drake tendait le petit verre de cognac à Saria. Elle ne le prit pas, aussi Pauline s'en saisit et le porta à la bouche de la jeune femme. Saria avala d'un trait le liquide qui emportait la bouche. Il lui brûla le gosier. Elle toussa et cligna des yeux pour retenir ses larmes.

— Tu te sens mieux ? lui demanda gentiment Pauline.

Saria pinça les lèvres et opina. Elle glissa un regard vers Drake pour voir si son moment de folie l'avait horrifié. Il avait l'air soulagé, et non pas sur le point de prendre ses jambes à son cou.

— J'suis désolée, lui chuchota-t-elle.

Drake tendit la main vers la sienne et la porta à sa bouche.

— Ne le sois pas. Tu as bien le droit de craquer. Tu as vécu un enfer depuis des semaines, des mois. Ç'a été très lourd.

Elle voulait protester. Elle l'avait rencontré à cause de toutes ces horreurs et chaque minute à son côté en avait valu largement la peine. Lui faire l'amour avait été merveilleux, mais elle n'allait pas aborder ce sujet devant Pauline et Amos. Ils attendaient une explication à sa crise de folie. Le cognac lui brûlait le ventre comme une boule de feu. Elle chercha l'aide de Drake du regard. Elle avait laissé échapper des informations importantes, confidentielles. Elle en avait peut-être trop dit. Ses frères savaient ce qui se passait, mais ils ne pouvaient pas mettre le clan dans le secret, pas avant qu'ils aient eu le temps d'enquêter sur tout le monde.

Drake esquissa un petit hochement de tête, l'autorisant à révéler la vérité. Elle sentit la honte lui empourprer le visage. Elle n'avait jamais été dans un tel état. La peur de perdre Pauline l'avait frappée de plein fouet et elle avait paniqué. Elle n'avait jamais éprouvé ce genre de peur avant, cet instant terrifiant où on pensait avoir perdu la personne qui était tout pour nous.

— J'ai eu peur pour vous, mademoiselle Pauline, chuchota-t-elle.

Même sa gorge était irritée après les torrents de larmes qu'elle avait versés.

— Quelqu'un s'est introduit dans la maison d'hôtes cette nuit. Dans ma chambre. (Elle rougit, mais regarda Pauline dans les yeux.) J'étais dans la chambre de Drake, mais Joshua a découvert l'intrus et l'a poursuivi jusque dans le marécage.

Amos fronça les sourcils.

— C'est un léopard. Il a forcément discerné son odeur. On peut…

Drake secoua la tête.

— C'est le problème. Il n'y a pas d'odeur.

— C'est impossible. Tout laisse une odeur sur son passage, protesta Amos.

— Laisse Saria nous raconter, lui suggéra gentiment Pauline. Cette histoire est loin d'être terminée, n'est-ce pas, *ma chère** ?

Saria opina. Elle commença par le début, quand elle avait vu pour la première fois les lumières autour du marais de Fenton et qu'elle avait trouvé le premier corps. Pauline et Amos gardèrent le silence pendant qu'elle leur racontait tout, la mine sévère. Elle n'omit pas son agression, ni le fait que le léopard n'avait laissé aucune odeur. Drake reprit là où elle s'arrêta, révélant que

Remy avait enquêté sur une série de meurtres où des corps de femmes avaient été jetés aux abords de La Nouvelle-Orléans, le long du fleuve et dans le bayou.

— Et vous pensez que ce tueur était ici dans la maison d'hôtes ? demanda Pauline.

Saria se mordit la lèvre inférieure tandis qu'elle acquiesçait.

— Il était dans ma chambre et a détruit toutes mes affaires.

Pour quelque raison insensée, elle eut encore les yeux noyés de larmes.

Pauline lui tapota le genou.

— Alors, heureusement que tu étais dans la chambre de Drake, n'est-ce pas, *ma chère** ? Tu n'aurais pas une petite idée de l'identité de ce tueur, Amos ? Tu connais bien la plupart des familles.

Amos secoua la tête.

— Chacun de nous a des secrets, mais le seul que j'peux imaginer être un vrai tueur, c'est ce vieux Tregre… et il est mort.

— L'un de ses fils ? ou petits-fils ? insista Drake.

Amos soupira et se frotta l'arête du nez, secouant la tête.

— J'en doute. Ils manquent de cran. Je n'peux imaginer aucun d'eux réussir à commettre un homicide, et encore moins autant que vous l'avancez.

— Et Elie ?

La question devait être posée. Elie Jeanmard avait appelé les frères de Saria quand Robert Lanoux et Armand Mercier les avaient pourchassés dans les marécages. Il n'avait rien d'un tueur en série, mais on ne savait jamais.

Amos ouvrit la bouche pour protester puis la referma, tentant visiblement de considérer cette idée.

— Je n'pense pas qu'Elie soit capable de commettre un meurtre. Je n'le pense vraiment pas. Il a toujours été un gentil garçon, adorait les animaux, et j'ai dans l'idée que quelqu'un capable du genre de méfaits que vous décrivez aurait montré dans l'enfance un penchant pour le meurtre. Elie n'a jamais chassé d'alligator.

Saria hocha la tête.

— C'est vrai, Drake. Elie a toujours été l'un des garçons les plus adorables de la région.

Drake arpenta la pièce, plus pour cacher la jalousie qui l'avait soudain envahi que par besoin de se dégourdir les jambes. Cette vague subite d'émotion négative le prit au dépourvu. Il avait confiance en lui, et, plus encore, il faisait confiance à Saria. Qu'à ses propos innocents la jalousie lui étreigne le ventre était absurde. Il ne souhaitait pas posséder Saria, mais l'aimer, être son compagnon et partager sa vie avec elle. Il voulait son esprit libre, cette volonté indomptable qui le fascinait et l'intriguait. Il aimait qu'elle soit ouverte et gentille avec tout le monde – même avec d'autres hommes –, pourtant il avait été incapable de réprimer cet accès de jalousie. C'était une émotion horrible dont il ne voulait pas.

— Drake ?

Elle avait baissé le ton d'une octave, le rendant presque intime. Un son qui le submergea, aussi propre et frais que de l'eau de source, chassant ses démons. Il lui lança un rapide regard depuis les ombres dans lesquelles il s'était réfugié. Il s'était immobilisé, se tenant à l'écart le temps de comprendre ce qui ne tournait pas rond chez lui.

Il jeta un coup d'œil à Amos. L'homme avait une mine renfrognée et scrutait chacun de ses gestes d'un air soupçonneux. Drake détourna le regard, observant le petit salon. C'était une pièce de dimension modeste, au mobilier plus victorien que moderne. Une petite cheminée en constituait le point de mire. Une table en bois ancienne était couverte d'une nappe en dentelle. Il attarda un instant le regard sur le vase richement et minutieusement décoré qui trônait sur le sol près de l'âtre. Il mesurait une soixantaine de centimètres de haut et reposait sur des pieds en forme de griffes. Une imposante composition florale mêlait les mêmes fleurs étranges qu'il avait remarquées dans le marais de Fenton à des fougères et autres verdures.

Les sourcils froncés, il traversa le salon pour l'examiner. Les fleurs avaient un parfum merveilleux, des pétales qui paraissaient aussi doux que la rosée. Dorées, avec des rosettes sombres, elles lui rappelaient le pelage d'un léopard.

— Où avez-vous eu ces fleurs ?

Un long silence tomba sur la pièce. Il se retourna pour regarder Pauline, exigeant en silence une réponse. Celle-ci fronça les sourcils, ne s'attendant manifestement pas à cette question.

— Ce sont des maîtresses du léopard, dit-elle.

— N'réponds pas, grogna Amos d'un ton hargneux. Tu accuses Pauline ? D'abord mon garçon et maintenant Pauline.

Il se leva à moitié, les poings serrés.

Saria bondit sur ses pieds, tout comme Pauline. Cette dernière se précipita auprès d'Amos, lui prenant le bras pour l'apaiser.

— Ce n'est pas ce qu'il a voulu dire, Amos. Qu'est-ce qui n'va pas ?

— Drake ? s'enquit Saria.

Drake leva la main.

— Ça se produit ici, dans cette pièce… la même chose que dans le marais. (Il éleva la voix.) Joshua, Jerico, venez ici.

Amos s'enfonça de nouveau dans son fauteuil, mais conserva une mine renfrognée. Pauline s'assit près de lui, une main toujours posée sur son bras comme si elle pouvait l'empêcher d'attaquer alors qu'il en avait si visiblement envie.

— Que s'est-il passé dans le marais ? demanda Amos.

Joshua et Jerico arrivèrent de différentes parties du manoir, entrant par des portes distinctes. Drake leur fit signe d'approcher.

— Vous sentez quelque chose ? Vos léopards sentent quelque chose ?

Joshua fut le premier à hocher la tête.

— Il est agité. Je me sens agressif et ça vient de lui.

— Le mien aussi, patron, renchérit Jerico.

— Ainsi que le mien, dit Drake, tournant les yeux vers le vieil homme. Et manifestement ton léopard réagit aussi. Mais aucune des femmes ne sent rien. Pourquoi ?

Drake s'approcha du vase. Son léopard le lacéra de ses griffes lorsqu'il inspira.

— Joshua, viens les renifler de près.

Joshua tendit son pistolet à Jerico et traversa la pièce avec circonspection jusqu'au grand vase. Se penchant, il huma profondément, aspirant le parfum des fleurs dans ses poumons. Le souffle coupé, il recula.

— Mon léopard est devenu fou, Drake. Ces fleurs sont dangereuses pour nous.

Pauline et Saria saisirent chacune dans le vase la longue tige d'une fleur et l'approchèrent de leur nez. Drake s'aperçut qu'il s'agissait en fait de deux fleurs, l'une s'enroulant autour de la longue tige de l'autre. Les pétales de la maîtresse du léopard étaient plus grands et en forme de flûte de champagne alors que ceux de la fleur plus petite qui grimpait le long de la tige rigide étaient entièrement d'une couleur chocolat noir, une fleur magnifique mais visiblement mortelle.

— Je n'sens rien du tout, dit Pauline. Enfin, peut-être…

Elle laissa les mots mourir sur ses lèvres.

Saria secoua la tête.

— Mon léopard n'est pas en colère.

Amos se leva pour venir humer une bouffée du parfum des fleurs. Il recula d'un bond et continua à marcher à reculons jusqu'à s'en être éloigné autant que possible.

— Mon léopard est devenu fou, s'en prenant à moi. Il est toujours calme, mais là il voulait tuer.

— Vous avez dit qu'elles s'appelaient des maîtresses du léopard ? demanda Saria, perplexe. J'les ai photographiées dans le marais de Fenton, elles poussent à l'état sauvage là-bas. J'n'en ai jamais vu qu'à un autre endroit. Quand j'vais retrouver Evangeline Tregre à la frontière de sa propriété, là où se trouve aussi un coin de celle des Mercier, ces fleurs sont partout. Comment connaissez-vous leur nom ? J'croyais que c'était une nouvelle espèce, qu'on venait de découvrir.

— Ma sœur m'a apporté ces fleurs hier soir quand elle est venue dîner. J'les ai toujours adorées. Les Mercier en cultivent des hybrides dans leur quête de senteurs bien précises, expliqua Pauline, jetant un coup d'œil au visage perdu de Drake. Iris était mariée à Bartheleme Mercier. Il est mort il y a quelques années, mais c'est Charisse et Armand qui ont monté leur affaire de parfums. Ils vendent dans le monde entier maintenant. Iris est très fière d'eux et, quand j'viens les voir, j'me rends dans la serre où ils développent de nouveaux hybrides. La maîtresse du léopard est en développement depuis des années. Charisse essaie d'en parfaire le parfum. À vrai dire, elle a lancé ce projet avant même d'entrer au lycée et travaille dessus depuis.

Le léopard de Drake le griffait et il avait du mal à garder les idées claires.

— On doit sortir de cette pièce.

Les autres hommes opinèrent avec soulagement, se précipitant au-dehors pour s'éloigner de la senteur subtile qui faisait réagir leurs léopards. Pauline les conduisit dans la vaste salle de séjour de la maison d'hôtes, située à l'opposé de son aile du manoir. Cette distance leur procura un soulagement immédiat, et Drake attendit de sentir son léopard s'apaiser avant de tenter de mettre de l'ordre dans ses idées.

— Charisse Mercier, votre nièce, Pauline, a commencé à faire pousser des fleurs hybrides avant même d'entrer au lycée, donc il y a des années. J'ai bien compris ?

Pauline acquiesça.

— Je n'me rappelle pas l'année exacte, mais elle consigne tout. Ces fleurs ont été inspirées par les métamorphes, bien sûr. Son projet l'a beaucoup enthousiasmée et elle y a travaillé des années pour obtenir non seulement le parfum qu'elle désire, mais aussi l'aspect.

— Elles sont magnifiques, dit Saria.

— Et mortelles pour nos mâles, souligna Drake. Comment sont-elles sorties de la serre pour se retrouver dans le marais ? Elle ne peut pas juste planter des fleurs dont elle ne sait rien et s'attendre à ce qu'il n'y ait aucune conséquence sur l'environnement.

— J'l'ignore. Elle conserve tous les hybrides dans la serre et celle-ci est hermétiquement close. Charisse est très prudente. Elle a même une pièce spéciale où l'air chasse toutes les particules des vêtements et des chaussures pour que rien n'soit transporté dans le marécage dehors.

— J'sais que j'ai vu ces fleurs qui poussaient çà et là le long de la frontière de la propriété des Mercier et qu'il y en avait pas mal aussi du côté des Tregre. La terre y est très riche, presque noire, et le marais de Fenton a un sol très similaire par endroits, dit Saria. Le marais, bien sûr, est en partie immergé, mais on y trouve des hectares de bonne terre. C'est essentiellement dans ces zones que j'ai vu les fleurs.

— Tu les as vues ailleurs ? s'enquit Drake.

Saria secoua la tête.

— J'connais les marécages et les bayous comme ma poche. Pratiquement tout le monde m'a autorisée à y prendre des photos. Je n'vais pas sur les terres des Tregre et j'demande toujours à Charisse avant de me rendre sur celle des Mercier parce que je n'veux pas les déranger dans leur travail et que je n'sais jamais quand c'est le moment de la récolte. J'n'ai jamais vu ces fleurs qu'en deux endroits. J'les ai photographiées et j'comptais interroger Charisse à leur sujet. Il est possible qu'elle ignore qu'elles se sont retrouvées à l'extérieur de la serre.

— Elles n'ont pas pu sortir toutes seules, dit Drake. A-t-elle conscience de l'effet que leur parfum a sur les léopards mâles ?

Pauline se renfrogna.

— Bien sûr que non. Leur parfum est merveilleux, presque divin. J'l'adore, c'est pour cette raison que j'ai demandé à ma sœur de me préparer une composition pour ma maison. Saria a dit que son léopard était resté de marbre…

Saria se racla la gorge, attirant l'attention sur elle. Son visage s'empourpra.

— Ce n'est pas la stricte vérité, Pauline. Mon léopard n'est pas resté de marbre…

— Tu as dit qu'il n'avait pas réagi, lui rappela Drake.

— J'sais que c'est ce que j'ai dit. Mon félin n'a pas réagi avec agressivité, c'est pourquoi j'n'ai pas relié sa réaction aux fleurs et j'ai été gênée d'en parler. (Elle soutint son regard.) Les fleurs le rendent lascif.

Immédiatement, le souvenir de Saria à genoux dans le marécage, la bouche sur sa queue, lui envahit l'esprit. Il n'avait pas pensé aux fleurs. Il n'avait pensé à rien d'autre qu'à cette bouche de rêve et au plaisir qui l'avait submergé. L'endroit aurait pu être recouvert de fleurs pour ce qu'il en savait.

— C'est peut-être parce que tu es près de l'émergence, dit Drake, soutenant son regard, lui laissant savoir en silence qu'il était fier d'elle pour avoir eu le cran de le lui dire devant les autres.

— Ce n'est pas la même chose, dit-elle. D'abord, c'est ce que j'ai cru aussi, mais dans le salon de Pauline, eh bien, disons juste que c'est une chance qu'on n'ait pas été seuls.

Elle était d'une honnêteté douloureuse et Drake éprouva une nouvelle pointe de fierté. Ça n'avait pas dû être facile pour elle d'avouer qu'elle avait eu envie de lui sauter dessus devant la femme qu'elle considérait comme sa mère – ou devant les autres hommes d'ailleurs.

Pauline jeta un coup d'œil à Amos, puis s'éclaircit la voix.

— J'ai eu la même réaction, moi aussi. Maintenant que j'y pense, quand j'suis à côté de ces fleurs, j'me sens plus lascive, faute d'un meilleur terme.

— C'est fou, dit Joshua. Des fleurs ? Vous me dites qu'une fleur pousse les femmes à vouloir faire l'amour et les hommes à vouloir se battre ?

— Les léopards, rectifia Drake Et, d'une certaine façon, ce n'est pas totalement absurde. Lorsqu'une femme est proche du Han Vol Dan, tous les mâles à des kilomètres à la ronde deviennent belliqueux. Le mâle réagit à la fois agressivement et sexuellement à son odeur. Si Charisse est parvenue à reproduire l'odeur de la femelle pendant l'émergence, les fleurs doivent rendre fou chaque métamorphe mâle et exciter le désir des femelles.

— J'n'arrive pas à croire qu'une fleur puisse faire tout ça, dit Amos. C'est juste une fleur.

— C'est un parfum, souligna Drake. Les léopards ne jurent que par les odeurs.

— Je rejoins M. Jeanmard là-dessus, Drake, dit Joshua. C'est une fleur.

— Et c'est pourquoi on n'arrive pas à gérer le clan, dit Amos. Quelle autre explication y a-t-il ? Ça semble ridicule, mais on a tous senti la réaction de notre léopard. Si ça s'est produit aussi là-bas, dans le marais de Fenton...

Jerico hocha la tête.

— On l'a tous senti. Il y avait un truc là-bas, un truc qui rendait nos léopards belliqueux.

— Alors, que faut-il en conclure ? demanda Saria. Charisse n'peut pas savoir la réaction que les fleurs provoquent chez les mâles, sinon elle les aurait détruites. J'la connais. Si elle parfait peu à peu cette plante, c'est parce qu'elle recherche un parfum à fabriquer... probablement un parfum signature qui vaudra des millions.

— Depuis quand ces fleurs poussent-elles sur les terres des Tregre ?

Drake pianota sur sa cuisse, les pensées fusant dans son esprit. Si Charisse procédait à des essais depuis des années, alors les fleurs pourraient avoir exercé une influence subtile sur le clan.

Il avait voyagé aux quatre coins du monde et avait vu de nombreux clans. Aucun n'avait manifesté un tel degré de déchéance que celui-ci. Il avait un terrible problème, mais, comme Joshua, il avait du mal à imaginer que le parfum d'une fleur soit responsable de la lente désintégration de tout un clan.

— La première fois que j'suis allée là-bas, c'était il y a environ deux ans, dit Saria. Le vieux me filait les j'tons et *mon père*[*] m'aurait flanqué une raclée si j'm'étais approchée de lui. À sa mort, j'ai pris mon courage à deux mains et j'ai rencontré Evangeline. J'n'arrive sincèrement pas à me rappeler quand j'les ai vues pour la première fois, mais j'suis toujours en train de prendre des photos et j'dois les avoir dans un album quelque part. J'consigne toujours la date et le lieu quand j'les range dans mes albums. Mais, franchement, j'doute que ça fasse plus de deux ans.

— Parlez à Charisse. Elle devrait être en mesure de vous le dire, l'encouragea Pauline. Elle note toujours tout, elle est obligée.

Drake secoua la tête.

— Je ne veux pas que vous en parliez à votre sœur ou à Charisse. (Il adressa un regard noir à Amos.) Ou à Elie. Rien de ce qui a été dit ici ne doit sortir de cette demeure, pas avant qu'on ait terminé nos investigations. On a un tueur en série qui rôde et il est l'un des nôtres. Lui mettre la main dessus doit être notre priorité absolue. Je parlerai à Charisse moi-même. Entendu ?

Ce n'était pas une question. Techniquement, Pauline ne faisait pas partie du clan, contrairement à Amos, qui lui avait prêté allégeance.

Amos acquiesça immédiatement, mais Pauline se mordit la lèvre inférieure, l'air contrariée.

— Je n'comprends pas. Vous n'soupçonnez pas Charisse d'avoir commis quelque méfait, si ?

— Je ne veux pas que cette information soit divulguée alors qu'une enquête sur un tueur en série est en cours. Nous devons nous montrer prudents. Je ne veux pas mettre Charisse ni n'importe qui d'autre en danger en les mettant sous les projecteurs.

Drake avait choisi ses mots avec le plus grand soin.

Saria le regarda soudain avec insistance comme si elle s'apprêtait à protester, mais garda le silence lorsqu'il leva discrètement la main pour l'arrêter. Elle serra les lèvres et déglutit comme si son besoin manifeste de défendre Charisse l'étranglait. Elle savait qu'il n'avait pas vraiment répondu à la question de Pauline et, en toute franchise, il n'en était pas capable, pas pour le moment.

Pauline sembla prendre son explication pour argent comptant.

— Très bien. Je n'dirai rien, mais, Drake, dépêchez-vous d'élucider cette affaire.

— Oui, m'dame, lui affirma-t-il.

— J'vais monter constater les dégâts dans la chambre de Saria. Vous pensez vraiment que la personne qui était là est le tueur en série ? demanda Pauline.

— Oui, dit Drake.

C'était la stricte vérité. Il savait que le tueur avait été dans le manoir – qu'il était venu pour Saria. L'état de la chambre trahissait sa rage – une rage très personnelle. Le tueur connaissait Saria, ou du moins s'imaginait la connaître.

Quoi qu'il en soit, le fait qu'elle soit avec Drake constituait une sorte de trahison dans son esprit.

— J'préférerais n'pas retourner là-haut si ça n'vous dérange pas, dit Saria.

— Drake peut m'accompagner, décréta Pauline. Amos, reste ici. Tu as les côtes cassées et gravir toutes ces marches n'te fera aucun bien.

— Joshua, Jerico, restez avec Saria, ordonna Drake.

Une lueur légèrement dangereuse brilla dans les yeux de la jeune femme, mais elle ne protesta pas, ce qui était une bonne chose, parce que, en ce qui le concernait, elle ne resterait pas sans protection. Il voulait aussi avertir ses frères. Si le tueur comptait en faire une affaire personnelle, tous ceux qu'elle aimait couraient un risque.

Pauline le précéda dans l'escalier majestueux, s'arrêtant en haut dans la bibliothèque circulaire pour se retourner vers lui. Elle posa la main sur la cheminée de pierre et le regarda dans le blanc des yeux. Il attendit, conscient qu'elle s'était débrouillée pour se retrouver seule avec lui.

— Vous pensez que cet homme est venu ici pour tuer Saria ?

Elle avait le regard franc et, pour la première fois, Drake aperçut le léopard en elle. Elle était aussi férocement protectrice envers sa fille de cœur que pouvait l'être une mère biologique. Elle avait beau ne pas être capable de se transformer, son léopard était fort.

— Oui, dit-il, la respectant trop pour lui dissimuler la vérité.

Ce n'était pas ce qu'elle aurait voulu entendre et il la vit encaisser le choc, mais elle inspira et hocha la tête, continuant à scruter son visage.

— Vous la regardez de la même façon que mon Amos m'a toujours regardée. Vous n'laisserez rien lui arriver.

Elle énonça cela comme une affirmation.

— Non, m'dame. C'est vrai.

Elle le dévisagea encore quelques longues secondes puis, apparemment satisfaite, le précéda jusqu'à la chambre de Saria.

— C'est une chic fille, vous savez. Intelligente, drôle et avec du courage à revendre. Elle n'sera jamais heureuse si elle reste trop longtemps loin de son marécage. Ça a toujours été son refuge.

— Dites-moi pourquoi sa famille ne lui a accordé aucune attention.

— Vous voulez dire Remy et les garçons ? Saria a été un cadeau empoisonné pour ses parents. Ils avaient cinq garçons, puis Aimee est tombée malade. Sa santé n'avait jamais été bonne, vous comprenez, mais LeRoy voulait plein d'enfants. Il était de la vieille école, un homme très dur. Comprenez-moi bien, il aimait sa femme et ses enfants, mais c'est lui qui faisait la loi et il n'a juste jamais vu qu'Aimee était faible. Elle est tombée enceinte de Saria et elle a juste dépéri en quelque sorte. Elle s'est coupée de la réalité. Les garçons le savaient et l'aimaient, et ça a été une période éprouvante pour eux, la perdre comme ça. Elle a cessé de parler et est restée alitée.

— Le père de Saria ne maltraitait pas sa femme ?

Pauline secoua la tête, la main sur la poignée de la chambre.

— Non, il n'était pas du tout comme ça. Sévère, mais il n'aurait jamais levé la main sur Aimee ; il l'adorait. Lorsqu'elle est morte, il s'est mis à boire. Il s'est coupé de la réalité exactement comme Aimee. Différemment, mais il était déterminé à boire jusqu'à ce que mort s'ensuive et c'est ce qu'il a fait.

Pauline ouvrit la porte et recula, la main sur sa gorge, les yeux rivés sur les dégâts. Les vêtements de Saria étaient en lambeaux, un peu comme l'avaient été ceux de Drake la nuit de son arrivée. Il ne faisait aucun doute qu'un léopard s'était trouvé dans cette pièce et avait piqué une colère.

— Comment a-t-il pu faire autant de dégâts sans que personne n'l'entende ?

— Ça n'a dû prendre que quelques minutes, dit Drake. Un léopard furieux peut causer des dégâts considérables dans un espace restreint en une affaire de secondes. Il est entré et sorti d'ici juste sous notre nez. Il n'y avait qu'un seul garde à la fois et patrouiller dans une propriété aussi grande prend du temps.

Pauline referma la porte et s'y adossa.

— Saria est une jeune femme atypique. Elle n'a pas eu de mère et a à peine eu un père. Ses frères étaient rongés par le chagrin et beaucoup plus âgés ; ils ont quitté la maison pour échapper à toute la mort qui y régnait. Saria s'est occupée de son père. Tout n'a pas été que négatif. Il l'a amenée dans le marécage, pour chasser et pêcher, la traitant comme un fils. J'ai toujours douté qu'il ait remarqué qu'elle était une fille. Elle a juste pris le relais, s'occupant de tout pendant qu'il se noyait dans l'alcool. Elle venait ici, une fillette à la tignasse blonde et aux yeux trop grands pour son visage. Je n'ai jamais eu d'enfants et elle s'est frayé un passage jusqu'à mon cœur.

Pauline regarda son visage et y lut sa réaction. Il ne put rien y faire. Saria aurait dû avoir quelqu'un pour veiller sur elle quand elle était enfant – pour la chérir –, et jamais elle n'aurait dû s'occuper seule de son ivrogne de père.

— Saria n'a rien connu d'autre. J'ai essayé de convaincre son père de m'autoriser à la prendre – et il a accepté –, mais elle a refusé de venir. Chaque nuit, elle sortait par la fenêtre et rentrait chez elle. J'ai renoncé. J'ai peut-être eu tort, mais il est impossible de discuter avec Saria. Elle n'discute pas, elle garde le silence, dit non une fois, puis fait ce qu'elle veut. Elle était déterminée à s'occuper de son père et c'est ce qu'elle a fait.

— Elle avait droit à une enfance.

— Elle en a eu une, Drake, ça n'a juste pas été le genre d'enfance que les gens auraient approuvée. Elle savait à peine marcher qu'elle accompagnait déjà son père partout. Elle a appris à tirer pour pouvoir l'aider à chasser les alligators. Elle sait traquer le gibier, poser des pièges, pêcher et chasser. Elle sait se débrouiller, et, malgré tous ses manquements, LeRoy lui a au moins apporté ça. C'est une femme forte, et, quand les garçons sont rentrés et ont remarqué qu'ils avaient une petite sœur, il était trop tard pour la contrôler. Elle a fait ce qu'elle avait toujours fait : ce qu'elle voulait, sans faire de bruit. Il n'y a pas de cris avec Saria et elle est foncièrement honnête. La seule chose dont j'peux m'enorgueillir, c'est de l'avoir convaincue de l'importance de l'école.

Drake lui sourit.

— Je doute que ce soit la seule chose que vous ayez faite pour elle. Ça saute aux yeux que vous êtes sa mère, Pauline. Elle vous aime de tout son être.

Les yeux de Pauline s'embuèrent.

— Pourquoi ce tueur s'en prendrait-il à elle ?

— Je n'en ai aucune idée. Peut-être parce qu'elle a compris qu'il était un léopard et qu'elle a demandé de l'aide. Parfois, une personne très perturbée peut faire une fixation sur quelqu'un. Elle entre dans le Han Vol Dan.

Elle en est très proche et tous les léopards mâles du clan en ont parfaitement conscience. Il est possible qu'il se soit imaginé pouvoir la revendiquer, et qu'elle l'ait trahi en me choisissant. Il est impossible de dire ce qui pousse un esprit malade à commettre des actes terribles, mais visiblement il est en colère contre elle.

— Elle n'vous laissera pas la protéger.

Drake la regarda dans le blanc des yeux.

— Je prendrai soin d'elle, Pauline. Il ne lui arrivera rien, je vous donne ma parole. Elle pourra faire tout ce qu'elle voudra, je serai à son côté. Où j'irai, mes hommes iront, et ils ne commettront pas de nouveau l'erreur de le laisser s'approcher de nous. Le tueur les a mis en rogne comme jamais.

Pauline commença à descendre les marches, avant de s'arrêter et de poser la main sur son poignet.

— Vous n'l'emmènerez pas trop loin de moi, n'est-ce pas ?

— Je ne pense pas que Saria s'éloignera jamais beaucoup de vous pendant très longtemps, Pauline, dit-il. Je veux lui montrer la forêt tropicale, mais je sais qu'elle est ici chez elle. C'est l'endroit qu'elle aime et elle ne sera pas heureuse loin de vous ou du marécage.

Pauline leva vers lui un visage rayonnant.

— J'savais que vous comprendriez.

— J'ai vécu aux quatre coins du monde, dit-il. Je n'ai jamais eu d'endroit où je me sentais véritablement chez moi avant de rencontrer Saria. Chez moi, c'est désormais auprès d'elle. Peu m'importe où je vivrai, tant qu'elle est à mon côté. Je voyage pour mon travail et devrai continuer un moment, mais notre port d'attache sera ici. (Il soupira.) Après tout, votre homme m'a manipulé pour que je lui dispute la place de chef.

— C'était gagnant-gagnant pour lui. Si vous n'l'aviez pas défié, Remy l'aurait fait ou un autre des frères de Saria.

— Il en a d'abord discuté avec vous. Ce vieux chnoque rusé.

— Bien sûr qu'on en a discuté ensemble. On avait tous deux les meilleurs intérêts de Saria en vue. Si vous n'l'aviez pas défié, vous n'auriez pas été amoureux d'elle et elle n'aurait pas pu être avec vous.

— Je n'arrive pas à croire que ce vieil homme m'a roulé dans la farine.

Pauline s'esclaffa.

— Ce vieil homme a plus d'un tour dans son sac.

Drake secoua la tête. À présent qu'il avait appris à connaître un peu Amos Jeanmard, il comprenait qu'il ait occupé une place de chef. Désormais, c'était à lui, Drake, qu'il revenait de découvrir l'étendue des dégâts qu'avait causés au clan la fleur hybride de Charisse Mercier – à savoir de mauvaises décisions et une lignée dégénérée –, ainsi que l'identité du tueur en série qui se cachait parmi eux.

Chapitre 15

Elijah Lospostos était un homme au regard d'acier extrêmement séduisant à la façon d'un dur à cuire, du genre à filer les jetons. Il avait une abondante chevelure noire et brillante qui tombait dans des yeux de la couleur du mercure qui devenaient aussi noirs que la nuit en un instant. Saria tenait la barre de son bateau, zigzaguant sur les flots agités, s'efforçant de ne pas songer au fait qu'il avait l'air terriblement dangereux ou à la raison pour laquelle il recevait des ordres de Drake Donovan. Elijah et son collègue, Jeremiah Wheating, deux autres membres de l'équipe de Drake, avaient passé la nuit dans le marécage et avaient attendu la tombée du jour pour y revenir avec toute l'équipe.

La pluie tombait en épaisses cordes argentées, réduisant la visibilité, et Saria tentait de maintenir le bateau autant que possible loin des écueils alors qu'elle se dirigeait vers la langue de terre en face du marais de Fenton. Elle avait cinq hommes dans son bateau, tous silencieux, tous à la mine sévère et sachant tous quelque chose qu'elle ignorait. D'un autre côté, Drake n'avait pas hésité à lui demander de les conduire dans le marécage. Quelque chose lui disait qu'aucun d'eux n'avait autant besoin d'elle qu'elle le croyait.

Elle jeta un autre regard rapide aux cinq hommes qui étaient aux ordres de Drake. C'étaient tous des hommes dangereux. Le clan n'imaginait pas à quel point ces hommes l'étaient, et pourtant… ils étaient tous aux ordres de Drake. Un petit frisson de peur lui descendit le long du dos. Elle ne connaissait pas Drake aussi bien qu'elle l'avait cru, pas s'il commandait des hommes comme ça.

Elle leva le visage vers le ciel. La pluie avait laissé place à des nuages noirs qui roulaient et bouillonnaient, poussés par un vent mauvais. Ses jambes amortissaient les martèlements du bateau tandis qu'il rasait les eaux houleuses. Elle remarqua qu'aucun des hommes ne semblait dérangé que ce soit par le gros temps ou la traversée cahoteuse. Elle ne savait pas trop pourquoi ils sortaient par une nuit pareille, mais ils étaient tous armés. Elle ignorait ce qu'Elijah avait dit à Drake un peu plus tôt dans la journée, mais ce dernier était sorti de sa réunion le visage sévère, le regard, d'habitude si chaleureux, morne, froid et franchement assez terrifiant.

Elle n'avait pas posé de questions comme elle l'aurait normalement fait, parce qu'il avait annoncé à ses hommes qu'elle les accompagnait d'un ton qui décourageait toute protestation. Elle avait vu la stupéfaction sur leurs visages, même s'ils avaient tenté de la dissimuler.

— Tu as assez chaud ? demanda Drake.

Il se tenait près d'elle, assez pour qu'elle perçoive sa chaleur corporelle à travers son ciré. Il posa la main délicatement – mais avec possessivité – dans le creux de son dos. Aussitôt elle eut des papillons dans le ventre. Peu importait que son cerveau tente de l'avertir qu'elle n'était plus capable de discernement avec lui, son cœur – et tout le reste de son corps – se tendait vers lui.

Elle opina.

— J'ai l'habitude de ce temps. Tes amis ?

Elle indiqua d'un signe de tête les hommes venus enquêter.

Il lui sourit de toutes ses dents, ressemblant un peu à un sauvage avec ses cheveux trempés et son visage pareil à un bronze sculpté.

— Ils en ont l'habitude aussi. (Il se pencha pour coller les lèvres à son oreille.) J'adore les orages. Je les trouve vivifiants.

Elle se sentit rougir depuis les orteils et une vague de chaleur sembla la traverser. C'était plus la façon dont il l'avait dit que ses mots eux-mêmes.

— Ce n'sont pas tous des léopards ? cracha-t-elle. Parce qu'alors ils ont une excellente ouïe.

Il referma délicatement les dents sur le lobe de son oreille. Quelqu'un toussa et quelqu'un d'autre émit un petit ricanement. Ouais, c'étaient tous des léopards.

Elle donna un coup de poing dans le ventre dur comme de la pierre de Drake.

— Du calme, play-boy. J'ai un boulot à faire et tu essaies de me distraire. J'suis responsable de la sécurité de ces hommes. (Elle indiqua d'un signe de tête les berges de part et d'autre.) Braque ta lampe torche dans l'eau et sur les rives de chaque côté.

Joshua et Jerico suivirent sa recommandation. Des yeux leur rendirent leurs regards. Des alligators chassaient dans l'eau et dans les roseaux.

Elle se tourna vers Drake, un petit sourire satisfait aux lèvres.

— Tous ces troncs d'arbre dans l'eau n'en sont pas.

Il pouffa.

— C'est censé m'effrayer, ma chérie ?

— Non, reconnut-elle, parce que c'était ridicule de penser qu'il puisse avoir peur.

Elle lui adressa un autre petit sourire suffisant.

— Mais j'suis à la barre, ce qui ferait bien de t'effrayer.

C'était un avertissement non déguisé et le bateau se mit soudain à zigzaguer. Pas suffisamment pour le faire passer par-dessus bord, mais assez pour qu'il s'accroche à elle pour ne pas tomber.

Joshua éclata de rire et Elijah dissimula un sourire.

— Tu as un problème avec ta bonne femme, patron ? demanda Jerico.

— Je ne peux pas vraiment la jeter par-dessus bord, répondit Drake, mais je n'en dirais pas autant en ce qui te concerne.

Cette fois, tous les hommes se mirent à rire à gorge déployée.

— J'ignore ce qu'on fait exactement ici, dit Saria, mais, s'il est question de discrétion, les sons portent sur l'eau.

— On n'attend pas de compagnie avant encore un petit moment, dit Drake.

Elle arqua un sourcil, plongeant le regard dans le sien.

— Qu'est-ce que tu n'me dis pas ?

— Je n'ai pas voulu en parler en présence de Pauline, reconnut Drake. Je suis désolé, Saria. Tu as été très patiente en te retenant de poser des questions devant elle.

Elle haussa les épaules, chérissant ses mots d'excuses en son for intérieur. Il avait voulu le lui dire, il n'en avait juste pas eu l'occasion.

— Elijah et Jeremiah ont passé la nuit dans ton affût.

Elle cligna des yeux, jeta un coup d'œil aux deux hommes et se retourna prestement pour diriger leur bateau.

— Près du nid des chouettes ? Comment l'ont-ils trouvé ? J'n'en ai parlé à personne. J'ai amené les matériaux un à un et l'ai construit moi-même.

— Il est très solide, dit Elijah. Et je vous en remercie. Il y a eu beaucoup d'activité au sol et j'ai été bien content d'être en hauteur.

— Avec plaisir. Mais comment l'avez-vous trouvé ?

Elijah parut un peu gêné. Drake vola à son secours.

— Tu es une femelle léopard dans les affres du Han Vol Dan.

— J'pue ?

Il s'esclaffa.

— Tu sens bon, mon cœur. Si bon que…

Elle lui montra son poing et il se tut.

— Alors vous avez passé la nuit dans l'affût et vous attendiez quoi ? Que le tueur revienne ?

— Pas exactement, dit Elijah. J'ai jeté un coup d'œil à la voie fluviale et ai pris conscience qu'un bateau pouvait venir ici et en retrouver aisément un autre sans être vu, sauf s'il y avait quelqu'un qui passait la nuit dans un affût dans le marécage, et quels étaient les risques que ça arrive ?

— Je n'comprends pas. Qu'est-ce que ça a à voir avec le tueur ?

— Rien, et peut-être tout. Il se trouve que j'ai une expertise assez étrange, avoua Elijah. J'ai hérité de l'un des cartels de drogue actuellement les plus prospères au monde. Je sais reconnaître un trafic de drogue quand j'en vois un et celui-ci est superbe.

Saria tourna vivement la tête vers lui, tituba et tomba presque. Drake posa les mains sur ses hanches alors qu'elle recouvrait l'équilibre.

— Vous êtes fou. Je n'connais personne qui s'adonne à un trafic de drogue ici.

Elijah haussa les épaules.

— J'ignore qui est à la tête de ce trafic, mais il a bel et bien lieu et c'est ce que vous avez vu cette première nuit où vous avez trouvé un corps. Vous avez eu une sacrée veine qu'ils ne vous voient pas. C'est une énorme opération, et, si vous n'y avez vu que du feu alors même que vous connaissez ce marécage comme votre poche, personne n'a probablement rien dû y comprendre. Vous avez sans doute assisté à une mise à mort liée à un marché qui a mal tourné. C'est pour ça qu'elle vous a paru différente.

Ainsi il était au courant de tout ce qu'elle avait dit à propos des corps. Bien sûr qu'il l'était. Et il était si certain que quelqu'un s'adonnait à un trafic de drogue. Absolument certain. Il avait « hérité » d'un cartel de drogue prospère ? Qu'est-ce que ça signifiait ? Que faisait-il au milieu du marécage la nuit pendant un violent orage ? Que savait-elle vraiment de chacun d'eux ?

Drake posa la main sur son épaule. Elle tenta de la chasser en la haussant. Sinon, il sentirait qu'elle tremblait et saurait qu'elle avait soudain peur.

— Il n'est pas avec le cartel, ma chérie. Il est avec nous.

Elle ignorait ce qu'était ou qui étaient ce « nous ». Elle regretta subitement de ne pas avoir informé quelqu'un, comme ses frères ou au moins Pauline, de ce qu'elle faisait. Bien sûr, ils ne lui avaient rien dit à dessein avant qu'ils soient sur l'eau. Drake resserra les doigts sur son épaule. Il se rapprocha, envahissant son espace personnel. Elle ralentit le bateau pour contourner un coude et s'engager dans des eaux plus traîtresses.

— J'ai besoin de me concentrer.

— Je n'ai pas voulu vous effrayer, dit Elijah. Je voulais que vous sachiez que je disais la vérité. À la seconde où j'ai vu les lieux et ai aperçu les terres aux alentours…

— Quelles terres aux alentours ?

Elle s'efforça de ne pas prendre un ton belliqueux, le défiant d'accuser l'un de ses frères ou de ses amis. *Ils ont senti ma peur. Tous autant qu'ils sont.* Elle déglutit péniblement et cligna rapidement des yeux pour éclaircir sa vision.

— Vous voyez toutes ces fleurs autour de nous ? Des champs entiers. Des centaines, peut-être des milliers de fleurs.

— Pour faire des parfums. Au cas où personne n'vous l'aurait dit, on a une entreprise internationale très prospère ici. Qui n'a pas besoin de s'adonner au trafic de drogue.

— Vous avez remarqué la quantité de pavots qu'ils font pousser ? Ils ont des champs de pavots mélangés à d'autres fleurs ; ça représente probablement près d'un demi-hectare.

— Les Mercier possèdent une licence pour cultiver toutes sortes de plantes que les autres n'ont pas le droit de faire pousser. Vous n'pensez pas qu'on les garde à l'œil ? Le domaine fait régulièrement l'objet d'inspections. Ils cultivent des centaines de plantes, dont beaucoup sont vénéneuses.

— Et je parie qu'à certaines périodes de l'année ils ne reçoivent personne sur leur domaine, insista Elijah.

Saria hésita. C'était la vérité.

— Quand ils procèdent à la récolte et que Charisse est dans le laboratoire, qu'ils travaillent. Tout visiteur constituerait une distraction.

— Je n'en doute pas un instant, murmura Joshua.

Saria contourna les racines en forme de tonneau d'une vaste cyprière alors qu'elle manœuvrait le bateau à travers un étroit passage. Elle n'aimait pas du tout le tour que prenait la conversation. Elle avait toujours connu Charisse. La jeune femme était parfois un peu bizarre, mais avait toujours, absolument toujours, été une amie. Il n'y avait pas eu beaucoup de filles dans le voisinage, mais elles étaient toutes devenues proches, pouvant compter les unes sur les autres. Si loin que Saria se rappelle, Charisse avait toujours été dans son laboratoire, à travailler sur des parfums. Elle était considérée comme étant brillante dans son domaine, et quelque peu obsessionnelle. Ce caractère obsessionnel avait transformé l'entreprise de parfums de la famille Mercier en une affaire qui valait plusieurs millions de dollars.

— J'vous le dis, ils vendent des parfums, des lotions et des savons dans le monde entier. Ils n'ont pas besoin de prendre le risque de vendre des trucs illégaux.

Saria avait tenté de ne pas prendre un ton agressif, mais les mots étaient sortis tout seuls.

— Et ils vendent leurs parfums et tous ces petits savons joliment emballés dans de somptueux coffrets, pas vrai ? lança Elijah d'un ton provocateur.

— Elijah.

Drake prononça son nom d'une voix basse. Rien de plus, mais le silence se fit. On n'entendit plus que le vent et la pluie.

— Laisse-le parler, dit Saria. Si j'ai tort, j'dois le savoir. Que pensez-vous que contiennent ces coffrets ? Bien sûr qu'ils les vendent dans le monde entier, ils fabriquent aussi des savons parfumés.

— Et ils ont plusieurs grossistes qui prennent d'énormes commandes, pas vrai ? poursuivit Elijah.

— Les coffrets passent la douane, se défendit Saria, levant le visage vers le ciel pour que la pluie lave sa colère.

Elle aimait beaucoup Charisse et Armand. Ils donnaient de l'argent aux écoles, à l'église, et faisaient énormément pour leur communauté, plus que la plupart des autres membres. Ils étaient bizarres, mais Charisse en particulier avait toujours été une amie pour elle.

— Des savons et des parfums somptueux. La douane les tamponne et c'est parti mon kiki, avec cette jolie petite boule d'opium juste au centre du savon.

Saria secoua la tête.

— Ils ont des chiens renifleurs de dr…

Elle s'interrompit, et son cœur bondit soudain. *Si un léopard n'a pas pu discerner l'odeur d'un autre léopard, alors peut-être que celui qui crée des senteurs a trouvé le moyen de les masquer.*

Son souffle se coinça dans ses poumons. Elle secoua la tête, les yeux soudain brûlants de larmes. Le monde sembla vaciller sur son axe. Bien sûr que toutes les preuves menaient directement à Charisse. Elle était le génie derrière les parfums. Mais Saria la connaissait. Elle était très enfantine par certains aspects. Elle pouvait presque croire qu'Armand soit aussi cupide, car sa mère l'avait certainement gâté, mais Charisse… Elle secoua la tête.

Cependant, Armand n'avait pas le talent de Charisse pour les parfums. Ni son ambition ou sa passion. En revanche, il lui était dévoué. Il la protégeait des petites brutes à l'école. Elle avait été la sœur intelligente, sautant des classes trop vite pour espérer avoir la maturité émotionnelle qui allait avec. Elle n'était tout bonnement pas capable de faire du trafic de stupéfiants à une échelle internationale. Ce n'était pas dans sa nature, et Saria n'avait que faire des preuves que Drake et son équipe avaient pu réunir contre elle.

D'un autre côté, si on récoltait de l'opium à partir des pavots de Charisse, comment pouvait-elle l'ignorer ? Saria regardait droit devant elle, consciente du silence qui régnait dans le bateau. Ils étaient tous parvenus à la même conclusion qu'elle. S'il était possible de ne pas discerner l'odeur d'un léopard, cela voulait dire que quelqu'un avait conçu un moyen d'empêcher les chiens de déceler l'odeur de la drogue – et cette personne ne pouvait être que Charisse.

— Tu te trompes, Drake, dit-elle à voix basse. J'sais que tout semble la désigner, mais elle est incapable de ce dont vous la soupçonnez. Vous vous fourvoyez.

— J'espère que tu as raison, ma chérie, dit-il gentiment.

Elle détestait la compassion qui transparaissait dans sa voix. Elle jeta un coup d'œil par-dessus son épaule à son visage déterminé.

— Charisse est incapable de diriger un trafic de stupéfiants.

Drake glissa le bras autour de sa taille.

— Et son frère ?

Armand. C'était un garçon gâté boudeur qui était devenu un homme gâté boudeur. La seule personne qu'il semblait aimer, c'était sa sœur. Il arrivait à cesser de se regarder le nombril assez longtemps pour la voir et pendant quelques minutes sortir de son petit monde qui ne tournait qu'autour de lui. Saria doutait sincèrement qu'il soit assez intelligent pour conduire une telle opération. Charisse avait les neurones, mais elle était trop gamine par bien des côtés. Armand... Elle soupira. Armand était un sale gosse égoïste, mais tout le monde l'adorait. Il savait se montrer charmant quand il le voulait.

— Comment comptes-tu en avoir le cœur net ?

— On va suivre nos trafiquants de drogue à travers le marécage pour voir où ils vont. Qui que soit le fournisseur, il fournit dans le coin, dit Elijah.

— Dans le marécage ? s'écria Saria d'une voix faible. Tu es fou ? Le marécage n'a rien à voir avec ta forêt tropicale. Les odeurs n'te serviront pas à grand-chose si tu t'enfonces dans un marais. Serpents, alligators, et bien d'autres encore, les dangers sont partout. (Elle fit tourner le bateau vers le bord des roseaux.) Même accoster la nuit est extrêmement périlleux.

— C'est pour ça qu'on a une arme secrète, dit Drake.

Elle sauta sur le sol, pataugeant un peu dans les roseaux pour amarrer son bateau.

— Et c'est quoi ?

Elle avait chargé sa voix de sarcasme.

— Toi. Tu vas nous guider.

— Maintenant, j'sais que tu es fou.

— Ils entendraient un bateau, mais tu sais te déplacer d'une langue de terre à une autre et tu connais probablement des raccourcis.

— Tu veux *courir* à travers les marécages la nuit ?

Saria regarda autour d'elle, à la recherche d'un endroit où s'asseoir. Elle se sentait un peu faible. Ils n'avaient aucune idée de ce que c'était que de se déplacer à travers le marécage.

— La terre est une tourbière. Il y a des poches de sables mouvants. De l'eau se trouve en fait sous nous, surmontée d'une fine couche de terre et de végétation. Vous n'comprenez juste pas.

Dans son agitation, elle passa les doigts dans ses cheveux, les ébouriffant, mais elle s'en foutait. Elle avait envie de se les arracher. Ils étaient tous fous.

— On en a bien conscience.

— Vous pouvez passer à travers par endroits et vous enliser. Et vous avez déjà entendu parler des mocassins d'eau ? Parce qu'on en a aussi.

— Tu chasses, pêches et poses des pièges aux quatre coins du marécage. Et tu prends des photos. Tu arpentes seule le marécage depuis que tu es petite, Saria, souligna Drake. Tu peux le faire et tu le sais.

— Moi oui, j'peux le faire, mais pas tous vous guider. Drake, tu n'peux pas me demander de prendre la responsabilité de six personnes. À au moins trois endroits, on va devoir patauger dans une eau remplie de roseaux où les alligators chassent.

— On a des pistolets, fit remarquer Joshua.

— Vous savez où vous devez tirer sur un alligator pour le tuer ? Vous avez la moindre idée de la taille de la cible sur un alligator ? Elle est à peu près grande comme une pièce de vingt-cinq cents et vous feriez bien de n'pas la rater. Vous êtes peut-être tous des as dans votre propre environnement, mais vous êtes des amateurs ici. Le simple fait que vous ayez conçu ce plan insensé sans consulter d'abord quelqu'un qui connaît le marécage montre que vous êtes des amateurs.

Les six hommes restèrent silencieux, l'observant avec des yeux calmes, qui ne cillaient pas. Des yeux de félin. Des yeux de chasseur. Ses arguments les laissaient de marbre. Elle soupira, laissant tomber. Elle secoua la tête, rattrapa le fusil que Drake lui lança et leur tourna le dos. Des imbéciles. Même le plus jeune bambin du marécage en savait plus qu'eux.

Chassant ses pensées, elle se concentra sur les bruits qui l'entouraient. Des insectes bourdonnaient. Des grenouilles-taureaux s'appelaient et se répondaient. La pluie continuait à tomber sans interruption. Elle rentra la tête dans les épaules et bloqua tout sauf les bruissements dans l'épais feuillage. Elle savait exactement où poser le pied, mais elle croisait souvent des sentiers que les alligators utilisaient pour glisser dans l'eau.

— On va où ?

— On a besoin d'avoir une vue dégagée sur le marais de Fenton et du meilleur chemin pour suivre un bateau en route vers les terres des Mercier, dit Drake. Les pavots ont perdu leurs feuilles et ils doivent avoir récolté l'opium. Ils vont détruire les preuves maintenant.

Elle ne discuterait pas avec lui. Mais si par quelque miracle il avait raison, qu'est-ce que cela signifierait ? Parce que, si des chiens ne sentaient pas la drogue, ça voudrait dire que le tueur avait accès à ce qui l'empêchait d'avoir une odeur. Il était virtuellement impossible que Charisse soit une tueuse. Elle n'avait pas une once de méchanceté en elle. Elle était collante, et elle rendait tout le monde un peu fou avec ses excentricités, mais personne ne dirait jamais qu'elle n'était pas l'une des personnes les plus compatissantes à la ronde.

Elle écarta toute pensée de Charisse de son esprit. Elle devait juste se concentrer pour assurer la sécurité des hommes qu'elle guidait. Elle aurait dû envoyer paître Drake. Dans le marécage, c'était elle qui commandait – pas lui. Elle se mordit la lèvre inférieure et ouvrit la marche. Ils étaient si silencieux qu'elle en eut des frissons, mais elle refusa de leur jeter un regard par-dessus son épaule pour s'assurer qu'ils la suivaient bien. Elle marchait d'un bon pas, contournant des broussailles vénéneuses, veillant à bien poser le pied sur un sol qu'elle savait solide. En l'occurrence, la pluie l'avait détrempé, rendant celui-ci bien plus spongieux qu'en temps normal.

Drake lui toucha l'épaule et elle s'immobilisa automatiquement. Il se plaça devant elle et leva la main, les doigts écartés. Ses hommes apparurent et se fondirent dans les ténèbres. À un instant elle pouvait les voir, et au suivant ils semblaient avoir disparu. Sans un bruit, sans un bruissement de feuille, sans un craquement de brindille… ils s'étaient juste volatilisés.

Elle n'avait pas entendu le bruit d'un bateau et n'avait pas non plus vu de lumières, mais son cœur commença à tambouriner, et, tout au fond d'elle, elle sentit son léopard sortir les griffes. Saria discerna la saveur de la peur dans sa bouche. Le fait qu'elle savait que son léopard s'était mis sur le qui-vive l'effraya plus que les hommes qui disparaissaient autour d'elle. Elle était complètement larguée avec eux. Elle avait besoin de temps pour assimiler le fait qu'elle était un léopard, elle aussi. Après toutes ces années à envier ses frères et à se sentir si seule, elle avait cela même qu'elle avait voulu, pourtant elle en avait peur. À présent qu'elle avait pleinement sa place auprès d'eux, elle avait juste envie de se rouler en boule dans un endroit calme et de ne plus bouger.

Drake lui toucha l'épaule et elle s'accroupit, se demandant comment elle savait ce qu'il voulait. Il indiqua sa gauche et quelque chose bougea dans les broussailles, mais elle n'entendit que la pluie. Un long moment de silence suivit. Elle pouvait compter les battements de son cœur tandis que la tension grandissait. La pluie incessante perdit en intensité, ralentissant jusqu'à ne plus être qu'un lent crachin, une brume plus lourde qui recouvrit le marécage et s'accrocha en voiles épais au-dessus de l'eau.

Drake s'accroupit près d'elle.

— On a de la compagnie. Au nord, deux bateaux dans l'eau, côte à côte. Ils ont couvert leurs lumières.

Tu peux nous conduire à un chemin qui nous amènerait au domaine des Mercier sans nous mettre à découvert ?

Il chuchota ces mots à son oreille, ses lèvres tout contre sa peau, et un lent feu – une réaction très inappropriée – s'alluma au plus profond d'elle. Son léopard se leva pour rencontrer celui de Drake. Elle ferma les yeux, stupéfaite que son félin vienne compliquer les choses lors de cette nuit déjà impossible.

Drake referma la main sur sa nuque.

— Ne la laisse pas encore s'échapper. Garde le contrôle.

— Tu es sérieux ? cracha-t-elle, furieuse contre lui tout en sachant que c'était sa femelle mais ne s'en souciant pas vraiment. Comment suis-je censée garder le contrôle alors que je n'sais même pas à quoi m'attendre ?

— Tu es forte, Saria. Si tu la laisses trop s'approcher de la surface et que tu lui lâches la bride, s'il y a des léopards dans l'un ou l'autre de ces bateaux, à la seconde où le vent tournera, ils sauront que tu es dans le marécage.

Elle cracha contre lui, réprimant l'étrange envie de le gifler tous ongles dehors. Son félin était sorti en force et de mauvais poil. Entre la pluie, la proximité de trop nombreux mâles et son corps qui lui semblait trop étroit, elle se sentait à cran et coincée.

— Mon chou, écoute-moi, dit-il. Je sais que c'est dur. Elle s'approche et se retire…

— Tout ça, j'le sais déjà, cracha-t-elle. J'suis sous cette satanée pluie, trempée jusqu'aux os, entourée de fous et avec une femelle léopard à l'intérieur de moi qui passe de dévergondée à une garce psychopathe en une affaire de secondes. J'ai tellement d'hormones en circulation dans mon organisme que je n'sais plus ce que j'fais.

— Respire pour la faire reculer. Pousse-la, énergiquement. Elle doit comprendre que tu es intelligente et que tu refuses de te laisser contrôler par ses émotions exacerbées.

Saria balaya lentement les alentours du regard, consciente que ses yeux changeaient tandis que sa vision se divisait en vagues de chaleur. Elle savait où se trouvait chacun des membres de l'équipe de Drake grâce à la conscience aiguë de son léopard. Sa femelle cessa soudain d'être en colère pour se lécher.

— C'est drôle comme elle trouve soudain à son goût tous ces hommes qui l'entourent.

À l'instant où elle prononça ces mots, elle sut qu'elle avait commis une grave erreur. Un grondement sourd et féroce s'éleva de la poitrine de Drake, et il tourna vers elle des yeux où flamboyait une lueur dorée. Saria frissonna. Le léopard de Drake était plus près de la surface que le sien, et l'odeur des mâles autour d'elle le mettait en rage. Ravalant son envie digne d'une garce de lui demander où était passée toute sa maîtrise de lui-même, elle s'obligea à remplir ses poumons d'air. L'un d'eux devait rester sain d'esprit dans cette situation tendue et, à l'évidence, quand il était question de sa femelle léopard dévergondée, ce ne serait pas Drake ni son félin.

Elle sentit son animal répondre à l'agressivité du sien en un étirement ondulant et un bâillement langoureux. Accroupie comme elle l'était, elle dut lutter pour s'empêcher de cambrer le dos et de se frotter contre la jambe de Drake. Elle refusa de céder à l'envie de son léopard de lancer des œillades aguicheuses aux hommes derrière elle. Elle percevait déjà la tension qui atteignait des sommets.

Elle prit une autre profonde inspiration et tourna son mécontentement contre sa femelle léopard. La petite dévergondée avait tendance à choisir le pire moment possible pour se montrer et elle adorait l'attention que lui portaient les hommes autour d'elle. Saria, quant à elle, pas vraiment. Et découvrir Drake pratiquement sur elle ne fit rien pour arranger son humeur massacrante.

— Tu te fous de moi, Drake ? N't'avise pas d'en rajouter, là tout de suite. Devoir gérer un homme qui se comporte comme un amant fou de jalousie alors que je n'sais même pas comment gérer le fait d'être un léopard est au-dessus de mes forces. J'suis responsable de toutes ces vies et tu crois que j'veux séduire une bande d'inconnus ? Ressaisis-toi. Je n'veux certainement pas d'autre homme et, là tout de suite, tu n'me tentes pas tant que ça non plus.

Elle fusilla Drake du regard pendant qu'elle donnait mentalement des coups de pied à sa femelle. *Retourne dormir, petite bonne à rien de minette. Si tu veux jouer, attends qu'on soit dans une chambre.*

Drake posa la main sur le sommet de sa tête, frottant ses mèches soyeuses entre ses doigts.

— Je suis désolé, ma chérie. Les léopards ont un comportement très territorial quand il est question de leur femelle, surtout quand elle est en…

— N'le dis pas. Si tu dis encore une fois que j'suis en chaleur, j'jure que j'vais te poignarder en plein cœur, cracha Saria entre ses dents.

C'était déjà assez pénible de savoir qu'elle dégageait une odeur assez forte pour attirer tous les mâles à des kilomètres à la ronde sans devoir se l'entendre dire tout haut. Elle lui décocha un regard qui aurait dû lui donner immédiatement envie de rentrer sous terre.

Sa femelle devint grognon, ne demandant qu'à être le centre de l'attention, irritée que Saria n'accède pas à ses demandes. Mais Saria avait une volonté de fer quand elle était exaspérée. Elle n'avait jamais laissé une raclée, les dames de l'église ni rien d'autre la toucher quand elle en avait eu assez, et elle tourna cette volonté de fer contre son léopard. *Arrête. Tu n'm'aides pas, là tout de suite. Retourne dormir et reste là jusqu'à ce que je nous sorte de ce foutoir.*

Son léopard recula d'un air boudeur. Saria décocha un autre regard noir à Drake de sous ses cils.

— Si seulement c'était aussi facile avec toi.

— J'ai dit que j'étais désolé.

— La jalousie n'est pas un trait de caractère séduisant, dit-elle à voix basse. Et on doit se remettre en route. Je n'pense pas que ce bateau va attendre que ton imbécile de léopard apprenne à se tenir.

— Si on doit se transformer en félins pour cette course…

Elle l'arrêta d'un regard.

— J'vais courir sur mes deux jambes, ils peuvent en faire autant.

Elle ne fournirait pas une excuse à sa minette pour sortir se frotter contre une bande d'hommes nus.

— C'est compris, dit-il.

Juste derrière elle, elle entendit un petit ricanement et vit Drake darder ses yeux dorés de ce côté-là. Il serra les dents, mais ne dit rien, et personne n'eut la bêtise d'émettre d'autres sons désobligeants.

— On te suit, Saria.

Elle ne se formalisa pas de son ton dur, consciente que son léopard le tannait méchamment avec les autres mâles si proches d'elle. Ce n'était pas Drake, se répéta-t-elle, Drake lui ferait toujours confiance.

Il posa la main sur son épaule, marchant juste derrière elle, plaçant le pied exactement là où elle avait posé le sien.

Derrière eux, les hommes avançaient en file indienne, en faisant autant.

— Je sais que ce n'est pas facile de ne pas te chercher une excuse pour te sauver loin de moi, surtout alors que tout est si nouveau et instable. J'apprécie vraiment que tu aies choisi de rester auprès de moi.

Elle lui adressa un petit sourire par-dessus son épaule, heureuse qu'il sache que c'était un combat.

— On va devoir accélérer le pas. Fais-leur savoir qu'ils n'peuvent pas poser le pied en dehors de ce chemin. Il devient très étroit un peu plus loin devant et on va traverser deux ou trois glissoires d'alligator. À un peu plus de trois kilomètres dans les terres, on va rencontrer un sol très fin. Il n'y aura que quelques endroits assez épais pour supporter du poids, alors restez groupés et sachez où poser vos pieds. Oublie le bateau. J'sais exactement à quels endroits on pourra l'apercevoir.

Elle se força à prendre un ton assuré alors même que ce n'était pas du tout ce qu'elle ressentait. Elle avait exploré les marécages, c'était vrai, et souvent la nuit. Mais elle était relativement légère comparée à eux et elle avait guetté attentivement le moindre signe d'un alligator. Contrairement à la croyance populaire, ceux-ci ne couraient pas vite sur terre, mais ils pouvaient s'élancer en avant à la vitesse de l'éclair et, de plongeon en plongeon, parvenaient à se déplacer assez rapidement.

Elle marcha d'un bon pas pour commencer. Le sol le long de cette première langue de terre était stable et, si l'un d'eux faisait un faux pas, il ne risquerait rien. Au bout de près de deux kilomètres, le sol se réduisit à une étroite bande. De part et d'autre, on risquait facilement de s'enliser. Néanmoins, elle refusa d'aller plus vite que ce qu'elle jugeait sûr. Elle percevait leur impatience, mais elle ne doutait pas de pouvoir battre le bateau de vitesse en se déplaçant à l'intérieur des terres pendant qu'il contournait les plus grosses avancées du continent. Une fois qu'ils se seraient éloignés du bord de l'eau, des cyprières et des roseaux, ils ne seraient probablement plus menacés non plus par les alligators.

Ça faisait bizarre de courir à plusieurs. Elle entendait le martèlement de son propre cœur ainsi que sa respiration, et les seuls pas qu'elle discernait étaient les siens. Les hommes adoptèrent exactement son rythme, courant en file indienne, martelant le sol des pieds de concert entre eux et avec elle. Au bout d'un moment, elle eut envie de changer de rythme juste pour voir s'ils se seraient attendus à ce qu'elle mette le turbo.

Se réprimandant pour ses pensées puériles, elle scruta le sol devant elle, recourant à cette étrange vision nocturne qu'elle devait à son léopard. Elle connaissait cette zone du marécage comme sa poche, elle y avait virtuellement passé son enfance, à la recherche de nids à photographier et souvent à se cacher des adultes qui avaient la bêtise de tenter de la retrouver. Elle avait perfectionné ses talents de traqueuse sur cette langue de terre. Elle en connaissait tous les dangers, ainsi que les endroits où les alligators aimaient traîner. Elle en connaissait les bruits et les mises en garde.

Elle accéléra le pas et traversa en coup de vent le bosquet le plus épais, consciente qu'aucun alligator ne vivait dans cette zone-là. Elle était trop éloignée de l'eau et de leurs glissoires boueuses. Des enchevêtrements de plantes rampantes et de racines constituaient le seul danger, de sorte qu'ils purent se déplacer un peu plus vite. Lorsqu'ils seraient sortis de ce bois touffu, elle devrait pouvoir apercevoir les lumières du bateau et déterminer dans quelle direction il allait. Elle espérait qu'il virerait, s'éloignant des terres des Mercier, mais quelque chose lui disait qu'elle n'aurait pas cette chance.

Alors que l'épais bosquet laissait place aux broussailles, elle ralentit juste un peu, les informant d'un signe qu'ils traversaient une zone dangereuse. Elle continua à poser le pied avec une extrême précision tout en courant, grimaçant à chaque pas. Des flaques d'eau se formaient, transformant le sol en un mélange de boue et de débris flottants. La pluie n'arrangeait rien, faisant monter le niveau de l'eau aussi inévitablement que le faisaient les marées. Priant pour que les hommes posent le pied avec la même précision qu'elle, elle les conduisit dans une bande très étroite truffée de dangers, où un faux pas les ferait passer à travers la fine croûte de terre et dans l'eau en dessous.

Les hommes la suivirent, aussi lents qu'elle, marchant les uns après les autres, chacun au même endroit exactement que l'homme qui le précédait. Ils regardaient le sol, lui faisant confiance pour les faire passer de l'autre côté en toute sécurité. En un sens, c'était assez grisant alors même que le poids de la responsabilité de leurs vies était écrasant. Cette partie du marécage était criblée d'endroits où le sol était très fin et de trous recouverts d'un enchevêtrement de plantes rampantes au travers desquelles il était facile de tomber. Elle avait tracé le chemin dans sa tête, mais il existait toujours le risque que le sol se soit érodé.

Elle soupira de soulagement lorsqu'ils parvinrent à la lisière de la cyprière. Elle leva la main et tout le monde s'arrêta aussitôt. Elle attendit un battement de cœur, plissant les yeux pour distinguer à travers les arbres l'endroit dégagé où dans le lointain un bateau contournerait rapidement le coude et ne serait visible qu'un instant. Elle avait calculé le temps qu'il mettrait dans sa tête, ralentissant quand c'était nécessaire pour assurer la sécurité des hommes sous sa responsabilité, mais marchant à un rythme suffisamment rapide pour qu'ils puissent voir le bateau et la direction qu'il prenait.

Une seconde plus tard, une lumière voilée clignota dans la voie navigable, sur la gauche de Saria. Elle sut, le cœur serré, que le bateau entrait dans le canal qui conduisait aux marécages des Tregre et des Mercier.

— On va dans les roseaux, chuchota-t-elle à Drake, sachant qu'avec leur ouïe les autres entendraient ses mises en garde. Reste près de moi, mais garde l'œil ouvert au cas où il y aurait des alligators. Ils seront dans l'eau. On va traverser en vitesse.

Elle avait le cœur battant. Elle éprouvait du respect pour les alligators. Elle empoigna son fusil et plongea le pied dans l'eau pleine de roseaux. Celle-ci lui arrivait à la cuisse. Elle inspira un grand coup et avança à un rythme régulier à travers l'eau trouble, ni vite, ni lentement, s'assurant à chaque pas de ne courir aucun risque. Sa vision nocturne lui permettait de distinguer les formes sombres en forme de tronc à l'affût dans les roseaux et près des racines en forme de tonneau des cyprès qui dépassaient de l'eau.

La tension s'intensifia, et les hommes ne faisaient toujours aucun bruit tandis qu'ils traversaient de concert l'eau traîtresse. Elle discerna la saveur de la peur dans sa bouche, mais refusa de la laisser transparaître. Ces hommes étaient sous sa responsabilité, et il n'était pas question de les mettre en danger en ayant une attaque de panique. Elle avait omis de mentionner à Drake que marcher la nuit dans une eau trouble connue pour être infestée d'alligators affamés et agressifs la terrifiait.

Elle nota dans un coin de sa tête qu'il lui faudrait avoir cette conversation avec lui ultérieurement.

Saria sentit une petite branche rouler sous son pied et prit appui sur son autre jambe pour ne pas glisser. Drake la rattrapa, refermant avec force les doigts autour de son bras. Elle humecta ses lèvres soudain sèches. Ils étaient de nouveau proches de la rive, ce qui ne la rendit pas plus heureuse. Les alligators aimaient y traîner dans les roseaux.

Ravalant sa peur, elle s'obligea à avancer. Drake garda la main sur son bras, probablement parce qu'il sentait qu'elle tremblait. À la seconde où elle posa le pied sur la terre ferme, elle sentit le soulagement l'envahir. Ses genoux se dérobèrent presque sous elle, elle eut les jambes en coton, mais prit deux ou trois grandes inspirations et commença à presser le pas. Ils avaient un trajet facile devant eux et pourraient accélérer lorsqu'ils se seraient éloignés du bord de l'eau.

Elle alla aussi vite qu'elle l'osa, courant à toute allure. Ils devaient atteindre l'autre côté du marécage le plus proche de la rive sud avant que le bateau ait contourné le continent. L'embarcation devait faire un détour de plusieurs kilomètres alors qu'elle et l'équipe de Drake pouvaient couper à travers le marécage. Ils gagneraient beaucoup de temps. La végétation était épaisse, mais consistait essentiellement en plantes rampantes enchevêtrées, arbres et broussailles. Le sol était solide jusqu'à ce qu'elle parvienne aux rives extérieures. Elle était plus petite que les hommes mais dut se baisser plusieurs fois tandis qu'ils devaient constamment éviter des branches basses, des voiles de mousse et des plantes grimpantes pour ne pas se prendre un coup de la corde à linge. Pas un seul ne ralentit le pas. Elle commençait à prendre conscience que c'étaient des hommes qui étaient intervenus dans bien des environnements différents et qui n'avaient pas peur de grand-chose.

Elle courait vite sous la pluie, dans la boue et l'eau qui jaillissaient sous ses pas tandis qu'elle suivait un étroit chemin de cerfs. Elle avait passé beaucoup de temps dans cette partie du marécage à immortaliser des nids sur de la pellicule. Elle n'y avait pas eu à craindre de prédateurs à part quelques rares lynx, et ces derniers l'avaient toujours évitée. C'était le seul tronçon où ils pouvaient gagner du temps avant de devoir affronter une seconde fois les dangers d'une eau remplie de roseaux où elle savait qu'un certain grand alligator mâle avait élu domicile. Il était connu pour tuer et manger les siens. Il arrachait les appâts des hameçons et avait carrément tordu les crochets les plus grands et les plus solides que la plupart des chasseurs utilisaient pour tenter de lui mettre la main dessus.

Ils devaient traverser l'eau jusqu'à la rive de la langue de terre suivante et foncer jusqu'à la pointe à l'extrémité opposée pour apercevoir encore le bateau afin d'être certains de l'endroit vers lequel il se dirigeait.

Elle humecta sa bouche sèche et s'enfonça dans les eaux envahies de roseaux. Des cyprès étaient immergés jusqu'à hauteur de genoux dans l'eau trouble, tout un bosquet, et le fond était criblé de nombreux troncs pourris en plus de leurs racines en forme de tonneau qui s'étendaient toujours plus loin. Les alligators ne manquaient pas de cachettes. Elle était fatiguée et avait l'impression que son corps était de plomb après avoir parcouru tant de kilomètres tout en maintenant une vigilance sans faille.

À sa grande horreur, à mi-chemin de la rive opposée, elle vit un mocassin d'eau qui fonçait sur elle. Elle tenait précautionneusement son fusil dans ses bras, déterminée à le garder au sec, et elle n'avait nulle part où fuir. La tête de la créature était à quelques centimètres de sa hanche quand Drake frappa, rapide comme l'éclair. Il saisit le serpent juste derrière la tête, l'arracha de l'eau et le jeta à bonne distance. Elle l'entendit heurter un arbre sur leur droite.

Saria ouvrit la bouche pour le remercier, mais rien n'en sortit, aussi elle se contenta de reprendre sa marche. Si le grand alligator qui occupait ce territoire était proche, il ne se montra pas, et ils gagnèrent l'autre rive et s'engagèrent sur le tronçon suivant.

Traverser le marécage semblait prendre une éternité. La plus petite distance entre les deux canaux était criblée de trous et sous au moins trois centimètres d'eau, ce qui n'aidait pas à trouver la minuscule bande de sol stable. Plusieurs fois, ils durent sauter sur de petits rochers pour ne pas s'enliser dans le bourbier.

Ils rejoignaient la rive lorsque le bateau apparut, ralentissant alors qu'il approchait de la propriété des Mercier. Un homme attendait sur l'appontement de bois qui surplombait la rivière. Le bateau appartenait assurément aux Mercier, mais les deux hommes à bord étaient les frères Tregre.

Saria relâcha peu à peu le souffle qu'elle avait retenu et se serait assise si elle en avait eu la possibilité, mais ils avaient encore un long chemin à faire.

Chapitre 16

Alors que la lumière matinale perçait à travers la bruine, Drake enroula le bras autour de Saria, l'attirant sous son épaule. Elle était épuisée. Ils l'étaient tous. Après avoir couru à travers le marécage une bonne partie de la nuit et avoir rejoint la propriété des Mercier, ils avaient découvert que toutes les fleurs avaient été coupées pour l'hiver. S'il avait existé des preuves, elles avaient toutes été détruites. La serre était protégée par un lourd système de sécurité, qu'ils contournèrent sans problème, mais elle ne contenait pas le moindre pavot ni aucune trace d'opium. En revanche, ils trouvèrent la pièce où poussait la maîtresse du léopard, et, comme l'avait affirmé Pauline, de nombreuses précautions avaient été prises pour empêcher les graines de la fleur de sortir de la serre.

Le laboratoire se trouvait sur la propriété, derrière la demeure, presque sur les fondations mêmes de la plantation originelle et à bonne distance des secteurs où ils faisaient pousser leurs plantes. Toute la zone autour des bâtiments plus récents avait été transformée en un parc paysager, parfaitement entretenu. La demeure des Mercier, d'au moins six à sept cents mètres carrés, était manifestement un manoir, à l'étage et au rez-de-chaussée entourés de galeries. En matière de maisons, celle-ci était impressionnante.

Comme ils avaient déjà laissé leur odeur à travers les hectares de jardins et dans la serre, Drake décida qu'ils adopteraient une stratégie différente quant au laboratoire et à la maison. Mais il voulait d'abord consulter Remy et partager des informations avec lui. Ils pourraient peut-être inspecter une cargaison qui quittait le pays ou intercepter la livraison locale.

Il était 9 heures quand ils regagnèrent l'*Auberge Lafont*. Pauline leur avait préparé le petit déjeuner, ainsi que pour des invités matinaux. Des effluves à faire saliver leur parvinrent avant même qu'ils atteignent le manoir et ils humèrent tous avec reconnaissance un arôme de café.

Saria s'arrêta dès qu'elle vit le véhicule.

— C'est la voiture des Mercier. Charisse et Armand doivent être là. Ils n'peuvent pas me voir dans cet état. Aucun de nous n'ressemble à rien. Ils vont savoir qu'on a passé la nuit à parcourir le marécage.

— On va entrer par les balcons et nous doucher. Comme ça, on pourra descendre en ayant l'air frais comme des roses.

Il porta la main de la jeune femme à sa bouche. Elle tremblait. Était épuisée. Il n'aurait pas dû la mêler à tout ça, mais il n'avait pas voulu prendre le risque de la laisser seule au cas où le tueur serait revenu. Ils n'auraient jamais pu traverser le marécage aussi vite de toute façon. Ils étaient parvenus à découvrir que la famille Tregre était impliquée sans qu'un seul coup de feu ait été tiré.

Elle leva les yeux vers le balcon.

— Je n'suis pas sûre qu'il me reste assez de forces pour grimper, Drake.

Il savait ce que lui avait coûté cet aveu.

— Viens, mon chou. Je vais t'aider à monter jusqu'à notre chambre.

Il lui prit la main, l'entraînant sur le côté de la maison d'hôtes, là où l'arbre était assez proche pour qu'ils utilisent une de ses branches comme un pont.

— Ça va être glissant, mais tu vas y arriver.

Il lui prit son fusil.

Ses hommes s'étaient dispersés, entrant dans la demeure sans un bruit, gagnant leurs chambres où ils se douchèrent et enfilèrent des vêtements chauds et secs. Il resta auprès de Saria, conscient qu'elle était épuisée. La nuit avait été longue et rigoureuse. La jeune femme était trempée et elle ne s'était pas plainte une seule fois alors même qu'il savait qu'elle devait être gelée jusqu'aux os.

Saria grimpa à l'arbre comme un petit singe. Drake se tenait juste derrière elle, au cas où elle glisserait, mais elle progressa peu à peu sur l'épaisse branche puis sauta sur le balcon.

— Tu as verrouillé la porte-fenêtre la nuit dernière, dit-elle, se laissant tomber dans un coin sans se soucier de la pluie.

Elle avait les cheveux plaqués sur le visage et elle ne cessait de trembler.

Drake s'approcha de la porte et en força calmement la serrure, l'ouvrant avant de se retourner vers elle et de lui tendre la main.

Elle lui sourit sans accepter son aide.

— J'crois que j'vais juste dormir ici.

Drake se contenta de la soulever dans ses bras.

— Je ne peux pas te laisser faire ça, ma chérie. Tu n'arrêtes pas de trembler. Allons prendre une douche bien chaude.

Il la serra délicatement contre son torse, le visage enfoui dans ses cheveux.

— Si tu préfères, je peux descendre sans toi. Tu peux rester dormir ici une fois qu'on t'aura réchauffée.

— J'doute de pouvoir jamais réussir à me réchauffer. (Saria frotta le visage contre sa chemise trempée.) Mais si tu descends affronter le peloton d'exécution, j'serai à ton côté.

— Ils ne peuvent pas savoir qu'on enquêtait sur eux, dit Drake. Pas aussi vite.

— Qu'est-ce que tu vas leur dire ? Ils sauront qu'on était dans le marécage.

— Il vaut toujours mieux rester aussi proche de la vérité que possible, lui dit-il en la reposant à terre dans la salle de bains. Ce sont des léopards. Ils sauront qu'on vient juste de rentrer. C'était juste plus facile de se réchauffer avant de leur faire face. On va leur dire qu'on a passé la nuit dans le marécage. Je suis le nouveau chef. Mes hommes sont ici avec moi et on apprend à mieux connaître la région tout en accomplissant la mission que Jake Bannaconni nous a confiée au départ.

Elle le considéra d'un air perspicace.

— Tu aimes utiliser son nom parce qu'il leur loue la plupart de leurs terres et qu'ils ont un peu peur de les perdre.

Il esquissa un petit sourire narquois juste avant de l'embrasser. Sa femme était intelligente et ça n'était pas pour lui déplaire. Il lui ôta son tee-shirt trempé pendant qu'elle restait là, à frissonner d'une façon presque incontrôlable. Il dut s'accroupir pour lui délacer ses chaussures. Il doutait qu'elle en ait été capable, car elle avait des glaçons à la place des doigts. La vapeur qui s'échappait de l'eau chaude emplit la salle de bains, aidant à réchauffer la pièce pendant qu'il lui enlevait son jean trempé et ses sous-vêtements et l'aidait à entrer dans la douche.

Après s'être assuré qu'elle s'appuyait bien au mur tandis que l'eau lui coulait dessus et la réchauffait, il se dévêtit et la rejoignit. L'eau chaude lui parut divine. Il se contenta de la laisser couler sur leurs corps, en chassant le terrible froid. Lorsque Saria cessa de claquer des dents, il lui shampouina les cheveux. Elle était silencieuse, ce qui ne lui ressemblait pas et l'inquiéta un peu.

— Tu as peur d'Armand ou de Charisse ? lui demanda-t-il, espérant qu'elle était juste dans les vapes.

— Bien sûr que non. Par contre, leur mère, c'est une tout autre histoire. Pourquoi ils sont si proches à ton avis ? Une femme comme Iris Lafont-Mercier – et, crois-moi, c'est un nom à trait d'union – n'est jamais contente sauf quand elle dit à tout le monde quoi faire. Tu imagines ce qu'elle pense de moi.

La voix de la jeune femme changea, se muant en une imitation stridente de ce qu'il supposa être la voix d'Iris.

— « Cette enfant est livrée à elle-même et en tant que citoyens nous avons le devoir d'intervenir. J'ai appelé l'école à maintes reprises et, si elle n'y va pas, les services de protection de l'enfance s'occuperont de son cas. »

— Aussi mauvais que ça, hein ?

— Tu n'imagines pas. J'crois qu'elle a précipité la mort de son mari. Il a tout laissé à Armand et Charisse. Iris n'y aurait rien eu à redire s'il n'y avait eu qu'Armand, l'amour de sa vie, mais Charisse était de trop.

— Pourquoi ? Je pensais que tu avais dit que sa fille était brillante.

— Oh ! ouais. C'est le cas, mais elle est bizarre. Un peu décalée. Différente. Et toutes ses facultés lui ont valu énormément d'attention pendant sa scolarité et de la part de son père. Elle a en quelque sorte volé la vedette à Armand, qui est extrêmement charmant et séduisant, mais n'a pas son génie. Maman léopard n'a pas apprécié du tout.

Drake siffla doucement.

— Elle n'est pas du tout comme Pauline.

— Non. C'est une force avec laquelle il faut compter. Tu lui plairas, cela dit. Elle a un faible pour les mâles. N'sois pas étonné si elle flirte avec toi.

— Si elle flirte avec moi ? répéta-t-il d'une voix faible.

— Elle est extrêmement belle et elle le sait.

— Et elle travaille au bureau de poste ?

— On entend tous les ragots du coin au bureau de poste. Elle sait tout sur tout le monde, et elle pouvait laisser traîner une oreille pour savoir ce que manigançaient ses enfants. Toutes les autres femmes n'se faisaient pas prier pour venir le lui raconter quand Charisse ou Armand se comportait mal. Mes frères ont toujours eu de la peine pour Armand parce qu'il doit veiller sur Charisse et qu'il a toujours sa mère sur le dos.

— Mais tu as de la peine pour Charisse.

Pour la première fois depuis des heures, Saria sourit.

— J'n'ai aucun mal à m'identifier à elle. J'évite Iris Lafont trait d'union Mercier à la moindre occasion. Elle me fait la leçon comme à Charisse.

— Et ça donne quoi maintenant ? (Drake lui rinça soigneusement les cheveux.) Tu n'es plus au lycée.

— Euh… exact, mais je n'suis pas une dame. Apparemment, les dames n'vont assurément pas dans le marécage et elles joignent les mains sur les genoux, portent des jupes et croisent les jambes au niveau des chevilles bien comme il faut.

— Charisse doit faire tout ça ?

— Bien sûr. Elle est absolument toujours très convenable. (Saria écarta ses mèches mouillées de son visage et s'appuya contre Drake d'un air las.) N't'inquiète pas, je n'te laisserai pas seul avec elle. Mlle Pauline non plus. On a tous l'habitude de s'entendre répéter qu'on n'est pas comme il faudrait.

— Pas devant moi, dit Drake.

Elle lui sourit. Cette fois, son sourire atteignit ses yeux.

— Elle est juste comme ça, Drake. J'ai effectivement été livrée à moi-même petite. Elle n'a jamais menti sur rien. J'ai bien fait l'école buissonnière quand j'n'en pouvais plus. *Mon père** était un ivrogne – c'était vrai aussi. Je n'croise pas les chevilles et je n'porte jamais de robe. Mlle Pauline n'y voit rien à redire et moi non plus. Charisse est mon amie et ça n'a pas l'air de la déranger non plus.

— Ni moi non plus. Tu imagines à quel point une robe nous aurait enquiquinés cette nuit ? demanda-t-il.

Elle jeta les bras autour de son cou et se colla tout contre lui.

— Tu es fou mais tu es mon genre d'homme.

— Y a intérêt. Tu nous as vraiment sauvé la vie cette nuit, Saria. Je n'imaginais pas à quel point ces terres pouvaient être traîtresses.

— J'sais, convint-elle d'un ton un peu suffisant.

Elle avait le visage caché et il ne pouvait pas voir son expression, mais un petit frisson lui parcourut le corps. Les choses auraient pu mal tourner en un battement de cœur.

— Je suis désolé de t'avoir mis dans une position aussi inconfortable, Saria. C'était inconsidéré de ma part.

— Au moins on aura découvert que les Tregre sont impliqués. Ça n'a peut-être rien à voir avec l'opium ou les Mercier, dit Saria.

— Quand Elijah et Jeremiah ont suivi le bateau, ils ont trouvé plusieurs savons avec une petite boule d'opium en leur centre. C'étaient des savons des Mercier, Saria, dit Drake.

Elle releva vivement la tête. Elle s'écarta de lui et coupa l'eau, attrapant brusquement une serviette.

— Quand exactement comptais-tu m'en parler ?

Elle était en colère. L'espace d'un instant, ses yeux lui jetèrent des étincelles. Il sentit sa queue tressaillir aussitôt. Elle se retourna, séchant son corps humide, mais il percevait la chaleur qui en émanait, ainsi que l'agressivité dans le sien qui augmentait proportionnellement à la passion de la jeune femme. À son côté il se sentait tellement vivant. Il avait envie de l'embrasser, mais Saria Boudreaux était sur le point de devenir entièrement léopard et elle était tout aussi dangereuse qu'une femelle séduisant un mâle. Ses griffes et ses crocs pouvaient se révéler mortels.

— Quand on aurait su avec certitude que les Mercier étaient impliqués. On a parcouru le marécage en long, en large et en travers cette nuit. Les Tregre ont deux cabanes sur leurs terres en plus de leur maison. Les routes pour y accéder ne sont guère fréquentées. Personne n'y fabrique de savons ni n'y insère de la drogue, Saria. Tu as vu leur propriété.

Elle se redressa, le regarda dans le blanc des yeux et jeta la serviette par terre.

— Charisse est incapable de faire ce dont tu l'accuses, et quand bien même Armand Mercier est un sale égoïste une grande partie du temps il en est incapable aussi.

Tu n'les connais pas comme j'les connais. (Elle gagna la chambre d'un pas lourd et bruyant, attrapa son seul autre jean et l'enfila.) J'n'ai presque plus de vêtements et dois passer chez moi.

Son cœur rata plusieurs battements. Elle était en colère. Magnifique dans sa loyauté, mais en colère contre lui. Songeant à battre en retraite. Il garda le silence et attrapa son jean plutôt que de l'attraper elle et de la jeter sur le lit. Son léopard réclama la suprématie en rugissant, brûlant de se mettre en chasse, mais Drake était beaucoup plus prudent. Saria était une femme qui n'en faisait qu'à sa tête. Il fallait qu'elle le choisisse, avant toute chose et toujours. Sa loyauté farouche devait lui revenir. Elle ne l'accordait pas facilement, pas plus que sa confiance, pourtant elle l'avait donnée à Charisse. L'affaire était plus complexe qu'il l'avait d'abord cru et il devait creuser un peu plus la question.

Il l'observa du coin de l'œil pendant qu'il s'habillait. Elle faisait les cent pas, une vraie boule de nerfs, la colère la faisant tenir debout malgré l'épuisement qu'il lisait sur son visage. Quand elle s'effondrerait, ça ferait mal. Il prit une profonde inspiration pour calmer son léopard, qui marchait de long en large.

— De toute évidence je dois apprendre à mieux connaître Charisse. Si tu la soutiens, Saria, il doit y avoir beaucoup de choses que j'ignore à son sujet. Tout converge vers elle. L'expertise en matière de parfums, la fleur troublante, l'absence d'odeur sur les scènes de crime, l'opium, tout ça, et pourtant, en dépit de toutes ces preuves, tu persistes à croire en son innocence. J'ai confiance en toi et en ton jugement. Si tu penses qu'elle est innocente…

— J'sais qu'elle l'est, la défendit Saria vigoureusement. On cherche à lui faire porter le chapeau. Charisse n'reconnaîtrait pas plus un coup monté qu'elle serait capable d'être une trafiquante de drogue. Elle a un côté très enfantin.

Drake hocha la tête, tentant d'associer le terme « enfantin » à la femme qui s'était approchée d'eux pendant leur pique-nique dans sa jupe crayon, ses bottes à talons et son chemisier en soie qui moulait et mettait en valeur chacune de ses rondeurs. Charisse lui avait semblé posée et pleine d'assurance, raffinée même. Ses ongles avaient été parfaits, ses jambes fines galbées dans de la soie et son maquillage impeccable… jusqu'à ce que son frère la rembarre. Elle avait pleuré comme une enfant et Saria l'avait réconfortée. Un comportement qui avait semblé affecté à Drake, en décalage total avec ce qu'il avait perçu de la jeune femme. Quelle était la vraie Charisse ?

— Je vais garder l'esprit ouvert, promit-il.

Il ne savait pas du tout comment il s'y prendrait, mais il essaierait – pour Saria il essaierait. Il avait conscience que, si elle s'était trompée, ce serait un coup terrible pour elle, et quelque chose lui disait qu'elle n'avait pas beaucoup de personnes autour d'elle qu'elle aimait autant qu'elle aimait manifestement Pauline et Charisse.

Saria se passa un peigne dans les cheveux.

— J'apprécierais. J'sais que tu penses que les preuves sont accablantes, Drake, mais il ne s'agit vraiment que de présomptions.

Il se retint de lui rappeler que Charisse était une brillante chimiste et visiblement le cerveau de la famille Mercier. Ce genre de discussion ne ferait que braquer la jeune femme. Il ne voulait pas qu'elle s'enfonce dans sa certitude au point de ne plus pouvoir en sortir si jamais il s'avérait qu'elle avait eu tort.

Saria descendit l'escalier avec lui, mais ne lui tint pas la main. Elle marcha même un pas derrière lui. Son léopard rugit, furieux de cette petite séparation entre eux, et Drake ne put s'empêcher d'être d'accord. Il avait fait preuve d'une sacrée diplomatie. La tension qui irradiait de Saria n'aidait pas non plus à apaiser son léopard. Prendre soin de sa femelle était de la plus haute importance à tout moment et, les dissensions, ça ne le faisait juste pas entre léopards. Elles rendaient les métamorphes à cran, de mauvais poil et d'abord difficile – ce qui ne jouait pas vraiment en sa faveur alors qu'il s'apprêtait à s'asseoir avec un potentiel génie criminel.

Il se retourna brusquement sur la dernière marche, empêchant Saria de passer. Il posa les mains sur sa taille.

— Embrasse-moi.

C'était un ordre, pas une demande, et, franchement, la façon dont ses mots étaient sortis lui était bien égal.

Elle s'écarta imperceptiblement.

— Ici ? Il y a du monde dans la pièce à côté. La porte est ouverte.

— Ici même. Là tout de suite. Je dois savoir que tu es de mon côté. Embrasse-moi. Les baisers ne mentent pas, Saria. J'en ai besoin.

Saria écarquilla ses grands yeux. Ses pupilles s'assombrirent. Elle battit ses longs cils. Joignit les doigts derrière son cou et se laissa aller contre lui.

— Les baisers n'mentent pas ? Très bien alors. Si tu es certain d'en avoir besoin.

Elle ne l'attendit pas. Elle s'empara de sa bouche, lui effleurant délicatement les lèvres, puis titillant leur commissure de la langue de sorte qu'il lui ouvrit aussitôt sa bouche. Le monde disparut. La colère. La tension. Seul restait l'amour qui se déversait de la bouche de la jeune femme dans la sienne. Il emporta la passion de la jeune femme – son engagement tacite envers lui – tout droit dans son cœur et l'y enferma à double tour.

— Saria ! comme c'est inconvenant de ta part.

La voix de femme crachait son mécontentement.

Saria ne sursauta pas et ne s'écarta pas non plus. Elle termina de l'embrasser comme si personne ne les avait interrompus, aimant sa bouche de la sienne. Lorsqu'elle releva la tête, elle ne regarda que lui – droit dans les yeux.

— Tu te sens mieux ?

— Beaucoup mieux. Merci.

Il lui prit la main et lui embrassa les jointures des doigts avant de se retourner pour faire face à la femme qui avait parlé.

Drake avait cru que plus rien ne pouvait le choquer. Il avait voyagé à travers le monde et en avait vu beaucoup, mais Iris Lafont-Mercier était l'une des plus belles femmes sur lesquelles il ait jamais posé les yeux. C'était la dernière chose à laquelle il s'était attendu. Elle paraissait assez jeune pour être la sœur de Charisse. Il savait que les femmes léopards vieillissaient souvent avec grâce, et, même si Charisse avait tout juste la vingtaine, Iris devait avoir cinquante ans ou plus. Sa peau était parfaite, sans une seule ride. Sa chevelure formait une épaisse masse d'or filé, et, si elle avait des cheveux gris, on aurait dit des fils d'argent au milieu de tout ce doré. Elle avait une silhouette superbe, comme si elle n'avait jamais eu d'enfant de sa vie.

Elle attendait sa réaction. Elle avait l'habitude que les hommes l'admirent et comptait bien qu'il en soit de même avec lui. Drake ne douta pas une seconde qu'Iris manipulait sans vergogne chacun des hommes qui faisaient partie de sa vie. Il garda un visage absolument inexpressif et s'interdit également de faire glisser son regard sur elle avec un quelconque intérêt.

— Vous devez être madame Mercier, lui dit-il à dessein.

Saria lui enfonça les doigts dans la paume, mais il se contenta de porter sa main à sa poitrine, l'appuyant tout contre son cœur pour la rassurer. Avait-elle tremblé ? Saria avait-elle peur de la langue acérée d'Iris Mercier ?

— C'est Iris *Lafont*-Mercier, à vrai dire, répondit celle-ci d'un ton légèrement supérieur. Pauline est ma sœur. Les origines de notre famille remontent à des centaines d'années.

— Drake Donovan, m'dame, dit-il. Mlle Pauline m'a parlé de vous.

— J'suis venue vous voir, déclara Iris d'une voix ferme. Nous pouvons aller dans le petit salon pour nous entretenir en privé.

— Nous sommes fiancés, Saria et moi, madame Mercier… Lafont-Mercier. Vous savez aussi bien que moi que les léopards n'ont pas de secrets pour leurs compagnons. Il n'est pas nécessaire que nous nous isolions.

L'espace d'un instant, une lueur d'un turquoise profond flamboya dans ses yeux bleus froids, mais Iris étira sa bouche parfaitement peinte en un sourire éclatant.

— Si vous insistez. Ça concerne les affaires du clan et j'ai cru comprendre que vous aviez vaincu notre vieil Amos.

À l'entendre, Amos Jeanmard était un vieillard complètement décrépit et Drake en avait honteusement profité. Il serra la main de Saria pour qu'elle ne prenne pas sa défense.

— Si ça concerne les affaires du clan, c'est d'autant plus important que Saria soit présente.

Iris plissa les yeux. À l'évidence, il ne lui était pas venu à l'esprit que, si Drake épousait Saria, elle serait la femelle alpha.

— C'est juste ridicule. Saria Boudreaux n'est guère plus qu'une gamine. Elle n'est certainement pas armée pour vous aider à diriger un clan.

La voix d'Iris avait un mordant bien rodé et efficace.

Drake resserra son étreinte sur la main de Saria quand il la sentit trembler. Il montra les dents à Iris, son rictus n'ayant rien d'un sourire.

— Heureusement pour tout le monde, Saria est mature pour son âge et en sait plus sur les gens et le marécage que la plupart des membres de ce clan. J'ai beaucoup de chance de l'avoir pour compagne. (Il indiqua d'un geste le salon, où il savait que les enfants d'Iris et Pauline attendaient.) Nous parlerons là-bas. Mes hommes sont fatigués et ont besoin de manger avant de se retirer. Je ne veux pas les déranger.

Soudain raide comme un piquet, Iris lui tourna le dos, s'éloignant avec majesté, ses hanches une tentation en dépit de sa colère flagrante. Elle utilisait sa sexualité sans même en avoir conscience tant c'était devenu naturel pour elle.

La beauté de Charisse semblait pâle à côté de celle de sa mère. Elle avait l'air complètement atone dans les couleurs éclatantes qu'elle portait et ses cheveux étaient tirés en arrière dans un style trop sévère. Ce n'était pas le souvenir que Drake avait gardé d'elle, mais elle était assise, silencieuse et éteinte, les mains jointes sur les genoux, regardant droit devant elle. Elle leva les yeux vers Saria et lui adressa un petit sourire, puis jeta un coup d'œil au visage figé de sa mère et s'empressa de regarder par terre.

— Qu'as-tu fait de tes manières, Charisse ? s'offusqua Iris. Est-ce trop te demander que tu accueilles comme il se doit le chef du clan quand il entre dans la pièce ? À moins que tu cherches à faire croire que je n't'ai rien appris ?

Le visage de Charisse devint écarlate. Elle s'humecta les lèvres, regarda son frère d'un air désespéré et déglutit péniblement. Lorsqu'elle releva le visage, des larmes lui embuaient les yeux.

— J'suis désolée, monsieur Donovan. J'suis heureuse de vous revoir. Saria, salut.

Drake remarqua qu'on ne demanda rien à Armand. Il avait le choix entre leur dire bonjour et renforcer la mortification de sa sœur, et se contenter d'adresser un signe de tête dans leur direction. Il leur adressa un signe de tête et se déplaça légèrement, tournant le corps vers Charisse d'un air un tant soit peu protecteur. Il remonta dans l'estime de Drake, qui comprit pourquoi Saria lui pardonnait beaucoup.

Drake prit le petit canapé en face de Charisse et Armand, installant Saria près de lui.

— Où est Pauline ce matin ?

— Elle se plie en quatre pour ses clients, dit Iris d'un ton caustique. Pourquoi elle a transformé notre maison de famille en une maison d'hôtes alors qu'elle n'a pas besoin d'argent, j'l'ignorerai toujours.

— Elle aime voir du monde, répondit Saria, la voix d'une faiblesse trompeuse. Et cuisiner pour ses clients fait grandement partie du plaisir. J'suis étonnée que vous n'sachiez pas ça sur elle.

Iris serra étroitement les lèvres, plissant ses yeux bleus.

— J'vois que tu n'as toujours pas de manières, Saria, mais, venant de toi, je n'suis pas étonnée.

— Je suppose que vous pensez pouvoir vous permettre d'être impolie en raison de votre grand âge, dit Drake tout bas.

Une menace sourde transparaissait dans sa voix.

Charisse blêmit, se rapprochant de la protection offerte par son frère. Elle poussa un petit cri audible. Armand tendit le bras sur le dossier du canapé et le posa sur l'épaule de sa sœur. Iris se figea et un éclat dangereux brilla dans ses yeux bleus. Deux taches de couleur apparurent en haut de ses joues.

Avant que la femme ait pu répondre, Drake soupira.

— Je sais que vous devez avoir une raison importante d'être venus si tôt, alors venons-en au fait. Je suis resté debout toute la nuit à me familiariser avec la région, et je suis affamé et ai besoin de sommeil. En quoi puis-je vous aider ?

Iris pinça les lèvres avec force en un geste de profond mécontentement avant de se détendre et de hocher la tête.

— Oui. Vous avez raison. C'est une affaire qui concerne le clan et doit être réglée. Mon fils a été brutalement attaqué par Remy Boudreaux et j'exige que justice soit rendue.

Drake la dévisagea un long moment d'un regard inexpressif, laissant délibérément le silence s'étendre jusqu'à ce que la tension dans la pièce soit palpable. Il tourna lentement la tête vers Armand. Sa vision se divisa en bandes et il sut que ses yeux étaient devenus ceux d'un félin. Qu'un homme ose pourchasser Saria avec un pistolet, *lui tirer dessus*, le pourchasser, lui, avant de se cacher derrière sa mère… Il dut faire appel à toute sa discipline pour ne pas traverser la pièce d'un bond et trancher d'un coup de griffe la gorge du lâche.

— C'est vrai ?

Sa voix n'était plus qu'un grognement.

Armand s'empourpra. Il jeta un coup d'œil à sa mère et secoua la tête.

— Non, monsieur. C'est faux.

— Dans ce cas, je crois qu'on en a fini ici.

La respiration d'Iris siffla entre ses dents.

— Non, on n'en a pas fini. Regardez-le. Il peut à peine marcher. Il a la poitrine noir et bleu. Il essaie de protéger l'homme même qui a failli le tuer.

— Dans un clan, madame Mercier, les léopards mâles règlent les choses à leur façon. On ne peut pas appeler la police, et, si quelqu'un commet un crime contre un autre membre du clan, en particulier une femelle, il peut être banni – chassé du clan – ou tué. C'est notre justice, et ce depuis des centaines d'années.

— Mon fils n'a jamais commis de crime, lâcha Iris d'un ton brusque. Vous protégez Remy Boudreaux à cause de Saria. Et j'n'ai cessé de vous le répéter, c'est Lafont-Mercier, pas Mercier.

Drake braqua son regard fixe de prédateur sur elle.

— On en a fini, madame Lafont-Mercier. Et si vous refusez de respecter mes décisions vous êtes libre de quitter le clan. En fait, vous n'aurez d'autre choix que de le faire.

— J'suis ici chez moi, contrairement à vous.

Iris bondit sur ses pieds, agrippant son sac à main telle une arme. Elle fit les gros yeux à Armand, s'attendant visiblement à ce qu'il vole à son secours.

— Pas si vous n'acceptez pas le chef. Bien sûr, vous pourriez toujours pousser votre fils à me défier. Je le tuerais, mais c'est peut-être ce que vous souhaitez. Vous n'avez pas l'air de l'écouter même quand il vous dit la vérité.

Les yeux d'Iris se noyèrent de larmes. Elle se renfonça dans son fauteuil et chercha désespérément un mouchoir en papier du regard.

— C'est horrible de me dire une chose pareille. J'aime mon fils… mes enfants. Il est rentré à la maison dans un tel état. Il n'est pas bagarreur. Il n'a pas été élevé pour être aussi… aussi *rustre*. Il occupe une bonne position dans notre entreprise et travaille dur. Remy Boudreaux est une brute. Tout le monde a peur de lui. Tous les frères Boudreaux ont grandi à la dure. Vous l'ignorez parce que vous venez juste d'arriver ici. Saria vous confirmera que je dis la vérité. Tout le monde a peur de ses frères.

Saria se pencha vers elle, son visage exprimant ouvertement la compassion.

— Mes frères sont des brutes, Iris, c'est vrai, mais vous savez qu'ils sont justes. Remy n'lèverait jamais la main sur personne, et encore moins sur Armand, que nous considérons comme un ami, à moins d'avoir été provoqué.

Iris fit les gros yeux à son fils.

— Qu'as-tu fait ?

Elle avait la lèvre inférieure qui tremblait.

Armand regarda par terre.

— Cette question a été résolue à la satisfaction de tous, madame Lafont-Mercier, dit Drake. Votre fils a encaissé son châtiment comme un homme, ce qui lui a valu le respect du clan. Je comprends qu'une mère puisse être affolée à la vue de son fils couvert d'ecchymoses et les os brisés, mais il vaut mieux ne pas se mêler de certaines choses. Armand est adulte et ne devrait pas avoir à discuter de certains sujets avec sa mère – surtout s'il a payé pour son erreur et que tout le monde est passé à autre chose.

— Mais j'suis responsable…

Iris s'interrompit quand Drake secoua la tête.

— Non, m'dame, vous ne l'êtes pas. Armand est adulte et doit obéir à toutes les lois du clan. Vous avez fait votre part en l'élevant. C'est quelqu'un de bien au dire de tous et vous devriez être fière de vous… mais il doit tenir sur ses propres jambes maintenant. Aucun homme du clan ne le respectera s'il croit qu'il se cache dans les jupons de sa mère.

Le froncement de sourcils d'Iris ressemblait plus à une moue ravissante.

— J'suppose que vous avez raison, mais j'pense quand même que Remy a usé d'une force excessive. (Elle fusilla Saria du regard.) Et j'n'en démordrai pas. Remy méprise mon fils parce qu'il est si charmant.

— *Mère.*

Armand se frotta le visage de la main, visiblement mort de honte.

— J'suis désolée si j'te mets mal à l'aise, Armand. Toi au moins, tu as hérité de ma beauté. Les femmes te courent après comme les hommes le font après moi. La pauvre Charisse a réussi à avoir l'intelligence, ce dont on sera éternellement reconnaissants.

À côté de lui, Saria eut le souffle coupé.

— Comme vous avez de la chance que vos enfants soient beaux tous les deux, madame Lafont-Mercier.

Iris ne répondit pas. Pauline entra dans la pièce et remplit le silence qui était subitement tombé.

— J'sais que vous êtes fatigués, vous et vos hommes, Drake. Et vous devez être affamés. Le petit déjeuner est servi et Amos et moi allons nous absenter tout l'après-midi pour faire des courses en ville. La maison sera paisible et vous pourrez tous vous reposer. J'rentrerai avant le dîner et vous préparerai un bon repas.

— Merci, mademoiselle Pauline, dit Drake. J'avoue qu'on est tous exténués. La région est vaste et on a parcouru beaucoup de kilomètres.

Il sourit à Iris, réfléchissant pour trouver les mots qui toucheraient cette femme belle, difficile et quelque peu puérile.

— Vous avez une maison magnifique.

Elle renifla.

— Pas vraiment comme j'l'aurais voulue, mais elle fera l'affaire en attendant de pouvoir la refaire. Mon mari avait des goûts particulièrement tapageurs et une certaine personne a insisté pour les satisfaire.

— Mère, Charisse nous a permis à tous d'avoir un bon train de vie et papa était mourant. Elle a naturellement voulu lui donner tout ce qui le rendait heureux, expliqua Armand, prenant sa défense.

Drake remarqua que Charisse avait aussitôt refermé les doigts sur le bras d'Armand, lui intimant manifestement d'arrêter. C'était trop tard. Le simple fait qu'Armand prenne le parti de sa sœur contre sa mère exaspéra cette dernière.

Iris émit un petit reniflement indigné.

— Charisse a été pourrie gâtée par cet homme et maintenant j'dois réparer tout le mal qu'il a fait. Elle a beaucoup à apprendre avant de pouvoir être utile à quiconque. Et si elle continue à fréquenter cet horrible type j'pourrais avoir à la renier. J'refuse que cet homme vienne à la maison. Il est aussi mal élevé et odieux que son ivrogne de père. Il possède un *bar*, Charisse. Où avais-tu la tête pour sortir avec lui ?

Visiblement dégoûtée, la femme se leva.

— Pauline, j'dois y aller. Rien que de songer au fait que Charisse fait encore la honte de notre famille avec son goût exécrable en matière d'hommes, j'me sens tourner de l'œil. (Elle fusilla sa fille du regard.) Tu attends quoi ? Tu précipites déjà ma mort à faire la catin comme tu le fais avec cet homme.

— Iris, dit Pauline d'un ton sévère, je n'permets pas que tu t'adresses sur ce ton à ma nièce dans ma maison.

Iris tourna son regard noir vers sa sœur.

— Bien sûr que tu prends son parti. C'est ce que tu as toujours fait.

Elle se retourna brusquement et quitta la pièce, l'air furieuse. Elle avait beau être dans une colère noire, elle n'en réussissait pas moins à être belle.

Armand se leva lentement, le corps raide et endolori. Il tendit la main à sa sœur.

— Viens, Charisse, ramenons-la à la maison. Avec un peu de chance, elle commencera à boire de bonne heure et se mettra au lit à cause d'une de ses « crises ».

Saria se leva aussi.

— J'suis contente que tu sortes avec Mahieu, Charisse.

Charisse secoua la tête alors qu'elle laissait son frère l'aider à se lever.

— Elle le fera fuir ou le séduira. D'une façon ou d'une autre, elle se débarrassera de lui. J'n'aurais jamais dû lui dire oui, mais il a fait preuve d'une telle persévérance. S'il te plaît, dis-lui que j'suis désolée.

— Mahieu a la peau dure, Charisse, lui assura Saria. Il ne fuira pas… et n'se laissera certainement pas séduire.

— Alors il sera le premier, dit Charisse.

Elle sortit, la tête haute, le bras d'Armand autour des épaules.

Drake les regarda s'éloigner, les yeux fixés sur eux.

— Je ne sais vraiment pas quoi dire.

— J'suis tellement désolée, Drake, dit Pauline. J'n'ai eu aucun moyen de vous prévenir. Ma sœur peut être difficile, même si pas toujours à ce point.

— Qu'est-ce qui a bien pu rendre une femme si belle aussi amère ? Elle n'aime assurément pas les autres femmes, pas même sa propre fille.

Pauline haussa les épaules.

— Elle n'a pas épousé le bon. Bartheleme a voulu l'épouser parce qu'elle était belle, mais il n'l'a pas aimée, pas comme il l'aurait dû. Il était jaloux et possessif, mais ce n'était pas son compagnon véritable. Elle a eu une vie horrible… intolérable pour une femme comme elle, qui a besoin d'attentions. Bartheleme en couvrait Charisse et traitait Armand comme s'il n'existait pas. Il a réservé le même traitement à Iris. Pire, l'homme dont elle était tombée amoureuse avant que Bartheleme entre dans sa vie l'a rejetée parce qu'elle n'pouvait pas se transformer. Il voulait que ses enfants soient des léopards. Manifestement, tant Charisse qu'Armand peuvent se transformer, alors, au final, ses prétextes lui sont restés en travers de la gorge. Elle a cru n'pas être assez bien pour aucun de ces hommes et est devenue la femme amère que vous avez vue.

Drake secoua la tête.

— Vous auriez tous dû voyager loin d'ici pour rencontrer d'autres clans. Se marier pour produire des métamorphes et non pas par amour, sans avoir trouvé son compagnon véritable, finit par détruire un clan.

— Amos et moi l'avons appris à nos dépens, convint Pauline. Il a bien traité sa femme, mais j'crois qu'à la fin elle a su qu'il m'aimait. On s'est efforcés de n'jamais se voir, mais parfois on n'pouvait juste pas s'en empêcher. Amos est resté fidèle à sa femme. Iris avait rencontré Buford Tregre alors qu'elle était encore au lycée. Il était déjà marié mais elle est tombée follement amoureuse de lui, et l'a cru quand il lui a promis de quitter sa femme pour l'épouser. Mais bien sûr il n'en a rien fait. Elle était folle de cet homme, mais il a été ignoble avec elle quand il a su qu'elle n'pourrait jamais se transformer. Il lui a dit qu'elle n'était qu'une bonne à rien après lui avoir volé sa vertu. Elle était tombée enceinte et a perdu son bébé. Personne n'l'a su. En ce temps-là, les filles bien n'tombaient jamais enceintes, et certainement pas d'un homme marié.

— J'pense qu'elle l'a échappé belle, dit Saria. Cet homme a été cruel avec sa femme, ses fils et leurs épouses.

— Quand on est jeune et follement amoureuse, on n'voit pas les choses comme ça, Saria, souligna gentiment Pauline. Iris est une femme superbe, mais les hommes n'semblent vouloir d'elle que pour s'exhiber avec elle. Elle n'a jamais eu droit à un amour véritable et constant, comme celui que m'offre Amos. Elle prend de l'âge, même si elle refuse de l'admettre, et elle a peur. Charisse n'fait que lui rappeler chaque jour qu'elle vieillit et que les hommes recherchent des femmes plus jeunes désormais.

— Peut-être que, si elle apprenait à être plus gentille avec les gens, un homme lui laisserait une chance, souligna Drake. En l'état, personne ne se risquera à être avec elle.

Pauline gloussa.

— Vous la croyez stupide au point de se montrer sous ce jour-là à un homme qu'elle a décidé de séduire ?

— Je suppose que non. (Il se racla la gorge.) Ce bébé qu'elle a perdu, le bébé de Buford… vous êtes certaine qu'elle l'a perdu et n'a pas fait passer Armand comme étant le fils de Bartheleme Mercier ?

Pauline en resta sans voix.

— Non. Non, Drake. Elle a perdu le bébé de Buford. Elle était si malheureuse et affolée. Et Armand est plutôt séduisant.

— J'aurais juré que vous m'avez dit une fois que Buford était séduisant, souligna Drake, gardant un ton parfaitement neutre.

Pauline prit une inspiration.

— J'suppose qu'il l'a été, au tout début, avant que j'sache le monstre qu'il était. Étrangement, il n'm'a pas semblé aussi séduisant quand j'ai vu le caractère qu'il avait. Armand est le fils de Bartheleme, ajouta-t-elle avec fermeté.

Drake hocha la tête, tournant son attention vers Saria et lui prenant la main.

— Tu tombes presque de sommeil sur place, ma chérie. Tu peux peut-être manger un morceau, puis on ira dormir.

Saria opina et le suivit dans la salle à manger. Presque tous les hommes de Drake avaient déjà terminé et montaient se coucher. Joshua s'arrêta près de la chaise de son chef.

— Je suis lessivé, mon pote. Tu veux qu'on poste un garde ?

— Je doute que ce soit nécessaire alors qu'on est tous dans la maison. Dormons armés. On mettra le système de sécurité et on préviendra Pauline pour qu'elle ne le déclenche pas en rentrant. On ne dormira pas à poings fermés et aucun métamorphe digne de ce nom ne va se balader sous sa forme de léopard en plein jour. On est trop nombreux pour que le tueur se pointe.

Joshua opina.

— Merci, patron. Je ne comprends pas, mais je n'arrive pas à garder les yeux ouverts. Je dois me faire vieux et ne peux plus traîner avec les petits jeunes.

Drake s'esclaffa et montra du doigt Jeremiah, leur benjamin à tous. Il tentait désespérément de dissimuler un énorme bâillement. Joshua donna une tape dans le dos du gamin et ses hommes montèrent dans leurs chambres, le laissant seul avec Pauline et Saria.

Pauline prit le visage de Saria entre ses mains et l'embrassa sur le front.

— J'espère qu'Iris n't'a pas blessée avec ses remarques narquoises.

— Non. J'espère toujours qu'elle n's'en prendra pas à moi mais, quand j'vois ce qu'elle fait à Charisse, j'sais qu'elle agit comme ça parce que j'suis amie avec elle. Charisse est une femme merveilleuse, mademoiselle Pauline, et sa mère ne l'voit même pas. J'l'ai accompagnée une fois à l'hôpital. Elle s'est rendue dans le service de pédiatrie et a apporté toutes sortes de choses aux enfants et a passé des heures à bavarder avec les gamins de l'étage d'oncologie. Ils connaissaient tous son nom. Elle y va souvent. Sa mère l'a appris parce qu'on est rentrées en retard, et elle a été furieuse contre Charisse et lui a dit qu'elle avait intérêt de n'pas leur avoir rapporté une horrible maladie à la maison.

— Iris a terriblement peur des maladies, dit Pauline. Elle en a toujours eu peur. (Pauline tapota la main de Saria.) Repose-toi, *ma chère**, j'serai de retour ce soir.

Saria lui souffla un baiser et se laissa tomber sur une chaise autour de la table. Elle était trop fatiguée pour manger, mais Drake prenait son petit déjeuner, alors elle but une tasse de café, espérant qu'il la garderait éveillée le temps de monter l'escalier jusqu'à son lit.

Au final, Drake la porta en haut des marches, enveloppée dans des couvertures. Le café n'avait absolument pas fonctionné et elle s'était presque endormie à table. À l'instant où sa tête toucha l'oreiller, elle dormait, ayant à peine conscience du corps de Drake étroitement serré contre le sien.

Elle rêva de son léopard qui courait dans le marécage, ressentant la liberté de sa forme animale pour la première fois. Elle n'avait jamais eu conscience du fait qu'il était si facile de se déplacer dans le corps d'un félin, bondissant par-dessus chaque obstacle, percevant là où le sol était mince, entendant le pouls même du marécage. Une bouffée de fumée qui flottait à travers ce dernier fit grimacer son félin. Son cœur battit plus fort alors que l'adrénaline affluait. Toutes les créatures sauvages abhorraient l'odeur de la fumée, présage d'une catastrophe imminente. Son léopard toussa, car ses poumons le brûlaient. Elle toussa.

Son félin la laboura de ses griffes, la mettant en garde en grondant.

— Mauvais rêve, murmura Saria, s'efforçant d'ouvrir les yeux pour mettre un terme à ce début de cauchemar.

Elle toussa encore et ouvrit les yeux. Il était impossible de voir quoi que ce soit en raison de la fumée qui emplissait la pièce.

— Drake !

Elle le secoua et roula au bas du lit, où elle respira un peu mieux. Elle entraîna le corps de Drake avec elle. Il tomba comme une masse, commençant tout juste à bouger. Quelque chose clochait. À peine Drake ouvrait les yeux, il était toujours – *toujours* – parfaitement réveillé.

— Drake ! au feu. La maison d'hôtes est en flammes et les alarmes incendie n'fonctionnent pas. Réveille-toi tout de suite !

Chapitre 17

Drake entendit la voix de Saria qui lui parvenait de très loin, comme s'il était dans un long tunnel et que le brouillard était si épais qu'il amortissait non seulement les sons mais la vision également. Il ouvrit la bouche pour l'appeler, mais aussitôt ses poumons, en manque d'air, le brûlèrent. Il toussa, prenant conscience qu'il était sur le sol et que Saria tentait de le réveiller. Qu'est-ce qui ne tournait pas rond, bordel !? Son léopard rugit, le lacérant de ses griffes, alarmé. La fumée dans la pièce était si épaisse qu'il distinguait à peine Saria, agenouillée au-dessus de lui.

— Les alarmes incendie n'fonctionnent pas. (Saria colla sa bouche à son oreille.) J'crois qu'on a tous été drogués. Si on n'arrive pas à se réveiller, les autres non plus.

Drake lutta contre les couches de brouillard, se hissant à quatre pattes. Il avait la nausée et ses poumons le brûlaient.

— Va sur le balcon, Saria. Je vais aller avertir les autres.

Elle rampa jusqu'à la porte-fenêtre et tendit la main vers la poignée. Drake s'arrêta devant la porte du couloir pour la regarder. Il ne percevait aucune chaleur émanant de la porte, mais il fit attention en tendant la main vers la poignée, observant toujours Saria. Elle aurait déjà dû être sur le balcon.

— Qu'est-ce qui ne va pas ?

Il lui était impossible de ne pas prêter attention à son ventre ; il avait l'estomac incroyablement barbouillé et sut qu'il ne tarderait pas à vomir.

— Elle n's'ouvre pas. Quelque chose la bloque.

Elle tenta de la pousser de l'épaule, mais la porte refusa de bouger. La jeune femme porta la main à sa bouche, étouffant une toux.

— Je n'me sens pas dans mon assiette, Drake.

— Moi non plus, mon chou. On va s'en sortir.

Drake rampa jusqu'à elle. De la fumée se glissait sous la porte du couloir, ce qui signifiait que celui-ci était probablement en feu, même si l'installation d'extinction automatique d'incendie ne s'était pas mise en marche et que la porte n'était pas chaude du tout. Perplexe, il essaya celle du balcon. Quelque chose la maintenait fermée de l'extérieur.

— Écarte-toi, ma chérie, ordonna-t-il à Saria avant de se diriger plié en deux vers la chaise.

Il lui fallait se relever pour pouvoir la balancer contre le verre épais, aussi puisa-t-il dans les forces de son léopard pour briser la vitre. De l'air frais afflua. Il prit soin d'ôter les morceaux de verre tranchant avant de laisser passer Saria par l'ouverture.

Elle tituba jusqu'à la balustrade en toussant, se retournant pour regarder les autres balcons.

— Ils sont tous bloqués, Drake. On va devoir ouvrir leurs portes-fenêtres. Ils n'sont peut-être pas réveillés ou ils essaient de ramper dans le couloir comme tu voulais le faire pour avertir tout le monde.

Elle baissa la tête et vomit à plusieurs reprises.

Drake en fit autant, vidant le contenu de son estomac. Bizarrement, il se sentit un peu mieux après.

— Je vais à gauche. Va à droite, mais, Saria, ne retourne pas à l'intérieur.

Elle lui adressa un pâle sourire, s'essuyant la bouche du dos de la main.

— J'serai prudente.

Drake sauta, attrapa le rebord du toit et fit un saut périlleux, retombant en courant sur la balustrade du balcon voisin. Comme il s'y attendait, la porte-fenêtre avait été bloquée de l'extérieur. Il baissa les yeux vers le rez-de-chaussée, s'attendant à voir des flammes ou de la fumée en surgir, mais rien n'indiquait qu'un incendie y faisait rage.

— Evan.

Il arracha la planche qui avait été placée sous la poignée et ouvrit la porte. Des volutes d'une épaisse fumée noire sortirent de la pièce.

— Evan !

Il agita les bras pour tenter de dissiper la fumée avant de se précipiter à l'intérieur. Evan était affalé à moitié hors du lit comme s'il s'était arraché au sommeil juste assez pour savoir qu'il y avait un problème, mais n'était pas parvenu à se réveiller tout à fait. Son léopard était probablement en train de rugir, cherchant désespérément à se faire entendre à travers le sédatif qui lui avait été administré. Soulevant l'homme sur son épaule, Drake le sortit de la pièce et le laissa tomber sur le balcon.

Evan toussa deux ou trois fois, assez pour que Drake voie qu'il se réveillait.

— Je dois aller voir les autres, Evan. Dès que tu en seras capable, va aider Saria. Elle fait le tour des balcons sur la droite. Compris ?

Evan hocha la tête, aspirant une grande gorgée d'air pur. Il signa qu'il avait envie de vomir, se pencha et évacua le contenu de son estomac.

Drake jeta un coup d'œil au balcon où aurait dû se trouver Saria. La porte-fenêtre était grande ouverte et de la fumée s'en échappait, mais la jeune femme était invisible. Il jura tout haut, devinant qu'elle était entrée alors même qu'il lui avait ordonné de rester à l'extérieur. Il hésita entre aller voir un autre membre de son équipe ou partir à la recherche de Saria. Alors qu'il se tournait vers la droite et grimpait sur la balustrade, prêt à sauter sur le toit, elle apparut dans l'embrasure de la porte, traînant Jeremiah derrière elle.

Drake n'attendit pas. Il se hissa sur le toit, mais courut sur sa gauche, vers la chambre suivante où, de nouveau, il trouva la porte bloquée. La colère montait peu à peu en lui à présent qu'il était complètement réveillé et que l'air pur dissipait les effets du sédatif. Il arracha la planche. Elijah rampait à sa rencontre, traînant une chaise derrière lui. La fumée était particulièrement épaisse dans sa chambre, épaisse et noire, comme si celle-ci était beaucoup plus proche de l'origine de l'incendie que l'avait été celle de Drake. Ce dernier vit qu'Elijah avait été méchamment malade à l'intérieur, ce qui lui avait probablement permis d'évacuer le sédatif de son organisme et de se réveiller suffisamment pour comprendre qu'ils étaient en danger.

À l'instant où Drake ouvrit la porte-fenêtre à la volée, Elijah se traîna sur le balcon, toussant, haletant et dans une colère noire.

— On a essayé de nous tuer, Drake. Ce n'était pas un putain d'accident.

Drake hocha la tête. Il était déjà parvenu à cette conclusion.

— Tu vas bien ? Je dois me rendre auprès de Joshua.

Joshua occupait la dernière chambre au bout du couloir, la plus proche de la bibliothèque circulaire en haut de l'escalier. Si la fumée provenait de là-bas, Joshua était le plus proche de son origine et le plus susceptible d'en pâtir. Drake se souvenait qu'il avait été particulièrement fatigué.

Elijah opina et le chassa d'un geste, alors même qu'il tentait désespérément d'aspirer de l'air frais dans ses poumons.

Drake jeta un coup d'œil sur sa droite, cherchant Saria. Evan et la jeune femme aidaient Jerico à sortir de sa chambre. Celui-ci était debout, titubant entre eux, mais il était sain et sauf. Drake se retrouva de nouveau sur le toit. Il était épuisé, mais se sentait mieux à présent qu'il pouvait respirer et que presque plus aucun sédatif ne circulait dans son organisme. Il en subissait toujours les effets secondaires – un violent mal de tête et l'estomac barbouillé –, mais ses forces revenaient et avec elles… la rage. Une rage pure.

Quelqu'un était entré dans le manoir, quelqu'un qui connaissait le système de sécurité et le code. Alors, un membre de la famille ? Pauline ? Amos ? L'un des Mercier ? Pendant qu'il traversait le toit en courant, il aperçut deux silhouettes dans les arbres, qui couraient vers la maison d'hôtes. Il reconnut les oncles de Joshua Tregre. Les deux hommes étaient maculés de traînées noires, exactement comme ses hommes et lui à cause de la fumée. Il appela Elijah, l'alertant alors qu'il sautait sur le balcon de Joshua. À travers la porte-fenêtre il constata que de la fumée noire avait envahi la pièce. Il sentit son cœur se serrer. Comment Joshua pouvait-il être vivant alors qu'il n'y voyait rien dans sa chambre ?

Il jeta vivement la barre de bois et, avalant une bouffée d'air, se rua à l'intérieur. Joshua n'était ni sur le lit ni sur le sol. La porte qui donnait sur le couloir était ouverte et il vit que celui-ci était noir d'une épaisse fumée ; pourtant aucune flamme ne léchait le sol, le plafond ou les murs. Drake retourna dehors en vitesse, prit une autre gorgée d'air frais et traversa en courant la chambre de Joshua jusqu'au couloir. Il était juste à côté de la vaste bibliothèque circulaire en haut de l'escalier. Drake vit que des flammes basses brûlaient autour de bûches fumantes dans la cheminée de pierre. On avait mis le feu à du bois mouillé.

Pris d'une quinte de toux, il se précipita vers la cheminée. Il vit que Joshua était passé par là avant lui et avait probablement ouvert le conduit que quelqu'un avait fermé avant d'allumer le feu. Drake regarda par-dessus la balustrade. Dans la cheminée du salon, le même bois mouillé fumait. Joshua s'était traîné au bas de l'escalier pour tenter d'en ouvrir le conduit également. Il avait ouvert la porte d'entrée et était vautré à moitié dehors.

Drake bondit par-dessus la balustrade et courut jusqu'à Joshua, ses poumons le brûlant alors qu'il manquait d'air. Après avoir fini de le tirer dehors, il retourna l'homme sur le dos pour s'assurer qu'il respirait. Joshua battit des cils et le regarda en levant faiblement les pouces.

— Tu es fou, lui dit Drake. Tu aurais dû sortir immédiatement.

Les dents de Joshua paraissaient très blanches dans son visage maculé de noir.

— Je me suis dit qu'il valait mieux faire sortir la fumée. (Il toussa et tenta de s'asseoir.) Je crois que j'ai laissé un chemin de vomi à l'intérieur. Mlle Pauline ne va pas être contente.

— Tu es un sacré imbécile, dit Drake en s'asseyant à côté de lui. Fais-moi encore une telle frayeur et je botterai tes fesses de vaurien.

— Compris, patron, dit Joshua, fixant les yeux sur le ciel couvert. Ça ne me dérangerait pas s'il se mettait à pleuvoir. Tout le monde est sorti ?

— Ouais. Tout le monde va bien. Ils ont tous une tête de déterré, comme toi.

Joshua tenta de rire, ce qui se termina en une quinte de toux.

— Je crois que quelqu'un a une sacrée dent contre toi, patron. Tu as botté les fesses de la mauvaise personne.

— J'aimerais avoir l'occasion de recommencer et de peut-être mieux m'y prendre, cette fois, dit Drake.

Il plongea les mains dans ses cheveux. Vit que ses doigts étaient noirs.

— Je dois retourner à l'intérieur ouvrir le conduit de cheminée. La fumée peut faire de sacrés dégâts dans une maison. Je vais ouvrir les portes et les fenêtres, et avec un peu de chance elle va se dissiper.

— Quelqu'un a éteint le système de sécurité.

— Tu as compris ça, hein ? Probablement l'une de tes anciennes petites amies, dit Drake.

Joshua le poussa du pied.

— Va-t'en. Tu m'as donné mal au crâne.

— Je crois que le sédatif que tu as ingéré et la fumée s'en sont chargés.

Joshua se frotta l'arête du nez, se mettant du noir partout.

— Ça devait être le café. Bordel ! Drake, je me sens super mal.

— Repenses-y la prochaine fois que tu voudras jouer les héros.

— Je t'emmerde.

Drake éclata de rire et se leva.

— Tu n'auras plus de voix pendant environ une semaine. Ça me rend fou de joie. Je vais aller ouvrir toutes les portes et les fenêtres, ainsi que ce conduit de cheminée. Ne t'avise pas de bouger. Tu as intérêt à être exactement au même endroit quand je reviendrai.

Le soulagement qu'il éprouvait en constatant que Joshua était vivant était immense. Ils avaient eu de la chance. Beaucoup de chance.

Chacune des portes du rez-de-chaussée était verrouillée de l'intérieur, mais elles n'avaient pas été bloquées comme celles des balcons. Quelqu'un avait attendu que le sédatif fasse effet, avait bloqué les portes-fenêtres des balcons et fermé les conduits des cheminées avant de faire brûler le bois mouillé, créant de la fumée. Il n'avait alors plus eu qu'à attendre qu'elle remplisse la maison d'hôtes et, avec un peu de chance, tue son équipe – et Saria.

Il dut s'y reprendre à plusieurs fois pour ouvrir entièrement la maison afin d'y laisser entrer l'air frais. Drake ouvrit le conduit de cheminée et éteignit les deux feux. Il dut retourner plusieurs fois dehors pour respirer, et Elijah et Evan vinrent tous deux lui filer un coup de main. Ils s'occupèrent ensuite des fenêtres de l'étage. Ils mirent en marche les ventilateurs de plafond et en trouvèrent plusieurs autres sur pied dans des placards, qu'ils utilisèrent pour débarrasser la maison de la fumée.

Saria apporta une carafe d'eau fraîche à l'avant du manoir où Elijah, Evan et Drake étaient assis dans l'herbe à côté de Joshua.

— Jerico et Jeremiah ont deux prisonniers. Les frères Tregre affirment être passés dans l'espoir de parler à Joshua et avoir découvert que le rez-de-chaussée était envahi de fumée. Ils n'ont pas pu entrer parce que toutes les portes étaient verrouillées, alors ils sont descendus au bord du lac, s'éloignant des arbres en espérant avoir du réseau pour appeler les pompiers. Le souci, c'est qu'il suffit de descendre un peu sur la route pour pouvoir téléphoner sans problème et ces deux-là le savaient forcément. (Elle tendit un verre d'eau à Joshua et en remplit un autre pour Drake.) Ils mentent.

— La surprise du siècle.

Drake vida le verre d'eau et le lui tendit.

Elle ne lui prêta pas attention et donna un verre à Elijah et un autre à Evan.

— Mlle Pauline va être terriblement bouleversée. J'vais appeler Amos pour lui dire ce qui s'est passé. Remy et mes frères sont en route, ajouta-t-elle.

Drake braqua les yeux sur elle.

— On aurait pu gérer ça nous-mêmes.

— Je n'savais pas trop comment tu comptais le gérer, Drake. (Elle prit son verre et le remplit.) Je n'veux pas que tu tues quelqu'un.

— Et qu'est-ce qui te fait croire que je ferais une chose pareille ? lui demanda-t-il doucement.

Elle aurait dû être bien plus ébranlée qu'elle semblait l'être.

— Je crois que ta femme a un cœur de marbre, déclara Joshua.

Drake lui lança un regard dur. Il était possible que tous ses hommes pensent la même chose, mais ils eurent la politesse de ne pas l'exprimer tout haut.

Saria s'esclaffa.

— Tu pensais que j'allais tomber dans les pommes ?

— Non, dit Elijah, Joshua s'en est chargé.

Les hommes éclatèrent de rire. Saria adressa un petit sourire à Drake.

— J'reconnais que ce n'était probablement pas une bonne idée de faire venir Remy. Il avait l'air furieux.

— Mon chou, il a tabassé Armand et Robert à mort pour avoir tiré dans ta direction. Je n'imagine pas ce qu'il fera s'il pense que les frères Tregre ont tenté de tous nous tuer. (Drake ne put s'empêcher d'esquisser un petit sourire suffisant.) Ton frère est bien pire que moi.

— J'en doute, protesta Saria.

— Une femme intelligente, dit Elijah. Ne le laisse pas te berner avec son petit numéro d'homme calme et civilisé.

— Il m'est bien venu à l'esprit, quand j'vous ai tous vus, qu'il me cachait peut-être quelque chose, répondit Saria avec ce petit sourire secret qui faisait toujours s'enrayer le cœur de Drake.

Ses hommes l'avaient acceptée. Elle les avait conduits à travers le marécage, sans se plaindre une seule fois de la pluie et de la boue. Elle avait risqué sa vie pour l'aider à sortir les membres de son équipe de la maison d'hôtes envahie de fumée et avait immédiatement pensé à leur apporter à tous de l'eau. Elle n'avait pas paniqué – ce que tous ses hommes ne manqueraient pas d'admirer. Le fait qu'ils l'avaient incluse dans leurs boutades montrait qu'ils l'avaient acceptée dans leur groupe.

— Tu sais, Saria, que ces deux hommes étaient dans le bateau des Mercier, celui qui a livré l'opium à l'autre embarcation.

Drake s'était exprimé d'une voix basse et égale. Il croisa le regard d'Elijah et dut détourner les yeux à cause de la compassion qu'il y lut.

Saria avait-elle conscience de ce que cela impliquait ? Un métamorphe ne pouvait pas aller en prison. Il ne survivrait pas en captivité et ne pouvait pas y mourir, car un médecin pratiquerait alors une autopsie sur son corps. Il était le chef du clan. Ce serait à lui de prononcer une condamnation et de la faire appliquer. Remy pourrait poser un problème. Si sa loyauté allait à la loi humaine plutôt qu'à la leur, Drake devrait trouver un moyen de gérer la situation sans que la famille de Saria en pâtisse. Le code des métamorphes devait passer avant tout. Il soupira. Les choses allaient rapidement à vau-l'eau. Il devenait de plus en plus probable qu'un des frères Tregre, ou les deux, soit un tueur en série. La dépravation courait assurément dans leur famille. Leur père avait été cruel et, si les rumeurs disaient vrai, il avait assassiné son propre fils.

— Drake, dit doucement Saria.

Il plongea le regard dans le sien.

— N't'en fais pas pour moi. Fais ce que tu as à faire.

Il l'aurait embrassée, malgré son visage maculé de noir, si tous ses hommes n'avaient pas souri de toutes leurs dents.

Ils étaient arrivés à la maison d'hôtes par la voie navigable et voir des voitures rouler jusqu'à la maison, leur rappelant qu'ils n'étaient pas sur une île, était assez surprenant. Remy en descendit d'un bond, traversa la pelouse au pas de course jusqu'à sa sœur et l'arracha au sol pour la serrer dans ses bras d'un seul mouvement.

— Tu vas bien, Saria ?

— J'vais bien. On a tous réussi à sortir.

— Arrête avec tes salades.

— C'est ce qui me semblait aussi, convint Saria avec un petit sourire.

Elle s'arracha prudemment des bras de son frère, frottant les traces noires qu'elle avait laissées sur sa chemise.

— J't'envoie à l'étranger si ça continue, la menaça-t-il, se tournant pour fusiller Drake du regard. Continue à la mettre en danger et on pourrait bien finir par danser ensemble nous deux.

— Quand tu veux, Remy, cracha Drake, dégoûté.

Il était sacrément fatigué, furieux et prêt à botter les fesses de chaque membre du clan.

— Comment as-tu pu laisser les choses dégénérer à ce point ? Tu devais savoir ce qui se passait juste sous ton nez. Je suppose que tu as fermé les yeux parce que ça t'arrangeait, exactement comme tu l'as fait pendant que Saria grandissait.

Ses frères se déployèrent derrière Remy et ses hommes en firent autant derrière Drake. Saria fit mine de se placer entre eux, mais Drake lui saisit le poignet et la tira dans son dos. Il leva des yeux brillants sur les frères Boudreaux, son léopard le griffant pour avoir la suprématie. Il était déjà torse nu, pieds nus aussi, et baissa les mains sur les boutons de son jean, prêt à se dévêtir.

— Si l'un de vous veut me disputer ma place, qu'il le fasse maintenant ou jamais. J'en ai plus qu'assez de cette communauté.

La fureur faisait affluer l'adrénaline dans ses veines et sa peau ondula alors qu'il respirait profondément pour tenter de garder son léopard à distance. Il en avait assez d'eux tous.

Remy inclina la tête et ses frères en firent autant.

— Je n'te disputais pas ta place, protesta-t-il, j'm'offusquais juste que tu en fasses une affaire personnelle. Ma sœur a des années de moins que moi. Tu as peut-être raison et on aurait dû mieux veiller sur elle. Ces années ont été difficiles pour chacun de nous et elle a toujours eu l'air d'être heureuse. C'est peut-être la culpabilité et le besoin de me rattraper auprès d'elle qui me rend à cran. Pour en venir au fait, c'est ma sœur et j'n'aime pas qu'on la menace ou la mette en danger.

— Alors trouvons ce salopard et enterrons-le, dit Drake.

Saria glissa les doigts dans la poche arrière de son jean. Il sentit immédiatement ce contact, qui le reliait à elle. Sentit son léopard se calmer et celui de Saria s'approcher de la surface pour se frotter contre lui. La tension qui lui nouait le ventre se dissipa.

— J'ai deux hommes qu'il faut interroger. Ça te dit de te joindre à moi ? demanda-t-il à Remy.

— Ils n'vont pas apprécier que j't'accompagne, l'avertit Remy. J'ai une réputation. Imméritée, mais une réputation quand même.

Il lui adressa un petit sourire, ne montrant ses dents blanches qu'un instant, mais c'était un geste conciliant.

Drake chercha la main de Saria dans son dos. Penser que ça ne faisait même pas une semaine qu'il la connaissait lui paraissait étrange. Elle était vite devenue toute sa vie. Sa présence avait quelque chose d'apaisant alors même qu'il la désirait en permanence. Elle glissa les doigts entre les siens et une vague de satisfaction le submergea aussitôt. De soulagement. Elle était toujours là. Inébranlable. Constante. Quoi qu'il arrive. Même le pire.

— Tu devrais peut-être rentrer chez toi avec tes frères, pour te doucher et prendre des vêtements propres. J'enverrai Elijah et Joshua avec toi. Ils sont tous deux impitoyables, et entre eux et ta famille tu seras en sécurité.

— Tu veux te débarrasser de moi.

— Ça aussi.

Il lui sourit. Ce n'était pas le genre de femme avec qui il devait édulcorer la vérité.

— Je préfère que tu ne sois pas là quand on interrogera ces hommes.

Il posa les yeux sur Joshua. Elle suivit son regard et hocha imperceptiblement la tête, comprenant sa supplication silencieuse. Il ne voulait pas que Joshua soit là non plus. Si ses oncles étaient tout aussi perturbés que son grand-père, Joshua pourrait le prendre très mal. Ce n'était jamais facile à encaisser d'apprendre que la folie courait dans sa lignée. Drake travaillait pour Jake Bannaconni depuis un moment et avait vu de ses yeux des léopards mal tourner. Les parents de Jake avaient été deux des individus les plus cruels, les plus malades qu'il ait jamais croisés.

Saria opina.

— Je n'refuserais pas une douche.

Drake retint sa main.

— Tu ne te sauveras pas seule, d'accord ?

— Tu sous-entends que j'serais capable de filer juste sous le nez de tes hommes et de mes frères ? le taquina-t-elle.

— Probablement. Je ne parierais certainement pas le contraire. Mais tu n'en feras rien.

— J'n'en ferai rien. J'sais qu'un individu vraiment dangereux rôde dans le coin et…

— Il t'a à l'œil, termina-t-il pour elle.

Elle acquiesça, le visage grave.

— J'serai en sécurité.

Satisfait, Drake regarda ses hommes – pas les frères de Saria. Joshua et Elijah faisaient partie de ceux à qui il confierait sa vie… et la vie de Saria. Ils hochèrent tous deux la tête.

Remy regarda ses frères.

— Conduisez-les à la maison. N'la quittez pas des yeux. En fait, pendant qu'elle se douchera, postez l'un de vous devant la fenêtre dehors. Si ces deux-là ne se chargent pas eux-mêmes des meurtres, le tueur pourrait encore tenter de s'en prendre à elle.

Mahieu opina et recula pour laisser sa sœur le précéder jusqu'à la voiture.

— J'en ai pour une minute, dit Elijah.

Ils avaient besoin d'armes et celles-ci étaient dans leurs chambres.

— Je prendrai tes affaires, Joshua, ajouta-t-il.

Joshua ne protesta pas et resta allongé dans l'herbe. Il considéra Drake avec une méfiance non dissimulée.

— Tu te débarrasses de moi, Drake ?

Drake lui lança un regard noir.

— Je te confie la vie de ma compagne, Joshua. Dis-moi qui est mieux armé pour remplir cette mission et je l'enverrai à ta place.

Joshua se fendit d'un large sourire.

— Je voulais juste que tu le dises, patron.

Drake lui fit un doigt d'honneur, sans se soucier des rires des frères Boudreaux. Elijah sortit avec un sac plein d'armes. Remy roula des yeux.

— Tu vas à la guerre ?

— Exactement, répondit Elijah.

Drake tendit la main et aida Joshua à se relever.

— Je compte sur vous deux. Ne laissez rien arriver à ma femme.

Elijah hocha la tête, puis lui et Joshua suivirent les frères Boudreaux et Saria jusqu'à la voiture. Drake et Remy firent le tour du manoir pour rejoindre les deux prisonniers.

Les bras croisés, Drake considéra les frères Tregre pendant qu'ils s'asseyaient par terre sous les arbres, à une petite distance de la maison d'hôtes. Jerico ne les avait pas ligotés, mais Remy les menotta aussitôt tous les deux et ne se priva pas de les malmener.

— Je vais vous laisser une chance de me dire la vérité, dit Drake, levant la main pour interdire à chacun des frères de parler. Avant de décider de jouer les imbéciles, vous pourriez songer au fait que certains léopards flairent les mensonges. Remy s'est forgé une sacrée réputation au poste de police et a grimpé rapidement les échelons. Il est enquêteur maintenant. Enquêteur criminel. Pourquoi à votre avis ?

— Vous n'avez pas remarqué qu'il y a plein de cadavres qui apparaissent par ici ? ajouta Remy. Parce que, moi, j'l'ai fait.

— Il y en aurait eu quelques-uns de plus, Remy, dit Drake, si Saria ne s'était pas réveillée. J'ai l'impression que ta sœur a été pas mal en danger ces derniers temps, comme si quelqu'un en avait après elle.

— Tu crois que quelqu'un en a après ma sœur, Drake ? Ta fiancée ? demanda Remy en commençant à faire les cent pas.

C'était un grand gaillard et il semblait glisser, tout en muscles et en vigueur, alors qu'il arpentait le sol de long en large devant les frères Tregre.

— C'est ce que je crois, dit Drake.

— Mettons que tu trouves quelqu'un d'assez bête pour essayer de tuer ma sœur et ta fiancée, que penses-tu que nous devrions faire ?

— Je suppose qu'on n'aurait pas le choix, Remy. Cette personne devra disparaître. (Drake regarda fixement les deux frères, le visage inexpressif.) Alors, lequel de vous est Beau et lequel est Gilbert ?

— J'suis Beau, s'identifia l'homme sur la gauche.

— Comme ça, tu es le cerveau derrière tout ça, dit Drake. Les drogues, les meurtres, la tentative d'assassinat à l'encontre de mon équipe… et de ma femme.

Il l'avait exprimé comme une affirmation. Il avait pris une voix très basse, très douce, et son regard était entièrement léopard – entièrement prédateur.

Remy lui décocha un rapide coup d'œil, se posant à coup sûr des questions au sujet des drogues, mais Drake ne cessa pas un instant de regarder Beau dans les yeux. Soit c'était le meilleur acteur du monde, soit quelque chose dans les propos de Drake l'avait choqué. Il en resta bouche bée, le visage soudain cramoisi, et secoua violemment la tête, tournant le regard vers son frère, qui paraissait tout aussi choqué.

— « Les meurtres » ? J'ignore de quoi vous parlez. J'n'ai jamais tué personne. *Jamais.* Et je n'le ferais jamais. Si j'avais dû tuer quelqu'un, ç'aurait été le vieux, réfuta Beau. Je n'sais rien du tout sur des meurtres.

Gilbert secoua la tête.

— Remy, tu nous connais. On n'a jamais tué personne.

— Vous foutiez quoi ici si vous n'aviez pas l'intention de nous tuer ? demanda Drake. Vous croyez qu'avoir l'intention de tuer mais ne pas finir le boulot va vous tirer d'affaire ?

— Vous vous trompez du tout au tout, dit Beau. J'savais que ça allait arriver. J'te l'ai dit, Gilbert. J'savais qu'on aurait juste dû faire profil bas.

— Tu savais ce qui allait arriver ? demanda Remy.

Gilbert soupira.

— On nous a piégés pour nous faire porter le chapeau. On nous a piégés, Remy.

Drake poussa la botte de l'homme du bout de l'orteil.

— Combien de fois as-tu entendu ça, Remy ?

Celui-ci sourit d'un air narquois.

— Oh ! on n'me l'a jamais faite celle-là parce que j'manque d'expérience. (Il fusilla les frères Tregre du regard.) C'est ce que vous pensez ? Que j'manque d'expérience ? Vous pensez être plus malins que moi ? (Il montra les dents en un semblant de sourire.) Tu entends ça, Drake, Gilbert pense être plus malin que moi.

— Tu déformes mes propos, Remy, dit Gilbert. On est venus parler au garçon… le fils de Renard. On s'est dit qu'il était de la famille et pourrait nous aider.

— Vous aider à massacrer son équipe ? ses amis ? la seule famille qu'il ait jamais connue ? se moqua Drake. Si c'est ce que vous avez pensé, vous ne connaissez rien à la loyauté et vous ne connaissez certainement pas Joshua.

Les deux hommes secouèrent la tête.

— On n'est pas venus tuer qui que ce soit, insista Gilbert. On savait que vous étiez allés dans le marécage la nuit dernière. Vous êtes allés chez les Mercier et aussi sur notre propriété, à fureter de tous les côtés. Votre odeur était partout.

Beau considéra Drake d'un air qui ressemblait à du respect.

— Vous avez coupé par les marécages pour suivre notre bateau, n'est-ce pas ? Je n'pensais pas que c'était possible et j'ai vécu toute ma vie ici.

Remy leva le doigt.

— Tu as coupé par le marécage pour suivre un bateau ?

— Eux tous, dit Beau. Tous ses hommes, et Saria les a guidés. Ils ont dû courir.

— Et patauger dans les roseaux en deux ou trois endroits, renchérit Gilbert. Ils n'ont pas pu faire autrement.

— Ma *sœur* a parcouru le marécage de nuit ? pataugé dans les roseaux avec les alligators ?

La voix de Remy était devenue très basse. Drake avait espéré qu'il ne péterait pas les plombs en se mettant à lui tirer dessus, mais à présent qu'il avait conscience d'avoir été fou d'avoir essayé, sans même parler de l'avoir fait, il ne pouvait pas vraiment lui en vouloir.

— On savait qu'ils faisaient du trafic de drogue, Remy, dit-il. Même si on a l'habitude des forêts tropicales et des dangers qu'elles représentent, on n'imaginait pas la dangerosité de ce qu'on a demandé à Saria de faire cette nuit. Elle a été incroyable et on a été sacrément idiots de prendre un tel risque.

Il ne concéderait rien de plus à Remy. C'était à prendre ou à laisser.

— Alors vous faisiez du trafic de drogue, Beau ? Juste sous mon nez ?

— Il y a une grande différence entre prendre un bateau pour livrer du savon à un acheteur et tuer quelqu'un, Remy, souligna Beau. On n'a tué personne.

— Alors comment êtes-vous entrés dans le trafic de drogue, Beau ? demanda Drake.

— Il est question de *livraisons*, insista Gilbert. C'est de ça dont on était venus parler avec le garçon.

— Avant toute chose, mettons les choses au clair, dit Drake, dégoûté. Joshua est un homme. Il accomplit le travail d'un homme et il en assume les responsabilités.

Beau soupira et regarda son frère en secouant la tête. Il baissa les yeux par terre, vaincu. Gilbert grimaça.

— Vous n'voulez pas entendre la vérité.

— Bien sûr que si, Gil, dit Remy. Crache le morceau et n'essaie pas de l'édulcorer, parce que j'crois que notre chef a le doigt qui le démange d'appuyer sur la détente, là tout de suite.

— Vous avez peut-être entendu les rumeurs qui courent sur notre père, marmonna Gilbert. Chacune d'entre elles est vraie. Il violait les femmes et les frappait. Il battait notre mère, et nous aussi. Il a tué Renard. On n'a pas pu le prouver, mais il l'a tué. Et il jouait. Et, essentiellement, il perdait.

Drake arqua un sourcil.

Gilbert rougit.

— Je n'me lamente pas sur ma vie. J'vous dis la vérité. Il a commencé à travailler pour les Mercier, à s'occuper de leurs jardins pour eux. En gros, il donnait des ordres à tout le monde. Et il effectuait des livraisons à des clients spéciaux. Au bout d'un moment, on s'est chargés de ces livraisons. Ça payait bien et on n's'est pas vraiment posé de questions jusqu'à ce qu'on commence à effectuer des livraisons au milieu de la nuit sur des bateaux qui venaient d'un peu partout.

— Alors tu dis que vous n'étiez pas au courant pour l'opium quand vous avez commencé à travailler pour les Mercier ?

Gilbert secoua la tête.

— Quand le vieux est tombé malade, il nous a demandé de nous charger des livraisons nocturnes. C'est là qu'on a su. Il y a trois ans environ, on a reçu un appel et on y est allés. On aurait dû arrêter dès qu'on a compris, mais ça payait bien et on n'voulait pas continuer à chasser des alligators.

— Et il y avait Evangeline, ajouta Beau. On sentait tous les deux qu'on devait la protéger.

— On l'a menacée ? demanda Remy.

Beau regarda son frère.

— Pas directement. Une nuit, quand on est rentrés, la chambre d'Evangeline avait été saccagée. Un couteau était planté au milieu de son matelas. On avait hésité à faire la livraison, tourné un peu autour du pot quand l'appel nous était parvenu. On a arrêté de faire ça. On s'est dit que celui qui passait ces appels nous signifiait qu'on devait jouer le jeu ou qu'Evangeline mourrait.

— Qui passe ces appels ?

Les deux hommes échangèrent un regard. Gilbert haussa les épaules.

— J'l'ignore. Il utilise quelque chose, un appareil, pour modifier sa voix afin qu'elle ressemble à un son mécanique.

— Alors, après avoir travaillé pour les Mercier pendant tout ce temps, vous voulez nous faire croire que vous ne savez pas du tout qui vous donne des ordres ? demanda Drake.

Beau secoua la tête.

— On n'a pas voulu le savoir. On s'est dit que c'était plus prudent comme ça. Les Mercier ont un maître horticulteur et toute une équipe pour s'occuper des fleurs. On n'fait que les livraisons. Au dock, aux boutiques locales et aux boutiques spécialisées.

— Alors, qu'étiez-vous venus dire à Joshua ? demanda Drake.

Ils disaient la vérité. Ils avaient fermé les yeux sur tout pour plein de raisons, mais leurs voix vibraient de sincérité.

— On s'est dit que, si on lui expliquait ce qui se passait, il trouverait un moyen de nous sortir de là sans mettre Evangeline en danger, reconnut Gilbert. On s'est disputés à ce sujet. Beau n'pensait pas que vous nous croiriez. Au final, on n'a pas vraiment eu le choix. On savait que vous deviez nous avoir vus. Cette fille – Saria –, elle se débrouille dans le marécage. Elle vous a conduits à la pointe à temps pour voir le bateau accoster. Elle n'sait juste pas s'arrêter.

— Elle nous y a conduits, dit Drake. Et on a eu largement le temps de vous identifier tous les deux.

— Enfin, on a fini par cesser de nous disputer et on est venus par le canal et le marécage dans notre bateau. Il est amarré sur le lac en bas. Quand on s'est approchés de la maison d'hôtes, on a vu de la fumée. On a essayé les portes du rez-de-chaussée, mais elles étaient toutes verrouillées, expliqua Gilbert.

— Gilbert allait entrer par effraction, mais on a alors entendu du verre se briser sur le balcon. On est partis en courant, craignant qu'en nous voyant vous pensiez qu'on avait allumé le feu. Mais, une fois au lac, on n'a pas pu se résoudre à partir en sachant qu'il y avait peut-être des gens qui brûlaient dans la maison d'hôtes, alors on est revenus en courant.

De nouveau, la voix de Beau avait un accent de vérité que Drake ne put que constater. Il jeta un coup d'œil à Remy, qui hocha la tête. Il pensait lui aussi qu'ils étaient sincères. Ils étaient coupables d'avoir accepté l'argent de la drogue, mais aucun d'eux n'était un tueur – et certainement pas un tueur en série. Et Drake voyait mal l'un d'eux être le cerveau derrière l'opération consistant à placer des opiacés dans des savons parfumés.

— Votre père ne vous a jamais dit qui a eu l'idée de mettre des boules d'opium dans les savons ? demanda Drake, qui connaissait déjà la réponse.

— Je n'savais même pas que c'était ce que contenaient les boîtes, dit Beau. Je n'voulais pas le savoir.

— Où sont fabriqués les savons, les lotions et les parfums ? demanda Drake.

Beau fronça les sourcils et regarda son frère.

— L'usine est en ville, pas dans le marécage. Le laboratoire où travaille Charisse est sur leur propriété, mais tout est fait en ville. C'est là qu'on récupère nos livraisons.

— Et vos livraisons spéciales ? insista Remy.

— Elles nous attendent à l'appontement des Mercier, déjà chargées dans le bateau.

— Beau, comment peux-tu être aussi stupide, explosa Remy, dégoûté. Un trafic de drogue, pour l'amour de Dieu ! Qu'est-ce qui n'tourne pas rond chez toi ?

Beau baissa la tête.

— On perdait tout, Remy. La maison, le bateau, tout, et on a toujours fait ce que papa nous demandait de faire. On était bien payés pour effectuer les livraisons, et travailler pour les Mercier nous a apporté de nombreux avantages. Ce sont de bons employeurs.

— Excepté le fait que vous deviez faire du trafic de drogue pour eux, dit Drake.

Beau ne répondit pas.

— Qu'allez-vous nous faire ? s'enquit Gilbert.

— Je ne l'ai pas encore décidé, dit Drake. Pour l'heure, rentrez chez vous et ne parlez à personne de cette affaire. Si vous recevez un autre appel, vous feriez bien de nous en informer immédiatement. Après quoi, vous emmènerez Evangeline chez les Boudreaux. Vous m'avez compris ? Ne m'obligez pas à venir vous chercher.

Remy se pencha pour ôter les menottes aux deux hommes.

— Vous avez été sacrément stupides de tremper dans ces histoires, répéta-t-il. Et vous avez de la chance que Drake soit le chef.

— Oh ! ils seront punis, dit Drake. Je dois juste y réfléchir un peu.

— Dites au garçon… (quand Drake lui lança un regard noir, Beau se racla la gorge) au fils de Renard qu'on aimerait encore lui parler. S'il est d'accord.

— Je le lui dirai. (Drake le cloua sur place de son regard de prédateur.) Ne commettez pas l'erreur de fuir ou d'aller trouver les Mercier. Je vous traquerais et je ne m'arrêterais pas avant de vous avoir retrouvés et je vous tuerais. Vous ne voulez pas m'avoir comme ennemi.

Beau opina.

— J'suis ici chez moi. J'suis né ici et j'mourrai ici. J'n'ai nulle part d'autre où aller. C'est pareil pour Gilbert. Et on doit veiller sur Evangeline et les garçons. On n'va pas passer le reste de nos vies à regarder par-dessus notre épaule.

Drake regarda les deux hommes marcher d'un pas lourd vers le bateau avant de se tourner vers Remy.

— On n'a pas appris grand-chose sur notre tueur.

— De la drogue ? Tu n't'es pas dit que ça serait peut-être important de m'en parler ? demanda Remy.

— Désolé. On allait te parler dès qu'on se serait reposés. On nous a drogués et on a tenté de tous nous tuer avec de la fumée. Je dois parler à Pauline. Elle a enclenché le système de sécurité et quelqu'un l'a éteint, de même que les alarmes incendie. Cette personne a bloqué toutes les portes-fenêtres des balcons de l'extérieur.

— Et tu crois que c'est le tueur ?

— Ça doit être quelqu'un qui connaît le système de sécurité de la maison de Pauline. Les Mercier étaient ici et ils l'ont tous entendu annoncer qu'elle s'absentait pour la journée. Ça pourrait être n'importe lequel d'entre eux.

— Charisse ou Armand. Bordel ! Drake, on en revient toujours à eux. Mahieu s'est entiché de cette fille.

— Saria l'aime beaucoup aussi. (Drake secoua la tête.) Mais c'est un génie, elle connaît la chimie et n'est assurément jamais bien loin quand quelque chose tourne mal.

— Bordel ! dit Remy.

Chapitre 18

— Dépêche-toi, Drake, dépêche-toi, psalmodia Saria dans un murmure.

Elle répéta son nom sans relâche, un mantra censé la sauver.

La salle de bains était assez petite, bien plus que sa chambre, mais elle se trouvait à l'extrémité de la maison, loin du salon où étaient réunis Elijah, Joshua et ses frères. Elle se mordit violemment l'ongle du pouce tandis qu'elle faisait les cent pas sur les quelques dizaines de centimètres de sol carrelé.

— Tu dois vite venir ici.

Elle lui avait promis de ne pas quitter la sécurité que lui offraient ses frères et ses hommes, et elle savait qu'elle ne pouvait pas faire ça, mais le contrôle de la situation était en train de lui échapper rapidement et elle avait *besoin* de lui. Là. Tout de suite.

Elle cambra le dos et étouffa un cri alors qu'elle se laissait tomber à quatre pattes sur le carrelage froid, aspirant l'air dans ses poumons pour chasser le feu brûlant qui la consumait. Sa poitrine était gonflée et douloureuse. Sa peau chaude. Elle avait l'impression d'avoir de la lave en fusion dans les veines. Quelque chose de vivant lui courait sous la peau, la démangeant, et, si elle regardait, elle la voyait bouger. Sa peau qui se soulevait lui donnait des haut-le-cœur. Son entrejambe était en feu. Il n'y avait pas d'autres mots pour le décrire, un violent incendie échappant à tout contrôle.

— Ça ne peut pas arriver. Pas maintenant. Pas devant mes *frères*.

Son visage vira au rouge vif. Elle dut réprimer un sanglot.

Au plus profond d'elle, sa femelle léopard s'étira et ondula, poussant sa croupe dans les airs, jusqu'à ce que Saria se retrouve à glisser sensuellement sur le sol. Sa mâchoire l'élançait, et ses dents semblaient près de lui déborder de la bouche. Elle entendait la conversation qui se tenait à l'avant de la maison, alors que les hommes chuchotaient. Impossible de se concentrer sur ce qu'ils disaient, même quand elle tenta de penser à autre chose. Ses jointures étaient douloureuses et craquaient à chacun de ses mouvements, et elle ne tenait pas en place, son corps ondulant de façon presque incontrôlable.

Pendant un moment elle respira profondément, inspirant et expirant, en une forme de méditation, tentant d'apaiser le désir brûlant qui ne cessait de grandir, se lovant de plus en plus étroitement en elle jusqu'à ce qu'elle craigne de devenir folle. Elle replia les doigts et leur extrémité l'élança, des pointes de douleur qui ne s'apaisaient que quand elle les appuyait contre le carrelage froid. Les rayures l'horrifièrent. Elle devait sortir de la maison avant de la détruire.

Ses vêtements lui blessaient la peau et elle s'y sentait à l'étroit, comme si celle-ci était devenue ténue et menaçait de se déchirer. Un sanglot sourd lui échappa. Sa vision se brouilla, se divisant en étranges bandes de couleurs. L'odeur des léopards mâles la submergea et elle grogna de désespoir.

— Drake.

Elle chuchota encore son nom, à voix haute, pour se donner de la force. Elle lui avait promis de rester sous la protection de sa famille et de ses hommes, mais, dans cet état, elle était un danger pour tout le monde.

Elle se releva en chancelant, refermant les mains sur ses seins endoloris. Ils lui semblaient trop lourds pour son corps. Enflammés. Débordants de désir. Un désir si désespéré qu'elle pouvait à peine respirer. D'une façon ou d'une autre, elle réussit à gagner la fenêtre. Elle en tâtonna le rebord, les mains presque inutiles, les doigts repliés, si douloureux que tout ce qu'ils touchaient ne faisait qu'ajouter à ses souffrances. Elle ne partirait pas – pas encore. Elle s'accrocherait jusqu'à la toute dernière seconde, attendant le retour de Drake, mais elle avait besoin d'air frais.

C'était la fin d'après-midi. Il devait être resté pour parler à Pauline et aider à organiser l'intervention d'agents de nettoyage. Ça serait bien son style. Il était prêt à prendre soin de tous ceux qui l'entouraient. Elle serra les dents et la douleur éclata dans sa bouche. Drake devait la rejoindre rapidement et l'aider à comprendre comment se comporter, où aller et comment faire sortir son léopard.

Elle ouvrit la fenêtre et sortit la tête, aspirant l'air frais à pleins poumons. Son marécage adoré n'était qu'à quelques mètres. Elle pouvait se glisser par la fenêtre, rejoindre son arbre préféré et attendre Drake dehors. S'il devait se passer quelque chose, elle ne se déshabillerait pas devant ses frères ni ne tenterait de séduire l'un des amis de Drake.

Le vent tourna. Elle inspira encore et son léopard devint fou. Un léopard mâle se tenait à quelques mètres seulement d'elle, attendant en silence dans les arbres.

Joshua. Son propre félin la lacéra de ses griffes, à cran, d'une humeur dangereusement lascive. Elle leva les mains sur sa chemise, ouvrant le premier bouton avant d'avoir pu s'en empêcher.

— Tu vas bien, Saria ?

Elle n'avait jamais remarqué à quel point il avait une voix sexy, une odeur virile. Elle déglutit péniblement et ferma les yeux, s'efforçant de comprendre comment alors qu'elle se consumait de désir pour Drake un autre homme pouvait soudain lui sembler si attirant. Elle n'avait jamais vraiment prêté attention à Joshua. Elle n'en avait jamais eu que pour Drake dès l'instant où elle avait posé les yeux sur lui. C'était lui qu'elle voulait, lui avec qui elle voulait passer sa vie. Elle brûlait d'être dans ses bras. De sentir ses baisers. Ces baisers sexy et passionnés, qui l'empêchaient de penser et duraient à n'en plus finir. Elle se perdait dedans.

— J'ai besoin de Drake, là tout de suite. Tu peux aller le chercher pour moi ?

Elle ne reconnut pas sa voix. Les larmes lui brûlaient les yeux. Elle n'avait aucune échappatoire. Elle n'osait pas aller dehors, là où Joshua montait la garde. N'osait pas être seule avec un autre homme, pas alors que son léopard était en proie à une telle frénésie sexuelle. Se concentrer sur Drake, sa saveur, la façon qu'il avait de la regarder de ses yeux dorés, aidait à l'apaiser.

— Il est en route. Elijah a appelé la maison d'hôtes et Mlle Pauline a dit qu'il était parti, dit Joshua.

Il ne sortit pas des arbres, et resta à bonne distance. C'était clair qu'il tentait de mettre son léopard à l'abri de l'odeur de la jeune femme, mais il ne l'abandonna pas.

— Tu as peur ? ajouta-t-il.

— Un peu. J'ignore à quoi m'attendre.

— La première fois que tu te transformes, c'est effrayant, reconnut Joshua d'un ton neutre.

Saria savait ce que ça devait lui coûter de rester avec elle et de continuer à parler comme si tout allait bien alors que son léopard devait être à deux doigts de faire une crise de possession. Sa voix calme l'apaisait. Drake faisait confiance à Joshua pour la protéger. Elle devait en faire autant.

— Tu as l'impression de risquer de te perdre, parce que tu dois lâcher prise pour permettre à ton léopard d'émerger, mais tu es toujours là. C'est difficile à expliquer à quelqu'un qui ne l'a jamais vécu mais, lorsque tu es un métamorphe entièrement, tu es à la fois léopard et humain. Tu puises dans les forces de chacun. C'est juste ce premier lâcher prise qui est effrayant.

— J'ai l'impression qu'elle est incontrôlable.

Il s'esclaffa tout bas.

— Mon léopard me donne la même impression. Ta femelle a choisi le léopard de Drake. Elle ne laisserait pas un autre s'approcher de trop près, c'est pour cette raison que c'est si dangereux. Quand elle se sera décidée, elle séduira tous les mâles en vue, mais, si la situation lui échappe, elle les mettra en pièces.

— C'est horrible.

Saria cracha contre sa femelle léopard. *Je savais que tu étais une petite dévergondée.* Elle appuya le front contre le rebord de fenêtre, prise d'une envie de pleurer. Elle ne tenait pas en place et même la brise de cette fin d'après-midi ne la rafraîchissait pas.

— Et s'il n'vient pas et que j'n'arrive pas à la retenir? Elle devra aller dans le marécage et j'lui ai promis…

— On veillera sur toi, Elijah et moi. On est assez forts pour maîtriser nos léopards.

Elle ne voulait pas que les hommes de Drake la surveillent. Elle ne voulait pas qu'on la voie dans cet état. Elle ne savait pas du tout ce que ferait sa femelle léopard, jusqu'où elle irait pour séduire un mâle mais, vu comment était son corps, elle avait peur. Elle avait désespérément besoin de Drake.

L'odeur d'une femelle léopard en chaleur était forte, imprégnant le ponton et le chemin qui conduisait à la maison des Boudreaux tandis que Drake, Remy, Jerico, Evan et Jeremiah sortaient du bateau. Le léopard de Drake bondit en rugissant, et le sang gronda à ses oreilles et palpita violemment contre ses tempes. Presque immédiatement ses muscles commencèrent à se tordre, sa bouche à se remplir de crocs. Il s'obligea à respirer profondément, à retarder la métamorphose.

Jeremiah s'arrêta net sur le ponton. Jerico et Evan n'esquissèrent que quelques pas de plus vers la maison avant de s'immobiliser. Remy jura tout bas. Drake ne lui prêta pas attention et s'élança en courant.

— Elle va bien, lui cria Remy. Mes frères n'auraient pas permis qu'il lui arrive quoi que ce soit.

Drake ne se retourna pas. Comment Saria pouvait-elle aller bien ? Son léopard exhalait assez d'hormones pour attirer tous les mâles dans un rayon de plusieurs centaines de kilomètres. Elle devait être terrifiée et morte de honte, et qu'est-ce qu'il avait foutu, bordel !? Pauline aurait pu gérer sans lui le foutoir à la maison d'hôtes. Il aurait pu attendre avant de se doucher, que Pauline lui lave ses vêtements et qu'ils passent leurs différents coups de fil à des agents de nettoyage. Bordel ! il avait été égoïste, se préoccupant de son propre petit confort, pas de celui de Saria. Il savait qu'elle était proche de l'émergence. Zut !

ils le savaient tous. Saria devait être sa priorité. Toujours. À jamais. Et il l'avait laissée tomber.

Il franchit la porte d'entrée comme un fou, le corps si douloureux et sensible qu'il déchirait déjà sa chemise pour l'écarter de sa peau. Les frères de Saria bondirent sur leurs pieds, semblant tous mal en point. Leur maîtrise d'eux-mêmes ne tenait visiblement plus qu'à un fil, leurs léopards réclamant en rugissant de protéger Saria de tout mâle inconnu.

— Où est-elle ?

Son léopard le lacéra de ses griffes, cherchant désespérément à être libéré pour repousser tous ceux qui lui disputeraient l'affection de sa belle. Drake ne put s'empêcher de remarquer que Joshua et Elijah n'étaient pas dans la pièce. Pas plus que Saria. Sa gorge s'épaissit, modifiant ses cordes vocales de telle sorte que ce qui en sortit n'était guère plus intelligible qu'un grondement de défi. La chaleur formait déjà des bandes colorées et il se sentait à l'étroit dans sa peau alors que ses os se transformaient.

— Elle est dans la salle de bains au bout du couloir, dit Mahieu.

Drake suivait déjà son odeur, conscient que Remy était juste derrière lui tandis qu'il franchissait le couloir d'un bond, retombant accroupi juste devant la porte. Il ne frappa pas, mais l'ouvrit d'un coup sec. Saria virevolta vers lui et Drake réprima un grognement quand elle plongea le regard dans le sien. Ses iris avaient presque disparu, à présent cerclés d'or pur. Elle paraissait effrayée, se tordant les doigts jusqu'à en avoir la peau presque blanche.

Drake ne pouvait imaginer comment elle se sentait. Son léopard devait la griffer pour avoir la suprématie du fait de la proximité de mâles. Saria devait lutter pour conserver le contrôle de son corps alors que son léopard voulait séduire, purement et simplement. Derrière elle, de l'autre côté de la fenêtre, il vit, et sentit aussi, ses deux gardes. Elijah et Joshua transpiraient tous deux, se tenant aussi loin de Saria que possible. Il s'obligea à leur adresser un petit signe de la main et à les remercier d'un hochement de tête alors même que leur proximité rendait son léopard furieux. Sa présence permit aux autres de s'éloigner d'elle, mettant leurs félins à l'abri.

Remy jura tout bas.

— Tu dois la faire sortir d'ici avant qu'il arrive quelque chose. Ça n'va pas du tout.

Saria ne pouvait pas avoir manqué d'entendre son frère. Elle cligna rapidement des yeux, presque comme si elle allait fondre en larmes. Ses yeux étaient trop brillants.

Drake lui tendit la main.

— Aucune inquiétude à avoir, ma chérie, tu l'as longtemps attendue.

— Emmène-le à la cabane de *tante** Marie, Saria. Elle nous autorise à l'utiliser en son absence. Elle est vide. Mahieu, prends quelques vêtements dans mon armoire. Lojos, de quoi manger. Finissons-en, ordonna Remy.

Saria entrelaça ses doigts à ceux de Drake. Il sentait la fourrure qui lui courait sous la peau, cherchant désespérément à sortir. Il referma la main sur la sienne, insufflant de la force et de l'assurance à son regard. Il lui fit un clin d'œil et la vit prendre une inspiration, se calmer, croire en lui. Lui faire confiance. Comme elle l'avait fait depuis le début. Saria s'était donnée à lui, et en cet instant il prit conscience de l'énormité de son engagement. La jeune femme ne faisait pas les choses à moitié.

L'espace d'un instant, il ne put que rester là à la regarder – à l'aimer –, presque affaibli par son amour pour elle. Il n'avait jamais songé à ce que ça pouvait faire de se donner entièrement à un autre, de lui faire confiance à ce point. Elle pourrait lui briser le cœur, le faire exploser en mille morceaux. La peur se glissa en lui juste un instant, mais il savait que Saria serait à son côté pour la vie parce que c'était ainsi qu'elle fonctionnait. Il savait que n'importe qui aurait pu lire ses sentiments dans ses yeux, mais seule Saria le regardait. Elle releva le menton et sourit.

Mahieu lui jeta un sac. Il était assez lourd pour contenir des armes. Il le lança par la fenêtre et fit signe à Saria de le précéder. Elle plongea presque par l'ouverture, sans la moindre hésitation. Elle voulait s'éloigner de ses frères. Lui voulait qu'elle s'éloigne de tout le monde. Il faisait confiance à ses hommes pour garder le contrôle de leurs léopards, mais ce clan était malade et les mâles avaient du mal à se contrôler – alors, leurs félins, n'en parlons pas.

Saria courut vers le marécage, son léopard lui donnant de la vitesse. Drake passa la bandoulière du sac autour de son cou et s'élança à sa suite.

— J'dois enlever mes vêtements. Je n'supporte rien contre ma peau, dit Saria, des accents désespérés dans la voix.

— On pourra se dévêtir juste un peu plus loin. Elijah et Joshua sont partis dès qu'ils m'ont vu avec toi. Ils vont rester autour de ta maison pour s'assurer qu'on ne risque rien, mais on aura le marécage entre eux et l'endroit où tu nous emmènes, lui assura Drake.

Il avait la voix râpeuse, rauque, éraillée et non pas claire.

Saria lui jeta un coup d'œil par-dessus son épaule et s'engouffra dans l'ombre des arbres. Elle éloigna sa chemise de son corps d'un seul mouvement rapide. Il s'en empara, la pliant soigneusement avant de la ranger dans le sac, puis il délaça ses chaussures.

— Dis-moi ce que j'dois faire, dit Saria. Vite. Tu dois faire vite, Drake.

Ses chaussures gisaient sur le sol et elle faisait glisser son jean sur la rondeur de ses hanches.

— Elle va monter vers la surface, ma chérie, et tu dois l'étreindre. Ce sera difficile parce que tu auras l'impression qu'elle t'avale, mais laisse-la émerger. Laisse-la revêtir sa forme. Tu seras là, à l'intérieur d'elle, ressentant tout ce qu'elle ressent.

Elle était si belle, toute en peau souple tandis qu'elle le dévisageait de ses yeux dorés où brillait un mélange de peur, d'excitation et de passion. Son léopard tressaillit, tentant de monter à la surface d'un bond, mais Drake l'obligea à se calmer. C'était la première fois de Saria et il voulait que ce soit parfait. Chaussures et vêtements disparurent dans le sac, qu'il mit en bandoulière autour de son cou.

Elle cria soudain et lança la main vers lui. Ses jointures se courbèrent et sous toute cette peau lisse courut autre chose – quelque chose de vivant et de déterminé à émerger. Il ne pouvait pas la quitter des yeux. Elle le laissait sans voix. Son corps se tordit et elle tomba à quatre pattes. Il garda la main sur son épaule, la caressant des doigts. Elle cambra le dos et souleva les fesses en une invitation.

— S'il te plaît, Drake, chuchota-t-elle, tentatrice.

De la chaleur irradiait de son corps. Elle le regarda par-dessus son épaule, l'implorant du regard. Sa queue était si dure qu'il ne pouvait faire un pas. Il parvenait tout juste à se retenir de glisser les mains entre ses cuisses pour caresser son sexe attirant. Elle était si belle, la tête rejetée en arrière, les fesses hautes, ses seins se balançant de façon engageante.

À la seconde où il sentit de la fourrure lui recouvrir la peau, il recula d'un bond, prit une inspiration et appela son félin. Une femelle léopard avait mauvais caractère. Était dangereuse. À cran. Surtout quand elle était en chaleur. Il ne fallait jamais s'y risquer. Tout tournait autour d'elle. Ce qu'elle voulait… quand elle le voulait. Il devait juste empêcher ses rivaux de s'approcher d'elle et la protéger pendant qu'il attendait son signal.

Un pelage doré, parsemé de rosettes noires brillantes, recouvrait le corps de la femelle. Elle tourna la tête et des yeux dorés flamboyants le regardèrent ; un feu envoûtant y couvait, lui jetant une étincelle qui concentra chacune de ses terminaisons nerveuses dans son membre. Son manteau tacheté était l'un des plus beaux qu'il ait jamais vu. Un pelage somptueux, unique et exotique, parsemé de rosettes pareilles à des étoiles sur un ciel d'or.

Elle s'étira, des muscles bien dessinés et des tendons puissants se formant et la remodelant tandis qu'elle devenait entièrement féline. Aussitôt sa femelle roula sensuellement sur elle-même, frottant la tête contre le sol et battant l'air de ses pattes d'un air joueur. Elle dévisagea le léopard de Drake d'un regard malicieux, roula encore sur elle-même alors qu'il commençait à décrire un cercle autour d'elle avec circonspection. La femelle bondit sur ses pattes. Elle se frotta contre des arbres, passant sa fourrure contre l'écorce, laissant partout son parfum terriblement alléchant pour que tous les mâles puissent le sentir. Son signal. Celui qui indiquait qu'elle était prête.

Le léopard de Drake s'assura que tous les mâles savaient qu'il était dans le voisinage et que nul ne s'approcherait de sa femelle sans un combat à mort. Il la suivit dans le marécage, d'assez près pour veiller sur elle, mais d'assez loin pour ne pas risquer de se prendre un coup de patte si jamais elle estimait qu'il empiétait sur son territoire avant qu'elle soit prête pour lui. Elle était joueuse, puis lascive, l'appelant, se roulant à terre et s'étirant, chaque mouvement plus séduisant que le précédent.

Ils marchèrent à travers le marécage, s'y enfonçant plus avant jusqu'à ce qu'il aperçoive la cabane dont avait parlé Remy. Il laissa sa compagne le temps d'y laisser le sac qu'il portait à son cou, puis la rejoignit à pas feutrés près d'un ruisseau. Des plantes rampantes s'enchevêtraient et formaient des bosses sur le sol, et de la mousse pendait des branches, se balançant légèrement dans la brise. Il ne vit rien de tout cela – et pourtant n'en perdit pas une miette. Il n'avait d'yeux que pour sa charmante compagne, lisant chacun de ses signaux.

Son léopard avait attendu sa compagne des années, et même à présent, alors qu'elle était enfin avec lui, il prit son temps, se frottant contre elle sur toute sa longueur, sans lui mettre la pression, attendant qu'elle lui indique qu'elle était prête. Elle s'aplatit sur le ventre par deux fois mais, lorsqu'il s'approchait, avec prudence, elle le mettait en garde d'un grognement et bondissait. Il se contenta de reculer et poursuivit leurs jeux lascifs.

Elle se roula encore sur le sol et s'étira, cette fois encore elle s'aplatit sur le ventre, l'arrière-train levé mais la queue plaquée sur un côté. Le léopard mâle la monta immédiatement, recouvrant son corps, enfouissant doucement la tête dans sa fourrure, l'apaisant de ses crocs sur sa nuque alors qu'il la pénétrait.

Ils passèrent des heures ensemble, le mâle prenant la femelle à maintes reprises, sans relâche, toutes les vingt minutes environ. Entre-temps, ils restaient étendus ensemble, se frottant sensuellement l'un contre l'autre. Le soleil se coucha sur les deux léopards enlacés, s'accouplant puis s'allongeant ensemble pendant de brefs moments. Les félins continuèrent ainsi jusque tard dans la soirée.

La lune avait réussi à émerger de derrière un mur grandissant de nuages, puis avait commencé à disparaître quand Drake reprit le contrôle, obligeant son félin à pousser la femelle vers la cabane. Une fois sur la galerie, il refit surface, reprenant forme humaine. La respiration haletante, il parvint à ouvrir la porte avant de se retourner vers la femelle léopard.

— Saria, j'ai besoin de toi maintenant. Viens à moi, mon chou. Elle est forte, mais tu l'es plus encore. Elle a pris du bon temps, maintenant c'est à notre tour. (Il entoura sa queue épaisse de sa main.) Tu vois ce que tu me fais ? J'ai besoin de toi, mon chou. Maintenant. Transforme-toi.

Il était souvent difficile de renoncer à la liberté à laquelle on goûtait sous sa forme de félin, mais Saria lui obéit immédiatement, se métamorphosant avant de s'effondrer sur le sol devant lui. Il la hissa sur ses pieds et manqua de la jeter contre le mur, la force du léopard courant encore à travers ses muscles saillants.

Saria eut le souffle coupé. Drake avait les yeux mi-clos, les pupilles dilatées, de l'or scintillant entourant les cercles noirs de ses pupilles emplis de désir. La sensualité à l'état pur était gravée sur ses traits, un désir charnel qui ne fit que rendre plus intense celui qui étreignait la jeune femme, la consumant presque.

Elle leva vers lui des yeux passionnés. Elle était en feu. Chaude. Bouillante. Elle avait besoin de ses mains sur elle, de sa bouche sur la sienne et de son membre profondément enfoui en elle.

— Vite, chuchota-t-elle. Vite, Drake.

Il lui couvrit les seins des mains, tirant sur ses tétons des doigts, les faisant rouler. Une onde de plaisir jaillit de sa poitrine jusqu'à son intimité même, faisant vibrer chacune de ses terminaisons nerveuses tandis qu'un puissant courant électrique la transperçait.

Elle ne pouvait pas détourner le regard alors que les yeux dorés de Drake étaient plongés dans les siens. Il baissa lentement la tête et aspira l'un de ses tétons dans la caverne chaude de sa bouche. Sa langue titilla et dansa, lécha et tapota jusqu'à ce qu'elle ne puisse plus retenir ses gémissements ténébreux. Elle lui enveloppa la tête des bras pour la serrer délicatement contre sa poitrine. Lorsqu'il aspira son téton tout contre la voûte chaude de sa bouche, elle hurla presque.

Sa respiration se fit rauque et difficile alors qu'elle luttait pour aspirer de l'air dans ses poumons. Elle était en feu. Brûlant désespérément de le sentir en elle.

— S'il te plaît, Drake, chuchota-t-elle, frottant son corps contre le sien, cherchant à se soulager.

Elle leva la jambe et l'enroula autour de sa taille, se collant étroitement contre lui.

Il tira sur son téton des dents, le caressant de la langue pour apaiser la minuscule morsure de la douleur. Un frisson de plaisir parcourut le corps de la jeune femme en une lente vague déferlante. Un fin voile de sueur humecta sa peau douce comme un pétale de rose. Il releva la tête et observa d'un air satisfait ses tétons, à présent sombres et tendus vers lui, telles des petites pointes de désir. Il prit le léger poids de ses seins dans ses mains et passa le pouce sur leurs boutons sensibles. De nouveau une onde de feu la transperça, provoquant une explosion de désir dans son intimité.

Elle se colla plus étroitement encore contre lui, sanglotant presque.

— Drake, je n'le supporte plus. J'ai besoin de t'avoir en moi.

— Fais-moi confiance, mon chou, tu peux le supporter. Tu peux en supporter bien plus, chuchota-t-il, donnant de petits coups de langue à ses tétons. Je compte t'entendre me réclamer en hurlant. En plus, je veux te dévorer cette nuit.

À cet aveu, elle se sentit fondre. Il n'avait pas tenté de cacher le fait qu'il la désirait tout autant qu'elle le désirait – ni que c'était lui qui avait le contrôle.

Il la souleva aisément et la porta jusqu'au canapé. Il était long et profond, et avait visiblement servi de lit de fortune. Il jeta à terre le drap qui le recouvrait et s'y enfonça, Saria sur les genoux. Sa queue dure palpitait contre son postérieur et il se trémoussa pour pouvoir la nicher dans la chaleur entre ses fesses rondes. Saria ne put s'empêcher de bouger presque imperceptiblement, se frottant contre son long membre épais, vibrante de désir.

De ses doigts forts, il la caressa de la cheville au genou. Cet effleurement de sa peau nue n'aurait pas dû lui faire un tel effet. Elle gémit doucement et lui mordit l'épaule.

— Mon chou, murmura-t-il, je t'ai déjà dit que je t'aimais ?

Il repoussa ses cheveux humides et la regarda dans les yeux.

Elle sentit son ventre se nouer. Son cœur palpiter. Elle serra les lèvres et secoua la tête sans un mot.

— Je t'aime très, très fort et je ne veux jamais être sans toi.

Il l'embrassa tendrement, faisant courir ses lèvres sur son visage. Ses yeux. Le bout de son nez. Le coin de sa bouche. Il attarda ses lèvres sur les siennes, buvant son doux gémissement, sa langue dansant avec la sienne, la caressant doucement d'abord, attisant le feu jusqu'à ce qu'il lui dévore la bouche sans relâche. Il posa la main sur sa nuque pendant qu'il se régalait.

Elle adorait l'embrasser. Adorait sa saveur et sa texture. Sa chaleur. La domination de sa bouche et sa façon de la consommer comme s'il n'en aurait jamais vraiment assez. Elle était accro, assoiffée de ses caresses et de sa saveur, et adorait qu'il en soit de même pour lui. Elle se détendit contre lui, s'ouvrant pour lui et, sans cesser de l'embrasser, il l'allongea en travers de son corps, la tête posée sur l'accoudoir du canapé.

Drake baissa les yeux sur Saria, son doux corps affalé sur lui, entièrement à sa disposition. Sa vue lui coupa le souffle, elle avait des yeux immenses, graves, de chocolat noir cerclé d'or. Il fit remonter sa main sur l'intérieur de sa cuisse, l'obligeant à écarter les jambes. Elle suivait immédiatement chacune de ses instructions implicites, lui procurant un immense plaisir. Elle était lascive et mouillait, son souffle sortant en petits halètements rauques.

Il l'embrassa encore, adorant sa bouche, cette bouche de rêve douce et sexy. Elle lui avait procuré une telle volupté alors même qu'elle n'avait aucune expérience, son envie de le satisfaire ayant plus que compensé son absence de connaissances. Il adorait l'expression hébétée et sensuelle de ses yeux, son corps qui se tortillait lascivement, mais avant tout la façon qu'elle avait de le lui confier.

— Tu es si incroyablement belle, Saria, chuchota-t-il, déposant des baisers sur son cou. Merci d'être mienne.

Il ne put s'empêcher de lui mordiller la peau entre le cou et la poitrine, apaisant les petites pointes de douleur de la langue.

Elle était divinement douce et il ne pouvait cesser de la caresser, de la goûter et de la lécher. Le souffle de la jeune femme sortit en une série de halètements, et elle gémit en une supplication sourde. Il adorait la chaleur de son épiderme. Sienne. Entièrement sienne. Il avait tout le temps du monde pour les rendre tous deux fous de désir. Son érection lui paraissait si pleine, nichée dans la chaleur de ses fesses, et son cœur lui sembla tout aussi empli, tous deux menaçant d'éclater.

Elle souleva ses seins délicats, plantant les talons dans l'accoudoir du canapé alors qu'elle tentait d'apaiser le feu brûlant entre ses cuisses. Impossible de résister à cette invitation, et il baissa la tête sur son téton contracté. Il lui donna de petits coups de langue puis le racla des dents. Elle cria, un son éraillé et sensuel. Il adorait qu'elle ne tente pas de cacher ce qu'elle éprouvait pour lui, qu'elle lui donne aussi les sons de sa passion. Ses doux geignements étaient de la musique, une symphonie qui amplifia l'incendie qui ne cessait de grandir en lui.

Il lécha et suça ses mamelons, faisant monter la pression, suçant plus fort, serrant les dents jusqu'à ce qu'elle se torde contre lui. La sensation de ses fesses contre lui le rendit presque fou de désir. Plus il la suçait fort, plus elle se tortillait avec sensualité, la respiration haletante. Elle avait la peau chaude et soyeuse alors qu'il faisait glisser sa paume sur son ventre jusqu'à la chaleur torride entre ses cuisses.

— Écarte davantage les jambes pour moi, ma puce, lui ordonna-t-il.

Le parfum de son émoi imprégnait l'air. Il avait soif d'elle, de sa saveur, de ses cris et de ses supplications.

Elle lui obéit, s'ouvrant à lui, plantant les talons avec force dans l'accoudoir du canapé alors qu'il introduisait les doigts dans sa chaleur glissante. Elle sauta presque de ses genoux. Elle croisa son regard, stupéfaite. Son expression hébétée, si avide et lascive, lui fit presque perdre le contrôle. Il voulait qu'elle sache qu'il était son compagnon véritable.

— Nous sommes faits l'un pour l'autre, Saria. C'est moi qui te mets dans cet état. C'est si bon, mon chou. Et tu es faite pour moi. Ton corps a été fait pour moi.

Il ne pouvait attendre davantage. Il la déplaça rapidement, lui plaçant les bras au-dessus de la tête, lui écartant les jambes pour pouvoir s'agenouiller entre ses cuisses. Un désir incontrôlable la fit frissonner tout entière.

Il attendit un battement de cœur. Deux. Jusqu'à ce qu'elle croise son regard. Il effleura des doigts son entrée moite. Elle gémit et se tortilla, soulevant brusquement les hanches, suivant ses doigts.

— Dis-le, Saria. Je veux entendre ces mots.

Elle se tordit avec force sous lui, une lueur dorée flamboyant dans les yeux.

— S'il te plaît, Drake, s'il te plaît.

— Ce n'est pas ce que je veux. Dis-le.

Elle inspira profondément pour se calmer.

— Je t'aime, bordel ! Voilà. C'est ce que tu voulais entendre ?

— Et c'est pour toujours. Nous deux, c'est pour toujours.

Il introduisit les doigts en elle, deux ou trois petits centimètres enfiévrés, et elle eut le souffle coupé tandis que son corps l'étreignait, cherchant désespérément à l'attirer plus profondément.

— Oui. (Elle tourna violemment la tête d'un côté et de l'autre, et souleva les hanches, tentant de glisser sur ses doigts.) Fais quelque chose, s'il te plaît.

Il la prit avec la bouche, sa langue remplaçant ses doigts, s'enfonçant profondément, la buvant, la léchant, la suçant, la dévorant. Elle avait un goût de bonbon, mais avec une touche épicée de cannelle. Il la lécha goulûment, lui maintenant les cuisses écartées d'une poigne de fer, se délectant de sa saveur. Maintes fois il l'amena au bord de la jouissance alors qu'elle se trémoussait violemment contre sa bouche, mais il lui en refusa l'accès.

Quand elle l'implora, sanglotant presque, incapable de penser à quoi que ce soit d'autre, il releva la tête.

— Mets-toi à quatre pattes.

Sa voix n'était plus qu'un grognement profond. Il sentit un feu déferler tel un raz-de-marée dans ses veines. Elle obtempéra, sa peau douce recouverte d'un fin voile luisant pareil à de la soie. Il n'attendit pas qu'elle s'installe, mais appuya fermement sur son cou d'une main, l'obligeant à baisser la tête et à relever les fesses. Il enfouit brusquement sa queue dans son brasier ardent, se frayant presque sauvagement un passage à travers ses replis serrés.

Elle hurla, un son qui résonna en lui. Son membre épais étira les parois de son fourreau jusqu'à ce qu'il sente chacun de ses battements de cœur. Elle se tortillait autour de lui, le repoussant quand il se retirait avant de la pénétrer encore sans relâche. Il resserra son étreinte et s'enfonça dans sa chaleur. Cette position favorisait la pénétration profonde à laquelle il aspirait tout en lui permettant de créer de sa queue un délicieux frottement sur son bouton sensible.

Les gémissements de la jeune femme allaient crescendo. Ses supplications se muèrent en un chant désespéré où elle scandait machinalement son nom ponctué de « oh ! s'il te plaît… oh ! s'il te plaît… oh ! s'il te plaît ». Il lui agrippa les hanches et s'enfouit profondément en elle, sans relâche, allant et venant dans son chaud et étroit fourreau. Chaque violent coup de reins lui coupait le souffle, lui ébranlait le corps et la jetait dans une nouvelle frénésie de psalmodies haletantes.

Les muscles de la jeune femme se contractèrent autour de lui, le serrant comme un étau, brûlants, envoyant des ondes de plaisir déferler à travers son corps alors que son orgasme la transperçait, emportant Drake avec elle. Elle cambra le dos, écarquilla les yeux et cria, submergée par une vague de sensations. Son étroit fourreau lui arracha sa propre jouissance, une série de puissantes contractions qui semblaient ne plus vouloir finir, palpitant autour de lui, l'inondant de volupté.

Drake baissa les yeux sur elle. Tous deux luttaient pour respirer. Il saisissait à peine ce qui venait juste de se produire. La passion explosive entre eux était inimaginable. Il sentait le corps de la jeune femme qui étreignait encore le sien, palpitant autour de lui. Saria semblait flotter sur un petit nuage, à peine consciente, n'y comprenant assurément rien. Peu à peu, il s'arracha à son corps, savourant son petit cri de protestation.

— Je suis lourd, mon chou, chuchota-t-il. Je ne veux pas t'écraser.

Il lui déposa des baisers sur le menton, le coin de la bouche, la tempe.

— N'me laisse pas, murmura-t-elle.

— Ça n'arrivera jamais, Saria. Je suis très amoureux de toi. Dès que j'en aurai la force, je te mettrai au lit.

— J'pourrais ramper, proposa-t-elle.

— Je ne pense pas que ce sera nécessaire. Laisse-moi juste le temps de reprendre mon souffle.

Il réussit à lever la main pour frotter entre ses doigts une mèche humide. Elle lui évoquait toujours la soie. Sa peau. Ses cheveux.

— Est-ce si dur d'avouer que tu m'aimes ?

Ses cils se soulevèrent et elle le dévisagea avec de grands yeux, stupéfaite.

— Bien sûr que non. J'suis folle de toi. Je n'l'ai juste jamais dit à personne. Peut-être à Pauline… une fois. Récemment. Jamais quand j'étais petite. Et je n'pense pas qu'on me l'ait jamais dit.

Il réprima un grognement et enfouit le visage dans son cou. Il aurait dû y penser. Dire « je t'aime » n'avait pas été la priorité d'un ivrogne. Quand il avait été suffisamment sobre, il lui avait appris à survivre, pas à aimer. Pauline avait peut-être rempli ce rôle dans la vie de Saria, mais elle avait veillé à ne pas être trop démonstrative au cas où le père de la jeune femme l'aurait empêchée de venir la voir. Drake dissimula un sourire contre sa peau délicieuse. Il doutait que le père de Saria aurait pu l'empêcher de n'en faire qu'à sa tête.

Il déposa un baiser sur sa gorge et releva la tête pour la regarder encore.

— Je t'aime. Je te le dis. Encore et encore. Et, quand on aura des enfants, on le leur dira tous les deux.

— D'accord.

Elle sourit, un sourire lent et superbe à la Saria qui fit bondir son cœur et tressaillir sa queue malgré sa fatigue. En sa présence, il se sentait vivant, ancré dans le moment présent, dans chaque seconde qu'il passait en sa compagnie. Il traça un chemin de baisers sur sa gorge jusqu'à son menton et les coins de sa bouche.

— Tu es si belle, Saria, chuchota-t-il avant de poser les lèvres sur les siennes.

Il parlait de sa beauté intérieure, son caractère, son âme, son cœur. Il n'était pas du genre à employer un langage fleuri, mais elle l'inspirait.

Il lui suça la lèvre inférieure, puis lécha la commissure de ses lèvres jusqu'à ce qu'elle lui ouvre sa bouche. Il la couvrit encore de la sienne, conscient d'avoir des ennuis. Accro à ses baisers, assoiffé de son corps, fan de son sourire, quelle chance avait-il avec elle ? Elle le mènerait par le bout du nez et obtiendrait tout ce qu'elle voudrait.

Il releva la tête pour lui faire les gros yeux.

— On se marie immédiatement. Je veux que notre enfant sache qu'on s'aimait et se désirait.

— « Notre enfant » ? répéta-t-elle. On a encore du chemin à faire avant d'avoir un enfant.

— *Immédiatement.* Si je dois passer ma vie à te céder sur presque tous les sujets, j'aurai le dernier mot sur celui-ci.

Elle s'esclaffa en le poussant.

— Tu es fou, Drake. Tu te mets dans tous tes états pour rien. On se mariera quand tu voudras. J'ai dit oui, tu te rappelles ?

Il obligea son corps à reprendre du service.

— Où est la chambre ?

Elle regarda autour d'elle d'un air légèrement hébété.

— Par là. *Tante** Marie n'est partie que depuis quelques jours, alors les couvertures sont propres. Elle les conserve dans cette armoire dans un bac en plastique.

Il se leva lentement du canapé, constata qu'il tenait debout et traversa à pas feutrés le plancher jusqu'à la pièce qu'elle avait indiquée.

— Pourquoi l'appelles-tu *tante** Marie ? C'est ta tante ?

Saria appuya sa tête sur ses mains.

— C'est une façon de parler. Tous les enfants l'appellent *tante** Marie. C'est la *traiteuse** locale officielle… notre guérisseuse. Elle est très forte, aussi. Tout le monde vient la voir, des quatre coins du marécage. Des bayous. Même de la ville. Si elle n'trouve pas la bonne plante pour te guérir, celle-ci n'existe pas.

— Et elle vit ici ?

Drake tenta de ne pas laisser transparaître sa stupéfaction dans sa voix. La cabane était très petite et visiblement vieille. Tout était très propre, mais très rustique.

— Elle a grandi ici, est partie à l'école d'infirmières et, comme nombre d'entre nous, s'est aperçue qu'elle n'voulait pas vraiment partir. C'est la maison de sa famille et elle s'y sent bien. Tous les quelques mois, elle s'absente pendant une quinzaine de jours pour rendre visite à sa sœur.

Drake déploya un drap sur le lit et ajouta des oreillers et une couverture avant de soulever Saria dans ses bras.

La jeune femme grimaça.

— Je suis en nage.

— J'aime quand tu es en nage. C'est sexy.

Elle éclata de rire et enfouit le visage contre son torse.

— Sur toi peut-être.

Il sentit sa langue glisser sur son épiderme, le goûtant. Sa queue tenta une seconde fois de se dresser pour l'occasion. Il l'allongea sur le lit, se délectant du spectacle qu'elle offrait, affalée, toute en peau douce et rondeurs alléchantes.

Elle arqua un sourcil, baissant le regard sur son érection.

— Vraiment ?

— Vraiment.

— Je n'crois pas pouvoir bouger.

— Tu n'auras rien à faire.

Il lui fit l'amour avec douceur, prenant son temps, une lente et langoureuse expression de ses sentiments. Il la vénéra. L'amena peu à peu au bord de la jouissance en une longue et éloquente ascension alors qu'il mémorisait chaque centimètre de son corps. Chaque soupir. Chaque gémissement. Chaque zone sensible. Tant de baisers, revenant sans cesse à la tentation coquine de sa bouche. Elle était tout pour lui et il voulait qu'elle le sache. Il avait beau ne pas être très doué avec les mots, elle saurait qu'elle était aimée tout entière avant qu'il l'emmène jusqu'à l'orgasme. Elle s'agrippa à lui quand son corps éclata et qu'une volupté intense la submergea. Il resta longtemps profondément enfoui en elle, la serrant fort, n'ayant aucune envie de la laisser.

Drake l'embrassa sur la nuque alors qu'il l'enveloppait de son corps en un geste protecteur.

— Endors-toi, mon chou.

— Mmm, murmura-t-elle d'une voix endormie, se pelotonnant plus étroitement contre lui.

Elle lui caressa la main quand il la posa sur son sein.

— Ma femelle léopard m'a demandé si c'était tout ce que tu avais en réserve. Elle m'a rappelé que son mâle était incroyablement endurant.

— Elle t'a dit ça, hein ? (Sa voix était teintée d'amusement.) Il se reposait pendant au moins vingt à trente minutes. Je vais en faire autant.

Il la réveilla deux fois encore avant le matin, et, quand elle le fit, elle avait la bouche si chaude qu'il lui dit qu'il voulait qu'elle le réveille chaque matin. Elle se contenta de rire et de se pelotonner de nouveau contre lui, comblée pour un court moment. Il supposait que son léopard ne se plaignait plus de ses performances.

Il s'assoupit alors que la lumière entrait par la fenêtre, tenant Saria dans ses bras, écoutant sa respiration régulière, ayant conscience de vouloir entendre cette douce musique le reste de sa vie. Déjà, il n'imaginait pas se coucher sans elle ou se réveiller dans un lit vide. La pluie tambourinait sur le toit et le vent poussait des branches contre la cabane. Il voyait la brume à travers la fenêtre, transformant le monde en un paradis argenté étincelant pour eux deux. Il avait l'impression qu'elle était de la soie chaude et vivante tandis que sa peau le réchauffait. Il resserra les bras autour d'elle, riant doucement quand son corps, de son propre accord, commença à s'éveiller de nouveau. Il n'imaginait pas comment un bébé pourrait ne pas résulter de leurs rapprochements si pressants. Si le léopard de la jeune femme avait émergé, alors ils avaient tous deux été féconds, condition indispensable à la conception d'un métamorphe.

Dehors, une brindille se brisa et il se mit sur le qui-vive. Son léopard bondit, sa peau le démangea et sa mâchoire l'élança. Il écouta un moment encore et entendit le bruissement d'une étoffe contre des feuilles.

Drake releva la tête.

— Réveille-toi, mon chou, on a de la visite. (Il entortilla les doigts dans les cheveux de Saria et lui effleura le sommet de la tête d'un baiser.) Réveille-toi.

La jeune femme enfouit le visage contre son cou.

— Mmm, encore quelques minutes, Drake.

— Charisse est dehors. On doit se lever.

Chapitre 19

— Juste une minute, Charisse, cria Saria alors qu'elle attrapait un jean dans le sac que ses frères avaient donné à Drake la veille. Génial ! il est trop long. (Elle tortilla des hanches.) Et trop serré. À qui il est, d'abord ? J'crois qu'une femme a laissé son jean dans la chambre d'un de mes frères et que j'en ai hérité.

— Avant d'ouvrir cette porte, Saria, écoute-moi, chuchota Drake, sortant une arme de sous son oreiller.

Elle grimaça alors qu'elle cherchait un tee-shirt. Celui qui avait préparé leur sac n'avait pas pensé aux sous-vêtements.

— Un pistolet sous ton oreiller ? J'étais trop occupée pour penser aux armes cette nuit. Je n'sais pas du tout où se trouve mon couteau.

— Tu devrais être heureuse d'avoir un homme qui fait passer ta sécurité avant tout.

— J'veux que tu sois fou de moi à en oublier de songer à ma sécurité, protesta-t-elle.

Drake lui décocha un sourire contrit.

— Dans ce cas, j'avoue ne pas y avoir pensé avant le petit matin.

Il enfila son jean tandis que son sourire s'effaçait. Ses yeux s'assombrirent et se firent plus graves.

— Ne te place entre moi et Charisse à aucun moment. Sous aucun prétexte. Je ne rate pas, mon chou, et, s'il le faut, je la tuerai.

La joie taquine disparut des yeux de Saria et elle se figea.

— Charisse n'ferait jamais de mal à personne, Drake. S'il te plaît, n'rends pas les choses plus difficiles pour elle en lui laissant savoir que tu la penses capable d'être une tueuse en série.

— Je ferai de mon mieux, Saria, mais tu vas devoir me faire confiance là-dessus.

Elle secoua la tête, ouvrit la bouche pour protester encore, mais haussa les épaules et se dépêcha de sortir de la chambre pour rejoindre la porte d'entrée. Drake la suivit, le pistolet à la main, caché sous la chemise qu'il portait, et le doigt sur la détente.

Charisse avait l'air d'avoir passé la nuit à pleurer. Vêtue d'une veste courte rouge vif et d'une longue jupe noire, avec des bottes de cuir rouge et un chemisier de soie noire qu'on apercevait sous sa veste, elle offrait une vision absurde. Ses cheveux, coiffés à l'origine en un chignon à la mode, avaient commencé à se défaire sous la pluie et dans le vent de sorte que de petites mèches lui flottaient autour du visage. Elle avait une peau et des yeux magnifiques, et ces petites boucles mettaient parfaitement en valeur ses traits, bien plus, songea Drake, que la coiffure sévère mais à la mode qu'elle avait choisie. Certaines personnes trouvaient les veuves noires magnifiques ; il n'en faisait juste pas partie.

Saria prit Charisse par le bras et l'attira à l'intérieur.

— Qu'y a-t-il, *ma chère** ?

Saria avait pris une voix maternelle, apaisante, mais fit exactement ce que Drake lui avait demandé, se plaçant de façon que Charisse soit dans sa ligne de mire, même pendant qu'elle la conduisait dans le salon et lui indiquait le canapé.

— On n'a pas fait de café, *ma chère**, mais j'vais m'en occuper tout de suite. Que s'est-il passé ?

— J'me suis totalement ridiculisée avec Mahieu hier soir. Il était tellement en colère contre moi.

Charisse se couvrit le visage des mains et commença à sangloter.

Au moins, voilà qui était sincère. Drake entendait toujours les accents d'un mensonge, sans parler qu'ils avaient une odeur caractéristique, et Charisse disait la vérité. Il soupira et alla chercher des mouchoirs en papier dans la salle de bains pendant que Saria s'empressait de préparer du café. Tout du long, il conserva soigneusement la jeune femme dans sa ligne de mire – juste au cas où.

Drake se jucha en face de Charisse sur le bras d'un fauteuil depuis lequel il savait qu'il ne pourrait pas la rater où que soit Saria s'il était obligé de lui tirer dessus. Il tendit un mouchoir à la jeune femme en larmes et décocha un regard exaspéré à Saria. Elle lui fit les gros yeux, ayant visiblement choisi de se ranger du côté de Charisse quoi qu'il arrive.

— Que s'est-il passé exactement ? dit-elle.

— J'lui ai dit que je n'voulais plus le voir, reconnut Charisse. J'mentais, bien sûr. Qui n'voudrait pas sortir avec Mahieu ? Il est… il est… *parfait.*

Elle braillait, hystérique.

Saria s'assit à côté d'elle et la tapota pour l'apaiser.

— On peut arranger ça, Charisse, n'pleure plus, on va trouver une solution.

— Tu n'comprends pas. Il n'y a rien à arranger. J'lui ai dit de partir. Il a essayé de me parler et il a dit que, s'il partait, il n'reviendrait pas. Tu connais Mahieu, il n'parle pas à la légère. (Sa voix monta dans les aigus, se muant en un autre braillement hystérique.) J'lui ai dit de partir.

— Je ne comprendrai jamais les femmes, pas même en un million d'années, rouspéta Drake. Si tu ne voulais pas qu'il parte, pourquoi as-tu insisté pour qu'il s'en aille ? (Quand les deux jeunes femmes le regardèrent, il soupira.) Et tu n'as pas de jean ? Tu es au beau milieu du marécage vêtue comme une sorte de mannequin de mode. Ce n'est pas pratique, Charisse.

À bien y réfléchir, chaque fois qu'il avait vu Charisse, elle avait porté une tenue à la mode. Même à la limite du marécage, quand il pique-niquait avec Saria.

— À vrai dire, non, j'n'ai pas de jean. J'suis une femme et j'porte des robes ou des jupes, dit Charisse, battant des cils perlés de larmes en le dévisageant d'un air visiblement offensé.

Drake aurait bien jeté les mains en l'air d'exaspération, mais il avait un pistolet caché sur le flanc et n'avait pas la possibilité d'exprimer la frustration totale que lui inspirait cette femme.

Saria lui glissa un regard particulièrement éloquent de sous ses longs cils, lui faisant passer toute envie de poursuivre la conversation avec Charisse. La jeune femme échangea son regard à la un-mot-de-plus-et-tu-es-mort contre un doux sourire qu'elle adressa à Charisse.

— *Ma chère**, pourquoi as-tu décidé de te disputer avec Mahieu ? Tu l'as fait fuir exprès. Pourquoi ?

Drake ne voyait pas la différence entre ses questions et celles de Saria, mais Charisse répondit par un autre reniflement et de nouvelles larmes.

— Ma mère a encore eu une conversation avec moi. Et elle a toujours raison. Je n'suis pas assez bien. Ni assez jolie. Ton frère est trop beau et intelligent, et il pourrait avoir toutes les femmes qu'il veut. Pourquoi resterait-il avec moi ? Il n'fait que se servir de moi. À la première femme digne de ce nom qui passera, il me quittera pour partir avec elle.

Saria fronça les sourcils.

— C'est faux, Charisse. N'importe quel homme aurait de la chance de t'avoir.

Drake n'en était pas si sûr. Pas alors qu'il était convaincu que cette femme était une tueuse en série, qui de plus pleurait comme un bébé pour un oui ou pour un non. Les grands yeux de Charisse versèrent un nouveau torrent de larmes et elle se couvrit le visage, se balançant d'avant en arrière.

— J'n'aurai jamais aucun homme. Ma mère dit que j'n'ai pas ce qu'il faut pour garder un homme…

— Oh, pour l'amour du ciel ! Charisse, explosa Drake, à bout de patience. Tu as quel âge ? Il ne t'a jamais traversé l'esprit que tu es adulte et que peut-être, juste peut-être, ta mère n'est qu'une sale menteuse ?

Saria en resta sans voix. Charisse tressaillit, le dévisageant avec de grands yeux baignés de larmes.

— Drake, le mit en garde Saria.

— Quelqu'un doit dire la vérité ici, Saria. Charisse, tout le monde me dit que tu es une jeune femme brillante. (Drake était plus exaspéré que jamais.) Tu le sais aussi, pourtant tu laisses tout le monde te traiter comme si tu étais une gamine pas très futée. Alors, comme ça, ta mère dit que tu n'es pas assez belle pour garder un homme comme Mahieu Boudreaux. Pourquoi faut-il que tu la croies ?

Mahieu est un homme qui a des principes. Tu crois qu'il s'intéresse à toi pour ton argent ?

Deux taches de couleur fleurirent sur le visage pâle de Charisse.

— Tous les hommes avec lesquels je suis sortie m'ont jetée pour ma mère. Elle les renvoie ensuite chez eux et s'en vante pendant des mois.

Il entendit Saria prendre une inspiration subite et il lui jeta un coup d'œil. Elle porta la main sur son ventre comme si elle avait envie de vomir et il sentit son estomac se soulever lui aussi.

— Tu me dis que ta mère a *séduit* tes petits amis ?

Charisse se raidit. La honte se lut sur ses traits. Elle hocha la tête.

— Même au lycée. Ils couchent toujours avec elle. J'n'étais jamais assez jolie, ou assez intelligente…

— C'est malsain, Charisse. Et une forme de maltraitance. Si tu es si brillante, comment as-tu pu ne pas t'en rendre compte ? Ta mère a un problème et elle s'en prend à toi. Tu as vraiment cru que Mahieu coucherait avec elle ?

— *Mon Dieu ! ma chère*[*], dis-moi que tu n'as pas accusé Mahieu de coucher avec ta mère, l'implora Saria. S'il te plaît, dis-moi que tu n'as pas fait ça.

Un malaise se glissa dans l'esprit de Drake et s'y logea.

— C'est bien ce que j'ai fait, sanglota Charisse. C'est ce que j'ai fait et il est parti. Tu aurais dû voir sa tête. Il n'me reparlera plus jamais. J'n'ai pas arrêté d'essayer de l'appeler. J'lui ai envoyé des textos. Il n'a pas répondu. Et j'suis passée chez toi avant l'aube et Remy m'a dit que Mahieu n'était jamais rentré. (Ses sanglots s'intensifièrent encore, atteignant leur paroxysme.) Ma mère n'était pas à la maison non plus cette nuit.

Drake se raidit, l'esprit carburant à cent à l'heure, la peur lui caressant la colonne vertébrale des doigts.

— J'ai besoin que tu te calmes, Charisse. Cesse de pleurer. Tu ne nous seras d'aucune utilité si tu continues.

Une terrible pensée continuait à flotter librement dans son esprit. Impossible. Totalement impossible. Pourtant cette petite graine de soupçon refusait de s'en aller.

— Il y a un téléphone dans cette cabane, Saria ?

— Oui. Les portables n'passent pas ici.

— Appelle Remy et dis-lui de venir ici tout de suite, dit Drake. Dis-lui d'envoyer l'équipe au marais de Fenton. Je veux que mes hommes se dispersent pour rechercher des traces d'une présence humaine. Et dis-lui d'apporter les photos que tu as prises là-bas.

Saria croisa son regard.

— Mahieu va bien ?

Elle ne put cacher l'incertitude dans sa voix, ni la peur qui se lut soudain sur son visage expressif, mais ne lui demanda pas pourquoi il voulait les photos des corps.

Charisse déglutit péniblement, écarquillant les yeux jusqu'à ce qu'ils ressemblent à deux pensées trempées collées sur son visage.

— Bien sûr qu'il va bien. Pourquoi n'irait-il pas bien ?

Il vit son intelligence alors, son esprit rapide qui assemblait les pièces du puzzle.

— Que se passe-t-il ? Dites-le moi tout de suite si ça a un rapport avec Mahieu.

La pleurnicheuse avait disparu. Remplacée par une jeune femme réfléchie à l'esprit vif. Elle essuya ses larmes et le regarda droit dans les yeux.

— Dis-le-moi.

— Que sais-tu sur l'opium ? demanda Drake, la voix basse.

Saria avait bondi sur ses pieds, mais elle s'immobilisa, se retournant vers eux. Charisse cligna des yeux. Fronça les sourcils. Elle ne détourna jamais le regard. Se pencha vers lui.

— Pas mal de choses, à vrai dire. J'étudie les plantes, mais quel rapport avec Mahieu ?

Sa voix était relativement ferme. Le défiant presque. Comme si, s'il s'avisait d'accuser Mahieu de quoi que ce soit, elle pourrait lui sauter dessus et lui arracher les yeux de ses griffes.

— Où sont fabriqués les savons de ta société ?

Charisse fronça les sourcils.

— À La Nouvelle-Orléans. On a une usine là-bas.

— Tu t'y rends parfois ?

— Non. Je n'm'occupe pas de la fabrication. J'travaille dans mon propre laboratoire, à la création de parfums. Quel rapport avec Mahieu… ou l'opium ?

— Tu fais pousser tes plantes toi-même ?

— Seulement dans la serre. J'y développe différents hybrides pour leurs parfums.

— Et les jardins dans le marécage ?

— On a des employés.

— Qui précisément ?

Charisse fronça les sourcils.

— J'l'ignore. On a un contremaître. Je n'lui parle pas personnellement. Armand ou ma mère s'en chargent. J'ai assez à faire dans le laboratoire. Quoi qu'il en soit, je n'vais jamais dans le marécage. J'retrouve parfois Saria à l'aire de pique-nique et… (elle darda le regard sur Saria) et Evangeline m'y retrouve.

— Mais jamais des hommes.

— Dans le marécage ?

L'expression horrifiée de Charisse était sincère. Elle baissa les yeux sur ses vêtements et frémit avec délicatesse.

— Jamais.

— Et quand tu laisses sortir ton léopard ?

Elle s'empourpra.

— Mon léopard n'est jamais sorti. C'est pour cette raison que ma mère a dit que j'n'étais qu'une bonne à rien. Armand a un léopard, mais le mien n'a jamais émergé. J'ai essayé d'expliquer à ma mère qu'il était là à l'intérieur de moi, mais elle vit comme une humiliation le fait que je n'puisse pas me transformer. Elle dit que j'lui fais honte.

Charisse émit un petit reniflement.

— Charisse ! Concentre-toi sur ce qui est important, là, lui ordonna Drake.

Si elle disait vrai, et sa voix avait des accents de vérité, alors elle ne pouvait matériellement pas être la tueuse. Le tueur en série assenait la mort en recourant à la morsure suffocante d'un léopard.

— Je t'assure que l'opinion que ta mère a de toi ne vaut pas un clou. Saria, appelle ton frère et envoie mon équipe au marais.

— Mahieu ?

La voix de Saria était ferme.

— L'équipe pourrait bien lui sauver la vie. Dépêche-toi.

Saria acquiesça et prit le téléphone.

— Tu vas me dire à quoi riment toutes ces questions ? Ça ressemble à un interrogatoire.

— Crois-moi, Charisse. Si je devais t'interroger, je ne serais pas aussi gentil, lâcha Drake. On se sert de tes savons pour faire sortir de l'opium du pays. On en livre aussi à au moins un contact local, mais selon toutes probabilités il y en a d'autres.

Charisse se redressa, le visage blême.

— C'est impossible. Tu es fou. Il s'agit d'une entreprise familiale entièrement légale. J'n'arrive pas à croire que tu prononces une telle accusation. Saria ! tu l'as entendu ?

Saria reposa le téléphone après avoir parlé à son frère et se retourna vers Charisse, la hanche appuyée contre la table.

— J'l'ai entendu. J'ai conduit ses hommes dans le marécage l'autre nuit, on a couru pour rattraper un bateau. Le bateau des Mercier, et il s'est amarré à ton appontement, Charisse. Les frères Tregre ont livré une cargaison de savons au beau milieu de la nuit.

— Non. Impossible. (Charisse secoua la tête.) Les Tregre sont employés par notre famille depuis longtemps. Ils travaillent à La Nouvelle-Orléans et livrent leur cargaison sur les docks, où celle-ci est soigneusement inspectée. Si elle contenait de la drogue, les chiens en renifleraient l'ode…

Elle laissa les mots mourir sur ses lèvres, le visage d'une pâleur mortelle.

Impossible qu'elle simule la couleur de sa peau. Le cerveau de la jeune femme tirait les choses au clair, discernant des possibilités et assemblant les morceaux du puzzle, et Drake se dit qu'il avait peut-être été totalement à côté de la plaque tandis qu'il l'observait, ce qui signifiait que les soupçons qui le titillaient allaient se transformer en une vraie peur. Parce que, s'il avait raison, Mahieu Boudreaux pourrait bien être déjà mort.

— C'est ça, Charisse. Tu es un génie en matière d'odeurs, n'est-ce pas ? insista Drake.

Il se pencha vers elle et la regarda droit dans les yeux, l'obligeant à soutenir son regard.

— Parle-nous de l'odeur qui empêche les autres, même les léopards, de suivre une piste olfactive.

Charisse secoua la tête, tordant ses doigts entrelacés au point que ses jointures blanchirent.

— Tu as tout faux, Drake. Saria…

Elle tenta de tourner la tête, tenta d'échapper au nœud coulant qui n'en finissait pas de se refermer, mais Drake refusa de la laisser tranquille.

— Bordel ! ne regarde pas Saria. Elle ne peut pas t'aider. As-tu oui ou non développé quelque chose qui bloque l'odorat ou peut-être endort toutes les glandes odorantes ? lui demanda-t-il d'un ton brusque.

Charisse se redressa brusquement, son visage enfantin soudain froid.

— J'n'ai pas à rester ici à écouter ces accusations. J'crois que, la prochaine fois que tu me parleras, j'serai accompagnée d'un avocat.

Elle commença à se lever.

Un grondement sourd de menace à l'état pur retentit à travers la cabane, l'arrêtant.

— Rassieds-toi, lui dit Drake d'un ton brusque, ses yeux virant à l'or pur. Tu es un léopard, Charisse. Tu appartiens à un clan. Je suis le chef de ce clan et, en tant que tel, je suis le seul juge, jury et exécuteur auquel toi ou ta famille aurez jamais affaire. Tu as une peine de mort qui te pend au nez et, même si Saria en souffrirait, je serais prêt à détruire toute ta famille pour la sauvegarde et le bien du clan.

Il éleva la voix.

— *Regarde-moi*, pas Saria. Elle ne peut pas te sauver. C'est moi que tu dois convaincre que tu n'es pas mêlée à toute cette histoire, et là tout de suite, ma chérie, ça m'a l'air plutôt mal barré pour toi.

Charisse porta la main à sa gorge, sur la défensive. Impossible d'échapper aux accents de vérité de la voix de Drake. Il entendit Saria pousser un petit grognement de protestation, mais ne la regarda pas. Elle allait devenir sa femme. Elle devait voir la réalité de ce que serait leur vie. Amos Jeanmard aurait dû faire le ménage dans son clan des années plus tôt. Au lieu de quoi, tout était là dans ce clan mourant : la dépravation, la corruption et la soif de pouvoir et d'argent. S'il devait tuer cette femme, il le ferait et sans hésiter.

— Ce n'est pas ce que tu penses. Oui. J'expérimente constamment des senteurs, et ce tout nouveau parfum sur lequel j'travaillais s'est avéré avoir un effet secondaire inhabituel, très unique.

Sa voix changea encore du tout au tout, remarqua Drake, devenant subitement animée, tandis que ses yeux brillaient d'enthousiasme. Pour la première fois, il eut le sentiment de voir la vraie Charisse Mercier.

— J'n'avais jamais rien vu de pareil. Non seulement il n'y avait pas d'odeur, mais il absorbait toutes les autres odeurs autour. Tu imagines les applications ? Je n'l'ai pas encore mis au point, mais j'crois que ce sera incroyable. Songe à toutes les personnes allergiques aux parfums, et ce n'est qu'une utilisation parmi tant d'autres. J'expérimente son ingestion. C'est un usage qui semble obtenir les meilleurs résultats, mais j'dois en étudier les effets secondaires.

— Charisse.

Drake devait la ramener à la réalité de ce qui se passait. Le cerveau de la jeune femme était passé en mode scientifique pur et elle ne s'adressait plus à lui, mais se parlait à voix haute pour trouver une solution à des problèmes qu'elle avait manifestement rencontrés.

— Qui d'autre est au courant de ce produit qui masque les odeurs que tu as découvert ?

Elle fronça les sourcils.

— Personne. Ce que j'fais au labo y reste jusqu'à ce que ce soit prêt à être testé et que j'dépose un brevet.

— Pas même ton frère ? ou ta mère ? Tu ne te confies pas à eux quand tu fais une découverte ? insista-t-il, réussissant à se retenir de la secouer.

Elle s'humecta les lèvres et détourna les yeux.

— Non.

Il bondit sur ses pieds, son léopard si près de la surface que les deux jeunes femmes ne pouvaient pas manquer de le voir. Les yeux brillants au regard fixe et dilaté, celui d'un prédateur rivé sur sa proie, il domina Charisse de toute sa hauteur.

— Ne me mens pas, bordel ! Tu crois que c'est une sorte de jeu ? Je t'*ordonne* de me dire la vérité en tant que chef de ce clan. Tu ne protèges personne en me la cachant, tu ne fais que t'attirer des ennuis.

Saria le surprit – le choqua même – en ne s'élançant pas pour tenter de protéger Charisse. Il aperçut du coin de l'œil son visage pâle et ses poings serrés, mais elle ne prononça pas un mot et ne fit pas un geste. Il savait à quel point ce devait être difficile pour elle de ne pas défendre son amie. Elle croyait en Charisse, mais peut-être que, à l'instar de Drake, une inquiétude et une terreur grandissantes pour Mahieu éclipsaient en elle toute raison, parce qu'il était certain que son frère avait des ennuis.

Charisse trembla visiblement.

— Si j'te le disais, tu penserais que mon frère est coupable de tout ça. L'opium, tous les autres trucs qui clochent, mais *jamais*, *jamais* il n'me trahirait, moi ou notre famille. Armand est vain et parfois égoïste, mais ce n'est pas un trafiquant de drogue. Tu n'le connais pas. Il n'ferait jamais un truc pareil.

— Tout comme il ne pourchasserait pas Saria à travers le marécage avec un pistolet ? cracha Drake.

— D'accord. D'accord, j'comprends pourquoi il aurait l'air coupable à tes yeux. C'était une terrible erreur. Une erreur de jugement. Il a très mauvais caractère, j'le reconnais, et il se laisse entraîner par Robert. La plupart des femmes sont à ses pieds. Il est beau gosse et charmant, et a l'habitude de toujours parvenir à ses fins. C'est le fils chéri à sa maman, pourtant il vit encore en enfer. Tu n'imagines pas ce que c'est de grandir avec elle.

Charisse se couvrit brusquement la bouche de la main et son expression redevint celle d'une enfant. Drake grogna presque. Charisse avait manifestement appris à garder tous les secrets de famille et ce seul petit aveu constituait un terrible péché.

— Tu n'iras pas en enfer si tu dis la vérité, souligna Drake. Je n'ai pas toute la journée, Charisse, et Remy va apparaître à la porte d'un instant à l'autre maintenant. S'il pense que Mahieu est en danger, il sera loin d'être aussi gentil que je l'ai été.

— Je n'comprends pas, pleurnicha encore Charisse. Qu'a à voir Armand avec la disparition de Mahieu ?

— Tu lui as parlé du parfum inodore que tu développais ? rugit Drake.

— Évidemment, c'est mon frère et il dirige notre société. Chaque fois que j'fais une découverte qui pourrait nous rapporter beaucoup d'argent, évidemment que j'lui en parle.

— Quelqu'un d'autre ? (Quand elle secoua la tête, il insista.) Ta mère ?

— Ma mère n'est aucunement intéressée par tout ce que j'peux dire ou faire. Elle n'pourrait pas moins se soucier de mes découvertes. Était-elle présente quand j'en ai parlé à Armand ? Possible. On discute souvent le soir quand on est ensemble, mais j'n'arrive pas à me rappeler exactement quand j'lui en ai parlé.

— Armand est-il ton demi-frère ? Est-il le fils de Buford Tregre ?

Drake observa attentivement Charisse, attendant sa réponse. Elle l'aurait su grâce à son odeur, même si personne d'autre n'avait pu le discerner.

Elle sembla plus choquée que jamais.

— Non. Armand n'est pas son fils. (Elle baissa les yeux sur ses mains.) J'sais que maman couchait avec Buford et qu'il la battait souvent, mais elle retournait toujours auprès de lui. Mais j'sais qu'Armand est mon vrai frère. Il a la même odeur que papa.

— Et la fleur ? La maîtresse du léopard ?

Charisse tressaillit. Elle écarquilla les yeux et ouvrit la bouche en un O parfaitement rond.

— Comment sais-tu pour la maîtresse du léopard ? Personne n'peut être au courant. Ce parfum devrait nous rapporter des millions de dollars. Je n'l'ai pas encore complètement mis au point, mais j'travaille dessus depuis des années. J'y suis presque, et, si j'réussis mon coup, on n'aura plus de soucis à se faire jusqu'à la fin de nos jours et j'pourrai faire don de sommes conséquentes à notre communauté pour que l'argent aille là où on en a besoin. Personne n'sait pour cette fleur ou le parfum.

— Cette fleur pousse à l'état sauvage dans le marais de Fenton, le long de la frontière des Tregre et sur leur propriété.

Drake attendit, scrutant son visage de près.

Charisse se carra dans le canapé, une expression d'horreur absolue sur le visage. Elle secoua la tête.

— Non. Ce n'est pas possible. C'est une hybride, elle n'est pas originaire de notre marécage. Elle n'peut pousser sans danger que dans la serre. J'ai pris toutes les précautions imaginables. Une pièce lui est spécialement réservée. Tu n'imagines pas combien vaut cette plante... ni les dégâts qu'elle pourrait causer non seulement à l'environnement mais aux personnes... aux nôtres... aux métamorphes.

Elle continua à secouer la tête, sincèrement choquée.

Drake ne pouvait faire autrement que la croire. Elle n'était pas allée dans le marécage ni au marais de Fenton, sinon elle aurait su que la plante s'était échappée de la serre. De son propre aveu, elle connaissait Evangeline, mais elle affirmait la retrouver sur l'aire de pique-nique des Mercier, pas dans le marécage lui-même.

— Remy est là, annonça Saria en se dirigeant vers la porte.

Même alors, elle veilla à se rappeler ses instructions. Drake aurait pu lui dire que ce n'était plus nécessaire. Charisse Mercier n'avait tué personne. Si elle avait pique-niqué avec une victime au marais de Fenton, elle aurait vu les maîtresses du léopard, l'hybride qu'elle avait créé. Mais une personne était entrée dans la serre, avait transporté des graines sur ses chaussures ou ses vêtements et les avait disséminées le long de la frontière avec les Tregre ainsi que dans le marais...

— J'sais que tu penses qu'Armand..., commença Charisse.

Remy entra en trombe dans la cabane, renversant presque Saria. Il la rattrapa, le visage sévère.

— Mahieu ne répond pas sur son portable. Il n'est pas rentré à la maison cette nuit. Où est-il, Charisse ? demanda-t-il.

— Elle l'ignore, dit Drake. Ce n'est pas elle. Elle n'est pas non plus au courant pour l'opium. Armand était-il chez vous cette nuit, Charisse ?

— Arrête de me poser des questions sur mon frère. J'te l'ai dit, il n'a rien à voir avec l'opium. Parle à nos employés. Aucun de nous deux n'nous occupons beaucoup des jardins extérieurs.

— Mais vous vous rendez tous deux dans la serre, insista Drake.

— Armand est fier de mon travail. Quand j'le lui demande, il vient toujours voir les nouvelles plantes.

Remy s'avança et fourra plusieurs photos dans la main de la jeune femme.

— Et ceci ? Tu crois que ton frère est mêlé à tout ça ?

Charisse baissa les yeux sur le premier cliché. Tout son corps se raidit et devint parfaitement immobile. Elle émit un son inarticulé, son visage se vidant de toute trace de couleur. Elle tenta de parler par deux fois avant de parvenir à sortir une phrase.

— J'connais cet homme. Il est mort ? *Mon Dieu** ! il a l'air mort. J'ai dîné avec lui il y a quelques mois. Armand nous a présentés l'un à l'autre. C'était un ami de la fac. Il m'a posé un lapin à notre second rendez-vous.

Elle déglutit péniblement et baissa les yeux sur la deuxième photo. Un petit cri lui échappa et elle jeta les clichés à Remy.

— Pourquoi tu me fais ça ? J'suis sortie avec lui il y a quatre mois. On s'est vus trois fois. C'était un homme bien. Qui a fait ça ?

Saria rejoignit aussitôt son amie et s'assit à côté d'elle pour la prendre dans ses bras, la berçant d'avant en arrière.

— J'suis tellement désolée, Charisse. Tellement, tellement désolée.

— Vous pensez que Mahieu va subir le même sort ? à cause de moi ? C'est de moi dont il est question ? (Charisse releva la tête de l'épaule de Saria et regarda Drake droit dans les yeux.) Tu n'crois pas que mon frère a fait ça à cause de moi, si ?

Elle avait les yeux horrifiés, la voix aussi, et paraissait sur le point de s'évanouir.

— Je ne sais pas, Charisse, mais quelqu'un tue ces hommes et tu es le fil rouge, dit Drake, ainsi que celui de l'opium...

Charisse se couvrit le visage des deux mains.

— J'dois rêver.

— J'veux que tu jettes un coup d'œil à d'autres photos, dit Remy d'un ton bien plus gentil. Il y a eu une série de meurtres autour de La Nouvelle-Orléans. Que des femmes. Leurs corps ont été jetés dans les bayous et les marécages, ainsi que près du fleuve. J'voudrais juste que tu me dises si tu connais l'une d'elles.

— J'n'ai pas envie de les regarder, protesta Charisse. Je n'peux pas. Vous mettez ma vie sens dessus dessous et j'vous interdis d'accuser mon frère de faire du trafic de drogue ou, pire, de tuer des gens.

Les mains toujours sur le visage, elle commença à pleurer, un son bas à briser le cœur.

Remy et Drake ouvrirent tous deux la bouche, avant de la refermer brusquement quand Saria leva la main d'un geste impérieux pour les faire taire. Elle caressa les cheveux de Charisse avec douceur, émettant un son doux et apaisant. Drake ne put s'empêcher de l'imaginer calmant un enfant affolé.

— J'ai besoin que tu penses à Mahieu, *ma chère**. Si tu sais qu'Armand n'a rien fait de tout ça, tu n'as rien à craindre, mais Mahieu pourrait être gravement en danger. Tu n'sais pas, Charisse, mais il y a peut-être un psychopathe dans les parages, quelqu'un qui essaie de vous faire porter le chapeau à toi et Armand. Regarde les photos, s'il te plaît. Ça pourrait nous aider à retrouver mon frère.

Avec une extrême lenteur, Charisse écarta les mains de son visage et regarda Saria. Les deux jeunes femmes échangèrent un long regard, puis Charisse hocha la tête à contrecœur. Saria l'encouragea d'un sourire et tendit la main vers Remy. Son frère lui donna les photos.

Les deux amies observèrent le premier cliché, le visage d'une femme, visiblement morte, avec des traits délicats et des cheveux répandus autour d'elle comme une toile d'araignée. Charisse renifla et secoua la tête. Saria lui montra le suivant. Charisse poussa un petit cri et se redressa brusquement contre le dossier du canapé, tentant de s'éloigner de la femme morte.

— C'est Lucy. Lucy O'Donnell. Elle sortait avec Armand. Il m'a dit qu'elle avait subitement quitté la ville, que sa mère était malade. (Elle leva les yeux vers Saria, telle une petite fille perdue.) J'veux rentrer chez moi. J'ai envie de vomir.

Saria rendit les photos à son frère.

— Drake va te donner un verre d'eau et on va y aller dans une minute, Charisse. Tu n'as pas tué ces hommes et il est tout aussi probable qu'Armand n'a pas tué ces femmes.

— Il n'aurait jamais fait ça, dit Charisse. Il n'est pas comme ça.

— Il a attaqué Saria dans un bosquet juste à l'extérieur de la ville, dit Drake, tentant de ne pas gronder en montrant les dents.

Il fit les gros yeux à Saria. Il ne voulait pas qu'elle donne de faux espoirs à Charisse.

— Quoi ?

Charisse ouvrit de grands yeux. Elle prit le verre d'eau et le vida presque complètement avant de se retourner vers son amie.

— Jamais il n'aurait fait ça.

Remy et Drake échangèrent un regard. Charisse mentait. Elle savait parfaitement qu'Armand avait attaqué Saria dans le bosquet.

Drake se dressa délibérément au-dessus d'elle, conscient d'être intimidant avec son léopard qui le tannait si violemment, furieux qu'un autre homme ait osé mettre sa marque sur sa femelle et, pire, l'ait blessée au passage. Saria lui décocha un regard qui lui demandait clairement de se calmer – et dont il ne tint nullement compte.

— Avant de t'enfoncer davantage, Charisse, l'avertit Drake, tu ferais bien de te rappeler que je le saurai si tu me mens. Je ne suis pas vraiment content de ta famille.

— *Mon Dieu**, Drake, explosa Saria, arrête de la menacer. Tu n'vois pas qu'elle est déjà terrifiée ? Tu lui as parlé de l'opium et du tueur en série, et maintenant tu accuses pratiquement son frère. Calme-toi.

Drake regarda le visage de sa compagne. Elle était presque aussi pâle que Charisse. C'était de ses amis dont il était question. L'interrogatoire était presque aussi difficile pour elle que pour Charisse. Il eut envie de la prendre dans ses bras et de la serrer fort.

— Je suis désolé, mon chou, s'obligea-t-il à dire, même s'il ne ressentait pas autant de compassion qu'il aurait dû pour Charisse.

Elle ne semblait pas être aussi loyale envers Saria que celle-ci l'était envers elle. Il ne faisait aucun doute dans son esprit qu'elle savait parfaitement que son frère avait attaqué Saria.

Charisse baissa de nouveau la tête, honteuse.

— J'suis désolée, Saria. Vraiment. C'est ma faute. J'l'ai poussé à le faire.

Un long silence lui répondit. Drake mit un certain temps avant de prendre conscience qu'il avait grogné en montrant les dents, le son menaçant envahissant la pièce et glaçant sur place tous ses occupants. Lorsqu'il baissa les yeux, il vit que Remy avait tendu la main pour le retenir, mais avait été assez prudent pour ne pas le toucher.

Charisse tremblait, reculant aussi loin de Drake que possible.

— Tout va bien, Charisse, l'apaisa Saria. C'est juste le léopard de Drake qui s'énerve un peu ; pas de quoi s'inquiéter. Il sait que j'vais bientôt l'épouser.

Remy arqua un sourcil.

— Ah ! oui ?

— Oui, dit Drake. Mais l'explication de Charisse m'intéresse. Pourquoi aurais-tu encouragé ton frère à attaquer Saria ?

— Pas à l'attaquer. Tu n'comprends pas. Notre mère voulait qu'Armand se marie avec Saria parce qu'il était évident qu'elle avait un léopard. Il lui a dit qu'il n'était pas amoureux de Saria et que Saria n'l'aimait pas non plus, qu'ils étaient juste bons amis. Notre mère n'a rien voulu entendre. Elle lui a dit que c'était son devoir. Tu n'connais pas ma mère. Elle peut devenir particulièrement mauvaise quand elle veut quelque chose, surtout avec Armand. Elle pleure et lui dit qu'il n'l'aime pas. Elle refuse de parler pendant des jours d'affilée. Elle nous punit pour la plus petite indiscrétion. Elle prétend qu'on n'a aucune loyauté et ça continue comme ça jusqu'à ce que chaque instant devienne un véritable enfer.

Elle jeta un coup d'œil à Drake avant de détourner les yeux.

— Tu n'imagines pas comment c'était de grandir avec elle. Armand cherchait désespérément à l'apaiser, alors j'ai conçu un plan. J'lui ai dit que, si on utilisait le produit – on l'appelle IDI, identification inodore –, qui empêcherait même le léopard de notre mère de le sentir, en toute logique le félin de Saria ne réagirait pas et ne l'accepterait pas, mais il pourrait dire à maman qu'il l'avait marquée.

— Montre-lui les cicatrices dans ton dos, ordonna Drake d'un ton brusque.

Saria lui lança un regard noir.

— Je n'pense pas que ce soit nécessaire.

— Là où je veux en venir, c'est qu'il l'a blessée.

— J'sais, reconnut Charisse d'une toute petite voix. Il me l'a dit. Il a pleuré. Il a dit qu'il avait à peine pu contrôler son léopard – que celui-ci était devenu fou dès qu'il s'était approché de Saria. Il n'a pas pu empêcher son félin de réagir en sa présence. Je n'l'avais pas envisagé et lui non plus. Le léopard de Saria n'est pas monté à la surface parce qu'il n'a pas senti l'odeur du sien, ce qui a rendu fou ce dernier. J'aurais dû m'en douter, mais je n'pensais qu'à trouver un moyen pour que maman n'soit plus sur son dos. (Elle regarda Saria dans les yeux.) J'suis désolée. Armand était désolé, lui aussi.

— Si ton frère était aussi désolé, bordel ! lança Remy d'une voix rageuse, pourquoi a-t-il pourchassé ma sœur avec un pistolet ?

Drake était ravi de ne pas avoir à poser cette question, mais il l'aurait fait si le frère de Saria ne s'en était pas chargé.

Charisse s'humecta les lèvres.

— Son léopard devenait fou ces derniers temps et celui de Robert aussi. C'était sans doute les fleurs ; ils devaient boire ensemble quelque part dans le marécage près d'elles. C'est la seule explication qui me vient à l'esprit. Quand j'lui ai posé la question, il a secoué la tête et a dit qu'il avait l'impression d'être fou à l'intérieur.

— Où est Armand maintenant ? demanda Remy.

— J'l'ignore, dit Charisse. Il est allé se coucher vers minuit, mais j'l'ai entendu repartir vers 5 h 30 ce matin. J'pleurais dans ma chambre et j'l'ai entendu parler sur son portable, puis il a longé le couloir et s'est arrêté devant ma porte comme s'il allait entrer pour me parler, mais n'en a rien fait. Il est parti dehors et j'ai entendu la voiture démarrer. J'me suis levée, j'suis allée chez Saria pour la voir, puis j'suis venue ici.

— Il a eu un comportement inhabituel hier soir ?

Charisse haussa les épaules.

— On a eu une dispute hier soir. Maman a vraiment été mauvaise. Elle était furieuse contre moi parce que j'étais bouleversée par ma rupture avec Mahieu. Elle a brisé toute la vaisselle dans la cuisine et a déchiré un pull qu'il m'avait acheté quand il s'était mis à faire froid un soir où on était sortis ensemble. Elle l'a déchiré en bandes et me les a jetées au visage. Elle a continué à me frapper jusqu'à ce qu'Armand la traîne loin de moi. Alors elle a commencé à pleurer et lui a dit que j'lui faisais honte exprès et que j'salissais le nom des Lafont. Il a perdu patience et lui a dit de la fermer. Maman n'a plus fait un bruit et n'a pas accepté ses excuses. Elle est juste partie. Quand elle est comme ça, on n'sait jamais ce qu'elle va faire. Il est allé dans sa chambre et moi dans la mienne.

Les soupçons qui titillaient Drake dans un coin de sa tête s'épanouirent en une certitude absolue. *« Elle l'a déchiré en bandes. »* La rage d'une femme. La rage d'une femelle léopard. Les vêtements de Saria avaient été déchirés en bandes. Ses propres vêtements l'avaient été aussi. Il avait cru que c'étaient les hommes qui étaient venus à la maison d'hôtes pour le chasser du clan qui avaient fait ça, mais un homme qui piquait une colère ne déchirait pas des vêtements – une femme si.

Pas Armand. *Iris.* Iris Lafont-Mercier. Elle avait veillé à ne pas réduire la maison d'hôtes en cendres tout en tentant de tous les assassiner. Elle avait eu accès au café pour y verser le sédatif. Elle connaissait le code de sécurité. Elle travaillait au bureau de poste, où elle pouvait entendre tous les commérages, garder un œil sur tout le monde et intercepter la lettre de Saria. C'était une femme jalouse et perverse, faite pour être la compagne d'un homme comme Buford Tregre. Ce dernier l'avait éconduite parce qu'elle ne pouvait pas se transformer. Il avait pris une autre femme comme compagne et employé sa perversion à torturer Iris. Elle avait épousé l'homme dont les terres jouxtaient les siennes et avait usé de sa propre gamme de perversions pour le torturer en retour.

Iris avait méprisé sa fille et vénéré son fils. Elle avait séduit et assassiné les petits amis de Charisse et tué sauvagement les petites amies d'Armand. Elle avait même corrompu l'entreprise familiale dans l'espoir de ruiner sa fille en lui faisant porter le chapeau pour l'opium placé à l'intérieur des savons parfumés. Drake devait s'en assurer, mais Iris devait avoir son propre atelier secret, proche de sa maison et sans doute aussi du laboratoire de Charisse pour que les soupçons continuent à peser sur la jeune femme.

Iris avait donné des maîtresses du léopard à sa sœur, commettant l'une de ses seules vraies erreurs. C'était elle qui avait disséminé les graines à travers le marais de Fenton lorsqu'elle avait tué les petits amis de Charisse, et le long de la bande de terre entre les propriétés des Mercier et des Tregre lorsqu'elle allait retrouver Buford, ce qui, s'il avait raison et qu'ils étaient des compagnons, devait avoir eu lieu souvent.

Saria émit un petit son guttural. Son visage était si blanc qu'il semblait presque gris. C'était sa femme. Intelligente. L'esprit vif. Elle était parvenue à la même conclusion que lui.

— Mahieu, chuchota-t-elle.

Remy secoua la tête.

— N't'inquiète pas pour lui, *ma chère**, c'est un léopard. Aucune de ces personnes n'a jamais rien compris à ce qui lui arrivait et n'a eu aucune chance.

— On doit aller chez les Mercier pour s'en assurer, conseilla Drake. L'équipe est au marais, mon chou. S'il y avait la moindre trace d'un meurtre, ils l'auraient trouvée à l'heure qu'il est. Et Mahieu n'accepterait jamais de la retrouver seule dans le marais. Tu sais qu'il est plus intelligent que ça.

— Charisse, on a besoin de ton autorisation pour fouiller ta maison et le parc, dit Remy.

Charisse leva des yeux baignés de larmes, jeta un coup d'œil à Saria et opina.

Chapitre 20

Derrière le magnifique manoir qui avait manifestement été bâti comme un joyau, les vestiges croulants d'une maison coloniale depuis longtemps tombée dans l'oubli étaient partiellement enfouis sous les plantes rampantes et les épaisses broussailles du marécage. Le laboratoire de Charisse avait été construit dans une partie des fondations de la bâtisse originelle. Le plus gros de la structure ancienne tombait en ruine, rongée par les vers ou pourrie, recouverte de terre et des plantes rampantes du marécage qui reprenait ses droits.

Des éléments de l'ancienne demeure avaient été utilisés pour relier la serre au laboratoire de Charisse. L'entrepreneur avait conservé une pièce tout en longueur qui faisait office de hall entre les deux nouveaux bâtiments. Non seulement cette pièce protégeait de la pluie, mais elle offrait à Charisse un vaste espace de rangement pour le matériel, tant du laboratoire que de la serre.

Drake les précéda à travers le laboratoire jusqu'au local de rangement, se dirigeant vers la serre. À l'évidence, le tueur y avait passé du temps et ils pourraient peut-être y découvrir un indice qui les orienterait vers l'endroit où l'opium était glissé dans les savons fabriqués en ville.

— Attendez, chuchota Charisse tandis qu'ils traversaient le local de rangement plongé dans l'obscurité.

La lumière du petit matin ne parvenait pas à percer les couches de terre et de crasse qui recouvraient les fenêtres. Elle sortit de la file qu'ils formaient et appuya la main contre le mur.

— Vous sentez cette odeur ? Du sang. J'sens l'odeur du sang. C'est léger, mais ça vient de ce côté.

— C'est un mur, Charisse, se sentit obligé de souligner Remy.

Elle secoua la tête.

— J'avais l'habitude de jouer là quand j'étais petite. C'est un passage caché qui servait aux domestiques il y a bien longtemps quand cet endroit était une plantation. Un étroit couloir mène à un niveau inférieur composé d'une suite de pièces condamnées construites de manière anarchique qui servaient autrefois à loger des esclaves. J'n'y suis pas descendue depuis des années, mais j'sens l'odeur du sang. J'en suis certaine, Drake.

Drake sentit un frisson lui glisser le long de la colonne vertébrale. Son léopard était près de la surface, pourtant il n'avait rien senti. Il ne faisait aucun doute dans son esprit que, si Charisse affirmait le sentir, c'était le cas, à moins que… Il ne voulait pas penser qu'il s'était trompé à son sujet et qu'elle les conduisait tous dans un piège. Il jeta un coup d'œil derrière lui à Remy et lui adressa un signe de tête, lui demandant en silence de fermer la marche – pour garder Charisse à l'œil.

— Tu as bien conscience qu'Iris Lafont-Mercier n'peut matériellement pas être la tueuse, pas vrai ? chuchota Remy pendant qu'ils attendaient que Charisse retrouve la porte cachée dans le mur.

Il sortit son pistolet.

— Elle n'peut pas se transformer. Le tueur est un métamorphe. Tu as incriminé la mère juste pour que Charisse nous autorise à fouiller sa propriété, c'est ça?

Drake lui jeta un coup d'œil par-dessus son épaule.

— Je suis le chef de ce clan, pas la police, Remy. Je n'ai pas besoin d'autorisation pour fouiller où que ce soit dans le clan. Je le fais, c'est tout.

Drake avait pris un ton mordant malgré lui. Remy aurait dû prendre la direction du clan, au lieu de quoi il s'était retrouvé avec cette responsabilité sur le dos et il n'était pas du genre à se dérober à ses devoirs. Il avait accepté cette charge, ce qui signifiait remettre de l'ordre dans le clan. Il ne doutait pas d'avoir affaire à un tueur très intelligent et, là tout de suite, son radar lui hurlait qu'il conduisait Saria tout droit dans un piège. Iris n'avait pas besoin de se transformer entièrement pour être la tueuse. Une métamorphose partielle était peu commune, mais se rencontrait assurément quand la lignée s'affaiblissait.

Charisse trouva le mécanisme d'ouverture de la porte. Drake lui fit signe de reculer et entra dans le couloir sombre et sale. L'odeur de sang y était plus forte, remontant en flottant du niveau inférieur. Il discerna un mélange de parfums et une senteur indéfinissable qui provoqua un mouvement de recul chez son léopard.

Saria entra derrière lui et renifla vivement.

— J'sens l'odeur de Mahieu… et d'Armand. Ils ont tous deux été dans ce couloir récemment.

— Mon chou, tu devrais peut-être…

— Ne l'dis pas, Drake. Non.

Non, elle ne resterait pas en arrière, quand bien même les choses tourneraient mal. Elle avait trop de cran pour ça. Il entendait son cœur cogner contre ses côtes, sa respiration rauque. Une forte odeur de peur émanait d'elle.

Elle était terrifiée pour son frère, mais elle ne se cacherait pas à l'étage au-dessus pendant qu'il allait s'assurer que Mahieu était vivant. Drake s'arrêta brusquement devant un étroit escalier.

— Cet escalier est délabré, dit Charisse. Personne n'vient jamais ici.

Il n'y avait pas de toiles d'araignées et les marches avaient été réparées par endroits. Il craignit malgré tout que certaines se cassent sous le poids d'un homme. Drake les éprouva avec précaution. Elles étaient au nombre de sept et descendaient en tournant autour d'un pilier jusqu'à une autre pièce, et à chaque marche l'odeur de sang se faisait plus forte. Des plantes rampantes du dehors s'étaient approprié les lieux et se frayaient un passage à travers les lattes de sorte que le marécage poussait à l'intérieur, remontant le long des murs jusqu'au plafond et descendant jusqu'au sol, qu'il recouvrait.

De longues tables occupaient la pièce d'un bout à l'autre. Les poubelles débordaient de coffrets somptueux et de papier de soie coloré. Des débris de savon parfumé et des tiges de plantes flétries jonchaient le sol comme s'ils étaient tombés et que personne ne s'était donné la peine de balayer.

— C'est ici qu'ils insèrent l'opium dans les savons, chuchota Remy.

Charisse poussa un petit cri et se pencha pour examiner une fente sur la table. Juste avant qu'elle touche une petite perle durcie qui y était coincée, Remy l'arrêta, lui effleurant la main en secouant la tête.

Drake s'immobilisa près de la deuxième table. Du sang frais en maculait le bord, une empreinte de main ensanglantée laissée par quelqu'un qui s'y était agrippé pour ne pas tomber. Son cœur se serra et il ne put s'empêcher de jeter un petit coup d'œil à Saria. Elle avait le regard rivé à cet endroit. Elle ne pouvait pas manquer de sentir l'odeur du sang de son propre frère. Celle d'Armand Mercier imprégnait fortement la pièce à l'atmosphère confinée. Il ne faisait aucun doute qu'il s'y était trouvé très récemment.

Une porte ouverte à l'extrémité la plus éloignée donnait sur un couloir. Du bois pourri et des plantes rampantes se frayaient un passage à travers le revêtement extérieur lézardé. À l'instar de la plupart des maisons de la région, la bâtisse avait été construite à un peu plus de deux mètres au-dessus du sol en raison de l'eau qui affluait chaque saison, inondant sans cesse les terres. Le couloir conduisait à l'espace en dessous.

Alors qu'il approchait de la pièce, Drake sentit l'odeur d'un antre de léopard. Celui-ci était humide, sombre et empestait la dépravation. Tous les félins flairaient la corruption à un degré plus ou moins grand. Et cet antre empestait celle d'un dégénéré malfaisant, immoral. Il avait servi lors de plus d'une incarnation, abritant un ou plusieurs monstres cruels et rusés.

Lorsqu'il esquissa un autre pas, Drake huma la senteur cuivrée du sang, une eau de toilette d'homme et la peur. Il se déplaça en silence, son léopard lui donnant le pied furtif alors qu'il contournait un coude que formait le couloir, et aperçut Armand accroupi au-dessus de Mahieu, une main ensanglantée enfoncée dans la blessure que ce dernier avait au ventre, tandis que l'autre lui étreignait la gorge. Debout en face des deux hommes, Iris Lafont-Mercier avait le visage baigné de larmes, une main implorante tendue vers son fils.

Remy bouscula Drake, le pistolet à la main, et bondit vers Armand. Charisse hurla et s'élança à sa suite. Même si son léopard n'avait pas émergé, il ne faisait aucun doute qu'il était proche de la surface. Elle franchit la distance d'un seul bond, tentant de pousser Remy loin de son frère. Au même moment, Iris sauta sur sa fille, la tirant brusquement en arrière, un couteau aiguisé comme une lame de rasoir sur sa gorge.

— Maman, non! la supplia Armand, tentant de se dégager en roulant pour échapper à Remy, qui lui était tombé dessus.

— N'y songe pas! rugit Drake.

L'arme qu'il tenait ne tremblait pas.

Charisse ferma les yeux de toutes ses forces, n'osant pas respirer. La haine emplissait la petite pièce. Remy et Armand s'accroupirent près de Mahieu, se démenant avec rage pour endiguer l'hémorragie.

Saria contourna Drake et s'avança au milieu de la pièce. Iris la suivit de ses yeux bleu-jaune emplis de dégoût. Elle poussa un grondement menaçant, montrant de longues canines. Elle suivait du regard chacun des mouvements de Saria avec un regard fixe de prédateur. Saria esquissa un autre pas sur sa droite, obligeant Iris à se tourner légèrement pour continuer à lui faire face.

Drake eut la bouche sèche. Il ne doutait pas qu'Iris soit experte dans l'art de manier le couteau. Saria s'exposait délibérément. Un lancer de couteau et la jeune femme était morte. Iris ne serait pas en manque d'armes. Les autres pensaient qu'elle n'avait pas de léopard mais, à en juger par les odeurs qui saturaient l'antre, il était clair pour lui que son félin était fort. Elle n'était peut-être pas capable de se transformer entièrement, mais certains métamorphes issus de lignées affaiblies pouvaient le faire partiellement, et le léopard d'Iris était plein de haine, lui en donnant la force.

— Vous pensiez pouvoir vous cacher de Drake, Iris ? demanda Saria, la voix basse. Vous recherchiez la force du vieux Buford. C'était un vieux mollusque, qui profitait de toutes les femmes qu'il croyait faibles. Vous avez aimé un lâche. Vous avez admiré un homme qui violait et battait les femmes, et vous pensiez que c'était de la force.

Elle s'était exprimée d'une voix chargée de dégoût, mais aussi d'une pointe d'amusement, comme si elle riait sous cape.

Drake savait ce que faisait Saria : pousser Iris à n'avoir d'yeux que pour elle. Elle la connaissait, car elles vivaient dans une petite communauté et chacune faisait partie de la vie de l'autre. Elle connaissait sa vanité, les railleries qui lui feraient perdre toute aptitude à réfléchir. Elle avait analysé la situation comme lui : Mahieu avait besoin de soins médicaux urgents et Charisse mourrait s'ils ne tuaient pas Iris d'abord.

— Vous détestez votre fille parce qu'elle est tout ce que vous n'êtes pas. Elle est belle et intelligente. Elle vaut des millions de dollars et elle a rendu célèbre un nom que vous méprisez. Vous détestiez votre mari parce que vous n'étiez pas capable de le retenir, poursuivit Saria. Tout le monde le savait. J'ai entendu des rumeurs quand j'étais petite. Il n'vous était pas fidèle, n'est-ce pas ? Vous n'avez pas pu retenir un homme comme lui. Vous n'avez pu retenir aucun d'eux, n'est-ce pas ? Buford ou Bartheleme.

Drake attendit d'avoir l'angle de tir parfait. *Encore deux ou trois centimètres, mon chou. J'ai besoin qu'elle se tourne encore de deux ou trois centimètres juste pour être sûr.* Il pourrait tirer s'il n'avait pas d'autre choix, mais elle aurait peut-être le temps de trancher la gorge de Charisse et était assez mauvaise pour emporter sa fille avec elle par malveillance pure.

Iris montra les dents, laissant échapper un lent crachement.

— C'était moi qui avais des liaisons, pas mon imbécile de mari. Il n'me trouvait pas intelligente. Seule Charisse l'était. Toujours sa Charisse chérie. Si Charisse est si belle et intelligente, comment expliques-tu que chacun de ses petits amis ait couché avec moi ? Comment expliques-tu qu'ils ont tous fait tout ce que j'leur ai demandé ? Charisse est si bête qu'elle n's'est même pas aperçue de ce qui se passait sous son nez.

— L'opium ? Vous avez mis ça au point avec Buford.

Drake était très fier de la voix ferme de Saria. Elle s'exprimait comme si elle connaissait la vérité depuis des années et non en train de lancer des conjectures au hasard. Elle esquissa un autre pas vers la droite et baissa la main sur le couteau à sa ceinture.

Il sentit son cœur bondir dans sa poitrine, mais il ne bougea pas. Ne cilla pas. Attendit juste le bon moment, qui ne manquerait pas d'arriver. *Ne t'approche pas trop*, lui conseilla-t-il en silence, regrettant de ne pas pouvoir bondir devant elle. Mais il devait lui faire confiance – faire confiance au léopard de la jeune femme pour la protéger. Iris était cinglée et son félin était tout aussi fou. Impossible de deviner ce qu'elle ferait à présent qu'elle était acculée.

— Petite idiote, Buford et moi nous nous sommes fait tellement d'argent juste sous son joli petit nez coincé.

L'espace d'un instant seulement, Iris détourna le regard pour le poser sur les caisses moisies entassées au fond de la pièce. Des plantes rampantes grimpaient sur elles, mais chacune avait une serrure flambant neuve. Ses trésors.

— On baisait tout le temps dans le lit de Bartheleme et même dans son lit à elle. Elle n'l'a jamais su, pas même avec son précieux petit nez... le nez que son père voulait assurer.

Sa voix était chargée d'un tel mélange de haine et de mépris que Charisse commença à pleurer.

— Peut-être, concéda Saria, mais vous avez eu besoin du produit inodore que Charisse a développé, n'est-ce pas ? Buford s'est servi de vous. Pendant qu'il vous baisait, il en baisait une centaine d'autres.

— Des putes. C'étaient des putes qui se jetaient dans ses bras. J'les ai tuées et ai laissé leurs corps pourrir avec les alligators.

— J'vous en prie. J'vous en prie. (Armand sanglota.) Elle a besoin d'aide.

Drake aurait parié son dernier dollar que Buford avait offert des cadeaux à Iris et qu'elle les gardait là, dans son antre. L'argent de l'opium était conservé dans les caisses en attendant de pouvoir être blanchi dans des commerces en ville ou, plus vraisemblablement, et ce pour compromettre Charisse, dans la boutique de parfums.

— Maman, j't'en prie. (Armand se leva et tendit la main à sa mère.) Tu n'sais pas ce que tu fais. Tu n'sais pas ce que tu dis.

— Tu n'devrais pas être ici, hurla Iris à son fils, la rage assombrissant son visage.

Elle secoua Charisse d'une poigne puissante, le fin vernis de la civilisation ayant complètement disparu.

— Pourquoi l'as-tu accompagné, Armand ? Tu as tout gâché. J'aurais pu arranger les choses, tout comme j'les ai arrangées quand vous vous fourriez dans de mauvais draps tous les deux. Ces filles dégoûtantes, aucune acceptable. Où avais-tu la tête, Armand. ? Tu aurais couvert d'opprobre le nom des Lafont en t'unissant à l'une d'elles. Ton enfant doit être un métamorphe.

Saria éclata d'un rire cristallin.

— Vous citez encore Buford Tregre. Il a violé des dizaines de femmes. Il s'est moqué de vous. Vous a rejetée. Pourtant vous avez choisi de le vénérer. Vous avez l'esprit tordu, Iris. C'est vous qui avez couvert d'opprobre le nom des Lafont, pas vos enfants. (Elle donna à sa voix une note amusée, une raillerie délibérée conçue pour piquer Iris au vif.) Lui courir après était pathétique, non ? Tuer toutes les femmes à qui il avait fait l'amour ? Vous n'supportiez pas l'idée qu'il désire toutes ces autres femmes. Vous n'étiez juste pas assez bien, n'est-ce pas ?

Doucement, mon chou, tenta de lui conseiller Drake.

Iris était à deux doigts de se livrer à un massacre.

— Il me voulait. Il n'pouvait pas me laisser tranquille. Elles n'étaient *rien* pour lui, tout comme les femmes qu'Armand utilise.

— Il vous voulait tellement qu'il refusait d'être vu en public avec vous, insista Saria. Vous le rejoigniez en cachette et il se servait de vous dans le marécage, dans la terre et la boue, à l'abri des regards tant il avait honte.

Oh, bon Dieu ! elle y allait un peu fort. Il voyait la rage qui couvait dans les yeux jaunes d'Iris. Ils ne contenaient plus aucune trace de bleu et étaient rivés sur Saria. Iris avait oublié Charisse, et sa fille guettait un signe de Saria. Elle comprenait la gravité de sa position, contrairement à Armand, que Remy retenait toujours tout en continuant à appuyer sur la blessure de Mahieu.

Drake sentit son ventre se nouer. Mahieu. Saria sentait l'odeur de son sang. De là où elle se tenait elle voyait sa blessure – savait à quel point sa situation était désespérée – et elle ne se contentait pas de placer Iris de façon qu'il l'ait dans sa ligne de mire. Elle l'attirait dans le coin. Elle comptait en finir aussi vite que possible – et par tous les moyens –, quitte à attaquer la femme elle-même.

— Quand il sera de notoriété publique qu'Iris Lafont courait après Buford Tregre, qu'elle a tué ses maîtresses et les petites amies de son fils, et qu'elle était si désespérée qu'elle a dû s'abaisser à séduire les garçons qui sortaient avec sa fille avant de les tuer, tout le monde rira chaque fois qu'on prononcera le nom Lafont.

Iris poussa un cri strident, de la salive jaillissant de sa bouche. Son visage se tordit, s'allongea, des crocs lui remplirent la bouche et de la fourrure lui tacheta la peau.

— Laisse-toi tomber ! cria Saria, se jetant sur le côté avec une rapidité incroyable.

Désossée tel un félin souple, Charisse se laissa glisser au sol alors qu'Iris lançait vivement son couteau sur Saria. Au même moment, Drake appuya sur la détente. Un unique trou s'épanouit au milieu du front d'Iris Lafont-Mercier. Recroquevillée sur le sol de terre battue, elle paraissait petite et quelque peu macabre avec son visage mi-femme, mi-léopard.

Armand hurla, mais il se précipita auprès de sa sœur, laissant sa mère affalée par terre. Il prit Charisse dans ses bras, leurs sanglots remplissant le petit espace. Saria était assise par terre, levant vers Drake des yeux brillant de chagrin, du sang lui ruisselant du haut du bras.

— Elle a été rapide, reconnut-elle.

Drake fut auprès d'elle en quelques secondes, appuyant la main sur sa blessure. Il ne devait guère s'agir que d'une plaie superficielle, mais elle était terrifiante à ses yeux.

— Appelez une ambulance, ordonna Remy. On en a besoin tout de suite.

Épilogue

— Vous comptez rester muets ? demanda Pauline.

Saria regarda Drake, les yeux noyés de larmes. Il était si séduisant dans son smoking, la coupe de la veste soulignant ses larges épaules et son puissant torse. Saria Donovan. Pas question d'avoir un nom de famille à trait d'union, même si elle lui avait dit qu'elle n'était pas sûre de prendre son nom pour le taquiner. Elle avait eu droit à son regard doré brillant de colère qui lui donnait toujours des papillons dans le ventre et elle avait éclaté de rire.

Saria déglutit péniblement et baissa les yeux sur l'acte notarié qu'elle tenait. Son cadeau de mariage. Pauline lui avait donné la maison d'hôtes et les hectares de terres qui l'entouraient. Un cadeau incroyable, du genre impossible à accepter. Elle tendit le document à Drake. Il le prit lentement, comme si le papier allait lui exploser dans les mains.

— Pauline, commença-t-il, avant de se racler la gorge et de chercher l'aide de Saria du regard.

Saria secoua la tête, laissant couler ses larmes.

— Je n'sais pas quoi dire.

— Tu es ma fille, dit Pauline. Mon enfant unique. J'n'ai pas d'autre héritier. J'veux que cette propriété te revienne. Amos et moi habiterons à côté, chez lui. Tu n'as pas à conserver la maison d'hôtes. Elle a d'abord été une maison et elle n'demande qu'à être remplie d'enfants.

J'veux venir m'asseoir sur la galerie et bercer mes petits-enfants. C'est mon rêve maintenant, Saria. J'veux que tu restes près de moi. C'est l'espoir d'une vieille femme, et égoïste de ma part, mais j't'aime et à la pensée que tu partes trop loin…

— Ça n'arrivera pas, lui assura Drake, enroulant le bras autour des épaules de Pauline. Je vous ai promis que je ne l'emmènerais pas loin de vous et j'étais sérieux. On s'envole pour la forêt tropicale pour notre voyage de noces, mais je vous promets qu'on sera vite de retour. J'ai pas mal de pain sur la planche en ce qui concerne le clan.

Amos sourit de toutes ses dents, ses vieux yeux fatigués pétillant de malice.

— Mieux vaut toi que moi.

Drake lui lança un regard noir, mais garda sa langue quand Saria lui écrasa les orteils. Si Pauline était la mère de substitution de Saria, alors Amos était bien parti pour être son père et elle voulait que ce soit bien clair pour lui que rien ne devait venir encore troubler le bonheur de Pauline. Elle avait assez souffert, entre la perte de sa sœur et apprendre qu'elle avait été une tueuse en série. S'il n'en tenait qu'à Saria, plus aucune épreuve ne viendrait ébranler sa mère de substitution.

— Qui prendra le relais pendant ton absence ? demanda Amos.

— Joshua. Il compte passer un savon à ses oncles et remettre de l'ordre dans sa maison familiale et son héritage. Les autres membres de mon équipe resteront et, bien sûr, les frères de Saria seront sur place si jamais il devait se passer quoi que ce soit pendant notre absence, assura Drake.

— Comment va Mahieu ? s'enquit Pauline, jetant un coup d'œil à l'homme assis sur son canapé.

Les invités du mariage se pressaient autour d'eux, cachant régulièrement son frère à sa vue.

— Il va beaucoup mieux. Il est resté entre la vie et la mort un moment, mais son léopard est fort et il se rétablit plus vite que ce qu'on aurait pu espérer.

— Et Armand ?

— La mort de sa mère l'a laissé éperdu. Il avait commencé à la soupçonner d'être perturbée, j'crois que Charisse et Armand avaient tous deux des soupçons, reconnut Saria d'une voix douce. Quand Charisse a rompu avec Mahieu, Iris l'a appelé pour lui dire qu'elle voulait lui parler en tête à tête. Mahieu a appelé Armand et lui a demandé d'être présent. Armand lui a sauvé la vie. S'il n'avait pas été là, Pauline… (Elle laissa les mots mourir sur ses lèvres.) Armand et Charisse sont des gens bien.

Pauline lui tapota la main.

— J'sais. J'les aime beaucoup tous les deux. Ils ont besoin de temps pour se remettre de tout ça. J'aurais dû intervenir bien plus tôt quand j'ai vu comment ma sœur traitait Charisse. La pauvre enfant a été persécutée et maltraitée pendant des années.

— C'est fini maintenant, dit Drake.

Sa voix était si douce que Saria sentit son cœur fondre. Elle se laissa aller contre lui, sans se soucier de sa robe ornée de perles. Drake glissa aussitôt le bras autour de sa taille et se pencha pour déposer des baisers légers sur le côté de son visage.

Charisse était sa demoiselle d'honneur, mais Armand n'était pas venu au mariage. Il avait décidé de partir dans la forêt tropicale pour pouvoir respirer un peu et réfléchir à tout ce qui s'était passé. À présent que Charisse ne risquait plus rien, il n'avait plus besoin de veiller autant sur elle. Il se sentait responsable de la mort des hommes et des femmes que sa mère avait assassinés. Il avait su qu'elle était malade, mais n'avait pas imaginé l'étendue de sa folie.

— Viens danser avec moi, murmura Drake à son oreille.

Elle embrassa Pauline.

— Merci, chuchota-t-elle. J'ai toujours adoré la maison d'hôtes. Vous le savez. Elle a toujours été un refuge pour moi. J'élèverai mes enfants ici.

— Va danser avec ton séduisant mari pour que j'puisse danser avec mon homme, dit Pauline en lui tapotant la main.

Saria glissa sa main dans celle de Drake, le cœur débordant de joie alors qu'elle appuyait son corps contre le sien. Danser avec son mari avait quelque chose de si sensuel, de si juste et parfait, et elle comptait en savourer chaque instant.

— Je t'aime, lui chuchota Drake à l'oreille alors qu'il la faisait tournoyer sur la piste de danse.

Elle attendit un battement de cœur. Le regarda dans les yeux. Se laissa le temps de s'y noyer.

— J't'aime aussi.

Remerciements

Comme toujours lorsque j'écris un livre, je souhaiterais remercier plusieurs personnes : Melisa Long, qui m'a fourni des informations sur le bayou et le peuple cajun. Merci du fond du cœur d'avoir pris le temps de parler avec moi. Brian Feehan, qui laisse toujours tout tomber pour travailler sur des scènes de combat ardues et discuter de scénarios difficiles. Domini, comme chaque fois, tu améliores tant le livre ! Je vous dois à tous une fière chandelle !

Achevé d'imprimer en février 2022 par Dupliprint
733 rue Saint-Léonard 53100 Mayenne
N° d'impression : 2970829X
Dépôt légal : mars 2022
Imprimé en France
81123085-1